SIX JOURS

SIX JOURS

RYAN GATTIS

roman

Traduit de l'anglais (États-Unis) par
Nicolas Richard

FAYARD

Couverture : © Hokus Pokus Créations
Illustration : © Kirsty pargeter/Altec5/Fotolia

Cet ouvrage est la traduction intégrale, publiée pour la première fois
en France, du livre de langue anglaise :
All Involved
édité par HarperCollins Publishers, New York

ISBN : 978-2-213-68631-8

Dépôt légal : août 2015

À LA MÉMOIRE

DU COLONEL ROBERT HOUSTON GATTIS SR.

LES FAITS

À 15 h 15, le 29 avril 1992, un jury acquitta les agents des services de police de Los Angeles Theodore Briseno et Timothy Wind, ainsi que le sergent Stacey Koon, accusés d'usage excessif de la force pour maîtriser Rodney King. Concernant l'agent Laurence Powell, le jury ne parvint pas à obtenir de verdict pour la même accusation.

Les émeutes commencèrent sur le coup de 17 heures. Elles durèrent six jours, et s'achevèrent finalement le lundi 4 mai, après 10 904 arrestations, plus de 2 383 blessés, 11 113 incendies et des dégâts matériels estimés à plus d'un milliard de dollars. En outre, 60 morts furent imputées aux émeutes, mais ce nombre ne tient pas compte des victimes de meurtres qui périrent en dehors des sites actifs d'émeutes durant ces six jours de couvre-feu, où il n'y eut que peu, voire pas, de secours d'urgence. Ainsi que le chef de la police de Los Angeles Daryl Gates le déclara lui-même le premier soir : « Il va y avoir des situations où les gens ne bénéficieront pas de secours. C'est un fait. Nous ne sommes pas assez nombreux pour être partout. »

Il est possible, et même probable, qu'un certain nombre de victimes, apparemment sans rapport avec les émeutes, aient été en fait les cibles d'une combinaison sinistre de circonstances. Il se trouve que 121 heures sans loi dans une ville de près de 3,6 millions d'habitants, répartis sur un comté de 9,15 millions d'habitants, cela représente un laps de temps bien long pour régler des comptes.

Ce qui suit évoque certains de ces règlements de comptes.

PREMIER JOUR
MERCREDI

« PLUS INTÉRESSANTE ENCORE EST LA QUESTION SUIVANTE : POURQUOI TOUT LE MONDE S'INQUIÈTE-T-IL D'UNE AUTRE ÉMEUTE – LES CHOSES À WATTS NE SE SONT-ELLES PAS UN TANT SOIT PEU AMÉLIORÉES DEPUIS LA DERNIÈRE ? SE DEMANDENT BEAUCOUP DE BLANCS. MALHEUREUSEMENT, LA RÉPONSE EST NON. LE QUARTIER GROUILLE PEUT-ÊTRE DE TRAVAILLEURS SOCIAUX, DE COLLECTEURS DE DONNÉES, DE VOLONTAIRES ŒUVRANT POUR LA LUTTE CONTRE LA PAUVRETÉ ET D'AUTRES MEMBRES DE L'ESTABLISHMENT HUMANITAIRE, TOUS ANIMÉS DES INTENTIONS LES PLUS PURES AU MONDE. ET POURTANT, ALLEZ SAVOIR, RIEN N'A VRAIMENT CHANGÉ. IL Y A ENCORE LES PAUVRES, LES VAINCUS, LES CRIMINELS, LES DÉSESPÉRÉS, TOUS ATTENDENT LÀ, AVEC CE QUI DOIT SEMBLER ÊTRE UNE ATROCE VITALITÉ. »

THOMAS PYNCHON,
NEW YORK TIMES,
LE 12 JUIN 1966

ERNESTO VERA

LE 29 AVRIL 1992

20 H 14

1

Je suis à Lynwood, dans South Central, pas loin du croisement d'Atlantic et d'Olanda, je recouvre de papier alu les plateaux de haricots qui ont pas été mangés à l'anniversaire d'un petit gamin, lorsqu'on m'annonce qu'il faut que je rentre à la maison plus tôt que prévu, et probable que je reviendrai pas travailler demain. Peut-être même pas de la semaine. Mon patron a peur que ce qui se passe là-haut, sur la 110, se propage jusqu'ici. Il dit pas *ennuis* ni *émeutes* ni rien. Il dit juste : « Ce truc, là, plus au nord », mais il pense au secteur où les gens déclenchent des incendies, bousillent des devantures de magasins et se font tabasser. J'envisage de négocier, parce que j'ai besoin d'argent, mais ça me mènerait nulle part, alors inutile de gâcher de la salive. Je range les haricots dans le frigo de la camionnette, j'attrape mon manteau et je m'en vais.

Plus tôt dans l'après-midi, quand on est arrivés, moi et Termite – le gars avec qui je travaille – on a vu de la fumée, quatre colonnes noires comme des puits de pétrole en feu au Koweït. Peut-être pas *aussi* énormes, mais vachement impressionnantes quand même. Le père à moitié bourré du garçon qui fête son anniv a remarqué qu'on les avait repérées quand on dressait les tables, et il a dit que c'était parce que les flics qui ont tabassé Rodney King iront pas en prison. Et nous autres alors, qu'est-ce qu'on en disait ? Mec, sûr qu'on était pas hyper contents, mais tu réponds pas ça à un client du patron ! En plus, c'était super injuste et tout, mais quel rapport avec nous ? C'est ailleurs que ça pétait. Ici, on la boucle et on fait notre boulot.

Je bosse à la camionnette Tacos El Unico depuis bientôt trois ans. Tu peux me commander ce que tu veux, je te le prépare. *Al pastor*. *Asada*. Aucun problème. On fait aussi de la chouette *cabeza*, si le cœur t'en dit. Sinon il y a de la *lengua*, du *pollo*, et tout, et tout. Tu vois, y en a pour tous les goûts. D'habitude on se gare près de notre stand, à l'angle d'Atlantic et de Rosecrans, mais des fois, on fait des fêtes d'anniversaire, des anniversaires de mariage, de tout, en fait. On est pas payés à l'heure dans ces cas-là, donc je suis content quand ça finit plus tôt. Je dis au revoir à Termite, lui rappelle de bien se laver les mains, la prochaine fois, avant de se pointer, et je me casse.

En marchant vite, j'en ai pour vingt minutes jusqu'à chez moi, quinze en empruntant la Promenade qui coupe entre les maisons. C'est pas un trottoir en planches comme la Promenade d'Atlantic City ni rien. C'est juste une étroite ruelle en béton qui rase les baraques et sert de passerelle entre la rue principale et le quartier. C'est notre raccourci. Comme dirait ma sœur : « Depuis toujours, les mecs empruntent ce passage pour échapper aux flics. » En descendant, tu arrives direct sur Atlantic. En remontant, tu accèdes aux habitations, une rue après l'autre. C'est ce que je fais, une fois que j'y suis : je remonte.

La plupart des loupiotes sur les vérandas sont éteintes. Dans les jardins aussi. Personne dehors. Aucun son familier. Pas de vieilles chansons genre Art Laboe. Personne en train de bricoler sa voiture. Quand je passe à hauteur des maisons, j'entends juste les télés, et tous les présentateurs sont en train de parler des pillages et des incendies et de Rodney King et des Noirs et de la colère et ça me va, peu importe, parce que moi, j'ai autre chose en tête.

Me fais pas dire ce que j'ai pas dit. C'est pas que j'en ai rien à foutre, pas du tout. C'est juste que je m'occupe de mes oignons. Quand tu grandis dans le quartier où j'ai grandi, avec un magasin d'armes qui vend des balles à l'unité pour vingt-cinq *cents* à quiconque a des sales pensées et un *quarter*, possible que tu finisses comme moi. Pas blasé ni furax ni rien, juste concentré sur autre chose, c'est tout. Et là, maintenant, je compte les mois avant de pouvoir me tirer.

Deux mois, et ça devrait être bon. J'aurai économisé assez de thune pour me racheter une caisse. Rien de grandiose. Juste de quoi aller au boulot et en revenir sans être obligé de circuler à pied dans ces rues. Tu vois, ça fait une éternité que je cuisine les recettes de quelqu'un d'autre, mais j'ai pas l'intention d'en rester là. Quand j'aurai ma voiture, j'irai *downtown* au R23 et je les supplierai de me prendre comme apprenti. C'est un restau à sushis dément, en plein dans le quartier où on fabriquait avant la plupart des jouets pour le monde entier. Sauf que maintenant les entrepôts sont tous vides, et tout ce qui est jouets, ça se passe en Chine.

Le restau, c'est par Termite que j'en ai entendu parler, vu que lui aussi adore ce qui est japonais. Je veux dire, il adore tout ce qui est oriental, surtout les femmes, mais c'est pas le sujet. Il m'y a emmené la semaine dernière, et j'ai lâché trente-huit *pinche**[1] de dollars pour un repas rien que pour moi. N'empêche, ça valait le coup, vu ce que ces chefs japonais avaient concocté. Des trucs dont j'aurais jamais rêvé. Salade d'épinards et anguille. Thon parfaitement grillé au chalumeau, cuit à l'extérieur, cru et fondant comme du beurre au milieu. Mais ce qui m'a vraiment scotché, c'est le truc qu'ils appellent California roll. À l'extérieur, du riz tapissé de petits œufs de poisson orange. À l'intérieur, un rouleau d'algues vertes enveloppe du crabe, du concombre et de l'avocat. C'est leur façon d'utiliser ce dernier ingrédient qui m'a grave bluffé.

Mec, tu piges pas. Je ferai n'importe quoi pour apprendre de ces chefs. Je laverai la vaisselle. Je passerai la serpillière par terre, nettoierai les toilettes. Je travaillerai tard chaque soir. Ça m'est égal ! Je veux juste être tout près de la bonne cuisine japonaise, vu que le temps que je commande le California roll, uniquement parce que le nom me plaisait bien, que je le regarde et décide qu'en fait j'en voulais pas, car je supporte plus l'avocat, Termite commençait

1. Les termes suivis d'un astérisque à leur première occurrence sont définis dans le glossaire (p. 419).

à se foutre de moi, bon bah, j'avais plus qu'à hausser les épaules et croquer dedans. Quand c'est arrivé sur ma langue, il y a eu comme une étincelle en moi. Tout mon cerveau s'est illuminé et j'ai vu le ciel se dégager là où auparavant tout paraissait bouché. Tout ça parce qu'un chef cuisinier s'est emparé d'un truc qui me sortait par les trous de nez, un truc que je vois tous les jours, pour en faire autre chose.

Coupe donc, dépiaute et écrase autant d'avocats que moi, et tu comprendras. T'en auras vite mal aux os, le genre de douleur qui te vient quand tes mains ont tellement mémorisé les mouvements, à force de reproduire tout le temps les mêmes, que des fois, tu en rêves. Va donc préparer du guacamole tous les jours, sauf le dimanche, pendant presque quatre ans, et on verra si toi aussi t'en as pas ras le bol de ces saloperies verdâtres et visqueuses.

Soudain, un machin vient cogner la clôture tout près de ma tête et je fais un bond en arrière, les mains en l'air, prêt à réagir. Je rigole en voyant que c'est juste un gros chat orange. Putain, j'ai le cœur qui bat à cent à l'heure.

N'empêche, je continue à avancer. Lynwood, c'est pas le genre d'endroit où se faire choper à bayer aux corneilles, enfin, si t'es malin. *Downtown*, c'est différent. La vie est plus douce, là-bas, en tout cas, elle pourrait l'être pour moi. Il y a tant de choses que j'ai envie de savoir, tant de questions que j'ai envie de poser à ces chefs. Genre, mais d'abord quel est l'impact du lieu sur la cuisine ? Je sais peut-être pas grand-chose, mais je suis presque sûr qu'ils ont pas d'avocats au Japon. Nos racines, dans cette ville, c'est la nourriture mexicaine, parce que la Californie, avant, faisait partie du Mexique. La Californie a même une barbichette, la Basse-Californie, qui fait *encore* partie du Mexique, et pourtant les terres situées au nord sont devenues autre chose. Comme moi, en un sens. Mes parents sont originaires du Mexique. Je suis né là-bas, et j'avais un an quand on a débarqué à Los Angeles. Ma petite sœur et mon petit frère sont nés ici. Grâce à eux, maintenant on est américains.

Voilà à quoi servent mes trajets à pied à la maison. Je retourne des questions dans ma tête, je rêve, je réfléchis. Parfois je m'y perds.

En arrivant dans ma rue, j'en suis encore à me demander ce qu'un chef japonais pouvait bien avoir dans le ciboulot en inventant le California roll, et je gamberge pour savoir comment un pauvre avocat peut devenir quelque chose de nouveau et de magnifique, une fois placé dans un contexte différent, et c'est à ce moment-là qu'une voiture au moteur qui gronde approche derrière moi.

J'en pense rien de spécial, en fait. Je me mets sur le côté, mais elle freine à ma hauteur. Alors je me déporte complètement sur le bord, tu vois ? Genre, pas de problème, le gars va juste passer quand il verra que moi je suis pas du tout *impliqué* dans les histoires de gangs. Pas d'uniforme *cholo**. Pas de tatouages. Que dalle. J'ai rien à voir avec leurs affaires.

Mais la voiture continue à rouler à ma hauteur, elle avance au pas, et quand la vitre du conducteur s'abaisse, j'entends un air rapide au piano, style Motown. Par ici, tout le monde connaît la radio KRLA. 1110 AM. Les gens adorent les vieux standards, dans le secteur. C'est l'intro de « Run, Run, Run », des Supremes. Je reconnais le saxo et le piano.

« Hé, toi, me fait le conducteur par-dessus la musique, tu connais ce *homeboy**, là, Lil Mosco ? »

À la seconde où j'entends le blaze de mon petit frère dans la bouche de cet inconnu, je commence à rebrousser chemin.

À chaque pas, j'ai l'impression que mon estomac essaye de s'agripper pour s'enfuir de mon corps. Il sait que ça sent la putain de mouise.

J'entends le conducteur qui rit en enclenchant la marche arrière, et il écrase la pédale des gaz. La voiture repasse en trombe à ma hauteur et s'arrête brutalement. À ce moment-là, deux types jaillissent de l'avant, un autre saute du plateau arrière. Trois gars habillés en noir.

Là, grosse montée d'adrénaline. Faut que je sois sur le qui-vive comme jamais. Je sais que si je parviens à me sortir de ce sale plan, faudra que je me rappelle le maximum de détails, alors je tourne la tête et regarde tout en courant, j'essaye de tout mémoriser. C'est une Ford, cette voiture. Bleu foncé. Une Ranchero, je pense. Un des feux arrière s'allume pas. Le gauche.

J'arrive pas à lire le numéro d'immatriculation, car je tourne la tête en arrivant au coin de la Promenade. Je tente une échappée entre deux maisons, j'essaye d'atteindre la rue d'après, je saute une clôture, disparais dans un jardin, mais ils foncent trop vite sur moi. Tous les trois. Ils ont pas bossé dix heures aux fourneaux, à servir des tacos à une bande de sales gosses et d'ivrognes. Ils sont pas épuisés. Ils sont costauds.

Je les entends, ils me rattrapent, le sang bat dans mes tempes, et je sais que je suis cuit, mec. J'ai à peine le temps de prendre une inspiration et de me préparer qu'ils me cueillent, me font tomber à coups de pied et me frappent à la mâchoire avec un truc dur pendant ma chute. Après ça, c'est le trou noir pendant je sais pas combien de temps.

Je me suis déjà pris des pains dans la figure, mais des comme ça, jamais. Quand je reprends mes esprits, ils sont en train de me traîner jusqu'à la voiture et j'ai l'impression que mon visage va se casser en deux. Au milieu du bourdonnement dans mes oreilles, j'entends les talons de mes chaussures frotter contre le bitume et je me dis que j'ai pas dû perdre connaissance plus de quelques secondes.

« Faites pas ça. » Je m'entends prononcer ces mots. Je suis étonné par le calme avec lequel j'ai parlé, vu que mon cœur cogne à mille à l'heure. « S'il vous plaît. Je vous ai rien fait. J'ai de l'argent. Tout ce que vous voulez. »

Ils réagissent, les trois gus, mais pas avec des paroles. Des mains brutales me remettent sur mes pieds, m'obligent à quitter la Promenade et m'attirent dans une ruelle bordée de part et d'autre de garages. Mais ça, c'est juste la première phase.

Des coups vifs, pas si forts, m'atteignent dans les reins, le bide, les côtes aussi. Ça pleut de partout. J'ai pas l'impression que ça cogne super dur, mais ça me coupe quand même le souffle. D'abord, je pige pas, mais ensuite je vois le sang, je le regarde fixement sur ma chemise. Je suis en train de me demander pourquoi j'ai pas senti les coups de couteau, au moment où je reçois un coup de batte.

J'aperçois un éclair noir une seconde avant de me le prendre sur la tronche, j'esquisse un mouvement de recul pour essayer d'éviter le coup. La partie lourde m'atteint juste à l'épaule, mais je passe de la position verticale, en train de regarder ma chemise, à la position horizontale, à plat dos, les yeux perdus dans la nuit du ciel. Merde.

« Ouais, me hurle l'un d'eux à la gueule, ouais, enculé de ta mère ! »

Je me recroqueville, j'ai l'impression que quelqu'un fait revenir ma mâchoire à la poêle. Je ramène les mains pour me protéger la figure, mais ça sert à rien. La batte s'abat à nouveau, encore et encore. Je m'en prends un dans le cou, et tout mon corps s'affaisse.

Une autre voix dit : « Attache-le au machin, tant qu'il est à l'horizontale. »

J'arrive à peine à respirer.

Une autre voix, peut-être la première, s'en mêle : « C'est ça, bah vas-y, toi qu'es si balèze, Joker ! »

Il y en a donc un qui s'appelle Joker. Faut que je m'en souvienne, je me dis. C'est une info importante. *Joker*. Le mot me reste dans la tête et je le retourne dans tous les sens. Je connais aucun Joker, à part celui des bédés, et je pige pas du tout pourquoi ils s'en prennent à moi et pas à mon frère, qui a encore dû faire une connerie.

« Je vous en prie », dis-je quand je reprends enfin ma respiration. Tu parles. Comme si, de toute leur vie, ces monstres s'étaient déjà laissé attendrir parce qu'on les suppliait. Ils sont trop occupés à me tirer sur les chevilles, mais je suis tellement ensuqué que je peux même pas dire sur laquelle ils tirent. J'ai l'impression qu'on presse mes jambes l'une contre l'autre sous moi.

« Bah voilà », dit l'un d'eux.

J'ouvre les yeux en me demandant : Voilà *quoi* ? Tout autour de moi il y a ce quartier que je reconnais. L'espace d'un instant, en les entendant s'éloigner et en voyant les feux stop de leur voiture baigner d'une lueur rouge les garages alentour, je me dis que c'est fini. Un soulagement m'envahit. Ils se tirent, me dis-je. Ils se tirent ! C'est à ce moment-là que je repère un petit gars, il a peut-être une douzaine d'années, caché derrière la Promenade. Son visage est rouge dans la lumière des stops, et je remarque, ouais, qu'il est en train de me regarder. Il a les yeux écarquillés, n'empêche. Son expression me fout tellement les boules que je suis la trajectoire de son regard le long de mon corps, jusqu'à mon pied, et là, je vomis presque en voyant que j'ai les chevilles attachées, reliées à l'arrière de la voiture par un gros fil électrique.

Je tire fort, mais le câble se desserre pas, il me cisaille la peau, c'est tout. Je donne des coups de pied avec toute la force qui me reste, mais il se passe rien. Y a rien qui bouge. Je fais un effort surhumain pour l'atteindre avec les doigts, trouver un moyen d'enlever le truc d'une façon ou d'une autre.

Mais le moteur de la voiture se met soudain en marche, me voilà plaqué au sol, je me fais traîner. Avec la vitesse, mon crâne cogne et dérape sur le bitume. L'air me passe dessus super vite et j'ai l'impression que chaque morceau de peau de mon dos part en flammes, jusqu'au coup de frein brutal.

Emporté par l'élan, je suis projeté en avant. Trois mètres ? Six ? J'ai dû rebondir, parce que je me retrouve en l'air, jusqu'à ce que quelque chose de dur et froid comme du métal vienne m'écraser la figure. Cette fois-ci je sens ma joue se briser. Je la sens vraiment qui cède de l'intérieur, vu la façon dont le craquement retentit dans mes oreilles, l'os lâche, du sang jaillit sur ma langue. Je tourne la tête, ouvre la bouche et je crache tout. Ça fait un bruit pas possible en tombant par terre, et ça s'arrête pas de couler, alors là, je sais que c'est fini.

Je sais que c'est fini pour moi.

J'ai peut-être eu une chance avant, mais plus maintenant.

Une voix qui vient de la voiture, je sais pas laquelle, hurle : « Récupère c'te câble, bouffon, et vérifie qu'il est mort, cet enculé ! »

Une portière s'ouvre, mais je l'entends pas se refermer. Des pas approchent, et ensuite une forme plane au-dessus de moi, pour voir si je respire.

Je réfléchis même pas. Je crache le plus fort que je peux.

Ça doit l'atteindre parce que j'entends un rapide mouvement de pied et la forme recule.

« Bordel, s'exclame le gars. Il m'a envoyé son putain de sang dans la bouche ! T'essayes de me refiler le sida ou quoi ? »

En cet instant, *j'aimerais* avoir le sida, juste histoire de lui transmettre ! J'essaye d'écarquiller les yeux. Y a que l'œil droit qui s'ouvre. Je vois la forme fourrer un truc dans sa bouche, et ensuite un sourire sarcastique, les dents bien visibles. L'instant d'après la forme est sur moi, tellement vite que je sais même pas ce qui se passe, et me frappe trois fois de suite en pleine poitrine. Je sens pas le couteau, au début, mais je sais rien qu'au son que c'en est un, vu que ça me coupe la respiration. Il fait un bruit caverneux en s'enfonçant. Aussi profond qu'un couteau peut s'enfoncer.

« Dis à ton frangin qu'on déboule. » Il chuchote comme ma mère quand elle est en colère, à l'église. Une colère rentrée.

Celui qui est dans la voiture et qui donne des ordres crie : « Les gens *regardent*, ducon ! »

La forme au-dessus de moi disparaît. La voiture aussi. En partant, elle fait jaillir une gerbe de gravillons qui me retombent dessus. Je respire encore, mais c'est mouillé. C'est à moitié du sang. Je m'assoupis complètement. J'essaye de rouler sur le côté. Je me dis que si je me retourne, au moins, le sang s'écoulera et m'étouffera pas. Mais j'y arrive pas. Une nouvelle forme apparaît au-dessus de moi. Je cligne fort des yeux. Un visage. Une dame qui écarte les cheveux de mes yeux en se penchant au-dessus de moi. Elle me dit qu'elle est infirmière, qu'il faut pas que je bouge. J'ai envie de rigoler, de lui dire que de toute façon je peux pas bouger, alors pas d'inquiétude, je vais rester où je suis, je peux rien faire d'autre. Je veux lui demander de raconter à ma sœur ce qui s'est passé. Il y a une autre forme à côté d'elle, plus petite. On dirait le gamin que j'ai vu tout à l'heure, presque, mais il est trop flou pour que j'en sois sûr. J'entends clairement sa voix, par contre : « Ce con, il va mourir, hein ? » Sur le coup, je crois qu'il parle de quelqu'un d'autre. Pas de moi. La dame murmure alors quelque chose que j'entends pas, et je sens des mains sur moi. Pas vraiment des mains, mais de la pression. La douleur, c'est pas le pire. Le problème, c'est que je peux pas respirer. J'essaye, mais rien à faire. Ma poitrine se soulève pas. Comme si une voiture était garée dessus. J'essaye de leur expliquer. S'ils pouvaient avoir la gentillesse de demander à la voiture de s'en aller, ça irait. Ça me ferait moins lourd, je pourrais respirer et tout irait bien. Faut juste que j'aie un peu d'air. J'essaye de leur crier ça, au moins par petits bouts. Mais ma bouche refuse de fonctionner, j'ai l'impression que ma peau est énorme et qu'elle pend, et le ciel paraît trop proche, comme s'il m'était tombé dessus, sur la figure, comme un drap. J'ai le sentiment super étrange qu'il est descendu pour me remettre d'aplomb, qu'il est en train d'entrer en moi avec une sorte de béton sombre, qu'il essaye de reboucher mes trous pour que je puisse respirer, et je me dis que ce serait bien si c'était vrai, mais je sais que je suis juste en train de crever, le gamin a raison, je sais que j'ai l'impression de me fondre dans le ciel parce que mon cerveau a plus assez d'oxygène, je le sais parce que c'est logique, parce que le cerveau fonctionne pas normalement s'il est pas alimenté, et je sais qu'en réalité je suis pas en train de devenir un bout de ciel, je le sais parce que, je le sais parce que

LUPE VERA,
AKA* LUPE RODRIGUEZ, AKA PAYASA

LE 29 AVRIL 1992

20 H 47

1

Clever est en train de bouquiner son livre de cours, Apache dessine des trucs dans le style du magazine *Teen Angels* à la table de la cuisine, et, campé devant la cuisinière, Big Fe attendrit du chorizo dans une poêle à l'aide d'une cuillère en bois. Il en est à la moitié de son histoire de Vikings qu'il me raconte en criant parce que je suis dans la salle de séjour. Il explique qu'un soir, à Ham Park, des coups de feu retentissent, alors tout le monde se jette à terre, les balles sifflent, *whizz*, mec, et qu'elles font vraiment ce son, et, à ce moment-là, on frappe à la porte d'entrée de chez moi. Des coups forts et rapides, genre *boum-boum-boum*, comme si celui qui est de l'autre côté de la porte en avait rien à foutre de sa main.

On regardait une bande de *mayates** qui saccageait tout après avoir balancé une brique à travers la gueule d'un camionneur blanc, à l'angle de Florence et Normandie, mais les infos ont vite commencé à être rasoir, alors on a zappé pour regarder autre chose. Il y a un western à la télé maintenant, avec le son baissé, mais peu importe. En tout cas, là on peut dire que j'ai arrêté de mater les flingues et les chapeaux. J'avise Fate (Big Fe, on l'appelle presque tout le temps Big Fate, comme ça, tu le sauras), Clever et Apache. Et ils me dévisagent tous les trois. On pense la même chose : c'est pas les shérifs.

Les shérifs frappent pas à votre porte. Ils la défoncent. Ils débarquent en hurlant derrière les canons de leurs flingues et les lampes de poche qu'ils vous braquent dans les yeux. Ils s'en foutent que vous soyez une nana, comme moi. Garçon ou fille, peu importe, ils castagnent tout le monde.

Les shérifs ? Non, *impossible*.

Fate, c'est le patron, ici. En débardeur, comme ça, il a le gabarit costaud naturel dont rêvent les lutteurs professionnels. Son bras droit ondule de tatouages aztèques quand il remonte son pantalon kaki en tirant sur la ceinture, puis écarte la poêle du feu, tandis que le saucisson grésille encore.

Je lui fais oui de la tête et il continue à parler, pour faire comme si tout était normal, au cas où l'individu dehors nous entendrait. Il me répond d'un hochement de tête, tout en se penchant pour récupérer un pistolet. Il y en a toujours un dans le tiroir à poêles, sous le four.

C'est un .38. Il est tout petit, mais il fait des vrais trous.

« Donc je suis sur le dos, poursuit Fate en s'approchant très lentement de la porte, je regarde les étoiles, et, genre, de la poussière de feuilles d'arbre me tombe dessus, parce que les balles les transpercent carrément. Elles *pleuvent* sur moi. »

Je me glisse au sol. Je risque un œil par la fenêtre, mais je vois pas d'ombres, que dalle, derrière les rideaux. Apache, par contre, les a repérés direct. Je vois le peigne blanc qu'il laisse toujours dépasser de sa poche arrière. Il est pas beaucoup plus grand que moi, mais il est tout en muscles, et il porte des habits amples, si bien que personne peut se rendre compte qu'il est super costaud. C'est le genre de gars qu'il te faut dans une situation pareille, dans n'importe quelle situation, en fait. Je veux dire, une fois, il a scalpé un mec. C'est de là qu'il tient son surnom. Il a sorti un couteau et lui a épluché la tête, centimètre par centimètre, les cheveux et tout. Une fois fini, il a tout jeté dans le lavabo. J'y étais pas, mais on m'a raconté.

« Tu me connais, enchaîne Fate, je rampe comme je peux jusqu'à l'arbre le plus proche, pour voir qui tire. »

J'ai dû entendre l'histoire de Fate deux cents fois. On l'a tous entendue deux cents fois. C'est devenu comme un jeu d'appels et de réponses. C'est notre histoire, elle nous appartient à tous, et quand elle est racontée, il faut poser les questions aux bons moments.

Tout en me repliant vers ma chambre, je dis : « T'as pu voir qui c'était, genre, des visages ou je sais pas quoi ? »

Ça frappe à nouveau à la porte, c'est plus lent et plus lourd cette fois-ci. *Boum. Boum. Boum.*

Fate cligne de l'œil. Je suis recroquevillée près de la porte de ma chambre, je passe la main le long de la plinthe pour récupérer la carabine que mon petit frère cache là, derrière la table de nuit. C'est tout lui, ça. Il a planqué une arme dans chaque pièce, et deux dans les toilettes.

« C'étaient les Vikings, poursuit Fate. Appuyés de tout leur long sur le capot de cette bagnole de flic, phares éteints, ils canardaient, mec, ça canardait de partout ! »

C'est ça Lynwood. On a un gang de shérifs néonazis rien que pour nous. J'aimerais que ce soit un mensonge. Il se dit qu'ils ont même des tatouages. Le logo des Minnesota Vikings, sur la cheville gauche. Ils s'en fichent, de la loi. Leur vision des choses, pour régler les problèmes entre gangs, c'est de débouler dans le quartier tous phares éteints, comme a dit Fate, et de tirer à l'aveuglette sur ceux qui ressemblent à des gangsters. Et ensuite, ils décampent, dans l'espoir d'avoir déclenché une guerre des gangs qui fera qu'on s'entretuera, vu que chaque gang croira que c'est le gang adverse qui a déclenché les hostilités, et non pas les shérifs. C'est du boulot pour la police criminelle, ça. Mais pour eux, si tu es basané ou noir, tu vaux rien. Tu es même pas humain. Nous tuer c'est comme sortir les poubelles. Voilà comment ils raisonnent.

Le vernis à ongles dans une main, un de ces machins pour l'appliquer dans l'autre, Lorraine sort la tête de ma chambre en lançant un regard curieux, un grand regard ébahi avec, en dessous, ses *chichis** qui me lorgnent en gigotant. Elle porte même pas de soutif, et seulement trois orteils sur dix sont peints en bleu *glitter*. Manifestement, mademoiselle a été interrompue.

Mon regard furieux la glace. J'articule en silence : *Puta**, *recule.*

Elle prend d'abord un air furax, mais retourne dans la pénombre de la piaule, tandis que je passe le doigt autour de la crosse de la carabine que je ramène sur mes genoux. C'est un truc léger entre mes mains, une .22. Je m'en suis servie que deux fois dans ma vie, pour tirer sur des cibles.

Je vérifie qu'elle est chargée. Évidemment qu'elle est chargée.

Clever murmure quelque chose à Fate et regarde l'écran de vidéosurveillance qui permet de voir l'extérieur de la maison sous tous les angles. « J'ai rien à la vidéo. C'est le môme Serrato.

– Alberto ?

– Nan, le plus jeune. Je connais pas son nom. »

Ça cogne à nouveau à la porte, hyper fort, putain. Difficile d'imaginer qu'un gamin de douze ans tape si dur à ma porte. C'est à ce moment-là que j'ai le bide qui se tord, comme si je me retrouvais dans les montagnes russes à la fête foraine. Tu vois, c'est là que je pige qu'il y a un truc qui déconne vraiment. Un truc irréparable, si ça se trouve.

2

Fate est au téléphone, il a une super idée : il appelle les voisins d'en face, deux maisons à gauche et deux maisons à droite, pour être sûr que l'avenue est dégagée. Qu'il y a pas de bagnole, personne embusqué. On peut jamais savoir qui ils vont utiliser pour vous faire ouvrir la porte. Ça peut être des mômes, ça peut être n'importe qui. Faut avoir des yeux partout. Il hoche lentement la tête avant de passer l'appareil à Apache. Clever le couvre.

Clever est épais comme un cure-dent. Un vrai *palillo**. Il laisse la chaîne sur la porte mais actionne la poignée, entrouvre juste assez pour qu'Apache puisse glisser le .38 à canon court jusqu'à la grille en métal de la porte de sécurité, à quelques centimètres de la figure du garçon. « Tu cherches quelque chose, petit *homie* ? »

Le gamin est complètement essoufflé, il tousse un peu, il regarde même pas le canon, lève même pas la tête. « Mademoiselle Payasa, je… »

Lupe Rodriguez. C'est mon nom civil, si tu veux savoir. Non pas que ça ait de l'importance. C'est pas mon vrai nom. J'en ai déjà changé deux fois. Mais c'est Payasa depuis que je suis *impliquée*. (*Impliquée*, c'est la façon polie de dire que je suis dans un gang.) Mais de là à me faire appeler mademoiselle ?! Ha. J'aurais pas le bide qui se grignote lui-même, je trouverais peut-être ça mignon. Même maintenant, même dans le feu de l'action, le respect est nécessaire.

Par ici, ces trucs, c'est pas une histoire de politesse. C'est une monnaie d'échange. Faut jamais l'oublier.

Apache se penche en avant. « Crache, petit *homie*. »

Le môme lève les yeux qu'il braquait jusqu'alors sur ma véranda. Son visage est dur. « C'est son frère, il est euh… »

Clever défait la chaîne, puis ouvre la porte de sécurité, et Apache fait entrer le gamin d'un geste sec en le prenant par les épaules, puis referme la porte avec le talon. La grille claque bruyamment derrière. Il fouille le môme vite fait, avec efficacité. Le garçon a des cheveux noirs trop longs et une dent ébréchée. Il a du sang sur lui.

Fate prend la relève à partir de là et secoue un peu le gamin. « *¿Adónde* ?* »

Je peux même pas mentir. Tu vois, je me dis qu'il parle de Ray, mon jeune frère. Il se fait appeler Lil Mosco. (Mosco ça signifie « mouche ». Il a écopé de ce blaze parce qu'il arrêtait pas de bourdonner quand on était petits. Et le Lil, c'est l'abréviation de *little*, parce que jusqu'à l'année dernière il y avait un Big Mosco. Coups de feu tirés d'une voiture en marche. Paix à son âme.)

Une minute suffit au môme pour nous dire que le corps est à deux rues d'ici, mort de chez mort. C'est à ce moment-là que le sang se met à vraiment me fouetter les tympans, parce que là, j'y comprends plus rien.

Je réfléchis : ces temps-ci, Lil Mosco est pas dans le secteur, il se tape des allers-retours sur Riverside, alors comment est-ce que… ?

Merde. C'est là que je me rends compte. Je me prends le truc en pleine figure. Et toute la maison se met à pencher. Il faut que je pose la main contre le mur pour pas perdre l'équilibre.

C'est pas Ray.

« Oh, putain », je dis.

Fate lâche le môme et tire une de ces gueules. J'ai jamais vu une tête aussi triste. Lui aussi comprend. Clever a déjà la bouche ouverte, comme s'il avait oublié ce que c'est de respirer. Apache a le visage enfoui au creux de ses mains.

C'est Ernesto, mon grand frère. Mes tripes ont pigé, mais mon cerveau est pas d'accord, il proteste en disant des trucs du genre : mais il est même pas dans un gang, lui. Il est même pas *impliqué*. Il trempe pas dans nos combines. C'est un civil. Tous ces trucs-là ont rien à voir avec lui, donc c'est pas possible. Putain, c'est impossible.

Mais je comprends alors que c'est comme un problème de math. Couillonne que je suis, je finis par le résoudre. Y a plus de règles maintenant. Plus aucune. Du moins pendant les émeutes. Je frissonne en me rendant compte que tous les flics de la ville sont ailleurs, autrement dit la saison de la chasse est officiellement ouverte pour tous les connards qui ont, un jour ou l'autre, fait un sale plan et réussi à pas se faire choper, et bon sang, dans ce quartier, la liste est longue. Je renifle un coup et je prends une seconde pour mesurer le côté diabolique de tout ce que ça suppose.

Je veux dire, moi, Fate et Clever, on a imaginé pour rigoler qu'un truc comme ça puisse arriver quand on a vu le mec se prendre une brique, à la télé, avant qu'Apache rapplique. On s'est dit que ce serait le bon moment pour marquer des points et égaliser certains scores, si on était d'humeur. Il doit déjà y avoir quelques *homies* sur place, qui, gun au poing, règlent de vieilles dettes.

Quelque part derrière moi, Lorraine sort de ma chambre et gémit : « Non, baby, non… » comme si elle essayait de me consoler ou je sais pas quoi, mais je suis même pas triste pour l'instant, et un truc est sûr, j'ai pas envie qu'elle pose ses mains sur moi.

Je suis en colère.

Je veux dire, j'ai jamais été aussi furax après quelqu'un de toute ma vie. Des éclairs rouges viennent strier ma vision, j'enfonce mes ongles dans la crosse de la carabine.

Genre, combien de fois ai-je dit à Ernesto de faire gaffe en rentrant à pied à la maison ? La ligne de démarcation entre leur quartier et le nôtre est trop proche. Ce connard de fainéant a eu ce qu'il méritait, voilà ce qui arrive quand on m'écoute pas !

Je me mords la lèvre et me rends compte que j'ai arrêté de respirer.

Je m'entends dire « Qui est au jus ? » J'ai demandé ça sur un ton enragé.

Le gamin a l'air déconcerté. « Genre, qui a fait le coup ?

– Non, je dis. Qui sait qu'Ernie est mort ? »

Le gamin finit par répondre : « Juste les gens de la ruelle où il s'est fait traîner. » *Traîner*, le môme prononce ce mot, et, putain, je sais même pas ce que ça veut dire dans cette situation. C'est juste que le terme fait pas tilt. Je pige pas. Du moins pas sur le coup. Pas tant que la maison tourne encore et que je suis obligée de me cramponner au mur pour pas tomber. Je déglutis bruyamment et je demande : « On a combien de temps ? »

Clever me dévisage comme s'il comprenait pas tout de suite ce que je lui demande, mais Fate a saisi, lui. J'ai même pas besoin de préciser.

Il regarde l'horloge au mur et hausse les épaules. « Une heure et demie, je dirais. »

C'est le temps qu'il nous reste avant que Lil Mosco redonne signe de vie et apprenne ce qui s'est passé. Personne emporte son bipeur pour faire des livraisons. Histoire d'éliminer la tentation de s'en servir en plein business.

Donc quatre-vingt-dix minutes. Voilà le temps qu'il nous reste pour savoir qui a fait le coup, retrouver les mecs et les farcir de balles, avant que Lil Mosco-le-dératé rentre à la maison et commence à entrer dans des baraques, les unes après les autres, et ouvre le feu sur quiconque aura un vague rapport avec l'affaire. Mais c'est pas mon style.

J'ai besoin de regarder dans les yeux celui qui a fait le coup, parce que c'est ça, la mission d'une sœur.

Il faut qu'ils sachent que je sais avant de s'en prendre une. Justice doit être faite.

Dans le séjour, tout le monde voit bien que je suis remontée à bloc. Personne pipe mot quand j'éteins la télé en plein western. Je coupe une scène d'expédition punitive, avec distribution de badges à un groupe de types à chapeaux blancs. L'espace d'un instant, j'ai l'impression que c'est nous. Je tends ma carabine à Fate et je décroche le téléphone pour appeler *mi mamá*. On l'a déménagée de Lynwood, l'année dernière, pour l'installer dans un endroit plus sûr, je peux même pas te dire où. Elle a quand même eu vent de ce qui se passe, à croire que le téléphone arabe passe encore au beau milieu de sa cuisine.

Je m'y reprends à cinq fois avant d'arriver à la joindre. Les lignes téléphoniques doivent être saturées partout ce soir. J'imagine que j'ai du bol. Au ton de sa voix, je sais tout de suite qu'elle est pas encore au courant, mais elle note au ton de la mienne que quelque chose cloche. Je lui dis d'ouvrir la porte à personne, de bien la fermer à clé. Je lui dis de plus répondre au téléphone jusqu'à ce que je sois là, parce que j'ai une chose importante à lui dire, mais que ça doit attendre, et il faut que ce soit moi qui lui annonce de vive voix.

« *Por favor**, je dis. *Prométeme**. »

Elle promet.

Je raccroche et demande au môme de nous emmener là-bas, là où mon frère s'est fait putain de *traîner* à mort.

3

Jamais un trajet en voiture de deux minutes m'a paru aussi long que celui-ci, dans la Cutlass d'Apache. Ma jambe gauche tremble comme je sais pas quoi, et y a qu'en mettant les mains sur le genou que je fais cesser le tremblement. Mais à ce moment-là l'autre s'y met et je me dis, et merde, et depuis la banquette arrière je regarde les boîtes aux lettres qui défilent en vitesse, les portes d'entrée en cage derrière des barres. Tout le monde s'est barricadé comme il faut. Je leur reproche rien. Il fait pas sombre au point de pas voir la fumée au-dessus des maisons et de pas savoir qu'au loin ça crame encore.

Clever se gare une rue avant, et je me répète qu'il faut que je respire. Moi, Fate et le petit *homie* Serrato, on coupe entre les maisons, par la Promenade, jusqu'à une ruelle avec des garages de chaque côté. L'air est encore lourd, comme si plein de gens avaient retenu leur respiration jusqu'à ce qu'on arrive. J'ai trop chaud, alors je défais les boutons de ma chemise en flanelle, qui se met à flotter derrière moi. J'ai plus que mon débardeur pour me protéger.

Normalement on aurait déboulé, vu ce qu'il y avait à voir, et on se serait tiré fissa. Mais ce soir on a le temps. Même si quelqu'un appelle les shérifs, ils risquent pas de rappliquer avant un bon bout de temps. En tout cas pas ce soir. Ce soir, les rues sont à nous.

Clever est juste derrière nous, avec une lampe de poche et plusieurs sacs à fermeture Éclair déjà ouverts et prêts. Clever, c'est une vedette pour les trucs comme ça. On l'a envoyé à l'université Southwestern de L.A. pour faire des études d'Enquêtes sur scènes de crime, l'année dernière. Il a failli avoir son brevet de technicien supérieur.

Je veux dire, d'un certain côté, t'as pas envie qu'il se serve de ce qu'il a appris. Mais c'est la vie dans toute sa folie. Tôt ou tard, c'est au tour de quelqu'un de se prendre un coup de couteau. Et t'as pas envie que ça arrive aux autres de ta *clica**, mais t'as encore moins envie que ça t'arrive à toi. J'ai déjà ressenti ça deux fois, pour un cousin et quand *mi padre* est tombé. Maintenant la roue a tourné et c'est de nouveau à moi. C'est mon tour. Une fois encore. J'ai besoin de Clever et de ses réponses. Et vite.

Je tapote le coude de Fate. Il sait pourquoi.

Il me met sa montre sous le nez. On a encore une heure et quinze minutes avant que Lil Mosco se transforme en diable de Tasmanie. Enfin, si on a de la chance.

Les *homies* du quartier ont déjà condamné l'accès à la ruelle des deux côtés. Ranger, Apache et Oso, le cousin d'Apache, montent la garde. Comme des soldats. Je vois pas assez loin de l'autre côté pour savoir qui il y a, mais ils sont là, quatre ombres longues comme des couteaux pointus, dans la ruelle, à cause des projecteurs du terrain de softball, à quelques rues d'ici, ce qui est bizarre vu que je sais pas qui irait disputer un match alors que la ville est en flammes, enfin bon. C'est pas mon électricité.

La ruelle est assez large pour deux voitures compactes peut-être, pas plus. L'arrière des maisons en bois, de part et d'autre, est complètement vieillot, genre années 1940, gouttières rouillées. Les garages sont séparés des habitations et, entre les bâtiments, tu trouves des matelas, des vieux canapés, et toutes les autres saloperies dont les gens veulent pas devant chez eux, ni sur la pelouse. Sûr que c'est le genre d'endroit déprimant qu'aucun proprio pense qu'on verra, l'arrière des maisons que personne se donne la peine de peindre.

Tout autour de nous, les rues font le guet.

Des visages neutres en retrait dans les ombres des garages. Des visages apeurés qui font comme s'ils avaient pas peur. Un ou deux me paraissent familiers, je les retiens. Y en a une qui est infirmière, n'empêche, elle a encore sa tenue bleue d'hôpital. Elle tressaille un peu quand je la regarde. À côté d'elle, un clodo black traîne les pieds, je le reconnais pas, un gars qui doit pas être du quartier. Il est petit, il a une canne et il s'approche du corps, comme par curiosité.

Quand il voit que je le reluque, il dit : « Hé, y s'est passé quoi, là ? »

Je ralentis même pas ma foulée.

« Que quelqu'un me dégage cette saleté de fouineur. » J'ai l'impression que je le crache plus que je le dis.

Fate hoche la tête derrière nous. Un soldat se détache sans doute du bataillon pour s'en occuper, vu que j'entends un bref bruit de pas, mais rien qui mérite qu'on y prête attention. Je suis déjà concentrée sur autre chose.

On approche du corps de mon grand frère, et il me paraît trop frêle. Genre, ses épaules sont trop petites, or je me souviens toujours qu'elles étaient assez larges pour me trimbaler quand on jouait au cheval et que moi j'étais juste une *chavalita**. Je flanche pas en voyant son visage, mais je m'arrête. Je m'immobilise d'un coup.

La figure d'Ernesto est complètement bousillée. Je veux dire, c'est sa figure, mais non. C'est plus sa figure.

Les deux yeux sont gonflés comme si un boxeur l'avait tabassé, bien méthodique et tout. Du gravier s'est incrusté dans de longues plaies sur ses joues, dans sa bouche. Des grains de sable. De minuscules gravillons. Une de ses dents de devant est complètement retournée. La joue est rentrée vers l'intérieur. Il lui manque une oreille.

« C'est lui », dit le petit gars, mais c'est pas la peine.

Merde. C'est évident, putain.

Je dis pas ça, n'empêche. Je suis complètement prisonnière à l'intérieur de ma tête.

Je regarde à mes pieds mon grand frère qui a pas l'air si grand.

Je fais jouer ma mâchoire, et elle claque. Ernesto était plus grand que ça, je me dis. Idiot, je sais, en plus de tout le reste, mais ce genre de truc, on peut pas s'en empêcher. Les pensées viennent comme ça, des trucs pas très originaux, qui éclatent à la surface, et la peau me picote. Je me rends compte soudain que je transpire drôlement.

Il est encore en tenue, mon grand frère, enveloppé de noir et de poussière et de sang pas encore séché. Dans toute cette misérable ruelle de merde, y a qu'un seul arbre assez grand pour faire un peu d'ombre sur mon frère, il ondule dans un sens et dans l'autre, et le contour foncé de l'ombre monte et descend sur ses jambes, comme une couverture, comme pour le border ou je sais pas quoi.

Pire que ça, il a encore aux pieds les bottes de cow-boy que je lui ai offertes pour Noël il y a deux ans. Cuir noir, talon et semelle couleur orme. Super classe, comme pompes. Il les mettait jamais au boulot, juste pour y aller et en revenir. Va savoir pourquoi, c'est ça qui me touche le plus. Je revois son sourire de travers quand il avait ouvert le paquet, les yeux écarquillés, et j'ai besoin d'un petit moment pour me reprendre.

Je m'éloigne, poings serrés pire que des doubles nœuds. Je fixe les projecteurs du terrain jusqu'à cligner des yeux et voir des copies bleues des garages tout autour, ça arrange pas grand-chose, mais c'est toujours ça. En regardant à nouveau le bitume et en me mettant à marcher, je prends soin d'éviter les traces de pneu qui s'éloignent d'Ernesto comme les rails noirs d'une voie ferrée. Je comprends maintenant ce que le môme entendait par « traîner ».

Il a dû faire une vingtaine de mètres sur le bitume après s'être fait tabasser.

Chierie de *pinche* de merde ! Je comprends trop bien.

D'abord, ils le tabassent. Ils lui transpercent la face à coups de poing, probable aussi à coups de crosse de flingue, s'ils en avaient. Ils ont infligé ça à un gars qui leur avait jamais rien fait, à un type qui était même pas de leur monde. Ils ont passé les bornes, là, et je vois qu'une seule explication. C'était un moyen pour eux de nous atteindre, d'atteindre ce pauvre connard de Lil Mosco, c'est ce qui paraît le plus évident et le plus probable. C'est leur façon à eux de nous adresser un message. Sauf qu'ils pensaient pas que je serais la première à le recevoir, ce message.

Je suis tellement furax que j'en tremble. Toute cette colère que j'avais contre Ernesto, ce mec qui m'a élevée quand *mi padre* est mort, qui s'est toujours arrangé pour que je finisse mes *chilaquiles** et que j'aie chaque jour un casse-dalle à emporter à l'école, change de camp.

Je sens carrément le déclic. J'éprouve le truc tout au fond de moi, comme un interrupteur qui fait que la lumière s'allume. Toute la colère que je dirigeais contre mon frère, qui a emprunté le mauvais chemin pour rentrer à la maison, disparaît soudain, et, exactement à ce moment-là, s'embrase pour se reporter sur les salopards qui ont fait le coup. J'ai besoin de savoir qui a fait ça, jamais rien a été aussi urgent. De voir son visage comme ça – merde. De voir son visage comme ça…

Je sais que je pourrai jamais revenir au point où j'en étais avant d'avoir vu ce que je vois.

Ces lâches m'ont transformée en quelqu'un d'autre en faisant ça à mon grand frère, à mon Ernesto. À cause d'eux, c'est comme si j'étais devenue une personne nouvelle. Là, je suis affamée, assoiffée, et je brûle, tout en même temps. Je le dévisage à nouveau. Il faut que je sache à qui je vais devoir m'en prendre. Faut que je sache à qui appartiennent les cœurs qui vont avoir des trous assortis à ceux qu'il y a dans le mien. Et putain, je devrais déjà le savoir depuis cinq minutes.

En public, comme ça, c'est Fate qui donne les instructions. Je force mes mains à se détacher l'une de l'autre. Je m'oblige à revenir vers lui.

Peu importe à quel point je sens le truc. Je peux pas la ramener, je vais quand même pas aller à l'encontre de son *machismo**. Ça marche pas comme ça. Je suis même pas encore un soldat à part entière, je suis juste de la même famille qu'un des soldats. Et puis, les femmes ont pas leur mot à dire. Je peux me lamenter sur mon sort ou faire avec. J'opte pour la deuxième solution.

Mais Fate sait déjà ce que je veux. C'est comme s'il lisait dans mes pensées.

« Si tu te sens, Payasa, va parler à des gens. Et continue à faire ce que tu fais, Clever. » Fate nous adresse à chacun un hochement de tête, puis se tourne vers le garçon. « Qu'est-ce tu foutais par ici, p'tit *homie* ? »

J'entends pas la réponse, ça m'intéresse pas vraiment.

J'ai déjà parcouru une dizaine de pas en direction de l'infirmière aperçue tout à l'heure. Elle est en plein milieu de la ruelle, comme si elle attendait que quelqu'un vienne lui poser des questions.

4

Cette infirmière, elle doit mesurer un mètre soixante, elle a encore sa tenue bleue d'hôpital et ses chaussures à semelles compensées, plus blanches que blanches. Elle a une balafre au menton, des cheveux courts, lustrés et noirs comme du vernis à ongles qui brille dans la lueur d'un réverbère, et du sang sur elle, sur tout le devant. Ce que je pense, c'est qu'elle a essayé de le sauver. Ce que je pense, c'est que le sang de mon frère paraît violet sur sa blouse, genre, on dirait même pas que c'est du vrai.

« Tu es la sœur de Sleepy ? Gloria ? »

Elle hoche la tête. Elle sait que je parle de Sleepy Rubio, et non pas de Sleepy Argueta. Y a une grosse différence. Une trentaine de kilos, à la louche.

« Condoléances », dit Gloria.

Je réponds de ma voix la plus calme possible, car elle semble bien secouée. Ça me paraît complètement bidon, mais je suis obligée. « Dis-moi ce que tu sais. »

Elle enlace les bras autour de son corps, comme si elle avait froid, et montre le garage le plus proche, une espèce de box qui paraît marine dans le noir. « Je me suis garée, j'étais en train de regarder mon courrier, tu sais. Je ne le ramasse pas assez et... »

Gloria remarque mon regard noir du style on-va-pas-y-passer-la-nuit, et accélère.

« Il y a cette voiture, là, qui est passée vite, un petit pick-up avec un plateau à l'arrière et tout. Dans le rétroviseur je l'ai vue, et j'ai vu qu'il y avait un truc derrière qui se faisait traîner, je suis sortie, j'ai regardé, et là, quand j'ai vu que c'était une personne, je n'y ai pas cru. On aurait dit un truc tiré d'un film. Ils se sont arrêtés quatre maisons plus loin et deux gars sont sortis. »

Je compte dans ma tête. « Par la portière du conducteur aussi ?

– Non. Du plateau à l'arrière et de la portière passager.

– Donc le conducteur est pas sorti ?

– Non, je ne crois pas. »

Je la foudroie sans doute du regard, vu qu'elle a un petit mouvement de recul. Je dis : « Les deux autres, ils étaient comment ?

– Je ne sais pas. Il y en a un qui était de taille normale. »

Je lève les yeux au ciel en entendant un truc pareil. On dirait que la plupart des gens sur terre sont absolument pas attentifs. Nous, par contre, faut qu'on fasse gaffe, dans cette vie de dingues. Si t'es pas attentif, tu mérites pas de respirer.

« Mais l'autre, dit Gloria, il était plus grand que moi. Un mètre quatre-vingts, peut-être... ? »

Je dis : « D'accord, c'est bien », sauf que ce n'est pas bien, pas vraiment. Mais c'est déjà ça. J'essaye de l'encourager, c'est ce que ferait Fate. Il est bien meilleur que moi pour ce genre de trucs. « Est-ce que tu as vu leurs visages ? Tu as repéré des signes distinctifs ou des trucs qui sortiraient de l'ordinaire ?

– Non. Il faisait nuit. Pourtant ils avaient des lunettes de soleil. J'ai trouvé ça bizarre, de nuit.

– Ils avaient quelle carrure ? Ils étaient fringués comment ?

– Carrure normale, j'imagine, mais le grand était baraqué, du genre à faire plein de muscu. Ils étaient tous les deux habillés en noir. Casquette et tout. Je n'ai rien pu voir. »

Ça se comprend. Quand j'irai au carton pour venger Ernesto, probable que moi aussi, je me fringue en noir.

« C'était quoi, comme marque de voiture ?

– Je ne sais pas. Peut-être une Cadillac ou une Ford, une de ces longues voitures carrées des années 1970, il me semble. Je t'ai dit qu'il y avait un plateau à l'arrière ou pas ? Tu sais, c'était un de ces véhicules moitié-voiture moitié-camion.

– Y avait pas un truc particulier ? Des autocollants, un feu arrière cassé ou autre ? »

Gloria plisse les yeux un instant avant de dire : « Non. »

Je secoue la tête et renonce à poursuivre dans cette direction. « Dis-moi ce qu'ils ont fait quand ils sont sortis. »

Elle déglutit, incapable de me regarder dans les yeux. « Ils l'ont poignardé, genre, plein de fois. Je ne sais pas combien. Je n'avais jamais rien vu de tel. Ça fait un *son.* »

Gloria frissonne et se mordille la lèvre. Elle a pas besoin de me faire un dessin.

Sûr que ça fait un son. Et puis ça dépend si tu rebondis sur les côtes ou si la personne retient sa respiration quand tu enfonces la lame. Et je parle pas du cartilage. La vérité : c'est pas facile de tuer quelqu'un à coups de couteau. Ça prend du temps. Parfois, faut avoir du bol. C'est bien plus facile si la personne se débat pas, et peut-être qu'Ernesto était trop blessé pour se débattre.

Je me mords si fort l'intérieur des joues que j'ai un goût de sang dans la bouche, comme du cuivre brûlé. Je me remets à trembler, je serre les poings. « Ils l'ont poignardé combien de fois ?

– Je ne sais pas », répond Gloria.

Je hoche la tête et je ravale ma salive, j'essaye de refouler le plus possible ce que je ressens. Jusque dans mes pieds même. Jusque dans le sol. « Et ensuite ils se sont tirés, c'est ça ? »

C'est ce que j'aurais fait. Opération coup de poing, et puis salut la compagnie. Propre et net. Je remarque que j'ai les poings serrés, alors j'étire les doigts. Je sais déjà que la réponse à cette question est un oui.

« Non », dit Gloria.

Mes oreilles bourdonnent, je demande illico : « Comment ça ?

– Le grand, il a essuyé son couteau, l'a remis dans la poche de son sweat-shirt, et ensuite il a sorti un chewing-gum, l'a mis dans sa bouche et a jeté le papier. Ou peut-être qu'il a d'abord mis le chewing-gum dans sa bouche…

– Attends. » J'en ai les poils de la nuque qui se dressent. « Où ça ? »

Elle entend pas tout de suite ma question, elle est encore en train de parler, les yeux perdus au loin, dans ses souvenirs. « Ensuite ils sont tous remontés dans la voiture et…

– Attends. » Je pose la main sur son épaule. J'y vais peut-être un peu fort parce qu'elle gémit doucement. Comme si j'en avais quelque chose à foutre. « *Où* est-ce qu'il l'a jeté ? »

Gloria se reprend et me dévisage : « Quoi ?

– Le papier de chewing-gum. »

Elle indique la ruelle, à droite de là où se tient Fate avec le môme Serrato. Je marche vers eux, vite. Elle m'emboîte le pas, sans s'arrêter de parler : « J'ai essayé de le sauver. Je veux que tu le saches. Mais c'était trop. »

Je jette un œil par-dessus mon épaule, Gloria montre sa tenue d'infirmière, les traces de sang. Le sang de…

Je devrais la remercier. Je peux pas.

Je suis trop occupée à fouiller les touffes d'herbe, à donner des coups de pied dans le gravier, jusqu'à trouver un bout de papier roulé en boule. Un papier qui semble récent. Tout récent.

Mon cœur bat la chamade, le papelard est tout frais, on dirait qu'il a été balancé il y a peu. Sûr que c'est ça.

Je me retourne, je m'apprête à appeler Clever, mais il est déjà à mes côtés, il me tend un petit sachet. Merde, c'est un bon, ce gus. Il assure carrément. Je dépose le papier dedans.

Il a une paire de pinces longues, il s'en sert pour tenir un bord du sachet, puis il appuie les doigts à travers le plastique, comme si c'était un gant de fortune, et déplie le papier de chewing-gum. L'extérieur est bleu. On regarde tous les deux attentivement.

Y a une espèce d'écriture bizarre dessus, comme de la calligraphie ou je sais pas quoi. Fate nous a rejoints, il approche son visage.

Je demande : « C'est un style oriental ? Genre écriture coréenne ?

– Nan. Pas coréenne. » Clever tend le truc à la lumière. « On dirait du japonais. Des lettres pointues. Le coréen, c'est plus rond. »

J'en sais rien, mais je hoche quand même la tête. « Ça dit quoi ? »

Clever l'a entièrement déplié, il tapote ses pinces sur une image de fruit, au milieu, qu'il scrute en plissant les yeux. « Pas sûr, mais ça ressemble à des myrtilles, non ?

– Putain, qui mâche du chewing-gum japonais à la myrtille par ici ?

– Fais circuler le message », grogne Big Fate. Il va voir les soldats. « On est sur le point de trouver. Que chacun en parle autour de lui. »

Je reviens vers Ernesto d'un pas lent, je contemple les sachets que Clever a alignés sur le bitume accidenté. Il y en a six. Dans un des sachets se trouve le porte-monnaie d'Ernie. Je l'ouvre pour voir s'il reste encore de l'argent dedans.

Affirmatif. Ce qui empire la sensation de brûlure. Quand les mecs essayent même pas de faire croire à un braquage bidon, tu sais qu'ils t'adressent un message. Remarque, tu vas pas faire croire à un simple vol quand tu dérouilles quelqu'un et que tu le traînes sur le bitume avant de le poignarder, tout ça de sang-froid. Merde.

Je sors sa carte et les photos de moi, Ray et Ernie quand on était mioches, une photo de *mamá* aussi. Je replace le porte-monnaie dans sa poche en laissant l'argent, comme ça, les shérifs sauront que c'était pas un vol. Vingt-trois dollars. Mais faudra qu'ils bossent un brin avant de réussir à l'identifier.

Ça nous fera gagner un peu de temps. Au cas où.

À l'heure qu'il est, quelqu'un a appelé police secours. Pas moyen de dire combien de temps ça prendra avant que les flics rappliquent. J'en ai le bide retourné rien qu'à l'idée qu'il reste allongé ici pendant Dieu sait combien de temps. Une heure ? Deux ? J'enlève ma chemise de flanelle, je lui couvre le visage, lui relève un peu la tête et place les manches sous sa nuque, comme un oreiller. J'en ai les mains pleines de sang.

Ensuite, Clever récupère les sachets, et moi je reste plantée là, engourdie, à côté de lui, à essayer de trouver le courage de prononcer les mots qu'il faut. Je me penche à côté d'Ernesto, assez près pour le toucher.

Je ferme les yeux et je dis : « On va t'enterrer bien comme il faut, grand frangin. Je te le promets. Mais pas tout de suite, d'accord ? Alors, je t'en prie, pardonne-moi au moins ça. »

Je cligne des yeux et les ferme à nouveau, mais uniquement après avoir saisi l'unique surface propre de son uniforme, une couture sur l'épaule, près du col. Je serre fort entre le pouce et l'index.

« On a besoin d'un peu plus de temps, c'est tout. »

5

Quand je reviens à la maison ça grouille de *homies* qui se demandent ce qu'on va foutre, comment on va riposter après ce qu'ils ont fait à Ernesto. Voilà de quoi ça cause. Les soldats veulent des flingues et des bagnoles, voire une colonne de voitures. Ils veulent du sang, sans savoir celui de qui. Ça fait plaisir et tout, mais

Ernesto était pas de leur famille, tu vois ? C'était un des miens. C'est à moi de venger sa mort.

Fate est malin comme tout, n'empêche. Il leur accorde juste assez de temps pour que la colère retombe un peu, puis les renvoie tous chez eux – tous sauf Apache – attendre les ordres. Apache reste parce qu'il reconnaît le papier de chewing-gum, c'est juste qu'il se souvient plus où il l'a vu, donc on est tous suspendus à ses lèvres, Clever a encore tous les sachets étalés, et putain, c'est super tendu.

Les murs paraissent se rapprocher, le plafond est trop bas. Même ma peau me semble toute fine et tirée sur mes os. C'est de plus en plus douloureux chaque fois que je regarde l'horloge de la cuisine, je sens que la catastrophe ambulante de Ray se rapproche et que ma chance de rendre justice s'éloigne.

Si y en a qui sont touchés par la mort d'Ernesto, personne le montre. Ça chiale pas ni rien. Même s'ils ont envie, ils peuvent pas, parce que c'est des manières de gonzesse. De la pure faiblesse.

« Attendez. » Apache tient en l'air le sachet dans lequel se trouve le papier de chewing-gum et finit par dire : « Le Cork'n'Bottle ! C'est là que je l'ai vu ! »

Soudain, silence total. On a besoin de savoir qu'il en est sûr, genre sûr de chez sûr.

« Sérieux, dit Apache. Ils ont toutes sortes de trucs dingues par là-bas. Même, genre, du chewing-gum noir à la réglisse. Chant-mé, comme truc. »

Fate fait la tête du type qui en doute pas un instant, mais il a aussi besoin de savoir autre chose. « Comment te le sais ?

– Eh ben, Lil Creeper et moi on était de sortie, une fois… »

Fate agite tout de suite la main en entendant le nom, comme pour repousser une mauvaise odeur. Ce qui signifie : c'est bon, pigé, alors ça va, pas besoin de continuer. Apache avait qu'une chose à dire, Lil Creeper, et c'est fini. Le nom de ce zigue met un terme à toute conversation. Autrement dit : pas besoin d'explication, on te croit. Comment ce mec a pas été tué cent fois ou coffré à vie, je le saurai jamais. Il est, genre, constamment défoncé. Toujours au mauvais endroit. Toujours à faire des conneries. Et pourtant, miraculeusement, il arrive toujours à se tirer des pires embrouilles. Un vrai asticot, cet enculé, mais cet enculé d'asticot, il est dans notre camp.

Une fois, quand on était petits, Ray voulait un vélo, un Dyno. C'était un BMX, le truc le plus cool pour la rue. C'était à l'époque où Creeper commençait à tâter de la dope. Héroïne, coke, peu importe, il s'en foutait. Si ça pouvait pénétrer dans son corps, ça y allait. Donc Ray lui dit qu'il veut un Dyno, lui dit les couleurs et tout.

C'est comme ça que ça marche avec les junkies, tu sais. Pas besoin de leur demander de faire les trucs. Tu leur indiques juste ce que tu veux et t'en reparles plus. Ça marche mieux que de leur fournir les détails. Deux jours plus tard, Creeper se pointe à la maison avec un vélo blanc et rouge, exactement comme Ray avait demandé, mais il y a un hic. C'était pas un Dyno qu'il avait volé à J.C. Pennies, c'était un *Rhino* – un biclou de naze, une imitation, avec le nom débile de la marque écrit avec le même genre de lettrage. Mec, on s'est tellement bidonnés, et Ray a pas pu s'empêcher de payer quand même. Ernesto s'est encore plus bidonné que tout le monde, tout son corps en tremblait.

En y repensant, j'en ai mal aux côtes. Je dis : « Hé Fate, on devrait peut-être quand même le biper, non ?

– Qui ? Creeper ?

– Et pourquoi donc ? » veut savoir Clever.

J'imite la forme d'un flingue de la main droite, l'index et le majeur tendus en guise de canon, que je montre avec l'index de la main gauche.

Pas facile de trouver des flingues. Des flingues qui soient pas au nom de quelqu'un, pas immatriculés ni fichés. Et, sans vouloir manquer de respect à l'arsenal de Ray, un .38 fera pas l'affaire. Un 22 long rifle non plus. La plus grosse pétoire qu'on ait à la maison c'est un revolver .357 qui a besoin d'une petite toilette. C'est jamais qu'un six-coups.

Je vais avoir besoin d'un dix-sept-coups pour ce que j'ai à faire.

Fate a déjà tout anticipé, comme d'habitude.

« Déjà fait », dit-il.

Je hoche la tête et file dans ma chambre. Je jette un coup d'œil à ma Lorraine, assise sur le lit. Ça y est, elle a fini ses ongles d'orteil. Ils paraissent bleus et petits dans la pénombre, comme des boules de gomme menues et brillantes. Elle a les yeux écarquillés, et je vois bien qu'il y a un paquet de mots étranglés dans sa gorge, mais elle va la boucler. Elle va attendre que ce soit moi qui cause. Normal, c'est comme ça.

Je regarde l'horloge près de mon lit, et j'ai le bide qui se met en boule. Il me reste une heure. Soixante putains de minutes. Et ça, ça craint. Parce que, tu vois, il y a un hic avec ce Cork'n'Bottle que connaît Apache.

C'est qu'il est de l'autre côté de la limite.

Techniquement, c'est pas notre quartier, et comme ce truc nous appartient pas, on peut pas y aller, ou alors faut qu'on soit ultra discrétos. Et on n'a pas le temps de réunir tout le monde, de se pointer là-bas en bande, de se rencarder à propos du chewing-gum, de revenir et ensuite de passer à l'action.

À ce moment-là me vient une idée, une idée toute bête. Je me magne de retirer mes Chuck Taylor, mon pantalon kaki, mon maillot de corps…

Lorraine me dévisage en inclinant la tête, genre, elle sait que je suis sur le point de faire un truc dingue, mais elle a bien trop la frousse pour demander quoi. Je sors une de ses robes de mon placard, j'attrape de l'eye-liner sur la coiffeuse et je lui tends.

« Arrange-moi ça vite et bien », je dis.

Elle avise le truc, me dévisage, puis se fend d'un sourire vraiment tordu. J'ai pas le temps de dire ouf que je me retrouve avec des yeux de chatte, un coup de crayon sur les sourcils, et elle commence à me crêper les racines des cheveux façon plumage. Je ressemble à une mauvaise copie d'elle dans une robe dorée scintillante, putasse comme pas deux.

Au moment où Lorraine apporte la touche finale, quelqu'un, dans la pièce d'à côté, finit par lâcher : « Attendez, Cork'n'Bottle sur Imperial ?

– Ouais, c'est bien ça, répond Apache.

– Merde », fait Clever.

Fate est déjà en train de réfléchir à un moyen de s'y rendre quand même. Ça fait déjà un moment qu'il gamberge là-dessus. Il a su immédiatement, en même temps de moi, que le magasin se trouvait au-delà de la frontière de notre territoire. « On s'y pointe en caisse. On chope les cassettes vidéo. Voir si on peut retrouver la trombine de l'enculé qui mâche ces chewing-gums.

– Ou alors on tente un truc inattendu », dis-je en sortant de ma chambre. Les semelles compensées c'est une nouveauté. J'ai l'impression d'être perchée sur des échasses.

« Oh, la vache », dit Apache, et il en reste bouche bée. Il s'apprête à faire un commentaire sur ma dégaine, mais Clever lui donne un coup de coude, alors il la boucle.

« Je vais y aller, moi, là-bas, récupérer les cassettes, je dis. J'entre, je sors, ça va aller super vite. »

Je place un s'il te plaît à la fin, histoire que Fate sache que c'est lui qui décide, mais il sait très bien que c'est notre meilleure chance de réussite pour l'instant. Qu'en tout cas, c'est la meilleure chance que j'aie.

« Ça pourrait être une espèce de piège », me dit-il.

Je me contente de plus ou moins hausser les épaules. Si c'est le cas, eh bien tant pis. N'empêche, je sais qu'il a raison. Fate a vingt-cinq ans. Il en a vu des vertes et des pas mûres. Faut être sacrément sur ses gardes pour vivre si longtemps. Dix ans qu'il est dans le business.

« S'ils te mettent le grappin dessus là-bas, ce sera pas pour te faire guili-guili », dit-il.

C'est sa façon de signifier que j'aurai droit à une balle si j'ai du bol, à un coup de couteau si j'en ai moins.

Je le sais. Tout le monde dans la pièce le sait.

Clever, lui, ça le chiffonne, ce plan. « Je persiste à penser qu'on déboule avec les caisses, genre cinq à six bagnoles, on chope les cassettes de télésurveillance et on se casse. »

Une lueur s'allume dans les yeux d'Apache, ce qui signifie qu'il est de cet avis.

Big Fate les foudroie l'un et l'autre du regard. Parfois il est encore plus de ma famille que Ray l'a jamais été. Il me connaît tellement bien, il sait que quand j'ai décidé de faire un truc, on m'en dissuade pas comme ça. Il me balance un regard dur, et pourtant il y a quelque chose dans ses yeux, comme un éclat, l'air de dire qu'il est fier, que certes ça lui plaît pas, mais qu'il sait mieux que quiconque comment je dois m'y prendre. Il veut que je fasse gaffe. Il veut que je revienne entière. C'est juste qu'il le dira pas tout haut.

6

Je peux pas marcher normalement à l'extérieur, peux pas vraiment rouler des mécaniques comme d'habitude, je dois faire un effort pour faire claquer mes talons, enfin plus ou moins. Ça suffit pour aller jusqu'au bord du trottoir sans me casser la binette. Je sens des yeux posés sur moi, mais je me retourne pas pour regarder les caméras. Possible que ce soit la dernière fois que je les vois. Ça me traverse l'esprit, mais je fais pas de signe de la main ni rien, je me contente de monter dans la bagnole.

Lorraine a une espèce de caisse de merde, une japonaise, qui roule sur trois bons pneus et une roue de secours. Avant, elle appartenait à sa cousine. Elle a pas d'allume-cigare, et y a une balle de base-ball avec le logo des Dodgers sur le dessus du levier de vitesse. Je me glisse à l'intérieur, je tourne la clé de contact. Smokey Robinson jaillit de l'autoradio, mais je lui coupe la chique tout en remarquant que l'horloge clignotante du tableau de bord retarde de six minutes.

Il me reste cinquante minutes. Pas une de plus.

Le moteur crachote, mais la voiture démarre et je fonce dans ma rue. L'autocollant de la Vierge Marie me fixe tandis que je me contorsionne sur mon siège, vu que la robe de Lorraine est tout entortillée sur mes hanches. Pas étonnant. Elle fait deux tailles de plus que moi, mais ça, j'y peux rien maintenant. Arrivée à un stop, je bataille pour tirer dessus, tout en regardant mes yeux dans le rétroviseur, avec mon maquillage à la Cléopâtre. J'appuie sur l'accélérateur.

Dans des moments comme ça, je suis contente de pas avoir de tatouages. Tu te fais repérer direct, avec l'encre. C'était une idée de Fate, que je me fasse pas tatouer. Merde, n'empêche, lui il se fait faire ses tatouages dans le garage d'un mec super connu. Pint. C'est son nom. Fate dit qu'un de ces jours il fera partie des célébrités originaires de Lynwood, comme Kevin Costner, ou Weird Al Yankovic, et maintenant aussi Suge Knight, d'après ce qui se dit. Tu sais, Death Row Records. Ce gus, là.

Je suis jalouse des tatouages de Fate, mais bon, tant pis. Il a dit il y a des années qu'il fallait pas que je me fasse tatouer, que je suis plus impressionnante sans. Que, sans tatouage, je passe partout, je peux aller où je veux, sans me faire repérer. Il dit que je suis l'élément de surprise, et je veux bien le croire, mais il sait que j'ai droit à deux larmes tatouées. La pensée qui me vient alors à l'esprit me percute, façon batte de base-ball.

Merde. *Trois* larmes maintenant. En comptant Ernesto.

Ma respiration se bloque dans mes poumons. Comme si j'avais à ma disposition que la moitié de l'espace pour respirer, et non pas la totalité.

J'ai pas vraiment le permis, mais Ernesto m'a appris à conduire comme il faut, à rouler sur la défensive. Et tu sais, c'est drôle que je pense à ça, parce qu'une vieille en camionnette, qui voit pas plus loin que ses bigoudis, se déporte à moitié sur ma file, alors je klaxonne franco, j'évite son tas de boue, j'accélère et je déboîte en douceur. Je te jure, les gens conduisent comme à Culiacán : les files, y connaissent pas ; les clignotants, y s'en servent jamais. Cela dit, j'ai un coup de flip après m'être fait cette réflexion, parce que ça, c'est un truc qu'Ernie disait tout le temps.

Tu sais, il s'est jamais plaint quand il a dû vendre son pick-up pour faire sortir Ray de taule, lorsque ce pauvre con a été accusé de violences avec voies de fait. Ernie s'est proposé spontanément. Il savait qu'on pouvait pas payer avec l'argent de la dope, sinon ils auraient eu un prétexte en or pour enquêter sur nous, nous coller un audit ou je sais pas quoi, enfin, le truc qu'ils font.

Son pick-up, c'était notre seul bien familial à part la maison. Et Ernesto l'a fait. Il l'a vendu sans broncher. Après ça, il est allé au boulot à pied tous les jours. Il faisait des heures sup. Il a même refusé l'argent que Ray lui offrait pour se racheter une nouvelle caisse. Au lieu de ça, il se tapait le trajet à pied et économisait, en attendant de pouvoir s'en racheter une neuve.

Lui et Ray se sont jamais bien entendus. Enfin, ils s'aimaient, mais, petits, ils se chamaillaient comme des dingues. Ernie perdait jamais, du moins de ce que j'ai vu, ce qui évidemment horripilait Ray, ça aiguisait son esprit de compétition, il devenait mauvais comme une teigne. Ça lui a donné envie de s'engager dans le gang de Fate. Il fallait toujours qu'il fasse ses preuves et en rajoute des tonnes, comme il y a deux semaines, quand il a défouraillé dans un club.

C'est une histoire vieille comme le monde. Tu as déjà dû entendre ce genre de truc des millions de fois. C'est pas pour autant qu'elle est pas vraie, n'empêche, c'est juste que ça devient con à force d'être répété à tort et à travers. Tu vois, Ray se défonce la tronche comme pas possible, se pointe dans un club, là-dessus un *cholo* annonce qu'il fait partie d'une autre clique, alors mon frangin retourne à sa bagnole, prend sa pétoire et décide qu'il faut que tout le monde sache que Lil Mosco c'est un dur. Ensuite c'est le classique bang-bang-criiiiiiiisss : coups de feu, départ sur les chapeaux de roue et il fout le camp.

Il a tiré en plein dans l'œil d'une nana coiffée avec la raie au milieu et qui avait de grandes épaules. On le sait, parce qu'ils l'ont dit à la télé. Enfin, ils ont pas dit qu'elle avait la raie au milieu et de grandes épaules. Ça, c'est moi qui l'ai remarqué.

Ses parents sont allés aux infos montrer sa photo, ils parlaient *en español*, ils voulaient recueillir de plus amples renseignements sur les conditions de sa mort. Le blanc-bec de Fox 11 a traduit ce qu'ils disaient avec toute l'émotion que vous inspire une liste de courses, et non pas comme s'il était en présence de parents en larmes. Ray était en train de fumer quand il a vu ça et il s'est fichu de la gueule des parents de la nana, il a repris une taf et s'est bidonné de plus belle.

Ce qu'ils n'ont pas dit aux infos, et ce que, peut-être, les parents de la fille ignorent, c'est qu'elle était *impliquée*, c'était pas une simple civile. Ça veut pas dire qu'elle le méritait, mais quand tu trempes dans les combines, c'est toujours une possibilité. Tu peux être mêlé au bizness et être la nana-au-mauvais-endroit-au-mauvais-moment, et tu t'en prends une. Le fait d'être associé à un gang a jamais protégé personne contre une balle. Une clique, c'est pas un gilet pare-balles – je me souviens que Fate a dit ça, sur le coup, une clique, c'est une famille.

Le simple fait d'y repenser me fiche à nouveau en rogne contre Ray. Depuis, il la joue profil bas, la plupart du temps absent, à faire des livraisons de base, histoire de se racheter d'avoir été si con vis-à-vis de Big Fate. Tout le monde sait qu'il a fait ce qu'il a fait, et personne a moufté, mais les autres attendaient qu'il montre sa bouille pour le buter.

Sauf qu'il a pas montré sa bouille. Faut croire qu'ils en ont eu marre de poireauter. Ils se sont dit que l'un ou l'autre, c'était du pareil au même. Un frangin pour un autre. Même tonneau, pas vrai ? C'est la seule explication qui tienne.

J'ai les yeux humides et qui me démangent, alors je baisse la vitre et je me prends un peu d'air sec nocturne dans la figure, parce que je veux pas foutre en l'air le boulot de Lorraine. Je sens l'odeur de fumée des incendies, comme si dans ce quartier tout le monde avait, du jour au lendemain, chopé des poêles à bois pour y fourrer des pneus, des ordures, je sais pas quoi.

La nana dans le rétroviseur, c'est pas moi. J'essaye de m'en convaincre. C'est une espionne. Dangereuse. Elle a un .38 dans le sac à main emprunté à sa copine.

Dehors, la ville bruisse des sons de la nuit. De la musique *banda**, qui vient d'une fête, se dissipe quand j'arrive sur Atlantic. Je tourne, je me mêle à la circulation, il y a des voitures avec des carburateurs foireux, aux pédales écrasées avant que le feu soit tout à fait vert.

Ça envoie des *beats*. Ça se tire la bourre. Même maintenant. Malgré les émeutes et le fait que les gens s'entretuent à trois bornes d'ici.

Dingue. Mais il y a des priorités, j'imagine.

Huit kilomètres à l'heure au-dessus de la limitation, je reste à cette vitesse sur quelques centaines de mètres. Je prends à gauche sur Imperial. À partir du moment où je suis dessus, je sens que les gens me reluquent, et je peux te dire que je m'amuse pas à regarder sur les côtés quand je m'arrête aux feux. Je mate droit devant moi.

Si y a un truc dont j'ai vraiment pas besoin c'est d'avoir les vitres descendues et qu'un *homeboy* vienne me demander de quel quartier je suis.

Ma vue se trouble et j'ai un coup de speed au moment où le Cork'n'Bottle apparaît. Je me cramponne hyper fort au volant en coupant derrière une Dodge pour prendre à droite au feu orange. Je jette un œil à l'horloge du tableau de bord en passant derrière la boutique pour me garer, sur le parking qu'ils partagent avec le magasin de pneus. Il est tout vide.

Quarante-trois minutes, voilà le temps qu'il me reste.

7

Il fait plus clair qu'en plein jour quand j'entre par la porte de derrière, tenant comme je peux sur mes chaussures à semelles compensées. Je scrute le magasin et je vois personne, à part le gars à la caisse. Il est à moitié chauve, il porte une chemise à boutons, pas boutonnée ni rentrée dans son pantalon. Il a des cernes noirs et des épaules voûtées de junkie qui vont bien avec son débardeur et sa barbe noire.

Il est pas mexicain ni salvadorien. Il vient d'ailleurs, on dirait, genre Afghanistan ou un truc comme ça. Il a les bras croisés sur la poitrine et regarde des zigues entrer et sortir vite fait par la porte de devant, ouvrir les portes des frigos ou des congélos et piquer des bières et des Coca, pendant que d'autres se remplissent les poches de bonbons. Ils sont trois ou quatre. On dirait qu'ils bossent à la chaîne pour chourer. Ou à la déchaîne, vu l'efficacité des mecs. En tout cas, le gars à la caisse s'en tape. Il a pas envie de se faire buter pour un truc comme ça. Un malin, je me dis, voilà un type avec qui ça va valoir le coup de causer.

Les chewing-gums sont sur le devant. Je les passe tous en revue et je repère les bleus brillants, juste devant moi.

Je demande au gars à la caisse : « Vous parlez anglais ?

– Bien sûr », me répond-il, mais il a l'air étonné que quelqu'un lui adresse la parole, alors je prends un paquet de ces chewing-gums à la myrtille et je lui mets sous le nez, histoire qu'il y ait pas de putain d'erreur possible.

Je fais : « Vous savez qui achète ça ? »

Je lève les yeux et vois la caméra braquée sur mon côté du comptoir. C'est l'angle parfait. Quand le tueur d'Ernie a acheté ces chewing-gums, il a été filmé, c'est sûr. Le gars voit mon regard revenir sur lui et hausse les épaules.

« Du chewing-gum, c'est du chewing-gum, il dit. Tout ça c'est kif-kif. »

Je sors les pieds de mes pompes surélevées et me fends d'un petit sourire narquois en entendant ces conneries. Je pourrais sauter par-dessus le putain de comptoir, me mettre entre lui et le bouton d'appel de la police, l'envoyer valdinguer sur le présentoir à cigarettes en sortant mon .38 avant même qu'il pige ce qui lui arrive. Je pourrais lui coller le flingue sous le menton, à l'endroit où la peau est molle, juste sous la langue. Je pourrais regarder ses yeux s'écarquiller. Je pourrais l'immobiliser quand il essayerait de m'échapper avant de se rendre compte que la balle est dans mon camp.

Je pourrais, mais je le fais pas.

Au lieu de ça, je dis : « Écoute, mec, on sait que la boutique appartient à Julius et pas à toi, alors file-moi juste les cassettes et tout ira bien. »

D'un geste du menton j'indique la caméra et ensuite la porte à côté des glacières qui donne sur l'arrière-salle où ils entreposent les vidéos de sécurité. C'est pas la première fois que quelqu'un rapplique pour réclamer les cassettes. Les proprios de ces magasins habitent pas dans le quartier, alors que les employés si, ça c'est sûr. On sait où crèchent leurs *mamás*, leurs petites copines, leurs bébés, aussi. Quand on demande, quand n'importe qui demande, ils te les balancent illico. C'est comme ça que ça se passe.

J'arrache des sacs plastique du présentoir en métal, au comptoir. Le gars me dévisage en plissant les yeux, mais je ne suis pas moi. Je suis dangereuse.

Il le voit dans mes yeux et pige. On va tous les deux dans la réserve. Elle est remplie d'écrans, de casiers à bière, de papier-toilette et de paquets de chips partout, qui encombrent les murs. Hyper calme, il fait *eject-eject-eject* sur les trois magnétoscopes et fourre les cassettes dans un des sacs plastique.

Je montre l'étagère recouverte de cassettes au-dessus des magnétoscopes. Je dis : « Toutes celles-là aussi, putain. »

Il les fourre dans les sacs, comme s'il rangeait des courses, il les empile bien en ordre. Doit y avoir une vingtaine de cassettes entre les deux sacs. Je lui dis : « Tu ferais peut-être bien de rentrer chez toi. Pas la peine de rester ici pendant qu'ils pillent tout. »

Il regarde les cassettes, puis me dévisage.

« Et tu as pas vu de nana qui embarquait les cassettes », j'ajoute.

Il hausse les épaules, et je me dis que j'obtiendrai rien de plus de lui, alors je sors de la réserve, passe devant un vieux à moitié plongé dans une des glacières, en train de batailler avec un casier de bières, les poches remplies de bâtonnets de viande boucanée, sur le point de déguerpir avec son butin. Wow. Tu sais quoi, ça me regarde pas, ces conneries.

Je récupère les chaussures de Lorraine au pied du comptoir, je les enfile et me tire dans la nuit comme je suis venue, j'ai le sang qui bout, un truc de dingue. Mais j'ai pas fait quatre pas dans le parking que j'entends la voix d'un gars derrière moi.

« Dis donc, la môme – une voix super calme –, t'es d'où ? »

8

Je glisse deux doigts dans mon sac à main, j'effleure la poignée du flingue et je me retourne. J'essaye pas de planquer les sacs derrière moi ni rien. Ce serait suspect. J'espère juste qu'il fait assez sombre pour que le mec voie pas qu'ils sont pleins de cassettes vidéo, qu'il aille pas se demander pourquoi j'en ai tant que ça, et d'où ça vient et pourquoi donc j'ai besoin de tout ça.

Mon cœur se serre quand je vois à qui appartient cette voix.

Il a une tête de plus que moi, des épaules larges, la boule à zéro, style *cholo*, et il se tient à quelques pas de l'entrée.

Merde.

Mon estomac déteste que je lui fasse des plans comme ça. Il m'envoie des coups sur les côtes pour bien me faire comprendre.

La bonne vieille dégaine de gangster : futal kaki repassé, tatouages noirs qu'on devine sous le maillot de corps plus blanc que les dents dans les pubs pour dentifrice – tout ça. Pire, par contre, il est en train de me mater en souriant. Je peux pas encore dire quel genre de sourire c'est, ni ce qu'il attend de moi.

Derrière lui, deux de ses sbires sont occupés à retenir les deux côtés du chambranle avec leurs épaules, ils tiennent grave la pose. Tu sais, y a des gens, ils sont persuadés d'être toujours dans un film, genre la caméra tourne et les suit partout ? Eh ben eux, c'est *ça*.

Il s'avance vers moi, je bloque ma respiration. Tous mes vaisseaux et toutes mes veines décident à cet instant de se prendre pour des champs de courses.

Quand il fronce les sourcils, ça fait comme un carambolage de vingt bagnoles quelque part sur ma poitrine.

« Hé, le prends pas mal, hein, il dit en se léchant les lèvres. Mais tu marches comme si tu avais piqué quelque chose. »

Je cligne même pas des yeux. « C'est parce que j'ai effectivement piqué quelque chose. »

Je respire, n'empêche. Merde, je *respire*. L'imbécile voit juste en moi une nana baisable, et non pas une rivale. Le soulagement fait un peu flancher mes genoux, mais je reste debout. Je retire mes doigts du flingue.

Il dit : « Ouais, j'ai tout de suite su, tu as une dégaine de voleuse.

– La plus grande voleuse que t'aies jamais vue », je réponds.

Il agite un doigt sous mon nez, il essaye de se la jouer espiègle. « Tu sais, ta tête me dit quelque chose. »

Il se tourne vers ses gars. « Pas vous ? »

Ils bronchent pas. Trop occupés à prendre un air méchant pour leurs gros plans. Ou alors ils trouvent comme moi que son numéro est usé jusqu'à la corde.

Son regard change de registre, n'empêche, prend une lueur incisive, et il hoche la tête. « Non mais sérieux, tu es d'où ? »

C'est dans un moment comme ça que l'Inattendu est mon ami. Faut que je m'en serve pour emmener son cerveau ailleurs, le guider, savoir d'où ses deux prochaines questions viendront. Le mettre sur une nouvelle piste, tu sais. C'est comme ça que font les espions.

Je lui sers mon plus beau sourire à la Lorraine. « De la Vallée. »

Il bascule un peu la tête en arrière en entendant ça. « Genre quoi, Encino, c'est ça ? Avec tout mon respect, tu ressembles pas à une nana de la Vallée. »

Dans sa bouche, c'est un compliment.

Je lui donne une claque sur l'épaule. Sûr que ses muscles sont pas juste peints. Je précise : « Plus genre Simi Valley. »

Il fait la tête du gars qui la voyait pas du tout venir, celle-là. Parfait.

« Pourquoi tu l'as pas dit tout de suite ? Il a fallu que tu me lances sur une fausse piste et tout.

– Parce que tout le monde se fichait de Simi jusqu'à ce qu'ils y organisent le procès de Rodney King, et y a pas beaucoup de gens qui savent comment y aller. On peut faire le test. Tu sais où c'est ? »

Il me balance un sourire gêné. « Ouais, bien sûr que je sais.

– Ah ouais, dis-je en gloussant comme Lorraine, alors c'est où ?

– Genre, au nord ? C'est ça ?

– Ouais, je dis comme Lorraine le dirait, bien joué. "*Au nord*". Tu m'excuseras, mais toute ma vie j'ai eu cette discussion, et puis ensuite tu vas me demander où c'est exactement, et va falloir que je t'explique comment y aller et tu voudras savoir si c'est grand, les politesses à la con, et je suis pas d'humeur. Donc je préfère répondre la Vallée et te laisser croire ce que tu veux. »

Il comprend ça. Je vois l'étincelle dans ses yeux, il archive l'info quelque part. Il est pas idiot, celui-là. Ce qui l'empêche pas de poser la question vers laquelle je l'ai dirigé. Il voit même pas le piège se tendre et tombe dedans.

« Et qu'est-ce que tu fais par ici ? » Il veut vraiment savoir pourquoi je me suis cogné tout le trajet depuis Blanc-bec-City jusqu'ici. Il me teste, il se demande si je suis idiote, si je suis venue m'encanailler, si je cherche les embrouilles, ou les trois à la fois.

« Ma cousine habite dans le coin. Maria Escalero. Tu la connais ? »

Maria est pas ma cousine, mais je peux sans danger utiliser son nom. C'était la nana pour qui j'en pinçais au lycée. Elle était en terminale quand j'étais encore une petite seconde qui allait en cours, et qui avait pas encore laissé tomber le bahut. Je courais derrière elle en sport. Un cul, t'y croyais pas. Elle habitait près de Lugo Park. A fini par aller à la fac dans le Colorado, quelque part. Quel dommage.

« Nan, je peux pas dire que je la connais.

– C'est trop bête, je dis. Tu m'avais l'air d'être du genre à connaître du monde. »

Là, il tique un peu, genre, il s'y attendait pas. C'est mignon, mais un peu triste, il est pas aussi futé qu'il le croyait, pas aussi blindé. Et c'est à ce moment-là qu'il crache le morcif :

« Hé, ça te dirait de venir à une fête ce soir ? C'est comme une fiesta et tu as exactement le – il s'interrompt, ses yeux tombent sur ma poitrine et il se donne même pas la peine de les relever – *profil* qu'on recherche. »

Les poignées des sacs commencent à bien me cisailler la paume. Mes doigts s'engourdissent.

« Et attends, tu m'as pas encore vue de côté. »

Je me tourne, lui montre mon profil, et j'en profite pour mieux planquer les sacs.

« Très chouette, tu le sais ?

– Oh, je fais dans le plus pur style Lorraine, ça oui, je le *sais.* »

Là, il devient écarlate, il craque. « Tu devrais venir, vraiment. »

À mon tour de le dévisager un long moment, au point de le pétrifier.

« J'ai d'autres projets, je finis par dire. J'ai promis à Maria qu'on ferait la tournée des clubs ce soir, si toute la ville se transforme pas en gigantesque incendie.

– T'inquiète pas. Vous pourrez passer après.

– Non, merci. Mais tu es mignon. Je te souhaite une bonne soirée. »

J'avance et, tu sais, il a les yeux rivés sur mon cul, et c'est très bien parce que j'ai les sacs devant moi. Puis j'ouvre la portière, me voilà dans la voiture, à caler les sacs derrière les sièges avant. Je mets le contact avant même qu'il ait compris ce qui lui arrivait.

D'après l'horloge du tableau de bord, il me reste trente-cinq minutes. Elle poursuit son tic-tac sous mes yeux. Trente-quatre maintenant.

Mon bide s'enfonce direction la banquette. Je me dis que putain on n'arrivera jamais à visionner toutes ces vidéos assez vite, c'est tout simplement…

Un truc heurte la vitre passager tellement fort que je sursaute.

C'est son poing. Il frappe.

Je souris et pose les doigts sur le .38 au moment où il ouvre la main et appuie un bout de papier sur la vitre. Derrière, je vois sa tronche barrée d'un large sourire.

J'oublie le flingue. J'abaisse la vitre.

« Voilà l'adresse, au cas où tu déciderais, bon, enfin tu vois. Y a aussi mon numéro dessus. Juste là. »

Il le montre du doigt, comme si j'avais besoin d'aide pour repérer un numéro de téléphone, puis il dit :

« Hé, tu as quel âge ? »

Je le dévisage en me demandant si je dois mentir ou pas. Je décide de pas mentir. Je sais pas pourquoi.

« Seize ans, je dis.

– Dix-neuf ans, il répond en pointant son index sur lui.

– Comment tu t'appelles, d'ailleurs ? »

Il a dû se dire que j'en pinçais pour les voyous, vu qu'il annonce : « Par ici on m'appelle Joker.

– C'est pas un nom ça. C'est quoi ton vrai nom ?

– *Si*, c'est mon vrai nom. »

Si je voulais le pousser dans ses retranchements, je lui demanderais comment il a hérité de ce blaze. Je le fais pas. J'ai connu un Joker. On l'appelait comme ça parce que chaque fois qu'il plantait quelqu'un avec son couteau, il se marrait. Peu importe la raison, nerveux, défoncé ou autre. Il riait, voilà tout. Y a des conneries qui arrivent dans la vie, et personne sait pourquoi, pas même ceux qui sont concernés, et c'était exactement ça.

Je dis : « C'est pas celui que ta *mamá* t'a donné. Moi c'est la seule sorte de blaze que j'ai, alors je vois pas comment on peut faire si toi tu joues pas franc-jeu ? »

Une boule froide et dure se forme dans ma poitrine. Une vérité toute simple : si cet enculé ici présent savait qu'il avait en face de lui Payasa, la sœur de Lil Mosco, il me tirerait probablement une balle en pleine face. Sans hésiter. L'espionne en moi sourit en songeant au pouvoir qu'il y a à être quelqu'un d'autre. Il croit que c'est pour lui. Et c'est bien. Utile.

« Ramiro, il finit par dire.

– Lorraine, je dis à mon tour. Avec deux r.

– D'accord, il fait en hochant la tête. On se voit plus tard, Lorraine-avec-deux-r. »

9

Clever a pas chômé pendant mon absence. Il connaît la distance entre les pneus, donc la largeur du châssis, le type de pneus, la vitesse approximative et tout ça. Il dit qu'on cherche une Ford Ranchero, probable de 1969, mais il est pas complètement sûr. Je réponds que ça coïncide avec ce qu'a dit l'infirmière, qui a parlé d'un plateau à l'arrière. Clever hoche la tête. D'après les traces sur la peau d'Ernesto, ils ont utilisé du fil de fer pour lui ligoter les chevilles, et il dit qu'ils l'ont fixé à l'attache de remorque avant de le traîner. C'est cette même attache de remorque que mon frère a dû se prendre en pleine joue quand ils ont donné un brusque coup de frein et qu'il est allé percuter l'arrière de la caisse.

Je hoche la tête en entendant tout ça, un peu hébétée, mais je suis prise de panique en étalant les cassettes vidéo sur la table de la cuisine, sachant pas lesquelles sont les trois sorties en dernier des magnétoscopes et qui contiennent les enregistrements les plus récents. Ça me martèle dans le ventre, dur comme des coups, quand Clever, Fate, Lorraine et Apache avancent la tête pour regarder.

« Bon sang, ma vieille, dit Apache, c'est une sacrée bonne pioche ! »

Bonne pioche, certes, mais y en a trop, surtout. Sauf que, quand on sait presque rien, on prend tout. Mieux vaut trop que trop peu, pas vrai ?

Lorraine me donne une petite tape, genre, elle veut me demander un truc idiot, genre combien y a de cassettes. Je la foudroie du regard, et elle comprend. Elle a de l'entraînement.

Je dis à Clever : « Y en a trois dans celles-là qui sont les dernières en date, mais je sais pas trop lesquelles.

– Facile », dit Clever. Il les met bien à plat, l'une après l'autre. « Vous avez vu, aucune est rembobinée ? »

Clever a raison. Sur chaque cassette, le côté gauche est vide, on voit juste la bobine blanche. Par contre, toute la bande magnétique noire est enroulée sur la bobine de droite.

« Putain, pas une de marquée, je dis. C'est foireux, ce truc. »

Parfois, Apache se pose des questions et crache tout haut ce qu'il a en tête. « Ils se donnent même pas la peine de regarder ces machins ? Ils les sortent du magnétoscope et en glissent une nouvelle ? Je vois pas pourquoi…

– Tu sais pourquoi, frangin ? Parce que ça prend du temps, de regarder, dit Fate. Et s'il se passe rien, alors c'est du boulot que tu as pas à faire. Mais si tu as repéré un truc, tu te contentes de refiler la cassette aux shérifs, et c'est eux qui se tapent le taf, tu vois ? »

Clever hoche la tête en retournant deux cassettes comme des dominos, puis une troisième. Je l'aide. On les retourne jusqu'à la dernière, jusqu'à ce que la table soit recouverte d'une épaisse couche noire. Comme ça, on voit les bobines.

« Mais y en a que tu as sorties avant qu'elles soient entièrement débobinées », dit Clever.

Clever et moi on récupère les trois qui sont pas comme les autres et on se dirige vers la télé. Il en introduit une dans le lecteur cassettes et voilà le Cork'n'Bottle dans ma salle de séjour. C'est la zone du comptoir près de la caisse enregistreuse et je réalise alors que les deux autres cassettes correspondent à deux angles différents dans le magasin. Je me prends une décharge d'électricité statique en mettant le doigt sur l'écran.

« Les chewing-gums à la myrtille sont *là*.

– Si des paquets sont achetés, dit Clever, on le verra. »

On frappe à la porte et Apache va ouvrir. On a des *homeboys* à l'extérieur, alors inutile de prendre les précautions habituelles.

Il ouvre la porte et c'est Lil Creeper qui est là, tout de noir vêtu : sweat-shirt avec capuche noir, jean noir, chaussures noires. Il renifle et tremblote, un tressaillement qui part de sa jambe gauche, remonte jusqu'à l'épaule et redescend. Il a aussi un sac d'épicerie en papier dans sa main gauche.

Il m'aperçoit, assise sur le canapé, et se met à rire.

Il dit : « C'est Halloween ou quoi ? » Comme personne réagit, il essaye d'inclure Apache dans la blague. « Pourquoi elle est toute déguisée comme ça ? »

Inutile de relever, de faire les gros yeux ni rien. Lil Creeper est un peu zinzin. Y a pas moyen de lui apprendre quoi que ce soit. On le sait tous, surtout Fate, qui se contente de lui dire : « File-moi le putain de sac. »

Creeper fait un petit pas en arrière. « D'accord, mais, Fate, écoute bien : j'ai qu'un Glock et treize balles.

– Du coup, ça change le prix, non ?

– Genre, ça *pourrait.* » Creeper fait passer le sac d'une main à l'autre pendant un moment. « Je veux dire, je dis pas non, mais il y a aussi une sorte de bonus pour honnêteté là-dedans, non ? Vu que, genre, j'aurais pu juste échanger le sac contre la thune et me tirer, pas vrai ? Mais je l'ai pas fait. J'ai joué franco, comme un homme, je te l'ai dit avant que tu t'en rendes compte. Ça vaut quelque chose, ça, non ? »

Fate tend simplement la main.

Creeper expire. « Non ? »

La main de Fate bouge pas d'un centimètre. Il veut une seule chose, que Lil Creeper y dépose le sac, ce que Creeper finit par faire. Fate déchire le sac, sort le gun et constate que la poignée est entièrement enveloppée dans du chatterton blanc, ce qui est bizarre mais pas très important, du moment qu'il est en état de marche. Fate hausse les épaules, s'assure que la sécurité est mise, éjecte le chargeur, compte les balles du bout du pouce, puis inspecte la chambre et le percuteur, avant de sortir les billets d'une liasse, qu'il replie ensuite.

Creeper dit : « Y avait rien d'autre dans le coffre-fort, Fate.

– Le coffre-fort de qui ? »

Creeper se passe la langue sur les lèvres et répond dans un haussement d'épaules : « Un gugusse. Qu'est-ce que ça peut faire ?

– T'es sûr qu'il y avait rien d'autre ?

– Ouais. » Creeper sautille un peu sur place. « *Ouais.* »

Big Fate lui tend le fric. « Prends ça. »

Les Glock 17L contiennent dix-sept munitions, seize dans le chargeur, une dans la chambre. Creeper nous en a apporté un où manquent quatre balles. Si je me retrouve au milieu d'un groupe de gens, ça fait quatre chances de moins de m'en sortir.

Clever et moi scrutons ce qui défile à l'écran en accéléré, si bien que je vois pas vraiment ce qui se passe, pourtant je *sais* ce qui se passe. Creeper prend le pognon, décampe et va se défoncer quelque part. Comme toujours.

À l'intérieur du Cork'n'Bottle, personne approche du présentoir à chewing-gums. On fait défiler l'équivalent de vingt minutes de temps réel, et putain, personne touche aux chewing-gums. Il y en a que pour les bières et les cigarettes, et ça glandouille devant le comptoir.

« Et si, commence Apache ultra sérieux, et si le tueur a acheté le paquet, genre, la semaine dernière, et attendu aujourd'hui pour mettre le chewing-gum dans sa bouche ? »

Alors ça, ça démotive tout le monde dans la pièce. Je regarde Clever, il me regarde. On se tourne tous les deux vers Fate. Il fronce les sourcils en fixant le Glock posé sur la table. Lorraine est occupée à creuser un trou dans la moquette avec ses orteils brillants.

Apache s'enfonce dans la brèche : « Ou, genre, et si c'était pas lui qui les avait achetés ? Et si c'était quelqu'un qui les achetait pour lui ? »

Là, plus personne moufte.

On se rend compte à quel point ce truc pourrait être un coup d'épée dans l'eau.

« Mais on a que ça, dis-je, et j'avais pas l'intention que ça sorte avec autant de colère. C'est *tout* ce qu'on a. »

Je suis furax en surface, mais dans le fond je suis en train de baisser les bras.

C'est un truc inévitable.

On n'a pas le temps. Je le sais. Tout le monde le sait.

Il nous reste treize minutes avant que Ray rentre à la maison et nous transforme ce bousin en Tempête du Désert. Treize minutes, c'est rien. Moins que rien.

C'est un gouffre qui tente de m'avaler.

Je regarde même plus l'écran. Je m'enfouis le front dans la paume au moment où on frappe de nouveau à la porte, mais vite, genre *boum-boum-boum*.

Je sais alors que c'est fini. On est cuits.

Car je sais que c'est Ray. Obligé. Il est revenu en avance, voilà tout. Et d'une façon ou d'une autre, il faut que je lui annonce, pour Ernie. Je suis celle qui va le rendre plus furax qu'il l'a jamais été. Mais une autre pensée me vient à l'esprit quand Fate se lève pour aller ouvrir.

Si ça se trouve, Joker m'a suivie jusqu'à la maison.

10

Une douleur me déchire l'estomac quand la porte s'ouvre. Je mate le Glock sur la table, mais il me semble trop loin. Le magnétoscope couine derrière moi, tandis que deux personnes entrent dans la maison, le môme Serrato de tout à l'heure et une *hina** que je reconnais de l'époque de l'école élémentaire Will Rogers : Elena Sanchez.

Je pousse un soupir de soulagement.

Je veux dire, c'était idiot de ma part de penser que ça pouvait être Joker. Ç'aurait été lui, il aurait pas frappé à la porte, et on les aurait entendus arriver. Je crois bien que c'est ma culpabilité de pas avoir dit à Fate ce qui s'est passé devant le Cork'n'Bottle. Pas eu le temps, voilà tout.

Elena promène son regard dans la maison. Elle avait les cheveux blonds, il y a sept ans, salement décolorés. C'est son brun naturel maintenant, chouette et clair, des cheveux ondulés juste comme il faut. Elle a pas perdu que ça. Son embonpoint de petite fille a complètement disparu de son jean noir à revers et de son tee-shirt blanc avec le col en dentelle. Elle a un super look maintenant. Aucun doute là-dessus. Lorraine remarque l'expression sur mon visage et rentre le cou dans les épaules, pas contente.

Fate s'adresse au môme : « Tu as besoin de quelque chose, p'tit *homie* ?

– J'ai demandé à droite à gauche à propos du chewing-gum, comme tu as dit, fait le môme Serrato. J'ai demandé à tout le monde, et, euh, elle a quelque chose à te dire. »

Elena explique : « Je sais tout sur l'enculé que vous cherchez, le gus aux chewing-gums à la myrtille. »

On pourrait croire qu'à force les poils de ma nuque en auraient marre de se dresser, mais non. Ils piquent droit vers le plafond. À côté de moi, Clever se lève. Apache fait même un pas en avant.

On veut tous entendre ce qu'elle va dire.

Et que ça saute.

« Y a deux mois, je suis sortie avec ce type qui mâche tout le temps ces saloperies. Je l'avais rencontré à une soirée et, tu vois, je le trouvais trop top. Grand sourire, baratineur. Il embrasse super bien. Un baiser de lui c'était comme embrasser un bonbon. Je jure, c'est le pire bec sucré que j'aie jamais rencontré... »

Fate lui balance un coup d'œil, du style on-va-pas-y-passer-la-journée.

« On se voyait de plus en plus, et tu sais il était toujours à me la jouer "baby, toi et moi", "amour de ma vie", et tout le tralala. On a même parlé de se marier. Il en causait tout le temps. Mais tout ça, c'était avant que j'apprenne qu'il avait mis Elvia en cloque. Ma meilleure amie ! Quand je lui ai volé dans les plumes pour ça, il a dit qu'il l'avait pas fait exprès, qu'il était saoul et qu'elle l'avait coincé, mais quand je lui ai demandé... »

Jalouse comme elle est, Lorraine l'interrompt : « Tu t'es jamais dit que peut-être bien que tu le méritais ? »

Elena réagit illico. Elle avance brusquement d'un pas vers Lorraine et explose : « T'es qui, *bitch* ? »

J'attrape le poignet de Lorraine et je le tords. Elle pousse un cri.

Elena sourit en voyant ça.

Apache hoche la tête et demande : « Ce mec, il a un nom ?

– Il s'appelle Ramiro, elle répond. Il essaye de se faire un blaze, mais en réalité c'est qu'un pauvre naze de *leva**. Il faut qu'il *crève*. »

Ramiro. Mes joues s'enflamment comme si quelqu'un y avait foutu le feu.

Je me suis jamais sentie aussi idiote. Je me rappelle la façon dont il se tenait, la trouille que j'ai eue, son odeur, et une pensée me laboure avec ses serres en remontant de bas en haut : il était à un bras de distance de moi.

À moins d'un mètre, putain.

J'avais le .38. J'aurais pu le sortir de mon sac et le buter direct.

J'aurais pu avoir déjà vengé Ernesto.

« Joker », je chuchote en grimaçant de douleur.

Parce que ça me fait du mal.

Elena me dévisage, genre, peut-être qu'elle est jalouse, mais surtout, elle a besoin de savoir comment je suis au courant.

Elle plisse les yeux avant de finir par dire : « Ouais, c'est lui. »

Merde. Maintenant Fate aussi veut savoir comment je connais le nom du gus.

Je dis : « Tu sais quelque chose sur les gars avec qui il tourne ? Ils sont deux ? »

Elle sait qu'ils sont dans un bad trip, mais non, elle connaît pas leurs noms. « Ils se prennent tous les deux pour des mannequins ou je sais pas quoi. Toujours avec leurs lunettes de soleil, même en pleine nuit, une vraie paire d'*idiotas*.

– Ouais, je fais en me disant que ça colle avec ce que Gloria a raconté, mais au Cork'n'Bottle, ils en avaient pas. C'est eux. »

Fate me lance un regard de côté pour voir si j'en ai fini avec elle.

Je hoche la tête, et il dit : « On apprécie que tu sois venue.

– Comme j'ai dit, faut qu'il *crève*, répète Elena à Fate. Et avant qu'il calanche, tu diras à ce faux cul que c'est moi qui l'ai balancé. Tu lui diras bien que c'est Elena. Je veux que *mon nom* soit dans son cerveau au moment où tu colleras un pruneau dans cette merde. »

Elle était tellement timide à l'école primaire. Elle avait des lunettes. Aimait lire. Mouftait pas avec les instits. Mouftait avec personne.

« La vache. » Apache jette un coup d'œil à Clever. « Il s'est mal comporté, pas vrai ?

– Ouaip », elle dit.

Une fois qu'elle est repartie avec le môme, j'explique à Fate comment je sais ce que je sais.

Je lui parle aussi du Cork'n'Bottle. Je lui tends le bout de papelard avec l'adresse et le numéro de téléphone dessus.

Apache réagit le premier. « Attends, quoi ? Non mais, c'est quoi, la probabilité qu'un truc comme ça arrive ? Je veux dire, tu es genre la nana qui a le plus de bol au m… »

Fate l'interrompt. « C'est une petite ville, *primo**. »
Il dit ça parce qu'il s'adresse à Apache.
Mais c'est moi qu'il regarde.
Il dit : « Prête pour une petite virée ? »

11

Clever conduit la Cutlass d'Apache, Big Fate est à l'avant, et Apache à côté de moi, sur la banquette arrière. On discute le coup en chemin. On envisage l'idée que je passe un coup de fil à Joker, que je la joue sexy, et que je lui demande de me retrouver quelque part, mais Clever fait remarquer qu'il risque de se pointer tout seul, et on louperait l'occasion de buter les deux autres qui ont tué Ernesto. Et c'est pas acceptable. Pour personne.

Quelqu'un dit un truc du genre c'est mieux qu'on débarque comme ça, en misant sur moi comme élément de surprise. Finalement, Clever dit tout haut ce que je pense tout bas depuis le début, que je suis une espèce d'espionne ou un truc dans le genre. Et c'est toujours vrai.

Je me suis changée et tout. Lorraine s'est mise à bouder après m'en avoir voulu à propos d'Elena, puis elle a juste beaucoup reniflé. Elle s'est retenue de pleurer en me mettant une sorte de mousseline de soie qui me donne l'impression de porter comme un parapluie mou autour de la taille. La seule bataille que j'ai gagnée, c'est pour les chaussures. Des Chuck Taylor blanches. Semelles plates, comme ça je peux courir. Sinon, j'ai perdu sur tous les autres tableaux.

Genre, j'ai un collier de perles. Des petits gants blancs à froufrous en dentelle autour des poignets, comme si j'étais une princesse *quincé** qui veut devenir Cendrillon ou une connerie dans le genre. Les gants sont importants, n'empêche. Pas d'empreintes digitales.

Fate est pas sûr que ce soit une bonne idée de m'envoyer là-bas toute seule. Je le vois à son silence. Il veut que tout le monde soit mobilisé. Absolument tout le monde. Une opération coup de poing, genre Forces spéciales.

Mais je dis : « Y a pas d'option zéro risque, Fate. Si c'est mon heure, c'est mon heure. C'est pas pour autant que tout le monde doit y passer. »

J'ai pas besoin d'expliquer qu'Ernesto était pas mêlé à nos combines, qu'il avait rien à voir avec les gangs. Que c'est à moi de monter au créneau. Évidemment, je dis pas non plus qu'il vaut mieux que ce soit moi qui y aille plutôt que Ray, qui ira choper un AK-47* auprès des grands frangins, et criblera de trous une première maison, puis une deuxième, puis une troisième, etc.

Donc on réfléchit.

Fate dit : « Tu te pointes. Tu les repères. Tu prends ton temps s'ils sont pas regroupés. Tu te mélanges aux gens. Tu vois si tu peux pas les rassembler, pour les avoir bien à portée. Plus difficile de les louper. Et bien plus facile pour les dégommer vite. »

On s'arrête devant une maison que j'ai encore jamais vue, un gars descend en vitesse du perron et vient à la voiture. Apache tend le bras à l'extérieur et le gars lui dépose un truc dans la main, puis fait demi-tour.

Quatre balles, toutes du neuf millimètres.

Je vois leur reflet, mais Clever redémarre. Nous voilà repartis en direction de l'adresse que Joker m'a donnée, là où il est censé être.

Apache file les balles à Fate et je l'observe charger le Glock au max avant de me le passer. Je l'empoigne et l'adhésif de la crosse me fait bizarre dans la main, un peu collant. Fate me montre où se trouve la sécurité, comment l'enlever avec le pouce, et je fais la manip.

Il y a toutes sortes de règles pour l'utilisation de ce bidule. Quasi une liste.

Quand je tire, il faut que je compte le nombre de balles.

« Ça t'oblige à rester concentrée, dit Fate. Ça t'évite de tirer sans réfléchir et de te retrouver sans munitions. »

Pas de numéro de cow-boy. À bout portant c'est le mieux.

Vise pas la tête en premier. Vise d'abord le corps. Plus facile à toucher.

Tir groupé dans la zone du cœur. Tu finis par la tête si tu as le temps. Si tu es assez près.

Quand j'ai fini – quand *c'est* fini – je balance l'arme. Impérativement.

À ce moment-là, Apache me couvrira, et ensuite on se tire en courant, et Fate, à son tour, nous couvrira. Une protection en chaîne, presque, et ensuite on remonte dans la voiture.

Voilà notre plan, parce que Fate en a décidé ainsi.

Je fixe le machin dans mes mains. J'ai jamais tenu un pistolet aussi lourd, tout noir et brillant sur le dessus, et blanc à cause de l'adhésif sur la poignée. Et c'est alors que je me dis que ce soir ou demain, ou à la fin de ces putains d'émeutes, un pauvre type va avoir droit à une descente des flics, qui auront conclu que son flingue a servi pour un règlement de comptes. En tout cas, ça tardera pas. Les Vikings finissent toujours par rappliquer.

Si je fais comme on m'a dit de faire, que je balance l'arme dans l'herbe ou je sais pas où, et que les flics la retrouvent et découvrent, à partir du numéro de série, qu'elle appartient à un gars qui a officiellement une licence, ils débouleront chez lui à quatre heures du mat, enfonceront la porte à coups de bélier, le réveilleront en lui collant un canon de fusil sur la tempe, ils réveilleront ses gamins, lui passeront les menottes sur la moquette du séjour, sous les yeux de sa famille, comme si c'était un assassin, et pourtant j'ai pas mauvaise conscience. Oh que non. Qu'il aille se faire foutre ce mec avec son flingue dans le coffre-fort.

Il finira par être innocenté. Il rentrera chez lui peu après. Il sera content, soulagé et libre.

Pas comme Ernesto.

Si ça se trouve, ils l'ont même pas encore fourré dans son sac mortuaire. Si ça se trouve, il est même pas encore à la morgue. Si ça se trouve, il est encore dans la ruelle, avec ma chemise sur la figure. C'est cette pensée qui me fait le plus mal.

Mais ensuite, Clever met la radio, KRLA, et on a droit à « I Wish It Would Rain ». Les Temptations, putain. Manquait plus que ça.

Apache me donne un petit coup de coude et ouvre les mains. Il a une petite flasque dans l'une, une cigarette dans l'autre.

« Faut que tu te charges bien, Payasita. »

Il me regarde pas. Il dévisse le bouchon, enfonce juste le bout de la clope et referme la fiole juste après.

Il dit que ça facilite les choses.

La lumière donne comme des coups de couteau à travers la vitre tandis qu'on fonce devant une rangée de lampadaires. Je regarde le bout de la clope, taché et sombre.

Je demande : « Ça facilite quoi ? »

Il me regarde même pas.

Il hausse juste les épaules et répond : « Tout. »

12

Il fait tellement sombre et il y a tellement de boucan à la fête que personne remarque notre arrivée dans la rue. Clever va se garer un peu plus loin. Apache sort et traverse pour se poster derrière une boîte aux lettres. Fate se tient de l'autre côté, à mi-chemin de l'un et l'autre.

J'ai encore plus chaud que si j'étais assise sur un feu de joie, quand je sors de la voiture, bon sang, la petite brise qui souffle sur mon visage fait du bien. Je m'essuie le front avec le dos d'un des gants, et je me rends compte que je suis en nage. Wow. Je sais pas pourquoi, mais ce truc me paraît marrant, tout à coup.

Sauf que ça reste pas marrant très longtemps, parce que Clever avait vu juste. Moins d'une minute après, on aperçoit la Ford Ranchero, celle avec l'attache de caravane. Avec une bosselure dans le pare-chocs.

Je la fixe un moment en me demandant si c'est la tête de mon frère qui a fait ce pète et si ça m'émeut, mais je ressens pas grand-chose. Apache m'a dit que c'était le PCP. Ça t'insensibilise complètement.

En me tournant vers la maison, je me dis qu'il est assez tard pour que ceux qui avaient l'intention de venir à la fête y soient déjà. La rue est drôlement silencieuse à part la musique. Et les voix.

J'entends des gens dehors, derrière la maison, si bien qu'au lieu d'entrer et de traverser par l'intérieur je fais le tour par l'extérieur et je regarde s'il y a une palissade ou quelque chose qui me sépare du jardin de derrière.

Y en a pas.

C'est juste une terrasse en béton, une extension de l'allée du garage, qui me conduit dans le jardin derrière la maison. C'est un bon jardin. Moitié herbe moitié terrasse en bois. Un petit toit en bois rouge qui avance au-delà, au-dessus du patio. Et dessous, près de la maison, Joker.

Une bière à la main. Un de ses gars derrière lui.

L'autre est à l'extrémité du patio, appuyé sur la barrière du fond, à cinq mètres environ. Il est en train de rouler quelque chose entre ses doigts.

Je traverse la pelouse en m'avançant sur Joker, ignorant le regard des gens.

C'est dingue à quel point je suis calme, je me dis : *Oh, je vais juste en buter deux et me diriger vers le troisième.* Peu importe, tu vois ? Rien d'important.

Vu que j'ai pas vraiment envie d'attendre, là. J'ai envie de tirer. Pour Ernesto.

Joker m'aperçoit, on dirait que ses yeux vont sortir de leurs orbites. Un grand sourire apparaît sur son visage, il a l'air super content que je sois venue.

Je le vois bien, et ça me plaît, parce que c'est vachement mieux que cet enculé de sa mère se rende pas compte que je suis un ange de la mort.

« Hé, je pensais pas que tu viendrais, dit-il tout enthousiaste. Elle est où ta cousine ? Elle est ici ? »

Je plonge la main dans mon sac.

J'en sors le rouge à lèvres de Lorraine.

Je m'applique du rouge sur les lèvres devant lui, toute sexy, les yeux braqués sur lui. Je me dis que je fais ça pour Elena.

En reposant le rouge à lèvres dans le sac, je passe la main sur le Glock, les doigts sur l'adhésif.

Je décoche mon plus beau sourire à Joker, un de ces sourires qui dit tu-sais-j'ai-pensé-à-toi.

Et je lance : « Pour Ernesto. »

Au moment où je sors le flingue du sac, le viseur s'accroche à la fermeture Éclair. Mais juste un bref instant. Moins d'une seconde.

C'est à ce moment-là que le temps ralentit. C'est pas des conneries.

Ça arrive vraiment. Joker fait une drôle de tête, le front tout plissé, il ouvre la bouche, l'air choqué, incline la tête.

Et aussi, il pivote, regarde vers la maison.

Je tire dans l'oreille. Juste en dessous.

Le machin lui traverse direct le crâne, projette une partie de lui sur les gens derrière.

Et c'est bien. Ça me plaît.

Ça se tient, parce que Ernesto avait plus d'oreille lui non plus quand on l'a récupéré. C'est la justice en action.

Le *homeboy* qui était le plus près de Joker commence à se protéger tout en glissant la main à l'intérieur de son blouson. Sa main parcourt à peine la moitié du trajet avant que je lui tire aussi dessus.

Le flingue pète comme un canon dans ma paume, fait trembler tout mon corps.

La poitrine du mec s'ouvre tandis qu'il trébuche en arrière. Il s'en prend un de plus dans le haut de la tête au moment où je suis tout près, genre, *blau*.

C'est le bruit que ça génère. Un mot allemand, plus ou moins. Je trouve que c'est le son que ça fait.

Je distingue pas les gens, pas vraiment. Je vois que ça se bouscule.

Je vois des vagues de vêtements qui ondulent et se retirent. Comme si j'étais Moïse. Comme si la putain de mer Rouge s'ouvrait pour moi.

Je me tourne vers la barrière, l'autre gars de Joker tente une sortie.

Je tire et le loupe.

Je tire et je touche une nana.

Je tire et je le touche à la jambe. Il tombe par-dessus la barrière. Et je ris.

Ça fait six, je crois. *Six, c'est bien ça ?*

Je fais l'addition, c'est du calcul mental.

Ouais. J'en ai tiré six.

Je crois qu'il pousse un cri, mais j'entends rien. J'ai une espèce de bourdonnement dans les oreilles, un truc de dingue.

Je me tiens au-dessus de lui et je dis : « Pour Ernesto. »

Il commence à demander « Qui ? » mais il a pas le temps de finir, car je re-tire.

Je le loupe. Je suis à un peu plus d'un mètre et je le loupe. Mais le coup d'après, je le loupe pas.

La balle lui transperce l'œil, ressort par l'arrière du crâne, et vient faire un trou à la base de la barrière, gros comme une balle de golf, et rouge. Vraiment rouge.

C'est assez drôle, en plus.

Mais la vache, ce que j'ai chaud. Je brûle. J'ai besoin de flotte.

Je sens même pas mon doigt sur la détente, mais je tire encore un coup dans la clavicule. Enfin, je crois.

Sa poitrine explose pas ni rien. Un trou apparaît, c'est tout, qui devient tout de suite rouge.

Ça fait neuf ou dix.

Le jardin de derrière est presque entièrement vide, maintenant. Les gens se précipitent dans la maison en se jetant à travers les portes vitrées coulissantes, et, au-delà, j'aperçois des zigues qui essayent de sortir.

Ils viennent me cueillir.

Balance le flingue, je me dis. *Tire-toi.*

C'est ce que je fais.

Mon pied dérape sur la pelouse et je tombe dans le sang de quelqu'un. Je sais pas de qui. Je trouve que c'est drôle, ça aussi.

Mais je me relève vite, et c'est mauvais parce qu'un barbu avec un putain de grand pistolet se fraye un passage par la porte et braque le machin sur moi.

Je sens pas mes pieds. Mais ils bougent. Je sue comme si j'avais couru pendant des heures.

De nulle part, Apache surgit, il s'approche de moi, comme par magie. Il a le .357 et fait feu sur le type. Et il a dû l'avoir, parce qu'on n'est pas suivis, il me tire par le bras, me fait faire un bond en avant, il me sauve.

Je me retourne, il y a un autre corps sur l'herbe, et deux autres gars sortent de la maison.

On tourne au coin, dans l'allée du garage, sur le trottoir.

Quand les *homies* de Joker passent le coin du garage, Fate fait feu avec le fusil de chasse. Ça fait un boucan, on dirait un avion qui se crashe. Et je ris.

Ça se passe comme ça, comme prévu, vu qu'on est dans la voiture et qu'on roule. Mais je sais plus où on est.

Je me sens fine comme un kleenex. J'ai encore envie de rire. Envie de raconter toute l'histoire, comment ça s'est passé, ce que j'ai ressenti.

Et ensuite, je crois qu'il va peut-être falloir que je vomisse.

« Tu les as eus, ces enculés ? » veut savoir Fate, et j'ai envie de répondre.

J'y arrive pas. J'essaye, mais ma bouche refuse.

J'avais encore jamais tiré sur quelqu'un.

Je veux dire, j'avais déjà tiré plein de fois. Sur des cibles, des oiseaux et tout ça.

Mais j'avais encore jamais tiré sur *quelqu'un*.

C'est pas pareil.

« Faut que tu te resapes », dit Fate, et il tourne le rétro pour me voir. Il me lance un regard dur. Personne discute quand il fait cette tête. Jamais.

J'ai l'impression que la voiture roule super vite, mais je sais que Clever respecte la limitation.

Ça faisait partie du plan, ça aussi.

Je hoche la tête.

Je sais qu'il faut que je me resape.

Mais mes bras bougent pas. Ils ne lui obéissent pas. Ni à lui ni à moi.

Fate dit à Apache : « Putain vas-y. »

Apache me relève les bras et m'enfile un sweat-shirt par-dessus ma robe.

Il essuie le maquillage sur mon visage avec un linge, m'enlève mes boucles d'oreille, m'enfonce une casquette de base-ball sur la tête avant de remonter la capuche.

Ils cherchent une fille.

S'ils cherchent. Et même s'ils cherchaient réellement, ça aurait de toute façon pas d'importance. Je ressemble plus à la fille qui a tiré. Pas vu de l'extérieur.

Mais merde, une chose est sûre, les shérifs cherchent pas. Ils sont tous à la télé. Ça aussi, ça me fait rire.

Je ris en les voyant occupés à Florence, Watts, ils essayent de maîtriser les putains d'incendies de Los Angeles, cette nuit. Tu crois qu'ils en ont quelque chose à battre, des règlements de comptes entre gangs à Lynwood ? Tu parles. Probable qu'ils sont contents. Ils auront pas à enquêter. Contents d'avoir juste à mettre leurs gilets pare-balles et à foncer dans les foules, à la place.

Je récupère mon bipeur qui est sur le plancher. Je l'ai dans la main. Je pense qu'à une seule chose, *mi mamá*. Je pense qu'à une chose, son visage inquiet.

Et je sens une tristesse s'abattre sur moi, comme une couverture, au point que je peux plus respirer.

« Fate », je dis, et ma voix est toute fluette.

Il regarde la route. « Quoi ?

– Comment je vais lui dire ce qui s'est passé ? »

Fate comprend pas tout de suite. Il dévisage Apache, mais Apache regarde dehors à travers la vitre, si bien que Fate me fixe.

C'est alors qu'il saisit, mais je vois bien qu'il a pas de réponse, sa bouche s'ouvre dans le rétroviseur et reste un instant figée.

On est sur Imperial, on passe à vitesse réduite devant la brocante, quand Fate dit : « Tu diras à ta *madre* que tu as rendu justice. Voilà, putain, ce que tu vas lui dire. »

RAY VERA,
AKA LIL MOSCO

LE 29 AVRIL 1992

19 H 12

1

Je sais même pas ce que c'est, son putain de problème, à Fate. J'ai juste fait ce qu'il aurait fait. À l'époque, il s'est taillé une répute en faisant ce que j'ai fait, et bien pire. Maintenant, il me punit à cause de ce qui s'est passé, la fusillade que j'ai déclenchée devant ce club, là, il me met à l'épreuve ou je sais pas quoi, en m'obligeant à me taper ses petites livraisons à la con.

Ça fait un an ou plus que je supervise la distribution. J'ai passé le stade de faire ces conneries. Sérieux, les ramassages c'est bon pour les petits nouveaux à la con, comme Oso. La vérité, c'est qu'il se les cognait avant que Big Fate décide qu'il fallait que je m'y recolle. Aujourd'hui, il voit ces émeutes à la télé et, de but en blanc, il décide de m'envoyer loin d'ici pour une course. Bien sûr, il dit le truc qu'il faut, genre : « On t'envoie parce que les flics sont partout ailleurs », mais il me connaît trop bien. Il a vu dans mes yeux à quel point j'avais envie de mettre la main à la pâte. Je veux dire, qui a pas besoin d'une nouvelle télé, hein ?

Le seul truc bien, dans cette virée, je veux dire, vraiment *le seul*, c'est que je conduis la bagnole de Fate, la vieille Chevy des années 1970. Sur ma vie, le moteur de ce machin, il t'avale l'asphalte sur la 10. On *vole* carrément vers l'est. Monterey Park, puis El Monte, ensuite West Covina, alors que j'ai à peine posé le pied sur l'accélérateur.

Oh, mais tu sais quoi, n'empêche ? Y a tout un tas de règles que je dois suivre maintenant. Parce que Fate l'a décidé. Règle numéro un, je laisse tomber la poudre d'ange. Ouais, carrément. Règle numéro deux, je dois toujours respecter les limitations de vitesse. À ça, je dis, ouais, c'est ça, essayez de m'y obliger, bande d'enculés. Règle numéro trois, je suis pas censé emmener quelqu'un avec moi dans mes virées, parce qu'il faut que j'apprenne à être fiable et à travailler en solo.

Mais comment il saura ce que je fais, du moment que j'accomplis ma mission ? Je suis pas non plus con au point de faire ces trucs-là après une récup de matos. Enfin, sauf que je suis obligé d'enfreindre l'ordre d'être en solo, mais c'est pas si grave non plus. Fate a déjà rencontré mon *homeboy*, Baseball, donc je pense pas qu'il le prendrait mal si jamais il apprenait. De toute façon il risque pas d'être au courant. Je veux dire, moi je lui dirai pas. Et Baseball non plus.

C'est évident, d'où il tient son blaze. Sa tête ressemble carrément à une balle de base-ball, genre, avec les coutures et tout, vu que son père a eu un sale accident de bagnole quand il était petit – il a traversé le pare-brise. Il s'est fait arracher la moitié du cuir chevelu, et ses tifs poussent bizarrement autour de la cicatrice, maintenant. Il est un peu chatouilleux sur ce sujet. Il porte une casquette Los Doyers, bien enfoncée sur la tête, il l'enlève jamais.

Baseball adore les histoires. Il se lasse jamais de celle de la nana que j'ai butée devant le club. Il lui faut toujours un détail en plus, ou alors il me demande ce que j'ai ressenti en faisant ça, des conneries de ce genre.

Il dit : « C'est vrai que le mec a traité ta sœur de *manflora** ? »

J'en parle plus, de ces conneries, et je lui fais comprendre en m'enfonçant encore plus dans mon siège et en tapotant des poignets le dessus du volant. Je le regarde même pas, genre, pour lui montrer que je suis au-dessus de ça, tu vois ?

Et puis, je lui ai raconté mille fois que ce mec avait dit qu'il allait violer ma sœur, Payasa, qu'il allait lui planter un couteau dans la chatte, et ensuite, quand il a dit mon adresse, ma véritable adresse, avec le code postal et tout, là, j'ai vu rouge, mec. Je suis retourné à la bagnole, j'ai attendu qu'il sorte avec sa nana, et j'ai tiré. C'est elle qui s'est pris la bastos. Pas lui.

Bon. Ça peut pas être du cent pour cent à tous les coups. Pas de regrets dans cette folle vie. N'empêche, je savais qu'ils risquaient de vouloir se venger.

J'ai commencé à planquer des guns à la maison, après ça. Dans toutes les pièces, mec. Pas pu m'empêcher de prendre ces conneries au sérieux. J'en ai même *deux* dans la salle de bains. Un dans le placard à médicaments, un sous le lavabo. S'il arrive quoi que ce soit à Lu, j'y vais à la Rambo. Tout le monde sait qu'on peut compter sur moi pour ça. Tu fais du mal à ma famille, t'es foutu. Je te dézinguerai à l'église. Je buterai ta mère dans son sommeil. Rien à foutre. Dans la rue, ils le savent. On déconne pas avec Lil Mosco. Tu crois que je l'ai gagné comment, mon respect ? Putain, tu te fais pas un blaze en passant tes journées à jouer à Neo-Geo* à la maison.

Baseball essaye de relancer la conversation.

« Hé, tu savais que les *homies* ont cité le nom de Manny Sanchez, rapport à ce qui s'est passé tout là-bas, à Norwalk ?

– Manny, le frère d'Elena, tu veux dire ? » J'ai entendu parler de lui, mais je le connais pas. « Putain, je suis allé à l'école primaire avec cette minette. Il se fait appeler comment maintenant ?

– Lil Man. »

Ça me dit trop rien. Je te jure, Baseball est une vraie pipelette, dès qu'il s'agit des gros bonnets. Il les idolâtre. C'est quoi, le dicton ? C'est la forêt qui cache l'arbre, ou je sais pas quoi ? C'est tout lui, ça. Aucune vision du truc dans son ensemble.

Alors je fais genre : « Toutes ces histoires de traité de paix, c'est pour faire de la thune, c'est ça ?

– C'est une histoire de *raza**, mec, dit-il. Être unis. Être une putain d'armée. »

Je retire ma main du volant et je conduis avec le genou pendant deux secondes. Ça me permet de lui donner une tape à l'arrière de sa caboche en forme de balle de base-ball.

Il y a de la colère dans ses yeux, et j'éclate de rire.

« Tu sais à quel point c'est idiot ce que tu racontes, là ? Les vrais gangsters s'en tapent complètement de la *raza*. Ils s'intéressent qu'au pognon. Merde, c'est ce que je ferais à leur place. Et toi pareil. Tu fais ce qu'il faut pour avancer tes pions. C'est tout. Tu t'arranges pour que le mec se concentre sur un truc super éloigné, et pendant ce temps, tu fourres la pogne dans sa poche. Un coup de génie, *vato**.

– Je veux dire, genre, peut-être. » Baseball se frotte l'arrière de la tête. « Mais toi, ils t'ont dans le collimateur, mec, et ça c'est pas des conneries. Parfois ils te collent au cul des *varrios** entiers.

– Raconte-moi ce qui s'est passé avec Manny ! Merde. Tu parles, tu parles, et on en vient jamais au fait !

– Donc il a buté une grand-mère sur son perron, en tirant d'une bagnole, par accident. Putain, comment t'as fait pour pas avoir entendu parler de ça ? »

Je lui fais fermer sa gueule d'un coup d'œil. « Merde, mec, comment ça se fait que *toi*, t'en aies entendu parler ? T'es même pas encore *impliqué*, et tu débites déjà plus d'histoires qu'un *veterano**.

– J'ai des oreilles. » Il est plus ou moins en train de faire la moue et tout. « Tout le monde le sait. »

Après ça, il la boucle, jusqu'à ce qu'on arrive aux abords de Riverside. C'est là qu'il finit par dire : « Tu t'es jamais inquiété qu'ils veuillent te dézinguer à cause de cette nana, je sais pas ?

– Jamais de la vie, ducon. » Mais ensuite je commence à y réfléchir. Je me dis que ce serait pas impossible. « C'était même pas du *drive-by-shooting*. Je me suis pointé à pinces.

– La *raza*, c'est la *raza*, mec. Gang ou pas, elle était des nôtres. »

Je lui fais, genre : « Putain, elle était pas des nôtres. Sois pas crétin. »

Et puis, juste après, je me demande : *Est-ce qu'elle était des nôtres ?* J'ai plus envie de discuter, alors j'allume la radio, pour pas qu'il réponde, mais on est tellement loin qu'il y a de la friture à la place d'Art Laboe. Dommage, merde. Ce trajet en bagnole, c'est l'idéal pour écouter des vieux morceaux, mais, à la place, je mets dans l'autoradio la cassette du nouveau Kid Frost. Le truc est sorti la semaine dernière, donc je sais pas encore si c'est aussi bon que

Hispanic Causing Panic, mais c'est bon. J'écoute « Mi Vida Loca* » sur la face 2, genre, non-stop depuis que c'est sorti.

Mec, j'ai jamais parlé de ça à personne, mais j'adore le désert la nuit. Je baisse la vitre pour voir les étoiles, sentir le vent, mais on croise un gros cametard, et je dois la remonter vite fait. Deux sorties plus loin, je quitte l'autoroute, on grimpe en zigzag une colline, on coupe à travers une zone géante de pavillons, tous construits dans la pente. Tous d'un ou deux étages. Des maisons avec grenier, tu vois ? Toutes de la même couleur, genre, sable ou bois ou je sais pas quoi, mais rien d'autre. En gros, le Rêve américain, s'il y avait pas une heure de trajet à l'aller et au retour pour aller travailler tous les jours.

« Tu bosses à L.A., je dis, et tu crèches à perpette.

– *La neta**. » Baseball est d'accord avec moi, parce qu'il sait que c'est la vérité, et du coup, nous revoilà potes.

On en reste là jusqu'à la porte d'entrée, on passe devant les plantes en plastique, on pénètre dans le séjour. Y a une cuisine juste à côté, séparée par une petite cloison et des tabourets disposés tout du long. Mon contact est debout, en train de se préparer un cocktail, super sexy et tout.

À travers son fin peignoir en soie, je vois un bikini à fleurs vert et bleu. Elle est blanche, la quarantaine, bronzée, look hippie, une fleur rouge dans les cheveux, mais elle a des formes. Des bonnes cuisses. Un bon cul. Des nichons qui vont avec. Robuste.

J'y ai pas cru la première fois qu'elle me l'a dit, mais en fait, elle est assistante sociale. Je déconne pas, c'est son boulot. Du coup, elle est en contact avec les gens qu'y faut, j'imagine. Son bonhomme est à la Centrale de L.A., mais elle fait tourner son business de l'extérieur. Je connais pas son vrai nom. Dans son dos, tous ceux que je connais l'appellent Scarlet. Je suis sûr qu'elle le sait et qu'elle s'en fiche.

Y a la télévision à fond, son fils est assis devant, penché vers l'écran, l'air un peu buté. Du basket pendant une seconde, puis les infos, je plisse les yeux pour essayer de voir dans quel coin ça brûle maintenant, sauf que ça revient sur le basket. Il a mon âge, peut-être un peu plus vieux. Je peux pas dire. Il est blanc comme un linge, genre, il fout jamais le nez dehors. La peau sous ses yeux est bleue avec les veines apparentes.

« Hé, je lui lance.

– Hé », il me répond, sans quitter l'écran des yeux.

Je me retourne vers Scarlet et je lui dis : « Lui, c'est mon pote, Baseball. »

Elle hoche la tête en le dévisageant après avoir bu une gorgée. « Pourquoi ils t'appellent comme ça ? »

Je réponds à sa place : « Parce qu'il a des *huevos** plus gros que des balles de base-ball. »

Elle m'adresse un regard du style arrête-un-peu-tes-conneries, mais je me contente de hausser les épaules, alors elle prend un air intrigué. Scarlet se tape n'importe qui. Elle est pas regardante. C'est exactement pour ça que j'ai fait venir Baseball.

Je lui dois de la thune, et il s'est encore jamais envoyé une nana, alors je me suis dit que c'était un bon arrangement. Vu que, merde, moi je me la suis déjà tapée. Pas à se plaindre. Ç'aurait été mieux si elle avait pas fumé tout le temps. Mec, c'est dégoûtant. Genre ça donne aussi un goût amer à sa chatte, si tu veux tout savoir.

Elle sort des sacs du placard de la cuisine, et on procède à l'échange, comme on l'a déjà fait plusieurs fois.

Ça traîne pas. Je lui file l'enveloppe. Elle me passe deux gros sacs de courses qu'elle a remplis comme il faut. Je sais pas tout ce qu'il y a là-dedans. Du PCP, de la coke, et de l'héroïne, ça c'est sûr. Après, je sais pas trop. Tout ce que Fate a commandé. Moi, ce soir, je suis juste le coursier qui vient chercher le colis.

Je vois Scarlet qui mate Baseball, alors je me donne pas la peine de la remercier. Je sais ce qui va se passer. J'imagine que son fils aussi le sait. Je le vois déjà qui se recroqueville sur le canapé rouge. Elle jette un coup d'œil dans sa direction avant d'ouvrir le bec.

« Tu as dit que tu sortirais les poubelles… »

Elle a même pas le temps de finir sa phrase qu'il est tout rouge. Il lui répond en hurlant : « Ferme ta gueule, m'man ! *Bon Dieu*, je t'ai entendue les trente-deux premières fois. »

Il la regarde même pas. Il est concentré sur la télé. Mais moi ? Je suis dans mes petits souliers, mec. J'ai trop la honte et tout. *Jamais* je parlerais comme ça à ma mère ! Putain, les Blancs sont super bizarres, je te jure.

« Je ne t'ai pas fait visiter la maison », dit Scarlet à Baseball, mais elle regarde fixement son fils, super vénère. Son peignoir est déjà ouvert. Une de ses bretelles de bikini est tombée. Elle sort une cigarette, se retourne et conduit Baseball dans les escaliers. Au bout d'une ou deux minutes, elle commence à gémir, c'est du rapide. Son rythme à elle, j'imagine.

La télévision est revenue sur le basket. Les Lakers et Portland, on dirait. Le volume est plus fort. Je lui jette pas la pierre, au fiston. Si ma mère faisait la pute comme ça, je supporterais même pas d'habiter dans le même État qu'elle, alors, dans la même baraque, sûrement pas. Merde. Tu sais, c'est la vérité.

Je le plains, le pauvre vieux. Mais, au moment où il se lève du canapé, tout calmement, va à la porte qui conduit au garage, et appuie sur le bouton de la porte du garage qui se lève, alors là, je me dis : *Non mais qu'est-ce qui se passe ? Il fait entrer un chien ou quoi ?*

J'en suis encore à me demander pourquoi quelqu'un irait faire un truc pareil, au moment où la porte qui donne sur le garage s'ouvre et trois flics entrent sur la pointe des pieds. Des mecs avec des fusils de chasse. Ils ont des blousons avec LAPD* écrit en gros dessus. *Merde.*

Putain, je peux rien faire ! Ils me tombent dessus tellement vite, me collent la tronche dans la moquette, me menottent les poignets super serré et me mettent à genoux. Mais c'est là que je me demande pourquoi ils ont pas annoncé qu'ils étaient flics. Pourquoi ils ont pas hurlé ?

À la télé, la foule braille. L'horloge tourne.

Juste à ce moment-là, le môme de Scarlet s'avance jusqu'au placard. Il l'ouvre et montre aux gars où la came est planquée. Il montre aussi les sacs que j'ai à la main. Et il prend bien soin d'indiquer l'étage en haut en tendant deux doigts en l'air. C'est là que je réalise.

Putain, mais c'est un *braquage*.

Derrière moi, quelqu'un dit : « Tu es sur *la lista*, petite mouche. »

Mes poumons cessent de pomper. Attends un peu. *Quoi ?*

Quand un des zigues se retourne devant moi, je remarque qu'il a des tatouages sur le cou, et aussi derrière les oreilles. Il est chauve et porte une moustache à la Bronson. Et là, j'ai envie de gerber quand je pige que ce sont pas des flics.

C'est pas des flics.

Et je me sens d'autant plus con que je suis en dehors de Los Angeles, à Riverside, et que je suis tombé dans le panneau, bluffé par les blousons LAPD. Putain, c'est même pas la même juridiction, les mecs !

« On vous payera, je dis. Tout ce que vous voulez. On fera ça bien. »

Ça les fait rigoler, mains sur la bouche, ils veulent pas faire de bruit.

Au-dessus de nos têtes, Scarlet n'en finit pas de gémir.

« D'accord, et c'est qui, alors ? » J'essaye d'humecter mes lèvres, mais je suis sec, j'arrive pas à saliver. « Qui est-ce qui m'a balancé ? Je t'en supplie, mec ! Tu peux au moins me dire ça. »

Une chose est sûre, manifestement c'est pas Scarlet, et y a aucune chance que ce soit son fils qui ait eu l'idée. Je veux dire, dans ce cas-là, il reste plus que deux possibilités, et l'une des deux, c'est Fate. Putain. Cette option fait trop mal. Mais c'est peut-être le mec de Scarlet, je me dis. Ça se tiendrait. Il en a peut-être eu marre qu'elle se fasse fourrer par tout le monde, et peut-être aussi qu'elle a dilapidé son fric. Je sais pas du tout ce qu'il a comme connexions, si c'est un gros bonnet ou quoi. Mais j'arrive pas à me sortir de l'idée que c'est un plan du style d'une pierre deux coups.

Dans le match à la télé, un joueur tente un panier. Il loupe, mais un coéquipier est là pour prendre la balle au rebond. Le public se déchaîne quand le ballon roule sur le bord du panier et finit par rentrer. Le sifflet retentit juste après, tandis que l'autre équipe réclame un temps d'arrêt.

« Tu t'es foutu dedans tout seul comme un grand, *pequeña mosca**. Tu peux t'en prendre qu'à toi. T'aurais dû dégommer des *mayates* si tu voulais dégommer quelqu'un. »

Là, Scarlet approche du but, elle hurle comme si sa chatte allait exploser. Du coin de l'œil, je vois un des types armés monter l'escalier. Bon sang. C'est un truc qui a été préparé, ça. Elle se doute pas un instant de ce qui l'attend.

Moi, au moins, je vois le truc venir. Au moins, je sais que l'heure est venue des dernières paroles. Au moins, j'ai droit à ça.

« Dites à ma sœur que je l'aime. À mon frère aussi. Et à ma mère. Dites-leur.

– C'est ça, fait une voix derrière moi, on va s'en occuper tout de suite. »

À l'étage, le fusil retentit, juste un boum. On dirait qu'une putain de roquette frappe la maison. Là-haut, Baseball se met à brailler, il m'appelle. Mais il braille pas longtemps, un autre boum retentit, et c'est le silence.

Une seconde ou deux de silence, puis le sifflet indique que le match de basket redémarre. Un son strident s'enfonce dans mes tympans, je sursaute, la foule se lève dans une clameur d'encouragements anticipés. Quand le sifflet résonne à nouveau, que la balle est remise en jeu et qu'un gars dont j'ai jamais entendu parler tente un tir de loin à trois points, même les commentateurs retiennent leur souffle.

Je sens le baiser du canon dans ma nuque, gros, rond et froid. J'essaye de dire une prière. J'essaye de dire *Notre Père qui es aux cieux* et tout ça, j'essaye de dire *que Ton nom soit sanctifié*, mais les mots restent coincés dans ma poitrine et je les retrouve pas, alors je me contente d'expirer, je chasse tout l'air qu'il y avait en moi et je ferme les yeux.

DEUXIÈME JOUR
JEUDI

« OUAIS, ILS PENSENT BEAUCOUP À CE QUI EST ARRIVÉ
À RODNEY KING.

TU PARLES, C'EST BIEN LA DERNIÈRE CHOSE

QU'ILS ONT EN TÊTE !

C'EST JUSTE —

QUE C'EST LA FÊTE ICI.

C'EST ROCK AND ROLL À L.A. »

JOE MCMAHAN,
7 LIVE EYEWITNESS NEWS

JOSÉ LAREDO,
AKA BIG FATE,
AKA BIG FE

LE 30 AVRIL 1992

8 H 14

1

Le canapé de Payasa remonte aux années 1970, il est putain de grumeleux. J'ai pas réussi à fermer l'œil de la nuit, cramponné à mon flingue, à tendre l'oreille à chaque voiture qui passe, persuadé que c'est le gang de Joker qui vient se venger – sauf qu'à chaque fois la voiture poursuit son chemin, alors je me ronge les sangs en attendant la suivante.

Comme j'ai des crampes aux doigts de la main droite, je les secoue tout en scrutant la lumière jaune qui filtre par le haut des fenêtres de devant, par-dessus les vieux rideaux rayés. C'est le matin. Ça, je le sais.

J'ai pas pu dormir plus de quelques heures, vu que Payasa devait ensuite aller voir sa mère pour lui annoncer ce qui était arrivé à Ernesto, lui dire qu'elle avait rendu justice et puni ceux qui avaient fait le coup, mais ensuite ça a tourné à l'horreur. L'horreur genre *L'Exorciste*. Ça a volé de partout, il y a eu des cris, des hurlements. Les saints en ont pris pour leur grade. Payasita s'est fait terriblement enguirlander, mais Lil Mosco encore plus. On est partis que quand sa tatie est arrivée – celle qui peut pas parler parce qu'elle a eu la langue coupée, petite, quand elle s'est pris un coup de sabot d'un cheval, au Mexique – et qu'elle s'est mise à faire du *pozole** à point d'heure.

En rentrant à la maison, je suis repassé par la ruelle où Ernesto s'est fait démolir, voir si les autorités étaient venues le ramasser.

Eh ben non. Faut croire que la municipalité est trop accaparée par les incendies. Le corps était encore là, la chemise rayée noire et blanche de sa sœur lui recouvrait le visage, comme ces drapeaux tristes qu'on pose sur les cercueils des soldats. Si cette saloperie te fore pas un trou dans le bide, alors t'as l'estomac en béton, mon pote.

J'entends la porte du frigo qui s'ouvre et se referme, puis Clever traîne ses chaussures dans la cuisine, trop fainéant pour lever les pieds. Il a faim, mais il se servira jamais rien de plus qu'un jus de fruits. Il attendra que je lui prépare quelque chose, il mangera jamais rien avant. Des œufs, peut-être, même si on en a plus que quatre. *Papas**. Il nous reste plus de bacon. Plus de tomates non plus. On a encore un peu de chorizo, mais il est froid. Finalement, on l'a pas mangé, rapport à ce qui s'est passé hier soir.

La porte de Payasa est fermée. Elle est encore dans sa chambre avec Lorraine. Elles ont été silencieuses toute la nuit. Un silence de cimetière, j'appelle ça. Il faut que je sache si elle tient le coup, mais je suis pas pressé qu'elle apprenne ce que j'ai fait, un truc qui me ronge salement et qui remonte à la surface.

Ça me brûle, en un sens, et j'ai pas envie d'y penser tout de suite si je suis pas obligé, alors je m'approche de la télé, je l'allume, je baisse le volume et je me replie sur le canapé, m'attendant à la même chose que n'importe quel pseudo-gangster de L.A., tu vois ? À savoir le retour à l'ordre public.

Genre, les flics de sortie en masse avec leurs blousons, qui bouclent les quartiers. Les shérifs qui arrêtent les couillons et les collent à l'arrière des paniers à salade pour les embarquer et passer à la suite. Dépositions. Empreintes digitales. Prison. Tu sais, juste une bande d'enculés tendance voyous en uniforme, qui te font un grand coup de filet dans les rues et ramassent les *idiotas*, les alcoolos, les camés – ceux qui sont restés bien trop tard à la fête et vont maintenant devoir payer pour ce que tous les autres ont fait.

Mais l'écran finit par s'allumer, la friture se dissipe, les couleurs pâteuses, toutes mélangées, prennent forme. L'image se précise. Des pâtés de maisons. Des gens qui courent. Des gens qui courent, *les bras chargés* de trucs. Et je vois pas ce à quoi je m'attendais. Mais alors pas du tout. En fait, je vois exactement le contraire.

Et je cligne des yeux pour être sûr de pas rêver. Effectivement le bordel se propage à Compton, où toutes sortes de trucs gisent dans la rue. On dirait qu'il y a eu une tornade. Des vêtements, du papier-toilette, des téléviseurs bousillés, des canettes, une matière qui ressemble à de la barbe à papa, répandue partout, mais qui doit être autre chose. Obligé. Y a du verre brisé sur les trottoirs, dans les caniveaux, on dirait des confettis étincelants, t'as pas vraiment envie d'y toucher.

Et des incendies. Merde. Des poubelles en feu. Dans les supérettes. Dans les *stations-service*, putain, mec. Des feux par-dessus des feux, et les volutes montent dans le ciel, on dirait qu'elles soutiennent le ciel. Des pieds de table, j'appelle ça. Voilà à quoi ressemble la fumée.

Soudain, on a la vue d'une caméra dans un hélicoptère, et le ciel – mec, le ciel est même pas bleu, même pas de cette espèce de gris cassé qu'on a les pires jours de smog. On dirait du béton mouillé. Un gris tellement sombre qu'il est presque noir. Et qui a l'air hyper lourd.

À cet instant, je me rends compte que j'ai sous les yeux une zone de guerre. En plein South Central.

Comme si quelqu'un avait rassemblé toutes les saloperies que j'ai vues au Liban pratiquement toute ma vie, les avait entassées dans une boîte, puis les avait éjectées en l'air et avait libéré ce chaos dans mon jardin. C'est un truc digne de la bande de Gaza. *La neta*, les mecs.

Et toute cette scène me dit la même chose à moi qu'à n'importe quel crétin ayant eu de vilaines pensées n'importe où dans cette ville : putain, aujourd'hui c'est ton jour, *homie*. *Felicidades**, t'as gagné à la loterie !

Déboule là-bas et lâche-toi, voilà ce que ça dit. Va sur place et pique ce que tu peux, ça dit. Si t'es assez coriace, si t'es assez fort, viens te servir. Moi j'appelle ça la Nuit du Diable, comme chaque veille d'Halloween, mais en plein jour.

Parce que le monde dans lequel on habite est complètement sens dessus dessous, là. Le haut en bas. Le bas en haut. Le mal est le putain de *bien*. Et les badges veulent plus rien dire. Vu qu'aujourd'hui la ville appartient pas aux flics. C'est à nous qu'elle appartient.

Je sens comme une secousse électrique monter et descendre dans mon cou et je me précipite sur mon téléphone. Je bipe cinq ou six *homeboys* pour leur dire de rappliquer le plus vite possible. Je tapote aussi vite que mes doigts gourds me le permettent. Je compose les numéros de mémoire, j'en joins une douzaine, et ensuite je m'arrête parce qu'ils vont se passer le mot. On a besoin de bagnoles. Il faut qu'on fonce. Déjà là, on dirait qu'on est un peu à la bourre.

Première étape, faire démarrer le truc à Lynwood. Tu sais, que ça devienne le chaos, comme à Compton, de manière à éparpiller encore plus les flics. Ensuite, je prépare mentalement le coup. Les endroits où aller. Les trucs à piquer. Où les planquer. Je reprends le téléphone et je bipe Lil Creeper.

S'il y a un jour taillé sur mesure pour ce putain de *cucaracha**, c'est bien aujourd'hui. Il a été placé sur cette terre pour chourer, foutre le camp, s'enfiler de la dope et rien d'autre. Même défoncé, même à moitié endormi, *personne* fait sauter les verrous comme lui. On dirait que les trucs sont en papier d'alu entre ses doigts. Personne est capable comme lui, sur un simple coup d'œil à un portail en fer, de piger en deux secondes comment le faire sauter ou l'ouvrir.

Mon téléphone bipe, je tape mon code. Je laisse le message habituel à la fin, qu'il me rappelle vite, c'est du sérieux, et s'il rappelle pas vite, eh bien, c'est là que ça risque de mal se passer. J'enverrai un *homie* le chercher par la peau du cul.

Clever entre en traînant des pieds dans le séjour, il tient à la main un de ces gobelets Dick Tracy qu'on te donne quand tu bouffes chez McDonald's. Son regard se pose sur l'écran et se fige. Je raccroche.

On mate tous les deux une pharmacie sur Vermont en train de se faire dévaliser pendant qu'une espèce de présentateur pérore, affirmant que ces trucs n'ont rien à voir avec Rodney King ni avec le verdict, et que c'est l'affaire de gens sans moralité, qui ont l'occasion de se lâcher, il s'exclame qu'il est sidéré par leur réaction. Ah ouais, *vraiment* ?

Mais il continue à déblatérer comme quoi c'est pas son Amérique à lui, celle qu'il connaît, qu'il aime et en laquelle il croit. Je peux pas m'empêcher de ricaner face à tant d'ignorance, du style j'habite-depuis-tellement-longtemps-en-banlieue-résidentielle-que-putain-je-suis-totalement-déconnecté-de-ce-qui-se-passe, et, à ce moment-là, Clever éclate de rire et dit tout haut ce que je pense tout bas depuis tout à l'heure :

« Bienvenue dans *mon* Amérique à moi, *cabrón**. »

2

Fate, c'est pas un nom si commun, en tout cas pas en espagnol. J'ai jamais entendu parler de quelqu'un d'autre qui s'appellerait comme ça. On me demande parfois d'où ça vient, d'où je tiens ce blaze, mais je dis jamais que c'est parce que je me suis pris une balle à vingt piges, et je te dirai pas qui a tiré ni de quelle clique il était, vu que je l'ai pas dit non plus aux shérifs quand ils ont demandé. C'était un putain de gros calibre, n'empêche, mais un truc a dû foirer avec la balle ou la douille, vu que même à sept mètres elle m'a pas complètement transpercé. Elle est restée à l'intérieur.

Elle s'est pas enfoncée de plus de deux centimètres. J'ai pissé le sang devant chez ma voisine, Mme Rubio, t'y aurais pas cru. Tout ce que je me rappelle, à part le trajet en ambulance avec l'infirmier à la ramasse qui trouvait pas mes veines, c'est l'*abuela** à mon chevet, toute calme, elle s'est assise à l'indienne à côté de moi, a étalé sa robe bleue et a pris ma main pour la poser sur la dentelle, dans son giron. Elle a dit que j'avais *una fate grande*, et que j'allais m'en sortir. Sur le coup, j'ai cru qu'elle disait que mon destin (*fate*) était de pas mourir, mais quand elle a répété, j'ai compris ce qu'elle disait : *una fe grande*. En fait, elle parlait pas du tout de destin (*fate*) mais de foi (*faith*). Sauf que c'était trop tard ; mon cerveau avait saisi le terme *fate* et ça lui avait plu, et je me suis promis que si je m'en tirais, ce serait mon blaze.

J'ai jamais raconté à Payasa toute l'histoire, et maintenant, je sais plus trop pourquoi. Elle ignore pas que je me suis pris une balle, bien sûr, et elle a entendu parler de l'*abuela*, mais pas que c'est à la grand-mère que je dois mon blaze, même si c'était accidentel. Parfois, si tu passes assez de temps avec des gens, tu poses pas de questions, ni d'où ils viennent, ni d'où ils tiennent leur blaze, ni comment. C'est comme ça. C'est tout simplement tacite. Maintenant, j'ai quand même un peu envie de lui dire.

Payasa m'a demandé, il y a longtemps, si je regrettais, parfois, ce que j'avais fait à l'époque. Je lui ai répondu que non, mais en fait si. Bien sûr que si. Mais j'ai pas de remords. Moi, je suis un soldat. Je suis toujours allé là où on avait besoin de moi, j'ai toujours été partant. *Toujours*. Même en tant que p'tit *homie*, quand on était convoqués en cercle dans l'impasse, près du parc, les *homeboys* plus âgés s'arrêtaient jamais sur moi, parce qu'ils savaient que j'étais toujours partant. Personne a jamais eu à me rappeler à l'ordre. Pas une seule fois.

Ils me disaient « Toi t'es cool », ou « Ce putain de *homeboy* est toujours partant », et ensuite ils me citaient en exemple aux autres p'tits *homies*. Ça m'a toujours fait du bien.

Mais là, y a des gens dans la salle de séjour, et faut leur dire quoi faire. J'en compte quinze sur cent seize – sans parler des petits *homies*, à l'extérieur, qui essayent de participer pour mériter leurs galons. Je les regarde, tous ces visages dans la pièce, et je me dis, voilà pourquoi je fais ce que je fais. C'est pour eux. *La Clica. Mi Familia*. Tout ça c'est pour eux. Et c'est pour eux qu'il a fallu que je lâche Lil Mosco.

Ouais, c'est vrai. J'ai fait ça. Payasa l'entendra jamais de ma bouche, parce que, y a quoi à en dire ? N'empêche, la vérité c'est la vérité. Et je suis désolé pour de vrai, mais je regrette pas non plus.

Sauf que maintenant, là, j'aimerais qu'elle puisse sauter à l'intérieur de ma tête, lire mes pensées, voir à travers mes yeux et comprendre, genre, instantanément, la décision que j'ai dû prendre quand les *big homies* sont venus me voir, m'ont fait asseoir et m'ont annoncé que le nom de Lil Mosco était dans le putain de chapeau. Y avait un contrat sur sa tronche, ils ont dit, et fallait que je choisisse : soit je sortais un abruti qui arrêtait pas de merder, soit tout le *crew** y passait. C'était ça, le deal, tu vois ? Tu peux pas discuter avec eux ni leur dire qu'ils se plantent. Il fallait qu'il dégage. Tu acceptes l'uppercut au menton, comme un boxeur qui s'en prend une et sait qu'il doit se coucher.

J'aurais pas envoyé Lil Mosco à Riverside, ils se seraient mis à nous dégommer comme des pigeons. Tous autant qu'on est. Partout. Tout le temps. Et ça, putain, c'est la réalité. Or la dernière fois que j'ai fait le calcul, un était pas égal ni supérieur à cent seize. Même moi je sais ça, et pourtant, j'ai quitté l'école au milieu de la quatrième.

Mais Joker et ses gars qui dégomment Ernesto le même jour ? Ça m'a laminé.

Le pire calendrier qui soit. Quand le môme Serrato est venu frapper à la porte, j'ai failli lâcher le morceau à Payasa, vu que j'ai cru que le môme parlait de Lil Mosco, et je me suis demandé comment ça pouvait être possible. J'ai mis plusieurs secondes avant de me rendre compte que, justement, c'était pas possible ! Comme si je m'étais pris un coup de poing en pleine gueule, voilà l'effet que ça m'a fait, qu'Ernie ait été buté sans raison valable. Et quand j'ai appris ça, j'ai su que j'aurais dû lâcher Lil Mosco plus tôt, et ça m'a brûlé à l'intérieur. J'ai su aussi que je devais mettre la gomme pour que Payasa fasse ce qu'elle avait à faire. Je l'ai laissée franchir certaines limites pour qu'elle fasse des trucs que j'aurais jamais laissé faire à une *chola**, parce que c'était une histoire de vengeance et que c'était fondé.

Mais Lil Mosco ? Merde. J'étais *obligé* de le balancer. Payasa savait mieux que quiconque qu'il avait pas la tête sur les épaules. C'est pour ça que je lui imposais toutes ces règles, tu vois ? Règle numéro un, tu prends pas de dope. Règle numéro deux, tu respectes les limitations de vitesse, bouffon. Et trois, surtout, emmène personne avec toi. Fallait que je m'assure qu'il ferait tomber personne d'autre. Je lui ai même passé ma caisse pour qu'il aille là-bas.

Lil Mosco s'est fourré là-dedans tout seul comme un grand. C'est comme ça. Je devais faire en sorte qu'on ne sombre pas tous. Parce qu'il y avait pas que nous. Il y avait nos familles. Les *big homies* pouvaient s'en charger s'ils le voulaient. Ils l'ont déjà fait. Et dans ce cas-là, on n'y peut rien. Je n'ai jamais eu le choix, pas eu à réfléchir. C'était couru d'avance. Genre, imagine comment ça aurait tourné si un *big homie* s'était pointé chez la mère de Payasa, avait sonné, fourré un gun dans le judas en voyant la lumière bouchée par sa tête ? Merde. Rien que d'y penser, ça me donne envie de vomir.

Je me suis fixé une autre règle : on peut pas sacrifier tout le monde pour un seul mec. Y a pas à discuter.

Si Payasa était sortie de sa chambre plus tôt, j'aurais peut-être pu la prendre à part, avant que les *homies* débarquent, et lui faire piger le pourquoi du comment.

Mais ce qui est arrivé à Ernesto ? J'ai pas de mot pour cette dégueulasserie. Personne l'a vu venir, mais cette vie de dingue est comme ça. Elle te tombe dessus comme elle veut, que tu sois prêt ou pas, et parfois elle emporte ce qu'elle ne devrait pas. Parfois, c'est le seul truc que tu peux espérer qu'elle fasse – emporter.

La porte de Payasa est toujours close. Elle moufte même pas quand je frappe, alors je contemple juste tous les flingues de la maison entassés sur la table basse, devant le canapé. Il y en a vingt. Ça suffit pas, si on doit se protéger de ce que le grand frère de Joker nous réserve comme contre-attaque.

Donc je gamberge, je me dis qu'on pourrait tout simplement braquer Western Auto, vu qu'ils vendent aussi des guns au fond de la boutique. Des *pistolas*. Des chargeurs. Tout ça. Pourquoi dans un magasin de voitures ? Je m'étais encore jamais posé la question. J'imagine que c'est juste parce que ça rapporte plus que les amortisseurs et les plaquettes de frein. C'est ça, l'économie du ghetto. J'en suis là de mes pensées quand le téléphone sonne. Je décroche, je m'attends à ce que ce soit Lil Creeper. Mais non.

C'est Sunny, du magasin d'armes sur Long Beach. Dès que j'entends sa voix, je sais qu'on va pas la jouer éthique. Il dit que deux autres gars de service sont avec lui. Ils ont éteint les lumières. Ils sont censés protéger les armes, mais, moyennant finance, il me laissera la porte d'entrée ouverte et on pourra rappliquer.

Je demande : « Combien ?

– Hein ? dit-il, et il marque un silence assez long pour sortir au pif un chiffre de son cul. Trois mille.

– Entendu », je fais. Comme si cet enculé allait palper le pognon.

« En liquide, il dit.

– Putain, mais tu crois que j'allais te payer comment, par chèque ? Fais en sorte que la lourde soit bien ouverte, ducon. »

Avaro, j'appelle ça. Rapace obsédé par la thune.

Sunny cherche juste à gravir les échelons. Il se grille dans son job, balance les gens avec qui il bosse. Je peux pas respecter un mec comme ça. Tu vois, le truc que Sunny sait pas, c'est qu'il peut négocier n'importe quel autre jour, mais pas aujourd'hui. Quand tout est à l'envers, pas question que je lui file du fric. Plus important, j'ai un compte à régler avec lui, vu qu'il s'est comporté comme un *culero** en couchant avec ma grande sœur au bal du lycée en 1986, et qu'il lui a refilé la chtouille. Rien à foutre de savoir avec qui il est pote. Aujourd'hui, il va s'en prendre une dans le buffet.

Par contre, je lui dis pas. Je me contente de raccrocher et d'armer mon flingue. C'est un de ces vieux Colt de l'armée. Il y a marqué *Calibre 45* sur le canon. Et aussi *Rimless Smokeless*. Je pense qu'il a dû appartenir à un grand-père, mais peu importe. Il est à moi maintenant. Ça fait presque un an qu'il m'appartient.

Je regarde la pendule. Dix heures moins le quart, et Creeper a toujours pas réapparu.

*Hijo de su chingada madre**, je me dis. Il doit se terrer dans un motel, après avoir dépensé toute l'oseille que je lui ai filée pour ce flingue et un chargeur même pas plein. Il s'envoie ça direct dans les veines. Garanti.

J'hésite à lui accorder encore une minute au moment où Payasa sort de sa chambre, salue Clever en train de finir le nettoyage de son flingue, prend Apache à part, lui chuchote je sais pas quoi et l'attire à l'extérieur, presque jusqu'à l'endroit où les petits *homies* se tiennent en cercle sur la pelouse.

Ça me plaît pas de voir ça, mais je ne lui dis pas non plus de pas le faire. Par la fenêtre, je vois qu'Apache et elle partagent une cigarette. Imbibée de poussière d'ange, à tous les coups. Garanti.

Chaque bouffée est un moyen d'échapper à la vraie douleur. Je comprends bien, surtout pour Ernesto, je comprends, mais je suis pas trop pour. D'après mon expérience, quand tu accomplis ton truc en bonne et due forme, et même après, mieux vaut rester sobre. Tu peux assumer ce que tu as fait. Comme ça, c'est plus facile de savoir que les enculés méritaient ce qu'ils se sont pris. Si Payasa me demande mon avis, je lui dirai. Mais pas avant.

Une minute s'écoule, puis deux, et toujours pas de Creeper en vue. Un jour comme celui-ci, je peux pas gâcher un *homie* pour le lancer à sa recherche.

Alors je dis : « Et merde », et je sors.

3

On se dirige vers les voitures en une grande meute compacte. Les petits sont pas relax. Ils sont excités comme des chiots à une fête d'anniversaire. Ils aboient. Ils chahutent. Seuls Clever, moi et Payasa montons dans la Cutlass d'Apache. Du coup, ma caisse me manque encore plus. Probable qu'elle est encore tout là-bas, à Riverside. Abandonnée. Si je veux la revoir un jour, faudra que j'aille la chercher à la fourrière, à tous les coups. Mais je dois d'abord la déclarer volée. Qu'il y ait pas de lien avec Lil Mosco. Mais je peux pas le faire tant que j'aurai pas de nouvelles des *big homies*. Bien sûr, Mosco est pas rentré à la maison hier soir, mais ça veut pas dire pour autant qu'il s'est fait buter. Donc faut que je la joue en douceur, et que je vive avec cette culpabilité qui me troue le bide.

Je suis persuadé que c'est mon plus gros problème, tandis qu'on fait monter les soldats dans les voitures, pour ensuite se disperser, aller piller et faire je sais pas trop quoi, au moment où mon père débarque au volant de sa vieille Datsun toute bringuebalante. Cette tire est rouillée, la peinture grise de la carrosserie s'écaille autour des phares. Pas d'ornement particulier sur le capot et un seul phare qui marche. C'est juste… comment dire, triste, tu vois ?

Il l'a depuis toujours, depuis avant la mort de ma mère, en janvier 1985 ; ensuite ma sœur est allée habiter avec ma tante en 1987. Il l'avait encore quand il s'est mis à la colle avec une autre bonne femme avec qui je me suis pas trop entendu, et je crois bien que c'est de ce moment-là que date la fin des haricots. Je me suis trouvé un endroit où crécher, parce que la *clica* voulait pas me laisser le bec dans l'eau, et c'est comme ça que je me suis retrouvé d'abord avec Toker, Speedy et les autres, et ensuite avec Payasa, Ernesto, et plus tard Lil Mosco. Tout ça voulait pas dire que mon père avait arrêté de m'aimer. Il se faisait tout le temps du mouron, prenait constamment de mes nouvelles et tout et tout. Dans ces cas-là je lui ai jamais menti, mais je lui ai pas non plus vraiment dit la vérité.

Et là, l'inquiétude mine le visage livide de mon père à travers le pare-brise lézardé, genre, il y croit pas de voir ce qu'il voit. Genre, il était super inquiet de savoir si j'allais bien ou pas, il monte dans sa caisse, fait le trajet de Florence pour vérifier que je suis encore vivant, que je respire encore, et, au moment où il se gare, je suis en train de faire monter des *homeboys* dans les bagnoles – et pas un seul fait le moindre effort pour planquer son gun.

Mon pater, c'est pas un crétin. Il fait illico le rapprochement. Moi, son fils, je suis pas le gus *pour qui* il faut avoir peur. Je suis le gus *dont* il faut avoir peur.

Son visage se décompose plus ou moins quand il se rend compte de ça. Ses joues s'affaissent comme si ça faisait des kilomètres qu'il retenait son souffle. Il expire à fond, me regarde droit dans les yeux en fronçant les sourcils, et il secoue la tête, genre, super, super déçu. Il repart en marche arrière, recule de cinq mètres, fait demi-tour en dérapage et se carapate à fond dans l'autre sens. Un phare arrière s'allume, normal, l'autre est pété, tandis qu'il disparaît au coin de la rue. Le feu de stop cassé est tout blanc, avec des dents rouges sur le pourtour.

Ça y est, il a disparu.

Le premier regard que je croise ensuite, c'est celui de Clever. Un bref hochement de tête, mais compliqué. Il est au courant, pour mon père, et je suis au courant pour le sien. Je sais que le père de Clever s'est tiré alors que son fiston savait même pas encore marcher. Je vois qu'il pige ce qui me traverse l'esprit exactement au même moment, il aurait fait n'importe quoi pour que son père se soucie un tant soit peu de lui et vienne prendre de ses nouvelles. Je lis dans ses pensées qu'il se dit que la déception vaut mieux que la disparition, alors je détourne le regard, vu que je peux rien y faire.

Les autres *homies* plus âgés savent que c'est pas leurs oignons. Mais les plus jeunes, ceux qui savent pas encore trop, disent des trucs du genre : « C'était qui, ce *viejo** ?

– Personne », je réponds, et je le pense presque.

Ça satisfait suffisamment les petits *homies* qui finissent de monter, s'installent au milieu sur les banquettes avant, ou jambes ballantes, à l'arrière des voitures à hayon, lorsque l'un d'entre eux, surexcité, pousse un *grito** aigu du genre ay-yi-yi, et j'ai l'impression qu'il aurait eu un cheval entre les jambes, à ce moment-là, il lui aurait crié hue-putain-hue.

4

J'y ai pas cru jusqu'à ce que je sois sur place. La télé, c'est la télé. Tu peux jamais faire confiance à ce bidule. Sauf aujourd'hui. Sur Atlantic, on progresse au milieu d'une circulation clairsemée, sans le moindre flic en vue, la fièvre s'empare de nous. De nous tous. Comme une bouffée de chaleur, avec l'afflux de transpiration qui accompagne l'idée qu'on-peut-faire-tout-ce-qu'on-veut-putain. Ça fait comme quand tu as bu trop de café. Comme quand…

Je suis installé à l'avant, sur le siège passager, j'abaisse ma vitre et je pose la main sur le toit de la voiture. Je cogne du poing sur le toit, du style *ba-bop*, *ba-bop*, *ba-bop*. Genre, un rythme qui scande la vitesse à laquelle on roule. Quatre-vingts. Quatre-vingt-dix. Quatre-vingt-quinze kilomètres à l'heure.

Apache a du plomb dans les semelles, l'enculé. En temps normal, je lui dirais de ralentir, mais pas aujourd'hui.

Aujourd'hui, y a pas de limitation de vitesse. Aucune limite d'*aucune sorte*.

« Hé, dit Apache après un *ba-bop* de trop, c'est *mon toit*, mec. »

Je lui lance un sale regard, genre ferme-ta-gueule, et il s'empresse d'ajouter : « Désolé. »

J'approche mon visage du sien, puis le secoue. « Je rigole, mec ! »

J'allume la radio. Je déplace le curseur d'un côté, puis de l'autre. Partout c'est les infos, les infos, les infos. Des reportages. Des gens qui se plaignent en disant que c'est pas le plus grand jour sur terre, que c'est, genre, un désastre. Je passe en AM. C'est pas des vieux tubes, mais, au moins, y a de la musique. Vraiment de la musique. Enfin, si on veut.

En fait, c'est une espèce de putain de rock cucul la praline. Le genre que les *gabachos** qualifient de *classic*. Des guitares électriques et des claquements de mains. Ba-da-*bada*-ba, voilà à peu près à quoi ressemble le refrain. La chanson s'intitule « More Than My Feelings », ou un truc dans le genre.

Apache reconnaît le morceau.

« Mec, *rien à foutre* de Boston », dit-il en faisant une putain de moue. Il s'apprête à couper la radio, mais je fais non de la tête.

« Laisse ce truc », je dis. Je monte même un peu le son, pour le faire tourner en bourrique.

Tous ceux qui ont réussi à sortir du quartier ont pu le faire parce qu'ils avaient choisi de ne pas être *impliqués*. Tu peux pas expliquer à ces gens à quel point ça réconforte, à quel point tu te sens fort d'être avec tes frangins et de faire ce que tu veux, et un jour comme celui-ci c'est mieux que dans tes rêves, un jour où tu peux faire n'importe quoi. Sauf que c'est uniquement du fantasme, parce que ce genre de truc arrive jamais, jusqu'au jour où, *justement*, ça arrive...

Des putains de guitares électriques bourdonnent autour de moi, je tends la main le plus haut possible à l'extérieur de la voiture, pour essayer d'attraper de l'air sec. Cette sensation cinglante autour de ma paume, qui me glace quasiment la peau, j'essaye de la graver dans ma mémoire. Je veux m'en souvenir éternellement.

Mais je rentre la main quand on arrive sur Gage, et la sensation se dissipe un peu, parce qu'il suffit de regarder tout autour pour constater que c'est une putain de scène à la *Mad Max*. Des pillages, mais pas comme à la télé, où les gens courent dans tous les sens, entrent par des trous dans les devantures, comme des rats. Ici, on voit pas le truc qui ressemble à de la barbe à papa dans les rues, pas d'incendies. Bon, y a bien une odeur de fumée, boisée, mais aussi cette espèce de senteur âcre typique du plastique cramé.

Notre caravane de quatre voitures passe devant Western Auto, histoire de voir comment ça se présente, mais ils ont posté des enculés sur le toit, avec des fusils. Alors je prends illico la décision qui s'impose et j'annonce : on laisse *tomber*.

Apache donne un coup de volant et on reprend de la vitesse. La rue devient le théâtre d'une de ces courses de luge, comme on en voit aux putains de jeux Olympiques. Albertaville, ou je sais plus où c'était, la dernière fois. C'est nous. Sauf qu'on est quatre voitures qui glissent ensemble, à travers la circulation, en lançant *rien à foutre* aux feux rouges, avec les têtes qui pivotent pour voir s'il y a pas d'autres gangs en virée, venus faire la même chose que nous.

En passant devant Mel and Bill's Market, on voit des blancs-becs qu'on avait encore jamais vus braquer des caisses de bière en canettes et les charger dans un camion. Apache fonce direct sur eux, pile à la toute dernière seconde, laissant une bonne couche de gomme sur le bitume. Les pneus crissent, on s'arrête à quelques centimètres des gars. La vache, ils en mènent pas large. Mais ils flippent encore plus quand je sors ma pétoire, imité par Apache.

« C'est pas votre quartier. » Je leur décoche un sourire froid en disant ça. « Vous feriez mieux de foutre le camp, tant qu'il en est encore temps. »

Ils réagissent bien et laissent tomber la bière, mais je leur dis de ramasser et de nous aider à la décharger de leur camion pour tout mettre à l'arrière de notre van. Ils obéissent. Et puis on se tire. On scrute les alentours, à la recherche d'une autre cible.

5

Juste pour le fun on braque une *carnicería**, quelqu'un explose la porte de sécurité avec un canon scié, et ça gicle de partout, le mur en stuc de devant crachote des bouts de gravier et de gravillon, comme s'il saignait. Les gens pensent jamais combien le stuc est friable, quand ils installent des portes de sécurité. Ils se disent qu'il suffit d'attaquer au dur, et qu'ensuite il reste plus qu'à arracher la porte de sécurité en métal. Ça vient facilement. Une fois que c'est fait, on brise la porte en verre à coups de pied et on déboule à l'intérieur en poussant des grands whou-whou-whou, comme des Indiens sur le sentier de la guerre, comme si on était tous dans une espèce de western.

Pas une seule lumière allumée à l'intérieur, et l'odeur de la viande plus très fraîche nous agresse les naseaux, vu que l'électricité est coupée depuis hier soir tard ou tôt ce matin.

« Les sacs, je dis en montrant les caisses enregistreuses. Et tous, putain. »

Les petits *homies* attrapent les sacs en plastique pendant que moi et les *homies* plus âgés on saute derrière le comptoir et on balance les caisses en plastique transparent par terre, pour les ouvrir dans un *clac-clac-clac* sonore. C'est le son des ouvertures coulissantes, un claquement qui se répercute sur les portes en verre des chambres froides, sur le mur le plus éloigné avant de me revenir, et, l'espace d'un instant, je me dis que c'est bizarre, tout ça. Personne dans les parages. Personne pour nous arrêter. J'essaye de m'imprégner de la scène, tu vois ?

Il y a eu un paquet de jours dans ma vie où je me suis demandé quand serait mon prochain repas, donc là, c'est Noël, Thanksgiving, le Nouvel An et un anniversaire pour moi. Et je suis pas le seul à me dire ça. Alors qu'on charge des kilos et des kilos de viande hachée, les *homies* poussent des cris. On arrache en rigolant des plates côtes de leurs présentoirs. On jette par-dessus le comptoir des jarrets d'agneau que les petits *homies* rattrapent. Quand une pièce de bidoche tombe et qu'un mioche fait mine de pas vouloir la ramasser, je gueule : « C'est de la bonne nourriture, *homes* ! On lavera le morceau plus tard ! Ramasse-le. »

Il obéit et on est obligés de s'y mettre à cinq pour tout faire entrer dans les sacs en plastique blancs : huit poulets entiers, des saucisses encore attachées les unes aux autres, qui forment un chapelet si long que tu peux te l'enrouler autour de la tête comme une corde, quatre langues de bœuf bien grasses, etc., etc. On fait des allers-retours en en trimbalant le plus possible, on charge le coffre de la Cutlass d'Apache jusqu'à ce qu'il soit complètement rempli de viande. On saute dessus. On tasse pour que tout tienne à l'intérieur, tu vois ? Au départ, Apache est pas d'accord, vu qu'il voit des sacs qui lâchent. Il voit du sang qui goutte, le sang qui creuse des rigoles rouges dans la terre et sur sa roue de secours, avant d'imbiber la moquette bleu foncé qui tapisse son coffre. Je lui dis qu'on pourra nettoyer plus tard. On fera faire ça aux petits *homies*, avec un tuyau d'arrosage et des éponges, pendant qu'on démarrera le barbecue. Il est pas trop content, mais il la boucle.

Je referme le coffre dans un claquement sec, et je suis déjà en train de penser à la grillade qu'on va se faire, ça va être bon de gaver tous ces *homeboys* jusqu'à ce qu'ils puissent plus marcher, et je me dis que j'avais pas été aussi heureux depuis super longtemps – du moins jusqu'au moment où j'avise Payasa.

Elle a un regard que j'arrive pas à situer. Un regard vitreux, embué par la dope, ça c'est sûr, l'effet du PCP, mais y a autre chose. Je fais pas de remarque là-dessus ni sur rien d'autre, mais ce sont des larmes. De grosses larmes.

Elle pleure, manifestement sans savoir pourquoi, vu qu'elle s'essuie les yeux, puis regarde fixement ses mains, puis s'essuie de nouveau, comme si elle y croyait pas. Des trucs imprévisibles se produisent quand tu carbures au PCP. Vraiment. Tu peux pleurer sans raison. Tu peux hurler ou bien être engourdi pendant des heures. Mais, comme n'importe quelle came, ça peut aggraver ce que tu as déjà en toi. Et de voir Payasa comme ça, je repense à l'état dans lequel était le corps d'Ernesto, immobile dans la ruelle.

Et ça me revient, elle a même pas pu regarder, elle a ramené les mains sur sa figure quand on est passés devant en voiture, et il a fallu que je lui mente en lui disant qu'ils étaient venus le ramasser. Que le corps y était plus. Alors qu'en fait, si, il y était encore. Et Clever est venu à ma rescousse, vu qu'elle avait pas dû me croire, alors elle lui avait demandé, à lui aussi. Il lui a dit de pas s'en faire, qu'ils étaient venus le chercher, que tout allait bien maintenant, enfin, façon de parler. Après quoi, plus personne a rien dit, jusqu'à ce qu'on soit à la maison.

J'essaye de pas attirer l'attention sur Payasa. Je dis à tout le monde de remonter dans les voitures, et, à mi-trajet, alors que je suis en train de me dire qu'on est bons, elle se penche à la fenêtre et tire cinq balles dans le flanc d'un break qui pourrait peut-être bien appartenir à des Bloods. Elle éclate de rire quand l'autre voiture fait une embardée jusqu'au bord de la rue, monte sur le trottoir et tente une échappée par le parking d'une petite galerie commerciale.

« Mosco aurait adoré ça, dit-elle. Putain, il est où, d'ailleurs ? Encore embringué dans ses embrouilles ou quoi ? »

C'est ce *ou quoi* qui me frappe. Elle veut pas vraiment que quelqu'un réponde à ses questions. Elle dit juste : « Ouais », comme si elle y avait répondu elle-même, et continue de regarder par la vitre.

Je jette un œil à Clever, et Clever me renvoie mon coup d'œil.

Il est pas au courant pour Lil Mosco, mais il sait. Il est trop malin. Il a su en voyant que Mosco revenait pas ce matin qu'on lui avait sûrement réglé son compte.

Personne pipe mot jusqu'à ce qu'on soit garés à côté d'un bâtiment de briques rouges. GUN STORE est écrit en grandes lettres bleues sur la devanture. On fait le tour à pas de loup, par le côté, en une longue file indienne, pistolets sortis, et je prie en silence pour que Sunny soit vraiment une ordure, qu'il ait laissé la porte ouverte, qu'on n'ait pas à la faire sauter en tirant dessus.

6

La porte est entrouverte. Au premier coup d'œil, ça paraissait pas évident, mais quand Apache a donné un coup d'épaule, elle a cédé. Comme je sais pas à quoi m'attendre, j'y vais en premier, et on s'avance accroupis. Il y a un grand tapis carré, sans rien dessus, au milieu de la salle. Trois des côtés – à gauche, à droite et droit devant – sont bordés de présentoirs en verre. Derrière, des vitrines, dans lesquelles se trouvent les putains d'armes de luxe. Le seul éclairage, c'est les lumières de ces vitrines, des tubes blancs lumineux qui se reflètent sur le métal poli. « Pas trop tôt, *raza*. Merde ! rigole Sunny. Ça fait au moins une demi-heure que je monte la garde. Vous avez mon fric, les gars ? »

Je relâche un peu la tension, j'abaisse la main qui tient le flingue, et au fur et à mesure que je m'avance vers la forme que je distingue tout au fond, mes yeux s'adaptent à la pénombre. Mes gars sont juste derrière moi, toujours sur le qui-vive.

Sunny et moi, on n'est pas de la même *raza*. OK, il est de Lynwood, il y est né et y a grandi, je dis pas, mais c'est un Blanc, pas un Chicano. Ce qui l'a jamais empêché de vouloir en être un.

En arrivant au fond, je finis par comprendre de quoi il parle, quand il dit qu'il « monte la garde ». Derrière une grande vitrine remplie de canons courts de toutes les tailles, de toutes les couleurs, avec poignées incrustées, j'aperçois deux gus, l'un à côté de l'autre, à terre. Un Blanc et un Noir. Sunny a son flingue braqué sur eux.

Ils ont pas l'air mal à l'aise, ces deux-là. Ils se partagent un magazine. Un vieux numéro de *People*. Il y a en couverture ce connard du feuilleton *Beverly Hills*, les sourcils froncés qui disparaissent sous sa tignasse, genre, il a une vie super mystérieuse. Je peux pas m'empêcher de me moquer de ces conneries.

Parce que c'est le L.A. bidon, ça, le L.A. des vendus. C'est pas mon L.A. à moi. Et je parie que tous ceux qui regardent la télé à l'heure qu'il est font la différence.

Mais pourquoi vont-ils mettre des conneries comme ça dans un magasin d'armes à feu, alors ça, j'en sais foutrement rien. J'imagine que ça peut être super chiant de vendre des balles à l'unité. Putain de parasites.

Je retrousse ma lèvre inférieure et je siffle un coup. Ça attire leur attention.

Le Noir referme le magazine super lentement et ils se redressent tous les deux, ce qui est une bonne chose, parce qu'il faut qu'ils voient ça.

« On n'est pas de la même putain de *raza* », je lance à Sunny en lui collant mon Colt sous le nez, j'arme le percuteur avant qu'il songe à sortir son flingue, et je lui accorde le temps nécessaire pour qu'il pige que c'est ce qui arrive quand on laisse la porte ouverte, quand on laisse le loup entrer dans la bergerie.

Tôt ou tard, il te bouffe, mon pote.

Pak. C'est le son que fait un .44 quand il expulse une balle qui s'enfonce dans un nez, traverse un crâne et un cerveau, avant d'aller se loger dans un placard en bois. Sunny est mort avant de tomber. Il s'effondre au sol bizarrement. Il atterrit arc-bouté, en appui sur la tête, et s'affale pas complètement. Il reste comme ça sur la moquette, comme une tente toute foutue.

« Oh putain », s'exclame le Blanc derrière moi, pendant que j'avance d'un pas pour dire à Sunny un truc qu'il peut pas entendre, et c'est très bien comme ça.

C'est pas pour lui. C'est pour moi. Et pour quelqu'un d'autre, aussi.

« Ça, c'est pour ma sœur. Ce quartier a bonne mémoire, *chavala* », je dis, puis je me tourne vers les otages de Sunny. Enfin, ses ex-otages.

« Maintenant que j'ai votre attention, je dis aux deux types morts de trouille, filez vos portefeuilles. »

Le Noir est rapide. Il connaît la chanson. Il a pas envie de se faire descendre pour avoir joué au con. Le Blanc, par contre, tergiverse. *Cabrón*.

Je peux pas laisser passer ça. Je fais un pas vers lui, et il rampe vite fait, se carapate comme un crabe, dans le placard derrière lui, se cogne fort la tête avant de tressaillir. Les petits *homies* éclatent de rire en chœur en voyant ça, mais Apache intervient vite.

« *Puto**, lui c'est Mister Fate, le pire enculé de Lynwood, *y que* ? dit Apache, l'œil mauvais. S'il avait voulu ta peau, c'est *à elle* qu'il aurait demandé de te buter ! »

Il montre du doigt Payasita. Comme si c'était un signal, elle incline la tête et se fend d'un sourire tellement impeccable que j'en ai un frisson qui me descend le long de la colonne vertébrale et se coince dans mes genoux. Elle a les yeux clamsés à l'intérieur, et n'importe qui avec une once de bon sens voit bien qu'elle fait pas semblant. Un regard qui te glace les sangs.

Le blanc-bec a compris aussi, parce qu'il devient encore plus blanc que blanc. Il se met à fouiller dans sa poche arrière et en sort un *foutu* portefeuille en cuir de veau. C'est comme ça que disent les Blancs, non ? Avec leur accent traînant… Fou-tu… Mec, c'est une de ces expressions complètement cucul, à la Kurt Russell. *Hijo de su chingada madre*, ça glisse tout de même beaucoup mieux sur la langue. Tu peux le cracher si tu veux, ça aide à faire passer le message.

Apache me tend les larfeuilles. Je m'occupe pas du cash, je sors les permis de conduire puis je laisse tomber leurs trucs par terre – en plein dans la flaque de sang de Sunny. J'entends le Noir grogner. Il est malin, ça, c'est sûr. Il sait à quoi s'en tenir.

« Voyez, je vais les garder vos papiers. Les ajouter à ma collec'. »

Je hoche la tête à l'intention du Blanc. « On sait où tu habites maintenant, *Gary*. »

Je hoche la tête à l'intention du Noir. « Toi aussi, *Lawrence*. »

Je fléchis les genoux et m'accroupis à leur niveau. « Normalement, nous, on laisse pas de témoins. » J'indique Sunny d'un geste du menton, mais je les quitte pas des yeux. Ils ont compris le message, alors j'étudie leurs permis de conduire. Les deux délivrés en Californie. Y en a un qui habite à Gardena, l'autre à Wilmington. « On sait où vous habitez. Et les flics, bon, ils sont un peu occupés, donc je pense que vous considérerez que c'est une bonne surprise que le type qui vous a menacés avec son flingue vous ait épargnés. »

Le mal c'est le bien, je me dis.

Je tourne la tête pour jeter un dernier coup d'œil à Sunny, il a les yeux encore ouverts. Enfin, celui que je vois d'ici, en tout cas. Un sang épais s'écoule du trou qu'il a à la place du nez et dégouline sur cet œil, le long de son front, puis par terre, comme des larmes à l'envers.

Je fouille le portefeuille de Lawrence et vois deux fillettes qui lui ressemblent comme deux gouttes d'eau. Deux gamines dans de jolies robes mauves.

« Donc si t'es tenté d'aller raconter à n'importe qui comment t'as été libéré aujourd'hui, eh ben, possible que quelqu'un rende une petite visite à l'école de tes mômes. » Je fixe Lawrence, mais il lève pas les yeux, il est pris d'une espèce de tressaillement incessant. Je remarque l'alliance au doigt de Gary et je pose les yeux sur lui. « Ou alors on peut retrouver ta femme sur le parking de la supérette, je sais pas. »

Son visage se crispe en entendant ça, alors je laisse le message faire son effet. Je reste silencieux, histoire qu'ils comprennent bien.

« Ce sera pas nous, je dis. Ce sera quelqu'un. »

Genre Lil Creeper complètement défoncé à la coke, je me dis. Je les laisse fermer les yeux et respirer un moment en réfléchissant à cette nouvelle situation.

Quand je suis sûr qu'ils ont pris conscience de la menace au point de jamais l'oublier, je leur dis de foutre le camp, et ils échangent un coup d'œil avant de prendre leurs jambes à leur cou. Les petits *homies* se bidonnent en les voyant, chacun y va de son imitation – des grimaces pas possibles, certains vont même jusqu'à faire une fausse course au ralenti, mais une fois que la porte de derrière a claqué et que les moteurs démarrent et s'éloignent, je fais signe à tout le monde de se disperser.

Dans tout le magasin, on brise les vitrines. On entasse des guns comme ça m'est jamais arrivé de toute ma vie. Des fusils à pompe. Des Desert Eagles. Deux AK-47 semi-automatiques. Des carabines longue portée aussi, un pur arsenal de sniper. Une scène tirée direct d'un film de hold-up.

Une aubaine, j'appelle ça. Mais pas un truc foireux comme à la télé. Une véritable aubaine.

En prenant un AK que je soupèse, je dis à Clever d'attraper un de ces tubes fluorescents et de nous préparer un bon incendie électrique, pour faire disparaître le corps de Sunny. Un incendie à combustion bien lente, parce que tu vois, plein de gros malins se trahissent avec leurs incendies qui prennent trop vite, Clever le dit toujours, quand les types utilisent des produits pour accélérer la combustion, genre du liquide pour barbecue ou des cocktails Molotov.

Un *accélérateur d'incendie*, il appelle ça.

J'observe Clever enfiler ses gants en caoutchouc épais et monter sur une caisse pour pouvoir tripatouiller les fils électriques du plafond, et je peux pas m'empêcher de penser à Lil Creeper. Il va être triste, ce couillon, d'avoir loupé le casse d'une vie.

ANTONIO DELGADO,
AKA LIL CREEPER,
AKA BIZNESS DU DIABLE

LE 30 AVRIL 1992

10 H 12

1

Je suis sur le parking de mon motel, j'essaye de savoir quelle tire je vais braquer et je suis déçu ; en gros, d'accord, je suis peut-être un junkie, mais j'ai du goût, *esé**. Je suis peut-être bien un Mexicain à deux balles, mais je suis raffiné. J'ai fait du chemin depuis l'époque où je chourais pas le bon vélo au magasin J.C. Pennies. Demande à n'importe quel enculé. Je sais reconnaître ce qui a de la valeur.

Direct après cette pensée, je me rends compte que je sais pas comment je suis arrivé là.

Genre, j'étais dans ma chambre d'hôtel, que je paye grâce au fric que Fate m'a filé pour le flingue. Je me suis réveillé tout seul, le réveil indiquait 10 h 05. La télé était allumée, j'ai dû oublier de l'éteindre, ça je me rappelle. Je me souviens aussi de m'être senti comme un pochon en papier tout froissé. Sans mentir.

Et comme tout le monde, j'étais sûr que les flics allaient buter ces enfoirés de *mayates*, après ce qui s'est passé hier. Tu sais, ambiance État policier à la *1984*, on coffre quelques gus sur Florence et Normandie ou je sais pas où. Mais, ensuite, ces *culeros* à la télé (des Noirs, des basanés, même des *Blancs*, même des *mômes*, mec !) dévalisent cette putain de droguerie-pharmacie, piquent de la bière et du pop-corn, et la première pensée qui me vient, c'est : *Bande de débiles, pauvres connards, vous pensez trop petit.* Bien *trop petit.*

Genre, je comprends. Vous êtes pauvres et vous avez que dalle depuis si longtemps que ça fait du bien de grappiller un petit quelque chose. Mais les trucs que vous embarquez, ils vont tenir combien de temps ? Une semaine ? Même pas. C'est officiellement une perte de temps. Réveillez-vous. Si vous devez passer à l'action, passez *vraiment* à l'action. Faut pas la jouer petits bras.

Genre, si vous pouviez faire tout ce que vous voulez, vous feriez quoi ?

J'arrête de regarder les voitures garées et je gamberge un moment là-dessus.

Je veux dire, moi, ce serait me taper Payasa et une autre nana en même temps. Et vu que *ça*, ça n'arrivera jamais, j'imagine que j'ai droit à un deuxième rêve.

Mais merde, qu'est-ce qu'elle était belle, la nuit dernière, comme une fille normale et tout ! Qui se serait douté qu'elle serait si belle en robe et chaussures à talons ? Apache a rien dit, mais il savait. Tous les zigues qui étaient sur place savaient, et on s'est gardé cette image mentale pour plus tard.

Donc pour *l'autre* rêve, mon deuxième rêve, une seule réponse : dépouiller Momo. Tout lui piquer.

N'importe quel autre jour, ce serait pas un rêve génial, vu que cet enculé est grave acoquiné avec la clique qui a buté Ernesto. Genre, il en fait complètement partie, tout en étant plus ou moins au-dessus. Entre eux et les *big homies*, presque. Ce qui paraît quasi normal pour un *cerote** du Salvador, dont personne savait qu'il était du Salvador avant qu'il devienne grand et costaud, car il voulait pas dire d'où venait sa famille quand il était petit. C'est dire à quel point il est louche.

Il est pas devenu *big homie* ni rien, n'empêche, il aide cette autre clique. Flingues. Dope. Tout ce qu'il leur faut, il leur livre. Et il sait que moi je suis plus ou moins en cheville avec Fate et les autres. Ça a toujours été un peu – comment dire ?

Délicat.

Ouais, toujours été délicat entre lui et moi. Mais, le truc, en temps de paix, et le truc à propos de la dope, c'est que les gens vont là où le matos est le meilleur, et en gros, ça a surtout été ça, Momo. Ce naze sans goût de Momo.

Sauf que, là-dessus, Ernesto se fait buter, et on n'est plus en temps de paix. C'est la guerre.

Donc autant que je me le fasse, cet enculé. Viol et pillage, façon Viking. Mais pas un Viking du genre de ceux qui bossent pour le shérif de Lynwood, hein. Non, un vrai Viking, comme dans les livres d'histoire.

J'ai d'autres raisons, mais les principales sont :

1. Je sais même pas combien de jours il me reste, et
2. Peu d'enfoirés le méritent autant que Momo.

Euh, mais attends. J'en étais où ? Attends, je reprends.

Je parlais de goût.

Genre, il y a une différence entre la *cocaína* du Salvador et la bonne came de Colombie. Y en a une qui me rend nerveux. Et l'autre qui m'affûte comme un couteau. Si tu as du goût, tu sais ça. Être raffiné, en réalité, c'est être capable de faire la différence entre la daube et les merveilles, voilà tout.

Je pense que j'ai dû sniffer de la salvadorienne ce matin, et ça doit être pour ça que j'ai l'impression que mon cœur va exploser.

C'est ça ou c'est Big Fate.

J'avais trois appels sur mon bipeur de cet enculé qui fout les jetons, quand je me suis réveillé au milieu de cette ville qui vire putain de *loco**. Et je vais te dire, ça c'est pas du tout normal. Mec, déjà un bip de Fate ça te retourne la tête. Ça reconfigure toute ta journée. Rien qu'un, déjà, tu respires plus pareil.

Mais il m'avait encore *jamais* bipé trois fois.

Trois fois ! Quand j'ai vu ça, je me suis détourné de la télé, j'ai pris mon bipeur, et il y avait son numéro en premier et je me suis dit, genre, okay. Et illico à 8 h 54 mon estomac s'est mis à gronder comme un malade. Mais le troisième à 9 h 12 ? Faut arrêter les conneries ! J'ai dû aller vomir dans le lavabo en voyant ça.

Parce que au début, je me suis dit *rien à foutre, je suis mort.* Mais ensuite j'ai bu un bon coup de flotte au robinet, je me suis rincé la bouche, j'ai recraché et je me suis dit : *Nan, quand un mec comme Fate veut ta peau, t'es déjà mort.*

Tu reçois pas d'appel sur ton bipeur. On te prévient pas.

Tu te le prends dans la gueule et c'est tout. Dans ton sommeil. Sous la douche. Je sais pas.

Ensuite, je me suis dit qu'il savait peut-être où j'avais chopé le Glock à la poignée enturbannée comme une momie avec de l'adhésif blanc, et ça lui plaît pas que ça vienne de chez Momo, parce que ça complique les choses. Ou alors il sait que j'ai menti en disant qu'il y avait rien d'autre, dans le coffre-fort, à part le Glock. Je veux dire, il y avait un truc en plus dedans. Je mets la main dans la poche, histoire de le toucher, et du coup je peux pas m'empêcher de le regarder une fois encore.

Je sors ce putain de canon court super élégant, tout argenté avec la poignée à crosse de nacre aux reflets blancs et bleutés quand je l'expose à la lumière.

Merde. Fate *doit* déjà savoir tout ça.

Pas d'autre explication au fait qu'il veuille absolument me joindre.

Ma façon de m'en occuper, c'est de pas m'en occuper, tu vois ? Je fais face au truc en me tirant du parking pour aller dans la rue, vu qu'il y a aucune caisse qui m'intéresse. Que des Honda et des camions bousillés, pas une qui soit à la hauteur. Je veux dire, il me faut un véhicule spécial pour cette opération.

Tu vois, si vraiment je dois crever, si Fate essaye juste de me faire sortir de ma tanière, eh ben, je me dis qu'il faut que je vive comme si c'était mon dernier putain de jour sur terre.

Vu que c'est peut-être le cas.

C'est un putain de plan débile. Pourtant, c'est ma spécialité. Peut-être que si je crame Momo, Fate me pardonnera de lui avoir menti. Mais même si je crame Momo c'est pas pour ça que Payasa laissera tomber ses *chonies* – ses sous-vêtements – comme si j'étais un héros.

J'en ai rien à foutre. Possible que le moment soit venu : c'est parti pour le grand huit. Attachez bien vos ceintures.

Vu que, pour l'instant, j'ai pas de meilleure idée.

Ouais, je pense.

Ouais.

Je remonte ma capuche et descends du trottoir, je pique direct en pleine circulation sur Imperial.

J'ai pas la trouille quand une énorme putain de Taurus fait une embardée pour m'éviter. Un break avec des portières en faux bois m'évite aussi de justesse. La troisième ?

La troisième, je braque dessus mon flingue rutilant.

L'autre gun que j'ai piqué à Momo.

2

La troisième, c'est une grosse Chevy Astro avec une aile bosselée. De loin, le vieux zigoto au volant ressemble au vieux prêtre de ma paroisse, qui était aussi mon entraîneur de boxe, Padre Garza. Ça me fiche un coup au bide quand le van pile et s'arrête juste devant moi dans un crissement de pneus. Je fais le tour au pas de course, je m'approche du conducteur et… oh merde !

Putain, mais *c'est* Garza.

La ville est petite, je me dis. On croise constamment des cons.

Ça me fait sourire, ce truc.

Garza a l'air ébahi et secoué quand, à son tour, il me reconnaît. J'enlève même ma capuche, j'attends qu'il m'identifie.

Une fois qu'il voit bien qui je suis, je souris en disant une prière au ciel.

À chaque putain de saint qu'il y a jamais eu et qu'il y aura jamais.

Parce que je savais même pas que c'était mon rêve jusqu'à ce qu'il surgisse juste devant moi. Ce gus qui m'a enseigné que le seul truc dont tu avais besoin sur le ring c'était le sang-froid, ce gus qui m'a dit que je manquais de discipline, et qu'il me prendrait jamais en entraînement pro, parce que j'écoutais pas, ce gus qui m'a entraîné de dix à dix-sept ans, et qui, toutes les semaines, me répétait que le seul moyen de devenir un bon boxeur c'était de faire exactement comme il disait, y compris des trucs débiles qui avaient rien à voir avec la boxe, des trucs pas réglo, surtout pour un môme.

Donc, à cette enflure qui mérite pas de respirer, je dis : « *¿Qué pasa**, espèce de sale enculé ? »

N'importe qui d'autre, je l'aurais épargné. Mais là c'est Garza.

Donc tu *vois* l'esprit du truc.

Non, me fais pas dire ce que j'ai pas dit, je suis pas une bête.

Je le bute pas dans son van, vu que j'en ai besoin, de son van.

D'abord, je le sors et le balance dans la rue.

Je lui donne un coup de pied si fort dans la mâchoire que j'entends ses dents du bas percuter celles du haut. Ensuite je le laisse cracher du sang et prier un peu avant de lui loger une balle dans sa petite gueule.

Ça fait du bien, faut dire, de presser la détente. Presque comme si toute ma vie j'avais eu envie de le faire. Ensuite, je soupire comme jamais j'ai soupiré. En paix. Genre, me voilà réconcilié. Puis je lui en fous une autre dans la poitrine.

Histoire de faire bonne mesure.

Possible que la circulation se soit interrompue avant, mais là c'est le moment où les mecs enclenchent la marche arrière et foutent le camp.

Et c'est cool. Sauf que je regarde le corps et je me demande : est-ce que Garza avait une tache de vin sur le cou comme ça ? Hein ? Je me souviens pas de ce truc.

Et ensuite je me dis : est-ce que Garza était vraiment si grand ?

Mais après, je me dis, genre : « Rien à foutre », et me voilà dans le van, je roule, je remercie *Christo* qu'il y ait pas de vitre à l'arrière, puis après je me dis : ça s'explique, vu que son proprio est un sale enfoiré de tripoteur de gamins.

Enfin, *était*. Vu que ça devait être Garza.

Mais bien sûr que si, c'était Garza, je me dis carrément. *Te bile pas. Le salaud l'a bien cherché.*

Je file direction chez Momo et je me colle ce qui reste de la came salvadorienne sur les gencives, parce qu'il faut être couillon pour sniffer en conduisant. Suffit d'un nid-de-poule pour que toute la came se retrouve par terre, et là, t'es comme un con.

J'ai fait ça une fois. J'ai dû sniffer la moitié d'un tapis de sol de bagnole quand on s'est arrêtés. Maintenant, j'ai compris.

Enfin, compris… J'ai peut-être pas non plus *tout* compris.

Vu que les gens qui ont tiré la leçon de leurs erreurs reviennent pas sur la scène du crime. C'est ce qu'on dit à la télé, en tout cas.

C'est pour ça que c'est complètement débile de retourner chez Momo, vu que son flingue était dans un coffre-fort que j'ai braqué, et que j'y ai piqué les deux guns qui étaient dedans.

Le Glock que Fate a probablement filé à Payasa pour qu'elle aille buter l'autre.

Et celui à canon court, qui est maintenant dans ma poche.

Donc rien à foutre. C'est ma devise du jour : *rien à foutre*.

J'y retourne. Autant y retourner, hein.

J'écrase la pédale d'accélérateur.

À fond la gomme.

3

Putain, des fois, j'ai comme des *absences*. Je me souviens par exemple d'avoir rendu un grand service très public à la ville de Los Angeles en faisant bouffer une *bala** à Garza. J'en garderai toujours un bon souvenir.

Et je me revois monter dans le van.

Et je me revois vérifier qu'il restait plus de la moitié d'un plein, et ensuite j'appuie à fond sur l'accélérateur comme si je me retrouvais en plein dans *Deux Bics à Miami*.

Et je me souviens que le van sentait la vieille chips de maïs, et on aurait dit que le plafond avait absorbé un million de clopes menthol.

Et je me revois en train de me dire que fumer est la *pire* des accoutumances, et ensuite… plus rien.

Je me triture les méninges. Je repose la question.

Genre, et ensuite ?

Mais plus aucun souvenir.

Je me souviens pas comment je me suis débrouillé pour me garer à moitié en travers du trottoir devant chez Momo. Je me suis arrêté à trente centimètres de sa pauvre boîte aux lettres, avec un petit canari jaune peint dessus, non mais putain qui est-ce qui a pu croire que *ça*, c'était une bonne idée ? Sûr que ça ressemble pas du tout à la baraque d'un dealer, mais c'est le but, j'imagine. Le camouflage.

4

J'ai mal à la tête juste au-dessus des oreilles. Mais c'est une bonne douleur. Le genre de douleur qui prouve que je suis encore là. Que je suis vivant. Du genre prêt-à-semer-ma-zone. Donc j'appuie direct sur l'accélérateur, et le van fait un bond en avant. Y en a sous le capot, vu comme il couche la boîte aux lettres, mais sans la casser ni rien. Le pauvre truc est complètement déterré, comme quand un putain de golfeur fait basculer le petit piquet avec fanion, près du trou, et arrache en même temps une motte de gazon.

Ta gueule, évidemment que je regarde le golf à la télé ! Eh bah quoi ? Y a rien de mieux quand t'es défoncé. C'est tranquille, tout vert et tout. Une défonce calmos.

Enfin bref, je fais marche arrière avec le van et j'écrase à nouveau la boîte aux lettres, et puis encore une fois, jusqu'à entendre la boîte en métal se froisser sous les pneus. Merde, eh ouais.

À propos, je sais bien qu'en fait la série s'appelle *Deux Flics à Miami*. Mais je préfère vachement dire *Deux Bics*. En plus, je fais tout le temps chier les gens avec ça. *Tout le temps*.

Je roule une fois de plus sur la boîte aux lettres, pour faire bonne mesure. J'arrête le van et je sors.

La vie se passe bien mieux quand les gens pensent que t'es *estupido*. C'est un fait.

C'est, genre, mille fois plus simple de prendre le dessus sur des enculés quand ils sont persuadés que tu comprends rien à rien.

J'ai intérêt à ce que tu me prennes pour un déchet. Un truc qu'on jette à la poubelle. Invisible. Parce qu'à partir du moment où je suis *ça* dans ton esprit, je peux te faire n'importe quelle sale entourloupe et m'en sortir quand même.

Mais ça y est, me voilà reparti à divaguer. J'en étais où ?

Ah ouais, debout dans le jardin de Momo, avec ces herbes hautes qui me chatouillent les chevilles. Et c'est là que je découvre que j'ai pas mis de chaussettes ce matin, en partant. Je suis pieds nus dans mes Vans noires, mec. Je bouge un peu les orteils, et je suis, genre, hein ? quoi ? C'est bizarre.

Putain, pourquoi j'ai pas mis de chaussettes ?

Ça ne me fait pas cet effet la *cocaína*, normalement.

Normalement, c'est ma meilleure amie. Mon coup de boost. Le petit plus qui fait que je cause bien, que j'embrouille comme un chef et que je suis inchopable. Le truc qui fait que je m'envole. Pas comme un *mosco* archi dingo, pas comme Ray, mais comme des oiseaux. Ça me fait décoller. D'un coup, tout mon corps devient une bombe, et la *cocaína* met le feu à mon détonateur, exactement comme il faut. Pas trop non plus. Je pars pas en flammes. Mais juste bien.

Ouais, je me dis. *Je suis une putain de bombe.*

Cette pensée s'accroche à moi pendant que je traverse la pelouse, monte sur la véranda et que j'appuie sur la sonnette comme un putain de *gangsta**. Tu vois, j'appuie sur la sonnette et je laisse appuyé. Ce *ding* annonce un futur *dong*, mais qui retentira que quand j'arrêterai d'appuyer, ce qui arrivera que quand quelqu'un viendra ouvrir la porte.

C'est là que je me rends compte que je suis debout devant le judas, alors je fais un pas de côté, vu que tu vois, va bien falloir que quelqu'un ouvre pour voir qui est là.

Comme, genre, *Le Petit Chaperon rouge*.

J'ai envie de ricaner en pensant à la tête de la chaperonne, mais je me retiens.

Je colle l'oreille contre la porte. J'entends la télé allumée. J'entends des petits frottements de pieds, et j'ai l'impression – non, je *sais* – que Momo est pas là. Il est dans l'autre baraque, en train de couver son tas de dope, exactement comme hier soir. Y a beaucoup plus de matos à protéger, là-bas. C'est alors que je sais que j'ai vu juste en décidant de revenir.

Les petits pieds s'arrêtent à la porte. Je sais qu'ils sont en train de gamberger.

Ils se demandent s'ils doivent, ou pas, dire quelque chose, vu que de l'autre côté, y a peut-être quelqu'un avec un fusil ou je sais pas.

J'entends une voix.

« Vous savez, faudra revenir plus tard, parce que Momo est pas là, et j'ouvre la porte à personne. »

C'est Cecilia, la grosse pute. J'adore.

C'est parfait, cette situation !

La même garce qui m'a laissé entrer, l'autre soir, alors qu'elle aurait pas dû. Cette même garce qui est tombée dans les pommes avec moi après avoir pris un truc, je lui avais dit que c'était du *speedball*, mais en fait c'était juste des somnifères pilés. Cette garce qui sait pas que j'ai braqué le coffre-fort de Momo où y avait les flingues, vu que je l'ai refermé et qu'on y voyait que du feu. Bon, hier soir j'ai réussi à l'avoir en jouant sur la voracité de la nana – vu que tu sais, Momo est pas con au point de la laisser seule avec trop de dope à dispo, il la laisse avec juste ce qu'il faut et, évidemment, à la seconde où il est parti, elle s'est envoyé tout ce qu'il lui avait laissé. Et quand je me suis pointé, ça la démangeait grave d'en prendre plus. Ce que les junkies peuvent être prévisibles, putain. Tu vois, c'est comme ça que je sais que je vais pas pouvoir lui faire deux fois le même coup. Parce qu'elle va être putain de… c'est quoi le mot ?

Soupçonneuse.

Ouais, c'est *ça*.

Donc changement de tactique. C'est facile, vu que je suis comme un acteur, des fois. De la pure impro. Ça veut dire que t'inventes des trucs sur le coup, tu te jettes à l'eau et tu brodes. En gros, je me laisse porter par le courant.

« Cecilita, c'est moi, je dis. Antonio. »

Tu vois, elle me connaît pas sous le nom de Creeper. Juste Antonio.

« Toño ? » Elle le dit comme si, pour commencer, elle y croyait pas, que c'est moi. C'est peut-être une grosse pute, mais elle est pas *estupida*.

Je tousse un peu. Et quand je parle, c'est, genre, digne de l'oscar. Catégorie le-rôle-d'une-vie, genre. À la porte, je dis : « Est-ce que ça va, *mi angelita* ? Tu es en sécurité ? »

Ça veut dire mon ange. Les nanas *adorent* entendre ces conneries. Surtout les grosses putes, vu que personne les aime. Personne les traite avec tendresse. Je retourne le truc à mon avantage. J'ai pas à les respecter. Je veux dire, merde, je suis pas obligé. Mais des fois, faut que je sois tendre. C'est une carte à jouer, et je la joue grave – je l'abats juste au bon moment, et je sais que ça marche quand je l'entends dire :

« Pourquoi tu demandes ? » Elle a la voix douce, et, genre, peut-être qu'elle me croit pas trop.

Je *sais* qu'elle a l'œil collé au judas. Je sais qu'elle attend de me voir, et je peux pas laisser passer ce moment, alors je fouille dans mes poches et bon Dieu, coup de bol, il y a une lame de rasoir dans la poche revolver gauche. Qui m'entaille juste l'ongle du petit doigt au moment où je l'attrape.

Y avait un môme dans ma rue, quand j'étais petit, son père était *luchador* – tu sais, ces mecs qui font du catch avec un masque sur la figure – du côté de Sonora ou je sais plus où. La Mante Religieuse, c'était son nom. *Mantis religiosa*. Il avait des yeux protubérants bizarres sur son masque, faut dire. (Je *détestais* ce truc quand j'étais gamin. Ça me fichait une de ces trouilles. Je le vois dans mes rêves des fois, mais tu le dis à personne, hein. C'est jamais bon que les gens connaissent tes points faibles. Jamais.) Enfin bref, ce môme m'a dit que son père lui avait dit que rien saignait autant que le front. À chaque fois, c'est un truc qui fait croire à la foule que t'es blessé. Une vraie fontaine, super théâtral, et à *chaque fois* ça paraît vrai.

Donc, tu vois, je m'entaille vite fait à la base du cuir chevelu, et une poignée de cheveux noirs me reste dans la main quand je tire. Merde. J'avais pas l'intention de faire *ça*. Je regarde les tifs un instant, puis je les laisse tomber dans le bac à fleurs, à côté de la porte, celui dans lequel y a pas de putains de fleurs, juste de la terre. Ça doit aider que je transpire, vu que j'ai du sang qui me coule dans les yeux et que tout de suite ça me brûle.

Je sais qu'elle est encore en train de zyeuter, alors j'attends une seconde, et je me mets dans l'axe pour qu'elle me voie. Je laisse tomber la tête. Puis je la relève avec un air de chiot battu hyper crédible, du jamais vu.

Illico un classique, garanti. C'est ce que Fate dirait. *Garanti.* Mais je pousse le bouchon un cran plus loin. Je retire le doigt de la sonnette à ce moment précis, pour ponctuer le tout d'une sorte de point d'exclamation.

Dong !

J'ouvre la bouche tandis que le son se dissipe et je dis : « C'est juste que j'étais super désolé pour... »

Je n'ai même pas besoin de finir ma phrase qu'elle déverrouille la porte – un, deux, trois, et une barre glissante émet un *kssssss* et un *bang*, heurte le carrelage bleu que je connais trop bien –, et alors la porte s'ouvre tellement vite qu'un petit tourbillon de vent vient caresser mes vêtements.

C'est comme si Fort Knox m'ouvrait ses portes. Non, c'est plus comme, comment ils appellent ça, la marque de capotes, là ?

Ah oui, Trojan... Les Troyens... Ouais. Le cheval de Troie.

Mon vrai moi est planqué à l'intérieur de mon faux moi, pendant que je commence à voir la salle de séjour. L'air vicié me prend à la gorge, je vois le vieux canapé gris familier, la télé dans le coin, des plateaux-télé Hungry Man entassés par terre. Aucune fenêtre ouverte, même pas de climatisation. En tout cas, ça sent pas l'incendie là-dedans, pas comme à l'extérieur, et ça c'est bien.

Je relève alors la tête et manque de m'écrouler contre le chambranle. Cecilia pousse un petit cri aigu et tend les mains vers moi.

Ha, Momo, je suis dans la place. Voilà la seule chose que j'ai à l'esprit. *Espèce de crétin d'enculé. Où tu avais la tête en faisant confiance à cette bonne à* nada *pour surveiller ta came ?!*

Je suis *dans la place*, putain.

5

Cecilia veut savoir ce qui m'est arrivé, et elle me fait entrer. Bon sang, elle en veut. Elle me dit : « Dis-moi ce qui s'est passé, putain, Toño ! »

C'est pas ma petite copine ni rien. C'est juste une gonzesse qui baise avec mon dealer, une gonzesse que je baise aussi, des fois. Personne sait d'où elle vient, elle est juste *là* un jour, défoncée. Pourquoi pas. Tu vois le genre ?

Elle appuie son visage contre ma poitrine en me serrant dans ses bras, et ça fait du bien.

Elle a des cheveux noirs à la Betty Boop, bien courts, comme l'extrémité d'un fouet, et une frange. Super frange, mec. Le genre qui s'arrête juste au-dessus de ses yeux vert clair. Ces yeux me tuent.

Bon, c'est sûr, elle a du bide, une bedaine ronde comme une bonne demi-pastèque, mais rien à foutre, mec, elle a eu, quoi, deux mômes ! Elle a des épaules d'ouvrier du bâtiment, mais ça fait juste qu'elle te serre plus fort dans ses bras et tout – et puis de toute façon le seul truc auquel je pense, c'est ses yeux. Ils sont verts comme du Gatorade.

Je m'affale dans ses bras, sans sortir tout de suite de la peau de mon personnage, même si j'ai envie.

Je voudrais lui dire *Bitch, y a rien qui va pas. Boucle-la*, juste pour voir la tête qu'elle ferait en se rendant compte qu'elle a fait une connerie, une expression genre oh-merde-Momo-va-me-découper-en-rondelles-quand-il-saura, et peut-être que je pourrai pas m'empêcher d'éclater de rire en entendant ça, vu que, connaissant Momo, il la découperait vraiment en rondelles. Cet enculé adore les schlass, et surtout voir du sang dessus. Il aime ça presque autant qu'il aime respirer. Mais je lâche pas la boucle.

Je dis rien. Du moins pour l'instant.

Vu que, tu vois, elle se détache de moi et court à la cuisine. Je vois son cul quand elle s'éloigne. Je le vois bouger et tendre son pantalon de survêt bleu foncé, et je suis presque triste quand elle revient avec une putain de serviette en papier de fast-food qu'elle m'applique sur le front super gentiment, à la manière d'une maman, j'imagine, vu que j'avais oublié à quel point il est bon, ce cul. S'il y avait une compète de culs aux jeux Olympiques, elle passerait au moins un ou deux tours d'éliminatoires. Je dis pas qu'elle remporterait une médaille (merde, elle mérite pas non plus de décrocher le *bronze*) mais elle se qualifierait et elle disputerait la compète. Elle passerait au moins un tour ou deux. Sûr.

Et d'un coup, je sais que je m'en tape, de jubiler.

Y a plus qu'un truc qui m'intéresse. Un seul.

Je l'embrasse fort, et je me précipite sur l'attache de son soutif, je le dégrafe à travers le tee-shirt, en tâtonnant. Elle me repousse des deux mains, me fait signe que non (mais elle prend pas la peine de rattacher son soutif, et ce détail est important). Elle dit : « Qu'est-ce que tu fous, Toño ? Je croyais que tu étais *blessé* ! »

Je la regarde une longue seconde. Mais pas avec des yeux de chiot, cette fois-ci.

Des yeux différents. Des yeux qui disent *oui, je suis blessé, mais je te dirai jamais à quel point, baby*. C'est tout un art de marquer une pause au bon moment. Placer les silences dans la discusse, c'est comme bien marquer les pauses en musique. Si tu places pas les bons silences, c'est juste du boucan.

Après être resté silencieux assez longtemps, je cligne de l'œil pour faire partir le sang, enfin ce qu'il en reste, parce que je sens que déjà il sèche. Je regarde la télé, deux gus sur la 7 courent dans la rue en portant à deux un putain de téléviseur géant, puis je pose les yeux sur Cecilia et je dis : « J'ai l'impression que c'est la fin du monde, genre, il nous reste plus beaucoup de temps. Je suis venu ici aussi vite que j'ai pu parce que... »

Je m'arrête à cet instant (oui, *de nouveau*, parce que ma première pause, c'était juste pour la mettre en condition, *celle-ci*, c'est la pause cruciale), et je laisse mes mots en suspens. Je contemple ses *ojos** vert clair, je fais une petite moue et dis d'une voix grave : « Le seul truc que j'avais en tête c'était de venir auprès *de toi.* »

Putain, je suis bon.

Les mensonges sont des outils. Merde, *les mots* sont des outils, pas si différents des guns. Je m'en sers pour parvenir à mes fins. Tout le monde fait ça.

Et je sais que le truc a marché parce que sur sa figure, on dirait qu'une bombe a explosé derrière ses yeux et a tout fait sauter à l'intérieur.

J'admire mon numéro pendant qu'elle essaye de reprendre sa respiration. Je suis comme cet enfoiré de Warren Beatty. Je la joue bandit, façon *Bugsy*. Allez, filez-moi cet oscar maintenant, vu que cette grosse pute me saute dessus tellement vite que je suis déjà en train de perdre l'équilibre. Déjà je suis par terre, sur la moquette, et déjà j'ai les coudes qui me brûlent, avant même de savoir ce qui m'est tombé dessus.

Son tee-shirt s'enlève quasi tout seul, le jogging aussi. Comme par magie.

Avec la télé dans le fond, les gens qui embarquent des chaises longues chourées par-dessus leurs têtes, et qui deviennent dingues devant les caméras et tout, je la baise *super* bien, mec.

Rien ne vaut la baise sous coke. Comme des oiseaux qui se chamaillent, c'est bruyant et furieux, tu sens chaque détail, sauf que les claques et les griffures te touchent pas vraiment.

Y a que ce qui est bon que tu ressens.

Que ce qui est bon.

Et elle me hurle de la lui mettre par-derrière, elle est à fond. Elle m'attrape les burnes et tout, me demande de lui mordiller le lobe de l'oreille, de bien enfoncer mes doigts dans ses hanches pour montrer que je suis à bloc, de lui gifler la figure – de la frapper *fort*. Et je peux dire que je me retiens. Mon but, c'est de faire plaisir.

On s'arrête une seule fois pour une pause *cocaína*. Je me fais une ligne sur son bout de sein droit, qui est tellement large et mat qu'on dirait un mini pancake. Je finis en léchant bien, puis elle se sniffe une longue ligne tracée sur ma bite.

Pour savoir ce qui se passe ensuite, imagine juste le truc le plus dingue que tu as en tête. Le truc que tu as toujours rêvé de faire avec une *bitch* aux cheveux noirs et à gros cul, une *bitch* super souple. Genre, imagine qu'elle fait le grand écart sur toi en suçant ton index comme si c'était autre chose, tout en gémissant, les yeux tellement révulsés que t'as la trouille qu'elle ait une attaque.

Ouais, ce genre-*là*.

Le truc est tellement bon que même Payasa, la lécheuse de *panocha**, prendrait son pied.

6

C'est après que viennent les questions. Cecilia est assise sur moi, façon cow-girl ou je sais pas quoi, et mec, qu'est-ce qu'elle a l'air en rogne. Au début, j'entends pas ce qu'elle dit. J'entends rien, en fait. Mais je me penche en avant, j'essaye de décoller ma tête de la moquette, les mots m'arrivent au cerveau et se synchronisent avec sa bouche, comme si quelque chose venait de m'allumer le son.

Et là, tout m'arrive d'un coup.

« Non mais putain, Toño ! T'es tombé dans les pommes ?! T'as pris un sale coup ou quoi ? Et puis d'abord, qui est-ce qui t'a frappé ? Des pilleurs, c'est ça ? C'est eux qui t'ont fait l'estafilade ? » Et c'est pas fini. Ça dure comme ça pendant encore une minute.

J'ai pas souvenir d'être tombé dans les pommes. La dope devait être meilleure que ce que je pensais !

N'empêche, il y a rien de mieux qu'une Latino dingo, mec.

Rien.

Ma langue finit par se remettre en marche. Putain ce qu'elle est sèche, et toute gonflée, mais j'arrive à articuler : « *Bitch*, tout va bien. Boucle-la. »

Elle écarquille les yeux en entendant ça. Et ouais, c'est à ce moment-là qu'elle pige qu'elle a fait la plus grosse bêtise du monde en m'ouvrant la porte.

Vu que maintenant je suis à l'intérieur de la maison. Y a pas un dicton comme quoi faut pas laisser les loups entrer ou je sais pas quoi ? Parce que c'est exactement moi maintenant.

Et Cecilia prendrait bien ses jambes à son cou, mais j'ai ma main dans ses cheveux et j'appuie. Elle se relèverait bien, mais je la retourne super vite. Je suis sur elle, je lui enfonce mes genoux au creux des aisselles et je lui cloue les bras sous elle, j'attrape mon jean, qui est à côté de moi, sur la moquette, je fouille dans mes poches d'espion, cousues à l'intérieur, mais y a que moi qui le sais, tu peux attraper ce qu'il y a dedans qu'en passant par la fermeture Éclair. C'est dans une des poches que je trouve la seringue, déjà remplie d'héroïne, qui date de je sais pas quand.

Mais elle est encore liquide au moment où je tapote le plastique d'un coup d'ongle, *splik-splik-splik*. J'agite et je vois un minuscule tourbillon, donc c'est bon, je me dis.

Bon pour Cecilia, en tout cas.

Mais elle a pas l'air d'accord. Elle secoue la tête. J'enfonce plus fort mes genoux au creux des aisselles. Des veines saillent sur son cou, pendant qu'elle se débat, et je me dis : *C'est bon. Au poil. Ça m'évitera d'en chercher une dans ton bras, baby. Continue à te débattre. Très bien.*

L'aiguille est encore valable, pas fichue ni rien, peut-être un peu émoussée. Un peu, en tout cas. Et merde, elle a peut-être servi une fois… J'enfonce la pointe dans la plus grosse veine de son cou, juste pour faire un essai, mais ça entre assez facilement, alors j'enfonce le piston.

Même elle, elle pige bien qu'elle peut pas lutter quand je fais ça.

Elle sait ce qui se passe quand tu tires sur les veines. C'est du sérieux.

Elle pleure au moment où je lui injecte la came, elle chiale des larmes silencieuses pendant que je pousse le piston jusqu'au bout. Déjà je commence à réfléchir un peu au truc, genre, au fait c'était quoi comme dose ?

Je gamberge une seconde, mais j'aboutis à rien.

Vu que j'en sais rien.

Je sais même plus si j'ai rempli la seringue hier soir ou ce matin.

Du coup, je peux pas m'empêcher de rigoler, parce que, mec, je suis pas fier. Tout juste si je laisse pas échapper un *oups*. Je manque de le dire tout haut, mais en fait non.

Parce que je suis déjà en train de secouer la tête. *Faut que je me concentre*, je me dis. *Que j'aie les yeux en face des trous. Je suis là pour deux raisons, et deux raisons seulement.*

1. Pour trouver le pognon que Momo cache quelque part, je le sais.

2. Pour chourer toute la dope que je vais trouver.

Que j'aie baisé Cecilita, c'est juste la cerise sur le gâteau. Une bonne cerise. Bien mûre, marinée dans son jus. Succulente et tout. Mais c'est qu'une cerise.

Tu vois, ça fait des années que Momo s'enrichit grâce à moi et à des caves comme moi. À nous faire raquer trop cher. À me refiler de la mauvaise came, alors qu'il en a de la super bonne dans la pièce d'à côté. À m'envoyer chercher je sais pas quoi (genre, la dernière fois, c'était un camion Pampers, je déconne pas. Ce *perezoso** peut même pas les acheter lui-même). Et puis, tu sais, faut toujours qu'il m'entube.

Big Fe, lui, paye toujours rubis sur l'ongle, quand tu lui livres du matos. Je repense alors aux bips qu'il m'a envoyés, et je me mets à trembler avant d'avoir un nouveau coup d'adrénaline.

En tout cas, il risque pas de me retrouver maintenant, je me dis. Probable qu'il est occupé à ses affaires. Mais est-ce que je regrette d'avoir dit à cette putain de face d'Aztèque combien de balles il y avait dedans quand je lui ai apporté le gros Glock hier soir, tout enroulé dans l'adhésif ? Merde. Est-ce que j'espérais qu'il allait me payer pour la totalité ? Un peu, mon neveu, bordel de *culo** ! Mais il m'a pas payé la totalité, et voilà à quoi j'ai droit. Cette vie est comme ça. C'est comme ça que ça marche.

Tu vois, si je peux te squeezer, si je peux t'arnaquer, si je peux te sortir un bobard et que tu crois à ce bobard, eh ben c'est de ta faute, parce que tu es *estupido*.

Si je t'escroque, bah, t'aurais dû m'en *empêcher*, mec !

C'est pour *ta pomme*.

Et Fate, cet enculé, il a fait ses preuves. C'est une espèce de général ou je sais pas quoi. Tout en stratégie et tout. Tu peux pas le déborder, il laisse rien au hasard. Lui et moi, on n'est pas de la même espèce. Moi j'aurai *jamais* le dessus sur Fate. Jamais.

Plus important, s'il a annoncé un prix pour un truc, une fois que tu as risqué ta peau pour lui apporter, il baissera jamais le prix, en faisant comme si t'avais mal compris ce qu'il avait dit au départ, putain.

Avec Fate, le prix c'est le prix. Ce mec a son *honneur*.

Mais ça, c'est jamais le cas avec Momo.

Momo, c'est complètement autre chose, une catégorie complètement à part, pour les salopiots qui te font tout le temps des plans foireux.

Sauf que là, c'est Momo qui va se le manger dans les gencives, le plan foireux.

Par chez moi, on appelle ça rendre la monnaie de la pièce. Et parfois, c'est la seule raison qu'on a de continuer à vivre : connaître des jours comme aujourd'hui.

Des jours où tu finis par enculer les enculeurs.

Je me relève super doucement de Cecilia et je file vers la chambre avec un sourire aussi grand que le panneau Hollywood.

7

Je passe l'endroit au peigne fin, du sol au plafond, en moins d'une heure. Je le sais grâce à la télé, il y a une petite horloge au coin. J'imagine que quand des sales trucs t'arrivent, ils veulent que tu saches quelle heure il est, toujours.

M'a fallu dix minutes pour trouver l'autre coffre-fort. Il était sous le waterbed, incrusté dans la structure du lit. Malin. Mais pas assez malin. J'ai ouvert le truc en trente secondes. Il me semble que t'aurais pas dû laisser traîner les papiers d'assurance de la baraque et ton passeport dans ta table de chevet, Momo. Voilà qui fournit aux gens un max d'infos sur toi. Mais bon, je crois bien que j'en avais pas vraiment besoin, vu que tu as laissé la combinaison – ta date de naissance, exactement le même code que pour le putain de coffre où tu avais planqué tes flingues, *puto* – et celle-là, je la connaissais déjà.

Quand j'ai ouvert le petit coffre-fort, il a dégueulé ses biffetons comme une *piñata* pour adultes. Comme si j'avais cogné juste au bon endroit et que j'avais eu droit à tous les bonbecs.

À l'intérieur, y avait six mille dollars, six liasses de mille dollars, tenues par des élastiques, et encore cinq cent vingt-deux dollars en plus. J'ai décidé direct que c'était la somme que Momo me devait.

Le reste, c'était juste Noël.

Une demi-livre de marijuana. Une livre de *cocaína*. Une livre de H. Aucun doute là-dessus. Ça, c'était sa réserve, son stock spécial dépannage. À tous les coups. Valeur totale à la revente, comme ils disent dans les émissions de flics ?

Bonne question. Je sais même pas, putain.

N'empêche, un beau pactole !

Ça fait un tel pacson que je me lance dans une petite gigue sur le thème Va-te-faire-foutre-Momo sur ce qui reste du lit à eau, que je poignarde avec le couteau trouvé dans la bibliothèque.

Je mets le tout dans un sac-poubelle noir dégoté dans la cuisine et j'y fourre aussi la petite balance de Momo.

En retraversant la salle de séjour, je vois que Cecilia a pas bougé d'un pouce pendant tout ce temps. Sa frange ressemble à un ventilateur cassé, étalé à plat sur la moquette. Elle est tellement immobile que je m'inquiète. Je place deux doigts sous son nez, des doigts encore imprégnés de son odeur, pour voir si elle respire encore, et oui, elle respire, donc je me dis, genre, *ouf*.

Je m'assois, et, en me servant du couteau de Momo, je fais une minuscule égratignure dans le paquet de *cocaína*, après quoi, tel un putain de scientifique travaillant avec des produits chimiques dangereux, je glisse à l'intérieur mon ongle long de petit doigt, et j'en retire un tout petit monticule blanc en forme de demi-lune.

Voilà pourquoi je défonce tout le monde à ce jeu, là, *Dr Maboul*. Un vrai chirurgien : tu me passes juste les pinces, et moi je te sors en finesse la partie malade, le truc blanc, tu sais !

Je m'enfile direct la poudre dans la *nariz*, ça me pique et, tout de suite, j'ai le visage complètement anesthésié (le nez, les joues, même les yeux), et là, je me rends compte que c'est de la super came.

Colombiana. Pura.

Je tousse fort plusieurs fois. N'empêche, me voilà requinqué. Du coup, je sors directos de la baraque. L'instant d'après, j'ouvre d'un geste sec la portière latérale du van et j'envoie valser le sac noir par-dessus les quatre caisses de tous les alcools imaginables, mais surtout du *ron* portoricain. Quarante-quatre boutanches. J'ai compté.

Oh merde, je l'ai déjà dit ou pas, que j'avais chouré tout ça ?

En tout cas, c'est vrai. Toutes, jusqu'à la dernière.

Ce Momo, un sacré picoleur. Mais j'en ai besoin pour autre chose.

J'attrape la bouteille la plus proche de la caisse la plus proche, je fais sauter le bouchon, j'enroule un torchon que j'ai piqué dans le placard à linge (ouais, les enculés de dealers ont des putains de placards à linge, et bien remplis en plus, vu que les gens sérieux ont toujours des affaires propres), enfin bref, je roule un torchon dans mon autre main, comme si je roulais un gros joint en tissu, et je le fais pénétrer dans la bouteille, tellement profond que ça touche le rhum couleur thé, et ça l'absorbe comme une éponge.

Après ça, j'enflamme le haut du torchon. Il se noircit en prenant feu. Une flamme basse orange apparaît.

Y a une règle simple.

Quand tu crames quelqu'un, faut vraiment lui foutre le feu.

La bouteille est lourde dans ma main, je sens la chaleur avancer vers mon bras et mon visage. Quand la flamme arrive près du goulot, je la contemple une minute, toute jaune, rouge et orange, avec des petits bouts de noir brûlé. J'ai presque envie de pas la lâcher.

Ce truc, là, je le fais pour moi, mais pas que.

C'est pour Ernesto, vu que je lui dois énormément, à cet enculé. Je pourrai jamais lui revaloir.

Tu sais qui s'est pointé dans cette salle de boxe, y a un paquet d'années, et qui a dit à cet enfoiré de Garza que s'il emmerdait encore une fois un môme, le dernier truc qu'il verrait, ce serait un canon de fusil ?

Pas mes parents. Oh putain, tu parles. Des junkies *old school*, l'un et l'autre. Junkies avant qu'on sache ce que c'était qu'un junkie, ou comment c'était, un junkie.

C'est le grand frère de Payasa qui est intervenu franco, eh oui.

Il avait jamais touché un gun de sa vie, mais il était assez remonté pour dire qu'il en prendrait un, et il le pensait vraiment. Ce pauvre vieux, lui qui trempait dans aucune combine ni rien, il est entré dans la salle et s'est mis à briser des objets. Il a pété une vitrine à trophées à coups de batte de base-ball, et puis il a fait sortir son petit frère, Ray (qui devait avoir treize ans à l'époque), m'a fait sortir, moi, et deux autres mômes en plus.

J'ai fini par habiter avec lui, Ray et Payasa et leur *madre* pendant un bout de temps. Des gens bien, n'empêche. Ils avaient tellement envie de croire en moi. Je veux dire, ils ont vraiment essayé, jusqu'à ce que mes goûts m'emmènent ailleurs. Ensuite Fate a emménagé, leur *madre* a déménagé, et de toute façon je commençais à merder, alors, tu sais. Comme disent les Français, j'ai eu envie de faire « la Vi », et je me suis tiré, vu que cette vie peut devenir bien tarée. Enfin brr…

Merde ! La bouteille est en train de me cramer la pogne, alors je me relève et je la balance par la porte d'entrée restée ouverte. La boutanche pivote en l'air, comme un parfait coup d'approche à la Fuzzy Zoeller, et quand elle atterrit sur la moquette verte de la salle de séjour, tout le bordel s'enflamme !

Oh mec, j'adore ce son, quand ça prend. *Wa-fwoum !*

Je pourrais écouter ce bruit pendant des jours. Ou...

Attends un peu.

Non mais.

Est-ce que je viens juste de...

Putain.

Cecilia est encore *à l'intérieur* !

Mais je suis déjà en train de reculer. J'y peux rien.

Je me dis qu'elle s'en sortira. Elle se réveillera, pas de problème. La chaleur, ouais, la chaleur la réveillera et elle sortira en courant.

Je veux dire, bien sûr, j'envisage de foncer à l'intérieur, de l'attraper, de jouer les héros. Sauf qu'un gus passe sur une espèce de bécane motorisée, avec du punk rock à fond, ou je sais pas quoi, qui sort d'un énorme ghetto-blaster accroché à l'arrière avec des tendeurs. J'ai l'impression de l'avoir déjà vu dans les parages, mais je sais plus où. En plus il a une dégaine pas possible (non mais je te jure, des bretelles rouges !). Mais il me regarde fixement, alors je mets les bouts.

Je monte dans le van, mec, et je me casse.

8

Bon, j'ai une confession à faire. Parfois je sais pas *toujours* ce que je fabrique. Des fois, je passe juste à l'action.

Impulsif, comme dit Clever. Comme quoi je fonctionne au coup de tête. Un truc me vient à l'esprit, ensuite mes muscles se mettent en branle, et j'agis sans même y avoir réfléchi.

Résultat, des fois il se passe des bons trucs, et des fois des mauvais trucs. Ça dépend.

Est-ce que j'ai des regrets ? En un sens, oui.

Mais pas vraiment, en fait.

Comme j'ai dit, si je peux t'arnaquer, c'est ta faute, t'avais qu'à faire gaffe.

Si Cecilia se réveille pas pour se tirer de là, c'est la faute à Momo. Pas plus compliqué que ça. Il lui aurait pas laissé sa taule, tout ça serait jamais arrivé.

Mec, *salopard* de Momo, qui m'oblige à faire un truc pareil.

Je hurle ça par la fenêtre, pour tout le monde et n'importe qui, et j'arrive dans le virage qui contourne Ham Park, là où Josephine devient Virginia. Je lorgne ce putain de mur de handball à la con, en bois, et je pense au nombre d'échardes que j'ai attrapées : elles se fichent dans le ballon quand tu tires fort, mais ensuite la balle te revient, et au moment où tu la reprends, ce qui se passe, surtout, c'est que tu t'enfonces les échardes dans la paume (ou pire, dans la peau entre les doigts) si t'as pas de gants. Et soudain, je me dis qu'il faut dégager ce putain de mur !

Je braque d'un coup, je monte sur le putain de trottoir et je fonce à toute blinde vers le mur. Trop vite, en fait, parce que tu peux pas t'arrêter sur l'herbe aussi facilement que sur du bitume. Je m'en rends compte au moment où je chasse, en essayant d'éviter le putain de mur. Et là, je pars en dérapage. J'arrache des mottes de gazon sur deux lignes, comme les patineurs sur glace qui laissent des traces avec les lames de leurs patins. Merde. J'ai failli renverser le bahut.

Failli.

Une fois stabilisé, j'attrape une bouteille, j'enlève le bouchon et j'imbibe de rhum un autre chiffon, avant de l'enfoncer par le goulot. Je farfouille dans le van à la recherche d'un briquet, j'en trouve pas. Ah, j'en ai encore un dans la poche.

J'allume, le tissu prend vite ! Un petit *fwoom*, là, direct dans ma main.

Je réfléchis même pas. J'exécute un de mes fameux lancers super rapides.

Le machin atterrit à la base du mur et prend hyper vite.

Ça devient orange, ça se met à fumer.

Je suis fier de mon coup, parce que je sais qu'ils seront obligés de nous reconstruire un beau mur de handball maintenant. Un truc en béton ou dans le genre. Un truc qui durera vraiment.

Voilà une agréable sensation. Comment appeler ça ?

De la fierté.

Ouais. C'est ça. De la *fierté*.

9

Je me réveille dans l'herbe et bordel, le *mal de tronche* que j'ai. Genre, de la pression partout. Comme si j'avais attrapé un super mauvais rhume, ça me fait comme si j'avais toute la figure aspirée vers l'intérieur. Mon premier réflexe c'est de me dire, genre, comment je suis arrivé là ?

Mais ensuite je me souviens du van et de la pelouse et de la maison de Momo où j'ai mis le feu, alors je regarde autour de moi et le van est toujours là, toujours au bout d'une putain de trace de dérapage dans l'herbe.

Le feu fait maintenant un boucan énorme. On dirait un animal sauvage en train de boulotter le mur, qui mâche bruyamment et respire fort, qui le déchire en gros lambeaux. Tout un pan du mur est en train de noircir.

Je recule jusqu'au van, comme si j'avais peur de me faire bouffer moi aussi, et je me relève doucement.

Ça commence à être une mauvaise habitude qui se répète, là, mon truc.

Je perds la notion du temps, un peu comme un montage *cut* dans un film.

Un saut dans le temps, tu vois ?

Ma vie est comme ça, ces temps-ci. Du coup, je me demande si je devrais pas, genre, calmer le jeu.

Tout d'abord, ça paraît une super bonne idée, de lever un peu le pied, tu vois ? Trouver un hôtel avec piscine quelque part, et piquer un somme dans une de ces chaises qui se replient à la moitié.

Mais ensuite je me dis, *nan*.

Faut que je continue à tracer, putain.

Parce que je suis une bombe.

Et si je reste pas en mouvement, j'explose.

10

J'ai l'intention de prendre la 105, qui est encore en chantier, parce que et merde après tout, pourquoi pas ? Je me bidonne en passant à fond devant les panneaux DANGER TRAVAUX. Et hop, je m'engage sur une bretelle d'accès qui s'interrompt en plein ciel, avec plein de poutrelles qui dépassent et pas de bitume. C'est un endroit impec pour se garer, mec. Là-haut j'ai l'impression que c'est ma rue, construite rien que pour moi. J'ai les yeux braqués au nord sur les foyers d'incendies et une traînée de fumée tellement épaisse qu'elle obscurcit tout le ciel. C'est noir partout, comme si la nuit était tombée plus tôt. Je vois pas les montagnes de San Gabriel. Je vois pas *downtown*. Je vois que dalle.

Mais je vois mieux que ce que j'ai pu voir de la journée. J'ai un peu l'impression d'avoir été dans un sous-marin pendant des heures, à regarder à travers un père-y-scope, mais maintenant je suis remonté à la surface. J'ouvre le hayon et je regarde dehors.

Et puis c'est calme, aussi, tiens. Plus calme qu'on le penserait. J'entends même pas de sirènes.

Ça circule bien, n'empêche. J'aperçois la 710, de là où je suis. Y a pas grand monde dessus. Tous les zigues sont à la maison ou de sortie, partis dans des plans. Ils sont pas au volant de leur bagnole. Ce qui veut dire que le meilleur moment pour circuler à L.A. c'est quand L.A. crame. Délire ! Encore plus rigolo ; des jours comme celui-ci, t'en as tous les vingt ans.

Tu vois, dès qu'il s'agit des Mexicains dans cette ville, on ignore rien des zazous qui se faisaient dérouiller par les mecs de la marine et tout. On a tous un *abuelo** qui a une bonne histoire à ce sujet. C'était quoi, 1944, ou un peu après ? Bon, j'étais pas si loin.

Donc ce *truc-là*, c'était une histoire de couleur de peau. C'était simple, genre : tu voyais un basané super élégant, avec tes frangins blancs, tu le bastonnais jusqu'à lui faire passer l'envie de cirer ses pompes. Tu te défoulais sur ce trouduc fringué mieux que toi, tu vois ?

Une fois que ça a eu lieu, tout le monde regarde en arrière et fait, genre (de ma plus belle voix de présentateur blanc de journal télé) : « Diantre, ce fut terrible, absolument atroce, il n'est pas question que cela se reproduise un jour. »

Sauf qu'ensuite ils oublient. Et ils oublient même avoir condamné ces faits. Et pendant un certain temps il se passe rien. Mais rien est réparé non plus. Le terrain s'assèche, prêt pour que le feu reprenne. Et c'est là que Watts se produit. Qui a explosé dans les années 1960, je crois bien. Vu qu'on a tous un oncle bien vioc intarissable sur le sujet. (Je connais pas grand-chose aux familles – merde, je sais *que dalle* des familles, mais on dirait que les gamins écoutent jamais. Moi, j'écoute toujours les gens âgés. J'ai peut-être *pas l'air* d'écouter, mais j'écoute toujours. Possible que je fasse pas ce qu'ils disent, mais j'entends. Je les entends. Mes oreilles se ferment jamais, mec.)

Ensuite, après Watts, la même chose se reproduit, c'est ça ? Tout le monde regarde en arrière et fait, genre : « Diantre, ça a été horrible, pas question que cela se reproduise. » Ce qui est taré, c'est qu'ils le *pensent vraiment*, cette fois-ci, sauf qu'ils se rappellent pas la fois d'avant, et pourtant y a toujours rien qui change.

Et les trucs ont pas changé depuis. Donc ça fait, quoi ? Vingt ans d'écart entre les émeutes raciales ? Assez longtemps pour que tout le monde ait à nouveau oublié, hein ? Vu qu'on est en 1992, putain, et donc ça fait quoi ? Genre, trente ans ? Probablement un peu moins. Ça compte pas. Vu comment elles éclatent, celles-là, il était temps.

Ce truc est comme un prêt bancaire. *Avec intérêt.*

Je suis peut-être le seul à piger ce que je raconte, mais note bien quand même. Ou souligne bien. Enfin bref.

Si L.A. meurt un jour, si les gens abandonnent tout et foutent le camp, sculpte ça sur sa putain de tombe…

L.A. a la mémoire courte, putain. L.A. retient *jamais* la leçon.

Et c'est ça qui va tuer la ville. Tu verras. Y aura d'autres émeutes raciales en 2022. Ou avant. Je sais pas.

Merde.

Attends.

Je devrais vraiment pas rouler où je suis, ça pourrait s'effondrer, je sais pas. Je me retourne sur mon siège. Je regarde le sac de fric avant de faire péter un gigantesque sourire. Je pense à l'héro et à l'herbe qu'il y a là-dedans. Je plonge de nouveau un ongle dans la *cocaína*, et je me l'applique façon traitement gingival, ensuite je fais demi-tour et je redescends la bretelle.

Fiche les jetons, ce tronçon de route, par moments. Au son, on dirait que la chaussée s'effrite ! Plus facile de monter que de descendre, y a pas photo. Mais une fois revenu sur le plancher des vaches, je sais qu'il faut que je retourne à l'hôtel. Je dois planquer cette came. La thune et tout.

Mais tiens, il y a un autre truc à propos de L.A. C'est super grand, mais chacun reste à son coin de rue. T'as des blocs entiers où les gens parlent qu'espagnol, ou qu'éthiopien ou autre.

C'est comme si chaque race était son propre putain de boxeur, et ensuite, ce qui se passe, quand tu chopes cette mentalité, c'est que c'est facile de considérer n'importe qui d'autre comme un opposant, quelqu'un à combattre, parce que si tu le fais pas, t'auras pas ton dû. T'auras pas le gros lot, tu vois ?

Et peut-être que c'est ça, le truc, *en un mot*, comme ils disent.

Tu regroupes un tas de gens venus de partout, tu les maintiens chacun à leur coin de rue, tu fais en sorte qu'ils se mélangent pas, qu'ils ne pigent rien à rien. Et ils sont tous à se tirer la bourre, vu que merde, tout le monde à L.A. est tout le temps en train de magouiller pour tout.

Attends, j'en étais où ?

Merde.

Mec, ce mal de tronche me lamine.

Genre, tellement douloureux que je sens les battements de mon cœur retentir dans ma tête.

Boum-boum. Boum-boum.

Je retape un coup dans le tas de blanche. J'en mets sous ma langue, cette fois-ci. Ça a le même goût que lorsque je devais avaler de l'aspirine sans eau, mais en pire. Bien plus amer. Je prends une super grande inspiration par le nez à ce moment-là, j'essaye d'emplir mes poumons avant d'expirer et de repousser le goût.

Donc, euh, comme je disais, ça va se reproduire en 2022, ce bordel. Tu verras.

Si ça dépendait de moi, n'empêche, ce coup-là, ce serait les robots contre le peuple.

Vu qu'au moins faudrait qu'on s'unisse et tout. La vache. J'adorerais être là pour ça aussi. Tu sais que ce serait direct un plan à la *Terminator 2*. On pourrait débouler à fond les ballons dans le lit de la L.A. River, au volant d'un semi, et avec des motos pour de vrai.

Ouais.

Ça paraît limite, mais peut-être que c'est parce que mon mal de crâne s'estompe et que mes dents bourdonnent dans ma tête maintenant, mec.

11

J'ai pris une autre chambre d'hôtel avec le liquide qui était pas en liasse, une piaule juste en face de celle que j'ai prolongée de quatre jours. Bon, maintenant ça fait dix. Quand je serai arrivé au bout, je m'installerai dans un autre hôtel où personne m'a jamais vu de sa vie. Peut-être loin, du côté de Hawthorne, je sais pas.

Pour l'instant en tout cas, la nouvelle turne est sur le même palier que mon ancienne (la deuxième), même couloir, en face, mais personne sait que c'est la mienne. J'ai payé l'enculé de la réception pour qu'il dise rien à personne. Et je pense que c'est bon, vu qu'il parle à peine anglais et qu'il cause pas l'espagnol, ce qui veut dire que si Fate ou Momo a l'idée de lui poser des questions, il leur sera d'aucune utilité. Je sais pas s'il est chinois ou quoi. Coréen, peut-être ?

Rien à foutre. Pour moi, tout ça c'est kif-kif. Moins il cause anglais, mieux c'est.

Aucune des chambres est à mon nom. Y en a une au nom de Shane, juste Shane, et l'autre au nom d'Alfredo Garcia. Tu sais, comme dans les vieux westerns à l'ancienne…

Je vérifie bien que personne me voie entrer dans la nouvelle chambre. Une fois la porte refermée derrière moi, je donne un coup de clé et je tire les rideaux. Je traîne le siège bousillé jusqu'à la grille d'aération dans le mur, au-dessus de la télé, et j'utilise la pointe du couteau de Momo pour dévisser les vis.

Putain, ce que c'est poussiéreux là-dedans, quand j'enlève l'espèce de grille ! Je tousse direct pendant deux minutes. Je prends deux essuie-mains et j'attrape des moutons de poussière que je balance à la poubelle : « Allez vous faire foutre, les moutons ! Vous servez jamais à rien pour personne. »

Illico après ça, je place dans le conduit l'héro, la weed et le reste du cash. Je tasse bien comme il faut.

Dans la salle de bains, je fourre toute la coke que je peux dans une boîte à pellicule Kodak en plastique transparent que je garde toujours à portée de main, selon le matos que je peux toper. J'incline le récipient, je fais gaffe de pas en renverser. Putain, c'est glissant ce bordel. Y en a un peu qui tombe dans le lavabo, mais je récupère tout. Le reste, je le stocke hermétiquement dans le sac plastique de la glacière, et je l'enfonce aussi dans le conduit. Ensuite, je revisse le machin, je suspends l'écriteau Do Not Disturb sur la poignée de porte, et je me casse.

Dans le parking, quelqu'un m'appelle. J'en chope presque une crise cardiaque, je pose la main sur le flingue dans ma poche.

« Hé, BD, dit-il, hé, Bizness du Diable ! Qu'est-ce tu fous, ducon ? »

Je me retourne. C'est Puppet. Pue-Pète, comme on l'appelle.

Je vois bien qu'il va falloir jouer serré. « Qu'est-ce t'as dit ? Je suis pas ton larbin ! »

La première fois que j'ai rencontré ce connard, il se doutait pas que j'avais un surnom. Il savait que j'étais embarqué dans des plans foireux, alors c'est lui qui a inventé ce surnom de Bizness du Diable. Il a dû trouver ça super malin, je sais pas. Comme si c'était la classe. Et maintenant, en plus, il sait que tout le monde m'appelle Creeper, mais il continue avec son pauvre surnom débile. Je sais pas pourquoi. Question d'ego, j'imagine ? Qui sait pourquoi les gens font les trucs tarés qu'ils font ?

« Oh, je suis désolé, il dit, l'air pas du tout désolé. T'aurais pas un p'tit quequ' chose ? »

Puppet veut savoir si j'ai de la dope. Non mais quoi, tu crois peut-être que je vais raconter la vérité à ce cave ?

« Non, rien depuis, genre, une heure.

– Oh mec, t'es défonceman, pas vrai, *homes* ? T'aurais pu la *partager*, c'te came. »

Comme si, un jour, j'allais partager comme ça ma dope avec Puppet.

Quand Puppet est assez proche, je vois qu'il a pas vraiment besoin de se charger plus. Il a l'air complètement explosé. Mais il veut pas juste savoir si j'ai du matos, il a aussi une idée derrière la tête, et il est sur le point de m'en parler.

Alors, je fais gaffe de bien écouter, d'écouter comme si j'écoutais pas du tout, vu que la rue entend tout et sait tout. Si tu le crois pas, tu te fourres le doigt dans l'œil.

« T'es au courant que la bande de Fate a buté Joker et les autres ? Une nana s'est pointée hier soir, elle a défouraillé à leur fiesta. » Puppet replie les doigts de la main et fait semblant de tirer sur des cibles imaginaires, à l'autre bout du parking. Puis il se ravise et oriente la main de côté. « Genre *blam*, *blam*, *blam*. Butés de sang-froid, quasi, les *homes* ! »

Une nana, hein ? Il doit vouloir dire Payasa. Je vois pas qui d'autre ça pourrait être. Va savoir pourquoi, ça me touche aussi, parce que je sais qu'elle avait rien fait d'aussi hard jusque-là. Ça a dû être un peu comme son dépucelage, de buter ces cons. Ça fait d'elle, genre, une femme nouvelle, maintenant. Elle est plus vierge.

« Ouais, je suis au courant », je dis, même si, en fait, j'étais au courant de que dalle.

N'empêche, c'est mieux qu'il croie que j'étais au jus, parce que c'est le seul connard sur terre dont je veux qu'il pense que je suis plus intelligent que lui. Qu'il aille pas se monter le bourrichon et imaginer qu'il peut m'embrouiller.

Après un de ces longs silences pesants, Puppet finit par dire : « Je parie que je peux démarrer plus d'incendies que toi. On pourrait faire, genre, un concours, je sais pas. Qu'est-ce tu en dis ? Ça te tente ? »

Il a sorti un briquet, et il joue avec, comme si c'était un truc énorme. Je manque de lui rire au nez, à ce cave. Mais je me retiens. Genre, il se doute même pas qu'il a déjà un point de retard. Deux, si tu comptes le mur de handball, et je le compte, pour sûr. Il sait pas non plus que j'ai une tonne de matos tellement chaud-brûlant qu'il y a de quoi faire un trou dans le van de Garza. Je veux dire, pas littéralement, mais ce serait possible, tu vois. Mais ensuite je me dis, tu sais, que finalement c'est pas une si mauvaise idée.

Genre, je pourrais faire un trou dans cette ville. Si gros que personne a jamais rien fait de tel dans l'histoire de l'Amérique. Dans l'histoire du monde. Pas depuis, disons, une guerre, je sais pas. Et le feu ? Le feu nettoie. Il transforme tous les trucs sales et fait de la place pour du neuf. Parce que l'eau de Javel brûle aussi, pas vrai ? C'est, genre, la même chose.

Je m'arrête et fixe Puppet avant de braquer le regard sur ce SDF qui traverse le parking en traînant les pieds, clopinant sur une petite canne en métal avec des plumes attachées dessus, mais qui garde la tête haute, comme s'il était le chaman de Los Angeles ou je sais pas quoi. Il me regarde même pas, mais j'ai beau être loin, je vois bien qu'il a une vilaine cicatrice sur l'aile du nez. Un instant, j'envisage de faire la même à Puppet.

Puis je me retourne vers lui. Je lui cause comme si j'étais Charles Bronson : « T'es qu'un pauvre *estupido*, Puppet. Pourquoi je ferais ce truc juvénile ? »

Juvénile, ça veut dire enfantin, genre, un truc qu'un môme imbécile ferait, *immature*. Et Puppet en est encore à essayer de m'expliquer pourquoi c'est pas idiot, pourquoi c'est pas du tout idiot, mais trop tard. Je suis déjà dans le van. Je démarre et je compte les bouteilles du coin de l'œil. Encore quarante-quatre. Non, quarante-deux.

Au fait, je t'ai dit que j'ai enfoncé des torchons en plus dans les boutanches ? Non ?

Eh ben, c'est ce que j'ai fait.

En poussant le levier sur Drive, j'ai qu'une seule chose en tête : je vais être le plus grand incendiaire de l'histoire du monde.

Le plus grand que personne ait jamais connu.

Un héros, en quelque sorte.

Une légende.

12

J'ai mes deux meilleurs briquets posés sur les genoux (des BIC noirs, enculé), et j'en ai rien à foutre du quartier où je suis. Lynwood, Compton, ça change rien. South Gate ? HP ? Qu'est-ce qu'on en a à foutre ? Tout ce que je sais, c'est que je quitte Imperial, je prends à droite sur Western et décide que je vais rouler vers le nord jusqu'à tomber en panne d'essence, et, chemin faisant, je balancerai mes cocktails.

Je vais illuminer la ville, y mettre le feu à moi tout seul. Tout brûler, pour qu'on puisse reconstruire en mieux. Repartir à zéro. Un jour, quelqu'un me remerciera.

Première chose, j'entame une espèce de routine.

Je m'arrête dans un endroit qui *a priori* va bien prendre – peut-être avec un auvent, ou une porte ouverte, ou une fenêtre, et quand je vois ça, j'attrape une bouteille, j'allume le machin, et je le balance depuis la vitre côté conducteur. Un lancer digne du meilleur distributeur de journaux au monde. Sauf que c'est pas des journaux. Le machin s'écrase et fait *fwoom*. Un truc de ouf.

Je crois bien que j'arrive aux abords d'Inglewood. Là, je vois des inscriptions, genre, *proprio noir* ou *appartient à des Noirs*, tracées à la bombe sur la façade de magasins d'alcool, des monts-de-piété, tout ça. De grosses lettres noires. Tout en majuscules. Au début je pige pas du tout de quoi il s'agit.

Mais au bout d'une ou deux rues, je me rends compte que les *mayates* ont besoin qu'on leur dise quoi foutre en l'air. Alors là, je me marre. Et une fois que j'ai fini de me marrer :

1. J'envoie mes cocktails Molotov en plein dessus.
2. Et je les envoie aussi partout ailleurs.

Je m'arrête une seule fois, pour regarder vers l'est, au moment de traverser une des grandes artères (merde, je me souviens plus, c'était Manchester ?) et j'aperçois un truc qui ressemble à un tank ou je sais pas quoi, tout en beige et camouflage, des zigues sont assis dessus avec fusils et blousons. Ce truc me retourne le bide un instant, mais ils regardent même pas dans ma direction. Ils sont assis là, ils attendent à l'intersection.

Donc je calme le jeu sur quelques rues, tu sais, histoire d'être à l'abri, et n'empêche, c'est un bon truc, parce qu'à un feu rouge un bus s'arrête de mon côté, côté conducteur, et je me rends compte qu'il est plein de soldats, un d'entre eux est du genre basané, et il me dévisage, je souris, je lui fais un petit signe, alors il hoche la tête et me fait à son tour un signe de la main, et quand le feu passe au vert, je la joue relax et je respecte la limitation de vitesse jusqu'à ce que le bus tourne brutalement. Je traverse encore sept rues, jusqu'à de nouveau voir des gens dévaliser des magasins. Juré, dans un parking de Vons, je vois même des flics garés qui observent ! Genre, bras croisés, qu'est-ce qu'on en a à foutre ? Sans essayer d'arrêter qui que ce soit. Ils sont présents, c'est tout. Ils surveillent, et voilà.

C'est après ça que je décide de m'y remettre. Rien à foutre. J'allume mes molotovs et je les envoie. J'allume et j'envoie.

Je touche mes cibles plus souvent que je les loupe. Pioneer Chicken, boum. Chez Tong, Poissons et Animaux tropicaux, boum. (Je regrette un peu celui-là, quand même.) Les Perruques de Tina, boum. Une boutique avec une pancarte CORDONNERIE en lettres rouges – laisse tomber, ça part comme un feu d'artifice.

Quand j'ai fini la deuxième caisse et que j'en suis à la moitié de la troisième, j'appuie sur l'autoradio d'un coup de poing, et ça me fait même pas mal. Il s'allume, dégobille de la musique de blanc-bec, tu vois le genre, que des guitares et ça hurle, et je suis pas vraiment d'humeur, alors j'enfonce le bouton AM et je prie pour tomber sur du Art Laboe. Du bon vieux son suave d'antan. Un truc chaloupé.

Je tombe sur un speech de Art, il dit à tout le monde d'être prudent, de rester chez soi et ajoute : *Ce qui suit est un petit quelque chose pour vous changer les idées à la maison.*

Je peux pas m'empêcher de rigoler, vu que je suis « dehors », et *ba-bap-bap*, c'est la batterie qui attaque. La caisse claire, je crois bien. Et le chant entre direct juste après.

Je connais cette chanson. Je crois que c'est « Rock Around the Clock ». Et puis putain qu'est-ce que ça veut dire, d'abord, les *glad rags* ? Des chiffons heureux ?!

Je vais te dire, moi. Ce sont ces mèches que j'imbibe de rhum, voilà ce que c'est.

Tous ces chiffons que j'ai déchirés et que j'ai fourrés par le goulot à l'intérieur des bouteilles. Sûr que moi, ils *me* rendent heureux. Et quand le putain de solo de guitare arrive, j'ai l'impression que la chanson est jouée que pour moi, pour moi uniquement, super rapide et tout. Je tiens le volant avec les genoux, et, de la main droite, j'attrape une bouteille dans la caisse. J'allume le chiffon de la main gauche, puis j'empoigne le goulot et je la reprends dans la main gauche. Je fais un lancer en cloche, la chanson se termine et j'ai comme un coup de blues, et je continue à rouler.

J'aimerais pouvoir revenir en arrière et me la repasser à l'infini.

13

J'ai plus d'essence, le moteur carbure plus que grâce aux vapeurs quand j'arrive au croisement de la Sixième et de Western. Ç'aurait pas été le cas si j'avais pas été obligé de contourner tout un tas de types d'allure militaire, obligé de prendre un peu à l'est, sur la Soixante-Seize, avant de m'engager sur Hoover, puis de reprendre par Gage, jusqu'à pouvoir remonter sur Western, et repiquer au nord. Tu parles d'un détour.

J'avais pas vraiment prévu ça. Il me reste plus qu'une caisse, quand j'aperçois un centre commercial sur la Sixième et je me dis : *Et merde, pourquoi pas ? C'est pas pire que n'importe quel endroit pour mon chef-d'œuvre, vu que je vais faire cramer tout le bordel.*

Le rez-de-chaussée et le putain d'étage.

Mais c'est bizarre parce que j'arrive pas trop bien à me concentrer. Tu vois, ça fait déjà plusieurs rues que j'ai des goûts qui font une espèce de ping-pong dans ma bouche.

Genre, à un moment donné, c'est beurre de cacahuète, et je me demande mais putain c'est quand la dernière fois que j'ai mangé du beurre de cacahuète ? J'aime *même pas* ça.

Je devais avoir, genre, quoi ? Quinze ans ?

Ensuite, alors que je suis sûr de pas en avoir mangé depuis l'âge de quatorze ans, j'ai dans la bouche un goût de tomates. De tomates crues. J'ai vraiment le goût sur la langue.

Putain. J'ai pris *bien trop* de coke, mec.

Pour me sortir les tomates de la tête, je m'empare du démonte-pneu qui a pas arrêté de glisser à l'arrière depuis que j'ai pris le volant de ce van. Je sors et je commence à défoncer des vitrines. Une fois qu'elles sont pétées, j'enflamme une bouteille de rhum et la balance à l'intérieur. J'ai déjà fait deux portes avant de me rendre compte qu'il y a des gus attroupés sur le trottoir d'en face.

Je peux pas dire de si loin, mais peut-être qu'ils sont noirs. Noirs ou pas, ces connards sont comme des barjots, à essayer d'arracher les barres de la devanture d'une supérette. Ils vont jusqu'à attacher une espèce de corde à la boule de remorquage d'un camion tout rouillé et ils arrachent toute l'armature de la vitrine. Après coup, je vois pourquoi.

Quelqu'un est coincé à l'intérieur, qu'ils essayent d'atteindre. Un commerçant avec un flingue ou je sais pas quoi, parce que ça crie et les gens entrent et sortent d'un bond par l'ouverture. Je sais pas, on se croirait à Beyrouth.

Alors je m'active.

Je pète une troisième vitrine, une quatrième. Je fais que les devantures éteintes.

Rien à foutre de celles qui sont allumées. Pas envie de tomber sur un mec avec un gun.

J'en suis à ma cinquième, un vidéo-store avec des affiches à l'intérieur, que j'arrive pas à lire, vu que c'est pas notre alphabet, au moment où j'entends un crissement derrière moi, genre une bagnole qui dérape et s'arrête brutalement, et je suis sûr que c'est le pick-up, sauf qu'ensuite quelqu'un crie un truc du genre : « On va tirer, on va tirer ! » Mais je me retourne pas. Je descends une autre vitrine, je me dis que c'est pour les pauvres mecs sur le trottoir d'en face. Sauf qu'ensuite je lourde un *ron* enflammé par la vitrine, et là j'entends : « Arrête ou je tire », super fort, en anglais, et peut-être que ça c'est pour moi.

Si c'est le cas, je me dis, *eh bien rien à foutre*.

Je brandis le démonte-pneu et je vais pour défoncer une autre vitrine…

Mais j'entends une détonation avant de pouvoir briser la vitre. Mes oreilles se mettent à bourdonner, genre, instantanément. Y a un trou dans la devanture, maintenant, un vrai petit trou, comme si quelqu'un avait jeté à l'instant une pierre minuscule à travers.

Je tousse et projette du sang devant moi, sur la vitre.

Une éclaboussure, genre.

Je sais immédiatement que c'est mon sang. Je fais, genre : « Merde. » Je chuchote ça en tendant la main pour effleurer la vitre.

Ça paraît bien plus foncé que ce que je croyais, pour du sang.

Et j'essaye de le remettre à sa place. Vraiment, j'essaye.

Estupido, pas vrai ?

J'essaye d'essuyer mon sang pour l'enlever de la vitre et le remettre en moi, mais quand je touche ma joue, je m'aperçois qu'il y a un trou dedans.

Un trou gros comme une phalange. Je le sais, parce que je le touche.

Et j'essaye de le colmater en mettant un doigt dans la bouche.

Mais à ce moment-là, mon doigt passe à travers, et je sens mes poils de barbe sur ma joue…

À *l'extérieur* de ma joue.

Et c'est là que je me rends compte que je suis presque en train de me toucher l'oreille.

Alors que j'ai la moitié de la main *à l'intérieur* de la bouche.

Putain.

C'est pas bon.

Je commence à m'engourdir.

Dans ma tête. Genre, dans mon crâne, je sens rien.

Plus rien.

Et c'est bizarre. Vu que j'ai pas mal à la tête.

Il y a…

Rien.

Juste l'obscurité qui monte du sol.

Qui m'attrape, comme des mains.

KIM BYUNG-HUN,
AKA JOHN KIM

LE 30 AVRIL 1992

18 H 33

1

C'est un soir où, normalement, il y a école le lendemain – et je devrais être à la maison – si les émeutes ne s'étaient pas propagées. Apparemment, il y a eu des pillages à Hollywood, à certains endroits de la San Fernando Valley, et même à Beverly Hills, d'après la radio. C'est partout, mais on a l'impression que c'est ici le plus visible : Koreatown, le berceau de ma famille, mon secteur à moi. N'empêche, je parie que personne, dans ces autres endroits, n'est assis sur la banquette arrière d'une voiture avec la radio à fond, écrabouillé entre son père et son vieux voisin qui sent le *bonjuk*, à essayer de tenir un flingue serré entre ses pieds, pendant qu'un autre flingue s'enfonce dans sa hanche.

Les deux font mal, en fait. Je sens le métal rigide qui me rentre dans les voûtes plantaires et fait pression sur le cuir de mes Jordan, mais le pire, c'est le flingue de mon père. Il le porte comme un flingueur pro, dans un holster, en bandoulière. À chaque fois que mon père bouge sur la banquette arrière, l'arme me rentre dans la hanche et me déclenche une petite douleur vive dans toute la jambe.

Avec ce qui se passe, mon père s'est métamorphosé en quelqu'un d'autre, différent du type qui s'écrase devant ma mère, le soir, au dîner, et de celui qui regarde les Dodgers les bras croisés, en silence. Mon père se penche sur moi au moment où la voiture vire à gauche, et une autre décharge électrique se propage le long de ma jambe. Je me retiens de tressaillir. S'il y a un truc dont je n'ai vraiment pas besoin, c'est qu'il m'accuse d'être un mou, surtout devant ces gens.

M. Park est au volant. Il habite lui aussi dans notre immeuble, mais je l'ai rencontré il y a seulement une heure, dans le hall. C'est sa voiture. Il a un gros grain de beauté sur la joue gauche, et il porte son polo avec le col relevé, pour essayer de le cacher, je pense. Son frère est assis à l'avant, sur le siège passager, il porte une chemise en flanelle et une casquette à l'effigie des Lakers. Il a des lunettes, comme moi. À ma gauche, M. Rhee a les cheveux gris, et un sweat-shirt plus gris encore, avec un pantalon à carreaux remonté bien haut. Comme je suis le plus jeune et le plus petit, j'ai été obligé de m'asseoir au milieu. C'est gênant et inconfortable. Je ne peux même pas voir par les vitres. Mais je sais quand même qu'il y a de la fumée, beaucoup de fumée. Je ne sens que ça, pour l'instant. C'est comme si j'avais du charbon enfoncé dans les narines. Je sais aussi que M. Park utilise beaucoup le klaxon en conduisant, qu'il insulte les gens en coréen – les gens dans la rue, j'imagine.

En préparant ma dissertation pour le cours d'histoire moderne de la Californie sur Los Angeles, j'ai découvert que cent quarante-six nations y étaient représentées et que quatre-vingt-dix langues y étaient parlées. Il faudra que je vérifie dans l'encyclopédie, à la bibliothèque, pour savoir combien il y a de pays dans le monde actuellement. Je savais combien il y en avait avant, mais maintenant que l'Union soviétique s'est disloquée, l'année dernière, et que ça a été le tour de la Yougoslavie, cette année, ça doit faire pas loin de vingt pays en plus, avec la Croatie et les autres nouveaux pays indépendants.

« *Ya.* » Mon père me donne un coup de coude. « *Jib-joong hae.* »

Il veut que j'écoute attentivement Korean Radio USA, 1580 AM. Il sait que j'évite, parce que c'est déprimant. Toutes les nouvelles sont exactement identiques. Partout, à L.A., les commerces coréens ont été ignorés par la police et les pompiers. En fait, c'est pour ça que nous sommes là, à l'arrière de la Toyota à hayon de M. Park, en route pour Wilshire, on patrouille dans notre propre quartier, parce que personne d'autre ne le fera. Voilà pourquoi je suis armé.

« Mais *j'écoute* », je réponds en anglais. Pourtant, il me dévisage comme si je lui mentais.

« Homme protège ce qui appartient lui, dit-il en anglais sans avoir honte des fautes qu'il fait. Ici, *Amérique.* »

Je hoche la tête. M. Tuttle, mon prof d'histoire, dit qu'il ne se passe jamais rien dans le vide. Tout a un contexte. Si tu comprends le contexte, tu comprends la cause, et les effets qui en découlent. Donc si les émeutes sont la conséquence de quelque chose, quelles en sont les causes ? Rodney King et la vidéo, bien sûr, mais ce n'est pas tout : une fille qui s'appelle Latasha Harlins. C'était le sujet de mon dossier de justice sociale, au semestre dernier. Je devais me faire l'avocat du diable et me mettre à la place d'un Afro-Américain.

Moins de deux semaines après le passage à tabac de Rodney King, Latasha Harlins, âgée de quinze ans, a été tuée d'une balle par la propriétaire d'un magasin coréen du nom de Soon Ja Du. Il existe aussi une vidéo. Soon, une femme qui ressemblait aux vieilles dames de mon bâtiment, mais qui n'avait que cinquante et un ans, a tiré dans le dos de Latasha. Elle a été reconnue coupable d'homicide volontaire, elle a dû payer une amende et a écopé de cinq ans avec sursis, alors que, compte tenu du crime dont elle avait été reconnue coupable, elle était passible d'une peine allant jusqu'à seize ans de prison. Ç'a été considéré, à juste titre, comme une erreur judiciaire au sein de la communauté noire, et les gens ont été très en colère. Cependant, rien de particulier ne s'était produit après ce verdict.

M. Rhee me détourne du flux de mes pensées en sortant un pistolet au long canon argenté. Il vérifie une fois de plus qu'il est chargé. Il l'est. Les balles à base dorée sont énormes dans leurs chambres, épaisses comme des petits doigts. En leur milieu, elles ont des points noirs cerclés de petits ronds argentés. On dirait bizarrement des yeux : six yeux qui me regardent de l'intérieur du chargeur cylindrique, avant qu'il le referme d'un geste sec. Je ne peux pas imaginer leur impact sur un corps humain ; elles pourraient sans doute décapiter quelqu'un.

C'est là que je me rends compte que, techniquement, nous sommes un groupe d'autodéfense, et je ne sais pas trop quoi en penser. Le terme a une connotation négative, mais en réalité ce sont juste des citoyens concernés qui comblent le vide en cas d'absence de forces de l'ordre. La police nous a demandé d'évacuer, d'abandonner nos maisons et nos commerces. Au début, la radio aussi nous l'a conseillé, mais ensuite, un avocat a appelé la station pour dire qu'il ne fallait pas le faire. Il a dit que nous pouvions nous appuyer sur le deuxième amendement. Que nous avions le droit de nous protéger et de protéger nos biens. Quand mon père a entendu ça, il m'a demandé de lui expliquer. Je lui ai dit que c'était la Constitution ; que nous avions le droit de porter les armes. À partir du moment où j'ai dit ça, tout a changé. Le visage de mon père s'est empourpré et il a hoché la tête. Ça a été comme si tout ce qui allait suivre serait de ma faute quand il a ouvert son placard et en a sorti les armes à feu. Il y en a certaines que je connaissais, je les avais vues quand il m'avait emmené au stand de tir pour qu'on s'entraîne et que j'apprenne les règles de sécurité, il y a un an. La plupart, je ne les avais jamais vues. C'était effrayant de les voir alignées au sol. On aurait dit des jouets, mais en plus lourd, plus brillant, et je suis resté debout à les contempler, pendant que mon père décrochait le téléphone pour appeler M. Rhee.

M. Park donne un coup de frein sec, et je suis projeté vers l'avant, mon menton vient heurter le rebord du siège passager. Il insulte quelqu'un devant nous. Son frère baisse la vitre et pointe son arme vers l'extérieur. La personne au milieu de la route a dû déguerpir, parce que bientôt la voiture repart.

À ce moment-là, je me demande si je suis moi aussi membre du groupe de légitime défense. D'abord l'idée m'effraie, mais ensuite, j'ai une impression de chaleur dans la poitrine, parce que je me demande ce qu'en dirait Susie Cvitanich. Elle ne me croirait sûrement pas. Susie fréquente le même lycée que moi. Sa famille est croate. Elle est persuadée que je suis un bon citoyen. *Señor Aburrido Amarillo*, elle m'appelle, quand on prépare le cours d'espagnol, à la bibliothèque. Ça signifie Monsieur Jaune Ennuyeux. Ça peut paraître raciste, mais en fait non. C'est juste que les mots espagnols sonnent bizarre, quand tu les combines ensemble.

Je prends l'arme coincée entre mes pieds. Elle est encore dans un étui en cuir brun éraflé que mon père a dû acheter dans les années 1970. Personne ne vous dit jamais à quel point c'est lourd, une arme. J'imagine que tu dois découvrir ça par toi-même. En la soupesant dans ma main, je me dis qu'elle doit peser au moins une livre et demie, voire deux, et que, j'en suis sûr, Susie ne me trouverait plus ennuyeux si elle savait que je fais partie d'une milice d'autodéfense.

Sauf que, plus je réfléchis au terme, moins il me plaît. Je préférerais nous voir plutôt comme un *posse*. C'est vrai, nous sommes juste un groupe de citoyens responsables, qui habitons dans cette ville et contribuons à sa vie au quotidien et à son commerce. M. Park et son frère tiennent un pressing. M. Rhee est retraité, mais il a été propriétaire d'un magasin d'alcool avant de le revendre. Mon père est le seul qui ne travaille pas dans ce quartier. Il est ingénieur. Employé chez TRW. Ils ont peut-être l'air de gens tout simples, mais ce qu'on peut ne pas savoir – je parle de ceux qui veulent nous dévaliser, nous faire du mal et mettre le feu à nos maisons – c'est qu'à part moi tous les hommes dans cette voiture ont au moins trois ans d'expérience militaire. Parce que en Corée du Sud, le service militaire est obligatoire. Ils savent tous manier les armes à feu. Si Koreatown est sauvée, ce sera grâce à des gens entraînés comme mon père.

Historiquement, les *posses* étaient constitués de citoyens et de commerçants respectueux de la loi. C'étaient des civils, et non pas des shérifs, mais le moment venu, ils mettaient des badges parce qu'on le leur demandait. Ils faisaient respecter la loi quand il le fallait, par exemple lorsque le shérif avait besoin d'aide. Mais que se passe-t-il quand la police vous abandonne ?

Les shérifs n'abandonnent jamais le village, dans les westerns. Ce ne serait pas conforme à l'esprit américain. Pourtant, c'est ce qui se passe ici. La garde nationale est à South Central, et donc pas ici. Nous n'avons pas de badges, or nous devrions en avoir. M. Tuttle dit qu'il n'y a rien de plus américain que de se défendre quand on menace de vous brutaliser. C'était quasiment l'éthique fondatrice de ce pays. La Grande-Bretagne était le tyran, alors nous l'avons repoussée. Il n'y a rien de plus américain que de se défendre et de défendre les autres.

M. Park retire une main du volant pour monter le son de la radio.

« Il semblerait qu'une femme ait des ennuis, annonce l'animateur radio d'une voix manifestement paniquée. Voici l'adresse : 565 South Western Avenue. S'il vous plaît, au secours !

– Où c'est ? » veut savoir M. Park, le conducteur.

Son frère, l'autre M. Park, a un plan de la ville sur les genoux, et une lampe de poche à la main. Il tapote dessus pour qu'elle s'allume. Il tourne des pages avant de dire : « À l'angle de la Sixième et de Western. À gauche à la prochaine.

– Quand tu as une arme à la main, ne réfléchis pas trop », dit mon père en coréen. Il a sorti la sienne. Il ramène la culasse du dessus tellement en arrière que je vois le petit canon rond à l'avant, il inspecte juste la chambre. Je ne vois qu'une fraction de la douille avant que la glissière reparte en avant dans un lourd claquement. D'un demi-salut de la main, il me fait signe de retirer mon arme de son holster. « Je te rappellerai l'Ecclésiaste. »

Il fait allusion à l'Ecclésiaste 3, 3, je pense – « Un temps pour tuer, un temps pour guérir, un temps pour détruire, un temps pour bâtir. » Je prends une profonde inspiration, la plus profonde possible, malgré mes épaules écrabouillées. M. Rhee me tapote le genou.

« *Gwen chan ah* », me dit-il. *Ça va aller.* « Eux sont animaux, pas hommes. »

Mes parents m'ont toujours dit que l'école me préparerait à tout, que l'école était la chose la plus importante en ce vaste monde, sauf que l'école ne m'a jamais préparé à quelque chose de ce genre. Impossible. J'ai un nœud dans le ventre au moment où M. Park prend un grand virage sur Western, puis accélère. Pour la seizième fois au moins, mon père me montre où se trouve la sécurité de l'arme que j'ai dans la main, avec une différence majeure : cette fois-ci, il la déverrouille.

2

Tout se produit trop vite. J'ai déjà entendu ça dans les histoires, et j'ai toujours trouvé que c'était idiot, un cliché presque, mais maintenant je sais que c'est vrai. Dans le chaos, quand il y a trop de choses auxquelles il faut faire attention, et que ton cœur bat à cent soixante kilomètres à la minute, eh bien *effectivement* tout se produit trop vite. Il n'y a tout simplement pas moyen de prêter attention à tout. Tu te contentes de faire de ton mieux, compte tenu des circonstances.

À travers le pare-brise, je nous vois approcher d'un camion. Quatre personnes sont regroupées autour, on dirait. Deux d'entre elles ont des pistolets à la main. Ma bouche s'assèche quand je vois ça. Ils sont tous noirs.

M. Park pile au bord du trottoir – il essaye de les effrayer, je pense. Qu'il en ait eu ou pas l'intention, peu importe, toujours est-il que ça marche. Les quatre types reculent d'un bond.

Les deux M. Park baissent leurs vitres et ouvrent leurs portières, comme des flics à la télé, et se penchent vers l'extérieur, braquant leurs pistolets par l'espace où se trouve normalement la vitre quand elle est remontée, mais tout en se protégeant derrière la portière. Ils hurlent tous les deux : « Partez, ou on va tirer ! »

Ils hurlent ça au moins deux fois, peut-être trois, pendant que mon père et M. Rhee ouvrent aussi leurs portières, sortent et braquent leurs armes sur les gars, mais ils prennent appui sur le dessus des portières, si bien que je me retrouve tout seul au milieu, et je me dépêche de sortir, laissant la radio qui braille derrière moi.

« Je suis en communication avec la femme, dit l'animateur radio en coréen. Elle dit que la fusillade a cessé, apparemment, des secours sont arrivés. Qui que vous soyez, merci ! »

Le pick-up des pilleurs recule, essaye de s'échapper, mais il est toujours relié au bâtiment par une corde. Les frère Park hurlent aux pilleurs de la détacher, et, bizarrement, un des gars allongé à l'arrière du pick-up en saute et commence à tirer sur le nœud pour défaire la corde.

À plusieurs rues de là, j'entends une sirène. Debout en pleine rue, je me demande si elle s'approche ou s'éloigne. J'ai comme une lourdeur dans les poumons rien qu'à respirer l'air enfumé. Devant nous, les pilleurs sont bel et bien effrayés. À l'évidence, ils ne s'attendaient pas à ce qu'on riposte.

J'entends un fracas, je regarde derrière, de l'autre côté de la rue. Devant un mini centre commercial sur deux niveaux, une silhouette noire lève le bras et abat une vitrine plongée dans l'obscurité. Plusieurs vitrines du rez-de-chaussée sont orange. Au début, je ne comprends pas pourquoi, et ensuite je réalise : le feu ! *Oh grands dieux*, me dis-je, *ce type est en train de déclencher des incendies !*

Pas le temps de réfléchir, pourtant j'en aurais besoin. Il me faut du temps pour réfléchir. Une seconde passe, deux, et je ne suis pas plus avancé. Il faut que, d'une façon ou d'une autre, je l'empêche de continuer.

« Arrête ou je tire », je crie – la seule chose qui me vient à l'esprit. Je me sens idiot de dire ça, mais je prie pour que ça suffise.

Ça ne suffit pas. Il ne s'arrête pas. En m'approchant au pas de course, je remarque qu'il a un démonte-pneu à la main, et qu'il s'apprête à briser une autre vitrine, alors je m'immobilise, je lève mon arme. Mon père m'a dit de tirer uniquement des coups de semonce, en l'air. Leur faire peur, m'a-t-il dit. Juste les effrayer. Je vise, persuadé que je vais le louper. Je me dis : *Si j'arrive à tirer à côté de lui, je lui ferai encore plus peur.*

Je cale la silhouette noire dans le viseur à l'extrémité de mon arme, et ensuite je vise, à la droite de sa tête, l'affiche d'un film coréen que je reconnais, dans la vitrine du vidéo-store : *Death Song*. Il y a dessus un médaillon avec une photo presque ronde de femme, entourée d'un champ tout blanc. Dans le noir, ça fait une cible parfaite. J'appuie lentement sur la détente, comme on me l'a appris, et le .22 émet une détonation et tressaille dans mes mains.

La silhouette, à une vingtaine de mètres, s'immobilise, puis tangue. Le gars lâche le démonte-pneu, qui rebondit bruyamment sur le béton. Je l'entends de l'autre côté de la rue. C'est à ce moment-là que je comprends : je l'ai eu. Je l'ai *eu* !

Derrière moi, j'entends le pick-up partir en trombe, et les deux M. Park hurlent à la propriétaire du magasin qu'elle est hors de danger. Je n'ai pas le réflexe de courir auprès de l'homme sur qui j'ai tiré avant que M. Rhee ne le fasse.

Je n'ai même pas l'impression de courir. À un moment donné, je suis d'un côté de la rue, l'instant d'après, je suis dans le parking, je le regarde, il est à terre, il a du mal à respirer, il fixe le sang qui s'écoule de son visage dans les fissures du béton, tandis que M. Rhee enlève son sweat-shirt gris et l'applique sur la joue de l'homme. Il y a tellement de sang, je n'en avais jamais vu autant.

La sirène que j'entendais tout à l'heure paraît maintenant plus proche. Elle vient vers nous ! M. Rhee me dit de courir dans la rue, de faire signe au véhicule de s'arrêter, si je peux, alors j'obéis. À cinq rues de distance, je peux dire que c'est un camion de pompiers. *Dieu soit loué*, me dis-je en levant les mains, et je lui fais signe frénétiquement.

Il faut que le conducteur me voie, je me dis. *Il le faut*. Il est à cinq rues d'ici, puis quatre, puis trois, deux, et là il *m'aperçoit*. Sauf qu'il ne ralentit pas. En fait, il accélère ! Il arrive à toute vitesse, et je suis obligé de me rabattre sur le côté pour ne pas me faire écraser !

Quand je raconte à M. Rhee ce qui s'est passé, mon père parvient à trouver un accord avec les frères Park.

« Ils vont l'emmener à l'hôpital, m'annonce-t-il en coréen. Ils ne veulent pas que tu sois impliqué. »

La discussion s'arrête là. Les deux M. Park soulèvent le corps, s'avancent en se dandinant jusqu'au hayon ouvert, et ils le font culbuter à l'intérieur ; ce gars, qui paraissait si effrayant de loin, a l'air tout maigre et fragile de près ; et puis il y a autre chose. Il semble jeune – peut-être un peu plus vieux que moi. Le hayon est refermé dans un claquement, me coupant la vue, puis les pneus se mettent à tourner, la Toyota démarre sur les chapeaux de roue dans la Sixième, comme le camion de pompiers.

Je transpire en la regardant s'éloigner. Je demande à mon père s'il est mort, cet homme sur qui j'ai tiré.

« Pas encore », répond mon père en coréen. Il pose la main sur mon épaule, et je lis une expression nouvelle sur son visage, non pas de la colère, mais de la fierté. Enfin, c'est ce qu'il me semble. Je ne lui avais encore jamais vraiment vu cette expression, mais, de toute façon, elle ne dure pas, car il se précipite jusqu'à la bouche d'incendie la plus proche et hurle pour qu'on vienne l'aider à ouvrir.

Je ne sais pas combien de temps ça prend. Deux minutes ? Davantage ? Mais la bouche d'incendie finit par céder et de l'eau jaillit dans la rue, emplit le caniveau en quelques secondes avant de se répandre sur le bitume.

Une fois le pick-up parti, des gens surgissent de partout. Des Coréens avec des mouchoirs noués autour du visage, pour se protéger de la fumée. Ils essayent de maîtriser l'incendie. Des gens apportent de l'eau dans toutes sortes de récipients : des arrosoirs en métal, des seaux rouges d'enfants – tout ce qu'ils trouvent. Des personnes âgées et des mères de famille écopent l'eau du caniveau. L'eau reflète leurs gestes saccadés devant les flammes orange vif et la fumée noire qui s'échappe par les fenêtres de la galerie marchande. J'ignore pourquoi cette remarque triviale me vient alors à l'esprit, mais c'est comme ça : un feu domestique moyen atteint une température de 593 degrés Celsius, et du coup je suis pris d'un sentiment atrocement angoissant. Ce n'est pas avec quelques litres d'eau transportés individuellement que nous allons pouvoir sauver quoi que ce soit.

À cet instant, j'entends une autre sirène. Ténue au début, puis de plus en plus forte. Cette fois-ci c'est pour nous, ils débouchent de la Cinquième, arrivent dans Western, et s'arrêtent devant le trottoir.

En voyant les voitures de police noires et blanches avec leurs gyrophares, je dis : « Dieu soit loué ! »

Je cours à leur rencontre, empli de soulagement. Mais quand j'arrive, l'un d'eux est en train de répéter à mon père comme s'il était sourd : « Vous ne pouvez pas défendre ces commerces quand les propriétaires ne sont pas sur place. »

J'entends à peine, à cause du bruit que fait l'incendie. Une sorte de grondement, presque, puis une poutre de toit s'effondre derrière nous dans un fracas de tonnerre. Mon père revient vers moi en se protégeant, et je vois sur son visage qu'il n'arrive pas à croire ce que l'agent de police lui a dit. Il montre l'incendie. M. Rhee s'avance, lui aussi, et je remarque alors qu'il y a un autre policier à côté de moi. Il montre du doigt ce que je tiens à la main.

« Avez-vous un permis pour cette arme ? »

Non, ai-je envie de dire, *je n'ai que dix-sept ans*, mais je m'abstiens. Au lieu de quoi, je bégaye une sorte de réponse en mode négatif. Je parviens à peine à faire bouger ma langue, car mes yeux sont rivés sur les vitrines dont le haut est en train de noircir. Dans la hiérarchie des urgences, normalement un incendie à grande échelle devrait passer avant la question de savoir si une arme a été empruntée à quelqu'un pour protéger son voisin, surtout lorsqu'on est en plein chaos...

L'agent de police me tord le bras dans le dos, me désarme et me plaque contre le coffre de sa voiture. Mes lunettes volent et tombent sur le bitume dans un cliquetis, tandis que des menottes se referment sur mes poignets, et je pousse un petit cri.

« Monsieur, me dit l'agent, vous êtes en état d'arrestation pour possession illégale d'une arme à feu.

– Mais... l'incendie ! » J'ai beau être à cinq mètres au moins, je suis sûr que, de là où je suis, je pourrais faire griller des marshmallows. C'est dire la chaleur. J'essaye de me redresser. J'essaye de faire quelque chose – n'importe quoi ! – aider les tristes petits grands-pères et grands-mères. « Monsieur l'agent, il faut qu'on éteigne l'incendie ! »

Un coude me cloue contre le coffre, appuie sur ma nuque en sueur. Je me tortille pour regarder sur ma gauche. J'ai l'impression que le poids qui pèse sur l'orbite de mon œil droit va l'écraser. À travers le pare-brise arrière de la voiture de police, je distingue la silhouette distordue de mon père qu'on fait entrer tête la première, et une flamme se reflète, jaillie comme d'un lance-flamme dans un film. Je vois qu'à présent l'incendie a aussi gagné le premier étage. Du dégoût tourbillonne en moi, mêlé à autre chose : de la rage.

C'est alors que me vient la première pensée claire depuis que M. Park a tourné sur Western : ce bâtiment va être rasé par le feu, et pire, ils ne feront rien pour *empêcher* quoi que ce soit. Ces fonctionnaires, que nous payons pour qu'ils nous protègent, pour qu'ils soient à notre service, ils ne vont pas lever le petit doigt...

Je prends alors conscience d'une chose qui me frappe comme un éclair. Je songe : *Voilà ce qu'on ressent quand on subit une injustice.* Ce sentiment de rage, de dégoût, d'impuissance, quand on attend que l'autre comprenne enfin la situation, quand on *prie* pour que cet agent, ce flic, se rende compte de la folle connerie qu'il est en train de commettre, qu'il m'enlève les menottes, qu'on puisse tous véritablement *sauver* quelque chose.

Sans prévenir, le coude cesse d'appuyer sur ma nuque. On me relève la tête pour la diriger vers la portière de la voiture des flics. Je trébuche, mais on me force à me relever. Le flic est obligé de me faire tourner sur moi-même pour que j'entre dans la voiture, à côté de mon père, et à ce moment-là, je me plie en deux et je tousse.

Je ne fais pas semblant, enfin pas vraiment. J'ai les poumons complètement secs. J'ai vraiment l'impression qu'ils vont s'effondrer en poussière en moi. En toussant, par contre, je me racle la gorge et j'essaye de faire remonter le maximum de mucosités dans ma bouche. Je sais que je n'aurai pas les mots pour le convaincre qu'il se trompe, que ça demeurera *à jamais* une injustice, alors je me redresse d'un coup, en moins d'une seconde, et le flic a un mouvement réflexe de recul, peut-être pour voir s'il va devoir me taper dessus pour que je lui obéisse, mais ce moment d'appréhension est tout ce dont j'ai besoin, car il m'offre l'occasion de bien regarder son teint de pêche et de *viser*.

Je crache. Et toutes les choses horribles que j'avais en moi l'atteignent en pleine figure.

TROISIÈME JOUR
VENDREDI

« ON PEUT PAS ESSAYER DE TOUS S'ENTENDRE ? ON PEUT ARRÊTER DE RENDRE LA VIE IMPOSSIBLE AUX PERSONNES ÂGÉES ET AUX GAMINS ? »

RODNEY KING

GLORIA RUBIO,
INFIRMIÈRE

LE 1er MAI 1992

3 H 17

1

Je n'ai pas dormi depuis le début des émeutes. Je n'arrive pas à chasser de mes pensées le corps d'Ernesto Vera. J'ai l'impression qu'il s'est imprimé de manière permanente dans mon cerveau. Son nom, l'expression de son visage – je n'arrive pas à m'en débarrasser, et pourtant j'ai plus vu la mort que quiconque devrait la voir. Je l'ai en partie cherché, je sais. C'est mon boulot. Mais c'est en partie aussi à cause de mon quartier.

Ernesto, n'empêche, c'était différent. C'était personnel. Il ne m'a même pas reconnue, quand j'ai essayé de le secourir, mais, malgré son piteux état, moi je l'ai reconnu. Je savais qu'on était allés lui et moi au lycée de Lynwood, qu'on avait un peu traîné ensemble en seconde, et qu'il était gentil. On s'était vaguement embrassés dans la salle de l'orchestre, mais on n'était jamais allés plus loin. Il ne l'a jamais su parce que je ne lui ai jamais dit, mais c'est le premier garçon que j'ai embrassé.

Des années plus tard, je le voyais parfois à la camionnette Tacos El Unico, ou au stand, à l'angle d'Atlantic et de Rosecrans. Il donnait toujours à *mi abuela* un taco de plus que ce qu'on commandait, avec du rab d'oignons, parce que c'est ce que ma grand-mère préférait, et il s'en souvenait toujours. C'était tout Ernesto, ça, j'imagine. Il se rappelait les petites choses. Un peu plus tard, j'ai appris par mon cousin Termite qu'Ernesto devait payer de sa poche les tacos qu'il offrait, c'était retiré de son salaire. Il ne nous a jamais rien dit. Il ne s'est jamais plaint. J'imagine que c'était tout Ernesto, ça aussi.

Et puis je rentre à la maison, un soir, et Ernesto gît dans ma ruelle, et malgré tout ce que j'ai appris à l'école d'infirmière, je ne peux pas le sauver. Il meurt dans mes bras, puis reste là toute la nuit, jusqu'au lendemain. Il bloque le passage que j'emprunte habituellement pour aller au travail. Des insectes et des oiseaux commençaient à tourner un peu trop autour de lui, alors j'ai appelé police secours cinq fois. Je n'ai réussi à parler à quelqu'un qu'une seule fois, on m'a mise en attente et finalement je n'ai eu personne au bout du fil. Alors j'ai appelé le petit ami de ma tante, qui travaille au bureau du coroner, il m'a répondu qu'il compatissait et tout, mais qu'il ne pouvait absolument pas venir, c'était trop dangereux. En plus, a-t-il ajouté, il n'avait aucun moyen à sa disposition. Ses gars étaient dispatchés aux quatre coins de la ville, ils avaient déjà plusieurs heures de retard pour les collectes, même dans les quartiers sans danger.

Ça m'a mise hors de moi. J'ai commencé à hurler, je lui ai demandé s'il croyait que ça m'amusait de vivre en plein milieu de tout ça, d'avoir la dépouille du premier garçon que j'avais embrassé, comme ça, devant mon garage, pendant plus d'une journée. Savait-il que les fenêtres de ma maison avaient eu beau rester fermées pendant tout ce temps, malgré tout, je commençais à sentir l'odeur ? Avait-il la moindre idée de l'horreur que c'est de pas pouvoir s'échapper ?

Sur ce, je lui ai raccroché au nez et j'ai appelé une compagnie d'ambulances privée que je connais par l'intermédiaire de l'hôpital. Je les ai suppliés de venir, mais c'est uniquement à partir du moment où j'ai annoncé que je payerais un supplément aux conducteurs qu'ils ont accepté de m'écouter. Et puis, il a fallu que je mente. Je leur ai dit que j'étais sa sœur, je les ai suppliés en disant qu'on voulait juste qu'il soit traité avec décence. Le gars au téléphone, je ne le connaissais pas, mais il a dit qu'il savait où emmener le corps. Ensuite, il s'est à son tour lancé dans un bobard, comme quoi il devrait raconter aux flics qu'il n'y avait pas de scène de crime, qu'un corps avait été déposé à cet endroit, qu'ils passaient juste par là, en mission, et qu'ils étaient tombés dessus par hasard, que la famille avait insisté, et je me souviens qu'il a dit : *Oh, je sais pas, je trouverai quelque chose. Pensez à régler en liquide, hein.*

J'ai regardé les deux gars embarquer Ernesto et le mettre à l'arrière pour deux cent vingt-huit dollars. Soit onze billets de vingt, un billet de cinq et trois d'un dollar. Toutes les banques ont fermé leurs guichets depuis le début des émeutes, alors je n'ai pu leur donner que ce que j'avais à la maison, mes maigres économies en prévision de jours difficiles. J'avais l'intention de m'acheter une nouvelle télé avec cet argent, mais maintenant ça me paraît idiot. Je n'ai même plus envie de regarder ce qui se passe dans la ville. Je ne veux pas regarder les infos. Je veux juste du calme.

Ce qui me chiffonne, dans la façon dont ils l'ont pris, c'est qu'ils n'ont pas enlevé la chemise en flanelle de sa sœur, posée sur son visage, la noire et blanche que je l'ai vue placer sur lui. Ils se sont contentés de déposer un drap blanc sur tout le corps, de la tête aux pieds, en essayant de ne toucher à rien. Pour ne pas interférer avec d'éventuels indices, ont-ils dit. Après ça, je les ai observés qui refermaient les portières, et j'ai suivi des yeux le véhicule qui emportait Ernesto. Il fallait bien que quelqu'un s'y colle. Je suis infirmière depuis assez longtemps pour savoir qu'on ne peut pas sauver tout le monde. Il y a des fois où l'on doit se contenter d'être présent, un simple témoin, afin que les gens ne meurent pas seuls. J'espère avoir été cette présence pour lui, mais je ne sais pas. J'ai encore le sentiment d'avoir échoué. Je suis restée longtemps dans la ruelle, après sa mort, et quand je suis finalement partie au travail, je ne suis pas même repassée par la maison.

Là, je suis encore à l'hôpital, Harbor-UCLA. Je n'arrive pas à me décider à rentrer chez moi, alors je reste, et je pense à Ernesto, et je me fais du souci pour mon frère. Il est quelque part dans les rues, en compagnie de tous les autres, à piller avec son gang, je le sais. Lui et ce qu'il appelle son *crew festif*. Je ne savais même pas ce que ça voulait dire, alors je lui ai demandé de m'expliquer, et il ne s'est même pas donné la peine. Il m'a juste raconté la fois où ils étaient tout un groupe à avoir séché les cours et ils ont fêté ça. Ils ont tous pris de la drogue et couché les uns avec les autres, en pleine journée. Il n'a pas arrêté de répéter que ç'avait été génial. Un « Woodstock gangster », voilà comment il a appelé ça. J'aurais aimé que ce soit une blague. Aurelio a pas mal de défauts, mais il n'est pas menteur.

Stacy a dû remarquer que j'étais toute seule dans le couloir, alors elle vient me voir. « Ça va, madame ?

– Longue journée », je réponds automatiquement.

Ce qui signifie habituellement : ne pose pas de question, ou bien : ce n'est pas encore terminé. Parmi les infirmières, c'est comme un code. On a eu un couvre-feu, ce soir, dans toute la ville. Ça a débuté au crépuscule, ils l'ont annoncé aux infos. Mais le seul effet pour nous, à l'hôpital, c'est que ça a ralenti le rythme des arrivées, qui est passé du stade de flux ininterrompu à celui de crues occasionnelles, car lorsque les gens arrivent, c'est par vagues. Là, on est dans une phase d'accalmie, mais ça va reprendre d'ici peu.

« *Longue journée* », me répond Stacy en retour, puis elle sourit et s'éloigne. Mais, en faisant cela, elle m'adresse une sorte de clin d'œil et indique, derrière son écritoire, l'homme qui s'avance dans le couloir.

Je regarde. C'est celui qu'on a surnommé Mister Machin-Chouette. Et mon cœur décide de palpiter comme une corde à sauter affolée.

Ce n'est pas son vrai nom, à propos. On n'est que quelques infirmières à l'appeler comme ça. D'abord c'est Maria la Philippine qui l'a remarqué – il y a deux Maria, Abulog et Zaragoza – eh bien, Maria Abulog l'a repéré il y a seize mois, et il lui a un peu tapé dans l'œil, pourtant elle est mariée et a trois enfants, mais j'imagine qu'elle a estimé que c'était important de parler de lui à toutes les infirmières célibataires, parce que les infirmières sont comme ça : ou bien elles vous cherchent une âme sœur ou bien elles disent du mal de vous dans votre dos. D'après mon expérience, c'est soit l'un soit l'autre. Il n'y a pas vraiment d'entre-deux.

En tout cas, quand Maria la Philippine a aperçu le badge de Mister Machin-Chouette, elle a noté que son nom de famille était emberlificoté et qu'elle n'avait aucune chance de réussir à le prononcer, alors elle l'a tout simplement rebaptisé Mister Machin-Chouette, et nous avons toutes fait pareil. Assez vite, nous nous sommes mises à guetter le grand pompier, qui mesure plus d'un mètre quatre-vingt-cinq, a une moustache noire et une fossette au menton, des yeux bruns, et de beaux sourcils, à tel point qu'on dirait qu'il les entretient, enfin, en fait, je sais que ce n'est pas vrai. Beaucoup de filles ont essayé de lui faire du gringue, mais on dirait que ça ne l'intéresse pas. En tout cas, Stacy a fait chou blanc, alors qu'elle est toute blonde, et ex-volleyeuse, donc je ne sais pas trop quel est le genre de nanas qu'il apprécie. Les infirmières plus âgées disent que j'ai la cote, mais je ne les crois pas. Je suis sûrement trop petite pour lui. Ou trop basanée.

Voici ce que je sais de Mister Machin-Chouette : il se prénomme Anthony, il a trente-six ans, mais j'ignore sa date d'anniversaire, et c'est dommage parce que ce serait pratique pour les horoscopes ; il a une cicatrice à la joue gauche en forme de *v* minuscule, mais je ne sais pas d'où elle vient ; sous cette cicatrice, une fossette se forme quand il sourit, mais il n'en a pas du côté droit ; il habite à San Pedro et a grandi là-bas ; sa famille est croate, je le sais parce que Teresa, de la compta, est de Pedro, elle aussi. Elle connaît sa famille parce qu'il n'y a qu'un seul lycée public et une seule minuscule école catholique là-bas, si bien qu'ils se connaissent tous. Teresa sait que sa famille est catholique, ce qui est une super nouvelle pour ma mère, si… tu sais… si jamais elle était amenée à le rencontrer. Enfin, je ne sais pas. Je devrais probablement dire qu'il ne m'obsède pas du tout. Je l'apprécie, c'est tout.

Bon, d'accord, je l'apprécie beaucoup. Ce qui est bizarre, c'est que, normalement, je ne suis pas très forte pour ce qui est de m'intéresser de près à autre chose qu'à mon boulot, mais avec lui, je ne peux pas m'en empêcher. Par exemple, quand il a fini de me parler, quand il doit s'en aller, il incline toujours un peu la tête, avec une sorte de signe de respect ou je ne sais quoi, comme si nos discussions avaient une certaine importance à ses yeux. Et puis, ses mains, elles n'ont pas une taille normale. Elles sont tellement énormes, du genre à pouvoir te soulever de terre, le genre à serrer bien fort les femmes, comme sur les couvertures des romans sentimentaux idiots que lit Tia* Luz. Le mieux dans tout ça, c'est qu'il ne porte pas d'alliance à l'annulaire gauche. J'ai demandé à Teresa, elle a dit qu'il n'avait jamais été marié, juste fiancé une fois, mais que ça n'avait pas marché. J'essaye de ne pas le regarder trop fixement quand il m'aperçoit et s'approche.

Quand j'étais petite, j'ai fait de la danse classique. Ma mère avait décrété que j'avais besoin d'une activité culturelle, et aujourd'hui, la seule chose que je me rappelle encore, c'est que, quand je faisais la pirouette, j'avais la tête qui tournait, je me sentais toute remuée de l'intérieur. C'est ce que je ressens quand Mister Machin-Chouette s'approche.

Je l'ai vu ici quelquefois, toujours avec d'autres pompiers. Il est conducteur. C'est comme ça qu'on désigne son poste. Il achemine les pompiers sur les lieux d'incendie, et quand quelqu'un est blessé, il l'amène ici. À voir sa tête, j'imagine que c'est pour ça qu'il est là, et mon cœur se serre.

« Bonjour, infirmière Gloria », dit-il d'une voix calme.

C'est son truc, ça, il dit infirmière suivi de mon prénom. Impossible de me souvenir pourquoi ni comment ça a commencé. Mais ça me plaît. C'est devenu notre petite plaisanterie, notre façon à nous de nous saluer, et je réponds toujours par un : « Bonjour, pompier Anthony. »

Mais ça ne le fait pas sourire aujourd'hui, donc je n'ai pas l'occasion de voir sa fossette se creuser. Il a la tête baissée. Je sais que c'est à cause de tout ce qui se passe, mais même quand quelque chose cloche – et quand vous travaillez là où nous travaillons et que la rencontre a lieu dans les conditions où nous nous sommes rencontrés, il y a toujours *quelque chose* qui cloche –, j'ai droit à un sourire, même un petit, ou à un trait d'humour noir sur ce qu'il a pu voir ou entendre. D'habitude, il essaye de me faire rire, mais pas aujourd'hui. Aujourd'hui, il enfonce les mains dans ses poches.

Je comprends alors que ça va être à moi d'engager la discussion, alors je lance : « Vu ce qui nous arrive ici, ça n'a pas l'air bien riant par là-bas. Que se passe-t-il ? »

Je frôle imperceptiblement son triceps et retire vite ma main. Je veux qu'il sache que je tiens à lui, mais en même temps, je ne veux pas qu'il sache que je tiens à lui. Mon cœur bat la chamade, comme quand j'étais petite et qu'après avoir longtemps sauté à la corde, je me prenais les pieds dedans. Pompier Anthony est un peu sur ses gardes. Je lui adresse un regard pour m'assurer que je ne l'ai pas froissé, ne serait-ce qu'un tout petit peu.

« Euh » : voilà ce qu'il me répond. Rien d'autre.

Je sais qu'il ne faut pas essayer d'aller plus vite que la musique. On entend des choses à l'hôpital. On voit des choses. On a soigné onze pompiers, la nuit dernière, à ma connaissance – et faites-moi confiance, j'ai vérifié chacun des noms au moment de leur admission. L'un d'eux s'est fait tirer dessus, mais il a survécu à l'opération et pourrait s'en sortir. Il y en a peut-être eu d'autres. Apparemment, c'étaient les pompiers qui avaient le plus souffert lors de cette première journée. Tout était tellement désorganisé, et puis il n'y avait pas de flics pour les protéger, donc ils s'étaient fait tirer dessus. Ça paraît mieux maintenant, mais toujours pas formidable. J'ai même entendu dire que les casernes 9, 16 et 41 avaient essuyé les coups de feu de tireurs embusqués. Dès que les camions quittaient les casernes, ils se faisaient canarder.

Donc si je me comporte bizarrement, ou si je suis à cran, pardonnez-moi parce que je ne savais pas si Mister Machin-Chouette serait épargné, si je le reverrais, et les femmes font parfois des choses étranges, quand elles ne savent pas si elles reverront quelqu'un qui-pourrait-bien-s'avérer-être-quelqu'un-de-spécial. C'est en tout cas ce que disait mon *abuela*, et elle était experte en toutes sortes de choses, et en particulier sur le métier de femme.

« Prenez bien soin de lui », finit par dire Mister Machin-Chouette.

Je ne sais pas de qui il parle exactement, mais je sais que nous avons maintenant un pompier de plus à soigner. Je demanderai plus tard à Stacy, une fois qu'il sera parti. Mister Machin-Chouette incline ensuite la tête légèrement à droite, et avant de poser son regard sur le couloir par lequel il est arrivé – il fait toujours ça après avoir incliné la tête – je dis : « Il faut que vous y alliez. »

Il me dévisage comme étonné que j'aie pu le deviner, mais je me contente de lui adresser un petit sourire, dans l'espoir qu'il va sourire à son tour. Mais non, il ne sourit pas.

« Soyez prudent, là-bas », j'ajoute.

Il hoche la tête et s'en va. Il ne se retourne pas, ne m'adresse pas un dernier regard. J'essaye de me dire que ce n'est pas contre moi, mais ça brûle un peu dans ma poitrine. Une fois qu'il est à quelques pas, je vois qu'il a du sang séché sur la nuque, et, immédiatement, j'ai envie de tendre la main, de le retenir, de l'ausculter, de m'assurer qu'il n'a rien de grave. Mais je sais que je ne peux pas – ce serait bizarre de ma part – alors je pousse un soupir-de-frustration-d'énervement-et-d'inquiétude, et j'y vais.

2

Pour me changer les idées, je vais là où j'avais prévu d'aller tout à l'heure : dans la chambre d'un patient de Neuro en soins intensifs, pour vérifier ses constantes. Celui-ci, il est entré avec une bonne partie de la joue arrachée par une balle, et ses examens toxicologiques explosaient le graphe. Qu'on en juge : il s'est fait tirer dessus par-derrière, de trois quarts, si bien que la balle a traversé sa joue pour ressortir par sa bouche ouverte. Du coup, pas de plaie de sortie de la balle. Il était inerte lorsqu'on l'a amené et personne n'a compris pourquoi. Du moins jusqu'à ce qu'on lui fasse une IRM et qu'on lui découvre une tumeur au cerveau.

« Un miracle, c'est ce que le médecin de garde a dit. Ce lascar a une tumeur de la taille d'une balle de golf dans le lobe frontal, et assez de cocaïne dans l'organisme pour tuer un cheval, mais il est toujours vivant et en état de marche ! Il ne se serait pas pris une balle à la tête, jamais on n'aurait repéré sa tumeur. Décidément, on en découvre chaque jour, infirmière Rubio, c'est moi qui vous le dis. »

Je ne sais pas trop ce que signifie ce qu'il a dit à la fin, mais je sais que l'opération s'est parfaitement déroulée. La tumeur était superficielle, à proximité de la surface, et on a pu procéder à l'ablation avec une zone de tissus normaux tout autour, et maintenant, il fait partie des patients que je dois surveiller. Il occupe un lit et j'ai pour mission d'être la méchante, de le faire dégager le plus vite possible, car on a admis des patients qui sont pour l'instant installés sur des chaises, dans le couloir. Dans des circonstances normales, nous le garderions deux à trois jours, mais des émeutes et la loi martiale, ce ne sont pas des circonstances normales.

Quand je fais glisser la porte coulissante, il est éveillé. Il a des pansements et des bandages sur le visage, qui lui couvrent toute la joue, et de nouvelles croûtes de points de suture d'un rouge foncé sur le crâne. Sur sa feuille de température, il y avait marqué Nom Inconnu, mais quelqu'un avant moi a effacé cette mention pour écrire à la place Antonio Delgado. Il est assez mignon dans la catégorie gueule cassée, du moins tant qu'il n'ouvre pas la bouche. Certaines nanas aiment bien ce genre. Mais pas moi. Du moins, plus maintenant.

« Infirmière, bonjour, lance-t-il, et il rompt le charme. Bonjour, infirmière. Je m'appelle Antonio. *Annnnn-to-ni-o.* Mais les gens qui me connaissent m'appellent Lil Creeper. »

Ça, ça le fait ricaner. Il se trouve hyper drôle. Ce qui est une bonne nouvelle, j'imagine, ça signifie que la perf de morphine fonctionne bien.

Le médecin du service pathologie est repassé, il a dit qu'il s'agissait d'un astrocytome relativement peu développé, mais particulièrement malin. Toutefois, on est intervenu assez tôt, ce qui est une bonne chose, parce que sinon il aurait pu mourir en douze mois, voire moins. Donc en un sens, le fait de s'être pris une balle lui a sauvé la vie. Incroyable qu'en ce monde ce soient les cafards qui aient de la chance, alors que, manifestement, les gens bien comme Ernesto y passent. Je ne comprendrai jamais ça.

Je commence par vérifier sa pression intracrânienne, qui est normale, compte tenu des circonstances, puis sa tension. 13,9/9 :

un peu élevée, mais c'est très bien, ça veut dire que des nutriments seront acheminés jusqu'au cerveau malgré l'inflammation.

« Possible que mon cœur batte vite parce que vous êtes tout près de moi. Vous devriez peut-être reprendre ma tension… »

Ouais, c'est ça. Je défais le brassard, l'enlève et lui braque ma lampe de poche dans les yeux. Les pupilles sont réactives, elles se rétractent de manière parfaite et symétrique. Une réaction différente pour un œil pourrait signifier qu'il y a un problème, mais pour l'instant, en ce qui me concerne, il pourra quitter les soins intensifs dès que son état se sera stabilisé pendant vingt-quatre heures. D'après mes mesures, d'ici dix heures. Je suis en train de noter tout ça et soudain je suis prise d'un sentiment de malaise. Mais je le *connais*, ce patient.

C'est le petit junkie qui, l'année dernière, a volé les belles assiettes en porcelaine de Mme Nantakarn, elle en était sûre, et sans raison, en plus. Ce n'est pas vraiment le genre d'article qui se revend facilement, et elle a été obligée de les racheter aux puces une semaine plus tard. Lui et mon frère étaient de la même année, à l'école. Je suis persuadée qu'ils se connaissent, pas la peine de lui faire remarquer.

« Qu'est-ce que vous êtes belle », dit Antonio. Il plisse les yeux en réfléchissant. « Je vous connais. »

Génial. Absolument génial. Déjà je sens émerger en moi cette part que j'arrive si bien à dissimuler au boulot. Le simple fait d'être à proximité de ce couillon fait resurgir le quartier. Plutôt que d'attendre qu'il finisse par me remettre, je décide de passer à l'offensive : « Ouais ? Eh bien, moi aussi je te connais. Pourquoi tu as volé toutes ces jolies assiettes l'an dernier ? »

Il sourit et fait la tête du type pris la main dans le sac, mais il est habile. Il se tire illico de ce mauvais pas.

« Je suis pas du genre à voler, tu sais, ô grande sœur de Sleepy. Jamais de la vie. Tu m'insultes en disant ça. »

Je lui adresse un regard du style je-vois-clair-dans-ton-jeu, alors-garde-donc-tes-boniments-pour-une-nana-qui-ne-connaît-pas-ton-petit-numéro.

Il comprend et change d'expression, son visage devient presque triste et vulnérable. Ce qui m'attendrit une seconde, jusqu'à ce qu'il dise : « D'accord, il y a peut-être un truc que je volerais. »

C'est un piège. Je le vois venir gros comme une maison. Quand tu as grandi dans le quartier où j'ai grandi, et que tu as commis suffisamment d'erreurs avec des types horribles, tu les vois venir, ces carabistouilles. Ça n'a pas été facile, mais il a bien fallu que j'apprenne. Ce qui rapproche tous les gars qui m'ont mal traitée, c'est qu'ils ont été fortiches pour le baratin. Ce que j'ai pu être idiote de gober leurs bobards. Alors avec ce minot, je pose la main sur la hanche, genre on-ne-va-pas-y-passer-la-journée. Vu que pour ce genre de marlou, sûr que je n'y passerai pas la journée. Oh que non.

Il observe un temps de silence bien trop long parce qu'il se croit futé, et déjà j'ai fait volte-face, je suis en train de sortir de la pièce, au moment où il me lance : « Je volerais bien ton cœur. »

Mon rire éclate si aigu et si vite que j'en suis un peu surprise. Comme un aboiement, presque. Ce petit gars pourrait me l'arracher au couteau qu'il ne l'aurait pas, mon cœur. Mon cœur tremble déjà plus ou moins pour quelqu'un d'autre, un type bien, pour une fois. Si ce n'est que ce gars n'est peut-être pas encore au courant, ou que s'il était au courant il s'en ficherait peut-être, mais j'espère qu'il n'y serait pas insensible. Je peux toujours espérer.

Je crois bien qu'à cet instant je me fige. Juste un bref instant. Et ce môme, parce que en fait c'est un môme, à dix-neuf ans, interprète mon geste complètement de travers. Il pense m'avoir émue !

« Allez, me lance Antonio tout confiant. Je t'emmènerai à Sam's et tout et tout ! C'est moi qui régale. Je te laisserai commander du steak aux crevettes, v'là le genre de mec que je suis. Je vais *bien* m'occuper de toi. »

Comme si ce couillon savait ce que ça veut dire de *bien* s'occuper d'une nana. Je ne serais jamais sortie de ma rue, j'aurais pu succomber à ces belles paroles, sauf que je m'en suis tirée, donc ça ne marche pas avec moi. Et puis, en plus, aucune nana qui se respecte un tant soit peu n'a envie d'aller à Sam's Hofbrau. L'endroit se présente comme un « cabaret adulte », mais ce n'est qu'un misérable club de strip-tease avec des pizzas, de la friture et des minettes du ghetto qui secouent leurs culs-bientôt-diabétiques. C'est là que les gangsters et les apprentis gangsters balancent leur thune comme s'ils étaient des gens importants, d'après mon frère.

« Non merci, je dis.

– Très bien, dit-il, mais tu loupes un truc. »

Je remets son dossier médical dans la glissière, au pied du lit, et il sait qu'il a perdu la partie, alors il tente de me jouer la sérénade en chantant « Rock Around the Clock », sauf qu'il ne dit pas *clock*, il laisse tomber le l et prononce un mot que mon *abuela* m'a appris à ne pas répéter, mais disons que c'est un mot d'argot pas joli joli.

Quand tu as connu autant de gars que moi, tu apprécies les gens bien, tu sais qu'ils sont rares. Si peu nombreux que tu te dis qu'il n'y en a que quatre ou cinq que tu pourras vraiment croiser, et peut-être deux seulement que tu auras une chance honorable de vraiment rencontrer. J'ai eu ma chance avec Ernesto, et c'était un mec bien – pas juste bien, mais bien *pour moi* – même à un âge où tout le monde est crétin. Mister Machin-Chouette sera peut-être le prochain. J'espère, parce que ça fait un sacré bout de temps que je n'ai pas été avec un homme bien. Trop longtemps.

Je souffle sur une mèche de cheveux collée sur le côté de mon visage, mais sans effet. Elle reste collée. Je regarde ma montre. Ça fait vingt-deux, non vingt-trois heures que je suis debout, et je suis prise d'une de ces suées qu'on a quand on est resté trop longtemps à arpenter le même endroit, alors je décolle les cheveux de mon front en me peignant avec mes deux index, et je les noue à l'aide d'un petit bandeau noir que j'ai toujours au poignet en cas de besoin. Je me fais une queue de cheval et je repasse ensuite l'extrémité à l'intérieur. Ça me fait comme une boucle sur le dessus de la tête.

Je fais quelques pas dans le couloir et décide de réciter une petite prière. Je jette un bref coup d'œil derrière moi, pour m'assurer que personne n'arrive à toute vitesse avec un lit à roulettes ou une chaise roulante, je m'arrête net et j'incline la tête. Je prends entre mes doigts ma croix en argent. Ça fait drôle de dire « ma ». Mon *abuela* me l'a donnée avant de mourir. Je n'ai que très peu d'objets lui ayant appartenu, des robes, parce qu'elles n'allaient qu'à moi – toutes en dentelle, traditionnelles, longues et bleues, car c'était la seule couleur qu'elle portait – mais ça, c'est l'unique bijou que je possède. Mes petites sœurs et cousines ont hérité des turquoises, des bagues et des colliers. Mais cette croix était la préférée de ma grand-mère, voilà pourquoi elle est si spéciale. Je ne prie pas tout le temps avec, uniquement quand c'est vraiment nécessaire.

J'entends les tubes au néon qui bourdonnent au-dessus de moi, et des chaussures qui crissent au loin, en récitant ma petite prière silencieuse pour que mon frère ne finisse pas comme Ernesto Vera dans la ruelle derrière chez nous. Puis je prie pour l'âme d'Ernesto, parce qu'il est resté sur le sol trop longtemps, personne ne devrait rester longtemps à l'abandon. Sur ma lancée, j'en dis une petite pour le pompier Anthony Machin-Chouette, qu'il ne soit pas blessé et revienne entier, qu'il puisse être gentil avec moi une fois encore. Alors je le ferai sourire et je verrai de nouveau apparaître sa fossette. Je ne veux pas que cette fois-ci ait été la dernière rencontre. Si je le revois, peut-être que j'aurai le courage de lui dire clairement que s'il a envie un de ces jours de m'inviter à boire un café, alors je ne dirai sans doute pas non, tu sais, quand il voudra.

Je remets la croix sous le col de mon uniforme et je me sens un peu penaude, alors je regarde des deux côtés pour vérifier que personne ne m'a vue.

ANTHONY SMILJANIC,
SAPEUR POMPIER DE LOS ANGELES

LE 1er MAI 1992

2 H 41

1

J'ai un mauvais pressentiment quand on pénètre dans la voie sans issue. Le foyer qu'on est censés maîtriser brûle comme une chandelle romaine tout au fond du cul-de-sac. Le feu baigne les bungalows adjacents d'une lumière orangée. À cet instant précis, je me dis que l'endroit idéal pour tendre une embuscade, ce serait bien ici. Ma tête pivote non-stop tandis qu'on s'avance en direction de l'incendie. Ça n'a pas arrêté depuis que j'ai pris mon service, et ce que je vois ne me plaît pas. Ici et là, des badauds sur les pelouses, par groupes de deux ou trois – des jeunes Blacks, capuche remontée, des foulards à la con sur la tête.

Suzuki et Gutierrez sont à l'arrière, sur les strapontins. Mon supérieur aussi, le capitaine Wilts. Il est black, lui aussi, ce qui ne signifie pas pour autant que cette foule lui plaît. Je lui annonce que ce que j'ai sous les yeux ne me dit rien de bon. Il transmet par radio au chef de garde qu'il y a trop de rôdeurs faisant semblant de ne pas s'intéresser à nous, tandis qu'on avance dans l'impasse. Les cris, je m'y suis habitué, me faire canarder à coups de pierres aussi. Mais pas cette espèce de silence… Une trentaine de personnes nous regardent comme si on était leur quatre-heures sur roues. Le chef de garde répond par radio qu'on peut faire confiance à notre escorte, alors le capitaine hoche la tête, et je continue à avancer. J'obéis aux ordres – c'est mon boulot, je conduis le bahut et je fais fonctionner la pompe – mais je ne suis pas obligé de les apprécier, il faut juste que je m'assure que les tuyaux sont en pression.

La protection que la CHP*, la California Highway Patrol, met à notre disposition consiste en deux voitures, toutes deux du comté de Ventura, dans le cadre des accords d'entraide entre casernes. De bons gars. Pas trop habitués à ce qu'on fait, mais de bons gars. Ils n'étaient pas contents d'apprendre que la plupart du temps on se faisait tirer dessus, qu'on avait régulièrement droit à des impacts de balles sur la carrosserie et des vitres cassées. En cas d'urgence ordinaire, on envoie un pompier à la bouche d'incendie, il l'ouvre et on balance la flotte. Mais depuis trente heures que les émeutes ont éclaté, voici comment ça se passe dans tout le Southland : tu envoies un gars à la bouche d'incendie, il se fait emmerder, alors tu en envoies un deuxième, et les deux se font emmerder. Donc on en arrive au point où tu ne te donnes même plus la peine d'ouvrir une bouche d'incendie tant qu'il n'y a pas deux voitures d'escorte, chacune à un bout de la rue. À partir de là, c'est bon, mais tout se passe mieux quand les gars de la police routière ont sorti leurs flingues.

Sauf que là, c'est une impasse dans un quartier de bungalows décrépits, bâtis trop près les uns des autres. Un vieux pâté de maisons, qui doit dater des années 1950, probablement construit pour les ouvriers des usines aéronautiques, comme celles de Lockheed, qui datent d'après la Seconde Guerre mondiale. Maintenant, tout tombe en ruine : la peinture s'écaille, les auvents pour voitures s'effondrent, les voitures sont échouées sur parpaings. On est au nord de mon secteur, le 57, donc j'ignore si on est en territoire Blood ou Crip, mais c'est soit l'un soit l'autre. Les gens sont hyper attentifs, c'est suspect, et ils s'approchent lentement de l'incendie – et donc de nous –, comme des phalènes. Mais dans l'immédiat, rien de tout ça ne me concerne.

Dans l'immédiat, mon problème, c'est l'impasse. Si je voulais piéger des pompiers, les coincer dans un endroit d'où ils auraient du mal à sortir, c'est ici que je déclencherais mon incendie. Au plan opérationnel, la seule chose à faire avec les culs-de-sac, c'est d'en condamner l'accès. Seul problème dans ce cas de figure, c'est aussi notre unique voie de sortie. Mon boulot consiste à savoir par où on peut s'en aller, puis à me garer l'avant orienté vers la sortie, de manière à pouvoir repartir sans efforts inutiles. Pas de demi-tour en trois manœuvres. On entre, on sort, et hop. Ici, on ne peut pas faire ça, et je n'aime pas du tout savoir que la seule façon de mettre les bouts, c'est en marche arrière, en repartant par là où on est arrivés. Mais le chef de garde ordonne qu'on vienne à bout de ces feux, alors je pose deux lignes avant de m'assurer que la pression dans les tuyaux est OK. J'ai déroulé l'alimentation de deux pouces et demi et le tuyau d'un pouce et demi. Je n'ai pas le trois et demi parce qu'il a fallu partir en urgence à cause de risques d'émeutes du côté de Slauson, il y a deux heures environ. Mais dès que la manip est lancée, ça va vite et bien.

On a cinq engins, donc on met vite le truc en place. Ça fume encore quand on commence à décamper. En temps normal, on reste sur place jusqu'à ce qu'il n'y ait plus que des cendres, parce que si le feu repart, ça barde pour toi et toute la compagnie. Ce n'est pas le cas lorsque la loi martiale est prononcée. Là, il s'agit juste de dérouler la toile, de balancer la flotte, de matraquer le feu, de reconditionner le matos et de repartir, parce qu'il y a toujours cinq à dix autres incendies à essayer de maîtriser au plus vite. Une fois que tu as pris le rythme, c'est même assez drôle.

Première chose, il n'y a pas d'appels pour secours à victimes, ce soir. Il n'y en a pas eu depuis le début. Ça, c'est presque comme une récompense. Pas de sauvetage en cours ce soir, juste de l'arrosage. C'est pour ça que tous les bahuts sont revenus dans les casernes, et que les remisards, ces crétins imbus de leur personne, doivent vraiment se retrousser les manches, pour une fois.

Je surveille la foule quand le chef de garde nous demande de reculer. Les gars se sont rassemblés à l'entrée de l'impasse, et ça, c'est pas bon. Le plus vite possible, je vérifie que ma tonne à eau alimentée sur la bouche est remplie avant de couper l'alim' et d'attraper Gutierrez. On charge tous les deux le un pouce et demi sur le plateau transversal. Normalement, on devrait le charger bien comme il faut, serré et tout, mais ce n'est pas le moment de se mettre en mode inspection. Là, il s'agit de finir le boulot et de s'éloigner de deux à trois cents mètres. La priorité, c'est la vitesse, pas le rangement ultra méticuleux. Ça va à l'encontre de tout ce qu'on nous a appris, et c'est magnifique. La liberté, voilà ce que c'est. N'empêche, je me sentirais plus à l'aise si la foule prenait un peu plus ses distances. À chaque fois que je tourne la tête, j'ai l'impression qu'ils sont plus nombreux, et qu'ils se sont encore rapprochés.

J'adresse un hochement de tête à Gutierrez. Il sait qu'il faut qu'on se magne. Lui aussi les voit. On charge en vitesse le deux pouces et demi, on le hisse et les gars ferment leurs portières au moment où on se prend une volée de projectiles, et, juste derrière, des silhouettes nous foncent direct dessus dans l'obscurité.

Qui sait pourquoi ? Un truc raciste à la con ? Une histoire d'autorité à la con ? Désolé si je n'ai jamais pris le temps de m'intéresser aux motivations des membres des putains de gangs parce que je suis trop occupé à lâcher mon tuyau pour esquiver une caillasse grosse comme une balle de base-ball qu'on vient de me lancer et qui fait un vilain pète à la carrosserie de mon camion avant de retomber sur le bitume. Le temps que je relève la tête, quelqu'un est sur Gutierrez, qui a une jambe coincée sous le tuyau. Il se débat, essaye de se libérer. Je me précipite pour saisir à bras-le-corps l'enfoiré, mais je ne suis pas assez rapide. Le grand Blackos, taillé comme un attaquant de foot américain, lui écrase en pleine figure un demi-parpaing aux arêtes tranchantes, pointe en avant. Je vois alors l'expression sur le visage du môme, le sérieux et la jubilation maladive, et je vois le parpaing tomber au ralenti, je ressens dans mon ventre le son qu'il fait au moment du contact avec le menton. Le machin s'enfonce dans un craquement atroce de l'os de la mâchoire qui cède. Gutierrez postillonne un hurlement. Je percute le salopard black tout sourire. Sous le choc, il se redresse à moitié, va s'étaler plus loin que le trottoir, tête la première dans l'herbe. Je ne suis pas le gars le plus costaud du monde, mais j'y ai mis tout mon poids. Ce que j'aurais fait ensuite, je ne le saurai jamais, parce que les policiers de la CHP chargés de notre protection sont derrière moi, flingues sortis. Ils tirent un coup de semonce qui fait détaler le môme comme un lapin. Pendant qu'il met les bouts, j'aperçois une cicatrice luisante sur son épaule, comme s'il avait subi une opération ou je ne sais quoi.

« Dégommez-le, je dis. Il a eu Gutes. *Dégommez*-le ! »

Mais ils ne tirent pas. Ils le laissent sauter par-dessus une clôture et s'enfuir. Ça me fout en rogne, mais je ne peux pas gâcher d'énergie pour ça maintenant.

En baissant la tête, je prends la mesure de la blessure du collègue sous mes yeux. C'est moche – vraiment pas beau à voir. Le capitaine est à mes côtés. Il constate les dégâts. Suzuki aussi.

« Merde, dit Suzuki. Tiens bon, Gutes ! »

Par une brèche apparue sur sa figure, je vois la langue de Gutierrez qui bat l'air, comme pour essayer de se lever et de s'enfuir. Le reste est pire, parce que sa mâchoire pendouille, tellement décrochée que je vois l'à-plat blanc de ses molaires.

Mon cœur se serre alors. Je retire mon blouson, j'arrache ma chemise réglementaire – car rien dans la trousse de premiers secours ne semble assez gros pour ça –, je la roule en boule comme je peux avant de la coincer entre son épaule et sa mâchoire, et je lui incline la joue de manière à caler sa mâchoire.

« Continue à appuyer là, si tu peux, je demande à Suzuki. Juste une seconde. »

Le capitaine se précipite sur la radio. On soulève Gutierrez, on fait passer ses bras sur nos épaules pour le traîner jusqu'à la cabine. On n'a pas le temps de lui poser une minerve. Le mieux qu'on puisse faire, c'est s'arranger pour que les mains de Suzuki lui maintiennent la nuque pendant qu'on se tire d'ici. J'ai le souffle court et bruyant. Je bredouille. Je m'excuse avec les mots que j'arrive à trouver. Je dis à Gutes que je suis désolé, putain, désolé que ce connard de flic n'ait pas dessoudé le môme sur-le-champ, désolé de ne pas avoir suivi mon intuition et abandonné le deux pouces et demi. On n'aurait pas déjà laissé derrière nous mon trois et demi le coup d'avant, je lui aurais dit de ne pas s'en occuper, de ne pas le charger, mais je ne voulais pas me trouver sans mon dernier tuyau d'alimentation pour le prochain incendie. Ça paraît idiot maintenant. Rien de tout cela ne se justifiait. Rien.

Suzuki et moi installons Gutierrez sur le siège avant de mon bahut. On l'appuie contre le dossier du siège avec le plus de précautions possible, puis je fais en vitesse le tour du camion jusqu'à ma portière. Suzuki fonce jusqu'à son strapontin, derrière, et ouvre en grand la vitre qui sépare l'avant de l'arrière pour pouvoir soutenir la nuque de Gutierrez. Le capitaine est maintenant à l'arrière, lui aussi, il a tiré à lui le fil de la radio.

Il annonce dans le micro : « Le pompier Gutierrez est blessé.

– Répétez », demande le commandant des opérations.

Je crie sans m'en rendre compte. « Un mec d'un gang a écrasé un parpaing dans la gueule de Gutierrez ! »

Le capitaine ignore mon intervention et répète ce qu'il vient de dire. Les flics chargés de notre protection ont entièrement dispersé la foule. Ils sillonnent tous les quatre les pelouses et les trottoirs, à la recherche de jeunes qui errent, mais je n'ai pas le temps de m'occuper de ça. J'embraye.

« C'est grave ? » C'est le chef de garde, à présent. Il veut savoir.

Je suis maintenant le premier véhicule de la colonne ; je devrais attendre qu'une voiture de la police routière ouvre la voie, mais je n'attends pas. Je maintiens de la main droite ce qui reste de la mâchoire de Gutierrez, qu'elle ne se déboîte pas davantage, parce qu'il a réussi à se retourner et, du coup, n'appuie plus sur la chemise. Suzuki lui soutient la nuque. De la main gauche, je déclenche le gyrophare et la sirène, puis j'écrase la pédale d'accélérateur, et on sort en trombe de l'impasse.

« Extrêmement grave », répond le capitaine.

Ce qu'il ne dit pas, c'est que Gutes a un nouvel orifice dans la figure, plusieurs dents retournées, et je ne peux même pas décrire le reste.

Gutierrez est du secteur 57 – c'est un de nos gars, le pire cuistot imaginable – et il tremble alors que j'essaye d'empêcher sa tête de bouger. Il est littéralement pris de frissons. C'est le choc. Il me chuchote qu'il faut que j'appelle sa femme pour lui dire qu'il va bien. Il me dit de ne pas m'inquiéter, que c'est sa faute s'il s'est coincé la jambe. À travers le trou dans sa joue, je sens le bord de sa langue qui vient vibrer contre ma paume quand il parle.

« Arrête de parler, je lui dis. Arrête.

– Harbor-UCLA », dit finalement le chef.

Dans toute la ville, on rapporte que des convois d'engins sont ralentis ou arrêtés. Ils se font canarder à coups de bouteilles, de pierres, de boîtes de conserve – n'importe quoi. Les gens se tiennent par les mains, aux croisements, comme quand on joue à l'épervier, misant sur le fait que vous ralentirez.

Quand Gutierrez geint, je sens une vibration dans mon poignet. Alors j'inspire le plus profondément possible.

« Je vous préviens, capitaine, je lance à Wilts derrière moi, si quelqu'un se met en travers de mon chemin, putain je l'écrase. »

Il ne réagit pas immédiatement. J'entends juste les hululements des sirènes, derrière moi, tandis que les engins se mettent en branle. Tous les gars sont avec moi. Tous.

« Fais ce que tu as à faire », me répond le capitaine.

2

Personne ne se met en travers de ma route, tant mieux pour lui. Voilà qui me réjouit, enfin si on peut dire, compte tenu des circonstances, parce que je n'ai vraiment pas besoin d'avoir autre chose sur la conscience. Suzuki soutient toujours la nuque de Gutierrez, mais Gutes gémit un peu entre ses respirations. J'ai réussi à appuyer sur la chemise pour que sa mâchoire reste dans sa cavité. Ça me libère la main droite pour conduire, mais le volant est gluant de sang et, du coup, je m'en veux. Ce sentiment s'accentue quand j'entends le capitaine rapporter les détails de la blessure à la radio pour le chef de garde.

Vermont est le premier grand axe sur lequel je tombe. Je prends à gauche, mais j'arrive un peu trop vite. Le pneu arrière droit décolle dans le virage et retombe au sol dans un choc sourd et un crissement qui fait trembler tout le bahut. Suzuki pousse un grognement, Gutierrez ne réagit pas. Je me promets de ne pas le refaire.

« Ralentis, on est pressés. »

Voilà ce que je me dis. En fait, je prononce ces mots à voix haute. Mon ex avait coutume de me dire ça. C'est l'unique bonne chose qu'elle m'ait léguée, pour me rappeler qu'il faut savoir garder son calme durant les orages.

« Tu t'en sors très bien », dit le capitaine derrière moi.

On passe devant des gardes nationaux en train de construire un fort avec des sacs de sable, à un coin de rue, en lisière d'un parking de supermarché, et je ne peux m'empêcher de penser qu'ils auraient été plus utiles à nos côtés, mais bon, je sais que leur mission est en grande partie dissuasive. Il ne s'agit pas pour eux de s'engager dans des combats. Quand même, ça aurait été bien d'empêcher qu'un quartier disparaisse sous les flammes sans être attaqué par ses résidents, ceux-là mêmes à qui on essaye de porter secours. Mais c'eût été trop demander, hein ? Des bestiaux, je te jure.

La voiture de police chargée de notre sécurité s'avance à ma hauteur. J'imagine qu'il se dit que c'est ma ville, et que je sais où je vais, et tant mieux, car c'est effectivement le cas. Du même coup, il me signifie qu'il me laisse passer devant et qu'il me suit. La bonne nouvelle, c'est que les rues sont assez désertes pour que ce soit possible, ce qui m'étonne, parce que j'étais persuadé que personne ne respecterait le couvre-feu, surtout vu la manière dont cette ville s'enflamme de partout.

Je tourne à gauche sur Gage, mais cette fois-ci je roule assez lentement pour que mon bahut reste sur ses pneus. Je prends sur la bretelle d'accès à l'Harbor Freeway, bon sang ça urge. Ma sortie, c'est Carson et je roule presque à cent à l'heure, mais pas au-dessus. Il n'est pas conseillé de rouler plus vite quand on a une tonne à eau de deux mille litres presque pleine et un réservoir d'essence de cent quatre-vingts litres, rempli à ras bord ou pas. On y sera d'ici cinq minutes. On va se garer et tout se passera bien. Le personnel se précipitera sur lui comme un essaim de guêpes en blouses, et ils nous le remettront sur pied.

Ralentis, je me dis, *tu es pressé.*

Ce n'est pas pour autant que je ralentis, mais ça m'aide à ne pas me laisser submerger par mes émotions. J'ai envie de faire souffrir le môme qui a fait ça. Je veux le retrouver, celui avec la cicatrice à l'épaule, et lui coller une balle dans chaque rotule. J'essaye de me rappeler à quoi ressemblait ce voyou, mais je jette un œil toutes les quelques secondes à Gutierrez pour m'assurer qu'il continue à appuyer. Je n'ose même pas imaginer la douleur que ce doit être quand on vous appuie à cet endroit. C'est un robuste, cet enfoiré. Voilà ce que je dirai à tout le monde, quand il sera rétabli. *Un jour, tout ça ne sera plus qu'une histoire*, me dis-je. *Une anecdote de guerre.*

Ça n'aurait peut-être pas aussi mal tourné si notre stagiaire premiers soins n'avait pas été réquisitionné par le secteur 46. Un peu d'aide supplémentaire n'aurait pas été du luxe. Le personnel médical des forces militaires spéciales du SEAL fait son internat officieux avec nous depuis des années, parce que la marine estime que c'est ici qu'on apprend le plus efficacement en matière de blessures au combat : blessures par objets contondants, par balles et par armes blanches, traumatismes post-explosion – il y a plus de tout ça à L.A. que n'importe où ailleurs en Amérique, j'imagine. C'est notre zone de guerre à nous, et, bon sang, elle vient de faucher la victime qu'il ne fallait pas.

Maintenant, la perte de sang fait son effet sur Gutierrez. Il ferme les yeux par intermittence, comme des essuie-glaces ralentis. Je ne sais pas s'il m'entend, mais je lui parle quand même.

« Drôle de façon de terminer ta journée, espèce de héros, dis-je assez fort pour qu'il puisse m'entendre malgré la sirène. Tu vas en avoir, à raconter, des histoires, en rentrant à Hawaï. »

J'ai les joues qui s'embrasent rien que de dire ça, et j'ai l'impression de mesurer trente centimètres, car je ne vois pas ce qu'il y a d'héroïque à se faire tabasser par un membre de gang costaud comme une armoire à glace alors que tu essayes juste de faire ton boulot. Qu'est-ce qu'il peut bien y avoir d'héroïque à ne pas parvenir à te protéger ? Rien, rien du tout.

Je secoue la tête et surveille son pouls. Il est lent, mais je sens les battements.

On arrive dans trois minutes, je me dis.

L'autoroute est presque déserte. Il n'y a rien d'autre à faire que de contempler les nouveaux graffitis rouges, bleus ou noirs qui proclament « Fuck the Police » et « Kill Whitey », et d'essayer de ne pas me sentir visé, tout en filant droit devant. On croise deux véhicules du LAPD, qui roulent dans la direction opposée, gyrophares allumés. Je n'ai jamais rien vu de tel.

Gutierrez est un de nos gars qui n'habitent pas sur place. Pendant la période d'essai, tu es tenu de vivre dans la ville où tu es affecté, mais ensuite, tu peux t'installer où bon te semble. Si tu réussis à t'arranger avec les collègues et que le capitaine est d'accord, tu peux aménager ton calendrier. Le seul souci, c'est le moral de la troupe, parce que, lorsque les gens habitent loin, ça peut avoir une influence sur la continuité et le travail d'équipe. Mais comme j'ai dit, tout ça c'est du ressort du capitaine Wilts. Il fait partie des bons. On a des pompiers qui habitent San Francisco, San Diego et Vegas, pour ce que j'en sais, mais le plus éloigné, c'est Gutierrez. Il est basé à Maui, il habite une petite maison à Napili avec sa femme et son fiston qui est en CE2, et il prend l'avion pour venir au boulot.

Oh merde. Tu sais, des fois, dans le feu de l'action, tu oublies des trucs, et ensuite, quand ils te reviennent, tu réalises que c'est encore pire que ce que tu croyais. Voilà ce que ça me fait de me souvenir de la femme et du gamin de Gutierrez. Kehaulani et Junior, ils s'appellent. Enfin bon, Junior c'est juste un surnom. Il a le même prénom que son père. C'est la génération d'après. Mignon, le gamin, de grands yeux marron, comme sa mère. Je les ai rencontrés il n'y a pas longtemps, cette année, juste avant leur virée à Disneyland, une première pour le petit. À la caserne, Junior m'a demandé si je voulais voir ce qu'il avait l'intention de donner à la petite souris, et quand j'ai répondu oui, il m'a montré dans sa bouche une minuscule dent qui bougeait. Il l'a déplacée dans un sens et dans l'autre, comme un interrupteur, spécialement pour moi. Après quoi, il a gloussé et m'a demandé si je pensais que ça pourrait aussi intéresser Mickey de la voir.

Je reprends le pouls du père de Junior. Toujours pareil.

« Tu as intérêt à tenir le coup », je lui dis.

Ce jury me fout royalement les boules, là. Tout me fout les boules, mais autant en vouloir à ces jurés en particulier. Ils en auraient déclaré au moins un coupable, ce ne serait pas arrivé. Ils auraient pu au moins nous livrer un bouc émissaire – mais non. Maintenant, la ville entière paye pour ça, et Gutes paye bien plus que sa part.

Le père de Junior arrive à permuter avec les collègues, alors il travaille un mois sur deux. En avril, il a bossé, donc en mai, normalement, il a congé. Ces émeutes n'auraient pas éclaté, la ville n'aurait pas explosé, il ne serait pas resté en permanence d'urgence, il aurait dormi à la caserne et aurait attrapé le premier vol du lendemain. Je le sais, parce que je l'ai conduit un paquet de fois à l'aéroport LAX. Tout pompier a un autre job en parallèle. On a tellement de jours de congé que ça fait partie du truc. Les mois où il n'est pas à la caserne, Gutierrez bosse dans l'immobilier. D'après ce que j'ai compris, il s'en sort plutôt bien. Ce qui me chiffonne, c'est que techniquement il n'était pas de service, il n'aurait pas dû être de service quand il s'est pris le parpaing en pleine figure.

Et merde. Elle me mine, cette pensée. Elle pénètre en moi et se transforme en culpabilité, et j'assiste à la métamorphose sans rien pouvoir y faire. La culpabilisation, c'est ma spécialité. Personne n'y arrive aussi bien que moi. À part peut-être ma mère, qui a l'art de s'autoflageller. Pour nous autres, catholiques croates, c'est pratiquement un don de naissance. Dans ce cas précis, ça commence par une douleur cuisante au ventre. Et à partir de là, ça irradie dans tout le corps, jusqu'aux doigts, aux orteils, avant de revenir au point de départ. Je me dis que c'est ma faute, on n'aurait pas dû essayer de récupérer le tuyau, j'aurais dû me fier à mon intuition. J'aurais fait ça, Gutierrez n'en serait pas là. Il serait retourné auprès de sa famille en un seul morceau. Mais maintenant, c'est mal barré. Très mal barré.

3

Le chef de colonne a contacté l'hôpital pour qu'on soit accueillis dès notre arrivée aux urgences, si bien que lorsque je me gare, il y a déjà quatre blouses blanches sur place en train de pousser un brancard à roulettes. Je m'avance et je maintiens ma chemise contre son visage en appuyant plus fort ; ils ouvrent la portière passager très lentement, trois paires de mains passent par l'ouverture et le prennent en charge avant que la portière soit ouverte en grand. Ils le descendent.

« C'est bon, on l'a », me disent-ils.

Je ne veux pas le laisser, mais ils répètent ce qu'ils viennent de dire, et je suis bien obligé de lâcher prise.

L'espace d'un instant, je reste assis à les regarder l'installer sur le lit à roulettes et lui placer une minerve avant d'essayer d'appliquer sur sa bouche un masque à oxygène. Mais ils se rendent compte que ça risque de ne pas être si facile que ça. Au moment où le lit passe la porte des urgences, j'ai l'impression qu'on m'arrache une partie de moi.

Je sors mon gros blouson de la cabine, parce que ça me paraît pas très correct de circuler en maillot de corps trempé de sueur et de sang, et j'ai déjà franchi le seuil au moment où je me fais la réflexion qu'il est ridicule d'être en blouson à l'intérieur, mais c'est trop tard, je l'ai sur moi.

En un clin d'œil, le capitaine Wilts est à mes côtés.

« Ils vont bien s'occuper de lui, dit-il. On ne peut plus rien faire pour l'instant. Écoute, le chef de garde veut qu'on reprenne du service, donc le secteur 79 nous envoie un pompier. Ils l'amènent en jeep. »

On ne peut pas faire tourner un engin à trois, alors ils remplacent Gutierrez pour qu'on puisse continuer. Je sais que c'est la procédure, mais c'est dur.

« Faut que j'aille pisser, je dis, et je prends congé.

– Vas-y », dit le capitaine. Il a la voix éteinte. Je suis sur les rotules, moi aussi.

Dans les toilettes, je me frictionne les mains deux fois. Je les lave à l'eau trop chaude et ne jette un œil dans la glace que pour m'assurer que je n'ai plus de sang sur moi. Ah si, il en reste. Une goutte collante séchée est allée se fourrer dans les poils de mon sourcil gauche, comme du vieux miel roux. J'ai aussi quelques éclaboussures sur l'oreille, et même une *dans* l'oreille. Comment sont-elles arrivées là, je n'en sais rien. Je fais partir tout ça en frottant. Après avoir utilisé une douzaine de serviettes en papier pour me sécher les mains, je boutonne mon blouson jusqu'en haut, comme ça, si je la croise, elle ne verra pas le sang sur mon maillot de corps.

Les urgences ne sont pas loin. Je sais où se trouve le service et comment y aller. Je me dis que j'ai une dizaine de minutes devant moi, avant que le nouveau collègue arrive, et j'ai besoin de la voir, de voir ne serait-ce qu'une bonne chose aujourd'hui. Ce n'est pas que tout sera soudain formidable, mais ça peut m'aider à ne pas sombrer. Je ne sais pas. Ça paraît idiot. Mais c'est peut-être vrai. Je passe devant un technicien de service asiatique chauve qui pousse un balai à franges, un walkman trop fort avec trop d'aigus sur les oreilles. Je reconnais la chanson « To Be With You » et je secoue la tête, parce que c'est vraiment hyper cucul, et en fait je suis un peu gêné, parce que quand je l'ai entendue la semaine dernière à la radio, j'ai pensé à Gloria, et il a fallu que je me reprenne en me disant qu'elle n'éprouve peut-être pas les mêmes sentiments pour moi.

En tournant au coin, je la vois juste devant le poste des infirmières, et je me mets à boitiller, je fais comme si c'était naturel. Elle n'est pas comme les autres, cette femme. C'est dur à expliquer, mais à sa façon de marcher, à sa manière de se tenir, tu vois qu'elle aime son boulot, qu'elle est stable, que c'est quelqu'un sur qui tu peux compter. Ça me plaît. Elle n'est pas comme les autres filles avec qui j'ai grandi, aucune n'avait envie de faire des études, ça fait maintenant des années qu'elles sont toutes mariées. Quant à celles encore disponibles pour aller boire un verre, ou bien elles se la jouent débardeur, ou bien ce sont des nanas de San Pedro à la dérive qui ont dix ans de moins que moi, et qui n'aspirent à rien d'autre, pour leur vie d'après le lycée, que de faire hôtesse au resto The Grinder, jusqu'à mettre le grappin sur un membre du Syndicat des Dockers de la Côte Ouest, après quoi elles pourront démissionner, rester à la maison, avoir des marmots, regarder les feuilletons de l'après-midi et partir deux fois par an en vacances sur l'île Santa Catalina – le Hawaï des Slaves, comme l'appelle ma mère.

Je pense à Hawaï, et aussitôt Gutierrez me revient à l'esprit, ce qui s'est passé, et je me dis que j'aurais pu éviter que ça se produise. Je ravale tout ça. Je songe à retrouver le voyou qui a fait le coup, à le retrouver et à lui faire payer.

J'essaye d'enfouir cette pensée au fond de moi, tandis que l'infirmière Gloria discute avec la grande infirmière blonde – comment s'appelle-t-elle déjà ? J'ai oublié, mais une vraie touche d'avance rapide de magnétoscope, cette nana. La deuxième fois que je l'ai rencontrée, elle a proposé qu'on sorte ensemble, et ce n'est pas que je ne me suis pas senti flatté ou qu'elle n'était pas attirante, mais ça m'a un peu rebuté. J'imagine que je suis plus du genre traditionnel. J'aime bien que ce soit moi qui demande. C'est comme ça que j'ai été élevé.

Enfin bref, la blonde me voit arriver et adresse une sorte de hochement de tête, façon code secret, à l'infirmière Gloria, qui se tourne pour me regarder – parfois, à sa façon de m'observer, je n'arrive pas à savoir si elle se dit que je suis le gars qu'il lui faut, ou si elle estime que je ne suis pas à la hauteur. C'est son regard flottant que je n'arrive pas à situer. J'essaye d'esquisser un sourire ou je ne sais quoi, mais je n'arrête pas de penser au volant gluant que j'avais tout à l'heure entre les mains.

« Bonjour, infirmière Gloria », je lance, et ces mots sortent plus calmement que je ne le veux.

C'est peut-être idiot d'utiliser cette formule comme ça chaque fois que je la salue. Dans mon boulot, on s'appelle tous par le nom de famille, et j'imagine que c'est certainement le cas ici aussi parce que je n'ai jamais vu que les noms de famille sur les badges des blouses. La première fois que je la rencontre, je regarde son badge, je l'appelle infirmière Rubio, et immédiatement elle me dit de l'appeler Gloria, et, sans prendre le temps de réfléchir, je lui sors infirmière Gloria, elle pouffe, m'appelle pompier Anthony ; voilà comment ça a commencé.

« Bonjour, pompier Anthony », répond-elle.

Ça fait du bien de l'entendre dire ça, ce ton familier. Comme elle ne sourit pas, je ne souris pas non plus. Elle ne semble pas mécontente de me voir, mais pas non plus spécialement contente. Je vois bien qu'il se passe quelque chose derrière ces yeux, je ne sais pas quoi, mais j'ai envie de savoir. Elle a un visage tellement impassible que parfois je me demande où elle a grandi. Dans un quartier difficile peut-être, parce que j'ai le sentiment qu'elle peut laisser libre cours à sa rudesse ou la stopper, comme on ouvre ou on ferme un robinet.

Je regarde mes mains, et je me rends compte que je n'ai pas fait disparaître tout le sang autour de mes ongles, alors je les enfouis dans mes poches : « Vu ce qui nous arrive ici, dit-elle, ça n'a pas l'air bien riant par là-bas. Que se passe-t-il ? »

Elle m'effleure le bras du bout des doigts, mais retire vite sa main. C'est tellement discret que j'imagine que ça a pu être une erreur, mais j'espère que non. Sur l'instant, j'ai envie de lui raconter succinctement ce qui s'est passé dans l'impasse avec Gutierrez, mais aucune phrase ne sort de ma bouche. Même pas de vrais mots. Alors la seule chose que je finis par dire, c'est : « Euh. »

Comme si, je ne sais pas comment, j'étais coincé au point mort. Le pire, c'est que j'ai envie d'enclencher une vitesse, mais mon cerveau refuse de se mettre en branle. Quel naze.

C'est certainement ce qu'elle est en train de se dire, parce qu'elle me dévisage à présent. Ce n'est pas tout à fait qu'elle me jauge, mais on dirait qu'elle cherche ce qui cloche chez moi, et ne trouve pas vraiment. On dirait presque qu'elle me diagnostique. Du coup, on passe un moment délicat, moi à zyeuter ses chaussures d'infirmière blanches, éraflées uniquement à l'intérieur, à croire que peut-être elle les frotte l'une contre l'autre sans s'en rendre compte. Je ne dis pas un mot et elle non plus. Elle me regarde, c'est tout, et c'est alors que je réalise qu'il faut que je rompe le silence d'une façon ou d'une autre, je dois dire quelque chose, et tout de suite.

« Prenez bien soin de lui », je finis par dire.

À peine ces mots sortis de ma bouche, je tremble à moitié. Imbécile ! Ça ne rime à rien, parce que je ne lui ai pas du tout parlé de Gutierrez ni du service où il a été emmené. Je me dis que je ne vais pas m'éterniser, mais je ne trouve pas les mots pour lui dire combien ça m'a fait plaisir de la voir, alors je me tais. On attend l'un et l'autre.

Il faut que j'y aille, me dis-je.

« Il faut que vous y alliez », dit-elle comme si elle lisait dans mes pensées.

Voilà qui règle les choses. Jamais je ne disputerais une partie de poker avec cette femme, mais l'avoir dans mon équipe, ça je veux bien. J'incline sans doute un peu la tête en réfléchissant à ça, car elle me fait un petit sourire qui exclut toute réponse susceptible éventuellement de me venir à l'esprit.

« Soyez prudent, là-bas », dit-elle.

Le ton est tellement poli, mais c'est presque comme un ordre – un ordre poli. Je ne sais pas quoi répondre, alors je hoche juste la tête automatiquement, et je m'en vais. Je suis tellement frustré et gêné par la façon dont notre échange s'est déroulé que je ne jette même pas un regard derrière moi. Je sors les mains de mes poches et contemple à nouveau mes ongles. Il y a encore du sang sous l'index et l'annulaire, et je repense à Gutierrez et à Junior, et au coup de fil que lui et sa maman vont recevoir très bientôt, leur annonçant ce qui s'est passé, et je presse le pas.

4

Je cloisonne. Je le reconnais. Je place tout ce qui m'arrive dans une boîte au fond de moi, et je referme bien le couvercle. Les sirènes sont coupées, nous repartons, et cette fois-ci mon engin n'ouvre pas la voie. Le véhicule du chef de colonne roule de nouveau en première position, ce qui est une bonne chose, parce que je ne suis pas vraiment à cent pour cent de mes moyens, là. Je suis au milieu de la meute, protégé par les engins de devant et de derrière. On a un nouveau gars à la place de Gutes, McPherson, et on file vers le nord, juste une enfilade de lumières tandis qu'on s'engage sur l'autoroute. Le chef de garde nous communique déjà une adresse à la radio, les prochains gagnants en date à la loterie des pompiers de Los Angeles, mais je n'y prête pas vraiment attention. Je fais des efforts surhumains pour ne pas piocher dans la boîte pleine de pensées concernant Gutierrez et sa famille, et ne pas ressasser à quel point ça s'est mal passé avec l'infirmière Gloria, et comment je te défoncerais au marteau la gueule de ce mec de gang ; je me contente de rester en formation. J'essaye de penser à autre chose. Je me demande combien de bâtiments vont être ravagés par des incendies, tout ça parce qu'il n'y a pas assez de camions de pompiers pour intervenir.

N'empêche, tu sais ce qui est hilarant ? Les explications de tous ces incendies, aux infos. Les gars à la télé qui s'étonnent que les gens mettent le feu à leurs propres quartiers. Ils trouvent ça triste, ils pensent que c'est une sorte de rage primale, irréfléchie. Eh bien non. Le plus souvent, c'est planifié, et les motivations sont de trois ordres : vengeance, grabuge ou assurance. Enfin bon, ce n'est pas une définition officielle ni rien. C'est juste mon avis. Vengeance, c'est le cas où un gars n'en aime pas un autre, pour je ne sais quelle raison, et donc profite du chaos pour agir ; on peut inclure dans cette catégorie les embrouilles pour des histoires de couleur de peau, comme par exemple ce que les Blacks font subir aux Coréens. Grabuge, c'est quand on met le feu comme ça, pour rien, ou pour essayer de couvrir un crime, ou pour faire diversion, pour attirer les premiers secours à tel endroit, afin de pouvoir tranquillement commettre un crime ailleurs, ce que font les gangs, assurément. Ils pratiquaient cette tactique avant les émeutes, ils la pratiquent pendant les émeutes, et je vous dis tout de suite que je ne suis pas pressé que l'été arrive. Toutes les saloperies qui se produisent maintenant appelleront des châtiments. Et si ce n'est pas dans les jours à venir, ce sera plus tard, y compris à la fin de l'été. Dernier cas de figure le plus probable, le coup de l'assurance : si vous possédez un commerce dans un quartier décati qui ne vous rapporte pas autant que vous l'espériez, et que vous avez une assurance incendie, une police qui vous coûte les yeux de la tête depuis bien trop longtemps, et qu'un jour des flics racistes sont acquittés, alors soudain se présente l'occasion de mettre le feu à vos propres locaux et de vous en sortir comme si de rien n'était – vous n'aurez qu'à accuser les gangs ou les pilleurs, alors pourquoi s'en priver ?

Quand j'ai entendu le verdict, j'étais assis à côté de Charlie Carrillo dans les tribunes de Peck Park, à Pedro. Carrillo est du secteur 53, mais on était au lycée ensemble, et maintenant on joue dans une équipe locale de base-ball. Moi je suis attrapeur. À mon avis, c'est le poste le plus important sur le terrain. On pourrait faire une partie de base-ball comme ça, pour s'amuser, sans bloqueur, à l'extrême rigueur – vous voyez, à huit contre huit –, mais sans attrapeur ? Aucune chance. L'attrapeur, c'est la constante. C'est lui qui décide de chaque lancer, qui est présent à chaque changement de lanceur. Sans lui, il n'y a pas de jeu. Enfin bref, on venait juste de terminer l'entraînement, et on avait calé entre nous une petite radio allumée.

Donc j'étais assis à côté de Carrillo quand le présentateur a annoncé les détails de l'acquittement par le jury : Briseno, Wind et Koon – comme *coon* (*négro*), un nom bien malheureux pour un flic, en tout cas pour un flic impliqué dans une affaire à forte connotation raciste ! Fut mentionnée aussi l'incapacité à aboutir à un verdict concernant Powell. Mais il y a autre chose qui me turlupine.

J'enlève mes protections pour les jambes, je me tourne vers Carrillo et je lui dis : « Comment se fait-il qu'aux infos ils fassent tout un foin sur le fait que ce soient des flics blancs ? Briseno n'est pas blanc, si ?

– Je suis presque sûr que c'est Briseño, dit Carrillo, un nom hispanique. »

Carrillo est lui aussi hispano-américain, alors il est bien placé pour savoir.

« Ce n'est pas vraiment honnête de prétendre qu'il est blanc, s'il ne l'est pas, je dis.

– C'est la logique de la façon dont se raconte l'histoire, j'imagine. Blanc contre Noir.

– Ouais, dis-je, mais ça ne correspond pas aux faits.

– Tu parles, dit Carrillo, ils font ça tout le temps. Aucune fiabilité dans ce métier, tu le sais, ça. Le jour où quelqu'un à la télé devra prendre ses responsabilités et reconnaître qu'il a commis une erreur, comme nous on le fait, eh bien, ce jour-là, plus personne ne voudra présenter les infos.

– C'est vrai, dis-je, mais je ne suis pas sûr que ça ait de l'importance, maintenant. Ça va être la déferlante. »

J'ai appelé juste après, pour demander si on avait besoin de moi à la caserne, mais on m'a dit que comme j'étais prévu pour le lendemain, je pouvais rentrer chez moi.

Donc c'est ce que j'ai fait ; le déchaînement avait déjà bel et bien commencé, pire que ce que quiconque aurait cru. Bien sûr, j'ignorais, à ce moment-là, que notre très estimé maire noir, M. Tom Bradley, s'apprêtait à aller à la télévision pour déclarer que le moment était venu de descendre dans la rue, ou en tout cas s'apprêtait à prononcer des paroles qui auraient cet effet. Les gars à la caserne étaient intarissables à ce sujet. Ils n'y croyaient pas. Ils se sentaient trahis, comme si le maire nous avait jetés sous le bus en disant ça – nous mettait salement en danger – et je comprends, moi aussi, je me sens trahi, mais je suis réaliste. De toute façon, ça aurait explosé. Vous pensez vraiment que les gens étaient tranquillement installés chez eux, qu'ils attendaient de voir ce que le maire allait dire avant de décider de se lancer dans les émeutes ? Moi non plus. Les Crips étaient de sortie, du côté de Florence et de Normandie avant même que Bradley passe à la télévision.

Je contemple le résultat qui s'étale sous mes yeux, en essayant de me préparer à retourner dans le feu de l'action. De mon siège, on dirait que Los Angeles a essuyé des raids aériens. On dirait qu'il y a eu des bombardements. Des zones de flammes orange, de part et d'autre de la 110, certaines au fond de cratères noirs, ici et là, parce que le feu a fait disjoncter l'électricité de tout le pâté de maisons, et ce n'est pas la première fois, me semble-t-il. Je me dis que c'est à ça que l'enfer doit ressembler. Il n'y a pas d'étoiles, ce soir. Ça fait deux nuits d'affilée qu'il n'y en a pas. La canopée de fumée noire en suspension dans la cuvette est tellement épaisse qu'on ne voit pas à travers.

J'appelle pour confirmer ma position et informer le capitaine qu'il me reste moins d'un quart de réservoir de carburant, et que, du coup, ce doit être pareil pour tous les autres engins. Le capitaine relaye l'info. C'est le moment crucial où le chef de colonne va décider soit de nous faire faire le plein là où on pourra, et peut-être poursuivrons-nous alors pendant six heures, soit de nous envoyer en récup pour faire le plein, et on chargera au passage de nouveaux tuyaux. Sauf qu'il se contente de dire merci au capitaine à la radio, ce qui ne m'aide pas du tout à savoir pour quelle option il penche. Ce que ça sous-entend, c'est : bouclez-la et faites votre boulot.

5

Finalement, on n'est pas obligés d'aller aussi loin qu'on le pensait, car on nous demande de laisser tomber un incendie déclaré du côté de Slauson pour prendre la sortie qui précède, parce qu'on est plus proches d'un autre foyer. Un bâtiment brûle à l'intersection de Manchester et de Vermont, à une centaine de mètres au sud. Je fais mon boulot, je conduis le véhicule et les gars sur place. La police de la route fait le sien en condamnant l'accès des deux côtés, nous laissant la rue entière pour bosser, et, plus important, deux sorties. L'arrière de mon bahut est orienté côté Vermont, l'avant côté Manchester, car c'est la voie la plus commode pour s'échapper.

Nous sommes devant le pâté de maisons des numéros 8600, Vermont Knolls. L'incendie a toutes les caractéristiques d'un acte de vengeance, mais ça pourrait aussi être pour l'assurance. Quelqu'un a mis le feu à un magasin de meubles appartenant à un Coréen, juste à côté, et le feu s'est propagé au bâtiment adjacent, une sandwicherie – VERMONT SANDWICH SHOP, À EMPORTER, annonce la pancarte, sur laquelle le numéro de téléphone commence à noircir – mais la porte d'à côté, c'est le Collège Universel de la Beauté. Aucun de ces deux établissements ne me paraît récupérable. Ils étaient déjà dans un sale état avant même qu'on arrive. Pas de véritable possibilité de réparation, mais on peut au moins éteindre le feu. Je ne coupe jamais mon moteur. Avec une réserve de cent quatre-vingt-dix litres de carburant, tu tiens à peu près six heures. McPherson déroule la ligne d'un pouce et demi, et je surveille la pression de la pompe, mais pas besoin de suivre ça au millimètre. Les tuyaux pompent du quatre cent soixante-quinze litres à la minute, ce qui me ferait à peu près quatre minutes par tuyau si on était uniquement sur la réserve, mais ce n'est pas le cas. Je n'en ai qu'un seul à surveiller, et c'est Suzuki qui gère, il arrose le toit en un jet incurvé, tandis que deux autres tuyaux d'un autre camion aspergent ce qui reste de la devanture. J'augmente la pression jusqu'à atteindre 10,35 bars, et l'incendie est maintenant quasi maîtrisé, de la fumée grise et de la vapeur s'échappent de toutes les ouvertures. Je déroule une ligne d'alimentation de la bouche d'incendie pour remplir les tonnes d'eau avant qu'on reparte.

Une partie de mon boulot consiste à avoir une vue d'ensemble, à anticiper nos besoins. Je n'ai pas su protéger Gutierrez, c'est pour ça que j'ai particulièrement à l'œil les badauds, cette fois-ci. Je m'y reprends à deux fois pour scruter les visages, mais aucun ne semble appartenir à un gang. Ce sont des parents, des familles. De fait, un groupe de gens âgés, de l'autre côté de la rue, nous observe. Ils prennent des photos, des vidéos aussi, comme si on était là pour les distraire.

Il y a un gars en short, chaussons, torse nu, une grosse caméra vidéo posée sur l'épaule gauche, l'œil collé au viseur. Il transpire, sa peau est luisante, presque d'un noir bleuté, vue de cette distance. Et puis, il a un sandwich dans sa main libre, qu'il mange au fur et à mesure. Bon, je ne suis pas flic, mais si j'avais l'intention de procéder à une arrestation pour incendie criminel, en rapport avec une sandwicherie présentement en flammes, je commencerais par poser quelques questions au gros malin en train de manger son jambon-fromage en pleine rue, à je ne sais quelle heure de la nuit – je consulte ma montre – à 4 h 02 du matin.

À 4 h 08, les flics de la CHP chargés de notre protection ont élargi le périmètre d'un pâté de maisons supplémentaire, jusque là où se trouve une unité de la garde nationale. Le chef de colonne envoie deux engins lutter contre un incendie qui est en train de démarrer, mais nous continuons sur ce qu'il reste du magasin de meubles. Pourtant, on aperçoit maintenant le squelette du plafond sous la fumée. Tout est dit. Le bâtiment est fichu.

Un hélicoptère vole au-dessus de nos têtes – on dirait Channel 7 –, braque un projecteur sur nous, comme si on était tout au fond d'un gouffre, plongés dans l'obscurité. Les habitants d'ici savent ce que ça fait réellement. Ils savent à quel point la vie peut être moche. Tous les autres, ceux qui sont installés chez eux, à regarder les événements à la télévision, n'en ont pas la moindre idée. Ceux-là sont choqués par les émeutes. Ils ne peuvent pas comprendre, parce qu'ils ne comprennent pas ce qui arrive aux gens sans argent qui résident dans un quartier où le crime est réellement un choix de carrière viable, quand il n'y a pas d'autres opportunités. Je n'excuse rien, je ne condamne pas, je dis pas non plus que ça ne peut pas être évité, je dis juste comment ça se passe.

Et laissez-moi ajouter autre chose. Ces gens-là n'ont pas la moindre idée de ce que ça représente de débouler en tant qu'équipe médicale d'urgence novice dans mon secteur, une des zones les plus denses en gangs au sein de la capitale mondiale des gangs. On ne peut pas faire comprendre ce que c'est que de débarquer en premier sur une scène et de tomber sur quelqu'un qui s'est fait poignarder à de multiples reprises – neuf coups de couteau au torse et cinq à l'estomac, dont une longue estafilade qui tranche le nombril en deux, comme si on avait véritablement essayé d'éviscérer comme un poisson ce jeune membre de gang d'une dizaine d'années. Et voilà ce môme, en pleurs, avec de la morve sur les joues, qui se vide de son sang, il est en train de crever devant vous, incapable de faire autre chose que de glouglouter, parce qu'il a un poumon perforé. Bien sûr, vous ne réfléchissez même pas, vous faites juste votre boulot. Évidemment, s'il s'en sort, il vivra le restant de ses jours avec une poche de stomie, mais sur le coup vous ne pensez pas à ça, vous faites ce que vous avez appris à faire, vous parez au plus pressé. Vous l'envoyez à l'hôpital du comté. Et plus tard, quand vous appelez pour avoir des nouvelles, vous apprenez que vous avez réussi à lui sauver la vie. Alors, l'espace d'un instant, vous avez le sentiment que votre boulot vaut le coup – voire qu'il a un sens – fichtre, vous pouvez même en parler avec fierté et dire : *Regardez, mon intervention a fait la différence.*

Mais un mois et quelques semaines plus tard, vous êtes de sortie dans ces mêmes rues, à devoir assister le coroner pour le ramassage d'un corps – car, à Dieu ne plaise, encore faudrait-il qu'ils aient le budget pour faire ça eux-mêmes –, donc vous vous approchez du défunt dont vous devez assurer le transport. Il gît au fond d'un fossé. Vous constatez qu'on ne l'a pas encore recouvert d'un drap, et vous êtes saisi d'une lente et effroyable horreur en vous rendant compte que vous reconnaissez les blessures – les cicatrices, sur les côtes et le ventre, la longue sur le ventre où il n'y a plus guère de nombril, juste une cicatrice pourpre qui paraît luisante dans l'obscurité – et vous reconnaissez tout cela avant même de reconnaître le visage. Il a toujours dix ans. Il ne sera jamais plus âgé, parce que, cette fois-ci, ils ne se sont pas donné la peine de le poignarder. Cette fois-ci, ils l'ont tout simplement exécuté, une balle dans le crâne par-derrière. Donc vous l'avez récupéré, il y a de ça des années-lumière, et vous l'avez sauvé pour quoi ? Pour modifier le cours de sa vie, pour la changer afin qu'elle soit meilleure ? Non. Vous lui avez permis de vivre quelques jours de plus en enfer, c'est tout ce que vous avez accompli. Et voilà. Vous n'avez fait que prolonger sa mort. Alors, ça fait quoi ?

Il y a une certaine vérité là-dedans, quelque part, et peut-être s'agit-il de cela : il y a une Amérique cachée à l'intérieur de celle que nous montrons au monde entier, et seul un petit groupe de gens la voit véritablement. Certains d'entre nous sont enfermés dedans par leur naissance, ou la géographie, mais le reste d'entre nous, on ne fait qu'y travailler. Médecins, infirmières, pompiers, flics – nous la connaissons. Nous la voyons. Nous négocions avec la mort là où nous travaillons parce que, tout simplement, ça fait partie de notre boulot. Nous en voyons les diverses strates, son injustice, son caractère inéluctable. Et pourtant, nous livrons cette bataille perdue d'avance. Nous essayons de la contourner, et à l'occasion, parfois, nous la fuyons. Et quand vous rencontrez quelqu'un qui semble la connaître comme vous, vous ne pouvez pas vous empêcher de vous demander comment ce serait d'être avec cette personne capable d'éprouver de l'empathie.

L'infirmière Gloria m'attire tant parce qu'il est évident qu'elle comprend ce monde dans son ensemble, et pas seulement à moitié. Je n'ai pas besoin de tout lui expliquer, parce que, peut-être, je n'ai même pas besoin de m'expliquer. Elle a vu cette face cachée comme je l'ai vue. Elle sait à quoi ressemble la mort, et le sentiment de futilité que l'on peut ressentir. Elle porte ce poids avec elle. Je le vois à sa façon de se déplacer, à sa façon de parler…

« Hé, Yanik, lance Suzuki, regarde ça. »

Il est à côté de moi, il tend la main et me fait signe d'ouvrir la mienne. J'obéis. Je lève la tête et remarque que McPherson est sur le tuyau de Suzuki, tandis que Suzuki dépose une balle d'un gris ferreux dans ma paume, avec la pointe aplatie et pas de chemise, encore un peu chaude. Je lui adresse probablement un drôle de regard – du genre : non mais qu'est-ce que c'est que ce truc ? – parce qu'il mime un pistolet tirant droit au ciel, il fait pan avec sa bouche, puis dessine la trajectoire du doigt, trace comme une petite moustache qui monte, puis redescend, jusqu'à venir s'échouer sur le casque dans un claquement d'ongle. Je la retourne dans ma paume. Bon, ce n'est pas non plus la première fois que je vois une munition.

On balaye le toit de la caserne après chaque Nouvel An et chaque fête du 4 Juillet, et on trouve chaque fois plus de balles de petit calibre que vous ne pourriez l'imaginer, mais c'est juste que là, la vache, il y en a tellement. Ce soir, j'ai l'impression d'avoir vu plus de chevrotines dans la rue que de lignes blanches. C'est le volume qui me stupéfie. Combien d'armes à feu circulent dans la ville de L.A. ? Au bas mot ? Trois cent soixante mille ? Ça fait en gros un pour cent, moins d'une arme pour cent habitants. Faites-moi confiance, il n'y a aucune chance que les propriétaires d'armes, légales et illégales, soient aussi peu nombreux, mais disons qu'il s'agit d'une estimation basse. Disons que largement dix pour cent de ces armes ont été utilisées au moins une fois au cours des dernières quarante-huit heures. Donc on arrive au nombre de trente-six mille armes ayant été utilisées durant la pire conflagration que L.A. ait jamais connue, pire que Watts. Bien. Vous croyez qu'un membre de gang ne tirera qu'une seule fois ? Même dans ce cas, ça ferait trente-six mille balles tirées. *Trente-six. Mille.* Vous obtiendriez le même nombre si cinquante pour cent de ces armes avaient tiré deux fois, ou si seulement vingt pour cent avaient tiré cinq fois. Une voix en moi me dit de laisser tomber tout ça, de considérer que c'est complètement dingue, sauf qu'en fait je ne peux pas. Il s'agit très certainement d'une estimation basse, mais le plus effrayant, c'est qu'on n'est pas sorti de l'auberge.

« Rends-la-moi, dit Suzuki. Je vais la donner à mon môme.

– Pourquoi veux-tu que ton fils ait une balle ? je demande.

– Je sais pas. Il la perforera et la portera en pendentif. Je lui dirai qu'elle a été tirée sur son paternel, qui l'a arrêtée comme Superman. »

La balle est encore chaude quand je la lui rends. Je ne sais pas si c'est en raison de la chaleur de sa main ou si c'est parce qu'elle a été tirée récemment. Une fois de plus, je ne sais pas ce que je veux savoir.

6

Lorsque l'incendie au bout de la rue est maîtrisé, le chef de garde nous dit d'aller au dépôt RTD – la société des transports publics de L.A. – de Chinatown pour qu'on se repose un peu, parce qu'il y a trop de véhicules d'urgence au poste de commandement avancé, à l'angle de la Cinquante-Quatrième et d'Arlington. Donc nous y faisons une brève halte pour récupérer des tuyaux, et nous rendons à l'intersection de Vermont et Manchester, puis de Manchester sur

Harbor Freeway avant de mettre cap au Nord. Nous progressons en convoi vers *downtown* et, au lieu de prendre la 101, nous sortons sur la Quatrième Rue, poussons jusqu'à Alameda, et tournons à gauche. Ça ne me paraît pas être l'itinéraire le plus évident, *a priori*, mais j'imagine que celui qui nous guide sait quelque chose que j'ignore, donc je ne critique pas.

« *Downtown*, c'est pas si catastrophique », lance Suzuki depuis l'arrière.

Le capitaine sourit. Il est de nouveau installé à l'avant, côté passager. À sa décharge, il n'a rien dit, pour le sang.

« Ouais, dis-je, je pensais que ce serait pire, mais j'imagine qu'il ne doit plus rester grand-chose à piller par ici. »

Dowtown s'est effondré depuis les années 1970, au moment où les propriétaires ont baissé les bras, vendu à perte, pour réinvestir dans le Westside ou la Valley. Dans le même temps, des propriétaires véreux se retroussaient les manches pour faire de cet endroit le quartier le plus détestable de Los Angeles. Skid Row n'était déjà pas formidable au départ, mais c'est allé de mal en pis. Le temps des travailleurs saisonniers et des *hobos* est mort quand la ville a commencé à détruire les logements à prix abordables. Les marchés ont périclité ou bien sont allés s'installer ailleurs lorsque les grands supermarchés ont pris la relève, et Skid Row a cessé d'être une destination pour les ouvriers agricoles immigrés. C'est devenu un havre pour les malades mentaux ou les drogués, voire les deux. Durant les années 1980, le crack n'a fait qu'aggraver le tableau. Il ne reste désormais plus grand-chose, hormis le palais de justice, des hôtels datant de l'ère des films muets, et qui auraient besoin de bien plus que d'un simple ravalement pour retrouver leur superbe d'antan, des maisons burlesques de Main Street, et tout un tas d'entrepôts vides.

Comme nous traversons la Troisième Rue, j'aperçois deux femmes qui poussent des landaus non pas chargés d'enfants mais débordants de jouets, des boîtes et des boîtes de jouets, comme si elles revenaient d'une séance de shopping à Macy's ou autre. L'une des deux a une cicatrice au visage, qui part de l'oreille et descend sur la joue. L'excroissance du derme forme une chéloïde qui a presque une forme de défense d'éléphant. Ce n'est pas la même chose, mais ça me rappelle la cicatrice à l'épaule du gars du gang, ce qui déclenche en moi une série de pensées, façon dominos. De nouveau j'éprouve une bouffée de haine pour ce salaud. J'ai envie de lui écraser une brique sur la gueule, voir s'il apprécie. Ces pensées s'accompagnent d'un sourire mauvais, sauf qu'ensuite je songe à Gutes. Le bain de sang. Je revois le mouvement de sa langue. Et je ne peux plus penser à autre chose en regardant défiler les bâtiments.

Je me repasse la scène au ralenti : le parpaing qui tombe – le son qu'il fait en s'écrasant – je me souviens qu'il y a eu deux sons distincts, d'abord un craquement, quand la mâchoire a cédé, puis un bruit sourd quand le parpaing a touché le sol, et je frémis. Le pire, ce fut le visage de ce salopard. Jamais je n'aurais imaginé qu'il soit possible de sourire tout en affichant un air aussi méprisant. Des dégâts de toutes sortes, j'en ai vu, mais à ce point, jamais. Là, c'était autre chose. Je me fais la promesse qu'il payera pour ce qu'il a fait. Je le retrouverai. Le membre d'un gang comme lui ? Il a un casier, c'est sûr. On ne décide pas du jour au lendemain, au sortir du lit, de défoncer la tête d'un pompier à coups de parpaing. Il y a forcément des antécédents.

McPherson interrompt le fil de mes pensées : « Je me demande ce qui s'est passé, ici. »

Nous traversons la 101, et je vois de quoi il parle. Soudain, je comprends pourquoi nous n'avons pas emprunté l'itinéraire qui semblait le plus direct. En dessous, à l'aplomb de là où nous sommes, se trouve un véhicule en feu. Aucune raison logique n'explique sa présence ici : juste une jeep qui dégage de la fumée. Mais une équipe s'occupe de maîtriser le feu. De là où je suis, j'arrive à lire le numéro de l'engin qui balance la flotte. C'est le secteur 4.

Suzuki fait remarquer que personne n'est garé à Union Station, et personne non plus sur la place du marché d'Olvera Street. Au moment où nous passons le croisement où se trouve le restau Ord and Philippe's, mon ventre me rappelle que j'ai faim. Le sandwich « French Dip » fut inventé à L.A. Peu de gens le savent. C'est à

Cole's que ce sandwich fut imaginé, pour un client, dit-on, à qui sa dentition ne permettait pas de croquer dans du pain normal : le serveur lui avait alors apporté un bol de jus de viande pour qu'il puisse y tremper son pain afin de le ramollir, et le terme français *au jus* est resté. Par ici, on choisit le plat d'accompagnement. Personnellement, je préfère humecter moi-même mon sandwich « au jus », donc je suis plutôt dans la catégorie Cole's, mais manifestement, dans le secteur 57, tout le monde préfère le French Dip de chez Philippe's, où le « jus » est préparé en cuisine et la viande baigne dans la sauce, pratiquement comme une sauce normale.

Notre destination est un dépôt de bus sur North Spring Street, entre Mesnagers et Wilhardt. C'est un des rares endroits en ville où on peut faire le plein d'essence en toute sécurité. En dehors du protocole d'urgence, c'est un dépôt de la RTD, mais en ce moment il sert de poste de commandement avancé pour la police de Los Angeles, et constitue, pour nous, un lieu où se reposer – se réapprovisionner, aller aux toilettes, appeler à la maison et se restaurer. Comme c'est une zone sécurisée, évidemment l'endroit est bien protégé, mais on se croirait dans une scène de *Mad Max* où tout le monde a besoin d'essence pour sa voiture, et où les gens sont prêts à tuer pour ça. Quelque chose ici en dit long sur Los Angeles, cette ville indissociable de l'automobile. J'en fais la remarque au capitaine, qui hoche la tête, mais ni Suzuki ni McPherson n'a vu le film. Du coup, je ne me donne pas la peine d'expliquer. Je dis aux gars sur les strapontins qu'ils n'ont qu'à aller le voir. Le portail coulissant coiffé de fil de fer acéré s'ouvre, j'avance, et on se retrouve parmi un groupe d'hommes en uniformes verts, armés de M-16.

7

C'est plus tard, comme nous prenons congé des gars de la California Highway Patrol qui assurait notre protection, avant qu'elle regagne son poste de commandement principal, sur Vermont, à la hauteur de la 101, que quelqu'un – Taurino, il s'appelle – compare les gars qui sont à l'entrée à des tortues ninja.

Ce n'est pas si absurde, car ils sont recouverts de pied en cap d'uniformes kaki de l'armée. Ils portent des protège-cuisses, de drôles de casques militaires tendus du même tissu vert et des visières foncées qui dissimulent leurs yeux. De loin, ils ressemblent effectivement à des tortues à taille humaine. Taurino ignore s'ils sont du FBI ou de l'ATF*, mais il pense que ce sont des fédéraux. Il les a vus descendre d'avion à la base de la garde nationale de Los Amitos, à leur arrivée.

« On dirait qu'ils sont prêts à se déployer, mais pour quelle destination ? Va savoir, dit Taurino. Tout ce que je sais, c'est que je suis content qu'ils ne me rendent pas visite. »

Je regarde dans la même direction que lui et je vois les tortues ninja monter à bord d'un véhicule noir, un hybride entre char et jeep géante, avec l'avant plat. Aucun sigle qui permettrait une identification ne figure sur la carrosserie. Il est juste noir, comme une ombre métallique. Ils doivent être au moins une douzaine, équipés comme des gars des Forces spéciales. Il y en a même un qui a des munitions en bandoulière, à la manière des bandits mexicains dans les westerns. Ils ont l'air effrayants. Ça, c'est sûr.

Je dis au revoir à Taurino et m'apprête à partir, mais il me lance : « Hé, attends. »

Je me retourne. J'ai du sang séché sur la nuque, me chuchote-t-il. Il n'a pas besoin d'en dire davantage. Je sais que c'est celui de Gutierrez.

J'adresse un sourire forcé à Taurino, le remercie et m'approche de mon bahut.

Je n'incrimine pas la police routière pour ce qui est arrivé à Gutierrez, mais je ne l'exempte pas non plus de toute responsabilité. C'est compliqué. Quand j'aurai quelques jours pour me repasser mentalement tout ce qui s'est produit et y réfléchir, je pourrai dire à qui il faut s'en prendre, et dans quelle mesure. Et il le faudra, lorsque sera venu le moment de rédiger mon rapport.

Je brique vite fait mon bahut avec du produit nettoyant, à dispo pour quiconque en a besoin. Je me concentre sur le tableau de bord, le volant, et le siège du capitaine où s'est retrouvé Gutierrez. J'arrive à ne pas craquer. Je m'arrange pour que chaque chose reste à sa place, dans la bonne boîte, et que rien ne déborde.

L'aube n'a pas encore point et le capitaine est déjà en train de s'occuper de la paperasserie, mais moi je me dirige vers le buffet. Il faut que je grignote un truc. Je prends un petit déjeuner avec Suzuki, McPherson, des gars du secteur 57, et deux autres de notre petite équipe, ainsi que quelques types qui prennent leur pause, d'autres unités, qui arrivent au compte-gouttes. La bouffe est mangeable. On voit bien que ce n'est pas un pompier qui a cuisiné, sinon, ce serait meilleur. Il y a des flocons d'avoine, du bacon, des œufs, de la saucisse, des tortillas, de la *salsa** et quelques pommes de terre qui traînent là depuis un certain temps. Je prends des flocons d'avoine, que je saupoudre de raisins secs et de deux sachets de sucre.

Avec tous ces pompiers au même endroit, qui occupent cinq tables de pique-nique sur le bitume du dépôt, n'ayant rien d'autre à faire que de manger et de se regarder les uns les autres, il est inévitable qu'on finisse par se raconter des histoires de guerre. Et donc un de ceux que je ne connais pas – du secteur 58 – se lance :

« Vous avez croisé des barrages humains, vous autres ? »

On est, pour la plupart, en train de mastiquer, mais je fais oui de la tête, et les autres mécanos aussi, parce que évidemment on a rencontré des gens en travers de notre route, nous empêchant de faire notre devoir, au mieux, et, au pire, nous prenant pour cibles en nous jetant des projectiles. Un remisard raconte vite fait que son bahut a été canardé, et que deux de ses gars assis à l'arrière ont été exposés à des jets de pierres, mais qu'ils ont gardé leurs casques, se sont protégés comme ils ont pu, et que personne n'a été blessé. Suzuki me lance un coup d'œil. Pas McPherson. Mais il est évident que l'un et l'autre pensent à Gutierrez. Je ne suis pas prêt à raconter ce qui nous est arrivé, alors j'adresse un hochement de tête au gars qui a initié la discussion, parce que j'ai envie qu'il poursuive.

« Eh bien, hier soir, dans K-town, le quartier coréen, tu vois ? On vient juste de maîtriser l'incendie d'un grand magasin à Beverly Hills, et on revient sur nos pas, direction un gros truc sur West Adams, à hauteur de Crenshaw. » Il s'interrompt pour s'assurer que tout le monde écoute, ce qui est le cas, alors il reprend : « Donc je suis en train de tracer vers l'est sur la Sixième, et juste après le croisement de Western, un môme se précipite dans la rue avec un flingue.

– Qu'il braque sur toi ? je demande.

– Non, il le pointe plutôt en l'air. Il agite les mains frénétiquement et fait tout pour que je m'arrête. Maintenant que j'y pense, je sais même pas s'il s'était rendu compte qu'il avait un pistolet à la main. »

Quelqu'un demande quel genre de môme.

« Coréen. En blazer bon chic bon genre. »

S'ensuit un silence songeur parmi nous, car c'est inattendu. Ça ne cadre pas avec l'image que nous avions tous en tête quand le collègue a évoqué un adolescent brandissant une arme.

« Finalement, qu'est-ce que tu as fait ? je demande.

– Ce que j'ai pu… J'ai foncé sur lui, accéléré et prié pour qu'il foute le camp.

– Y avait rien d'autre à faire, je dis.

– Et il s'est poussé ? veut savoir Suzuki. Il s'est écarté de ton chemin ?

– Un peu, mon neveu », répond le collègue en souriant.

Juste après, un autre gars du secteur 58 dit que des rapports évoquent un membre de gang mexicain qui aurait déclenché plusieurs incendies dans toute la ville, revendiquant chaque incendie en lui donnant un numéro à voix haute, et hurlant son nom, comme s'il comptait et voulait que ça se sache.

« Numéro vingt et un, a lancé le type avec un accent hispanique exagéré. Signé Puppet. Numéro vingt-sept ! Signé Puppet ! »

Celui qui raconte l'histoire a son nom, Rodriguez, cousu sur son uniforme, alors il peut se permettre de dire ça.

Après quelques soupirs d'incrédulité, Suzuki commente : « Tu parles, dans n'importe quel gang *cholo*, il y en a au moins deux qui se font appeler Puppet ! Tu préférerais pas que son nom soit plus facile à identifier ? Genre, Spaghetti ? Y en a combien, sur terre, des membres de gang qui se font appeler Spaghetti ? »

Presque tout le monde rigole, parce qu'on sait qu'il dit vrai.

Après ça, l'humeur s'assombrit car le mécano du secteur 94 demande si on a des nouvelles de Miller. Au 94, au fait, ils n'ont même pas pu sortir de leur caserne parce qu'ils ont essuyé des tirs nourris dans leur quartier. Ils seraient restés bloqués toute la nuit si le SWAT n'était pas intervenu en bouclant la rue.

« J'ai entendu dire que Miller s'était pris une balle, mais je n'en sais pas beaucoup plus », dit McPherson.

Même maintenant, les détails sont flous, mais, en gros, on est au courant de ce qui s'est passé. Mercredi soir, Miller conduisait un camion, il s'est pris une balle dans le cou et a eu une crise cardiaque. Un conducteur s'est avancé à sa hauteur et lui a tiré dessus pour l'unique raison qu'il portait un uniforme et qu'il était dans un camion, je suppose. Miller a été opéré et son état est stationnaire, on n'en sait pas davantage.

J'ai rencontré Miller une ou deux fois, et je l'aime bien. Ce n'est pas le remisard type, toujours à fanfaronner et à plastronner – en gros, le même profil que les flics à moto du LAPD, si ce n'est qu'ils conduisent des camions-échelles. Mais Miller n'est pas comme ça, lui est d'un naturel doux. Le pire dans tout ça, c'est qu'il a quitté le secteur 58 deux mois auparavant pour un poste dans le Westside, quelque chose de moins brutal, et voilà ce qui lui tombe dessus.

« Navré de l'apprendre », dit Suzuki.

C'est unanime. Chacun de nous est navré d'entendre ça, mais nous restons silencieux. Aucun de nous ne formule à voix haute qu'il espère qu'il va s'en sortir, car cela va sans dire. Inutile de prononcer ces mots. Pendant que je termine mes flocons d'avoine, la conversation se porte sur les balles d'armes à feu tombées du ciel.

Suzuki choisit cet instant pour faire tourner parmi les collègues celle qu'il a récupérée. Je laisse passer mon tour et me lève.

Je dépose mon bol et ma cuillère sur un plateau du mess prévu pour la vaisselle sale, je file aux chiottes nettoyer à grande eau le sang que j'ai sur la nuque, après quoi je me dirige vers le poste de commandement du LAPD construit sur place, à l'autre bout du dépôt. Le col de ma chemise est trempé et reste plaqué contre ma peau.

8

Au poste de commandement, je demande si je peux emprunter leur téléphone cellulaire, et un jeune agent de police me le tend. Il se compose d'une antenne noire escamotable, d'un petit écran, d'un boîtier gris, de touches blanches numérotées, avec un voyant lumineux vert en dessous qui les éclaire, d'autres touches, dont je ne sais pas trop l'utilité, et d'un micro carré pour parler, qui se rabattrait sur les touches s'il n'y avait pas la charnière. C'est un objet remarquable, totalement dépourvu de fil. Je tape le numéro de la caserne de pompiers et j'enfonce la touche verte sur laquelle figurent les lettres « SND », qui signifient, je suppose, « send » (envoi), et je me dis que c'est bien ça puisque ça se met à sonner.

Quand Rogowski décroche, je lui demande : « Tu as du nouveau à propos de Gutierrez ?

– Il a été opéré, répond-il. Il vient juste de sortir. La colonne vertébrale et la nuque sont pas endommagées, mais il a une grille à la mâchoire, qui reste fermée, ils lui ont mis une plaque. Elle était déboîtée, et cassée en deux endroits.

– Mais il va s'en tirer ? » J'inspire, puis bloque ma respiration.

« Ouais, fait Rogowski. Il va manger à la paille pendant pas mal de mois, mais il s'en sortira. Tu as fait ce qu'il fallait, à ce qu'on m'a dit. Tu t'es pas laissé emmerder. Apparemment, tu as fichu le camp si vite que le chef de garde a pas eu d'autre choix que de donner l'ordre à tout le monde de *te* suivre à l'hôpital.

– Ça, je sais pas », je réponds, mais en expirant, je sens comme un déclic en moi. Soudain la force de gravité me paraît un peu moins pesante. Je me demande comment Rogowski a obtenu cette info, et puis je comprends que le capitaine a déjà dû appeler, probablement pendant que je nettoyais mon bahut.

« Donc, écoute, sa famille a été informée, ils sont en route. » Rogowski essaye juste de me rassurer. « C'est pas la joie, mais compte tenu des circonstances, le pire a été évité. Tu as fait exactement ce qu'il fallait. »

Je ne pense pas avoir besoin de quoi que ce soit d'autre après ça, mais Rogowski rigole et change de sujet pour parler d'un truc que secrètement je redoutais. Ma mère a appelé toutes les heures, à l'heure pile, pour savoir si j'allais bien. Je remercie Rogowski, raccroche et appelle ma mère. Elle décroche à la première sonnerie, à croire qu'elle attendait près du téléphone. Ce qui est probablement le cas.

« Gu'est-ce gue du fais, *dušo* ? »

Tout le monde ici arrive à prononcer le son « keu », mais ma mère met des « gueu » à la place. Elle ne peut pas faire autrement. Sa langue ne fonctionne pas autrement. *Dušo* est juste un terme affectueux, d'autres diraient « mon chéri » ou « mon trésor ». À propos, c'est la première question qu'elle me pose, quel que soit le moment, quelle que soit la situation. Systématiquement j'y ai droit. Pour elle, cela signifie plusieurs choses, à la fois où es-tu ? comment vas-tu ? est-ce que tu as mangé ?

« Je vais bien, maman. Je suis en pause à Chinatown. Je viens juste de manger.

– Gu'est-ce gue tu as mangé ?

– Des flocons d'avoine.

– Ce n'est bas un rebas, ça », dit-elle.

Pour ma mère, un repas digne de ce nom comporte au moins deux plats, dont un à base de pâtes. Pour elle, si je n'ai pas mangé de pâtes, alors je n'ai pas assez mangé. Je n'ai pas envie de livrer ce combat, alors je change de sujet. Je lui demande comment elle va.

« Je reste à la maison. Je fais lessive. »

Ma mère ment à propos de beaucoup de choses – la quantité de *kruškovac** picolée en douce, le nombre de couteaux qu'elle a cachés chez elle, ou à quel point elle ne déteste pas ses très chères amies – mais elle ne ment jamais à propos des tâches domestiques. Elle fait ce qu'elle dit, mais toujours en regardant la télévision, ce qui veut dire qu'elle suit les événements à la télé, et donc qu'elle se fait du souci pour moi. Et quand elle est inquiète pour moi, elle appelle la caserne pour avoir de mes nouvelles.

Histoire de clarifier les choses, je demande : « Quelle maison ? »

Elle et moi habitons dans la même rue. Je suis à trois numéros de chez elle, de là où j'ai grandi, sur la Vingt et Unième Ouest, entre Cabrillo et Alma – côté nord de la rue, avec vue sur le port. Malgré ça, ma mère estime que nous sommes trop éloignés l'un de l'autre. Mon père est décédé cet hiver, crise cardiaque. Ce fut soudain. Donc la moindre distance, ces temps-ci, pour ma mère, c'est déjà trop.

Elle répond : « La dienne. Elle est blus jolie. »

Ce n'est pas ce qu'elle veut dire. Elle ne pense pas que ma maison est plus jolie. Je regrette souvent d'avoir donné une clé à ma mère. Elle sait que je n'aime pas la savoir seule là-bas quand je n'y suis pas – à lire mon courrier, à fouiller dans mon cabinet de toilette, à ouvrir mes tiroirs, ce qu'elle ne manque jamais de faire – mais maintenant je n'y peux plus rien. Il faudra juste que je hausse le ton plus tard. Il me semble que ça l'aide à se sentir plus près de moi, et ça lui permet de sortir de la demeure où elle a vécu trente-sept ans avec mon père. Une fois de plus, je n'ai pas envie de livrer cette bataille. Il y a cependant une chose qui doit être rappelée.

« Maman, dis-je. Ne téléphone plus à la caserne.

– Si je bense à toi, je déléphone.

– Maman, dis-je en essayant de garder mon calme, alors qu'elle me met complètement hors de moi, en situation d'urgence, on a besoin de toutes les lignes téléphoniques pour les gens qui ont vraiment des coups de fil urgents à passer.

– Guand je ne sais bas où du es, dit-elle, pour moi c'est une urgenz.

– Au revoir, maman, dis-je en serrant les dents.

– *Dušo*. Va manger. Mange de la vraie nourridure, cette fois-ci. Fais ça pour moi. Je t'en brie. Et aussi… »

J'appuie sur la touche rouge *End*, fin de communication, du téléphone, que je rends à l'agent. Il ne prononce pas un mot, mais son visage exprime quelque chose du genre : *Ah, les mères – on ne peut pas vivre avec elles, on ne peut pas les tuer*. Najarian, il s'appelle, probablement arménien. Si c'est le cas, j'imagine qu'il comprend peut-être. Il arbore son uniforme bleu à la façon des gars du LAPD, avec leurs stupides maillots de corps blancs qui apparaissent en triangle derrière les pointes du col de chemise. Il est jeune, vingt et quelques années peut-être, et il a l'air d'en vouloir, avec ses cheveux noirs lissés. Je me demande quel genre de boulot il fait, là-bas, pour se taper ce genre de bataillon durant les émeutes.

Je remarque un bidon rempli de fusils à côté de Najarian, crosses vers le haut, comme un bouquet constitué uniquement de tiges, sans fleurs. Il doit bien y en avoir une trentaine, et j'imagine que c'est juste de la curiosité morbide, mais je lui demande combien il y a eu de tués pendant les émeutes, s'il en a la moindre idée.

« Ah, dit-il, faut que je te montre un truc. Suis-moi. »

Je lui emboîte le pas, nous nous éloignons du bâtiment jusqu'à une énorme remorque, à l'écart de la file des ambulances, loin de tout, en fait. Elle est échouée là, sans camion, ce qui n'a sans doute rien d'exceptionnel dans un dépôt d'autobus, mais je note qu'elle est frigorifique. Elle émet une sorte de bourdonnement.

« Ouvre donc », me dit Najarian.

Je commence à avoir l'impression de mettre les pieds dans un traquenard.

« Tu peux y aller, me dit-il.

– C'est bon, je n'y tiens pas trop.

– Non, sérieusement, insiste Najarian en souriant, ouvre donc. »

Najarian pointe l'échelle en métal avec trois marches en fer perforé, indiquant que c'est le moyen le plus simple de monter pour ouvrir les portes.

L'aube va poindre derrière le toit pointu du dépôt – enfin, le début de l'aube. Une pâle lumière orange filtre à travers la masse noire de fumée et de nuages, au-dessus de nous, et vient se refléter sur le flanc de la remorque.

« Tire là-dessus », dit Najarian, et, de l'index, il montre une tige métallique que je dois faire glisser du loquet pour actionner les portes.

Je m'avance, fais la manip, et immédiatement le battant droit s'ouvre dans une bouffée de brouillard, et une vague d'air froid déferle sur moi. Je fais un bond en arrière, regarde à l'intérieur, et c'est à ce moment-là seulement que je me rends compte que j'ai sous les yeux une morgue itinérante. Neuf – non, dix – corps sont disposés sur des étagères en inox fixées aux murs, comme des couchettes, chacun recouvert d'un drap blanc.

Najarian gravit les marches et me rejoint. Il ouvre le battant gauche.

« Regarde », dit-il en s'approchant du premier corps.

Une pensée me vient à l'esprit. *Les flics butent tout simplement les gens.* Et si c'est le cas, je ne leur en veux pas le moins du monde, depuis ce que j'ai vu ce soir. Un bref instant, je me mets à espérer que le salopard qui a grièvement blessé Gutes soit là-dedans, lui aussi. Un bref instant seulement.

« Celui-ci, dit Najarian en tirant sur le drap posé sur le cadavre, on l'a retrouvé hier après-midi, dans le secteur, sur Spring Street, là-bas. » Il indique la barrière qui nous sépare de la rue. « Ce qui est bizarre, c'est que le corps n'y était pas au moment de la relève, donc il a dû être déposé pendant le changement d'équipe, ou juste après, donc d'une façon ou d'une autre ils étaient au courant, ou alors ils ont eu du bol. Dans un cas comme dans l'autre, ça a été du vite fait. »

Il découvre un peu plus le cadavre, mais je ne vois pas trop à quoi je peux m'attendre. À la place du visage, il y a une chemise en flanelle rayée noir et blanc.

Najarian hoche la tête. « Sordide, hein ? Pourquoi lui recouvrir comme ça le visage ? Sauf s'il s'est pris une balle en pleine figure, ou un truc dans le genre, non ? Mais j'ai vérifié. Sa figure est toujours là. La joue un peu défoncée, et il lui manque une oreille. Mais il est pas mort de ça. Il a été poignardé. »

Cela ne me paraît pas si sordide. Pour moi, ça signifie juste que la personne qui l'a frappé n'est pas celle qui a mis l'étoffe sur son visage. Parce que celui ou celle qui a placé la chemise de flanelle l'a fait avec affection. Presque comme le geste qu'on aurait pour que quelqu'un n'attrape pas froid. Et puis il y a autre chose, aussi. La façon dont les manches ont été repliées – ça me frappe et j'ignore pourquoi – les manches de la chemise – elles sont presque figées sous sa tête, mais elles ont été pliées de manière à former une sorte d'oreiller, presque comme ce que j'ai fait pour Gutierrez, mais pas complètement, parce que je sais, j'ignore pourquoi mais je le sais, que cela a été une attention délicate pour lui après sa mort. Pour moi, ça ressemble à un au revoir, comme les gens qui déposent dans le cercueil des objets qui accompagneront le défunt.

Non, me dis-je, *ce n'est pas sordide. Je ne sais pas qui ça peut être, mais c'était quelqu'un d'extrêmement attaché à lui.*

Quand Najarian remonte le drap, c'est plus fort que moi, je touche le sautoir auquel est attachée ma médaille de saint Antoine, le saint à qui je dois mon nom, et je prononce mentalement une petite prière pour le type dont la tête est cachée sous la chemise, qui qu'il soit, et peu importe la façon dont il s'est retrouvé ici, j'espère que son corps sera restitué à sa famille, que la famille trouvera tout le réconfort nécessaire.

ABEJUNDIO ORELLANA,
AKA MOMO

LE 1er MAI 1992

16 H 22

1

¡Puchica!* J'aurais jamais dû faire confiance à Cecilia. Je contemple les restes fumants de ma maison ravagée par l'incendie, et je sais que je me retrouve entre le marteau, un autre marteau et l'enclume. Si je bouge pas, c'est la tombe assurée. Alors il faut que je me relève et que je me tire d'ici. Parce qu'une chose est sûre : c'est pas le moment de tergiverser. Pour l'instant, j'ai intérêt à garder la tête froide, dans un seau glacé, même. Sauf que, pour être honnête, je sue comme un goret. Cette saloperie d'émeute pouvait pas survenir à un pire moment.

Marteau numéro un : l'enculé de sa mère qui s'appelle Trouble et une vingtaine de ses gus remontés à bloc sont regroupés derrière moi, au bord du trottoir, chacun est enfouraillé, et chacun attend la première excuse pour dégommer quelqu'un, moi par exemple. S'ils aiment pas ce que je vais trouver ici, si ça m'innocente pas à leurs yeux, alors ils me buteront.

Marteau numéro deux : les shérifs me sont tombés dessus pour trafic de stupéfiants alors que je traversais Hawaïan Gardens avec du matos, il y a sept semaines. Un sergent des Homicides au département du shérif de L.A. a déboulé et m'a sauvé la mise en me disant qu'il s'en tapait le coquillard, des drogues. Ce qui l'intéressait, c'était ce que je savais concernant certains meurtres et si je pouvais donner des noms. Voilà comment je suis devenu un informateur fiable pour le LASD*. Si Trouble savait *ça*, merde, si n'importe quel *homeboy* savait ça, y compris l'un de mes gars, j'aurais déjà un nouveau trou dans le dos. Bon, mais pour l'instant tout va bien. Je respire encore...

Je patauge dans la cendre. Voilà l'enclume où je me trouve maintenant, à saloper mes superbes bottes, celles en peau de serpent. Je cherche ce qui reste de ma chambre à coucher sur le terrain où s'érigeait jadis ma putain de baraque respectable, parce que ce que ça veut dire avant tout, c'est qu'il va falloir que je balance quelqu'un juste au moment où j'avais l'intention de me faire la belle, acceptant la proposition du sergent de me « relocaliser ».

Sauf que maintenant, c'est plus possible. Faut déjà que je me sorte de la première panade : prouver à Trouble que j'avais rien à voir avec le flingue. Donc, d'abord, retrouver le coffre. Au point où en sont les choses, j'y vais au pif, en essayant de me repérer à la tuyauterie. Je vois des bribes de carrelage, à l'emplacement de la salle de bains, mais même les murs ont disparu, quelle construction merdique, je vous jure. Je me suis avancé à peu près au niveau de l'entrée, mais maintenant, il reste plus que la grille fondue de la porte de sécurité. Mentalement, je me dis qu'il y a à peu près une dizaine de pas jusqu'à la chambre, donc je compte dix pas, puis je vire à droite en apercevant mon coffre-fort portatif ouvert, par terre. La vache, je me détends un peu. Je respire, parce que ça, ça me sauve la peau.

Dans ma tête, je remercie les voleurs ; en refermant pas le coffre-fort, ces nazes apportent la preuve que ce que j'ai dit est vrai. Un coffre-fort grand ouvert, c'est un coffre-fort qui a été braqué. Mon coffre à flingues, par contre, est fermé hermétiquement, donc là, je crois savoir ce qui s'est passé.

Ceux qui ont fait le coup se sont pointés mercredi, Cecilia les a fait entrer, ils ont dû la charger comme il faut, ou la neutraliser, ou alors elle était dans la combine, et ils ont foncé sur le coffre-fort où j'avais planqué les flingues. Ils ont apporté le gun à Fate, touché la thune en échange. Ensuite ils ont dû surveiller la maison, et quand ils ont vu que je revenais pas en courant, ils se sont dit qu'ils allaient s'en tirer peinards. Alors ils se sont repointés, et Cecilia les a de nouveau laissés entrer, et c'est là que la deuxième partie a commencé. Mon coffre-fort portatif a été braqué, ils ont foutu le feu et tout détruit, tout.

Mais pour l'instant, le détail important, pour Trouble, c'est que le coffre-fort où était planqué le flingue était peut-être fermé, mais que l'autre est ouvert. Donc Trouble est persuadé que quelqu'un m'a dévalisé et a foutu le feu pour se couvrir, vu qu'il se prend pour Sherlock Homeboy maintenant. Il sait pas que ce titre revient à Clever, le gars de Fate. En plus, cet enculé l'est vraiment, *clever* – intelligent.

« Donc ils t'ont carrément foutu le feu », dit Trouble en regardant tout autour, en quête de preuves. Cette raclure, avec ses cheveux filasse et ses lettres tatouées à la place des sourcils, essaye de se la jouer macho avec moi, et de me dicter ce que je dois penser. Qu'on me fasse pas dire ce que j'ai pas dit, cet enculé est un dur, mais pas comme Big Fate. Il demande à sa *bitch* de lui raser la tête tous les jours, et de lui amidonner sa chemise et son pantalon. Il va raconter ça à tout le monde, même quand les gens demandent pas. Voilà le genre de gonze que c'est, Trouble. Un coriace, mais il aime autant jouer le rôle que l'être vraiment.

« Je suppose que t'as dit la vérité, déclare-t-il. Tant mieux pour toi. »

Ses *homeboys*, qui sont à portée de voix, font une espèce de petit sourire narquois, qu'ils essayent de dissimuler en se retournant. Je suis peut-être entre deux marteaux et une enclume, mais faut pas non plus déconner avec moi. En temps normal, Trouble vient me voir, respectueux et tout. Il demande de l'aide comme il faut, et, dans ma mansuétude, je le dépanne. Mais pas là. Son frangin est mort. La ville est en feu. Là, il en a rien à foutre d'y mettre les formes. Il prend ce qu'il veut. Il sait que maintenant, c'est la loi du plus grand nombre qui l'emporte.

J'ai une équipe de huit gars pour faire tourner mon bizness, plus une protection de la hiérarchie, mais c'est pas non plus de la protection rapprochée, y a pas quelqu'un à ma porte pour repousser le populo. Alors que là, Trouble a une clique de presque cent gars derrière lui. Si je joue pas le coup comme il faut, il me raye de la carte. Il est assez dingue pour le faire. D'un autre côté, il a besoin de moi. Il a besoin de ce que je peux lui apporter. Et il joue l'unique carte qu'il a : il dit que Fate a essayé de me coincer en me chourant mon flingue pour s'en servir contre Joker et toute sa bande. Selon sa logique, Fate a ordonné qu'on me pique mon flingue, de manière à faire croire à Trouble que je les avais aidés, pour qu'ils me tombent dessus et, de rage, me règlent mon compte.

Le plus drôle, c'est que si ça s'est passé ainsi, ça a failli marcher. Payasa, la nana, a balancé mon flingue dans le jardin de cette bande. Un des *homies* de Trouble, un junkie, a reconnu mon gun, à cause de l'adhésif blanc sur la poignée. Donc une fois qu'ils se sont occupés des priorités – envoyer les gars à l'hôpital et rassembler tout le monde –, ils se sont lancés à ma recherche. Il se trouve que j'étais pas joignable sur mon bipeur, ce qu'ils ont trouvé suspect, mais je me suis dit : comment pouvais-je savoir qu'ils essayaient pas de me dévaliser ou de me tendre un piège ?

Il leur a fallu un bout de temps pour trouver ma planque principale, vu que je fais pas vraiment la promo de cette adresse. Mais à partir du moment où ils l'ont découverte, ils ont rappliqué franco et m'ont dit qu'il fallait que je vienne faire un petit tour avec eux. C'était pas du kidnapping, vu qu'il a fallu que je conduise, mais en même temps si. J'ai déjà dû pas mal discuter pour en arriver là. Face à la première maison que j'aie jamais achetée. Celle dans laquelle je voulais installer mes tantes que j'aurais fait venir du Salvador. Sauf que maintenant il y a plus que la cheminée qui tient debout. Tu parles d'une *saloperie*.

Maintenant, je vais pas mentir. J'ai reçu un coup de fil. Donc j'ai été au courant du truc dès qu'il a eu lieu. Mais je me suis dit, à quoi bon débarquer. Si ça a cramé, ça a cramé. Inutile de monter dans une bagnole et de venir jusqu'ici pour me retrouver devant un tas de cendres. En plus, comment savoir que c'était pas une ruse ? Si quelqu'un essayait pas de m'éloigner de ma planque principale pour me taxer mon matos ? Donc j'ai pas bougé. Je suis resté où j'étais. Mais je bouillais, n'empêche.

La première pensée qui m'est venue, quand j'ai appris la nouvelle, ça a été : Cecilia a intérêt à être là-bas sous forme de squelette, sinon je la plante. Vu que, si elle est pas morte, et que la porte d'entrée a pas été attaquée au pied-de-biche, au fusil à pompe ou à je sais pas quoi, alors c'est sa faute à elle. Et quand c'est ta faute, tu payes.

« Ils t'ont bien enflé, *esé*, dit Trouble. Ça te fout pas en rogne ? »

J'avais déjà plus qu'un pied dans cette vie-là, alors franchement, ça me fout pas tant en rogne que ça. Premièrement, la colère, ça vaut rien, mais deuxièmement, j'admirais le stratagème. C'était vachement bien joué. Qu'ils aient su ou pas que c'était mon flingue, c'était vachement bien vu. J'imagine que le plus probable, c'est qu'ils ont fait savoir qu'ils avaient besoin d'un flingue, que c'est un de mes toxicos défoncés, sachant que j'étais ailleurs, qui a fait le coup.

« Je me mets pas en boule, je réponds, je me venge, c'est tout. »

Trouble aime entendre ça. « Putain, c'est exactement de ça que je parle, les mecs ! »

Ce que Trouble ignore, c'est qu'au point où j'en suis je leur dirais absolument tout ce qu'ils ont envie d'entendre, lui et sa clique. L'important est qu'ils croient que je suis dans leur camp, même s'il en est pas question. Si je suis resté en vie jusque-là, c'est parce que je me suis jamais acoquiné avec une clique plus qu'avec une autre, sauf si c'était à mon avantage. Mais cette époque est peut-être révolue. Vu la façon dont Trouble s'y prend, je vais sûrement devoir choisir plus tôt que prévu.

Tu sais ce qui m'a fichu en rogne, n'empêche ? C'est la façon dont tout ce binz s'est passé. Trouble a un comportement bizarre depuis qu'il a appris que c'était mon flingue qui avait servi à buter Joker, deux de ses *homies* et une nana. Ensuite, deux autres de ses sbires se sont mis en chasse, et ils se sont fait dégommer à la carabine. Un des deux a survécu. Pas l'autre. Donc, pour Joker, coût total de l'opération pour s'en être pris à un type qui avait rien à voir avec les histoires de gang ? Cinq cadavres. Si tu veux mon avis, il l'a bien cherché, mais personne me demande mon avis. En plus, s'ils insistent, ça risque d'être pire la prochaine fois, mais ça, ça leur vient même pas à l'idée.

Trouble est déjà en train de pérorer comme quoi ils sont retombés sur leurs pattes parce qu'ils ont dévalisé un mont-de-piété et récupéré deux ou trois armes. Mais il leur en faut davantage avant de riposter. Voilà pourquoi ils ont besoin de moi, raconte-t-il à ses *homies*. Pour les contacts. Ils sourient tous en hochant la tête.

Sauf qu'ils raisonnent comme des nazes, les mecs. Ils oublient de se demander comment Joker a été attaqué. Certes, ça ressemblait à n'importe quelle attaque de gang, mais exécutée par quelqu'un qui savait ce qu'il faisait, qui savait parfaitement comment les uns et les autres allaient réagir dans ces circonstances. C'était presque une opération militaire. Quand j'ai eu vent de l'affaire, je me suis dit que ça pouvait être que Fate. Et pour la suite, je me suis pas gouré non plus.

Mais c'est là qu'il y a le vrai hic, par contre. Voilà pourquoi Trouble raisonne comme un manche : à l'époque où il respirait encore, Joker était le petit frère de Trouble. Ils étaient frangins. Tous deux de la même famille que la nana que Lil Mosco a butée sur le parking de la boîte de nuit. Si bien que, maintenant, Trouble est le seul qui reste. Sa façon de voir les choses, c'est que tout ça, c'est à cause de la bande à Fate, et il a bien l'intention de se venger. Quand ça devient personnel, c'est pire que tout. Ça t'embrouille le jugement. Et en plus ça te rend dangereux. Trouble se fiche du lendemain. Seul l'instant présent l'intéresse, et il va tout faire pour se venger.

Ne me fais pas dire ce que j'ai pas dit. Trouble est dingue et résolu, mais ça va pas plus loin. Cette tête de nœud s'est lancée dans une partie de morpion, alors que Fate, lui, joue au *Risk*. Il a regroupé ses troupes pour se défendre, il est prêt à tout ce qui peut lui tomber dessus. J'en suis sûr, et j'ai pas l'intention de me lancer dans un concours de tirs avec lui. Mais une chose est certaine, j'ai salement besoin que Trouble pense que je suis avec lui, et, pour l'instant, ce crétin me fait son numéro de macho.

Il est avec une nana qui a de grandes dents et les cheveux coiffés en l'air. Elle aussi fait l'idiote. Ce genre de connerie, c'est comme le rhume, c'est contagieux, et y a des gens qui l'attrapent plus facilement que d'autres. Je sais pas pourquoi il l'a amenée. Ce sont des affaires d'hommes.

Persuadée qu'elle a le droit de parler, elle me dit : « Comment il a pu ouvrir ton coffre-fort, hein ? »

Comment font les braqueurs en général avec les coffres-forts ? Putain, c'est pourtant évident. Ils connaissent la combinaison, ils la devinent, ou ils y vont en force. Voilà tout. C'est pas sorcier. Mais je me garde bien de prononcer ces mots. C'est pas l'envie qui manque, mais je la boucle. Je lui adresse même pas un coup d'œil.

« J'ai quelques coups de fil à passer, j'annonce en me dirigeant vers ma bagnole. Des courses à faire. Des trucs à récupérer. »

Trouble me saisit par le bras. D'un mouvement brusque, je lui échappe et je me plante face à lui. Plus loin, sur le trottoir, mon gars Jeffersón avance d'un pas, lui aussi. Un bref instant, j'envisage de trancher la tête de Trouble à la machette, d'un coup bien net, comme faisaient les escadrons de la mort, là-bas, au pays. C'est comme ça que je me suis trouvé orphelin et que j'ai été envoyé ici, à trois ans, pour habiter chez Tio* George avant qu'il tombe malade et calanche. J'ai commencé à traîner dans ces rues que Trouble était encore en couches-culottes. Cudahy, Huntington Park, South Gate, Lynwood. Tôt ou tard, va falloir qu'il témoigne un peu de respect au *gangsta* que je suis, sinon je vais être obligé de lui montrer comment ça se danse.

« On reste calme, dit Trouble d'une manière qui indique qu'on n'est pas calmes du tout. Mais je viens avec toi. On est ensemble, maintenant, tu sais ? C'est nous contre eux.

– Bien sûr », dis-je, et je lui souris comme si, depuis le début, j'attendais ces mots. Mais j'ai l'impression de m'être pris un coup de pied qui me fait remonter le bide jusque dans la gorge, parce que me voilà revenu au point de départ, coincé entre le marteau, un autre marteau et l'enclume, sauf que maintenant, l'enclume, c'est la clique de Fate. Plus nombreuse, plus coriace et plus mauvaise que ce que ce pauvre crétin de Trouble peut imaginer. La souricière se resserre. Je le sens. Mais je me marre, parce que le pire fait toujours ressortir ce qu'il y a de meilleur en moi.

2

Le coffre-fort ouvert m'a fait gagner du temps. Le temps de circuler au pas en bagnole dans la rue, et de voir si je peux croiser quelqu'un qui sait comment l'incendie a démarré chez moi. En fait, il y a guère qu'un seul gus que je cherche, le *gangsta* Miguel, il connaît vraiment ce quartier, il pigera toute la situation sans que j'aie besoin de lui faire un dessin. Je file chez lui. C'est le même pâté de maisons.

Trouble est installé à l'arrière avec la nana aux dents en avant, on dirait qu'il se croit dans *Miss Daisy et son chauffeur*. Ouais. C'est cool, n'empêche. Je m'en souviendrai. Jeffersón est assis à l'avant avec moi. Il a envie de buter Trouble. Je le sens, mais je me contente de lui adresser un hochement de tête, tu vois, genre, on calme le jeu, Jeffersón. Il se prendra son pruneau le moment venu, mais pas tout de suite.

Et c'est une bonne chose, parce qu'à cet instant je repère deux voitures de *homeboys* de Trouble qui me suivent. Trouble remarque que j'ai remarqué et me fait un signe de tête dans le rétroviseur, avant de me décocher un grand sourire à la con. Il se vautre sur ma banquette arrière, comme si ma Caddy était son putain de canapé, et fourre la main entre les cuisses de la fille. Je souris, genre c'est cool, connard, tu vois ? Ça je m'en *souviendrai*. Je mémorise tous ces trucs-là, je les stocke dans un coin de ma tête, et là, il ne fait qu'ajouter à la connerie.

Y a une époque où ce genre de plan m'aurait mis hors de moi, ce que Trouble est en train de faire, là. Tout ça, c'est de l'ego. Il veut jouer les balèzes. Moi ? J'ai trois mômes et deux femmes. Elles se connaissent, pas de problème. J'en ai vu assez pour savoir que je suis pas un caïd, et que j'ai pas envie de passer pour un caïd. Une chose est sûre, n'empêche, je suis prêt à tirer ma révérence. Une bonne fois pour toutes. Pour aller vivre dans la banlieue de San Diego ou je sais pas où. Apprendre à faire du surf, pourquoi pas ?

« Hé, lance Trouble depuis la banquette arrière, fait chaud là-dedans. T'as pas la clim dans ta pauvre caisse ? »

Je conduis une Cadillac de 1957. Ils avaient pas encore inventé la climatisation à l'époque. J'ai un *swamp cooler*, un climatiseur vintage, que je sors parfois, mais je lui dis pas. Qu'il aille se faire foutre. Il transpirera, et puis voilà.

« Nan, je réponds.

– Eh ben, tu devrais ! » Voyant que je réagis pas à ça, Trouble change de sujet : « Je me demandais, putain, comment tu t'es retrouvé avec ce blaze, là, Momo ? »

Cet enculé, il sait pas que j'ai passé mon enfance dans des motels, que j'allais d'un motel à l'autre, à dealer de la dope, à faire la pute, tout ce qui pouvait rapporter de la thune. Je me tirais du motel quand les proprios ou les flics déboulaient, et hop, je passais au suivant. La vie dans les Momotels, pour moi ! Et les gens ont toujours su où me trouver, posté dans un putain de Momotel ! Demande à n'importe qui, et on te dira lequel. Il a pas fallu longtemps pour que Momo devienne mon blaze. Et puis ça a toujours été plus facile de prononcer Momo qu'Abejundio, voilà comment ça s'est fait. Un nom qui en jetait. Un nom qui faisait peur. Je vais te dire, n'empêche, si tu vis assez longtemps dans cette vie tendue de pièges et de castagne, tu en arrives au point où l'idée de recommencer à zéro paraît pas si dure. Tio George disait toujours de rien laisser derrière, sinon c'était perdu. Bon, la formule sonne mieux en espagnol, n'empêche.

« Je sais pas, je dis. C'est un des caïds qui m'a donné ce blaze.

– Connerie », dit Trouble.

Je hausse les épaules. Je suis pas d'humeur à jouer à ce petit jeu. Les jeunes veulent se tailler une réputation. Ils feront n'importe quoi pour ça. On dirait un truc venu en ligne droite du spectacle médiéval de Buena Park. J'y ai emmené mes filles, une fois. Le chevalier rouge, le bleu, le vert, le jaune, ils se lèvent tous et disent d'où ils viennent, évoquent leur bravoure, ce qu'ils ont accompli. Mes gamines ont adoré, mais moi, pendant ce temps, je me demandais : en quoi est-ce si différent de la rue ? Y a aussi l'endroit d'où on vient. Tu as un blaze, et peut-être un titre. Et puis il y a tes faits d'armes. C'est quasiment pareil.

Avant d'arriver à la maison de Miguel, j'aperçois un clodo, qui erre dans les parages, la capuche de son sweat-shirt remontée, alors je ralentis et m'arrête à sa hauteur. Les clodos savent toutes sortes de trucs, et habituellement, ils causent, s'ils sont pas trop chtarbés.

Tu serais étonné d'entendre ce qu'ils ont à dire, si tu prenais la peine de leur poser des questions. Donc je m'approche du gars, et avant que Trouble ait le temps d'ouvrir son bec, je lance : « Hé, man, tu sais quelque chose de la baraque qui a été incendiée, plus loin dans la rue, là-bas ? Tu as vu quelque chose ? »

Le gars se retourne, un Black, yeux bleus, des yeux de mec défoncé. Il me fait : « J'ai vu cette ville s'envoyer au ciel en mille morceaux. »

Oh putain, qu'est-ce qu'il me raconte, là ? J'appuie sur l'accélérateur. L'enfoiré est trop à l'ouest, complètement incohérent. Et ici, dans ma voiture, on le sait tous, donc je pousse jusqu'à chez Miguel, qui habite après le premier croisement. Je me gare, sors de la caisse. J'aperçois le scooter de son fils Mikey dans l'allée du garage. J'ai pas à appuyer sur la sonnette, vu que Mikey sort et vient me retrouver à mi-chemin, avec ses bretelles rouges, ses grosses chaussures noires et une espèce de chemise polo boutonnée jusqu'en haut. Je sais pas du tout où il est allé pêcher l'idée qu'on peut se fringuer de cette manière, surtout quand on a Miguel pour paternel. En temps normal, je lui ferais la réflexion, mais là, j'ai pas le temps.

« Ton pater est dans le coin ? » je lui demande.

Son père castagnait hardcore en son temps, mais maintenant il s'est rangé des bagnoles. Apparemment, il a marné à East Los. Moi, je dis respect pour Miguel, il a purgé sa peine et il est sorti de taule. Après ça, il s'est lui-même enlevé un tatouage qu'il avait entre le pouce et l'index en le découpant, pour que la plupart des gens sachent pas qu'il avait fait du zonzon. J'ai abordé la question de cette cicatrice une fois. Il m'a dit qu'il y était allé avec un couteau à lame incandescente. Maintenant sa cicatrice fait comme un bourrelet de deux centimètres et demi, on dirait une espèce de chenille, sans déconner. Comme je disais : hardcore.

« Non, répond Mikey. Mon père est sorti. »

Ça me refroidit un peu, mais pas tant que ça, parce que je sais que rien n'échappe à Mikey dans cette rue, il est tout le temps en train de circuler sur son scooter. Il est futé, en plus, ce môme.

« Tu as vu ce qui est arrivé à ma maison ? je lui demande.

– Ouais », dit-il.

Je souris, et l'invite à continuer d'un regard, genre : *bon, eh bien vas-y, crache.*

« J'ai vu un gars tout maigre jeter un cocktail Molotov par la porte d'entrée.

– Maigre comment ? je demande. Habillé comment ? »

Mikey me décrit Lil Creeper jusque dans les moindres détails : ses fringues, sa façon de se déplacer, l'impression qu'il donne de toujours être en train de se parler à lui-même. Je me fais la simple promesse de buter cet enfoiré, ou de m'arranger pour que quelqu'un d'autre s'en charge le plus vite possible.

J'essaye de reconstruire la scène dans ma tête. Je remonte un peu en arrière et je demande au gamin : « La porte d'entrée était *ouverte* ? »

Ce qui signifierait que Cecilia était probablement de mèche, ou alors elle a été complètement idiote, ce qui est aussi une possibilité que je peux pas exclure.

« Ouais, répond-il.

– Il était avec une fille ?

– Non. Elle était dedans quand il a envoyé le cocktail Molotov. »

Là, j'avoue qu'il m'en bouche un coin. « Comment tu sais ça ?

– Quand il est parti, j'ai jeté un œil et je l'ai vue allongée sur la moquette.

– Morte, dans les pommes ou quoi ?

– Je savais pas, alors je l'ai attrapée. Je m'en suis roussi les poils des bras. »

Il me montre ses bras, et effectivement, ils sont tout lisses ; plus un poil.

Je veux encore savoir une chose. Je lui demande : « Elle est où maintenant ?

– Je sais pas, il répond, elle est partie hier soir. Elle m'a piqué trente et un dollars au passage. »

Ça ressemble bien à Cecilia, ça. On peut pas laisser traîner un larfeuille quand cette gonzesse est dans les parages sans qu'elle te pique ton blé.

« Tu salueras ton père », je dis à Mikey en me retournant.

Je remonte dans la voiture et j'écrase l'accélérateur.

3

On passe devant Ham Park sur la route d'Imperial, et je remarque une énorme tache noire là où se trouvait avant le mur de handball, et je me dis, genre : *Bon sang, pourquoi quelqu'un irait foutre le feu à ce pauvre truc ?* Mais Trouble répond à ma question avant même que je la formule à voix haute.

« La vache, *super* ! s'exclame-t-il. C'est là qu'on se chopait les pires échardes, les gars. Peut-être que maintenant ils vont reconstruire un terrain correct. »

Je repère une bande de couillons au bout du parc. Je me gare. Ce sont pour la plupart des petits *homies* et des aspirants *homies*. Un des morpions, qui a une cicatrice au-dessus de l'œil gauche, me reconnaît et s'approche, la tête un peu inclinée, comme il se doit. Je leur annonce la couleur vite fait : histoire qu'ils soient au courant, je leur dis que les pilleurs sont salement dans le collimateur, et que s'ils me croient pas, très bien, ils verront comment ça se passe une fois derrière les barreaux. Je leur dis aussi que les pompiers sont pas dans le secteur. Que nous, on procède pas comme les gangs black : on déclenche pas des incendies dans le but de tendre des pièges, parce qu'on fait du bizness qu'on n'a pas l'intention d'interrompre. Si j'en prends un qui met le feu quelque part, ce qui attirera les flics et les pompiers, je le chope et je m'occupe de lui à la jamaïcaine, comme on fait à Harbor City : tu sais, de la soude caustique dans la gorge tout doucement avec un entonnoir, et on te laisse crever sur la voie de chemin de fer, ça te brûle de l'intérieur.

« La vache, ça rigole pas, ton truc, dit Trouble tandis que je reprends la route. Faudra que je m'en souvienne. »

Je relève toujours pas, mais je souris, qu'il sache bien que je l'ai entendu, vu que c'est le genre de gonze qui supporte pas qu'on l'ignore.

On s'arrête au Cork'n'Bottle, parce qu'il faut que j'aille faire un tour à la cabine téléphonique. En réalité, le téléphone est au mur d'un magasin de pneus, mais c'est tout près.

Évidemment, Trouble veut savoir pourquoi, alors je lui dis que je dois régler des trucs, donc que je dois passer quelques coups de fil. Comme quoi les gens avec qui on traite sont pas de ceux chez qui on peut débouler sans prévenir. C'est un bobard. Mais Trouble y croit. Tu parles, c'est des pros, les gars. Je me suis pointé un paquet de fois comme une fleur en ayant besoin d'un truc, et à chaque coup ça s'est bien passé.

Je me gare à l'arrière et je fais un signe de tête à Jeffersón, qu'il comprenne qu'il doit rester dans la voiture, surveiller les tourtereaux, qu'ils bousillent pas le cuir de ma banquette.

Au moment où je sors, la gonzesse aux dents en avant me lance : « Hé, rapporte-moi un thé glacé au citron. »

Trouble et la minette éclatent de rire, tandis que les deux voitures remplies de *homies* se garent derrière nous et bloquent la ruelle. J'estime à deux minutes le délai au-delà duquel ça va les démanger de se tirer d'ici.

Je compose un numéro que j'ai appris par cœur, mais ça sonne dans le vide, personne décroche. Deux jours que ça dure. Ça me rend dingo.

Alors je raccroche et j'appelle Gloria. Ça sonne.

Je réfléchis au message que je vais lui laisser. Trois mois que je me creuse les méninges là-dessus. Mais c'est dur, putain. Comment dire à une nana qu'elle est la seule que t'aies jamais aimée, la seule qui ait réussi à te canaliser, et puis qu'elle a carrément assuré depuis qu'elle t'a largué, son truc d'infirmière, tout ça, et que tu as juste besoin d'entendre encore une fois sa voix, que tu es prêt à revoir ton fils, vu que c'est ton fils et que…

« Allô ? » C'est Gloria. Elle a l'air exténuée.

J'en ai le vertige, qu'elle ait décroché. Du coup, je balbutie : « C'est, euh, c'est bien Gloria ? »

Super tranquille. Tout de suite je me rends compte que j'ai merdé, à l'instant où elle reprend sa respiration en réalisant que c'est moi. Elle m'avait demandé de plus jamais, jamais la rappeler.

« Trente secondes, Abejundio. Je chronomètre. Go. »

C'est la seule qui m'appelle par mon prénom, à part les gens de ma famille.

« J'appelle… » – je m'arrête pour regarder derrière moi, et sur le côté, vers le parking, pour m'assurer que personne m'entend – « … j'appelle parce que je me retire. »

Elle laisse échapper un petit rire moqueur. Je peux pas lui en vouloir.

« Vingt », dit-elle.

Je me mets à paniquer, je suis comme pris de vertige quand elle me dit ça, alors je fonce : « Je me suis fait pincer par les shérifs. Je peux pas vraiment en parler. Mais je leur file des coups de main, et ils vont m'aider à me tirer. Ils vont *nous* aider à *nous* tirer. »

Le seul truc qu'elle dit, c'est : « Dix.

– Tu vois, euh, on peut y aller ensemble. Moi, toi et notre petit bonhomme. Quelque part loin d'ici. Je sais que ça fait super longtemps que je l'ai pas vu, mais j'ai discuté avec les shérifs, et ils m'ont dit qu'ils pouvaient nous prendre tous les trois en charge. Ils appellent ça, euh, ils appellent ça *relocali…* »

Elle raccroche. Je fixe un instant le combiné. Je sais qu'elle m'a raccroché au nez, mais mon cœur a pas encore réalisé ce qui s'est passé, il bat encore la chamade, tout joyeux parce que j'ai entendu sa voix, à la recherche d'une explication, sauf que mon cerveau lui dit de se calmer, parce que là, j'ai brûlé ce pont, et mon cœur se prend un mur de brique au moment où je raccroche. Je remets une pièce d'un *quarter* dans la fente.

J'ai encore un coup de fil à passer.

4

Avant de composer le numéro, je vais regarder de nouveau à l'angle du bâtiment, et puis je mate de l'autre côté pour m'assurer que personne a fait le tour du Cork'n'Bottle, mais c'est bon. Je compose le numéro de tout à l'heure, j'ai l'impression qu'il y a personne au bureau du sergent Erickson, à la section criminelle du bureau du shérif. Ils sont installés sur Commerce, à hauteur de Eastern, j'y suis allé qu'une seule fois, pour remplir des papelards, il a fallu que je change à deux reprises de voiture, pour être sûr de pas être suivi. À partir du moment où je suis entré dans le système, y a plus eu moyen de faire marche arrière.

Je balance pas souvent. Ouais, « balancer » dans le sens de cafter, mais ça veut aussi dire passer un coup de fil, même s'il y a pas vraiment de rapport avec une balance qui sert à peser les trucs. En général, les types m'écoutent pendant qu'on roule en voiture. Genre, je sors de mon quartier, je m'assure de pas être suivi, puis je monte dans une bagnole de flics banalisée, aux vitres teintées, et ils font tourner le magnéto, me posent des questions, et je leur crache ce que je sais. La déclaration sous serment se fait pas avant qu'ils aient tout vérifié, ce qui prend un temps fou.

Le répondeur se met en marche et me confirme ce que je sais déjà : que je suis bien au bureau d'Erickson, et que je peux laisser un message.

Je commence par dire que je suis un ICC, comme ils disent dans le jargon, un Informateur Confidentiel de Confiance, puis je donne mon numéro d'identification, qu'ils sachent que je suis dans leur base de données. Après quoi je me mets à murmurer le plus vite possible : « J'essaye de vous joindre depuis deux jours, et vous savez que je laisse pas de message. En temps normal, je ferais pas ça, mais là il se trame des trucs pas cool, j'ai besoin que vous veniez me chercher, parce que quand ça va péter, un paquet de gars vont rester sur le carreau. Je crois que ça va être sur Duncan. Duncan Avenue. Aujourd'hui dans l'après-midi ou ce soir. Quand je saurai, je vous appellerai, je serai à mon numéro habituel d'ici deux heures. Faut *absolument* que vous veniez me chercher. »

Je vérifie de nouveau qu'il y a personne derrière moi ni sur les côtés. Personne m'épie, alors je respire.

Au début, Erickson m'a bien mis la pression pour les histoires de gang, alors je leur ai refilé quelques petits tuyaux, histoire de les appâter. Des bribes, tu vois, mais des bribes authentiques. Je leur ai dit qu'il y avait des rumeurs comme quoi Lil Mosco avait sorti son flingue devant la boîte de nuit, là, et avait buté la sœur de Joker ; que tôt ou tard il y aurait des représailles. Mais les représailles, ils s'en foutaient un peu, ce qu'ils voulaient c'était résoudre l'affaire du meurtre. J'ai entendu dire qu'à partir de ce moment-là ils avaient tout fait pour essayer de pincer Lil Mosco, sauf qu'il s'est volatilisé. Fate a été malin, il l'a envoyé constamment en déplacement.

Évidemment, j'ai jamais dit à Erickson que j'étais sur place ce soir-là, en train de me faire tailler une pipe par Cecilia sur le parking, au moment où Lil Mosco s'est approché d'eux et a tiré. J'ai entendu le début de la dispute aussi, le petit copain de la sœur de Joker qui a hurlé à l'intention de Lil Mosco, qui était en train de s'en aller, qu'il allait violer Payasa, la sœur de Mosco, avec un schlass et tout ça. Bon, moi, un schlass, ça me plaît toujours, y a rien de mieux pour faire causer quelqu'un. Sauf que là, il s'est pas rendu compte, il a dépassé les bornes. Et après il s'étonne que Lil Mosco lui tombe dessus ?

Une fois qu'ils ont pu vérifier que mon info était correcte, ils m'ont mis dans la catégorie des interlocuteurs fiables, et Erickson m'a dit qu'ils allaient me demander de collaborer, c'est le mot qu'ils ont utilisé, *collaborer*, avec le FBI pour essayer de faire tomber des gros bonnets, des *big homies*. J'ai failli lui rire au nez quand il m'a dit ça. Moi j'en connais pas, des gros bonnets, en revanche, je sais qui chapeaute le tout. Puis je lui ai dit que s'il voulait coffrer les *big homies*, il avait intérêt à me faire entrer dans un programme de protection, parce que je dirais que dalle s'ils changeaient pas mon blaze en Theodore Hernandez, domicilié en Argentine. Ce que j'ai fait, ensuite, pour prouver que j'étais sérieux, c'est que je leur ai livré des Jamaïcains à Harbor City. Et là, ils ont bien tendu l'oreille.

D'après ce que j'ai cru comprendre, on est à deux doigts de l'arrestation et de la mise en examen, c'est pour ça qu'il est temps de faire le grand saut. La semaine dernière, ils m'ont dit de préparer ma valoche, et c'est ce que j'ai fait. J'ai mis un sac dans le coffre. Je suis prêt à tirer ma révérence, mais maintenant, je ne peux plus joindre personne. Et c'est l'angoisse, si tu veux savoir.

« Hé, dit Trouble en sortant du magasin, tenant dans sa main sans doute le dernier thé glacé de cette boutique qui a été dévalisée. T'as fini ou quoi ? Allons-y. »

Il fait volte-face, puis se tourne à nouveau, cherche dans sa poche et dit : « Mais j'en oublierais mes bonnes manières ! Veux-tu un chewing-gum à la myrtille ? »

Et, pour la première fois depuis le début de la journée, Trouble semble complètement apaisé.

« Mon frangin adorait ce truc, déclare-t-il. Il adorait de chez adorait. »

5

Sur la route de Harbor City, je me dis que c'est bien dommage que le magasin d'armes ait brûlé, parce que ça aurait été une cible à viser en priorité, et j'aurais pas eu à raquer une somme exorbitante pour des putains de flingues à livrer à Trouble et ses *homies*. Je me fais enfler de huit mille dollars, moi, là.

On va voir un gars que je connais, un certain Rohan, à Harbor City. C'est le mec qui m'a enseigné le coup de la soude. Dans un parc bordé d'immeubles de bureaux aux murs de briques rouges, au nord de la Pacific Coast Highway, là où Frampton fait un coude et devient la Deux Cent Quarantième Rue, il y a un petit entrepôt, bien en retrait de la rue, et même quelques arbres dans les parages, ce qui est chouette. Une porte de garage sur le côté – qui se relève par un système d'enrouleur, on y récupère les livraisons – et c'est là qu'il nous attend.

Il est grand, plus grand que moi d'une bonne dizaine de centimètres, c'est un métis jamaïcain, un mélange Blanc, Black, Asiatique, je pense. Je dis asiatique parce qu'il a les yeux bridés. Il a monté une société spécialisée dans les pièces détachées de plomberie, parfaitement légale. L'intérieur est plein de tuyaux en tout genre et autres accessoires. Il essaye de progresser en espagnol, aussi.

Rohan s'adresse à moi : « *¿Qué onda, vos* ? »

J'entends Trouble chuchoter à l'intention de l'un de ses *homies*, dans mon dos. Il dit : « Le délire, *homes*. Cet enfoiré des îles cause le salvadorien ! »

Rohan a sans doute entendu, mais il relève pas. En revanche, il demande si j'ai l'argent. « *¿Tienes pisto* ? » dit-il.

Je hoche la tête, et il nous conduit à son bureau où il y a de la musique.

On apprend bien trop de choses sur le reggae quand on traîne avec des Jamaïcains. Par exemple, là, je peux dire que pour une fois, c'est pas du Shabba Ranks qu'il écoute. Non, en musique de fond, c'est Toots and the Maytals, un de leurs albums live, la chanson sur le numéro de prisonnier, « 54-46 », et c'est bizarre de voir à quel point ça colle avec les circonstances. Un titre enregistré en public à Londres, dans les années 1980, au Hammersmith Palais. Je sais ces trucs parce que c'est important pour Rohan que je les sache, ça prouve que je respecte sa culture, comme il dit. Bon, j'ai jamais mis les pieds en Angleterre, mais le plus dingue, c'est d'entendre la foule chanter si fort dans cet enregistrement, tandis que Jeffersón, Rohan et moi sommes assis dans le bureau de Rohan.

Rohan connaît Jeffersón, alors je lui présente Trouble, et va savoir, Trouble se débrouille pour ne rien dire d'idiot, ce qui aide bien. Ça se passe vite et sans heurts, enfin sans heurts si j'accepte de payer deux mille dollars de plus, vu que Rohan augmente le prix des six fusils et des quinze pistolets semi-automatiques de diverses marques, tous non déclarés. Il arrondit à dix mille dollars parce que, eh ben, non mais je vois pas que toute la ville cherche à s'armer ?

« Et si on a le type de pétards qui convient, dit Trouble, tout impatient d'embarquer les flingues, on peut niquer ce qu'on veut. »

Inutile de l'en dissuader. J'ai neuf mille dollars en liquide sur moi, que Jeffersón va chercher dans la portière, côté passager. Et une fois que Rohan a passé les biffetons à la machine à recompter, il dit qu'il sait qu'il peut avoir confiance pour le reste, qu'il est content qu'on puisse faire affaires, et au fait, est-ce que je sais ce qui sort des haut-parleurs ? Je lui réponds que c'est Toots, alors il rigole, sourit, fier de moi. À cet instant, je me demande s'il saura un jour que c'est moi qui l'aurai balancé aux flics quand, d'ici peu, ils vont faire une descente chez lui. Il le mérite, il avait qu'à pas booster les prix comme ça, cet enfoiré de rapiat. De l'autre côté de la table, je lui rends son sourire.

Je suis tout sucre, et le remercie avant de sortir.

Je me retrouve sur le parking, où il y a que nos voitures. Je regarde le chargement des armes dans les coffres des *homies* de Trouble, rangées dans des caisses pour tuyaux d'aspect banal, et je me dis *Heureusement que je peux me laver les mains de toute cette merde*. Je suis allé au-delà de ce qu'on attendait de moi vis-à-vis de l'équipe de Trouble, en les épaulant à ce point. Pour moi, c'était juste un jeu auquel il fallait que je renonce, parce que j'ai l'intuition que les *big homies* vont pas être contents d'apprendre que les cliques de Fate et de Trouble se sont fritées, et encore moins que j'ai été mêlé à tout ça. Mais maintenant il va falloir que ça explose. C'est inévitable, et je sais pas du tout comment ça va se passer. En fait, j'ai pas vraiment envie de savoir, sauf que, vu l'ambiance qui domine maintenant, j'ai l'impression qu'ils vont la jouer *Règlements de comptes à OK Corral*. Un coup à ce que ça défouraille tant qu'il y en aura encore un debout. Ces enfoirés vont pas y aller avec le dos de la cuillère.

Je les observe finir de charger les armes, refermer les coffres de leurs voitures. Je suis prêt à leur souhaiter bonne route. Trouble me regarde alors de côté et me lance : « Plus question de rester sur la touche, mec. Tu viens avec nous, putain, et tu vas t'y coller avec nous. Tu nous as permis de choper des guns, alors maintenant t'es dans notre camp. »

Je souris parce que j'ai l'impression que la base de mes poumons se chiffonne quand il dit ça. J'essaye d'inspirer normalement, mais pas moyen. Merde, je suis capable de sortir le grand jeu quand il le faut.

Je fais un rictus en lui montrant le neuf millimètres que j'ai à la ceinture, avec la poignée recouverte d'adhésif, parce que je déteste transpirer de la main quand je tiens un flingue, et je dis : « *Símon**, mec, j'espérais que tu dirais ça. On va préparer un plan, et…

– Un plan ? fait Trouble en éclatant de rire. On attaque maintenant. Attaque surprise. Technique guérilla, *vato.* »

J'ai suivi le mouvement jusqu'alors, mais là, c'est du suicide pur et simple, et c'est à cet instant que je comprends. Une opération suicide, c'est exactement ce que Trouble a en tête. J'ai l'estomac qui se recroqueville comme un bretzel rien que d'y songer. Pas question que je fasse partie du truc.

« Non, je dis. Fate a verrouillé Lynwood. »

S'ils déconnent, genre, tirent sur une baraque ou je sais pas quoi en m'emmenant avec eux, on est tous foutus. Même si on survit, on est finis. On aura un contrat sur la tronche et tout le toutim. Mon ventre est même plus un bretzel, c'est un trou noir en train de me bouffer entièrement de l'intérieur.

« Bon sang, Momo, dit Trouble. Je croyais que tu lisais des livres et tout. Un truc verrouillé, ça se déverrouille, mon vieux. N'importe qui peut déverrouiller un quartier. Quand le roi est mort, faut bien qu'il y ait un autre roi, pas vrai ? *El rey ha muerto. ¡Viva el rey !* »

Ses *homies* hochent la tête en entendant cette connerie.

« En plus, ajoute-t-il, j'ai pas souvenir de t'avoir donné le choix. »

Je sens mon sourire se durcir sur mon visage, mais j'opine du chef. Je commence à transpirer, parce que j'arrive pas à croire qu'il soit crétin à ce point, et je sais qu'il y a pas moyen de me dépêtrer de ce bourbier, alors d'un geste du menton, je fais signe à Jeffersón de monter dans la voiture. J'y monte à mon tour, et je prie pour qu'Erickson ait eu mon message. On rebrousse chemin, sauf que maintenant les voitures derrière nous sont plus lourdes sur leurs essieux parce qu'il y a dans les coffres assez d'armes pour rayer un quartier entier de la carte.

QUATRIÈME JOUR
SAMEDI

« C'ÉTAIT LE FAR WEST SUR ROUTES PAVÉES. »

RONALD ROEMER,
ANCIEN CHEF DE BATAILLON
DES SAPEURS POMPIERS DE LOS ANGELES,
À PROPOS DE LA PÉRIODE OÙ IL FUT EN FONCTION
À SOUTH CENTRAL.

BENNETT GALVEZ,
AKA TROUBLE,
AKA TROUBLE G.

LE 2 MAI 1992

1 H 09

1

Quand je suis sur le point de faire une connerie, je tremble pas, non, je sue. J'ai une énorme poussée de chaleur dans la nuque, comme un coup de soleil ou je sais pas quoi, et ça devient tout visqueux. J'y peux rien. Je peux rien y faire. C'est tout simplement comme ça que je suis fait. Je suis câblé comme ça. Voilà. Et là, j'enfonce la tête dans mon col, j'essaye d'absorber la transpiration avec le coton, on est trois voitures en route pour cette mission, et mon unique objectif est de voir cette salope de Payasa baigner dans une mare de son sang pour ce qu'elle a fait. Par chez moi, si tu butes quelqu'un de ma famille, tu le payes très cher. Je veux qu'elle ressente ce que je ressens depuis deux jours. J'en ai *besoin.* On peut pas me prendre la seule sœur et le seul frère que j'avais et espérer que ça se passe autrement.

Ça, je l'ai jamais dit à personne, mais je bous depuis que j'ai vu Ramiro crever sous mes yeux. Quelque chose déconne dans mon corps. Parfois c'est comme si mes pieds chauffaient à feu doux, la plante, et aussi derrière les genoux. D'autres fois, c'est tout mon corps, j'ai l'impression que je vais me consumer et je peux pas arrêter le processus. La chaleur change au gré de mes pensées, parfois ; je veux dire, au gré des idées qui me viennent. Ça chauffe de plus en plus avec la scène que je me rejoue mentalement. J'y peux rien.

J'étais dans le séjour, j'attendais la bière que ma nana était censée aller me chercher à la cuisine. Je me souviens de m'être dit que ça faisait super du bien d'en avoir dégommé un de chez eux, cet Ernesto, là. C'était genre : ouf ! bonne chose de faite, tu vois. Il avait fallu attendre plus d'un mois avant de venger ma petite frangine. Mes parents ont été obligés d'aller parler aux infos et tout. Il a fallu organiser une cérémonie à la maison, avec le cercueil à côté de la télé éteinte, ce qui a pas trop plu au salon funéraire, mais ils ont accepté parce que je leur ai graissé la patte. Et je les ai payés parce que ma mère se serait suicidée si sa fillette était pas revenue à la maison au moins une dernière fois. Ensuite, on est allés à la queue leu leu jusqu'au cimetière pour l'enterrer. J'ai été forcé de regarder ma petite frangine descendre en terre. Y avait une grosse bordure de gazon artificiel autour du trou. Il a fallu que je reste tout près, et que j'entende grincer le petit mécanisme qui descendait le cercueil dans la tombe. Ça faisait un bruit de chien mâchant une chaîne en métal. Je pense que j'oublierai jamais ce son, et pourtant, j'aimerais bien. C'était à moi d'envoyer en premier une pelletée de terre, parce que mon père pouvait pas. C'est pas qu'il voulait pas, c'est que vraiment il *pouvait pas*. Il était dans sa chaise roulante, son chapeau dans ses mains, donc Joker et moi on a dû s'avancer pour déposer la terre sur le cercueil de notre petite frangine. Sur notre Yesenia. Et quand la terre a commencé à tomber dans un bruit mat sur le bois, ma mère s'est mise à gémir. Un son super aigu. Un son qu'on n'oublie pas. Qui reste dans tes oreilles. Un son qui te réveille la nuit, parfois.

Donc, ouais, quand j'ai appris que le gonze qui bossait au Tacos El Unico était de la *même famille* que le Lil Mosco qui avait buté notre Yesenia, que c'était en fait son grand frère, dont j'avais jamais entendu parler, parce qu'il avait rien à voir avec nos histoires de gangs ni rien, eh bien, ça a été banco. Jusqu'alors, il avait pas de nom. À partir du moment où j'ai su qu'ils étaient de la même famille, je l'ai appelé le cadavre-du-frère-de-Lil-Mosco. Je l'appelais comme ça devant mes *homies*. Au début, ça les a fait marrer, peut-être parce qu'ils avaient pas compris que j'étais super sérieux.

Faut que je sois honnête, j'en avais rien à foutre qu'il soit *impliqué* dans les histoires de gang ou pas. Moi, ce que je voyais, c'est que Lil Mosco avait attiré l'attention sur lui. Si Lil Mosco zigouille ma petite frangine et disparaît, eh bien, ma foi, arrivera ce qui doit arriver. Dans le fond, Lil Mosco a lui-même buté son grand frère, en un sens, vu qu'il s'est planqué, au lieu d'affronter comme un homme ce qui l'attendait. Et donc, lorsque cette ville a décidé de partir en guerre, à la suite de cette connerie d'affaire Rodney King, je me suis dit qu'il était temps de dire à Joker de suivre cet enfoiré, de voir s'il y avait pas moyen de se venger un peu de ce qu'ils avaient fait en descendant notre Yesenia. On n'a pas dégommé celui qu'on voulait, Lil Mosco, mais on a eu un des leurs, donc on était quittes. Ma petite sœur, ton grand frère. Voilà, on est quittes, je me suis dit. C'est réglé, je me suis dit. Et je me suis retrouvé dans cette même salle de séjour, ce soir-là. Je regardais la petite nappe sur la télé, avec les canaris brodés dessus, la nappe pliée en trois pour qu'elle pendouille pas trop, et, par-dessus, tous les grands cierges de prière avec les saints représentés, et Jésus avec un gros cœur rouge qui flottait à l'extérieur de sa poitrine. Devant ces cierges, une image de ma petite frangine qui souriait avec l'appareil dentaire qu'elle avait depuis trois ans, et qui pourtant lui meurtrissait salement la bouche. En plus, Ramiro et moi, on avait aussi besoin d'un appareil dentaire, mais mon père était à l'époque en invalidité, il avait juste assez d'économies pour son appareil à elle. À la gauche de tout ça se trouvait l'espace vide où le cercueil de ma sœur avait été installé pendant la cérémonie. Je me souviens d'avoir fixé ce coin de moquette le soir où Ernesto était mort, et de m'être dit que l'endroit où son corps avait reposé était plus aussi vide, d'une certaine manière, tu vois ? Il était pas rempli, mais il y avait quelque chose. Il avait été vengé. La dette avait été payée.

Ce qui s'est passé ensuite, je m'en remets toujours pas. La scène se rejoue dans ma tête, ça s'arrête jamais. C'est du non-stop. Ça commence avec ma nana qui arrive avec un de ces gobelets en plastique rouge rempli de bière à la main, elle sourit, l'air d'être fière de moi, elle repousse, de l'autre main, une mèche de cheveux derrière ses oreilles, et à ce moment-là, *bam*. Dehors. Un coup de feu. Ma nana sursaute, elle est surprise, la bière jaillit du gobelet et m'éclabousse. Le bas de ma chemise et le haut de mon pantalon kaki sont tout trempés.

J'ai tout de suite su que c'était un coup de feu. Je suis en train de me retourner vers les grandes portes en verre du patio, mais déjà je sais. Et par-dessus la tête des gens, je vois Joker tomber, du sang jaillit de son oreille, ou de son cou, ou de je sais pas quoi, et en voyant ça, la dernière parcelle de bonté en moi, l'unique parcelle de bonté se brise en un million de morceaux. Mais sur le coup, je le sais pas, je suis trop occupé à regarder la fille avec les gants en dentelle et le Glock brandi bien haut. Elle vise alors Fox, lui tire en pleine poitrine, et ça ressort par son dos. Y a tellement de sang qu'on dirait que quelqu'un a jeté une bouteille de ketchup sur le mur en parpaings derrière lui, qu'elle a explosé, et…

Depuis la banquette arrière, Momo me lance : « Ça va aller ou quoi ? »

Bon, c'est pas vraiment une question. Il dit ça, genre, d'un air *supérieur*, il me prend de haut. Mais il aurait rien dit, j'aurais pas réalisé que je me cramponnais à mon col et que je le frottais contre ma nuque comme une serviette-éponge ou je sais pas quoi. J'ai dû me mettre à faire ça sans m'en rendre compte.

« T'inquiète pas pour moi, je lui dis. Inquiète-toi plutôt pour toi. »

Je lâche mon col, n'empêche. Je pose mes mains sur mes genoux. On est presque arrivés. Nous voilà à la Promenade que ces enculés aiment tant. Il est presque temps de mettre un terme à tout ce truc.

Je suis comme ça, ces derniers temps, un peu paumé intérieurement, je perds le fil. Voilà tout. J'ai été dans cet état quand ma sœur s'est fait buter, mais pas à ce point, parce que ça s'est pas passé sous mes yeux. J'ai pas vu son sang. Mais Joker ? Putain, je l'ai vu son sang. *Bien trop* vu.

Je me revois me précipitant vers les portes, tandis que les autres s'en éloignent. De nouveaux coups de feu éclatent. Je distingue pas vraiment ce qui se passe, y a trop de gens devant moi. Je leur hurle de bouger, la porte coulissante s'ouvre, et c'est là que j'entends comme un *boum*, genre, un *boum* de .357, ou de .44, un truc énorme. Mais je me fiche de savoir d'où ça vient, je me précipite comme je peux vers cette porte, j'écarte les gens sur mon passage, je donne des coups de poing, rien à foutre, j'essaye d'atteindre Ramiro. Une fois que j'ai passé la porte, j'oublie qu'il y a deux petites marches en béton, je loupe les deux, je tombe brutalement en avant, je m'égratigne le genou gauche et les deux paumes. Mais je sens que dalle. Je me relève. Je suis à côté de lui, il respire encore, il me regarde, il est pris de tremblements, il essaye de faire… quoi ? Parler ? Le seul mot que je connais à ce moment-là c'est *non*, je le répète en boucle. Je le répète tellement et si vite qu'il en perd son sens. C'est plus qu'un son qui sort de moi quand Ramiro rend l'âme. Ce môme à qui j'ai appris à faire du vélo, parce que papa pouvait pas, à cause de sa chaise roulante. Ce petit enfoiré, je l'avais fait tenir debout dans mes bras. Ce petit salopard qui a toujours voulu tout faire comme moi. Et je me dis qu'il doit être en train de déconner. Il va se remettre à respirer. Il me fait juste une blague. Alors j'éclate de rire, genre, si ça se trouve, c'est ça qu'il attend. Il attend que je me marre, il va se remettre à respirer… mais non. Ses poumons se soulèvent pas, ils restent immobiles. Une espèce de gargouillis sort de son cou, alors j'essaye de le recouvrir de mes mains. Je peux pas m'en empêcher. J'essaye de colmater le trou que la balle a fait, gros comme une pièce de monnaie. J'appuie des deux mains. Fort. J'appuie, j'appuie, mais je sens bien que son cœur bat plus. Et je continue à répéter non. Non. Non. Non. C'est alors que retentit le plus gros *boum* de tous. Le coup de carabine.

C'est probablement pour ça que j'ai pas dormi depuis que c'est arrivé. Pas dormi de chez pas dormi. Je picole pour arrêter de voir constamment le visage de mon frère. Je me défonce pour plus voir le trou dans son cou. C'est tout ce que je peux faire. La seule façon pour moi de trouver le sommeil, c'est de perdre connaissance. Mais ensuite, quand je rouvre les yeux, des heures plus tard, ça a plus d'importance. Tout est encore là, tout est revenu dans ma tête, et j'ai mal partout, et de nouveau ça me brûle de partout. C'est comme ça.

Je suis ultra sérieux en me sniffant une grosse ligne de coke sur le pouce, une fois que nos deux bagnoles sont garées sur Virginia. Ça brûle, dis donc. Après ça, je mets plus ou moins de côté les souvenirs que j'ai de Joker, je les range en moi, parce que là, il est temps de passer à l'action. Comme si je pouvais ouvrir mes côtes, fourrer les souvenirs là-dedans et refermer le tout. C'est comme ça que je le garde en moi. Tout près. Bientôt, je ressens comme un éclair à l'intérieur, et me voilà regonflé à bloc. Et c'est bien, parce que maintenant, faut plus que ce soit moi. Je peux plus être Bennett avec tous ses problèmes à la con. Faut que je sois Trouble. Faut que je sois celui dont tout le monde sait que, quoi qu'il arrive, il va foncer.

Y a personne dans la rue, à part nous et un pauvre enculé de Black qui a l'air SDF, en train de farfouiller dans les poubelles. Ça fait des jours que les poubelles ont pas été ramassées, mais les gens continuent quand même à sortir leurs déchets dans la rue. Les cons. J'ai pas besoin de le lorgner pour savoir que c'est le type bizarre à qui Momo a demandé s'il était au courant de quelque chose à propos de l'incendie de sa bicoque, qui lui a sorti un charabia sans queue ni tête, je sais plus quoi qui allait aux cieux en mille morceaux ou un truc dans le genre.

À part le chtarbé qui traîne les pieds, c'est une ville fantôme. Pas la moindre lumière dans toute la rue, les rideaux tirés, il y a juste les lampadaires. Le truc chouette, c'est que ça sent les fleurs, par ici, je sais pas quel genre, et un peu la fumée, mais pas trop. On a franchi la limite, ça c'est sûr, on est juste de l'autre côté de ce qu'ils appellent la Promenade. Mon petit frangin m'en a parlé. Je sais que Fate et sa bande considèrent que c'est un passage pour échapper aux shérifs, à tout et n'importe quoi, mais pour l'instant, c'est juste une voie qui s'enfonce direct au cœur de leur territoire.

2

La coke me fait un putain d'effet et maintenant je me sens reboosté. Fort. Je sens qu'il est temps de riposter, de leur montrer de quel bois on se chauffe. On a neuf *homies*, juste les *veteranos* hardcore, parce qu'on peut pas se permettre qu'un petit *homie* pressé de gagner ses galons fasse une bourde. Ils savent que c'est une opération suicide, et ils sont tous à fond parce que je suis à fond. Ça fait un bout de temps que je pratique cette approche, et à ce jeu, je suis intouchable. Personne s'attend à ce que tu débarques et canardes les mecs sur leur canapé, pure style *vato loco*. Mais moi, c'est ce que je fais, et je suis encore en vie. Et là, maintenant, mon atout, c'est que j'en ai rien à cirer. Rien à foutre de rien. Avant, sur des coups comme ça, c'était que moi. J'ai jamais eu à monter une opération de cette ampleur. Rien que de convoquer tout le monde sur Atlantic, ça a été tout un bordel. La garde nationale patrouille partout, ou stationne aux intersections, donc on pouvait pas arriver les uns derrière les autres. Il a fallu la jouer fine, on les a évités en se répartissant dans deux voitures, quatre dans l'une, cinq dans l'autre, avant de prendre des itinéraires différents pour se retrouver ensuite et se garer.

Vu qu'il était pas question qu'on aille chatouiller les gars de la garde républicaine. On en a trois là-bas, convoqués, déployés en dehors d'Inglewood. Quoi, tu crois qu'il y a pas de gangsters au sein de la garde républicaine ? Merde. Faut se réveiller, là. On en a trois. Par contre, je te dirai pas les noms. Je suis sûr que d'autres gangs y ont placé leurs *homies*, eux aussi. N'empêche, c'est un super bon moyen d'apprendre des trucs sur les flingues, les tactiques et tout. Ensuite tu rappliques au bercail avec tout ce que tu as appris, tu vois ?

J'ai dit à Momo qu'on allait frapper Fate et les autres dans l'après-midi, genre, juste après la visite au Chinetoque jamaïcain qui nous fournit en armes, mais on n'y est pas allés, et jamais je nous aurais lancés dans un truc comme ça. J'ai menti. Que Momo aille se faire foutre. D'autant qu'on avait d'autres priorités. Fallait qu'on fasse sauter le bureau d'un contrôleur judiciaire, qu'on allume un joli feu avec certains dossiers, histoire que certaines personnes puissent rester en liberté.

Ce truc a été tellement marrant qu'il a fallu qu'on se défonce pour fêter l'événement. Je vais reformuler ça, mais correctement cette fois-ci : Momo nous a fourni la dope, grâce à son grand cœur, parce qu'il est super généreux. Il essaye pas juste de sauver sa peau comme une vulgaire *vibora*. Ça veut dire vipère, une bestiole qui vous mordra si vous faites pas gaffe.

Momo a un comportement bizarre depuis plusieurs semaines. Je suis pas le seul à l'avoir remarqué. Tu le bipes et pas de nouvelles. Il répond pas à tes questions quand tu es face à lui. Parfois il disparaît, tu vois ? Je le connaîtrais pas bien, je dirais qu'il prévoit de balancer, parce que quand je l'ai rencontré au début, je veux dire rencontré de chez rencontré, il était pas comme ça. C'était pas un bavard, mais il était franc du collier. Et comme je sais qu'il a pas été réglo en faisant le mort quand je l'ai bipé, alors qu'on *savait* très bien que c'était son flingue qui avait servi à buter Ramiro, j'ai une raison de me faire de la bile. Du coup, je me sens pas obligé d'être réglo avec lui.

Ma nana a dit un truc malin aussi, comme quoi faut plus laisser Momo s'approcher d'un téléphone, il risque d'essayer d'appeler quelqu'un pour dire qu'on lui manque de respect. Donc c'est ce que j'ai fait, mais je suis allé plus loin, j'ai renvoyé son gars Jeffersón au bercail, en le menaçant de mon nouveau fusil. Bon, ça lui a pas plu de se retrouver en tête à tête avec ce canon, mais il pouvait faire quoi, à part arrêter de rouler les mécaniques et foutre le camp, lui qu'arrêtait pas de me zyeuter ? Que dalle, strictement que dalle.

Pendant qu'il sortait, je lui ai dit que le seul dont Momo avait besoin pour surveiller ses arrières, c'était moi. Et c'est exactement pour ça que ce couillon de Momo, je le lâche plus d'une semelle. Il a l'air apeuré, crispé sur son flingue, qui paraît bien amoché, avec de l'adhésif sur la poignée parce que monsieur transpire des paluches, vu qu'il tire jamais, voilà pourquoi.

Je le regarde et je lui dis : « T'as pas de questions malignes à me poser, là ?

– Y a un temps pour causer, il me fait, et un temps pour agir. »

Il essaye de jouer au dur, mais ça se voit bien que le cœur y est pas. Il y va parce qu'il sait que sinon je lui explose la tête. C'est toute la beauté qu'il y a à avoir récupéré une des pétoires. J'aurais pu le buter plus tôt, mais c'est bien plus rigolo de continuer à le balader.

Je dis aux deux conducteurs de rester près des voitures et de les tenir au chaud, parce que quand on aura fini, faudra pas tergiverser. Je demande à Momo de monter en premier, juste devant moi. Il me servira de bouclier si nécessaire, tu vois ? Nous six et Momo on fonce façon groupe armé ultra furtif, on traverse cette Promenade, on n'entend que le bruit de nos pas, les feuilles et les branches qu'on déplace. Je souris. Je sais qu'ils vont même pas nous voir arriver. On la joue carrément Vietcong. Pour Ramiro, pour Fox, pour Lil Blanco, qui s'est fait buter près de la barrière, et pour tous les autres qui ont été blessés à la soirée.

On s'engage dans une ruelle bordée de part et d'autre de garages, et on remonte sur la Promenade. On débouche sur Pope en file indienne, comme une colonne de fourmis, on regarde à droite, à gauche, mais là non plus y a personne. On s'enfonce ensuite dans une autre ruelle, jusqu'à Duncan Avenue. Momo en tête, moi en deuxième. Immédiatement je repère la maison où crèchent Fate et cette *manflora*, Payasa. Je remonte le long du pâté de maisons au pas de course.

Finalement, Momo aura servi à quelque chose, après tout. C'est lui qui nous a dit où ils créchaient. Je lui ai demandé comment il en était sûr, et il m'a répondu que ses camés lui confiaient toutes sortes de trucs lorsqu'ils étaient défoncés. Que quand cet enfoiré de Lil Creeper est déchiré, il se met à baratiner non-stop, et parfois Momo lui posait des questions sur le gang de Fate, histoire de savoir ce qui se tramait, tu vois ? Quand il m'a sorti ça, j'ai vaguement hoché la tête, parce que c'était malin, mais c'était quand même du baratin de vipère.

Nous voici devant la bicoque. Elle est de l'autre côté d'un grillage à hauteur de hanches, qui court jusqu'à trois boîtes aux lettres situées sur le devant d'une allée de garage qui s'enfonce assez loin. La maison se trouve sur la droite de cette bande de béton. Une structure cubique en stuc, couleur sable, avec un toit qui descend en pente vers la route, comme une casquette de base-ball bien enfoncée sur la tête, tenue par six poteaux espacés. La porte d'entrée se trouve entre les deux poteaux du milieu, et, de chaque côté, des fenêtres donnent sur la pelouse la plus triste que j'aie jamais vue.

Les stores sont tirés, mais un trait de lumière filtre de la gauche. On distingue à l'intérieur une lampe ou quelque chose. Et un téléviseur envoie des couleurs. *Bien.*

Je lève alors la main et je m'engage en premier dans l'allée du garage. Je contourne les boîtes aux lettres, m'avance sur la pelouse et direct vers la porte. Pas d'hésitation. Pour Ramiro. Pour notre Yesenia. Une fois au bon endroit, je me campe sur mes pieds, tous les gars font de même. J'ouvre le feu, et tous mes gars aussi. Du pur Al Capone : un alignement de gangsters qui défouraillent.

Les barres aux fenêtres nous arrêtent pas, mais elles doivent avoir un effet, parce que j'entends plein de *ping*, *ping*, *ping*, et je trouve ça bizarre. Mais j'y réfléchis pas plus que ça, vu qu'on fait péter tout le verre. Ça explose de partout, il y en a dans l'allée, sur la pelouse.

J'éclate de rire en balançant la sauce sur la porte de sécurité, genre *boo-ya*, je me sens invincible, je vois bien que c'est pas du fer, vu que ça se plie et que ça se tortille quand je tire dessus à la carabine. Je recharge, j'en remets une couche, et quand ça me paraît un peu branlant, je fonce dessus. Je me précipite, j'y vais à coups de pied pour que le machin saute de ses gonds, j'attaque la poignée de porte, qui est toute bosselée d'impacts de balles. Elle me reste dans les mains, et là je suis, genre : « Hé ouais, putain ! »

Je prends mon élan au maximum, et je balance un coup de pied dans la porte. J'y mets tout mon poids, ce truc c'est du bois, y a pas de poignée ni de pêne, donc ça devrait céder sous les coups de pied.

Sauf que ça cède pas. Putain, mon pied rebondit sur le machin !

Et la vache, j'ai *super mal* au pied. Au genou aussi.

Alors je redonne un coup. Mais pareil. Ça bouge pas du tout.

Derrière moi, j'entends une voix qui dit : « Mais putain, qu'est-ce qui se passe ? »

Et là, très vite, je vois l'emplacement où devait se trouver la poignée, mais c'est pas vraiment un trou. Je veux dire, il y a bien un trou, mais il y a quelque chose derrière. De la ferraille.

J'essaye d'y enfoncer la pointe de mon canon, mais ça rentre pas du tout. Ça doit être aussi épais qu'une plaque d'égout. Il y a des dentelures faites par la chevrotine, je passe mes doigts dessus, et c'est encore tellement chaud que ça me brûle la peau. Tout en retirant la main, je suis, genre : « Mais *c'est quoi, ce bordel* ? »

À ce moment-là, je pige. J'ai comme un gros coup de chaud dans tout le corps. J'ai honte, je suis triste et en colère, tout ça en même temps. Non, non, non.

Putain c'est un *coup monté*. Le piège le plus tordu qu'il y ait jamais eu. Non.

Et c'est moi qui nous ai jetés dans la gueule du loup. Moi. *Merde !*

J'ai la bouche toute sèche, je hurle à mes *homies* de se tirer pour sauver leur peau, et c'est alors que des projos s'allument. Non, non…

Des phares jaune-blanc aveuglants derrière moi et sur les côtés, je suis obligé de fermer les yeux, de brandir ma carabine à hauteur des yeux pour me protéger de la lumière. Je m'accroupis, j'entends alors un premier coup de feu et des types qui déboulent.

Et je me dis : *Quoi ?* Tout en m'accroupissant le plus bas possible, dos contre la maison, je glisse le long du stuc, qui me rentre dans le dos. Ça m'égratigne. Je me déplace en vitesse de côté jusqu'au coin de la maison, histoire de pouvoir me casser par-derrière.

Je hurle : « Foutez le camp ! » Mais ma voix est tout étranglée.

J'entends d'autres *blam*, plus rapides cette fois-ci, plus proches. Genre *blam-blam-blam*…

Non.

Les balles sifflent. Y en a une qui vient se loger dans le mur juste au-dessus de ma tête, et le stuc explose dans un bruit *sourd*.

Je me prends de la poussière et du gravier dans la gueule. Ensuite retentit le pire bruit que j'aie jamais entendu, un *brrrat, brrat*...

Et ça, le son d'une grosse dame qui chante, c'est exactement le bruit que fait un AK quand il crache. Je sais pas à quelle distance il se trouve ni ce qu'il vise, mais je ressens ce bruit dans ma poitrine, mon cœur se met à tabasser, et je sais qu'on est faits comme des rats, là, maintenant. Non, non.

J'entends des cris partout, tout autour de moi. J'ai le cœur qui bat à cent à l'heure, tambourine dans mes oreilles. Ma tête chauffe et me fait mal.

Non, tout fait trop de bruit, maintenant. Tout va trop vite.

« Non », je dis, et je sais pas quoi dire d'autre.

C'est ma faute, ce plan foireux. Mais l'heure n'est pas à la culpabilité. On n'a plus qu'une chose à faire, tirer comme on peut et essayer de foutre le camp.

Je fais défiler dans ma tête la liste de mes meilleurs *homies* qui se retrouvent dans ce bourbier avec moi, c'est le mieux que je puisse faire pour l'instant en l'honneur de Ramiro, et de notre Yesenia, de Lil Blanco, et, et...

De Fox, de Looney, et de...

« Éteignez vos projos », je hurle. J'arme la culasse et je tire comme un dératé en me relevant. Je vise vaguement les silhouettes noires qui bougent devant la lumière.

Je réarme la culasse et dégomme un des projos qui balance une gerbe d'étincelles en émettant une espèce de *ksssss*. Je défouraille de plus belle. Me voilà à court de munitions. Je sais que je suis à court de munitions, mais je continue à tirer, je presse quand même la détente. Sauf qu'il se passe plus rien.

Et voilà.

Je dis : « Bande d'enculés, vous feriez mieux de me descendre ! Vous feriez mieux... »

Je sais pas trop ce que j'allais ajouter, mais les mots sortent pas de ma bouche. Je suis couché sur le flanc, alors que je me souviens même pas d'être tombé.

J'ai un son strident dans les oreilles, comme des sirènes. Et je tousse. C'est là que j'entends quatre « *pan* » qui se suivent : *pan-pan-pan-pan*.

Ensuite, quelqu'un me tombe dessus, en plein sur l'épaule. Aïe.

J'ai envie de voir ce qui se passe, mais j'arrive pas vraiment à garder les yeux ouverts, mes paupières sont trop lourdes.

ROBERT ALÀN RIVERA,
AKA CLEVER,
AKA SHERLOCK HOMEBOY

LE 2 MAI 1992

0 H 58

1

Vu comment on avait dézingué Joker et les autres, on savait que leurs *homies* allaient rappliquer. Le seul truc qu'on savait pas, c'était quand. Alors Fate nous a demandé de nous barricader au mieux, façon bunker. Lu était pas trop emballée par ce plan, au départ, parce que c'était sa maison qui devait servir d'appât, mais elle a fini par accepter. Elle préférait vivre plutôt que l'autre option.

Donc, il y a deux soirs, on a fait du porte-à-porte pour demander aux gens de la rue de ficher le camp. Trois maisons d'un côté, trois maisons de l'autre. Pour l'essentiel, je m'y suis collé avec Fate et Apache, sauf quand c'était des *homies* qui habitaient là, dans ce cas, c'est eux qui ont expliqué le truc aux gens de leur famille. On leur a expliqué que c'était vraiment le bon moment pour aller rendre visite à la famille, ou aux amis. On en a même aidé quelques-uns à charger la voiture. Apache a porté un *abuelo* jusqu'à sa caisse, parce qu'il ne pouvait pas marcher tout seul. Sur le coup, tout le monde était pas hyper partant, mais ils ont fait ce qu'on leur demandait, ils sont partis, ce qui était bien, parce que Fate voulait pas avoir leur mort sur la conscience si les balles se mettaient à siffler comme il pensait qu'elles allaient siffler.

Lu n'est pas venue avec nous. Elle s'était disputée avec sa nana, Lorraine, juste au moment où on se préparait à y aller. Ça a commencé dans sa piaule. Ensuite le ton a monté, monté jusqu'à ce que la porte s'ouvre violemment, et ça s'est terminé dans le séjour. Il y a eu des cris, Lorraine a fondu en larmes, a passé la porte, j'ai vu Lu qui faisait un sac avec toutes les fringues de sa nana et tout. Lu lui a dit de pas faire l'idiote, de pas monter sur ses grands chevaux. Juste après ça, Lorraine lui a jeté à la figure un flacon de vernis à ongles, et jeté fort, en plus. Lu se l'est pris dans l'œil gauche, alors qu'elle s'esquivait. Il lui est venu un œil au beurre noir presque instantanément. J'ai été étonné que Lorraine se fasse pas casser la figure après un coup comme ça, mais Lu s'est retenue, et c'est là que j'ai su que Lu prenait la décision qui s'imposait, elle la faisait partir parce que ici elle était pas en sécurité. Le fait qu'elle la chasse prouvait qu'elle tenait à elle. Mais y a des gens à qui on peut pas expliquer ça, et Lorraine avait pas pigé. Elle a fichu le camp en chialant.

N'empêche, en un sens, ça s'est bien goupillé pour Lu, parce que, peu de temps après, Elena Sanchez est venue la remercier d'avoir descendu Joker. Elles sont allées dans la chambre de Lu et ont fermé la porte. Au début, j'ai cru qu'elle voulait juste savoir comment ça s'était passé, et pourtant je savais que Lu était pas du genre baratineuse à propos de ce genre de truc. Je savais pas si Lu essayait pas de la faire changer de camp, mais ça m'aurait étonné qu'à moitié. C'est une fonceuse. Si c'était dans ses cordes, elle tenterait le coup. J'imaginais que ça dépendrait d'Elena. Savoir si elle serait partante. Mais je peux pas dire comment ça s'est passé. En tout cas, elles sont restées longtemps dans la chambre.

Je suis parti avant Elena parce que Fate avait besoin de moi, de l'autre côté de la rue. Deux *gangstas* ont touché le gros lot en réussissant à voler un véhicule de la municipalité, le premier soir des émeutes, blanc et assez haut, avec le sigle de la ville sur les portières et un grand plateau à l'arrière, à un mètre trente du sol. Depuis qu'ils s'en sont emparés ils ont pu aller où ils voulaient, avec leurs blousons orange. Les flics et la garde nationale leur font signe de passer partout où ils veulent, donc ils circulent à leur guise et pillent, surtout des chantiers. Ils ont tout un tas d'outils et d'ustensiles qui ont été abandonnés quand tout a commencé à péter. Ils les vendent aux gens du quartier.

Ils ont aussi mis la main sur un lot de plaques en métal. Ils ont recruté une petite équipe de gars pour les arracher et les charger à l'arrière du camion. C'était le genre de truc dont se sert la municipalité avant de couler le bitume ou pour recouvrir provisoirement les nids-de-poule qu'on n'a pas l'intention de réparer dans l'immédiat, ou qu'on réparera peut-être jamais. Des plaques de douze à treize millimètres d'épaisseur, certaines pèsent plus de cent cinquante kilos, selon leur taille. On les a réquisitionnées illico pour blinder la maison.

On a demandé à des *homies* de les faire entrer par la porte et de les placer tout le long du mur de devant. Pour chaque plaque, il a fallu six de nos *homies* les plus costauds. Le métal était tellement lourd que les murs en placo ont gémi quand il a fallu retenir le poids de part et d'autre de la fenêtre de devant. On a disposé les grosses plaques en fer pour protéger l'intérieur de la maison. Pour atteindre l'intérieur de la maison, il faudrait arriver à viser les cinq centimètres supérieurs. Au début, on a blindé la totalité, mais en regardant bien je me suis dit que ça allait pas marcher, alors je leur ai demandé de redéplacer la plaque jusqu'à ce qu'apparaisse un petit filet de lumière, ensuite j'ai mis le rideau pour que, de l'extérieur, on voie pas le fer. À mon sens, c'était le détail qui ferait la différence. Toute la combine marcherait que s'ils pensaient qu'il y avait du monde à la maison, alors j'ai aussi allumé la télé, en m'assurant qu'on pouvait l'apercevoir depuis la pelouse et depuis la rue.

« Si tu allumes pas une flamme, j'ai dit à Apache quand il m'a demandé pourquoi je faisais ça, tu pourras pas attirer les papillons de nuit. »

2

Depuis qu'on a fini l'installation, on se relaye, postés de l'autre côté de la rue, dans la maison de notre *compadre** Wizard. Il fait tourner un petit casino clando, mais là, il s'est absenté. Il a rejoint sa femme dans un appartement qu'ils ont gardé, et qui date de l'époque où ils habitaient à Lil TJ, sur Louise Avenue, parce qu'il est plutôt *paisa**, mais en bien, le genre de gars sur qui on peut compter, même s'il a un côté un peu péquenaud.

Pour l'instant, toute la maison est vide, il y a que nous. Y a pas vraiment de salle de séjour, pas de canapé et de chaises autour de la télé ni rien de ce genre. Par contre, il y a des machines à sous contre les murs, et des petites chaises marron devant chacune, du genre bon marché qu'on trouve dans les bars ; celles-là, quand elles cassent, c'est pas grave.

Les machines à sous, ça fait un joli petit revenu de complément. Tu serais étonné de savoir combien on empoche chaque mois. Dans toute la rue, ils adorent ça. Y a même des zozos qui viennent d'autres quartiers pour voir, parce qu'ils en ont entendu parler. En tout, on a douze machines. Dix classiques et deux jeux de cartes. On a baptisé l'endroit Mini Vegas. Un monnayeur est placé dans le coin du fond, juste à côté d'un fer et d'une planche à repasser, avec une boîte de papier paraffiné, parce que le monnayeur est capricieux. Parfois les gens ont besoin de repasser les billets, en les plaçant en sandwich entre deux feuilles de papier paraffiné. C'est Lu qui a eu l'idée, et ça marche. Une fois le billet bien rêche, tu l'introduis dans le distributeur qui te recrache des pièces d'un *quarter*, et ensuite du peux jouer à Gold Rush, avec les petits orpailleurs tenant leurs tamis, ou à Star-Spangled Winner, ou à n'importe quel autre jeu.

Là, personne joue aux machines à sous, parce qu'on a dégagé la place avant-hier, mais elles sont là, toutes lumineuses. On est assis dans la pièce à attendre, moi, Lu, Fate, Apache, Oso, plus un ou deux soldats ici et là. Chacun armé jusqu'aux dents, et sur le qui-vive. Pas de PCP ce soir, ordre de Fate. Il veut qu'on ait les yeux en face des trous, alors pas de dope. Une cassette de Cypress Hill passe en sourdine, j'entends juste les samples de guitare stridente et de caisse claire qui sortent du ghetto-blaster.

Donc on attend, on attend depuis un moment déjà. Lu est calme, elle regarde par la fenêtre, une carabine à canon scié en travers des genoux. Elle a un beau coquard violet à l'œil. À l'autre bout de la pièce, Fate lit un livre intitulé *La Rivière de béton*, de Luis J. Rodriguez. Il s'interrompt juste pour tourner les pages ou boire une gorgée de bière qu'il repose entre sa chaise et un AK-47 rangé à la verticale contre le mur. Oso fait les cent pas, mais il prend soin d'éviter Apache, allongé sur le dos au milieu de la pièce, qui roupille un peu. C'est dire à quel point il est calme. Les deux autres sont postés sur leurs chaises, ils contemplent leurs flingues. On a tous des lunettes de soleil suspendues autour du cou, y compris Apache. Elles vont être importantes pour la suite.

Normalement, on est pas si calmes, mais l'atmosphère est pesante dans la pièce. Non seulement on se demande quand Trouble va enfin tenter un truc idiot, mais en plus, on est maintenant presque sûrs que Lil Mosco réapparaîtra pas, et c'est pas un sujet qu'on va aborder. Après une disparition, on observe toujours cette espèce de silence. C'est pas comme si on avait une discussion à cœur ouvert pour savoir ce qui s'est passé exactement, avant qu'untel présente ses excuses, et que tout le monde se mette à pleurer et finisse par comprendre, comme à la télé. Par ici, parfois, les choses doivent être tues quand on veut rester en vie.

Personne me demande, mais la mort de Lil Mosco me chagrine pas outre mesure. Je dis pas que ça me fait plaisir, mais ça va. Il était incontrôlable, au point qu'on pouvait pas toujours compter sur lui. Mais, en réalité, je sais que la seule raison qui explique que ça se soit produit, c'est qu'on était arrivés à une situation du type c'est-lui-ou-nous, un échange, presque, comme au base-ball. Tu te sépares d'un gars, et tu en récupères un autre. Fate refile aux *big homies* Lil Mosco, comme ça on garde Fate. L'autre scénario c'est qu'on sacrifie Lil Mosco, moyennant quoi toute la bande est épargnée. Je suis quasi sûr que c'est un de ces deux scénarios, alors je me convaincs que c'est comme ça que ça s'est passé, parce que, pour l'instant, y a des trucs plus importants à gérer.

« Trouble viendra pas, dit Oso. Ils sont pas venus hier soir non plus, vu que personne est assez crétin pour se pointer ici et nous tirer dessus. Je veux dire... »

Il ferme vite fait son clapet au moment où Fate le regarde en indiquant Apache d'un geste du menton, secouant la tête en direction d'Apache, pour lui rappeler qu'il devrait respecter son repos. Sauf que trop tard. Apache cligne des yeux en se réveillant. Il bâille.

« Désolé, Patch », dit Oso. Oso est la seule personne au monde qui peut appeler Apache comme ça sans se faire pourrir. Une histoire de famille, j'imagine.

Apache hausse les épaules. Il le prend pas mal. Oso, ce gros nounours idiot, est son cousin. En fait, s'il est là, c'est uniquement pour porter des trucs lourds si tout se passe bien. On sait qu'il est à cran. On l'est tous, d'une manière ou d'une autre. Il a encore jamais effectué une surveillance comme celle-ci, et l'attente avant de tuer ou de mourir est exténuante. C'est épuisant d'avoir les yeux rivés sur la chaussée pendant des heures. Ce qui me fait penser, tu as remarqué qu'on fait jamais autant de bruit que lorsqu'on essaye de pas en faire ? Je pense que c'est parce qu'on tend l'oreille. On guette le moindre bruit. Voilà l'ambiance à Mini Vegas, pour l'instant. Et je crois que c'est ça qui rend Oso si nerveux, parce qu'il se met à parler pour parler, juste pour entendre quelque chose plutôt que d'endurer le silence.

« Hé, Patch, dit Oso, raconte-nous encore un coup la fois où t'as scalpé le con, là. »

Apache secoue la tête. Pas question qu'il raconte ça maintenant. Je lui jette pas la pierre.

« D'accord, donc » – Oso essaye de lutter contre le silence en tenant le crachoir – « vous avez entendu l'histoire du *gangsta* qui s'est arraché avec un couteau la croix Pachuco* qu'il avait tatouée sur la main ? Ça a juste été, genre » – Oso tend deux doigts de la main droite et fait le geste de racler le bourrelet qu'il a à la base du pouce de la main gauche – « Ahhhh. »

Je te jure, Oso est trop friand d'anecdotes. Je jette un œil à Fate, qui me retourne mon regard. On sait que cette histoire circule depuis des lustres. Elle me suit, ce qui est pas très étonnant vu qu'elle concerne mon père. Personne est vraiment au courant, à part Fate. La plupart pensent que c'est juste l'histoire d'un *homie* inconnu, mais c'est ma mère qui m'a rapporté que, quand il a quitté sa bande de East Los, et quand il nous a quittés, il s'est découpé la croix qu'il avait tatouée sur la main pour qu'ensuite personne puisse savoir qu'il avait fait partie d'un gang. Il a quitté sa clique à la régulière, parce qu'il avait accompli des trucs et su boucler son bec. Toutes ces conneries qu'on entend comme quoi, un gang, ça se quitte que les pieds devant… N'empêche, la manière dont mon père s'est arraché son tatouage, c'est devenu l'histoire d'un gus qui voulait tellement se tirer du gang qu'il s'est découpé la peau devant tout le monde, à une soirée, pour bien montrer qu'il plaisantait pas. Sauf que c'est pas de cette manière que ça s'est passé. D'après ma mère, il a fait ça dans le garage, avec un couteau de cuisine chauffé sur le fourneau.

Fate est au courant. Il lui suffit d'un simple coup d'œil pour savoir aussi que j'ai pas envie de réentendre cette histoire dans la version d'Oso, alors il propose : « Hé, Oso, et si tu nous racontais la fois où tu as buté toute une bande de Crips, quand ta caisse avait calé ? »

Oso sourit et se met à évoquer la fois où il était au feu rouge, sur Imperial. Une voiture s'arrête à son niveau, avec cinq Blacks à l'intérieur. Ils le dévisagent, lui les regarde à son tour. L'enfoiré balèze au volant se met à se pourlécher les babines, comme un loup de dessin animé. Alors Oso essaye de foutre le camp en écrasant la pédale d'accélérateur, sauf que sa bagnole cale. Au moment crucial de son histoire, il marque un silence, pour créer un effet théâtral, et là je renifle. Je le fais pas exprès. C'est juste que je peux pas m'en empêcher. Ces jours-ci, la fumée ambiante me ruine les sinus.

Oso saute sur l'occasion : « La vache, tu renifles encore ? J'espère que tu vas rien me refiler.

– Il est pas malade et il te refilera rien du tout, dit Lu, volant à ma rescousse, sans même se retourner sur sa chaise. Il a des allergies, et la fumée lui chatouille le blair depuis qu'il y a des incendies partout dans la ville.

– Ah », dit Oso. Puis il boucle son histoire d'un tristounet : « Bon, bah voilà, j'ai fait ce que j'avais à faire. »

Lu est déjà en train de secouer la tête. Elle a jamais apprécié Oso. « Bleubite », dit-elle entre ses dents.

J'ai connu la famille Vera, et Lu en particulier, avant même qu'ils soient *impliqués*, ce qui remonte à presque douze ans. À l'époque, on était voisins sur Louise Avenue, en face de Lugo Park. Enfin, ça fera douze ans en août, parce que ma mère nous a fait déménager de East L.A. en 1980. De tous, c'est Lu qui me connaît depuis le plus longtemps. On s'est immédiatement bien entendus, et, toutes ces années, on est restés proches. Quand j'ai intégré le gang, elle a fait pareil.

Je suis presque sûr de pas être comme tout le monde. Quand un *homie* se fait buter, il me manque pas, même si on a passé beaucoup de temps ensemble. Pour moi, s'il est pas là, eh ben il est pas là, c'est tout. J'y pense même pas. Je sais même pas si ça signifie qu'il y a quelque chose qui cloche en moi, mais sûrement que si. Là, je sais que Lu vit une sale période. Ernesto était comme mon frère aîné, c'est sûr, mais c'était pas le cas, je veux dire, il était pas vraiment mon frère. J'ai toujours été fils unique. Mais elle, en l'espace de deux jours, elle est passée du statut de petite dernière à celui d'enfant unique. Ça doit être duraille.

J'y ai réfléchi, et ma conclusion c'est que Lu sait que Lil Mosco reviendra pas. Elle le savait dans la rue, il y a quelques jours, quand elle a fait feu sur cette bagnole. Elle était assise juste à côté de moi, à l'arrière, et je l'ai observée. Elle inspirait, elle retenait sa respiration en se mordant la lèvre inférieure. Je l'ai déjà vue faire cette tête : quand son père a calanché, quand Fate lui a dit que la maison était trop craignos et qu'il fallait qu'elle aille s'installer chez sa mère, et quand elle s'était fait braquer dans Wright Street en rentrant chez elle. Elle tire cette tronche uniquement les fois où elle est obligée d'encaisser quelque chose qui lui plaît pas, un truc auquel elle peut rien changer. Et c'est quand elle a retenu sa respiration, comme ça, en se mordant la lèvre, avant d'être obligée d'expirer, qu'elle a dû comprendre ce qui était arrivé à Lil Mosco, parce qu'elle a dit : « Merde. » Elle l'a juste murmuré, comme si, finalement, elle acceptait. Je pense pas que quelqu'un d'autre que moi l'ait entendue.

À cet instant précis, Lu se redresse à la fenêtre, on dirait qu'elle a aperçu quelque chose. Elle se penche en avant, jusqu'à presque coller le nez à la vitre, et sa colonne vertébrale se fige, comme celle d'un prédateur quand il aperçoit une proie.

« Les voilà », dit-elle, mais elle prononce ces mots comme la blondinette effrayante dans *Poltergeist*, *voha-lààà*, et mon cœur se met à bastonner dans ma poitrine. Je me cramponne à mon Beretta .32, prêt à tout, parce que j'ai beau savoir qu'on a envisagé tous les cas de figure, je trempe dans les embrouilles depuis suffisamment longtemps pour savoir que tout peut arriver.

On prévoit, mais les choses se déroulent pas toujours comme on pense.

3

Fate s'est relevé, il est déjà en mouvement, il jette son livre sur la moquette, comme un frisbee, enfile des gants, enfonce ses manches dedans et s'empare de l'AK. Apache est juste derrière lui, il coupe le courant dans toute la pièce. La musique qui sortait du ghetto-blaster, « Hand on the Pump », s'éteint au moment où la chanson démarrait. Les machines à sous s'éteignent en même temps, et on se retrouve dans l'obscurité. J'entends Oso armer le Glock qu'il a emprunté, il se croit dans un film ou je sais pas, il arme la culasse en la tirant à fond en arrière, mais la chambre est déjà pleine, et une balle est éjectée, tombe sur la moquette et roule jusqu'à la plinthe dans un claquement.

« Merde, s'exclame-t-il en s'accroupissant pour essayer de la retrouver.

– Bien joué, ducon », lui assène Lu.

Je suis à la fenêtre, juste au-dessus de l'épaule de Lu. J'ai le cœur qui bat la chamade, on aperçoit sept crétins qui progressent dans le noir, armés jusqu'aux dents. Le mieux, dans tout ça, c'est qu'ils sont sur le trottoir d'en face, tellement concentrés qu'ils remarquent pas les rallonges qu'on a tirées de cette maison jusqu'au bord du trottoir. Elles courent jusqu'au plateau du camion municipal garé juste en face de chez Lu, sur lequel sont installées deux structures à bras multiples auxquelles sont accrochés des projecteurs de chantier, les super puissants, là, branchés. Donc les choses s'engagent plutôt bien, ce qui est une bonne nouvelle, parce que je dénombre quatre fusils de chasse. Lu aussi.

Elle se penche en arrière et appuie le doigt sur la vitre à peu près au moment où Oso renonce à retrouver la balle qu'il a fait tomber.

« Attendez, dit-elle, c'est pas Momo, là ? Putain, mais qu'est-ce qu'il fout en mission avec eux ? »

Ça me plaît pas. Si on le dégomme, ça risque de pas plaire aux *big homies*, parce qu'un mec comme Momo paye son écot. Mais bon, en se trouvant là, il nous laisse pas trop le choix. S'il y a eu négo avec les gros bonnets, comme je le pense, concernant Lil Mosco, je suis sûr que Fate a une certaine marge de manœuvre pour récupérer le coup, mais pas avant qu'on ait fait ce qu'on a à faire.

« Y a un moyen de savoir », dit Fate en déverrouillant la serrure ; il ouvre la porte tout doucement, sort de la maison et regarde bien. Il fait un petit signe au *homie* posté sur le toit avec un fusil de sniper. Ranger, il s'appelle, parce qu'il était dans l'armée jusqu'à son exclusion pour conduite déshonorante, après s'être battu dans son unité avec les membres d'un autre gang. Ils étaient de Detroit. Il en a mis un dans le coma et a commencé par se taper un an de bloc dans le Colorado avant d'être relâché. C'est notre meilleur tireur, et il sait qu'il doit pas commencer à tirer tant qu'on n'aura pas allumé les projos.

J'avais encore jamais vu Trouble de près – y avait pas de raison – mais j'ai entendu parler de lui. Comme tout le monde. Il s'est taillé une réputation, à force de multiplier ses missions suicide. On dit qu'il a débarqué chez les uns et les autres pour dégommer les balances sur leur canapé, dans leur cuisine, partout. Une fois, il a même descendu un *homeboy* dans les toilettes, le gars était assis sur le trône. D'après ce qui se dit, on a commencé à parler de ses hauts faits avant même de savoir de qui il s'agissait. Les gens disaient :

Tu as entendu parler de tel ou tel truc ? Et la réponse était : ouais, le gus qui a fait ça, c'est les ennuis assurés, *nothing but trouble*. Et, à un moment, c'est devenu son surnom, avec un T majuscule : Trouble.

Ils sont maintenant dans le jardin, tous les sept, leurs armes brandies, comme s'il y avait quelqu'un là-bas, dans la baraque. Une onde de fierté me traverse alors, parce que je sais que le piège a fonctionné. Fate aussi le sait, il me tapote légèrement l'épaule. C'est le dernier instant calme avant que la nuit explose.

Au moment où ils commencent à canarder la maison, on se croirait au feu d'artifice du 4 Juillet mais en plus bruyant. Sauf que là, pas d'explosions qui crachotent en gerbes dans le ciel. Ça fait boum et ça se termine vite. Des sons mats et durs quand les balles viennent se loger dans les murs et les moulures des fenêtres. Ça donne des bruits plus aigus, des *ping* et des *pop* quand les balles tapent sur la porte de sécurité ou sur le fer derrière les fenêtres, alors elles rebondissent pour aller se perdre un peu partout. On s'accroupit, en file indienne, et on s'approche du camion municipal. Un petit *homie* posté là passe la tête en nous voyant arriver. Les éclairs que crachent les canons illuminent ses yeux et je vois qu'il est mort de trouille, mais ça va aller. Il a qu'une seule chose à faire, allumer les projecteurs quand Fate lui en donnera le signal. Mais pas maintenant, pas tout de suite.

Le petit *homie* a les yeux rivés sur Fate au moment où un des tireurs arrête de défourailler et se précipite vers la porte. Ça doit être Trouble, vu la façon dont tout le monde le suit.

Arrivé devant la porte d'entrée, il lâche : « Hé ouais, putain. »

Il donne un violent coup de pied dans la porte, et le voilà comme repoussé. Le seul truc qui me vient à l'esprit, c'est que ça doit faire super mal de latter une porte doublée d'une plaque en ferraille. Pire que donner un coup de pied dans un rocher. Et pourtant, il remet ça. Il latte de nouveau la lourde, vu que, manifestement, il a pas pigé au premier coup. À cet instant, Fate ajuste ses lunettes de soleil, et on l'imite.

Quelqu'un d'autre sur la pelouse s'exclame : « Mais putain, qu'est-ce qui se passe ? »

C'est sûrement à ce moment-là que Trouble doit remarquer qu'il y a du fer, parce qu'il essaye de pousser la porte avec la pointe de son canon, puis y met les doigts et les enlève super vite. C'est brûlant, apparemment. Il se relève soudain, bien droit.

Fate donne alors le signal au petit *homie* posté sur le plateau du camion municipal, et les projecteurs de chantier, fixés à deux mètres de hauteur, s'allument dans une sorte de claquement sonore. Presque immédiatement, les lumières des deux maisons d'à côté s'allument aussi. Après ça, Ranger est le plus rapide. Il loge une balle en plein dans le sourcil gauche de celui qui est le plus près de nous, et je vois une brume de sang jaillir, comme si quelqu'un pulvérisait du lave-vitre. Il s'affale tel un pantin dont on aurait coupé les fils.

Trouble s'accroupit après ça, il se protège les yeux de la lumière. Il essaye de hurler à ses gars qu'ils doivent se tirer, mais sa voix est pas très forte, et puis de toute façon, il est déjà trop tard. Lu et moi, on est en appui sur un genou, au niveau de la clôture, on passe nos armes à travers, on stabilise les canons sur des nœuds du grillage.

On ouvre le feu à hauteur de hanches sur leurs gars. Lu fait sauter quelques rotules, puis réarme et réitère. Je vise Trouble, mais je tire trop haut et je le loupe. Derrière moi, Fate s'avance en mitraillant avec son AK. J'ai beau être à plus d'un mètre, ça me secoue tout le corps lorsqu'il balance une salve qui balaye la façade de la maison et en fauche plusieurs. À ce moment-là, ceux qui le peuvent encore se mettent à crier, ce qui provoque une réaction particulière chez Trouble. Il se lève et se met à marcher droit sur nous, la tête baissée.

« Éteignez vos projos », hurle-t-il, puis il réarme son fusil à pompe et finit de se redresser en tirant.

4

La chevrotine s'empile dans le camion derrière moi, et je sens un truc brûlant qui me mord la nuque. Je me passe la main à cet endroit, mais il y a pas de sang, alors tout de suite je sais que c'est rien. Ce qui m'inquiète davantage, c'est Trouble qui continue à tirer comme un malade, il vise en hauteur et finit par péter un des projos de chantier juché sur le camion. Il réarme la pompe d'un coup sec, mais aucun son ne retentit. Trouble est à court de munitions, et il le sait.

« Bande d'enculés ! lance-t-il. Vous feriez mieux de me descendre ! Vous feriez mieux… »

Précisément à cet instant, le gars qui se trouvait derrière lui s'avance, place un flingue sous l'oreille de Trouble, sur la tache noire de l'un de ses tatouages, et fait feu. La balle ressort par le cou de Trouble et, durant une longue seconde, domine le silence, parce que ça, personne l'a vu venir, pas même Fate, tandis que Trouble s'affale sur la terrasse.

« L'enculé de Momo lui a réglé son compte ! » dit Lu.

Un des *homies* de Trouble, que j'ai touché au flanc, a vu la scène, et, juste après, il tire quatre balles dans la poitrine de Momo. La dernière chose que fait Momo, c'est adresser un sourire narquois à Trouble, dont le corps gît par terre, comme si ça faisait une éternité qu'il avait l'idée en tête. Il sourit tandis que sa jambe cède et qu'il s'effondre sèchement sur Trouble. Ranger tire alors une balle dans la nuque du gars qui vient de descendre Momo.

Crever quand tu as été touché au cou, c'est ce qu'il y a de pire. Tu tousses, tu crachotes, tu perds ton sang. Il trébuche et touche terre au moment où les balles suivantes viennent se loger dans la maison, à l'endroit où se trouvait sa tête l'instant d'avant.

« Bon Dieu », s'exclame Apache qui s'avance, place le canon de son flingue contre le crâne du gars et lui envoie un pruneau dans la cervelle. Un craquement sonore retentit.

Son crâne est agité d'une secousse, et il cesse de respirer, mais, brièvement, tout est si silencieux qu'on entend le sang glouglouter de son cou. Pendant ce temps, Oso et deux autres soldats vont très méticuleusement d'un corps à l'autre, pour récupérer les armes. Quelques-uns respirent encore, alors les petits *homies* s'approchent, c'est l'occasion pour eux de gagner des galons en les achevant, mais déjà je me remets en action. On n'a pas beaucoup de temps.

Les shérifs vont pas tarder à rappliquer. Probablement les Vikings. Peut-être aussi la garde nationale. On a beau avoir évacué les familles des trois maisons de part et d'autre, quelqu'un aura fatalement appelé la police. Pour retarder l'arrivée des autorités, on a des *homies* qui avaient ordre de foncer à Montgomery Wards au moment où notre truc a commencé et de lancer une vieille Chrysler en plein dans les barrières de sécurité. On a aussi passé six faux appels d'urgence à police secours, pour signaler six destinations différentes, à des kilomètres d'ici.

On peut raisonnablement estimer qu'on a une dizaine de minutes pour nettoyer tout ça, trois minimum.

5

Un des *gangstas* qui a volé le camion municipal saute dedans et recule jusqu'à nous le long du trottoir, face à la maison de Lu mâchouillée par les balles. Quand le bip s'arrête, je jette mon arme sur le plateau arrière du camion, un peu triste de la voir disparaître, mais pas au point de me faire serrer en sa possession un jour ou l'autre. Tous ceux qui ont tiré des coups de feu font de même. Ce sont mes ordres. Ensuite c'est au tour de Lu, puis d'Oso, d'Apache, des soldats ; y passent même le fusil de Ranger et l'AK. Après quelques détonations pour les survivants, les derniers pistolets rejoignent le reste de l'arsenal, ainsi que tout l'équipement de l'équipe de Trouble.

On laisse les projos dans le camion, avec le corps du petit *homie* qui les a allumés. Trouble lui a explosé la moitié de la figure lors de la dernière salve qui a éteint quelques projos. Je connaissais même pas son nom. Ça plaisait pas à Lu de le voir là, assis bien droit, appuyé contre la cloison arrière du camion, comme s'il jouait à cache-cache, tout en espérant qu'on le trouverait.

Elle crache avant de dire : « Ce couillon de petiot a voulu regarder. L'aurait dû baisser la caboche, hein ! Il l'aurait peut-être gardée. »

Mais il y a autre chose dans le camion qui la chiffonne, et qui me chiffonne. L'arme dont Momo s'est servi, celle avec la poignée recouverte d'adhésif, ressemble comme deux gouttes d'eau à celle que Fate a achetée à Lil Creeper, et que Lu a utilisée.

« Tu crois, demande Lu, que celle que j'ai utilisée pour buter Joker venait du même endroit ? Qu'elle appartenait aussi à Momo ?

– On peut pas exclure que Lil Creeper ait piqué l'arme à Momo, dis-je en reniflant. Ce qui signifie pas que Trouble était au courant. En revanche, ça pourrait expliquer la présence de Momo avec eux, et peut-être même pourquoi il a buté Trouble dès qu'il en a eu l'occasion. Ils ont pu penser qu'il nous avait déjà aidés, alors ils l'ont obligé à venir.

– C'est plus très important, maintenant, dit-elle. Il est mort. »

Elle a raison, alors je hausse les épaules, et on bouge pour laisser passer les autres cadavres, ceux de Momo, de Trouble et des gars de Trouble qui se retrouvent sur le plateau du pick-up. Oso, Fate et les soldats déplacent les sept corps sans problème, les lancent comme si c'était de gros sacs de riz maculés de sang. La maison de Lu est plus qu'une scène de tir. Les corps ont disparu, les armes aussi.

Apache, Lu et moi, on rapproche du camion municipal les poubelles qui se trouvaient sur le trottoir et on soulève les couvercles. D'abord, la puanteur nous incommode, mais, à nous trois, on sort trois draps qui ont mariné dans l'essence pendant des jours, puis on les jette sur le plateau pour qu'un petit *homie* les étale sur les corps. Il fait tout ça en retenant sa respiration. C'est pas tout. Quand il saute du camion tout tremblant, Oso, Fate et les soldats sont là pour balancer du bois de chauffage par-dessus, depuis l'arrière d'un pick-up qu'on avait garé juste à côté du camion, puis Lu jette un drap supplémentaire.

Après quoi tout le monde se désape, chacun fourre ses habits et ses chaussures dans un grand sac-poubelle qu'Apache maintient ouvert. Les seuls vêtements qu'ils sont autorisés à garder, ce sont les *chonies*, s'il y a pas de sang dessus. S'il y en a, alors faut également s'en débarrasser. Une fois dévêtus, ils ont droit à une couverture du pick-up où le bois de chauffage était entassé, et ils s'égaillent dans toutes les directions avant l'arrivée des shérifs. S'ils se font attraper, ils doivent mentir en disant qu'ils se sont fait agresser et détrousser de tout ce qu'ils possédaient. Si on leur demande pourquoi ils ont des couvertures, en revanche, ils doivent répondre qu'une voisine a eu pitié d'eux. Ce serait pas la première fois que l'un ou l'autre de ces scénarios se produirait par ici. Mais personne s'éloigne trop, trois rues tout au plus.

Pour Fate, moi, Lu et Apache, par contre, nouvelles tenues. Lu la première, puis Apache. Une fois que c'est fait, il emporte le sac noir rempli d'habits et le jette sur le plateau du camion municipal, qui part en direction de MLK*, suivi de la Cutlass. C'est Lu qui la conduit. J'entends pas encore de sirènes. Il nous reste peut-être deux minutes.

J'enfile un pantalon kaki neuf, content de voir quatre petits *homies* que j'ai briefés plus tôt terminer le gazon, les pieds fixés à des couvercles de boîtes à chaussures, les mains dans des gants en caoutchouc d'hôpital. Sans laisser d'empreintes digitales, ils ramassent le plus de cartouches tirées possible en une minute, avant d'en éparpiller des anciennes, qui proviennent de toutes sortes d'armes, des armes qui ne correspondront en rien aux balles que les shérifs sortiront de la maison.

Arpentant la scène de crime, les petits *homies* laissent au sol des traces rectangulaires, mais rien d'identifiable, pas d'empreintes de chaussures. C'est le quartier, mais comme ça, les shérifs auront que dalle. Les empreintes de chaussures ont disparu, de même que les chaussures qui les ont faites. Après ça, les petits *homies* aux couvercles de boîtes à chaussures ouvrent le tuyau d'arrosage de l'intérieur de la maison et détrempent le gazon pour faire disparaître le sang, et je suis presque désolé pour les gars qui vont devoir enquêter là-dessus.

J'avais un prof, Sturm, qui avait été à l'armée, et qui prononçait constamment le mot *Foubomé*. J'ai fini par lui demander ce qu'il voulait dire par là, et il m'a répondu : *Foutu le bordel que c'en est méconnaissable*. En entendant son explication, je me suis d'abord dit que ça ferait un surnom impec pour un *homie*, mais Sturm l'utilise pour décrire la façon dont les événements naturels peuvent détruire les preuves d'une scène donnée, comme la pluie ou le vent, et ce d'une manière imprévisible. Je pense pas qu'il se soit rendu compte que j'étais tellement attentif pendant ses cours qu'un beau jour je serais un de ces « événements ».

6

C'est Fate qui a eu l'idée d'attendre les shérifs sur le trottoir, donc à moi de vérifier qu'il aura rien de compromettant sur lui quand ils vont abouler. Il fait ça parce qu'il a pas envie qu'ils aillent frapper aux portes. Il sait qu'ils vont essayer de le retrouver, qu'ils vont vouloir lui parler, parce que, connaissant l'adresse, ils sauront que c'est lui qui était visé, et ça lui plaît pas d'être en cavale alors qu'il peut en finir au plus vite. C'est pas non plus comme s'il avait jamais été interrogé.

La vérité, c'est qu'on espère que la garde nationale arrivera en premier. On sera plus à l'aise que si ce sont les Vikings qui se présentent d'abord. Les Vikings, on sait jamais de quelle façon ils vont essayer de te coincer. Ils font leurs trucs en douce. Et le pire, c'est qu'on sait jamais vraiment desquels il faut se méfier le plus. Bien sûr, ils ont des tatouages, mais j'en ai jamais vu un seul. On risque pas d'en voir à travers les chaussettes ou l'uniforme. En gros, on les reconnaît uniquement à leurs actes, et à ce moment-là, c'est trop tard.

Voilà pourquoi on veut que Fate les attende dehors, avec plein de gens qui seront témoins de la scène. Ça garantit pas qu'il sera pas blessé ; c'est un acte de courage admirable. Sauf qu'avant de l'envoyer dehors, il faut que je sois sûr à cent pour cent qu'il a pas de résidu de tir avec arme à feu sur les mains.

On est tous les deux dans le casino, Fate et moi. Y a plus personne d'autre, parce que je peux pas me permettre qu'ils le contaminent pendant que je teste ses mains. Il est peu probable qu'il ait des traces de poudre sur les mains, mais s'il en a, je les repérerai.

Quand une arme à feu expulse une balle, elle pulvérise deux types de potassium qu'on trouve dans les particules minuscules de la poudre à canon : les nitrates et les nitrites. Bon, c'est une façon un peu simpliste de décrire les choses. Les éléments chimiques potentiellement présents dans les résidus dépendant du type de munition. Les principaux sont le plomb (Pb), le barium (Ba) et l'antimoine (Sb), qu'on trouve pratiquement dans tout, la plupart du temps. Pour les mémoriser, j'ai une petite formule à moi : *le plombier se barre en tire*. Ça veut pas dire grand-chose, un spécialiste de la plomberie qui s'en va au volant de sa caisse, certes, mais c'est un moyen mnémotechnique, ça m'aide à retenir le nom des éléments.

Des combinaisons chimiques moins classiques dépendent de la taille de la balle (calibre) et du fabricant (et parfois de la *région* où est implanté le fabricant, mais il y a des choses qu'on trouve plus facilement, ou moins cher, dans diverses parties du monde), on peut donc trouver également : de l'aluminium (Al), du calcium (Ca), du chlore (Cl), du cuivre (Cu), du potassium (K) – *l'alcazar est l'enclos du cul, mon pote* – du soufre (S), de la silice (Si), de l'étain (Sn), du strontium (Sr), du titane (Ti), du zinc (Zn) – *des soucis ? alors éteins le strobo zinzin*.

Dans la cuisine vide, je fais chauffer de la cire sur la gazinière, que je lui applique ensuite sur les mains. Fate grogne mais bronche pas. Il connaît la manip. Une fois la cire suffisamment refroidie, je la retire, et avec elle les éventuels résidus. On appelle ça un procédé de captation par adhérence, mais en fait il s'agit juste de paraffine. S'il lui reste quelque chose sur les mains, des substances qui auraient traversé les gants, il faut que je les récupère, car les flics adoreraient pouvoir s'en servir comme preuve, confirmant qu'il était présent sur cette scène au moment des tirs.

Jadis, c'est comme ça que les autorités procédaient, et ensuite elles pulvérisaient sur la cire un peu de diphénylamine et d'acide sulfurique. C'est ce que je suis en train de faire. Si ça vire au bleu, ça signifie qu'il y a des nitrates dessus, et Fate se serait fait pincer. De nos jours, la plupart des agences utilisent une solution à cinq pour cent d'acide nitrique et envoient le tout au labo, mais même Sturm dit qu'en temps normal elles sont au taquet, voire, la plupart du temps, complètement débordées. Je peux même pas imaginer comment ça se passe actuellement avec le chaos ambiant.

« Hé, je fais en tournant le dos à Fate, j'aurais pas une espèce de coupure à la nuque ? J'ai l'impression d'avoir été touché par un truc à cet endroit…

– T'as une marque rouge, une petite brûlure. La peau est même pas déchirée », répond-il.

Je hoche la tête et expose la cire à la lumière de la cuisine, au-dessus de l'évier, en quête de la teinte bleutée qui trahirait la présence de nitrate, indiquant l'usage récent d'une arme à feu dangereuse, mais on la distingue à peine. À mon avis, on peut pas en tirer grand-chose, et si moi j'analyse les choses ainsi, n'importe qui d'autre arrivera à la même conclusion.

« Clean », dis-je.

Fate hoche la tête avant de sortir de la maison pour aller jusqu'au trottoir, prêt à affronter la suite.

7

Le timing pouvait pas être meilleur. En moins d'une minute, notre rue est envahie par la garde nationale, de quoi remplir deux Humvees, une demi-douzaine de gars. On a pas de passif avec eux. Je les observe bloquer la rue. Je suis assis à la fenêtre de la maison casino, les lumières toujours éteintes, mais j'ai entrouvert, histoire d'entendre ce qui se passe.

« Oh la vache, s'exclame un des soldats en voyant à quel point la baraque de Lu est déchiquetée. Ça a dû sacrément bastonner. »

Ils repèrent alors Fate et lui demandent de s'avancer, les mains écartées sur les côtés, pour pouvoir le fouiller. Une fois sûrs qu'il est pas armé, ils lui demandent ce qu'il fabrique ici, assis en face d'une scène de crime.

Fate répond : « J'attends.

– T'attends quoi ? lui demande un des gardes, un Black trapu à moustache.

– Les shérifs, dit Fate.

– Ah, t'es un dur, c'est ça ? Tu connais la chanson ? fait le garde en se postant devant Fate. Ça fait combien de temps que tu es dans un gang ?

– J'ignore de quoi vous parlez, monsieur. J'habite là, c'est tout.

– C'est ça, répond le gars, et on dirait qu'il s'apprête à faire quelque chose, mais il recule. Bon, reste assis là en attendant l'arrivée de la police. Je suis sûr qu'ils vont vouloir te parler de plein de choses. »

Comme Fate fait pas mine de vouloir s'échapper ou protester, et qu'il n'est pas armé, ils ont aucune raison de le retenir, cependant ils continuent à papillonner tout près de lui, tandis que des voisins de la rue arrivent au compte-gouttes et remercient les gars de la garde mobile d'être arrivés sur place si vite. C'est nous qui leur avons soufflé l'idée, mais ils ont l'air assez sincères, ce qui est une bonne chose.

Les shérifs arrivent une minute plus tard. Ils débarquent en braillant, sirènes hurlantes, gyrophares allumés, ouvrent brutalement leurs portières et viennent s'entasser dans la rue. Trois ou quatre voitures noires et blanches de shérifs ont le temps de se garer avant que la garde nationale soit appelée ailleurs, et que leurs véhicules repartent en file indienne dans la nuit. Il y a à présent une vingtaine de personnes dans la rue. Les shérifs délimitent un périmètre autour de la maison et empêchent les gens d'approcher lorsqu'une voiture banalisée noire arrive. Un gars blond en sort.

Je le reconnais, on l'a déjà vu dans les parages. Il s'appelle Erickson, un shérif chargé des affaires criminelles. Fate a déjà été convoqué plus d'une fois chez eux pour interrogatoire. Il est connu de ces types. Une fois, ils l'ont même arrêté. Le plus loin qu'ils soient allés, ça a été de faire accepter au procureur une mise en accusation pour complicité de meurtre, mais un juge a décidé d'abandonner les poursuites, faute de preuves. Ils ont sacrément envie de le coincer. Et ça fait des années que ça dure. Erickson s'approche de la barrière de la maison pour regarder les dégâts faits par Trouble. Fate l'aperçoit et se relève.

C'est vraiment étrange qu'Erickson soit là, parce que ce n'est pas le protocole. Normalement, il se pointe que lorsqu'il y a confirmation de la présence d'un cadavre. Ils ont su qu'il y avait eu des coups de feu, mais les agents présents sur la scène ont pas déterminé qu'il y avait eu mort d'homme. Donc il n'y a pas de raison d'envoyer un enquêteur criminel. Ils ont déjà bien assez de pain sur la planche, surtout à South Central. Pourtant, en voyant Erickson ici, je me dis qu'il doit être au courant de quelque chose. Il est arrivé sur place bien trop rapidement, et en voyant la façon dont Fate incline la tête, je sais que lui aussi pense pareil.

On est pas certains qu'Erickson soit un Viking, mais une chose est sûre, il a un nom de Viking. Il a l'air à ramasser à la petite cuillère, n'empêche, à croire qu'il enchaîne jour et nuit depuis que tout ce truc a démarré, et qu'il a pas eu un moment de répit. Il semble vanné, il a le regard dans le vague et arrête pas de se passer la langue sur les lèvres. On dirait qu'il est déshydraté à force de boire du café vingt-quatre heures sur vingt-quatre. Cheveux en bataille, le blazer tout froissé, le jean fatigué, comme s'il portait le même depuis deux jours sans avoir pris de douche.

Les Vikings te mentiront toujours sur ce qu'ils savent, que ce soit à propos des témoins, des preuves ou autres. C'est pas inhabituel. Les autorités ont le droit de t'induire en erreur dans le but d'obtenir des aveux ou d'autres preuves, mais ces connards de néonazis vont bien au-delà. La plupart d'entre eux se rappellent encore l'époque où Lynwood était un quartier essentiellement blanc, et ils nous buteraient tous s'ils étaient assurés de pas se faire choper. Certains d'entre eux sont déjà passés à l'acte. À ce jour, on a perdu six *homies* à cause des Vikings. Plusieurs familles se sont manifestées pour introduire un recours collectif en justice contre le bureau du shérif, pour hostilité à motif racial, entre autres. Ils payeront un de ces jours. Je sais pas quand, mais ils payeront.

En revanche, il y a un truc que je peux affirmer maintenant : personne tentera quoi que ce soit avec Fate, vu le nombre de témoins. Encore mieux, personne va lui tendre de piège. Je l'ai bien briefé. Il sait qu'il peut demander à son avocat de réclamer un test de particules s'ils le soupçonnent d'avoir tiré avec arme à feu. S'ils essayent de l'embobiner en lui disant que le test est positif, et ça je peux te dire tout de suite que ça n'arrivera pas, il pourra dire à son avocat qu'il a bricolé sa voiture, les garnitures de frein, parce qu'on y trouve certaines particules identiques à celles de résidus d'arme à feu. Il sait que s'ils ne lui mettent pas un sac protecteur sur les mains, nous aurons des arguments pour les soupçonner de contamination par une tierce personne. Dans ce cas, les particules peuvent lui avoir été transmises par les flics sur la scène, voire par l'environnement.

Erickson repère Fate du coin de l'œil, fait volte-face et s'approche de lui à grandes enjambées. Il avance d'un pas raide, il a quasi l'écume aux lèvres. Fate mesure facilement cinq centimètres de plus que lui. Erickson remonte son pantalon sur les hanches et pointe son putain de doigt à la figure de Fate, de manière très irrespectueuse.

« Tu vas me raconter, bon sang de bonsoir, ce qui s'est passé ici, José, et que ça saute, putain. »

C'est pas malin de faire un tel coup à un gars qui est dans son propre quartier, en le montrant du doigt, comme ça, devant tout le voisinage. Pourtant, Fate cligne même pas des yeux.

« Avocat », dit-il, et il se tait, il a prononcé le mot qui mettra hors de lui n'importe quel flic, n'importe où, en particulier à South Central. Parce que par ici, n'importe quel couillon ira parler à la police. Renoncera même peut-être à ses droits. Mais pas nous. Nous, on sait qu'il existe un système mis en place pour nous protéger.

« Ah, écoute-le, celui-là, s'exclame un des shérifs bouseux du périmètre. Il veut déjà un avocat ! Il est coupable comme pas possible. »

D'un regard, Erickson fait taire le type, qui s'éloigne.

« Écoute, je sais qui était là, et pourquoi ils étaient là, annonce Erickson à Fate. Y a de bonnes chances que toi et tes gars ayez été en position de légitime défense, mais tu veux que je te coffre pour présence suspecte sur le lieu du crime ? Ou soupçon d'implication ? Écoute, je veux juste savoir ce qui s'est passé.

– Avocat », se contente de répondre Fate. Il le répétera pas une fois de plus.

Erickson se retourne, dégoûté.

« Que quelqu'un passe les menottes à ce mauvais génie », ordonne-t-il.

On lui passe les menottes, et c'est là qu'ils font une bourde, parce qu'ils ne lui protègent pas les mains. S'ils voulaient un test de résidus de tir qui soit accepté au tribunal, il fallait qu'ils préviennent toute contamination. La seule façon de procéder est de lui protéger d'emblée les mains, ce qu'ils ne font pas. Quelle bande d'amateurs. Ils se contentent de le faire monter à l'arrière de la voiture banalisée d'Erickson et de se tirer.

Vingt-trois minutes s'écoulent avant qu'un autre enquêteur arrive et inspecte la maison. J'ai chronométré. À partir du moment où il se trouve sur les lieux, je l'observe étudier la pelouse, puis la maison, avant de secouer la tête. On voit bien qu'il a même pas envie de se donner la peine, ce qui me fait bien plaisir. Il sait que tout ce qu'il arrivera à faire, c'est déloger des balles des murs de la maison, celles qui sont restées enfoncées, mais c'est pas avec ça qu'ils iront loin.

Ils ignorent combien de personnes ont été présentes, combien d'armes à feu ont été utilisées, combien d'hommes ont été touchés, et encore plus qui a été touché, où ils se trouvaient, et si les blessures ont été fatales. C'est une scène de crime bien foireuse, et sans les corps, si tant est qu'il y ait eu des corps, ils ont que dalle. Ils disposent d'aucun élément permettant la moindre inculpation. C'est du temps perdu, mais il piétine tout de même la pelouse boueuse, se met à numéroter les douilles, sachant qu'elles correspondront même pas aux munitions dans la maison, il photographie les impacts de balles dans le stuc, tout ça. Avec un tel défaut de preuves, ils pourront même pas retenir Fate. Le seul truc, ce serait qu'ils aient la déposition d'un témoin, ce qu'ils n'ont pas et n'auront jamais.

Fate sera sorti d'ici quelques heures.

8

J'attends plus d'une heure que les shérifs s'en aillent avant de prendre le petit pistolet .22 de Wizard, sur l'étagère dans le placard, et je file par la ruelle de derrière. J'en ai besoin au cas où. Je suis sûr que deux conducteurs au moins devaient prendre en charge l'échappée de Trouble dans les parages, quelque part. Avec un peu de chance, ils ont mis les bouts en entendant l'AK et en voyant qu'aucun de leurs gars revenait. Mais on sait jamais, je vais pas prendre de risque.

La ruelle derrière Mini Vegas est déserte, à l'exception d'un chien errant qui renifle le pied d'un poteau téléphonique au bout du pâté de maisons. Les silhouettes noires des palmiers se balancent lentement au-dessus des garages. Il y a pas beaucoup de vent, mais il y en a un peu. J'ai l'intention de me pointer chez ma copine Irene, d'attendre que Fate réapparaisse et vienne me chercher. Je renifle et crache sur le bitume en y allant. Juste avant d'arriver à la Promenade, je sens le parfum doux et propre des magnolias, avec un discret relent citronné, mais ensuite mon nez se bouche et c'est fini. Cette agréable sensation n'aura duré qu'un court moment, avant de disparaître.

Je décide de faire un détour. J'ai besoin de passer par la ruelle où Ernesto s'est fait tuer. Je veux m'assurer qu'il a été ramassé. J'ai été trop occupé depuis qu'on a commencé à préparer le guet-apens pour Trouble. J'ai même pas demandé à un petit *homie* de courir là-bas voir ce qu'il en était, et comme j'ai menti à Lu en lui disant qu'Ernesto y était plus, ça me turlupine. Quand on a sorti du lit de sa petite amie un pompiste pour qu'il ouvre un Unocal sur MLK pour piquer un bon stock d'essence et détremper les draps, j'ai pensé à Ernesto vautré sur le bitume. C'est arrivé un paquet de fois pendant nos préparatifs. J'étais en train de fouiller dans le camion municipal, à la recherche d'un adaptateur trois broches, pour être sûr qu'on pourrait brancher les projecteurs de chantier dans la maison, parce qu'ils se branchent sur des prises de courant différentes, et soudain ça m'est revenu à l'esprit, j'ai eu comme un point de côté. J'ai eu envie de savoir s'il était encore là-bas, sauf qu'ensuite il y a eu six autres urgences avant qu'on soit prêts, et ça m'est sorti de la tête. Tout ça, c'est bizarre, pour moi. Comme je l'ai dit, c'est pas dans mes habitudes que des gens me manquent ni même de penser à eux une fois qu'ils sont morts, mais là, c'est pas pareil. J'ai besoin de savoir ce qui s'est passé. Au moment où je m'engage dans la ruelle, mes poumons se resserrent. Je m'attends à ce qu'il soit encore là, allongé par terre, la tête enveloppée dans la chemise blanche et noire de Lu, comme encapuchonnée.

Mais il y est pas.

Je renifle, puis hoche la tête, soulagé, et mes poumons se détendent. Je marche jusqu'à l'endroit où Joker et ses gars ont dû l'intercepter, là où ils ont dû commencer à le poignarder, et je reste un peu sur place. Un jour, quand elle sera prête, Lu voudra tout savoir. Elle voudra savoir combien de coups de couteau. Entre quinze et dix-sept, selon moi. La forme déchiquetée de deux plaies rendait difficile un décompte exact, vu la lumière, délicat de déterminer s'il s'est pris deux coups de poignard au même endroit, ou si c'est le même coup mais la lame est ressortie selon un autre angle. Elle voudra que je lui dise ce qu'ils lui ont fait d'autre, et il faudra que je lui parle de l'objet contondant, une batte de baseball, probablement.

À vingt mètres, à l'intérieur d'un garage ouvert, sur la droite, un plafonnier allumé, un point orange s'allume et se dissipe. Je m'immobilise. Quelqu'un, appuyé sur le coffre d'une voiture, fume une cigarette. J'enfonce la main dans ma poche, pose les doigts sur le flingue de Wizard et m'avance de quelques pas. Je me rends compte que j'ai pas à m'en faire, alors je ressors la main et laisse le bras pendre le long de mon corps.

Elle me remarque pas tout de suite, mais je reconnais l'infirmière qui a essayé de venir en aide à Ernesto, celle qui a raconté à Lu ce qu'elle avait vu. Elle s'appelle Gloria. Je le sais parce que le rêve de ma petite copine est de devenir infirmière, comme elle. Irene est amie avec la petite sœur de Gloria, Lydia, et elles sont actuellement toutes les deux en formation du soir, pour devenir infirmières. Irene a encore un an à tirer.

Rien qu'à la posture de Gloria, à sa façon de se tenir, je pige qu'elle continue de le voir, encore maintenant, elle a les yeux dirigés vers le sol de la ruelle. Elle repense à mercredi soir, je le sais. Elle fixe l'endroit où Ernesto s'est finalement immobilisé, là où on l'a trouvé après qu'ils l'ont traîné, une fois qu'ils ont détaché le câble qu'ils lui avaient mis à la cheville. Cette infirmière a regardé ce que j'ai regardé. L'emplacement où se trouvait quelqu'un il y a peu. Un emplacement où il n'y a désormais plus personne. Mais elle aussi voit encore Ernesto, elle l'a en mémoire.

Je fais un petit bruit, chasse d'un coup de pied un ou deux cailloux. Je m'approche du côté de la ruelle opposé au sien, mais pas trop. Je veux pas la faire sursauter. Elle a tout de même un mouvement de surprise en m'apercevant. La voiture sous elle s'enfonce sur ses essieux avant de s'immobiliser de nouveau en position basse sous l'effet de son poids. Si Gloria me reconnaît, elle en laisse rien paraître. On échange un regard, un regard dont je suis pas sûr qu'il aille dans les deux sens, mais peut-être que si. C'est un regard de compréhension, un regard qui dit : *je sais, j'ai vu moi aussi*, et j'ignore ce que c'est exactement, ce que ça signifie, si ça signifie quelque chose, mais peut-être est-ce un moyen pour les gens de savoir qu'ils sont pas seuls à éprouver une sale sensation.

Je lui adresse un hochement de tête. Elle répond pas. À la place, la cigarette allumée retourne à sa bouche, et le bout orange s'éclaire quand elle inhale. Pour lui montrer que je suis pas une menace, je détache mes yeux des siens et regarde au loin. Je contemple le ciel au-dessus de moi.

Il est plus pourpre foncé ce soir, moins noirci par la fumée qu'il l'était les deux soirs précédents, ce qui veut dire qu'il y a de moins en moins d'incendies. C'est presque fini, me dis-je, les émeutes, ces jours de liberté. Au-dessus de nous, je distingue les lumières clignotantes d'un avion. Il est en descente, il arrive à l'aéroport de LAX. Je me rends compte que c'est le premier avion que j'aperçois depuis un bout de temps, et je me remets à marcher. Je n'accorde pas un regard de plus à l'infirmière en partant. Nous avons partagé le peu qu'il y avait à partager.

9

Il faut que j'aille chez Irene, alors je presse le pas. Je peux pas rester dehors comme ça beaucoup plus longtemps. Je renifle, puis contemple de nouveau l'avion, juste avant qu'il disparaisse de ma vue. Je me demande qui se trouve à son bord, et pourquoi ces gens-là voudraient venir à L.A. à une période comme celle-ci. Peut-être avaient-ils déjà booké leurs vacances et n'ont pas pu décaler. Je savais même pas que des gens comme ça existaient vraiment jusqu'à ce que j'aille au L.A. Southern College pour le truc sur les scènes de crime. Avant, je ne les avais vus qu'à la télé, ces gens-là. En réalité, la fac, c'est un monde complètement différent.

Et le fait de découvrir ce monde, d'y naviguer et d'acquérir de nouvelles compétences humaines et sociales, compétences dont j'ignorais qu'elles me faisaient défaut, eh bien ça me donne l'impression d'être deux personnes différentes. Il y a moi-le-*homeboy*, Clever, prêt à foncer sur tout ce qui se présente, et puis il y a moi-l'étudiant, Robert Rivera. Monsieur Rivera, ainsi que m'appelle Sturm. Il y a désormais un mur entre ces deux facettes de moi-même. C'est un peu comme si je menais une double vie.

D'une certaine manière, ça m'aide à mûrir. J'ai grandi en tant que petit *homie*, pressé de faire mes preuves et de devenir quelqu'un, n'importe qui. J'ai arrêté l'école à treize ans, pour faire comme Lu. L'école, pour moi, c'était lent et ennuyeux. Je pigeais vite les trucs, mais ensuite, il fallait rester assis à attendre que tous les autres comprennent. Ma mère était jamais à la maison, mais c'est pas vraiment une excuse, juste un fait. Plutôt que de me retrouver tout seul, je traînais avec Lu, et on a fait tout un tas de conneries.

J'aurais peut-être continué sur ma lancée si Fate avait pas repéré quelque chose en nous deux, s'il m'avait pas dit que j'étais trop futé pour continuer à constamment chercher la merde avec le gang, comme les autres *homies*. Je devais à la place faire travailler mes méninges, car c'était une arme autrement plus dangereuse. Il a arrangé le coup pour que je puisse avoir un certif de fin de scolarité. Avant qu'il m'en parle, je savais même pas qu'il existait un diplôme d'équivalence du bac.

Il m'a trouvé une tutrice et tout ce qu'il fallait pour m'aider à rattraper. Cette tutrice, c'était Irene. Quatre jours par semaine, elle a travaillé avec moi jusqu'à ce que je lise mieux, que je réussisse à rédiger des devoirs, que je découvre la différence entre l'anglais parlé et l'anglais écrit, que je ne pouvais pas écrire n'importe comment, qu'il y avait des règles. Elle m'a même assez vite enseigné l'algèbre. Elle et Fate n'auraient pas été là, je serais encore à errer dans les rues, sans rien faire d'autre. Ils ont changé ma vie. Je leur dois à l'un et à l'autre une fière chandelle ; je leur dois tout.

J'ai commencé au Southwest College l'année dernière, c'est ce que Fate voulait. Il m'a avancé les frais de scolarité. Au début, j'avais la trouille, parce que j'étais jamais sorti du quartier, mais je me suis rendu compte que ça me plaisait vraiment. Je me suis rendu compte que j'étais bon à ça. Peut-être que c'est dangereux, n'empêche, parce que du coup je me pose de temps en temps la question de savoir ce que serait une vie en dehors du quartier, ou même de ce que je ferais pour l'obtenir, mais j'ai jamais parlé de ça à Fate ni à Lu.

L'autre jour, j'ai rêvé que je me trouvais un endroit où habiter, quelque part, avec Irene, peut-être même où fonder une famille. Dix-huit ans, c'est peut-être trop jeune pour penser à ces choses-là, mais j'en connais qui ont eu des mômes à quinze ans, voire plus jeune. Par contre, je sais pas si Irene serait partante. Elle est pas du genre assistée. Et aussi, je suis presque sûr qu'il faudrait qu'on se marie. Sa famille est assez traditionnelle. Ils sont arrivés ici, à Lynwood, en 1973, de Thaïlande ; elle avait deux ans. Elle parle pas vraiment thaïlandais, parce que ses parents voulaient qu'elle soit américaine, et rien d'autre. Ils voulaient pas qu'elle soit pénalisée par la barrière de la langue. Elle a trois ans de plus que moi, et c'est la nana la plus intelligente que j'aie jamais vue. Elle a terminé le lycée de Lynwood avec un an d'avance et intégré l'université de Californie à L.A., mais elle a pas pu obtenir de bourse et pas pu financer ses études.

Arrivé tout près de sa maison, je passe par-derrière, je coupe au bout devant le garage, je saute une barrière et monte sur la margelle de brique, à l'extérieur de la chambre d'Irene. Je tapote doucement sur la vitre jusqu'à ce qu'elle se réveille et, de son lit, cligne de ses grands yeux en m'apercevant. Elle mesure un mètre soixante-cinq, elle a des yeux marron clair et de longs cheveux noirs ramenés parfois en chignon, qu'elle fait tenir à l'aide d'un crayon. Elle fait du Jazzercise tous les jours dans sa chambre en regardant une vidéo, du coup elle est mince et musclée. Ça se voit quand elle entrouvre la fenêtre pour me laisser entrer.

« Ça va ? me demande-t-elle. J'ai entendu des coups de feu. »

Je l'admettrais pas en public, mais je dois dire qu'elle est belle comme une œuvre d'art. Chaque fois que je la regarde, je me sens attiré par elle, mais terrifié aussi. J'ai peur de pas être capable de la comprendre complètement.

« Moi aussi j'ai entendu des coups de feu », dis-je. Je décide alors de pas lui parler de la rencontre avec Gloria ce soir. Ça ferait trop de trucs à expliquer.

Irene soupire, parce qu'elle sait que je suis mêlé à des histoires pas claires, elle recule pour me laisser entrer dans sa chambre. Je me mets à califourchon sur le rebord de sa fenêtre et j'entre. J'enlève immédiatement mes chaussures. À l'intérieur, ça sent le jasmin. Elle a encore des posters de Janet Jackson et de Boyz II Men sur un mur, et sur un autre une affiche de *AmeriKKKa's Most Wanted*, le disque de Ice Cube. Pourtant je lui ai dit cent fois que c'était bizarre qu'elle écoute de la musique noire. Elle me rétorque que moi j'adore bien la Motown, alors pourquoi faire deux poids deux mesures ? J'ai pas de réponse à sa question, donc elle retire pas ses affiches. Mais même si j'avais une réponse, je crois pas qu'elle les enlèverait. Ça, c'est Irene. Elle est loyale.

Elles avaient un petit endroit à elles avec Lydia, l'année dernière, mais quand son père a été expulsé pour avoir travaillé dans un atelier de carrosserie où on désossait des voitures volées, ce qu'il ignorait, elle est retournée s'installer avec sa mère et sa sœur aînée. Actuellement, les deux filles travaillent de jour comme caissières à Ralphs, et, le soir, elles font des massages thaïlandais dans un salon à Carson. Irene est pas emballée, mais elle se plaint pas. Sa mère a un cancer du poumon et peut pas travailler, alors les filles l'ont à leur charge et essayent d'économiser pour leurs études, et pour tenter d'une façon ou d'une autre de faire revenir leur père.

« Comment va ta mère ? je demande. Mieux ? »

Irene fait non de la tête, mais sourit. « Ils lui donnent un médicament qui s'appelle le Taxol. C'est nouveau, un dérivé d'écorces d'arbres. Elle dit que ça lui fait mal aux articulations.

– Elle sait que je suis là ce soir ? »

Avant, Mme Nantakarn détestait que je sois ici le soir, et détestait encore plus que je passe la nuit ici, mais ça la gêne plus autant depuis qu'elle sait qu'elle a un cancer et que je suis inscrit à la fac. Il y a deux mois, je l'ai même entendue demander à Irene quand aurait lieu notre mariage. Elle a dit qu'elle voulait voir une de ses filles se marier avant de mourir, mais Irene lui a juste répondu d'arrêter avec ces sornettes, qu'elle se marierait quand elle serait prête.

« Je lui ai dit que tu passerais peut-être ce soir, alors elle m'a fait préparer un curry vert, au cas où, dit Irene. À propos de mamans, la tienne a appelé, elle te cherche, je crois qu'elle s'inquiète. »

Irene a encore la plus haute opinion de ma mère. Elle la connaît pas comme moi je la connais. La vérité, c'est que ma mère se soucie moins de moi que du prochain fixe qu'elle pourra se faire. Si elle a appelé, c'est qu'elle avait besoin d'argent ou d'un contact pour la came, et pourtant elle sait que je lui fournirai ni l'un ni l'autre.

Ma mère, c'est une pure *gangsta*. Elle a grandi à East L.A. Elle était dans un gang, y a super longtemps, et mon père aussi. Ils se sont mariés jeunes, et ont divorcé jeunes, aussi. Donc le fait que je sois dans un gang, même si c'est un autre, c'est quand même une sorte d'héritage. Ma mère, elle regrette que je sois embringué là-dedans. *Tu joues, tu payes*. Elle me dit ça depuis que je suis tout mioche. Elle le sait d'expérience. *Ce sera peut-être pas comme tu pensais que ce serait*, elle disait, *mais d'une façon ou d'une autre, il faudra que tu payes la note.*

« Tu as faim ? Si tu ne veux pas de curry vert, je peux te préparer autre chose. » Irene se met alors à bâiller, puis elle me regarde avec des yeux pleins d'attention. Je sais que je m'en lasserai jamais. « Tu as besoin de quelque chose ? »

À Mini Vegas, j'ai dormi par terre pendant deux jours, et j'ai mal partout, alors je lui demande : « Tu pourrais me faire un massage ? »

10

Irene bronche pas. Elle s'avance juste vers moi, si près que le sommet de sa tête est exactement sous mon nez. Voilà le genre de femme qu'elle est. Fatiguée, vu que je viens juste de la réveiller, mais tout de même d'accord pour s'occuper de moi. Je me demande comment j'ai fait pour avoir une chance pareille. Je renifle, elle m'aide à enlever mon sweat-shirt, que je laisse sur la petite chaise où est posé un petit chien en peluche, à côté de la fenêtre. Elle me tend un mouchoir en papier, je me mouche, je lui demande de pas s'approcher de ma poche gauche. J'en dis pas plus, le joujou de Wizard est dans cette poche, et je sais que ça lui plairait pas de savoir ça. Je jette le mouchoir dans la corbeille. Irene sent bon la cannelle et les draps propres. Elle m'aide à ôter mon tee-shirt, pose une serviette sur la moquette et m'installe dessus.

« *Mi corazón**, commence-t-elle, et elle sait que ça me fait fondre quand elle me parle en espagnol. Le temps est-il venu pour toi de quitter tout ça, genre quitter-quitter ? »

Elle s'est réveillée il y a peu, alors elle a la voix encore un peu rauque. L'espace d'un instant, j'ai honte de l'avoir dérangée et de lui demander de me masser, mais à partir du moment où elle s'y met, mes réticences se dissolvent.

Depuis l'âge de quinze ans, je suis incapable de lever mon bras gauche à plus de quatre-vingt-dix degrés, suite à une baston avec toute une bande de Bloods, à Ham Park. Les gars s'étaient pris pour des durs, ils étaient venus avec de la peinture en bombe pour recouvrir nos *plaqueasos** sous nos yeux. Quelle bêtise. Dans la bagarre qui avait suivi, un petit gars à la coiffure afro toute ronde et une tête d'ananas m'a plaqué au sol et m'a poignardé six fois avec un tesson de bouteille. Il m'a salement entaillé l'épaule gauche et le grand dorsal gauche. Lu lui a réglé son compte. Elle avait, elle aussi, une bouteille cassée à la main, et l'a frappé je sais pas combien de fois au crâne. À chaque nouvelle entaille, du sang jaillissait, que les cheveux du gars absorbaient. Je plaisante pas. Ça faisait un petit son à chaque coup ; une espèce de *fwoop*.

J'oublierai jamais. Ça s'oublie pas. Il a survécu, d'après ce que j'ai entendu dire, mais je ne voudrais pas être obligé de regarder son crâne s'il devait le raser ; j'en dirai pas plus là-dessus. Le temps que je sois de nouveau sur pied, n'empêche, mon grand dorsal gauche faisait presque trois centimètres de moins que le droit, et je suis vachement affaibli de ce côté-là. C'est pour ça que Fate me demande jamais de porter des trucs trop lourds, les corps, par exemple. Faudrait que tu voies mes cicatrices. On dirait une constellation brune miniature, en relief, sur ma peau. Des *galaxies*, c'est ce que Pint a dit quand il a fait ce petit tatouage, une chouette noire et grise sur ma poitrine, y a de ça déjà un certain temps. J'ai toujours aimé sa description de mes cicatrices. Ça les transformait en quelque chose de moins accidentel, de plus grandiose, de plus glorieux.

Irene m'ordonne de me mettre sur le ventre et commence à me masser les pieds. Elle me fait plier la jambe gauche à hauteur du genou et pèse sur moi de tout son poids, m'étire toute la jambe, le mollet, la cuisse, le tendon du jarret. Le massage thaïlandais est différent des autres massages. Il m'a fallu un certain temps avant de m'y habituer, mais maintenant, c'est le seul que j'apprécie. C'est plus comme des étirements et des poussées, elle te fait travailler à la fois la souplesse et la force, ce qui est une des vérités de notre relation, je crois bien. Elle est toujours en train de m'étirer et de me pousser d'une manière ou d'une autre. Même maintenant, c'est ce qu'elle est en train de faire.

« On pourrait aller n'importe où, dit-elle. Tu sais, l'école d'infirmière, je ne suis pas obligée de la faire ici. Je peux obtenir une mutation et m'inscrire ailleurs.

– Ça coûte de l'argent, dis-je. Et ta mère ? Et ta sœur ?

– Elles pourraient venir avec nous, et, pour l'argent, on peut toujours trouver une solution.

– On pourrait la jouer Bonnie and Clyde, dis-je en rigolant. Moi, je serais Clyde.

– Je serais une super Bonnie, mais je peux me passer d'armes. Retourne-toi », ajoute-t-elle, et j'obéis.

Je suis sur le dos, les yeux au plafond, et elle appuie sur mon aisselle gauche avec la plante de son pied. Elle attire lentement à elle mon épaule meurtrie. Je sens que ça m'étire jusqu'à la colonne vertébrale, jusque dans ma hanche droite. Ça brûle un peu.

« Je peux pas abandonner Fate, dis-je. Je pourrai jamais. Il a besoin de moi.

– Mais si quelque chose se passe mal ? Tout le monde n'est pas aussi malin que toi, mon cœur. Et si quelqu'un faisait un truc qui permette de remonter jusqu'à toi, ou si quelqu'un te dénonçait tout simplement ? Et si tu te retrouvais en prison ? »

Je pense à Apache. Il est peut-être pas très futé, mais il fait ce qu'on lui dit de faire, et il s'en sort toujours. Sa seule mission, c'est de conduire le camion jusqu'à un passage souterrain et d'y mettre le feu. Sur le coup, brièvement, les paroles d'Irene me touchent. J'ai peur qu'Apache échoue, et s'il échoue, qu'est-ce qui va nous arriver ?

« Tout ce que je veux dire, c'est que tu as fait ton temps, dit Irene. Tu sais que tu ne pourras pas être éternellement dans un gang, hein ? Bientôt, tu seras diplômé. Tu pourras décrocher un boulot. Tu pourras même *peut-être* un jour avoir une famille.

– Je pourrai jamais travailler dans la police. Ça, non.

– Pas obligé que ce soit ça. Réfléchis-y, c'est tout, dit-elle. C'est comme les leçons particulières, tu vois ? Je ne te dis pas ce que tu dois faire, je te demande juste d'y songer et de trouver une solution qui te convienne.

– Tu veux dire que je me tire de la même façon que mon père s'est tiré ? » C'est en le disant que je me rends compte que j'ai parlé d'une voix de dingue. « En quittant femme et enfant pour aller s'installer ailleurs ? Pour fonder une nouvelle famille ailleurs ? »

Irene demeure silencieuse une seconde, mais ses mains continuent de s'activer. Je vois bien qu'elle repense aux discussions qu'on a eues, elle se les remémore en détail. Elle sait que j'aime pas parler de ma mère, qui a sombré dans la dope quand mon père est parti, alors que j'avais même pas deux ans. Je me rappelle même pas le visage de mon pater, parce que, de rage, maman a brûlé toutes les satanées photos de lui. Mais dès qu'elle a su qu'il habitait quelque part à Lynwood ou Compton, elle a emprunté de l'argent à ses parents et nous a installés là-bas, elle a fait de moi un petit nouveau à un endroit où c'était pas facile. Je me suis fait casser la figure pratiquement tous les jours, jusqu'à ce qu'Ernesto ait pitié de moi et me prenne sous son aile, comme un grand frère, et fasse en sorte que j'aille à l'école avec les Vera. Ma mère était tellement dans la dope qu'elle s'est jamais donné la peine de chercher mon père, elle s'est contentée de s'enfoncer chaque jour un peu plus. Tout ça. Et pourtant les mains d'Irene s'interrompent pas.

« Tu n'es pas ton père », dit-elle, comme pour signifier que la discussion est close. Terminée. Il y a une sévérité dans ces derniers mots qu'elle vient de prononcer, et je sens bien qu'elle va changer de ton si je suis pas d'accord.

Je pousse un grognement à ce moment-là, mais pas à propos de ce qu'elle vient de dire. Je grogne parce que Irene pousse comme jamais, j'ai l'impression qu'elle va m'arracher le coccyx. Elle sait que je suis dans un gang depuis longtemps, mais elle ignore les détails, et je lui dirai jamais. Pas de confidences sur l'oreiller. De fait, les rares fois où elle rencontre Fate ou les autres, c'est quand on se fait des bouffes ensemble, des barbecues ou autres, et dans ces cas-là, on cause pas business, on mange et c'est tout.

Ça continue comme ça. Elle pousse. Elle tire. Force, souplesse. Elle se sert de ses cinquante-cinq kilos pour m'étirer. Ça fait mal, si tu veux savoir. Elle dit que je suis responsable de ma vie. Que c'est mon choix. Son père à elle a jamais eu le choix, et le mien est allé trop loin, mais moi je peux faire ce que je veux. C'est dur, parfois, quand elle parle comme ça. Elle est pas au courant de tout ce que j'ai fait. Elle a pas de vue d'ensemble là-dessus. Elle est issue d'une bonne famille. Moi pas.

J'étais juste un môme en colère qui rentrait chaque jour dans une maison vide, qui se bagarrait pour s'affirmer, pour prouver que ça lui était égal d'être tout seul. Si je suis devenu quelqu'un d'autre, c'est grâce à Fate. Ce qu'Irene comprend pas, c'est que, pour moi, tout ça a commencé il y a bien longtemps. Je peux pas sortir du jeu comme ça, je peux pas simplement me lever de table et mettre les bouts. Les cartes qu'on m'a refilées correspondent au moment où j'ai écopé de mon blaze, Clever. Bien sûr, ça s'est déjà vu, des gars qui ont réussi à décamper. Ils ont quitté le quartier, ont eu des enfants, mais ça c'était avant que Joker, Trouble et Momo se fassent dessouder. Y a pas d'autre option à Lynwood actuellement, y a que nous et des Crips, mais on s'arrange avec eux. On a passé un accord. Et je connais pas grand-chose aux jeux de cartes, mais je sais que t'es obligé de jouer avec la main qu'on t'a distribuée.

Parfois, n'empêche, j'ai l'impression que les doigts d'Irene refusent une réponse négative. J'ai jamais rencontré quelqu'un ayant une telle poigne. Plus ses mains me malaxent, plus elle me dit que je suis encore Robert, aussi, que je suis Clever et Robert, les deux. Et c'est peut-être ça, le problème, maintenant, parce que je commence à envisager l'idée que la vie pourrait être différente pour moi. C'est la faute des études, ça. Irene continue à tirer sur mes muscles, elle détend ces nœuds, me fait entrevoir ce qui est bon, et au fur et à mesure, je grandis. Ça a toujours été comme ça pour nous. C'est comme ça que j'ai décroché mon équivalence du bac. Comme ça que j'ai intégré Southwest. Peut-être même que c'est comme ça que je ferai autre chose, un jour. Si ça doit arriver, je crois que ce sera la seule façon de procéder. Et après tous les sales trucs que j'ai faits, je suis pas certain que ma vie mérite une fin heureuse, mais Irene veut toujours que ça se finisse bien, en tirant dans un sens ou en poussant dans l'autre.

GABRIEL MORENO,
AKA APACHE

LE 2 MAI 1992

1 H 22

1

Ce qui est bien, avec la répute, c'est qu'il suffit de faire un truc une seule fois devant témoins pour que la nouvelle se propage. J'ai effectivement scalpé quelqu'un, mais c'est pas aussi terrible que les gens le pensent. Je veux dire, le couillon était déjà mort, vu que j'ai fait ça après lui avoir collé un .22 dans le nez puis appuyé sur la détente.

Ça a été impec, sauf que ça lui a cramé tous les poils de la narine gauche, le coup de feu les a cramés. Le reste, genre, où la balle est partie ensuite, et comment ça lui a réglé son compte, a été presque instantané, en réalité, vu que c'était un calibre assez petit pour rester dans son crâne et pas en ressortir. Ça lui a juste brouillé la cervelle comme des œufs, du coup il a pas souffert ni rien. Du vite fait.

C'était ma troisième mission pour Fate, il y a quatre ans à peu près, en plein été. Ce Blaxican, là – ça veut dire moitié Black, moitié Mexicain –, un gars du quartier, se faisait appeler Millionnaire, il avait volé de la thune à la clique, il avait déconné avec le fric de Mini Vegas, persuadé que personne remarquait. Tu vois, Wizard a pas toujours fait tourner le casino. Le premier, c'était Millionnaire. C'est lui qui a eu l'idée, au départ. Mais, après, on a appris qu'il faisait ça parce qu'il avait deux nanas à qui il aimait offrir des cadeaux. Il aimait les emmener au centre commercial de Baldwin Hills faire du shopping. Donc son nom était censé mettre la puce à l'oreille, il voulait que tout le monde le prenne pour un caïd, mais c'était un cave. Nous, on l'appelait Centimaire quand il était là. Je me souviens aussi qu'il était toujours soucieux de son look. Quand la nouvelle s'est répandue, *via* une de ses ex, que Millionnaire était abonné au Hair Club for Men, parce qu'il avait beau être jeune, il perdait ses cheveux et essayait d'y faire quelque chose, j'ai eu une idée. Donc un jour il rentre chez lui, et je suis déjà dans la place avec mon cousin Cricket (R.I.P.), et je suis là avec Clever. On a défoncé la serrure. Ils surveillent au moment où je tire le rideau de douche et demande à Millionnaire, très poliment, de se mettre dans la baignoire, que je puisse faire ce que j'ai à faire, il obéit, je m'exécute, donc c'est bon. Sauf que j'avais dit à personne que j'allais le scalper. J'avais juste dit à Cricket et à Clever que j'avais mon couteau sur moi, que l'idée m'était venue, comme ça, sur le coup, mais en fait c'était pas vrai. J'avais prévu le truc à l'avance. N'empêche, finalement, ça s'est bien goupillé, puisque c'est comme ça que je me suis taillé une réputation. On s'est mis à me craindre, parce qu'à part Cricket et Clever, personne a jamais su que je l'avais scalpé *après*, et non pas *avant*. Personne d'autre est au courant, n'empêche. Les gens ont inventé plein d'histoires à propos de ce jour-là. C'est Clever qui a trouvé le blaze d'Apache pour moi. Et maintenant, depuis, on m'appelle comme ça.

Je te raconte cette histoire pour que t'aies pas l'impression que je suis en plein délire. Je sais que moi je suis le courageux, mais pas le chef. Je fais ce qu'on me dit de faire. J'ai un rôle et je l'assume. Comme maintenant.

Le *gangsta* au volant du camion municipal, qui quitte MLK pour tourner à droite dans Wright Road, il s'appelle Sinatra. Je sais pas pourquoi on l'appelle comme ça. Il est super vieux, il a peut-être quarante, quarante-cinq ans. Il fume un cigare qui a encore l'étiquette, ça fait comme une petite bague jaune. Un de ces machins tout fins, un *cigarillo*, ce qui est cool parce que ça lui va bien, tu vois ?

Il est maigre de partout, pas façon cure-dent comme Clever, pas pareil. Ce Sinatra, il est maladivement maigre. Ouais. Il a des yeux exorbités. Un vert et un marron. Ils sont complètement disproportionnés par rapport à son nez. Il a une sorte de barbe de quelques jours composée de lignes fines, presque comme de la calligraphie. Fine sur le visage, par plaques, et juste avant d'arriver au-dessus de ses oreilles, elle s'arrête carrément. Elle arrive même pas à la naissance des cheveux.

Je mémorise mentalement tout ça pour le dessiner plus tard. Un crayon numéro deux pour le croquis, et ensuite une couche au stylo bille noir par-dessus, avant d'effacer le crayon de papier pour qu'il reste juste l'encre, à part les petites marques que j'aurai faites en appuyant avec le crayon. Des fois j'aime bien qu'on puisse les retrouver en regardant de près.

Le sac de vêtements que Clever veut que je brûle avec tout le reste est posé à l'avant entre Sinatra et moi. J'ai le bras dessus, je l'aplatis un peu, histoire d'avoir mon conducteur à l'œil.

« J'ai une marque sur la gueule ? » Sinatra se tourne même pas pour m'accorder un coup d'œil. Il regarde droit devant.

« Non, je réponds. Je suis content de pas être celui qui conduit. J'ai jamais conduit un engin aussi gros. Je veux dire, déjà, comment tu fais pour tout voir, avec ces rétros tout bizarres ? »

Les rétroviseurs sont à deux étages, montés l'un sur l'autre. Celui du haut est arrondi et dépasse ; c'est dans celui-là que je vois le mieux, mais tout paraît gondolé. Celui du bas est plat, il permet juste de voir directement derrière, mais j'ai pas autant de visibilité. Dans les deux rétros, Payasa conduit ma voiture derrière nous, à bonne distance.

« On s'y fait », dit Sinatra.

Lui et un type qui s'appelle Bluebird ont piqué ce camion mercredi à un agent municipal, dans le quartier de Florence, une demi-heure environ après le début des émeutes. J'imagine que le gars était sur un boulot et écoutait une cassette de Hall & Oates et non pas la radio, donc il savait pas ce qui se passait dans les rues. Il était encore de sortie, à essayer de faire son job, quand Sinatra et Bluebird ont braqué leurs flingues sous son nez et l'ont fait sortir du cametard. Ils lui ont piqué son blouson, lui ont balancé un coup de pied dans les dents et ont fichu le camp. Sinatra date d'avant mon époque, d'avant celle de Fate aussi, je pense. Il fait plus grand-chose, mais tout est devenu tellement dingue, là, que les occasions rapprochent les gens.

Y a pratiquement aucune voiture sur Wright Road, à part nous, juste une qui arrive d'en face, et ensuite un clochard qui marche dans le mauvais sens, de l'autre côté de la route. Rien sur Wright mérite d'être protégé, pas de centres commerciaux, que dalle, donc Clever s'est dit qu'il y aurait pas de Vikings ni personne de la garde nationale dans les parages.

Quand on arrive sur Cortland, je sors de mes poches les allumettes que Clever m'a données. Six paquets différents, au cas où. Cet endroit me fait toujours penser à Millionnaire. J'ai laissé son scalp dans le lavabo, pour qu'une de ses dames le retrouve, mais j'ai balancé son corps pas très loin d'ici, à un endroit que tout le monde appelle Lil Texas, à hauteur de Cortland, du côté des entrepôts abandonnés. Mais là, vu tout ce qu'on a, même Lil Texas est pas assez grand. Clever a dit qu'il fallait tout brûler, et le seul moyen de s'assurer que la combustion aille au bout, c'est de garer le véhicule dans un passage souterrain, pour que personne voie la fumée avant qu'il soit trop tard, qu'il dit. Et de là où on est, j'aperçois la 105.

Je pense un instant à Lil Creeper. Avant, on fumait toujours dehors, on parlait de rouler dessus avant la fin des travaux, être les premiers, tu sais ? Juste pour la dépuceler, cette route, et voir ce que ça ferait d'être les seuls à rouler dessus. Ouais, me fais pas dire ce que j'ai pas dit, il est dingue, ce mec, mais des fois il est marrant. Typiquement le gus avec qui t'as envie d'aller rouler sur une autoroute pas terminée.

On est presque arrivés à l'endroit où Clever nous a dit d'aller. Sinatra entre sous le pont et monte sur le bas-côté, sous l'échafaudage qui ressemble au squelette en bois d'un animal, enfin si on veut, comme si on entrait dans sa gueule.

J'ai eu une petite chatte, une fois. Je l'ai appelée Teeny, parce qu'elle était minuscule quand je l'ai eue. Je l'ai beaucoup dessinée au fil des ans, au fur et à mesure qu'elle grandissait. J'ai un carnet entier de croquis uniquement d'elle. Tigrée orange, musclée. Elle arrivait à sauter rudement haut. Yeux verts comme des pierres mouillées. Petit miaulement guilleret. Le chat le plus sympa du monde. Je l'appelais chien-chat, parce qu'elle allait même parfois chercher des objets que je lui lançais. Elle aimait rapporter des boules de feuilles d'aluminium froissé, elle aimait le son que ça faisait. Je les lançais, et elle me les rapportait. Elle aimait bien les mordiller aussi. Et puis un jour, en plein milieu d'une séance de jeu, elle se met à tousser du sang et à miauler, comme si elle était en train de crever. Une heure après j'étais chez le véto pour qu'il l'ausculte, et là, j'ai appris qu'on pouvait plus rien pour elle, que tous les petits morceaux d'aluminium qu'elle avait mâchouillés lui avaient cisaillé les entrailles, et jusqu'à la clinique vétérinaire, elle a geint, toussé et craché du sang avant que le véto la pique. Ça a été sympa de la part du véto, tu sais ? Teeny a pas eu à souffrir. Aucun être mérite d'agoniser dans une telle souffrance. Elle est morte tranquillement dans mes bras, les yeux fermés, comme endormie. Comme elle aurait dû.

Je déteste la souffrance. Quel que soit celui qui souffre. Si quelqu'un doit être descendu, OK, ça c'est du business, mais inutile que ça traîne en longueur et tout. Prends ce gars dans le jardin de Payasa. Ranger lui colle un pruneau dans la gorge, d'accord, fallait que ce soit fait, et il a été abattu de loin, donc ça me met pas en rogne, mais maintenant le gars est au sol, il souffre. Personne a besoin de le voir agoniser sous nos yeux, comme un poisson hors de l'eau, à clapoter sur place, les branchies béantes. Fallait en finir, voilà tout, alors je m'en suis chargé. La rapidité, c'est la clémence. Je sais plus où j'ai entendu ça, c'est peut-être Clever, en tout cas ça me plaît. Ça me paraît pertinent. Mais les sales plans, ça arrive, et quand ça arrive, autant faire vite chaque fois, c'est mieux pour tout le monde.

Tu vois, c'est pour ça que quand Sinatra tourne la clé de contact et que le camion s'immobilise dans un frémissement, qu'il se penche en avant pour éjecter la cassette de l'autoradio en plein milieu d'une chanson qui dit que le crime paye, je lui colle le canon de mon gun sur la tempe et j'appuie sur la détente.

La détonation est si forte que j'en ai les oreilles qui sifflent, et, derrière sa tête, la portière devient toute rouge, et il y a un trou dedans. Sinatra tremblote un peu après ça, mais ce sont juste des réactions nerveuses. Il est plus de ce monde.

J'ouvre ma portière, sors du camion et échange avec Payasa deux paquets d'allumettes contre une grande bouteille de la vodka la moins chère au monde. Je la décapsule et en asperge tout l'intérieur de l'habitacle, j'en mets partout, surtout sur le tableau de bord, le volant et la moquette sur laquelle le *cigarillo* est tombé. Ça commence à prendre, mais j'en fais aussi couler sur Sinatra, sur sa petite barbe, et maintenant je sais exactement comment je vais le dessiner. Un feutre noir sans croquis préalable au crayon de papier. Des traits courts, vifs.

Il fallait que ce soit fait, a dit Fate. Le visage de Sinatra a été vu partout en ville. Ces camions ont des numéros d'immatriculation. Ils sont répertoriés, le vol de l'engin sera déclaré, si ça a pas déjà été fait, et à un moment donné ils vont se mettre à le rechercher, une fois que les choses se seront un peu tassées et que les autorités s'intéresseront à des véhicules plutôt qu'aux émeutes. Or le mec à qui Sinatra l'a piqué le reconnaîtra, vu qu'il portait pas de masque, et ça c'est pas bon pour nous, parce que Sinatra nous connaît et sait ce qu'on a fait ce soir. Et puis il y a autre chose, en plus, c'est que ça commence à se savoir, pour Sinatra, qu'il a pas fait gaffe lors d'une dispute avec son ex-femme, jeudi soir. Il lui a tiré dans le dos, mais elle a survécu. Elle a été hospitalisée à Saint Francis. Possible qu'il ait pas su qu'on était au courant, sauf que si. On a des oreilles partout, et quand c'est nécessaire, on passe à l'action. Les flics auraient fini par rappliquer chez lui, et il fallait qu'on soit sûrs qu'il ait rien à leur balancer au moment où ils lui mettraient le grappin dessus. Sinatra devait passer à la casserole, et il y est passé.

Comme le plancher s'enflamme déjà assez vite, je craque une allumette et m'empresse de la jeter sur le siège avant. Le plastique noir du sac de vêtements se consume en se recroquevillant sous l'effet de la combustion. Je baisse la vitre de quelques centimètres pour bien oxygéner le feu, je referme la portière et remonte pour apercevoir le bord du plateau où Payasa a fait démarrer un autre foyer. Je balance mon flingue, mes gants, et une autre allumette enflammée, au cas où, avant de sauter à terre, les poings fermés, pour être bien sûr de rien toucher avec les doigts. Ensuite, on remonte dans ma Cutlass. Moi au volant, cette fois-ci. Je fais demi-tour, je repars direction MLK, me gare sur le bas-côté et, dans mon rétroviseur, on surveille le camion qui se consume.

Quand j'étais môme, une de mes missions était de faire le guet pour les *veteranos* quand ils foutaient le feu aux bagnoles volées. Ils m'obligeaient à rester jusqu'à ce que le bloc-moteur tombe, quasiment. Mais quand ça présentait pas de risques, on restait sur place jusqu'à ce que ça saute. Les bagnoles explosent jamais comme dans les films. Je veux dire, ça pourrait peut-être arriver, en mettant quelque chose à l'intérieur du réservoir d'essence, mais avec juste le feu à l'intérieur, il faut attendre un sacré bout de temps. Il me semble que chaque fois on devait bien poireauter au moins un quart d'heure avant que le feu atteigne le réservoir et que ça pète, et la taille de l'explosion dépend toujours de la quantité d'essence qui reste. J'ai pas regardé le niveau de la jauge dans le camion municipal.

Même en l'état des choses, c'est pas très malin pour Payasa et moi de rester si longtemps. Je veux dire, Clever s'est arrangé pour que des gars attaquent les magasins Wards, et il a fait passer des appels d'urgence un peu partout, mais il nous a dit d'attendre uniquement jusqu'au début du feu d'artifice.

Là, j'étudie la forme des flammes. J'imagine qu'on pourrait dire qu'elles vacillent. Ouais. J'observe l'orangé qui grimpe le long des projecteurs de chantier en métal, comme des ondes vivaces ou je sais pas quoi. Les vitres de l'habitacle explosent en premier, pulvérisant du verre partout. Juste après, l'alarme se déclenche et s'arrête plus, et ensuite, une fois que la température a suffisamment monté, le verre et les projos de chantier se fracassent. Le feu dégage alors une fumée noire sous le pont, on dirait presque qu'on le repeint à la suie.

Payasa demande : « Alors, quand est-ce qu'on… ? »

Boum ! On entend une autre détonation juste après, très forte aussi, et c'est à ce moment-là que j'embraye. J'appuie en douceur sur l'accélérateur et, tandis qu'on se tire d'ici, deux autres explosions de feu d'artifice émanant du camion derrière nous retentissent. Deux déflagrations massives et deux détonations plus discrètes, qui proviennent du plateau, parce que ça chauffe tellement maintenant que les balles laissées dans les flingues explosent, celles qu'on n'a pas utilisées.

2

Ma voiture empeste toujours la viande crue, et on n'a même pas encore tout fait cuire. Les petits *homies* à qui Fate a demandé de nettoyer le coffre ont pas fait un boulot formidable. Trois heures, ils y ont passé. Y a pas de taches sur la roue de secours ni rien, mais la moquette est complètement décolorée à cet endroit, et je commence à me dire que ce sera plus jamais vraiment propre, que ça risque de puer éternellement la viande à hamburger pourrie. Je décide alors qu'il me faut une caisse neuve. Il est temps de vendre celle-ci à un clampin sans trop de jugeote. Mais dans l'immédiat, ça change rien, alors je baisse la vitre à moitié, pour faire entrer un peu d'air frais.

Payasa se tourne vers moi et me demande : « T'aurais de la poussière d'ange ? »

Le PCP, Fate a exigé qu'on n'y touche pas ce soir. Mais j'en ai quand même un peu. C'est juste que j'en ai pas pris.

« Fate a dit niet, je dis.

– Ouais, mais il a dit niet pour *avant*, mais il a rien dit pour *après*.

– C'est pas bon, après, je réponds, seulement avant. »

Elle se met à contempler au loin pendant un moment. J'ai jamais vraiment touché à l'aquarelle jusqu'à maintenant, mais en voyant le ciel nocturne qui a l'air comme imbibé, alors même qu'il l'est pas, ça me donne envie d'essayer. Ce noir onctueux autour du visage de Payasa, la façon dont les jaunes des lampadaires se réfléchissent sur son nez de profil, c'est vraiment chouette. Elle est mignonne, faut dire. Je dis pas qu'elle m'attire sexuellement, mais j'ai plutôt pour elle le regard que je porterais sur ma petite sœur, et vu que maintenant elle a plus de grand frère, on va devoir remplir ce rôle pour elle. Moi, Fate, Clever et tout le monde.

Elle rompt le silence dans la voiture : « Fate veut que je retourne m'installer chez ma mère, le temps de me faire oublier un peu. Je comprends pas pourquoi il me punit comme ça. Je veux dire, j'ai pas fait ce qu'il fallait avec Joker ? »

Au début, je dis rien, je laisse un peu ses paroles en suspens. On continue à rouler. Payasa fait de même. On va chez mon cousin Oso en attendant d'avoir des nouvelles de Fate et de Clever.

Mais je finis par dire : « C'est peut-être pas une si mauvaise option.

– Qu'est-ce que tu veux dire par là ? » me demande-t-elle sans attendre.

Et puis elle me transperce du regard.

« Tu as fait mieux que bien, je réponds. Je crois que j'ai jamais vu quelqu'un tirer avec autant de précision. Tu sais, la plupart des gens tirent comme des savates quand ils sont en pleine montée d'adrénaline. Tu as bien vu le nombre de tirs foirés qu'il y a eu chez toi, pas vrai ? Un max. Mais t'es pas ton frangin, tu le sais, ça ?

– Lequel ? » Elle a parlé d'une voix pesante, on aurait dit qu'elle s'apitoyait sur son propre sort. C'est pas comme si elle pouvait pas se permettre un petit instant de faiblesse, mais quand même.

« Tu sais très bien lequel, je dis. Lil Mosco. Tu ressembles plus à Ernesto. »

Pour être honnête, je suis pas complètement à l'aise, dans ce genre de plan, avec elle à mes côtés. C'est pas pour les femmes, tu vois ? Traite-moi de sexiste, traite-moi de ce que tu veux, mais je pense que la plupart des gens seraient de mon avis.

« T'as vraiment fait fort, je dis. T'as fait ce qui fallait. Tu as rendu justice.

– Tu crois ?

– Ouais, je crois. Mais, tu vois, je pense aussi que t'es pas moi. »

Elle paraît en colère, comme si je lui manquais de respect ou je sais pas, et elle rétorque : « Qu'est-ce que ça veut dire ?

– Ça veut rien dire d'autre que ce que ça dit. T'es pas moi. J'entends par là que t'es pas obligée de continuer sur cette lancée. T'as pas à faire ce que je fais, Payasita. »

Elle gonfle sa poitrine, se prépare à argumenter et me sort : « Tu me dis que je devrais pas ? »

Je contemple un moment le ciel à travers la vitre, toutes ces nuances de noir anthracite. Je fais non de la tête, me cramponne un peu au volant, comme je me cramponnerais à une batte sur le terrain de base-ball, s'il fallait absolument que je marque le point décisif.

« Je vais te dire un truc, Lil Clown Girl. »

Je l'appelle parfois Lil Clown Girl, parce que c'est ce que Payasita signifie littéralement en espagnol. J'use de ce sobriquet quand on discute que tous les deux. C'est comme un petit nom. Personne d'autre l'appelle comme ça, et si quelqu'un s'y risquait, je laisserais pas faire. C'est notre truc à nous deux. Mais pour l'heure, j'ai besoin que cette idiote de seize balais *m'écoute*, voilà pourquoi je l'appelle comme ça.

« Une fois, je me suis retrouvé sur Josephine, OK ? Côté parc. Je devais avoir à peu près un an de moins que toi. Mais ça faisait déjà un certain temps que j'avais une arme. J'avais déjà accompli quelques missions. Je me prenais pour un dur parce que les *homies* plus âgés me disaient que j'étais un dur, et que je grandissais bien comme il fallait. Donc ils me confiaient des petits contrats ici et là, des trucs à surveiller, tu vois ? Cette fois-là, un mouchard qui s'appelait Booger est sorti de chez lui, sur le trottoir en face du parc. Je l'attendais, j'étais censé lui régler son compte. Du coup, en le voyant, j'ai été tellement surexcité que je me suis mis à courir, d'accord ? J'ai couru jusqu'au bord du trottoir, à fond, et je me suis arrêté, parce que je voulais pas courir dans la rue. J'ai hurlé : "Booger, hé, Booger !", alors il m'a regardé, et j'ai vu ses yeux sur moi. J'ai visé. J'avais le gun que Fate m'avait filé, je l'adorais, je crois que c'était un neuf millimètres, un Smith et Wesson six cent cinquante-neuf, ce qui était en fait un assez gros flingue pour un p'tit *homie*, mais à l'époque ça m'était égal. J'ai sorti en catastrophe le gun de sous mon sweat-shirt en apercevant Booger. Et j'ai tiré. *Bam*, *bam*, *bam*. Mais ce qui s'est passé, c'est que juste au moment où je faisais feu, une voiture est arrivée entre lui et moi. » J'entends Payasa pousser un petit gémissement, du genre, *oh putain*, mais je poursuis mon récit : « Tu vois, j'étais tellement excité que j'ai pas fait gaffe. J'ai pas vu venir la bagnole, tout s'est passé super rapidement. Tout ce que je me rappelle, c'est que la vitre arrière du break a explosé en même temps, genre *kssssh*, *ksssh*, ma balle est entrée par une vitre et sortie par l'autre. »

Je marque un temps d'arrêt après avoir dit ça, non pas pour créer un effet de suspense ou autre, mais parce qu'il le faut.

Le silence s'étire sans doute un peu trop. Payasa me demande : « Il s'est passé quoi ?

– Y avait un siège à l'arrière, je dis, tu sais, pour les bébés...

– Merde, dit Payasa. Qu'est-ce qui s'est *passé* ?

– Ce qui s'est passé, c'est que j'ai loupé Booger. Ce salaud s'est échappé.

– Rien à foutre de Booger ! Qu'est-ce qui est arrivé au bébé ?

– Je sais pas, je réponds.

– Comment ça, tu sais pas ?

– Je veux dire, tout ce que j'ai entendu c'est des cris, des hurlements super forts qui venaient de la banquette arrière, et la bagnole s'est éloignée en faisant des embardées. Je peux penser qu'à une seule chose, à tout ce verre sur la banquette arrière, tu vois ? » Je secoue la tête en y repensant. « Tout ce verre. »

Payasa est un peu en colère maintenant. « Est-ce que tu as fini par savoir ? Genre, y a pas eu de blessé grave ?

– Non, je réponds. J'ai jamais su. J'ai essayé de me rencarder, mais personne a entendu parler d'un bébé blessé, et j'ai jamais revu cette bagnole, ni près du parc ni ailleurs.

– Quoi ? Vraiment ? fait-elle. *Jamais ?*

– Le bébé revient dans mes rêves, parfois, avec des coupures partout.

– C'est taré, dit-elle.

– Ouais, mais ce que j'ai fait aussi, c'était taré. Et si je t'ai raconté cette histoire, c'est pour te dire que quand tu commets une bourde dans le genre, elle te colle à la peau. J'ai pas envie que tu me regardes un jour en te disant que tout ça, on s'en débarrasse comme on veut. C'est tout ce que je dis, Lil Clown Girl. Voilà. »

Elle se tait, et je sais pas quoi dire, je sais même pas si mon message est passé, alors j'attends un peu avant d'ajouter : « Si Fate insiste pour que tu déménages, c'est peut-être pas une si mauvaise chose, tu sais. Te mettre au vert un petit moment... Je veux dire, si tu prenais l'air, tu ferais quoi ? Est-ce que tu y as seulement réfléchi ? »

Elle pose la nuque sur l'appui-tête et fixe le plafond. Au bout d'un petit moment, elle esquisse un sourire, un petit, mais il est là, alors je la relance :

« Quoi ?

– Rien, dit-elle. C'est idiot. »

Ce n'est pas idiot, j'ai envie de lui répondre, *parce que c'est le premier sourire que je vois sur ton visage depuis qu'Ernesto s'est retrouvé allongé dans cette ruelle, et même avant*. Mais j'attends. Je la laisse prendre son temps. J'essaye de garder en tête ce sourire sur son visage. Plus grand que celui de la Joconde. Il lui retrousse un peu le haut du nez, entre les sourcils.

« J'ai vaguement dans l'idée de revoir Elena, dit-elle.

– Attends, je l'interromps, histoire de tirer les choses au clair. Celle qui voulait qu'en dézinguant Joker on lui dise bien que c'était de sa part à elle ? *Elle ?*

– Exactement, répond-elle en se passant la langue sur les lèvres, comme si elle songeait à faire autre chose avec, quelque chose d'agréable.

– Tiens donc, je dis. L'amour fou. »

Elle émet un bruit de bouche en faisant claquer sa lèvre supérieure, une sorte de *tsk* sonore. « T'emballe pas. J'ai *pas* dit que j'étais amoureuse.

– C'est toi qui vois. Elle est *loca*, mais qu'est-ce qu'elle est belle. Le cul qu'elle a. » Mes paroles se dissipent tandis que je repense au cul d'Elena moulé dans son jean. Ce que ce serait chouette de l'avoir au creux de mes deux mains. Je me perds un moment dans ma rêverie, et je peux pas vraiment finir ce que j'étais en train de dire, alors j'ajoute juste : « Wow. »

Je dis juste ça comme ça, tu vois ? Mais Payasa pige exactement ce que j'ai en tête et elle se fiche de moi. Pourquoi ? Peu importe. Ça fait plaisir de l'entendre rigoler. Un des trucs géniaux, avec Payasa, c'est que t'as pas à te forcer à lui causer comme à une fille. Putain, tu peux dire tout ce que tu veux habituellement, et y a pas de problème. C'est vraiment une *homie*.

« Ouais, dit Payasa. Wow, tu peux le dire. Disons que je l'ai repérée. »

Une image mentale s'impose immédiatement et je me fixe dessus pendant quelques centaines de mètres.

« Bon sang, c'est tout ce que j'arrive à sortir, mais je me dis que je devrais peut-être m'arranger pour que Payasa continue à parler, parce qu'on dirait que ça a pour effet de l'empêcher de penser aux autres sujets plus plombants. Tu penses qu'elle pourrait vraiment renoncer aux mecs ? Pourquoi ?

– Y a toujours une chance, dit-elle, surtout si je me débrouille pour qu'elle me perçoive comme sa protectrice.

– Tel un preux chevalier dans son armure étincelante ? » Je jette un œil à Payasa et elle hoche un peu la tête, puis se fend à nouveau de son sourire secret, si ce n'est que cette fois-ci, il semble signifier qu'elle sait des choses sur la fille, dont j'ai toujours ignoré l'existence. Elle semble avoir une telle confiance en elle que je doute pas un seul instant que ce soit vrai. « Donc tu défendrais son honneur et tout ?

– Pour les femmes, c'est important, ces trucs-là. Elles ont besoin de se sentir en sécurité.

– À t'écouter, on aurait presque l'impression que t'en es pas une », je dis.

Je me gare le long du trottoir sur Louise, juste devant chez Oso. Une lumière est allumée à l'intérieur, et je vois ma tante passer devant la fenêtre de la cuisine, elle s'active au-dessus de l'évier, elle doit être en train de laver des légumes, je sais pas. Le simple fait de la voir comme ça, les cheveux défaits comme au sortir du lit, je sais qu'Oso l'a réveillée. Elle le gâte encore plus depuis la mort de Cricket, il peut manger à l'heure qu'il veut, s'il a faim, de jour comme de nuit. Quelle que soit l'heure, elle se lèvera et lui préparera quelque chose.

« Je suis pas une femme comme Elena est une femme, dit Payasa au moment où je coupe le moteur. Une nana comme ça, faut que quelqu'un s'occupe d'elle. Et moi, j'ai besoin de protéger quelqu'un. C'est comme ça que ça se passe, c'est tout. C'est la nature. Les rôles changent pas beaucoup, vu qu'on est toutes les deux des *chicas*. Ce truc, c'est en nous. C'est humain. »

Je hausse les épaules parce que je vais devoir la croire sur parole et j'ouvre ma portière, mais quand le plafonnier s'allume au-dessus de nos têtes, Payasa m'attrape le bras. Je vois bien qu'elle a pas fini de parler, alors je referme ma portière et le plafonnier s'éteint.

Elle demande : « Est-ce que c'est fini, genre fini de chez fini ? Est-ce que ça va se tasser, maintenant que Joker, Trouble et Momo sont plus là ?

– Je sais pas », je réponds, et vraiment j'en sais rien.

Elle laisse tomber plus ou moins le menton et fronce les sourcils en entendant ça. Je sais alors que j'ai vu juste tout à l'heure. Elle a vraiment envie que ce soit terminé. Lil Mosco aurait jamais réagi comme ça. Il aurait voulu la guerre pour longtemps, il aurait saisi la première occasion pour se déchaîner. Il aurait adoré ça. Payasa, en revanche ? Non. Elle est juste passée à l'action quand ça a été nécessaire.

« Il restera toujours quelqu'un de la famille d'une victime, hein ? » Elle dit cela sur un ton très las, comme une grand-mère. « Ou des *homies* qui suivent quelqu'un...

– T'as pas tort, je dis, mais si t'aimes pas payer, alors faut pas jouer. »

Ça peut paraître dur de dire ça à quelqu'un qui vient juste de perdre ses deux frères et toute la façade de sa maison, mais elle sait que c'est vrai, et il faut bien que quelqu'un lui dise. Alors autant que ce soit moi. Je la regarde se balancer un peu sur son siège. J'entrouvre la portière, uniquement pour voir à nouveau la lumière blanche du plafonnier sur son visage, et je me dis que je pourrais essayer de réaliser un portrait d'elle en noir et gris. Tu sais, au pinceau et à la peinture pour maquette, le genre qui continue de briller même une fois que c'est sec.

À ma Lil Clown Girl je demande : « Tu as faim ? On dirait que ma tante est en train de cuisiner, et crois-moi, si elle prépare des *enchiladas**, on sera pas déçus du voyage.

– C'est une idée, dit-elle. Mais ensuite, tu me raccompagnes chez *mi mamá* ? »

Je suis pas le chef, moi je suis le courageux, mais je me dis que, pour une fois, je peux prendre une décision, juste pour elle. Juste pour cette fois.

CINQUIÈME JOUR
DIMANCHE

« LES POLICIERS DISAIENT AUSSI AUX MEMBRES DES GANGS QUE LA GARDE NATIONALE ÉTAIT, EN RÉALITÉ, UN GANG DE BIEN PLUS GRANDE AMPLEUR. ILS ESTIMAIENT QUE C'ÉTAIENT DES TERMES QUE LES MEMBRES DE GANG POUVAIENT COMPRENDRE. »

GÉNÉRAL DE DIVISION JAMES D. DELK,
COMMANDANT DES FORCES DE LA GARDE NATIONALE

ANONYME

LE 3 MAI 1992

15 H 22

1

Inutile de tourner autour du pot : je suis le Grand Méchant Loup, et, pour quiconque a besoin d'un bon coup de croc, je n'existe pas. Ma mission, ce soir, est de frapper un certain nombre de résidences liées à des gangs, et je peux vous dire que je vais personnellement prendre mon pied. Compte tenu de la nature illégale de cette opération, cependant, je ne peux pas vous divulguer mon identité ni vous dire pour qui je travaille. Techniquement, je ne peux pas vous révéler ce que je fais quand je le fais. À vous de compléter mentalement le reste. Mais tout d'abord, un brin de contexte.

Je commande actuellement deux véhicules transportant seize hommes au sud du lit en béton complètement sec de la Los Angeles River. Nous pénétrons dans le caniveau *via* une entrée de tunnel, sous le pont de la Sixième Rue. Aménagé à base de béton par un corps d'armée d'ingénieurs durant une période de plusieurs années à partir de 1935, le cours d'eau est davantage une route qu'une rivière. Aujourd'hui, il va nous servir à la fois de passerelle et d'entrée de derrière pour accéder à South Central. Nous nous acheminons vers une résidence où habitent un certain nombre de membres de gangs connus, et d'où ils pilotent des affaires illicites. Avant cette mission, mon équipe s'est retrouvée coincée dans un scénario de type on-se-dépêche-d'attendre, parce que, à mon avis, personne en haut lieu n'avait les tripes d'autoriser un tel déploiement jusqu'à il y a une heure. Jusqu'alors nous étions en stand-by, stationnés dans un poste de commandement avancé à usage du LAPD et de tous les services d'urgence.

La situation était particulièrement frustrante pour mon équipe et moi, parce que, dans tout Los Angeles, la police et les forces de la garde nationale sont tombées dans des guet-apens et ont essuyé des escarmouches venant d'ennemis américains plus expérimentés dans la lutte façon guérilla urbaine que la plupart des combattants étrangers. Ce n'est pas une approche que vous entendrez exposée en public, mais c'est pourtant la seule qui soit pertinente. De telles situations se produisent parce que cette ville est en réalité balkanisée. Ce qu'il y a, à Los Angeles, c'est un mélange particulièrement toxique de citoyens aux histoires culturelles et aux systèmes de croyances singulièrement disparates, mais ce qu'il y a par-dessus tout c'est une population affiliée à des gangs hautement fragmentés, dont le nombre est évalué à cent deux mille individus. (La première fois que j'ai eu connaissance de ce chiffre, j'ai dit à mon supérieur : « Ce n'est pas une statistique, c'est une armée. ») Rien qu'en 1991, on a pu imputer à cette frange de la population sept cent soixante et onze meurtres en ville – plus de deux par jour.

Pire : le LAPD avait pour consigne de protéger tous les magasins d'armes de la ville lorsque les émeutes ont débuté. Ils ont échoué. Plus de trois mille armes (pratiquement toutes semi-automatiques, mais aussi quelques-unes entièrement automatiques) furent dérobées les deux premiers jours. Bien que confirmé, ce chiffre n'a pas été rendu public, et ceci non plus : la presque totalité n'a pas été tracée. Par conséquent, il est impératif de savoir que les gangs blacks et latinos de ce secteur sont fortement armés.

Histoire que vous sachiez d'où je viens : quand j'utilise le terme *black*, ça veut dire quelque chose. Comme mon père, élevé dans le Sud, me l'a souvent dit : « T'es né black, black tu mourras. » J'ai grandi dans le quartier de Watts d'avant et d'après les émeutes de 1965. Le Los Angeles d'aujourd'hui est très différent du Los Angeles de l'époque. Je suis né à Lynwood, à Saint Francis, en avril 1956, parce qu'il n'y avait pas de maternité à Watts en ce temps-là. J'avais neuf ans quand mon propre quartier s'est soulevé à la suite de l'arrestation et du tabassage du « gamin Frye », comme disait ma mère, car elle connaissait sa mère, Rena, qu'elle côtoyait à l'église. Lynwood était encore considéré comme un endroit agréable pour les Blancs, et ma mère y prenait le bus pour aller faire des ménages. Je ne juge pas utile de fournir davantage de renseignements concernant mes jeunes années. Je me contenterai d'indiquer que je me suis embarqué pour le Vietnam en 1974 et que j'ai rempilé une fois. Ensuite, j'ai fait carrière dans l'armée, avant de prendre ma retraite anticipée pour accepter un certain boulot, avec une certaine agence gouvernementale américaine, que je ne peux présentement nommer. C'est tout ce que je peux vous dire me concernant. Mais j'estime vital d'annoncer clairement mon implication personnelle dans cette mission. C'est mon pré carré, pour ainsi dire.

Ce n'est toutefois pas comme si la situation était apparue du jour au lendemain. Je peux vous dire, d'après mon expérience personnelle, que rien n'a été résolu après Watts, que ce soit sur le plan économique ou autre. Cependant, je n'exagère pas en affirmant que la poudrière est autrement plus préoccupante qu'elle ne l'était à l'époque. Les effectifs des forces de l'ordre ne s'élèvent qu'à sept mille neuf cents dans cette ville de presque 3,6 millions d'habitants, sachant que la population du comté est de 9,15 millions d'habitants. (Ces effectifs de police étant à mettre en regard des cent deux mille membres actifs de gangs.) En tout état de cause, c'est le pire ratio de toutes les principales zones urbaines de ce pays ; c'est encore pire si l'on prend en compte l'immensité du territoire à couvrir. Le comté de Los Angeles est ultra vaste. Plat, il s'étend dans l'axe nord-sud de la zone portuaire de San Pedro à Long Beach jusqu'aux contreforts de Pasadena et de San Fernando Valley, et, dans l'axe ouest-est, des plages de Santa Monica au désert de la San Gabriel Valley.

À titre comparatif, les émeutes de Watts se sont déroulées dans mon ancien quartier sur un carré de six pâtés de maisons de côté. Et elles furent contenues en conséquence. Alors que, la première nuit des troubles actuels, des incendies se sont déclarés sur une surface de deux cent soixante-dix-sept kilomètres carrés de zone municipale ou relevant du comté, à South Central. Résultat, le couvre-feu fut à peu près aussi bien appliqué que durant la Prohibition, car le maintien de l'ordre d'un secteur d'une telle taille, où sévit une telle population de gangs, est déjà, en période faste, une tâche extrêmement ardue. Mais en temps de perturbations civiles telles que cette nation n'en avait encore jamais connues ? Eh bien, c'est tout bonnement impossible. C'était la mauvaise nouvelle jusqu'à maintenant ; mais il y en a maintenant une bonne : ce soir, ça va changer.

Au poste de commandement, j'ai parlé à un certain nombre de vétérans du Vietnam, des gars de la garde nationale pour l'essentiel, mais aussi des gars de la police de la California Highway Patrol, et quelques agents de police. Presque tous évoquent des sentiments similaires à ceux ressentis à l'époque où ils étaient au Vietnam, il y a de cela plus de deux décennies. Ils parlent d'inconnu. Ils avouent avoir du mal à identifier l'ennemi. Je comprends les deux arguments, mais mon équipe n'a pas pour mission de défendre des galeries commerciales. Nous avons des cibles précises, guidés que nous sommes par le service des liaisons des homicides du département du shérif de L.A., qui s'appuie sur une connaissance et des informateurs de première bourre au sein du monde des gangs à South Central. Il sélectionne nos cibles, et nous on fait notre boulot. Bref, nous, c'est la revanche.

« Vous en faites pas, je dis aux anciens qui font la queue pour le buffet préparé par les braves gens des Eaux et Forêts. Moi, je sais qui est l'ennemi, et je ne vais pas me contenter de lui péter les côtes, en plus je le regarderai droit dans les yeux. »

L'ardeur avec laquelle j'ai dit cela a été grandement appréciée. Chaque jour et chaque nuit depuis que ça a commencé, des voyous liés aux gangs menacent flics et membres de la garde nationale dans toute la ville. Je n'ai pas encore rencontré un seul de ces gars qui n'ait pas une variante de l'histoire suivante à raconter : des membres de gang arrivent au pas en bagnole, exhibant leurs flingues, montrant les gars du doigt en disant : « On reviendra vous buter à la nuit tombée. »

Chez moi, ça, c'est considéré comme une menace terroriste et ça mérite un prompt châtiment. Voilà l'angle d'approche à adopter pour cette situation. Aux grands maux les grands remèdes. Il se dit au sein de l'Organisme pour l'égalité des chances que la situation à l'échelon de la ville est désormais maîtrisée, au point que le couvre-feu pourrait être levé demain. Notre mission sera donc exécutée ce soir, et uniquement ce soir. Nous disposons de moins de vingt-quatre heures pour envoyer un message fort, très fort.

Le bon côté du chaos de ces cinq derniers jours est le suivant : il n'y a aucune chance que ce que nous sommes sur le point d'effectuer ce soir nous revienne à la figure. On débarque, on inflige à ces types une bonne correction, qu'ils sachent qui sont les plus forts et les plus méchants, et ensuite on décampe. C'est un truc digne des hommes des cavernes, mais il se trouve aussi que c'est le seul langage que comprennent les gangs.

Les paramètres de notre intervention sont doubles : un, nous ne passons pas plus de six minutes sur une propriété donnée, et deux, nous pourrons agir de quelque manière que nous jugerons appropriée, à condition de ne tirer que si on nous tire dessus. J'ai officiellement souscrit à ces deux règles dans le cadre de la lutte contre les inégalités, mais je reste quelqu'un de réaliste. Ce qui nous attend, une fois sur le terrain, ce sont les changements de circonstances. Cependant, au moment du briefing, quand un rond-de-cuir, un commandant des Marines fraîchement atterri, avec plus de galons sur les manches que de bon sens, m'a dit que ne pas tirer tant qu'on ne nous tirait pas dessus était la seule chose qui nous distinguait des gangs, je n'ai pas pu m'empêcher de rétorquer à l'officier au visage infiniment sérieux : « Nous distinguer, mon commandant ? Mais nous *sommes* un gang. »

Vous auriez vu sa gueule. Il n'est pas mon supérieur hiérarchique direct, je ne reçois pas d'ordres de lui. Il a seulement été informé de la mission, à titre courtois et professionnel. Le parallèle avec les gangs m'a toujours paru parfaitement évident, mais il faut croire qu'il ne l'est pas.

Dans ce véhicule, j'ai une équipe triée sur le volet de gars hyper entraînés. Nous portons tous des uniformes tactiques verts identiques et des casques. Nous avons pour objectif commun de « tomber » (comme on dit dans le jargon) un autre gang et de lui rappeler avec le plus de détermination possible qu'il existe une limite à ne pas dépasser. C'est le type d'action que les gangs sont contraints de mener de temps en temps. Que ce soit sur le terrain ou dans la façon de se conduire, il y a une ligne à ne pas franchir, même chez les criminels. Dans ce contexte de perturbations civiles, dont ce pays, une nouvelle fois, n'a encore jamais connu d'équivalent, les humains ont tendance à oublier ce tracé.

Enfin, c'était le cas jusqu'à maintenant. À présent, nous allons leur rappeler l'existence de cette limite. Nous sommes aujourd'hui plus dangereux que nous ne l'avons jamais été, car nous ne sommes pas surveillés. Et surtout, demain matin, pas de paperasse à remplir. Pas de formulaire. Pas de récit. Pas de rapport en trois exemplaires. Il n'existe pas de meilleure opération gouvernementale, car tout est d'une formidable simplicité, et techniquement, il n'existera aucune trace prouvant qu'elle ait jamais eu lieu.

Nous n'avons pas de noms cousus à nos uniformes. Nous sommes anonymes comme le vent. Ce que nous faisons n'existera que sous forme d'histoires chuchotées. Seuls les méchants sauront qu'on a fait ça, et eux, ils ne comptent pas.

Je n'ai formulé qu'une directive et une seule : le but est de les estropier, et de les estropier à vie. Je dis ça à mes hommes, et j'amende aussi le deuxième paramètre de notre mission : « N'attendez pas, je répète, n'attendez pas qu'on vous tire dessus, dis-je, tandis que notre véhicule roule sur une bosse. Le premier qui braque son flingue sur vous, putain vous lui annulez son Cinco de Mayo. »

2

Donc, maintenant que vous avez tout ça à l'esprit, je vous demanderai une chose. J'ai besoin que vous vous blindiez. Inspirez un bon coup si nécessaire. Pour effectuer ce qui est de notre devoir, il ne va pas falloir mollir. On va commencer par considérer que nos cibles ne sont ni des victimes ni des gens, mais des criminels impunis, à qui il s'agit d'infliger une dose du seul remède qu'ils comprennent. Je recommanderai de tout cœur que vous ne les preniez pas en pitié. Les criminels que nous avons en ligne de mire l'ont amplement cherché, et ce depuis longtemps. Plus important, ils sauront qu'ils ne peuvent s'en prendre qu'à eux-mêmes.

Passé l'endroit où le confluent Rio Hondo rejoint la Los Angeles River, il y a une sortie qui donne sur Imperial Highway. Nous quittons le lit de la rivière, utilisons la bretelle de raccordement, défaisons la barrière et débouchons dans la rue. Je vérifie une deuxième fois avec nos conducteurs tactiques l'adresse sur Duncan Avenue, transmise par l'agent de liaison de la section criminelle du LAPD. J'ai explicitement demandé que notre agent de liaison soit affecté à mon unité, mais ma requête a été rejetée. Il aurait adoré, a-t-il fait savoir, en particulier pour voir la tête de ces « petits enculés de Mexicains » au moment où justice sera faite, mais il ne peut pas prendre le risque que quelqu'un le reconnaisse. Il était à cette même adresse hier soir, et il a interrogé un des types du gang. Il est encore en fonction dans le secteur, a-t-il dit, alors que nous, nous ne sommes que de « simples visiteurs ». Je lui ai signifié que je comprenais.

Dans la mesure où l'élément de surprise joue en notre faveur, la procédure standard est d'attaquer la résidence de manière frontale. Quoi qu'il en soit, nos observateurs nous ont signalé qu'une petite sauterie avait actuellement lieu derrière la maison, dans le patio. En outre, nous savons qu'une allée de garage borde la propriété, côté nord. J'ai par conséquent donné l'ordre à quatre de mes gars de descendre du véhicule de queue à la moitié du pâté de maisons et d'approcher la résidence par le flanc, armes relevées, bien en évidence, pour refouler tout fuyard potentiel, qu'il soit repoussé dans le patio, pendant que l'autre escouade de notre véhicule de queue procédera à l'assaut frontal et que les deux escouades à bord de mon véhicule empêcheront toute échappée latérale.

Au moment où l'escouade de flanc se met en branle, elle passe à hauteur d'un potentiel membre de gang qui s'avance sur le trottoir en s'éloignant de la résidence cible. On peut raisonnablement supposer qu'il vient de quitter la sauterie, alors on l'appréhende. Il lève immédiatement les mains en l'air et ne fait pas mine de vouloir prévenir quiconque de notre présence. On lui ordonne de s'allonger, jambes et bras écartés dans l'herbe. Il obtempère. On le fouille à la recherche d'une arme. Il n'est pas armé. On lui ordonne de rester où il est, il hoche la tête pour dire qu'il a compris, et mon escouade avance sur le flanc.

J'ai un nouveau casque, qu'on nous a fourni il y a peu, de style allemand, auquel je ne suis pas encore complètement habitué. J'ai des genouillères, des protections pour les cuisses et un blouson en kevlar – en gros, à peu près autant de rembourrage qu'un joueur de football américain. Dans la main droite, une matraque tactique rétractable tout en acier, également de conception et de fabrication allemandes. Extension maximale, soixante-six centimètres, poids, six cent cinquante-deux grammes, un accessoire de notre équipement étonnamment efficace lorsqu'on le manie correctement. L'espace d'un instant, juste avant que le véhicule soit tout à fait à l'arrêt et que nous en sautions, je me sens invincible.

Je fais signe aux gars de descendre et de se répartir en formation tandis qu'une de nos cibles s'écrie : « Les schmidts. Putain on se tire ! »

Je souris en entendant l'expression. Les *schmidts* ? Pourquoi pas.

Quand on entre dans le patio, une proportion égale de nourriture et de boisson éclabousse le sol en dur. Des assiettes et des gobelets sont renversés, plusieurs types tentent de s'échapper. Il y a un barbecue et deux petites tables de pique-nique avec bancs incorporés. La surface est un carré de six à sept mètres de côté. Au fond, une barrière en métal d'un mètre de hauteur. Au-delà, le jardin de la maison voisine, bordé d'arbres espacés les uns des autres. Deux cibles qui allaient tenter de sauter par-dessus la barrière s'immobilisent une fois juchées dessus en apercevant les canons des nombreux M-16 pointés sur elles à travers le feuillage. Elles retombent alors dans le patio. Maintenant, ils sont à moi.

Ils sont dix-neuf en tout. La plupart ont la tronche de lapins apeurés, prêts à détaler à la première occasion. Mais deux ou trois clients font mine de ne pas perdre leur sang-froid, ce qui est une bonne chose. Ils pensent probablement qu'on est là pour les arrêter et que tout va se passer en douceur. Ce n'est pas le cas. Et, non, ça ne va pas se passer en douceur.

Mes seize gars ont tous des armes de poing, mais huit d'entre eux possèdent la même matraque métallique que moi, les autres ont des M-16. On a beaucoup parlé aux infos des plaques installées sur les armes de la garde nationale, de manière à brider la mise à feu automatique. Je vous assure que la question n'est pas d'actualité dans mon unité. En cas de nécessité, on peut passer en automatique, et on le fera. Conformément aux ordres donnés plus tôt, un de mes hommes sort une caisse vide du véhicule garé dans l'allée du garage et l'ouvre.

« On va la jouer simple, j'annonce. Ceux d'entre vous qui ont des armes à feu, foutez-les dans cette caisse, et que ça saute, bordel. En mettant bien le cran de sûreté, s'il n'est pas déjà mis. »

Ils obéissent. En moins d'une minute, deux de mes hommes embarquent la caisse et vont la mettre à l'abri dans un des véhicules. À présent, on va commencer à rigoler. On a cinq minutes pour vraiment gâcher leur petite sauterie.

Je m'approche du cuistot, celui qui se tient près du gril. Notre agent de liaison l'a désigné comme étant le chef.

Je me plante juste devant lui, histoire de lui montrer que je suis plus grand d'une dizaine de centimètres, et plus lourd d'une dizaine de kilos. À ce moment-là, deux de ses sbires se lèvent de la table la plus proche. L'un des deux est mince comme une pelure d'oignon, mais l'autre a une dégaine d'Indien, un cou épais de lutteur. Mon commandant en second s'interpose entre eux et moi, tout en logeant ostensiblement une balle dans son arme. Le doux cliquetis de la chambre d'une arme automatique fait toujours son petit effet. C'est un appel à l'obéissance.

Alors ils reculent, ces deux durs à cuire, mais pas de bon cœur. Une charmante et menue Asiatique se cache derrière le maigrichon.

Je ne vois pas du tout ce qu'elle fabrique à une réunion comme celle-ci. Quoi qu'il en soit, nos renseignements stipulent que ce gang n'exclut pas la présence de membres de sexe féminin en son sein. Je ne me formalise donc pas de la présence de la jeune fille.

Je reporte mon attention sur le cuistot. Il me fixe d'un regard qui ne trahit pas la moindre émotion. Il tient une spatule en fer dans la main droite, mais elle est figée au-dessus de la grille, dont la surface est marron, jonchée d'une fine couche de viande. Lorsque des filets de graisse tombent de la spatule, ils grésillent et font siffler les charbons, en dessous.

« Toi, dis-je, Mister Big Fate, il faut que tu arrêtes de tuer des gens. »

Il ne réagit pas, mais il n'est pas nécessaire qu'il réagisse. J'adresse un signe de tête à mon second, qui s'avance d'un pas et tient son arme en position, paré à faire feu. Avec son mètre quatre-vingt-treize et ses cent quatre kilos de muscles, il a le gabarit d'une machine conçue pour une chose, une seule : faire mal. Quand Big Fate (honnêtement, je n'arrive pas à comprendre ces sobriquets, nom d'un chien) se retourne pour regarder mon second, celui-ci lui assène un violent coup de crosse sur le crâne. À ce stade, on peut affirmer sans se tromper que Mister Big Fate heurte le béton plus vite qu'un para sans parachute.

Je me penche jusqu'à me trouver à hauteur de son visage en sang et je dis : « Il faut que tu arrêtes de tuer des gens ! »

Répéter les choses, il n'y a que ça qui marche avec ces animaux. Je le sais, parce que je suis un animal, moi aussi. Les seuls trucs que j'ai appris au fil des ans, je les ai appris parce que je les ai répétés dix mille fois. Demandez à ma femme actuelle, et puis tant que vous y êtes, demandez aussi à mes deux ex.

Maintenant que Mister Big Fate est au sol, mon second se concentre sur la partie supérieure de son bras droit. Il a une sorte de tatouage circulaire de style mexicain. Après un coup particulièrement bien senti, la spatule tombe de sa main et choit par terre dans un cliquettement. La spatule s'immobilise, et mon second frappe le bras exactement au même endroit, la crosse de son arme percute le même tourbillon d'encre sur la peau. C'est sa nouvelle cible, et il frappe à nouveau exactement au même endroit à chaque mot que je prononce.

« Il », dis-je à Mister Big Fate.

Coup de crosse est un terme élégant pour quelque chose d'horrible.

« Faut »

Il s'agit d'estropier un assaillant avec la crosse de votre arme.

« Que »

Chargé, un M-16 prêt à l'usage pèse 3,64 kilos. Manié avec efficacité, une force plus que suffisante pour casser des os.

« Tu arrêtes »

Mon second frappe comme à coups de marteau sur l'humérus, toujours exactement au même endroit, et il recommence, et recommence.

« De tuer »

Dans des circonstances normales, il faut une force formidable pour briser un humérus, et cela n'arrive habituellement que lors d'accidents de voiture ou de chutes de très haut.

« Des gens. »

Dans le cas présent, toutefois, mon second a cogné au même endroit jusqu'à la fracture. Ensuite, il a continué de cogner sur la fracture jusqu'à ce que l'os entier casse dans un craquement tellement fort qu'on aurait dit qu'un joueur de base-ball venait de réussir un coup de circuit avec une batte en bois. C'est dire combien le craquement est net et sec. À cet instant, le bras de Mister Big Fate ploie dans un sens anormal, et Fate pousse un rugissement. Mais ce n'est pas terminé. Mon second décide de marcher sur la partie du bras qui à présent pendouille. Ça, il le fait avec la semelle de son gros godillot de combat. Il y va de tout son poids, mon second, de ses cent quatre kilos. On peut bien se croire ultra coriace, personne ne résiste à ce genre de douleur. Mister Big Fate ne fait pas exception à la règle. Il perd connaissance sous mon second et tombe à la renverse, se cognant fort la tête contre le béton.

À partir de là, c'est le déchaînement général.

3

Le trapu tente de s'approcher de mon second tandis que le maigrichon me saute dessus, plein de rage. C'en est presque comique de les voir l'un et l'autre partir au tapis. Le trapu est accueilli par une prise de judo que mon second exécute en lui déboîtant littéralement l'épaule dans un craquement sourd. Le maigrichon, je le frappe dans les côtes à l'aide de ma matraque, et je le finis d'un coup sec sur le dessus du crâne. Il se vide de tout son air, avant d'aller au tapis les genoux en premier et de s'effondrer sur lui-même. Derrière moi, un de mes hommes a collé par terre la nana asiatique et lui frappe le poignet avec la matraque en métal standard. J'entends son os craquer de là où je suis. Elle hurle de douleur, et le maigrichon, dont la figure ruisselle de sang, crie son nom :

« Irene ! »

Enfin en tout cas, il me semble que c'est ce qu'il dit. Il est difficile de suivre exactement ce qui se passe, car tous ceux qui, jusqu'à maintenant, étaient immobiles, veulent maintenant s'enfuir. Ils foncent comme des antilopes vers la barrière et sautent par-dessus, ou bien se précipitent vers la maison. C'est le chaos, mais pour nous c'est un chaos favorable, car à partir de là, il est tout simplement temps de se mettre au boulot.

J'en frappe trois qui s'effondrent avant de pouvoir me dépasser et atteindre la porte de derrière. Je tape sur des gorges. Sur des oreilles. Je tape sur tout ce qui se présente, sur la cible la plus avantageusement molle.

Mon second se dresse au-dessus des deux gars qu'il a bastonnés pour l'exemple, en braillant si fort qu'il n'a pas besoin de porte-voix pour être entendu dans tout le pâté de maisons.

« On sait que vous avez pillé, s'écrie-t-il. On sait où vous avez planqué le matos ! »

Notre stratégie est simple. On vise surtout les articulations et les petits os. On brise les mains. On brise les chevilles. On brise les genoux et les coudes aussi. On ne se focalise pas trop non plus.

C'est surtout une question d'opportunité stratégique, selon ce qui se présente, quand quelqu'un ayant peu ou pas d'entraînement en arts martiaux tente de se défendre, qu'il s'agisse d'un homme ou d'une femme. Dans une telle situation, il existe plusieurs cas de figure : il ou elle va faire volte-face et s'échapper – alors là, on le ou la fauche avec la matraque et on vise une cheville ; il ou elle peut tenter de vous donner un coup de pied – auquel cas, vous esquivez et frappez le genou ou la cheville de la jambe d'appui ; il ou elle peut se camper face à vous ; vous pouvez alors faire mine de frapper au visage, alors la cible aura le réflexe de lever les mains en l'air – à ce moment-là vous cognez sur les doigts, les poignets ou les coudes.

J'ai dit à mes hommes que c'était remarquablement similaire au fast-food : on prend le truc au vol et on dégage. On replie un truc sur lui-même et on attend le cri, puis on tire jusqu'à ce que ça casse. Puis on réitère. À partir du moment où on l'a fait une première fois, c'est plus facile à exécuter la deuxième. Deux gars sur dix parviennent à résister à une telle douleur. Les autres abandonnent. À partir du moment où il ou elle succombe à l'horizontalité, alors on frappe aux côtes pour être absolument certain qu'il ou elle n'est pas près de reprendre une profonde inspiration sans repenser à vous et à la force avec laquelle vous avez frappé. Pendant le restant de leur courte vie, ils penseront à vous. Le changement, c'est ce soir, ai-je dit à mes hommes avant le début de la mission. Parfois, les meilleures expériences d'apprentissage sont les mauvaises, et aujourd'hui c'est nous qui nous en chargeons.

Ça sent la viande brûlée maintenant, tandis que je cherche un nouvel exemple à faire. Le trapu est à mes pieds, il rampe en direction de Mister Big Fate, alors que la fille qui berce son poignet brisé se pelotonne contre le maigrichon.

J'attrape le trapu par la cheville, je lui ôte brusquement sa basket. Il roule sur lui-même pour me regarder. Ses yeux s'écarquillent quand j'abats ma matraque sur ses doigts de pied. Chaque orteil du pied gauche est réduit en bout sanguinolent, tous pendouillent à l'extrémité de sa chaussette. On n'a jamais entendu brâmer comme ça. Une fois que j'ai terminé, ses orteils ressemblent à des cerises au marasquin écrasées, qui suintent à travers la chaussette blanche. Des larmes d'horreur dégoulinent sur son visage quand je lui casse les côtes une par une. Je m'arrête à six. S'il plaît à Dieu, ce petit monstre ne pourra plus jamais courir et respirer normalement. Bien. Les criminels ralentis, c'est mieux pour tout le monde.

Il pleurniche à travers sa respiration sifflante, n'empêche, celui-là.

« Ferme ta gueule. » Je respire bruyamment en disant ça à cette chochotte. « Tu joues, tu payes. Tu le sais très bien. Considère que tu as eu de la chance que je te fasse pas sauter tout le panard. Imagine un peu ! Un criminel avec un moignon. Hé, tu pourras même pas m'échapper, la prochaine fois. »

Il se mordille la lèvre après ça. Il souffre du silence le plus bruyant que j'aie jamais entendu. Je consulte alors ma montre. Nous en sommes à cinq minutes. Le temps imparti est presque écoulé.

La zone du patio s'est bien clairsemée. D'après mes calculs, deux ont mis les bouts, ce qui fait deux de trop. La viande sur le barbecue est noire et dégage ses propres petites colonnes de fumée. Quel à-propos, ce microcosme, me dis-je. Los Angeles tel un barbecue non surveillé, où crame la bidoche ayant la malchance d'être coincée dessus.

Je décompte dix-sept membres de gang à terre sur le béton du patio. Chacun à sa façon geint, se tortille et/ou suffoque. C'est loin d'être suffisant, mais les ordres sont d'agir dans un laps de temps ultra limité, alors j'ordonne le retrait.

« On revient quand on veut, dit mon second au trapu qui fait tout pour ne pas regarder ce qui reste de son pied gauche. On confisquera tous les trucs que vous avez volés, mais on va pas vous ramasser, vous passerez pas en justice, oh que non ! La prochaine fois, on vous *bute*, c'est tout. »

Il leur fait au revoir d'un signe de la main des plus flippants, mon second.

Il place les doigts près de son visage et fléchit juste la dernière phalange, comme mon fils lorsqu'il a commencé à savoir faire coucou.

Pour mémoire, j'aimerais que tout ce que mon second vient de dire soit vrai. Ce n'est pas le cas.

C'est le plus gros mensonge de notre petite opération de ce soir : nous avons eu beau menacer, nous ne reviendrons pas. Nous sommes déjà dans les véhicules et filons vers un autre site pour corriger une nouvelle fournée de cancers. Tout est fait aujourd'hui, avant que l'ordre soit officiellement rétabli et que le couvre-feu soit levé. Notre objectif présent est de les recadrer. Nous savons qu'ils ont tué, mais les scènes de crime dans toute la ville sont peu exploitables, inexistantes, voire saccagées. À ce stade, il n'y aura tout simplement ni arrestations ni poursuites. C'est la raison pour laquelle le scénario optimal, en termes d'ordre public, est la grosse, grosse tapounette sur le poignet – qui nécessitera un temps fou de convalescence, voire ne guérira jamais vraiment, si on a fait ce qui fallait.

Ce soir, on va frapper tout repaire, ou toute résidence de gang qui le mérite, car la vérité brutale est qu'il y a trop de criminels qui congestionnent les prisons dans cette ville, actuellement. Les centres d'accueil pénitentiaires étaient déjà surchargés, mais quand plus de huit mille personnes sont arrêtées en quatre jours, on commence à imaginer l'ampleur de la *surcharge* que ça représente. Les systèmes ont des contenances maximales à ne pas dépasser, et celui-ci était à son max dès le troisième jour.

Telles que je comprends les choses, nous ne faisons que gagner de l'espace pour une espèce de crasseux bien particulière, *grosso modo*, ceux assez stupides pour être pris sur le fait. Les incendiaires, si on arrive à les attraper. Ceux contre qui il y a effectivement moyen de monter un dossier afin de les inculper. Tous les autres qui figurent dans nos tablettes dans la rubrique délinquant ou agresseur, sur qui nous possédons ou pas certains renseignements, que ce soit *via* des tuyaux qu'on nous aura refilés ou d'après le témoignage d'informateurs, nous allons leur rendre visite ce soir.

De belles *surprises-parties* en perspective. Ce ne sera pas suffisant, ce ne sera pas ce qu'ils méritent vraiment, mais ce sera toujours mieux que rien et, avec un peu de chance, ils s'en souviendront le restant de leur vie.

JEREMY RUBIO,
AKA TERMITE, AKA FREER

LE 3 MAI 1992

16 H 09

1

Un, des araignées qui plantent leurs crocs dans mes yeux. Deux, être poussé dans le vide du haut de la passerelle de la 710 et m'écraser si fort sur le lit en béton de la L.A. River que tous mes os se brisent simultanément. Trois, trouver un bus municipal vierge que personne a encore tagué ou gravé, garé dans un terrain vague, sauf que j'ai pas de peinture pour taguer mon blaze, j'ai pas non plus mon marqueur *mean streak*, ni mon traçoir, ni rien. Ma cousine Gloria dit que j'ai, comment elle appelle ça ? Une imagination débordante. Elle a raison. C'est vrai.

Mais ce que je viens de dire, là ? Ce sont mes trois *pires* frousses. Eh bien elles me font tout de même moins peur que la perspective de me rendre chez Big Fate pour présenter mes condoléances à Ray et Lupe, rapport à Ernie.

Et, possible que je sois encore un peu défoncé de ce matin. Mais j'ai déjà trop attendu. J'ai jamais vraiment voulu venir, pour être honnête. Mais si j'y vais pas, je me fais repérer. Il faut aussi que je sache quand auront lieu les funérailles, parce que personne a l'air au courant de rien, et ma tante m'a déjà demandé deux fois si ce serait une cérémonie catholique.

Donc me voici dans le jardin où a vécu Ernie, un jardin qui empeste un peu la colle brûlée, va savoir. Me voici devant une baraque maculée d'un nombre incalculable d'impacts de balles.

Ça me donne la nausée rien que de regarder, j'en ai la tête qui tourne. Je sais même pas comment il pouvait habiter cette maison.

Je sais que c'est pas là qu'Ernie a été attaqué, mais j'en ai quand même les jambes en caoutchouc, vu que là, c'est pour de vrai. Et puis ça aide vraiment pas que mon walkman grince en émettant une sorte de *ka-ka*, on dirait un train sur la voie ferrée quand la bande arrive en bout de face 2 et que la lecture s'inverse pour repasser en face 1 de ma cassette « Bombing Mix Tape, vol. 6. »

La face 2, c'est cent pour cent rap. La face 1, que des musiques de film. J'ai mis le son super bas, parce que c'est *vraiment pas* le quartier où se faire choper à faire une connerie. Y a qu'à voir cette spectaculaire collection d'impacts de balles sous mes yeux. J'essaye de compter le nombre de trous au moment où la première chanson de la face 1 commence dans mes oreilles, et ça me lamine un peu. Je savais ce qui allait jouer, mais j'ai oublié le titre.

C'est le morceau de *Star Wars*, à propos de la maison incendiée de Luke. L'oncle Owen est mort. La tante Beru est morte. Et maintenant, cette *scène-là* est associée aussi à Ernie, car il y a dans ce titre une, comment appeler ça ?, un son de trompette larmoyante, avant l'arrivée des cordes, une trompette qui entre et sort comme si le morceau lui appartenait. Je dois dire que John Williams déménage *grave*. C'est indiscutable.

Un bref instant, et je veux dire un *très* bref instant, mon cerveau embraye sur un autre truc. Je me dis que ce serait super dur de taguer mon blaze avec des impacts de balles, comme ça. Probablement impossible.

J'interromps la musique en appuyant sur la touche Arrêt. J'entends des gens derrière la maison. Je m'avance dans l'allée du garage, jusqu'à apercevoir du monde dehors, dans le patio. *Faut que je fasse gaffe*, me dis-je. *Faut que je me montre observateur, respectueux, et faut absolument que j'évite de me faire embringuer dans leurs plans.*

Quand Clever m'aperçoit, il s'exclame : « Tiens, voyez qui va là ! Le tagueur ! »

On était au lycée technique ensemble, à Vista, Clever et moi. Enfin, en tout cas, jusqu'à ce que je laisse tomber.

« Hé », je lance, à lui et à tous les autres. J'enlève mes écouteurs, même si je viens de couper le walkman, parce que c'est impoli, et je veux pas passer pour impoli ici. Certainement pas.

En me traitant de tagueur, Clever me prend de haut, comme si les tagueurs étaient des moins que rien, comme si j'étais un môme qui jouait à l'adulte.

Mais maintenant je signe FREER. Avant c'était DOPE. Mais ensuite j'ai entendu dire qu'il y avait déjà quelqu'un, du côté d'Hollywood, qui signait DOPE, alors je me suis dit, *et merde*, et j'ai arrêté. Ensuite, j'ai tagué ZOOM, que j'ai utilisé pendant, genre, deux semaines, avant de laisser tomber. Pas parce que quelqu'un d'autre avait le même blaze, juste parce que je détestais la gueule de mes Z, et puis un double O, c'était pas marrant à faire. Je trouvais qu'ils ressemblaient toujours à des yeux géants de bande dessinée. Des yeux de Garfield.

Je préfère nettement FREER aux deux autres, en tout cas, non seulement parce qu'il y a plein de barres et de boucles possibles avec les deux R et les deux E, mais aussi parce que ça a une *signification*. Freer, ça veut dire « plus libre ». Quand j'y ai réfléchi, au départ, ça m'a obsédé, parce que je le pensais vraiment, genre, *regarde-moi, espèce d'enculé, je peux faire ce truc dingue parce que je suis bien plus libre que tu as jamais pensé pouvoir l'être*. C'est comme une déclaration. Si j'étais pas plus libre que toi, alors comment je pourrais me redresser et taguer mon blaze là où j'ai envie ?

Dans les rues, les gens connaissent FREER, le gonze qui en a strictement rien à foutre, des autres. À part peut-être CHAKA et SLEEZ. Ces deux-là font les trucs à un autre niveau. Mais pour être honnête, j'en ai rien à cirer, surtout dans ce quartier.

« Je suis venu présenter mes condoléances, pour Ernie, j'annonce, et au cas où les gens l'appelaient autrement, je précise : pour Ernesto. »

Un grand costaud, je crois que c'est celui qu'ils appellent Apache, fait : « Ah, tu venais juste présenter tes condoléances, hein ? »

Le FREER en moi a envie de répondre que c'est ce que je viens de dire, oui. Mais je me contente de hocher la tête.

Big Fate est installé devant le barbecue, il enfonce des thermomètres de cuisine dans la bidoche, déplace les saucisses, plaque les burgers sur des petits pains qu'il dispose sur des assiettes avant de les distribuer. Les gars autour de lui font vaguement la queue, ils attendent leur tour…

Sur le coup, je me dis comme ça : *Ils forment son système solaire, tous, là. Lui, c'est le soleil, et eux gravitent autour*. Je devrais sortir mon carnet et noter ça, parce que ça me plaît bien, mais j'ai encore les mains qui tremblent un peu, et l'impression d'avoir un blaireau qui farfouille dans mon ventre, comme dans un placard, un blaireau qui aurait faim, qui chercherait des trucs à bouloter, et qui serait déçu de rien trouver.

FREER a jamais de blaireau dans le bide. FREER écrit ses pensées chaque fois qu'il en a envie, bon sang. Et tu sais, FREER est même le genre de mec qui dira aux gens d'attendre, le temps qu'il note ses trucs. Voilà qui c'est, FREER. Mais moi, tout en gardant les mains dans mes poches, je demande : « Lupe est dans le coin ? »

Fate me jauge un instant du regard et répond : « Nan.

– Hum, je fais, ça t'embête pas que je demande où elle est ? Je pourrais peut-être attendre, si elle doit revenir.

– Elle est chez sa mère, répond Apache.

– C'est où, ça ? » J'essaye de pas être trop relou. Je veux juste lui présenter mes condoléances, tu vois ?

« On peut pas le dire », dit Apache.

Je hoche la tête et je réponds : « D'accord, hum, et est-ce que Ray est là, alors ? Je voulais juste présenter mes condoléances à la famille, pour Ernesto. »

J'ai peut-être encore un peu la tête qui tourne. Mais, mec, y a des drôles d'ondes qui passent entre eux, par le regard, quand je prononce le nom de Ray. Du lourd. Apache jette un œil à Clever, Clever fixe son hamburger, comme pour l'étudier, et Big Fate aplatit sur la grille une rondelle de viande hachée, qui crachote et grésille.

Fate finit par dire : « Donc, t'es au courant que la fusion a lieu, hein ? »

Évidemment, il faut qu'il change de sujet et aborde l'unique question que je redoute plus que tout. Pire que des aiguilles sous les ongles. Pire que bouffer des sauterelles trempées dans des tripes de rats. Je veux pas devenir gangster simplement parce que mon *crew* de tagueurs est absorbé par la clique de Big Fate. J'ai *vraiment* pas envie de ça.

« Ouais, je fais. Je suis au courant.

– Alors, t'as fait ton choix ? »

Quand il parle de choix, il veut dire arrêter de taguer et disparaître, ou alors continuer à taguer et me joindre à eux. Mais la façon dont il le dit, c'est pas un choix, pour lui. Il veut que je les rejoigne, voilà ce qu'il veut. J'essaye de pas paniquer, de faire en sorte que ça me ronge pas plus que ça me ronge déjà, alors je me dis que je vais évoquer de nouveau les études. Ça m'a déjà fait gagner du temps avec Big Fate.

« Tu sais, j'ai repris les cours au lycée technique… »

Clever me coupe la parole : « Non, c'est pas vrai. »

Merde. Il me grille bien, sur ce coup. Je le regarde, il me fixe droit dans les yeux et hausse les épaules. Cette chouette nana chinoise derrière lui me dévisage aussi plutôt froidement, l'air de dire que c'était vraiment une connerie de ma part de sortir un truc comme ça. En fait, je m'en fous, je serais carrément volontaire pour la tringler.

Big Fate lève pas la tête du barbecue. Il me dit : « C'est pas vrai ? »

Ça me met sur la sellette. Ça m'oblige à me reconcentrer illico.

« Je suis inscrit pour le semestre prochain, dis-je, je recommence tout juste. Y a eu un petit problème que j'ai dû régler. Mais j'essaye de faire les choses bien. D'obtenir mon certif de fin de scolarité. »

Big Fate s'en tamponne le coquillard. Il dit : « Tout le monde sait que le vent tourne. Tu as bénéficié d'un délai grâce à ton père. Mais il est valable que jusqu'à la prochaine fois que je te vois. »

Mon père est à San Quentin depuis que j'ai, genre, onze ans, donc ça fait six ans. Ma mère dit que c'était un grand monsieur, qu'il avait de l'ascendant, dans la quartier, tout ça. C'est lui qui a propulsé Big Fate, l'a plus ou moins formé pour ce qu'il fait maintenant.

Les gens disaient qu'il était super futé. Mais j'imagine que Big Fate est encore plus futé, hein ? Vu que lui, il a pas pris perpète.

Mais je suis pas mon père. J'essaye pas d'être lui ni Big Fate, et j'ai pas du tout envie d'être intégré à cette clique. Je m'en fiche de savoir que je tiens mon surnom de mon père, comme quoi je pouvais bâfrer n'importe quoi, quand j'étais môme, que j'étais un vrai petit Termite. Ce blaze, c'est plus vraiment moi, maintenant. J'ai grandi et je m'en suis sorti. Je suis FREER.

Et tous ceux qui se soucient vraiment d'art, qui veulent vraiment peaufiner leurs tags et innover, qui sont pas juste des vandales hardcore jurant que par l'attitude punk, genre allez-tous-vous-faire-foutre, eh bien, ce sont tous des ringards et des proscrits. Et moi j'en suis un, mec. J'adore *Cheech Wizards* de Vaughn Bode. J'adore *Star Wars* et j'ai gardé mes draps à motifs *x-wing*, maintenant ils sont tout décolorés. Je suis un dingue de vinyles dénichés dans les petites boutiques d'occase, quatre pour un dollar. Ça m'est égal que le disque soit rayé, bousillé, je sais pas quoi. À ce prix-là, rien que la pochette vaut le coup. Je les punaise aux murs de ma chambre. Herb Alpert & the Tijuana Brass, mec. Martin Denny. Henry Mancini. Toutes les bandes originales de film que j'ai, c'est comme ça que je les ai récupérées. Je les mets sur la vieille platine de mon père et je les enregistre sur cassettes. C'est tout moi, ça. Chaque *writer* est bizarre à sa façon. On est tous des mômes malins mais tordus, nés au mauvais endroit.

Bon, c'est pas tout à fait vrai. Je veux dire, on n'est pas tous malins. Il y en a qui sont juste tordus, ou à fond dans la dope, mais on a tendance à faire des fixettes sur certains trucs. C'est pas spécialement une bonne nouvelle quand tu as rien d'autre à foutre que d'écrire sur le monde. Quand t'as aucune autre voie que les rues et les avenues de la ville pour exhiber ton blaze, dans cette ville où la seule chose qui compte c'est d'être connu, putain, où la seule chose qui compte c'est d'être blanc, sur une affiche de six mètres de haut, ou dans les films, ou à la télé. Mais moi, ces voies-là m'intéressent pas. Je suis mexicain, *raza*, la race cachée.

Enfin… cachée, sauf si tu es Cheech Marin, ou ce putain de Jimmy Smits dans *La Loi de Los Angeles*. Or c'est pas mon cas. Personne se soucie de moi comme ça. J'aurai jamais un visage connu. Mais j'ai les lettres. Ouais, j'ai ça. Cinq petites lettres, quand les gens les voient, d'une certaine manière, ils voient mon âme. Ils savent que le mec qui a fait ça est pas là pour déconner. Ce mec-là assure grave. Mes lettres disent autre chose, en plus. Elles disent que je suis là, tu vois. Elles disent que j'ai fait ça. Elles disent que j'existe.

Quelqu'un ouvre la porte-moustiquaire de derrière et annonce à Big Fate qu'il y a un appel pour lui. Alors il demande à celui qui a décroché de prendre le message, mais ensuite le gars dit que c'est un appel de quelqu'un qui habite plus loin dans la rue, et il se tait.

« Amène le téléphone ici, dit Big Fate, puis il s'adresse à moi : Tu peux t'en aller. Mais la prochaine fois, putain, faudra que t'aies choisi. Que tu sois le fils de ton paternel ou pas, ça m'est égal. N'empêche, ce serait bien de t'avoir dans nos rangs. On continuerait les affaires en famille.

– Merci », et je sais pas trop pour quoi je le remercie, mais maintenant il a le téléphone à la main. Je recule. Je fais un petit signe de tête à Clever, en évitant de croiser le regard d'Apache. Je fais le tour de la maison. Je me retrouve dans l'allée du garage, je me carapate, me voilà sur le trottoir.

Parce que si j'avais un doute jusqu'à maintenant, maintenant c'est une certitude : là, j'ai débarqué en plein territoire gangster, et il faut que je dégage, genre, loin d'ici. Que je me casse de L.A., même. Que j'aille en Arizona ou je sais pas. La sœur de ma mère est proprio d'un pressing à Phoenix. Elle m'écrit toujours que je devrais venir, renoncer à la vie que je mène, et là, je me dis que ça me semble une super bonne idée.

Sauf qu'il me faut de l'argent pour ça.

Je dresse mentalement une petite liste de ceux qui me doivent de la thune. Ça commence et ça finit avec Listo. Je peux vendre quelques trucs à Fat John et Tortuga aussi, et je peux peut-être taxer Gloria. Ça devrait faire un petit pécule.

D'abord, le pognon qu'on me doit officiellement. J'ai bossé trois jours la semaine dernière au food-truck Tacos El Unico, avant que tout ce bazar éclate, et que la camionnette soit fermée. Mais le stand est resté ouvert malgré les émeutes, vingt-quatre heures sur vingt-quatre, et le patron m'a pas fait bosser. Sauf qu'il y a un truc que je sais à son sujet, et il va pas tarder à apprendre que je suis au courant.

Voilà, ça c'est du pur FREER.

2

J'appuie sur la touche Marche et je reviens à ma *mix-tape*, retour à John Williams, du moins la fin. Je commence juste à me calmer en marchant, j'inspire profondément et tout. Et là, je remarque que je suis vraiment dans une ville fantôme. Pas un chat dehors. Personne. Les fenêtres sont fermées. Pas une seule pelouse arrosée, aucune tondeuse. Et bon, j'imagine que c'est pas mes oignons, mais n'empêche, pourquoi est-ce que Big Fate et les autres faisaient un barbecue ?

Sûrement pas parce que leur clique s'apprête à absorber un *crew* de *tagbangers*. Ce serait trop flippant. Je marche un moment en silence, ambiance pesante. Ça me fait tripper de voir comment le graffiti a évolué à L.A. Ça a commencé dans le lit de la rivière, à l'époque de sa construction, dans les années 1930, les vagabonds taillaient des fresques dans le goudron, et tout. Il existe des *placas* qui remontent au temps des zazous, aussi. Bon, et c'est pas pour jeter la pierre à la côte Est, mais ils ont rien inventé. CHAZ faisait *Señor Suerte** à l'époque où, à New York, les gus apprenaient tout juste à taguer leurs blazes aux murs comme des pauvres mioches. À L.A., on a toujours été en avance. Mais ensuite, les choses ont évolué à une vitesse de dingue. Quand ma génération est arrivée, il s'agissait plus juste de taguer. On s'est mis à taguer en gang : le *tagbanging*.

Au départ, tu taguais ton blaze, et voilà tout. Ça chauffait si quelqu'un empiétait sur ton blaze, mais là, c'est passé à autre chose, un machin radicalement différent. Ces temps-ci, la scène du graffiti, en gros, c'est devenu le Far West, vu que maintenant, ma génération fait la loi dans la rue. C'est plus des pionniers et des graffeurs, des gars qui veulent réaliser de grandes fresques avec des lettrages en flop qui ennuient personne. Les mômes de mon âge, la plupart, ils viennent d'endroits moches, et on n'aime pas trop qu'on nous manque de respect. C'est comme ça que le graffiti a basculé dans la violence. Et à partir du moment où c'est devenu dangereux de taguer, on a commencé à se regrouper pour aller bomber nos graffitis. Ces groupes ont fini par devenir importants, plus resserrés, par être des *crews*, et quand le *crew* atteint une certaine importance, ça devient une clique, avec de multiples *crews* ici et là.

C'est comme ça que le *tagbanging* est devenu comme une espèce de pointe supplémentaire sur la fourche du graffiti à L.A. Ça a muté pour devenir un truc complètement autre, parce que c'est un mix bizarre entre le graffiti et la vie de gangster, où la limite entre l'un et l'autre devient de plus en plus floue. Les gangs de tagueurs sont armés pour se protéger, ou pour tirer sur quiconque leur manquerait de respect ou empiéterait sur leurs graffitis ? Merde, c'est la réalité, l'enfer. Moi, j'ai un flingue, un petit .22 facile à planquer. Je l'ai pas pris avec moi, parce que s'il y a un truc que je voulais absolument éviter, c'était que Big Fate ordonne qu'on me fouille, et alors là, il se serait passé quoi ? Il aurait fallu que je m'explique ? Non merci.

J'ai la sensation au creux du ventre que ma vie sera plus jamais comme avant. J'ai l'impression d'avoir avalé une poignée de clous et qu'ils se déplacent au fond de mon bide. Je veux dire, tu sais que les choses ont pris une sale tournure, que tout est hors de contrôle, le jour où un pauvre ringard d'intello comme moi se balade avec un flingue. Et je suis pas le seul. Tout est tellement hors de contrôle que tout le monde s'en est rendu compte. Maintenant, y a des tagueurs qui ont un contrat sur la tronche. Il y a une pression de la part des gros bonnets, qui sont bien au-dessus de Big Fate dans la hiérarchie, pour que les *crews* de *tagbangers* renégats soient recadrés, parce que certains d'entre eux ont de toute façon une activité de gangsters, ils dégomment des gens pour des histoires de territoires de graffitis, etc.

En réalité, c'est pas si idiot de songer à réglementer tout ça, parce que certains *crews* de tagueurs sont tellement importants qu'ils sont devenus des gangs à part entière. Je veux dire, il y en a qui comptent jusqu'à quatre cents gars dans leurs rangs. Pas possible d'avoir des groupes comme ça en circulation sans que personne les supervise. Ça fout le business en l'air ; je suis sûr que c'est comme ça que Big Fate voit les choses. En tout cas, probable que ce soit plus sûr pour chacun si c'est un peu plus régulé au sein du système des gangs, et si tu es d'accord pour que ça se passe comme ça, et certains le sont, très bien, mais moi c'est niet. Niet et niet. Je suis pas prêt à renoncer comme ça à ma liberté. Je suis pas prêt à ce qu'on m'impose ces conneries de gangster, tout ça parce que je veux juste taguer.

Il y a un silence dans mes écouteurs. J'entends les têtes de lecture tourner en émettant un doux chuintement avant que débute la musique de *Pour une poignée de dollars*. C'est ma musique de promenade idéale, mec. Je peux pas mentir. Je l'ai choisie parce qu'il y a encore des trompettes. Je suis à fond dans la trompette, ces temps-ci. Je sais pas pourquoi. Ça me parle, c'est tout, ça déclenche quelque chose en moi. Comme des chiots qui viendraient mettre leur museau contre mes côtes. C'est tout chaud, ça fait du bien. C'est la sensation que j'ai quand j'entends une trompette bien nette.

Mais cette sensation quitte immédiatement mon corps et mes orteils lorsque je lève la tête et que j'aperçois des espèces d'hybrides de camions et de tanks qui déboulent dans la rue. De gros véhicules blindés, on dirait. Il y en a deux. Là, je suis pétrifié, quasi, parce que putain, je suis censé faire quoi d'autre ? Je prie pour qu'ils poursuivent leur route sans s'arrêter, direct, sans faire attention à moi. Sauf que *non*.

Putain, ils s'arrêtent en pleine rue, juste à ma hauteur !

Je retire mes écouteurs, des freins couinent et une espèce de hayon doit s'ouvrir, vu que j'entends une sorte de bruit métallique, quatre gars apparaissent et…

La vache ! Des gus avec des casques, sacrément équipés, qui braquent leurs armes sur moi. Jamais eu autant la trouille de ma vie. Je tombe plus ou moins en avant sur les genoux et je lève les mains en l'air, tu vois ? Très haut, parce que c'est pas le genre de situation dont tu t'échappes en prenant tes jambes à ton cou. Le blaireau est de retour, il vient se nicher au creux de mes entrailles, les griffes tellement sorties que mon cœur s'emballe et remonte dans ma gorge pour essayer de lui échapper, et il reste là, en plein sur ma pomme d'Adam, il appuie.

« À terre », me lance un des gars braquant sur moi une espèce d'arme géante, je sais pas comment ça s'appelle. Je connais le nom, mais j'oublie lorsqu'on me colle le bidule à quelques centimètres du visage. Une arme militaire, en tout cas. Un truc tout en longueur, avec une poignée sur le dessus.

Il a dit ça si calmement que ça me fout encore plus les jetons. Je me couche au sol, je m'allonge direct sur la pelouse, chez quelqu'un. J'ai une touffe de pissenlits juste à côté de la figure, avec le haut duveteux. Et, à peine plus loin, une vieille merde de chien, alors je tourne la tête de l'autre côté, pour pas l'avoir sous les yeux, ni sous le nez.

« Étendu, bras et jambes écartés », dit la même voix. J'ai pas dû obéir assez vite, vu que, tout de suite, du métal dur et froid me force à écarter davantage les jambes et les bras. Et là, je pige qu'ils utilisent le canon de leurs armes pour me faire bouger mes bras et mes jambes. Immédiatement, j'ai envie de vomir dans l'herbe, parce qu'il se passerait quoi si un de leurs doigts appuyait et qu'un coup partait ?

J'ai la gorge sèche, mais j'arrive à dire : « Je vous en prie, me tirez pas dessus.

– T'as une arme sur toi ? » veut savoir la voix.

Je fais non de la tête. Ils me fouillent quand même.

Je dis *ils*, parce que j'ai l'impression qu'il y a quatre mains.

Ils trouvent rien, alors la voix dit : « Va falloir que tu restes où t'es, tu vas compter jusqu'à deux cents. C'est parti. »

Je hoche la tête avant d'y aller : « Un, deux, trois, quatre... »

Des écouteurs que j'ai autour du cou sort le début de la bande-son « Everybody Wants to Rule the World », de *Profession : Génie*. Je reconnais la guitare et les synthés. C'est tout ce que j'arrive à distinguer. Ce petit rythme tout bas, dans l'herbe. L'espace d'un instant, je suis médusé par l'étrange à-propos de la chanson, mais ensuite je me concentre sur autre chose.

Je lève même pas la tête. J'entends les godillots s'éloigner au pas de course, puis j'entends les deux véhicules blindés dans la rue se remettre en branle. Ils traversent mon champ de vision, je les vois continuer dans la rue. Le premier, oh merde, le premier s'engage dans l'allée du garage où je me trouvais à l'instant. Ils viennent cueillir Big Fate ! Oh, putain, la vache. C'est mauvais. Vraiment, vraiment mauvais.

« Dix-neuf, vingt, vingt et un... »

L'autre camion-tank s'arrête dans la rue. Quatre autres gars avec mitraillettes en descendent et se précipitent vers la maison. Ils sont deux à enfoncer la porte à coups d'épaule. La porte cède dans un grognement atroce. Un craquement à en péter les tympans. Ils entrent, armes en avant.

« Trente, trente et un, trente-deux. »

Là, j'arrête de compter. Je regarde autour de moi. Aucun mec de l'armée, rien. Par contre j'ai le poignet dans la merde de chien. *Berk*. Je me relève lentement, en souplesse. Personne me dit quoi que ce soit, alors je me mets à courir, vu que personne m'en empêche.

Putain, mec. Mes écouteurs rebondissent autour de mon cou. Je les attrape, me les colle sur les oreilles et me dépêche, vu que je suis dans la merde maintenant. Je suis *vraiment* dans la merde.

Coincé de toutes parts, mec ! Tout le monde me prend la tête. Ma tante me dit toutes les deux minutes que je vais me faire buter comme Ernie si j'arrête pas le tag. Elle veut pas m'écouter quand je lui dis qu'Ernie avait rien à voir avec le graffiti, qu'il n'a jamais rien fait de tout ça. Mais c'est pas un truc qu'elle veut comprendre, elle comprendra jamais.

À côté de ça, j'ai Big Fate qui me harcèle pour que j'intègre leur gang, et qui me dit que ça urge. Et maintenant, ça ! Des soldats qui débarquent chez Big Fate et qui me fournissent un argument parfait contre l'option gangster, vu qu'il y a toujours quelqu'un de plus fort et de plus méchant au coin de la rue, quelqu'un qui peut te niquer plus vite que tu l'aurais imaginé.

Merde. J'ai plus que *jamais* l'impression qu'il faut que je foute le camp de L.A.

3

Faut en arriver au point où tu penses que tu vas crever pour réaliser à quel point c'est une belle journée. Là, je lève la tête après plusieurs jours d'épaisses fumées, et je me rends compte que, derrière les nuages, le ciel est bleu. Bon, plutôt bleu-gris. Mais il fait beau. Il fait probablement plus de quarante degrés. Et sous ce ciel, à l'angle d'Atlantic et de Rosecrans, sur le toit du bâtiment où se trouve le stand de Tacos El Unico, dans le petit centre commercial, il y a un gars avec des lunettes de soleil, un fusil automatique et un gilet pare-balles.

C'est Rudy. Il est guatémaltèque. Mais cool. C'est notre agent de sécurité. N'empêche, je l'avais encore jamais vu équipé comme ça, et je sais pas du tout où il a déniché cet attirail. C'est un peu énervant, en vrai. Je lui adresse un signe de la main. Il répond pas. Il hoche la tête. Je me demande depuis combien de temps il poireaute là-haut. Je veux dire, El Unico est toujours resté ouvert, même pendant le couvre-feu. Il doivent se relayer à deux.

Avant d'arriver à la porte, je salue James-le-SDF-sympa qui traîne dans le parking, appuyé sur sa canne. James est taré, mais pas violent. Il passe souvent nous voir. Jusqu'à maintenant, Ernesto le nourrissait, sans lui poser de questions. Tu sais, c'est du pognon qui était retiré de sa paye, et je l'ai toujours dit à Ernie, je lui disais, tu sais, ça va être plus dur d'économiser, déjà que tu gagnes pas beaucoup, tu vois ? Il me répondait toujours de pas m'en faire. C'était pas un taco par-ci par-là qui empêcherait que son rêve se réalise, et puis venir en aide aux gens, ça valait toujours le coup. Je secoue la tête en repensant à la façon dont il disait ça.

« Hé, me lance James, tu sais où est Ernesto ? »

Il relève pas quand je lui réponds que non. J'ai mauvaise conscience de pas lui dire ce qui est arrivé à Ernesto et tout, mais j'ai pas envie de faire de peine au SDF sympa. Il appréciait vraiment Ernesto. Je vois bien qu'il a pas une vie facile, je veux pas en rajouter une couche, ni prendre la responsabilité de le nourrir, comme faisait Ernesto, alors que je suis déjà en train de prévoir de me tirer pour de bon. Je dis au revoir à James et il me salue à son tour. Je pousse la porte d'entrée.

À l'intérieur, des gars de la garde nationale sont attablés, ils mangent. Ils me saluent, et là, je commence par me demander ce qui m'arrive. Mais, en fait, ils font pareil avec tous les gens qui entrent. Je discute un peu avec eux, n'empêche. Ce qui est pas le cas de tout le monde. Ils disent qu'ils sont devenus accros à la bouffe gratuite, qu'ici c'est *super bon*. Les meilleurs tacos et burritos qu'ils ont jamais mangés, disent-ils. Je vois bien qu'ils ont personne pour leur préparer des repas mexicains à la maison.

Ils sont de la Compagnie C, me disent-ils, stationnée à Inglewood. Troisième bataillon, cent soixantième infanterie. Ils ont été là pratiquement tout le temps. Ils font un signe en direction de l'autre côté de la rue. Je regarde l'épicerie 7-Eleven, j'aperçois des sacs de sable et d'autres trucs, à l'angle, où se trouvent quatre de leurs collègues. Je peux pas trop dire, à cette distance, mais, même en uniformes, j'ai l'impression que ce sont des *cholos*. Juste à leur façon de se tenir. À ce moment-là, ils arrivent pas vraiment à faire plus longtemps abstraction de l'odeur, me disent que je sens pas la rose. Tout d'abord, je comprends pas trop, mais ensuite je me souviens de la merde de chien. Alors je leur présente mes excuses et je m'accroupis derrière le comptoir.

J'adresse un signe de tête au cuistot en plein boulot, et je commence à bien nettoyer mes manchettes de chemise avec du savon et de l'eau brûlante. J'en profite pour me laver les mains à fond, parce que être là me fait tellement penser à Ernie, qui loupait pas une occase de me rappeler à l'ordre sur plein de trucs.

On travaillait pas beaucoup ici. Nous, le plus souvent, on était dans la camionnette, mais, de temps en temps, on se retrouvait là, et il me lâchait pas, il estimait que je me lavais pas assez les mains. Il se trouve que la peinture en bombe, ça s'enlève assez difficilement quand on en a sur les pognes. Je me les frottais, après, et ça finissait par partir. Mais il m'en restait quand même un peu sous les ongles. Je faisais tout pour essayer de la faire partir, mais je finissais par laisser tomber avant de venir l'aider à préparer les aliments. Je coupais de tout. Des tomates. De la viande. De la salade. De tout. Mais son premier réflexe, c'était toujours de scruter mes mains, et chaque fois il me tirait les bretelles.

« M'enfin, qu'est-ce que tu fabriques ? faisait Ernie. Pourquoi tu t'es pas lavé les mains ?

– Mais je me *suis* lavé les mains, je répondais. Elles sont propres.

– Bah alors, comment se fait-il que tes ongles soient encore bleus ? Tu peux m'expliquer ?

– Mes mains sont propres, je répétais.

– Écoute, si la personne qui t'apporte ton assiette a de la peinture sur les mains, ça te coupe pas l'appétit, toi ? C'est dégueulasse, mec. Fais gaffe. C'est pas professionnel. »

Alors moi je lui rétorquais : « Qu'est-ce que tu y connais en professionnalisme ?

– Écoute, disait-il sur un ton différent, plus calme. Je suis pas ton père. Je vais pas te dire quoi faire de ta vie. Si tu as envie de taguer pendant ton temps libre, très bien, éclate-toi. Mais quand t'auras dix-huit ou dix-neuf ans, faudra peut-être que tu songes à lever le pied. Parce que c'est le genre d'activité qui t'envoie en taule, ils aiment pas ce genre de truc ici. »

Ernie était toujours pour moi la voix de la raison, il me rappelait toujours à la réalité. J'avais pas vraiment envie d'entendre ça, tu vois ? Maintenant qu'il est plus de ce monde, va falloir que je me prenne en main, ce qui va pas être facile, vu que j'ai pas trop envie. C'est dur.

Je me sèche les mains à l'aide de serviettes en papier avant de remonter une manchette, histoire d'avoir au moins une manche blanche à son extrémité. Je fixe le lavabo quelques secondes, puis je retourne devant pour demander à mon boss si je peux m'asseoir à sa table.

Il a un bureau minuscule dans un cagibi qui sert de réserve. Il est assez *paisa*, il adore s'installer au bureau et être entouré de sa cour. Je sais pas d'où vient ce terme. On l'a peut-être piqué à l'italien *paisano* pour en faire un mot espagnol, je sais pas. Pour nous, n'empêche, c'est plus près du *tout-juste-débarqué-du-bateau* des Orientaux, je crois. Quelqu'un qui arrive de son pays et qui se comporte encore comme là-bas, qui est pas encore américain, ou qui, peut-être, deviendra jamais américain.

Mon patron est pas un mauvais bougre. Parfois, faut juste le lui rappeler. Quand il se juche derrière son bureau, on l'appelle Listo-Listo, vu que chaque fois, chaque jour, avant de commencer, d'une voix super agaçante, il demande si on est prêt, genre : « *¿ Listo, listo ?* »

Il répète tout le temps la même chose. À tel point que tu finis par avoir l'impression qu'en réalité, lui estime que t'es pas prêt, donc il passe son temps à te rabâcher qu'il faut que tu le sois. Je sais pas. Installé face à lui, je souris. Il aime bien qu'on l'appelle *jefe**, alors j'attaque comme ça.

« *Jefe*, je dis, j'ai travaillé l'avant-dernière semaine, et puis lundi et mardi de la semaine dernière, et mercredi, Ernesto et moi, vous nous avez dit de fermer la camionnette et de rentrer chez nous, alors… »

En espagnol, il me dit qu'il a été vraiment navré d'apprendre la mort d'Ernesto, mais que c'est pas vraiment ses oignons, et que, justement, c'est un peu tendu, ces jours-ci, vu que les banques sont fermées. Peut-être qu'il pourra me payer demain.

Sauf que là, je vois bien qu'il me baratine. Ça fait suffisamment longtemps que je travaille ici pour savoir que la plupart des transactions se font en liquide. C'est comme ça quand on sert à manger à des gens qui sont pas nécessairement en règle. Donc l'argent liquide est pas vraiment un problème. En fait, on a trop de liquide dans le coffre, parce que les banques ont été fermées, et ça l'angoisse plus qu'autre chose. Voilà qui aiderait à comprendre la présence de Rudy sur le toit, en tout cas.

Le plus relax possible, je lui demande des nouvelles de sa femme. Il me répond qu'elle va bien. Dans la foulée, je lui demande des nouvelle de sa petite amie. Et là, il s'immobilise, parce qu'il sait de quoi je parle. Un soir, y a deux mois, je déposais les poubelles à la benne à ordures, et j'ai vu qu'il se passait quelque chose dans sa voiture. Je me suis dit que quelqu'un essayait de la braquer, alors je me suis avancé à pas de loup, et j'ai fini par voir un truc que j'avais pas forcément envie de voir, mais que je suis content d'avoir vu. Je veux dire, comment j'aurais pu savoir qu'il se tapait une gonzesse en levrette sur la banquette arrière ?

Encore mieux, je savais qui c'était. Cecilia je-sais-plus-quoi. Je connais pas son nom de famille, mais je l'ai déjà vue dans les parages, la plupart du temps avec un gars, cheveux bouclés, visage tavelé, un certain Momo. Ce zigue, c'est Craignos & Cie. Il commande toujours des tacos à la *lengua*. Il adore la langue de bœuf marinée dans la *salsa verde* ; quand le taco s'effrite dans sa main, alors il termine avec des chips. Me demande pas pourquoi.

Je laisse entendre à Listo que Momo est peut-être responsable de ce qui est arrivé à Ernesto, alors que dirait-il s'il apprenait que mon boss se tape sa petite copine ? Je laisse ces paroles flotter en l'air, tandis qu'il déglutit et réfléchit à la situation.

Ça me plaît pas spécialement de faire ça, mais je crois pas qu'Ernesto m'en voudrait, parce que Listo essayait toujours de l'arnaquer sur la thune, lui aussi.

« Je vois pas de quoi tu parles, dit Listo, sauf que moi, je vois bien, à son regard, qu'il panique.

– Si vous le dites, *jefe*, je réponds. Je vous crois. »

C'est vraiment pas de gaieté de cœur, mais Listo sort de la pièce et revient avec deux cent quatre-vingt-onze dollars en cash. Il dit qu'il y a des retenues pour les impôts et je sais pas quoi. Je le contredis pas. Je le remercie et je m'en vais. Il me demande pas vraiment de plus jamais remettre les pieds ici, mais en gros, c'est le message.

Ça me dérange pas. Sur ce front, c'est cramé, mais question thune, c'est toujours un début. Me voilà avec un pécule. Maintenant, il faut que je le couve et qu'il fasse des petits.

4

Tortuga, Fat John et moi, on est devant le garage de ma cousine Gloria. Parfois, c'est là qu'on se retrouve, avant nos missions. Je nous fais entrer avec la clé que Gloria cache toujours au creux d'un petit trou, dans le stuc, derrière une pierre. Je lui dis de pas faire ça, que c'est pas prudent, un jour quelqu'un lui volera sa voiture, mais elle continue. Tu pourrais penser qu'à force elle finirait par apprendre, mais non, y a des gens qui apprennent que dalle tant qu'il y a pas eu un accident.

« Redis-moi pourquoi on est là, au fait ? demande Fat John. Je sais que c'est pas pour faire coucou à ta cousine et ses chouettes tétons.

– Attends un peu », je dis, trop préoccupé pour l'engueuler d'avoir fait cette remarque. J'ai pas le temps de répondre, Tortuga me donne une tape sur l'épaule et hoche la tête.

« Eh ben, moi je croyais qu'on était là parce que ça commence à vraiment barder, par ici, dit-il. J'ai entendu dire que Puppet, le *homeboy* de ton cousin, a immolé un clodo ! Il l'a aspergé d'essence, a craqué une allumette et *whoosh* ! »

Merde. Sleepy a un pote junkie, Puppet, que j'ai rencontré. Un vrai craignos. Je regarde fixement Tortuga pendant une seconde, et la seule image mentale que j'ai à l'esprit, c'est James en feu. Putain, c'est dégueulasse. Toute cette ville a complètement déraillé, c'est officiel. Une fois de plus, je sais que je dois foutre le camp d'ici. Vite. Aujourd'hui.

« C'est des conneries, je dis. Et puis de toute façon, on n'est pas là pour tailler le bout de gras et cancaner comme des pouffes. On est là pour affaires. »

Je pensais pas que Gloria serait rentrée du boulot, mais sa petite Geo Metro est là, au milieu du garage, toute rouge. Elle m'empêche de circuler à ma guise. Je monte sur le coffre, et la tôle ploie un peu sous mon poids, mais reprend sa forme initiale quand je descends. Je passe sous l'établi, dont elle s'approche jamais, et j'en sors le vieux sac militaire vert olive de mon grand-père, un sac plus grand que moi. Je le traîne sur le sol en dur, ça fait tout un bruit de ferraille.

« Est-ce que c'est ce que je pense ? » demande Tortuga.

Je fais passer le sac par-dessus la voiture, le dépose sur le sol maculé d'huile, j'ouvre la fermeture à glissière et je lance : « Matez un peu !

– La vache… » Fat John tire la tronche du gars qui y croit pas, de voir ce qu'il a sous les yeux. « Non mais putain, mec !

– Tu es une légende, mon pote, dit Tortuga.

– Ouais, enchérit Fat John, *ouais*. »

On reste plantés là pendant une minute, à faire le décompte des bombes de peinture. Il y en a quarante-sept dans ce sac. Quand la plupart des gens en voient autant d'un coup, d'habitude, c'est au magasin. J'ai surtout des Krylon, argent et noir, pour rester dans le style des Oakland Raiders. Des comme ça, j'en ai trente. Le reste, c'est des mini Testor rouge, bleu et blanc.

J'ai fait des stocks pour un dernier baroud d'honneur. C'est évident.

« Eh ben merde, dit Tortuga, maintenant je sais ce que tu faisais pendant que tout le monde restait planqué. Tu chourais des bombes aérosol. »

Je piquais de la peinture, exactement. Je suis allé à la quincaillerie Ace, j'ai fourré tout ce que j'ai pu dans un sac à dos et je me suis tiré en courant. Jusqu'à maintenant, Fat John et Tortuga savaient même pas que j'en avais.

Je suis pas crétin au point de montrer à ces fadas de peinture toutes ces bombes d'un coup. D'accord, on est potes, mais ils n'hésiteraient pas à me voler mon stock. Ils se bourreraient la gueule et casseraient une vitre si un des deux était assez mince pour se glisser par l'ouverture et embarquer tout le sac. C'est aussi pour ça que je leur dirai pas que je dois débarrasser le plancher, parce que moins il y aura de gens au courant, mieux ce sera.

« J'ai aussi des *caps* », j'annonce en sortant un petit sac plein de buses jaunes, bleues et mauves pour produit lave-vitre. Tu peux les monter sur les bombes de peinture pour élargir la palette des techniques et la largeur du trait.

Il y en a un, c'est une buse de Windex, le produit lave-vitre, que j'ai criblée de trous d'aiguille. Quand tu t'en sers, la peinture se vaporise super bien. Je le prends et le fourre dans ma poche. Pas question qu'ils le récupèrent. Il est spécial. Ça m'a pris un temps fou d'apprendre à le manipuler exactement comme il faut.

Fat John revend de l'herbe, parfois. Je sais qu'il a du liquide sur lui.

« Un dollar la bombe, j'annonce. Je vous filerai quelques *caps* gratos. »

Ils me dévisagent tous les deux, l'air de se dire que je suis taré. Tortuga demande ensuite si j'ai des marqueurs *mean streaks*, et je dis que non, uniquement de la peinture en bombe. Il hoche la tête, genre, d'accord, puis se lance dans un calcul mental. Je le laisse faire son addition.

Je récupère en premier les bombes que je veux. Dix de la couleur préférée d'Ernesto : noir et argent. Après ça, on se répartit le reste super vite. Fat John en prend vingt, Tortuga embarque le reste. Fat John va avancer l'argent à Tortuga, et Tortuga lui promet de le rembourser la semaine prochaine, avec des petits gâteaux et des trucs de la *panadería** de sa mère, quand elle rouvrira, ce qui paraît plutôt fair-play.

J'empoche les trente-sept dollars que j'ajoute à ma cagnotte du El Unico, ce qui me fait un total de trois cent vingt-huit dollars. Maintenant que le business est réglé, Fat John demande ce qui va se passer pour notre *crew*, avec l'absorption dans la clique de Big Fate. Il est inquiet, lui aussi.

On fait tous les trois partie d'une clique qui appartient à une bande plus importante. Une bande qui a démarré très, très loin d'ici. Tout *tagbangers* qu'ils soient, ils peuvent pas nous protéger et empêcher qu'on soit intégrés dans un gang. Franchement, je vois pas en quoi les soldats qui ont fait le raid chez Big Fate vont modifier la situation. Ça peut arriver, mais c'est absolument pas sûr, et je crois que j'ai pas envie de traîner dans les environs pour savoir dans quel sens le vent va tourner.

« Se jeter à l'eau ou pas, je dis. C'est le seul choix qu'il y a, maintenant.

– Mais, dit Tortuga, genre, on peut pas contacter les gros bonnets ?

– Ils répondent pas à leurs bipeurs, je dis. Ils sont occupés dans le Nord-Est. Mais je crois que, maintenant, ça a même plus d'importance. Nous, on habite à Lynwood. Pas eux.

– Exact, dit Fat John. C'est vrai.

– Donc les trucs sont en stand-by, dit Tortuga. Jusqu'à ce qu'on laisse tomber notre *crew* et qu'on tourne avec leur gang de quartier ?

– En gros, c'est ça, dis-je.

– Et tu es sûr, dit Fat John, de pas vouloir te joindre à eux ? D'autant que c'est l'ancien quartier de ton père, et tout ça…

– Hé, je dis, je vais pas taguer éternellement. Mais pour l'instant, c'est mon truc. Pourquoi crois-tu que je fais des graffitis, d'ailleurs ? J'aime pas qu'on me dise ce que je dois faire. Donc quoi, je vais aller grossir les rangs du gang de Big Fate ? Et j'aurai une tripotée d'enculés qui me diront quoi faire et comment je dois vivre ?

– C'est quoi, le problème ? dit Tortuga, tu veux pas finir comme ton vieux, enfermé vingt-trois heures par jour, à baiser un *fifi* ? »

Je réplique pas verbalement. Je fusille Tortuga du regard, genre, *OK, mon gars, tu viens d'utiliser ton dernier joker*. Pour ce qui est du *fifi*, je pense vraiment pas que t'as envie de savoir ce que c'est. Une fois que je l'ai su, j'ai regretté.

Alors je change de sujet. Je leur dis que tout le monde me connaît comme tagueur. Mais que je veux faire des fresques, aussi, mais genre, illégales, quand même.

Ils hochent la tête en entendant ça, comme si j'étais en plein prêche, puis Tortuga finit par dire : « Comment tu vas pouvoir continuer si tu as un contrat sur la tronche ?

– J'ai un plan, je dis.

– Quoi comme plan ?

– Je vous dirai plus tard. Pour l'instant, faut que j'aille voir ma cousine.

– Sûr qu'il faut que t'ailles la voir », dit Fat John en se tenant la bite.

Je lui donne un coup de poing dans le ventre, amical mais bien senti, tu vois ? Qu'il sache qu'il peut pas continuer à insinuer des conneries, comme ça, sans s'attendre à une réaction. Tortuga se marre et on se dit tous au revoir. Une fois qu'ils sont partis, j'attends cinq bonnes minutes. Je regarde par le hublot de la porte du garage pour m'assurer qu'ils sont pas encore en train de glandouiller dans le coin, prêts à revenir voir si j'aurais pas planqué d'autres bombes de peinture.

C'est pas le cas, à propos. Mais ça a dû leur traverser l'esprit.

Après ça, je fourre les dix bombes pour Ernesto dans mon sac à dos et j'en retire un autre truc. Un truc qu'ils ont pas vu.

C'est mon petit flingue, un .22 noir, parce qu'on n'est jamais trop prudent. Une fois que je l'ai solidement calé dans le dos, dans l'élastique de mon pantalon, je laisse retomber ma chemise par-dessus. Je remonte ma ceinture, puis je me dirige vers la maison pour faire une surprise à Gloria.

5

Gloria est au téléphone lorsque j'entre. Elle entortille le fil avec son doigt, comme si c'était une espèce de ruban. Elle sursaute quand je referme la porte de derrière et me regarde comme si j'avais piétiné la traîne de sa robe.

Le téléphone est installé au mur de sa salle de séjour. Elle s'avance d'un pas pour me chasser de la cuisine, mais le fil est pas assez long, si bien qu'elle est arrêtée d'un coup sec et paraît soudain super en colère, surtout quand je lui décoche un grand sourire avant d'ouvrir le frigo, pour voir ce que je vais y trouver.

De la pizza au fromage enveloppée dans du plastique, parce que la cousine Gloria est rasoir et n'aime pas avoir de garniture sur sa pizza. De la bouffe chinoise, aussi, dans des petites boîtes blanches. J'aperçois enfin un truc qui vaut le détour : des restes de *tamales** que sa mère a faits pour Noël.

Gloria a dû les sortir du congélo l'autre soir, mais les a pas terminés, vu qu'ils sont dans le compartiment à œufs. J'en prends un, en espérant qu'il est au maïs doux, *queso** et *jalapeño*, mais en enfonçant les crocs dedans je suis déçu. Il est au porc.

Gloria m'adresse un signe de main énervé, pour me faire déguerpir, et prend un air affligé en voyant que je reste. Je termine tout le *tamale* en deux bouchées, sans sortir d'assiette. Elle me lance un regard noir, puis sa voix au téléphone devient à peine audible. Elle chuchote à l'autre personne au bout du fil qu'elle est vraiment désolée, mais qu'elle doit raccrocher, à bientôt. Sur ce, elle raccroche et s'approche de moi, une main en l'air.

Elle fait le geste de me taper dessus, mais loupe son coup. Je commets alors l'erreur d'éclater de rire et je m'en prends une en pleine figure. Ah, et une belle, hein. Genre, *bam*. Un bref instant, je vois trente-six chandelles ; je me frotte la joue, parce que ça me pique carrément, et je lui dis : « Hé, c'est pas gentil, c'est pas un comportement digne d'une dame, ça, tu sais ?

– Je m'en fiche, dit-elle après avoir repris sa tasse et bu une gorgée. Je t'ai pas invité.

– Je fais partie de la famille, dis-je en haussant les épaules. Genre, elle dirait quoi, ta mère, si je lui racontais que tu m'as frappé ?

– Probablement que tu l'as bien cherché.

– Ma tante dirait jamais ça.

– Si, dit Gloria. *Oh que si.* »

On échange un regard furieux, et je finis par lui demander si elle aurait pas un peu d'argent pour moi.

« J'ai pas du tout de liquide, dit-elle.

– Mais si, je réponds, tu économisais pour t'acheter une télé et tout ça. »

Elle baisse la tête et murmure : « Cet argent a disparu, Jermy. »

Elle m'appelle Jermy quand elle est sérieuse, alors je calme un peu le jeu. Elle humecte un torchon et frotte le sol à plusieurs endroits, là où j'ai dû faire tomber des miettes de *tamale*. Puis elle jette le torchon dans l'évier et m'annonce qu'elle a dû dépenser tout l'argent pour quelque chose. Elle veut pas me dire quoi. Elle ajoute qu'un jour je comprendrai.

Après ça, elle me donne dix dollars, c'est tout ce qu'elle a, explique-t-elle. Elle et ses collègues ont fait un pot commun, joué à la loterie et partagé les gains. Je la vois ouvrir son portefeuille et je constate qu'elle ment pas. Dix dollars, c'est vraiment tout ce qu'elle a. Donc j'en suis à trois cent trente-huit dollars, ce qui devrait être tout juste suffisant pour que je rallie Phoenix et puisse démarrer. En tout cas, j'espère.

Après m'avoir tendu les dix dollars, elle me dit : « Bon, tu as vu Aurelio ou quoi ? »

Son petit frère a deux ans de plus que moi, mais je l'ai pas appelé Aurelio depuis qu'on était tout mômes. Sleepy, oui. Sleep Machine. Sleepertón, je l'appelle, parfois. Mais pas Aurelio. Ça, jamais.

« Pas vu Sleepy, et pas eu de nouvelles. Pourquoi ? Tu crois qu'il est quelque part en train de déconner ? »

Elle hausse les épaules, ce qui signifie que ouais, non seulement elle le pense, mais elle se fait du mouron. *Constamment.*

Je décide de changer de sujet, histoire qu'elle me rebatte pas les oreilles avec ça pendant vingt minutes.

« Elle est où, Lydia ? Et le petit bonhomme ?

– Ils sont ensemble, dit Gloria. Elle a emmené Mateo au Chuck-e-Cheese, histoire que je souffle un peu.

– Hé, je fais, changeant à nouveau de sujet, je peux emprunter ta voiture ? »

Elle me scrute un bon moment par-dessus la tasse de thé qu'elle a dû siroter pendant qu'elle était au téléphone. Elle porte l'inscription GILROY : CAPITALE MONDIALE DE L'AIL. Il y a aussi un petit dessin représentant une gousse d'ail. Juste le contour, tracé en vert.

« Pour quoi faire ?

– Un truc, je dis.

– Donc pour tes bêtises de graffitis, hein ?

– Non », je réponds, sur un ton assez détaché, assez sincère, mais en fait oui, c'est pour mes graffitis.

Évidemment que oui.

« Désolé, *primo*, dit-elle. Pas possible. J'ai un rendez-vous. »

Aussi loin que je remonte, j'ai pas souvenir que Gloria ait eu un rencard, alors je demande : « Avec qui ? C'est pas ce tombeur de Cookie Monster ? »

Je plaisante, évidemment, vu que Cookie Monster est un gus du quartier qui doit peser son quintal et demi, à un ou deux burgers près. Elle me jette une banane prise dans la vasque à fruits sur le comptoir. J'ai juste le temps d'esquiver. La banane percute la porte du garage et tombe par terre.

Je la ramasse, la remets à sa place et implore Gloria de me dire avec qui elle a rendez-vous. J'insiste pendant trois bonnes minutes, mais elle est soudain super sérieuse, elle veut rien me dire. Elle se contente d'esquisser un petit sourire, en tripotant ses cheveux, de la même manière qu'elle tripotait le fil du téléphone, tout à l'heure.

Elle finit par mettre un terme à tout ça en me disant : « Il faut que je prenne une douche. Tu as intérêt à avoir fichu le camp quand je sortirai. »

Je hoche la tête, parce que ça, je peux le faire. Une fois qu'elle a quitté la pièce, je fouille dans son sac à main, trouve ses clés de voiture, celles avec la breloque à l'effigie de Mère Teresa sur le porte-clés. J'ai un peu honte de lui piquer sa tire, mais pas tant que ça. Elle comprendra, une fois que je serai bien arrivé à Phoenix et que je lui raconterai que j'ai fait tout ça pour pas devenir un gangster. Elle sera contente. Peut-être pas aujourd'hui. Mais un jour. Je le sais. Elle m'aime. Elle préférera que je sois en sécurité.

6

Je suis pas un enfoiré à cent pour cent. Je suis un enfoiré partiel, mais pas total. J'enlève d'abord de la banquette arrière le siège-enfant de Mateo et le pose par terre, en évitant les taches d'huile. Après ça, je relève la porte du garage le plus silencieusement possible, j'enclenche le point mort et pousse la voiture dans la rue, referme la porte du garage à clé, je replace la clé au fond du trou dans le mur, puis je démarre et m'en vais. Il faut que je passe chez ma tante faire vite ma valise avant que Gloria se rende compte que je lui ai embarqué sa bagnole, appelle sa mère et qu'elles se mettent toutes les deux à flipper. C'est un peu compliqué.

J'habite avec la famille de Gloria, sa mère, son père et son frangin Sleepy. Mais son père n'est à la maison qu'une semaine par mois, vu qu'il est routier. Et Sleepy, lui, n'est presque jamais là. Donc en général, il y a juste moi et ma tante Izel. Elle et Gloria s'entendent pas trop, vu que Gloria n'est pas mariée, a eu un enfant dans le péché avec un dealer, et que maintenant elle et mon petit cousin, qui est en maternelle, habitent avec Lydia dans la maison que leur grand-mère leur a laissée. J'habite actuellement avec tante Izel parce que ma mère est retournée au Mexique. Elle m'a laissé en Californie parce qu'elle s'est dit que j'avais plus d'avenir ici que là-bas. Ma tante de Phoenix, celle dont je te parlais ? C'est la sœur de ma mère. Donc, bref, comme je disais, c'est *compliqué*.

Dès que je tourne la clé de contact, une musique de comédie musicale jaillit des haut-parleurs, et, pire encore, je la connais, parce que Gloria m'a déjà obligé à l'écouter. C'est « America », de *West Side Story*. Elle dit que c'est beau, et bien écrit, et que je devrais apprendre à apprécier, surtout vu d'où je viens, mais putain moi je trouve que ça fait gay.

J'éjecte la cassette et la balance sur la banquette arrière, là où il y avait le siège-enfant de Mateo. J'essaye de pas la paumer dans le tas de vêtements qui s'empile à l'arrière. Cette caisse, c'est une vraie armoire sur roues. Elle a, genre, trois manteaux différents empilés les uns sur les autres, quelques paires de chaussures toutes blanches, genre pompes spéciales hosto.

J'introduis mon mix dans l'autoradio, « High Noon » de Tex Ritter, la zique du film avec Gary Cooper, mais c'est la fin, et ça coupe de manière abrupte, parce que j'ai merdé. Pas eu le temps de faire décroître progressivement le son. Ça stoppe d'un coup, mais bon, c'est comme ça.

J'ai que trente minutes par face sur ces cassettes achetées à une brocante. D'ailleurs, je voulais qu'il y ait « Hurry Sundown », une chanson qui a encore plus de sens pour moi aujourd'hui que n'importe quel autre jour. Elle raconte ce que c'est de vivre une putain de sale journée et d'avoir envie qu'elle se termine, quand tu as hâte que la nuit arrive. Une musique de Hugo Montenegro carrément sous-estimée. Un poil sinistre au départ, guitare et fredonnement, puis ça s'enclenche en duo, et ça déferle comme une vague qui se brise à la fin avec toute une chorale. On dirait presque un chant religieux. Bon, en tout cas, c'est mon avis.

Je décide de prendre par Wright Road pour arriver à la 105, histoire de voir si y aurait pas moyen d'aller graffer dans le tunnel, à moins qu'il soit déjà complètement couvert de graffitis.

La première fois que je suis tombé amoureux du *tagbanging*, c'est quand je me suis retrouvé sur Rosecrans face à la 710. La totalité de mon champ de vision était bombé à la peinture noire. Je veux dire : le rebord du trottoir devant moi, le trottoir, presque chaque centimètre du mur haut de dix mètres, et même le putain de palmier à côté. Mec, on aurait dit qu'une armée de ninjas s'y était collée. Ce jour-là a changé ma vision du monde. À partir de là, j'ai plus porté le même regard sur tout ce qui est en dur, béton, etc. Je vois plus vraiment des murs ou des bâtiments. Ce que je vois, c'est du potentiel, tu piges ? Un endroit où inscrire mon empreinte. Je vois d'immenses toiles permanentes qui attendent juste qu'on les tague…

Attends, y a des shérifs et des camions de pompiers devant moi, on dirait qu'ils nous obligent à prendre une déviation. Ils nous font passer par Fernwood. D'abord, je saisis pas trop pourquoi, une jeep super imposante et haute sur roues m'empêche de voir, couleur gerbe marron, avec une roue de secours crevée fixée à l'arrière. Mais quand elle s'engage sur Fernwood, je pige pourquoi on peut pas continuer tout droit.

On dirait un grand camion municipal sous l'autoroute, complètement carbonisé, et le béton sous le pont est totalement noirci. Au moment où je m'apprête à tourner, deux pompiers déverrouillent le hayon, qui tombe alors. Des cendres partout, un épais nuage noir. Le chant de « Hurry Down » s'estompe, et une nouvelle chanson démarre, une des vraiment bizarres de ma compile.

C'est un vieux morceau de la bande-son *Rue Sesame*, « Be Kind to Your Neighborhood Monster », d'un pur génie, extrait d'un album complètement ignoré qui s'intitule *We Are All Earthlings*, et j'hésite toujours entre frissons et éclat de rire quand j'entends ce truc, parce que je me dis qu'il a un sens bien différent pour moi qui habite ici. Je veux dire, je m'imagine pas des monstres poilus mauves quand j'entends ça. Je m'imagine des *cholos* avec des tatouages, crânes rasés, chaussettes remontées, et des shorts kaki avec un pli impeccable.

C'est à mon tour de tourner à droite, et j'arrive presque à voir ce qu'il y a à l'intérieur du camion, alors que le shérif en uniforme marron me fait signe de circuler. Il regarde ce que je suis en train de mater et il se fige un instant, comme si lui non plus y croyait pas, puis il se retourne vers moi et me fait signe de pas traînasser. Je cligne des yeux, incrédule.

Derrière moi, quelqu'un klaxonne.

« Oh putain, dis-je à personne en particulier, les yeux rivés sur les formes noires entassées les unes sur les autres. Des *cadavres* calcinés, les uns sur les autres ? »

Le *tamale* dans mon ventre me signale qu'il y a risque d'appui automatique sur le bouton Eject, je déglutis, détourne le regard et j'écrase l'accélérateur comme une furie.

Si ça se trouve je me goure complètement, mais si c'est la clique de Fate qui a fait le coup, ça explique carrément les mecs armés jusqu'aux dents que j'ai vus débouler chez eux. Carrément.

Me voilà dans un brouillard, bien plus obnubilé par ce que j'ai vu à l'instant que par ce que j'ai maintenant sous les yeux. Je veux dire, il me semble avoir vu un AK-47 qui dépassait. Et toutes ces cendres…

Fernwood change de nom et devient Atlantic, Atlantic devient Olanda, je passe à nouveau Wright sur Olanda, et là, je reprends plus ou moins mes esprits en m'arrêtant devant chez tante Izel.

J'entre par la porte de derrière, vraiment content que ce soit pas un jour où elle ouvre le restaurant. Des fois, ma tante sert à manger ici, et je lui file un coup de main. Elle est de Tlaxiaco, à Oaxaca, région fameuse pour sa cuisine aztèque traditionnelle. Deux jours par semaine, on installe des tables sur la pelouse de derrière, et elle prépare à manger pour les gens qui viennent. Elle sert des cuisses de poulet, qu'elle fait mijoter dans du *molé** jaune pendant, genre, deux jours. Elle prépare des tortillas, y compris la pâte et tout. Par ici, elle a une super réputation pour ses *lentejas oaxaqueñas**, n'empêche. Deux dollars le bol de petites lentilles, ananas, bananes plantains, tomates et épices.

Enfin bon, aujourd'hui, c'est jour de préparation. Un marché de quartier a fini par rouvrir le matin, donc elle est sortie acheter des provisions. Ce qui est une bonne chose, je peux passer en coup de vent, comme un voleur.

Je chope ma brosse à dents, du dentifrice, mon déodorant Right Guard, mon eau de Cologne Santa Fe. Je prends ma petite trousse de vandale, avec le logo *G.I. Joe*, que j'ai depuis toujours. Après ça, je reste encore peut-être deux minutes, je fourre mes tee-shirts, jeans, sweat-shirts, chaussettes, slips et mes Reebok préférées dans mon sac de paquetage. J'embarque aussi mes deux carnets de croquis, et c'est tout. Il y a les lettres de mon autre tante de Phoenix, et son adresse à Phoenix, en guise de marque-page. Dans la cuisine, je prends du beurre de cacahuète et ce qui reste d'une miche de pain, peut-être cinq tranches. Me voilà de nouveau dans la caisse, et je redémarre, avant qu'on ait pu remarquer ma présence.

La seule idée que j'aie en tête, c'est de passer devant un spot à graffitis, en espérant avoir du bol.

7

Tu savais que San Francisco fait seulement dix-huit kilomètres carrés ? Moi, je savais pas. Quand Fat John m'a dit ça, le mois dernier, ça m'a un peu médusé. Parce que L.A., c'est une ville qui s'étend à l'infini. Y a des plages, des collines, des puits de goudron, des montagnes, un centre-ville, le désert, et ce qu'on appelle une « rivière », mais qui est, en fait, une coulée de béton. À perte de vue. C'est un putain de pays. Je ressens ça plus que jamais.

Je maraude dans Lynwood, à la recherche d'un spot de tag, un terrain vague, un dépôt de bus. Je vais en voir un que je connais, sur Atlantic, de l'autre côté de la 105. Mais y a rien.

Je guette les bus garés. On trouve presque toujours une petite rue, un peu à l'écart, genre, à quelques encablures d'un grand axe, dans une zone industrielle, ou une impasse, avec un bas-côté assez large pour y garer un bus, parce qu'il arrive que la RTD, la société des transports municipaux, mette des bus en disponibilité pour je sais pas quelle raison. Peut-être pour raisons techniques, ou alors un conducteur est tombé malade, ou est arrivé en retard pour embaucher, et il a pas pu prendre l'engin, qui a été garé en attendant que quelqu'un vienne le récupérer et le ramène au dépôt. Ou alors il y a eu d'énormes putains d'émeutes, le service a été interrompu, et personne en a rien su. Les bus, c'est le graal, pour les amateurs de graffitis. C'est la combine idéale pour que ton blaze circule partout dans la ville et que tout le monde entende parler de toi.

Toute ma vie, j'ai entendu dire que les graffitis étaient une menace. Les gens prétendent que c'est complètement inutile. Bon, je comprends l'argument de la menace, parce que c'est vrai. Mais inutile ? Non. Pour moi, c'est comme un jeu vidéo. Ça m'a appris à me servir des cartes et des plans, ça m'a appris à me repérer. Ça m'a enseigné la politique. Où se situe tel ou tel gang, qui possède quoi. Les endroits où on peut aller. Les endroits qu'il vaut mieux éviter. Ça m'a appris à surveiller mes arrières. À être audacieux. Quand j'ai commencé, j'étais un gamin qui connaissait rien à rien, j'avais peur des flingues. Mais, avec le temps, en persévérant, tu progresses, tu apprends et tu t'adaptes vite. Ça a fait de moi quelqu'un de plus libre, ça m'a transformé en FREER. Oui, enfin ça et Ernesto.

Sa baraque criblée d'impacts de balles me revient à l'esprit. J'ai tout de même du mal à croire qu'il a vécu avec ces gens-là, sous le même toit que Big Fate, sans faire partie du gang. Je me rends compte maintenant à quel point il a dû avoir envie de foutre le camp, et ça m'attriste. Depuis qu'on était allés manger dans ce restau de sushis qui donnait sur la voie ferrée, il parlait plus que de ça. Il avait des projets, ce gars. Toutes sortes de projets. C'était une source d'inspiration, tu sais ? Il m'a donné des idées, à moi aussi. M'a donné envie d'être plus que ce que j'étais. D'être plus libre, d'être FREER. Alors je m'y suis mis. Et maintenant, voilà.

Tout vandale dingue a besoin d'un kit. Sur ma banquette arrière, j'ai mon sac à dos avec ma boîte à crayons contenant six marqueurs *mean streaks*, du papier de verre, deux traçoirs. Y a aussi les bombes de peinture que j'ai prises, Krylon et Testor. Le papier de verre, c'est uniquement pour les inscriptions en grand, et la peinture en bombe, pas besoin d'explication. Mais les *mean streaks*, c'est le marqueur typique de L.A. Grâce à ça, tu peux écrire sur ce que tu veux, les voitures, le verre, le métal, *tout*. C'est de la peinture solide. Tu tords le fond quand il est sec. En fait, ça se presse comme un tube de dentifrice, jusqu'à ce que tout sorte, puis tu le découpes verticalement, et tu mélanges les couleurs dedans. Ces temps-ci, je suis dans une phase psychédélique, alors je découpe mes *mean streaks* en trois pour mélanger du jaune, du blanc et du bleu. Les traçoirs, ce sont des trucs qui ressemblent à des pointes de flèche, au côté limé, parfait pour ciseler n'importe quoi, en particulier le verre.

Je cherche un autre spot, et toujours rien. Je commence à me décourager, genre, je vais rien trouver pour rendre hommage à Ernesto. Il faut que je récapitule mentalement la liste des murs que je connais, voir si je peux en trouver un qui soit pas saturé.

Merde, n'empêche, j'aimerais tellement tomber sur un bus. Ce serait tout de même la classe. C'est casse-gueule, ces temps-ci, parce qu'il y a des millions de façons de se faire choper. On joue constamment au chat et à la souris, on carbure non-stop à l'adrénaline. Les conducteurs sont toujours à te surveiller. Les flics en civil ont toujours sur eux leurs pompes de course à pied, et leurs petits sacs avec leur badge et leur matos de flic.

Parfois, tout un gang prend d'assaut un bus et essaye de taguer l'intérieur, y compris le plafond. J'ai entendu parler d'un flic en civil qui avait verrouillé un bus, si bien que la centaine de gars à l'intérieur avait dû faire sauter l'issue de secours et s'échapper en courant pour pas se faire choper. Comme je disais, c'est le Far West par ici. Je te jure.

J'arrive au troisième terrain vague, juste derrière Tom's Burgers, sur Norton, du côté d'Imperial et de MLK. Je passe devant en me disant, *et merde, putain, encore un spot gâché*, tandis que le reflet du soleil sur un pare-brise m'aveugle quasiment. Je prends vite fait à droite avec la voiture de Gloria, à l'instinct. Et je me retrouve face à un bus parfait. Je dis bien *parfait*.

Il a peut-être été abandonné il y a seulement quelques minutes. Peut-être hier. Qui sait ? Et qu'est-ce que ça peut bien faire ? Il est devant moi, immaculé. Incroyable, pas un seul enculé l'a tagué. Je suis le premier. C'est *moi* qui vais le dépuceler.

C'est dur à expliquer, mais j'ai tellement l'impression d'avoir une veine de ouf qu'en fait j'en deviens parano, genre, c'est un guet-apens ou quoi ? Les flics mettent des trucs comme ça sous surveillance, pour essayer de pincer les graffeurs… Non, j'imagine qu'ils ont d'autres chats à fouetter.

Et puis je me dis, si c'est un piège, eh bien tant pis. Il faut au moins que je tente ma chance. Si ça se trouve, ce sera mon héritage. Si je réussis mon coup, les big bosses en parleront pendant des années. Des *années*.

Je me souviens même pas vraiment de m'être garé dans le parking de la banque, de l'autre côté de la rue, mais c'est ce que j'ai fait, vu que je suis ici et que le moteur est coupé. J'ouvre la fermeture Éclair de mon sac à dos, je fouille dans la trousse à crayons en sortant de la voiture. Je suis tellement excité que j'en ai la bouche toute sèche et je baragouine tout seul en me mettant les écouteurs sur les oreilles.

8

Électrisé jusqu'aux orteils, je file direct à l'avant du bus. J'appuie sur le bouton Marche de mon walkman. Wagner et ses Walkyries chevauchent direct dans mes tympans. La simple entrée des cordes me surexcite. Je rentre à fond dans le truc.

Je suis tellement au max que j'en tremble. Je prends une brève inspiration, j'essaye de me calmer suffisamment pour que ma main cesse de trembler. J'expire, et ça va mieux.

N'empêche, un bus immaculé pour moi tout seul ? Un GMC sans aucun tag, les vitres teintées, avec un marqueur que j'ai taillé hier soir ?

La vache, putain.

J'ai l'impression d'avoir calanché, d'être monté au paradis, d'avoir franchi le rideau de perles de l'entrée et que Marilyn Monroe me supplie de la trombiner.

J'ai encore le cœur qui bat la chamade, boum-boum contre mes côtes, je décide de défoncer la destination sur le pare-brise. Putain de marqueur tout neuf, mec. Je le décapsule, il dégage une super odeur de nettoyant pour vitres, du pur Windex.

Taguer le pare-brise, on appelle ça une destination. Parce que c'est là que figure la destination du bus, en haut, au-dessus de la tête du conducteur. Mais elle est pas lisible pour l'instant, parce que le bus est pas allumé. Du coup, je change d'avis, je décide à la place de graver la vitre.

Je sors mon traçoir et je te grave la vitre en inscrivant un gros F.R.E.E.R ! à l'endroit où se trouve normalement la tronche du conducteur, avec toutes sortes de fioritures et tout, mais le truc qu'est dingue c'est que je le fais *à l'envers*. Comme ça, tous les passagers du bus le verront normalement, et les gens qui seront devant le bus le verront parfaitement dans leur rétroviseur, aussi !

J'attends un instant avant de continuer. S'il doit y avoir des sirènes, si les flics doivent débouler, c'est maintenant. Je patiente dix secondes, puis dix de plus, après quoi, vavavoum, le pur délire peut commencer.

Je prends le *mean streak*, que j'ai préparé en mélangeant du blanc, du jaune et du bleu, puis je me dresse sur le pare-chocs avant et je trace des lettres le plus grosses possible. Je procède de haut en bas, que ça occupe toute la vitre, F-R-E sur le côté gauche, puis je passe la petite barre verticale noire qui sépare le pare-brise en deux, puis j'inscris E-R.

Je passe quelques secondes de plus à m'assurer que chacun de mes angles est béton. Je booste le dernier R et fais en sorte que le jambage soit ultra tranchant. Après ça, je place des x sur les jambes droites de mes R, comme le logo des pharmacies américaines, vu que mon style, c'est comme de la médecine.

Sous tout ça, je tague le blaze du *crew*.

J'ai encore jamais eu autant de temps. *Jamais*.

Jusqu'à maintenant, quand je défonçais une destination, c'était juste un petit truc sur la gauche, à l'extérieur, tracé vite fait pendant que Fat John détournait l'attention du conducteur en lui posant des questions sur les correspondances, genre, je me penche et je te gribouille le machin rapidos. Mais ça ? C'est un chef-d'œuvre, bon sang ! Du pur FREER.

Je te fais deux gros extérieurs sur le côté gauche du bus, une lettre par vitre teintée. Je te balance du lettrage en *throw-up*, avec des angles droits bien nets, comme sur un teddy de lycéen, et sur les portes latérales d'entrée et de sortie, je t'envoie du style vertical manuscrit, avec des boucles de dingue, comme si je tortillais des spaghettis avec mon marqueur. Je suis tellement absorbé que c'est seulement après avoir terminé la porte d'entrée de devant que je remarque que le conducteur a laissé son putain de blouson avec le logo de la RTD, ce qui, tu peux me faire confiance, est un sacré butin au sein de la communauté du graffiti. Il a dû se tirer en vitesse et l'oublier.

Je sais pas combien de temps je mets pour briser le bas de la porte en verre, mais une fois que c'est complètement cassé, je me faufile à l'intérieur et j'attrape le blouson. Je l'enfile comme je peux. Il est une taille trop petit, mais je m'en cogne. Je le garde sur le dos, c'est comme revêtir la fourrure de l'ours que t'as tué. Voilà le genre de répute que ça te vaut. Ça me fait délirer, ce truc. Je me dis que taguer l'intérieur serait dément, alors je grave *à nouveau* le pare-brise à côté du distributeur de tickets, si bien que tous ceux qui monteront dans le bus seront obligés de voir mon tag, et je fous le camp.

Le flanc droit du bus, un pur *flop* : je pose juste le *cap* de ma bombe et je balance un long trait ininterrompu, sans relever la main pour passer d'une lettre à l'autre avec mon Krylon argent. Je triche quand même un peu, vu que je l'avais encore jamais fait, et tout le machin se termine un peu avant l'emplacement de la dernière roue, alors je m'y recolle. J'ajoute quelques boucles et flèches pour qu'on ait l'impression que ça vole et tout.

J'aurais plus de temps, j'en ferais toute une fresque, mais je suis pas en sécurité si je reste là. Chaque seconde qui passe risque de déclencher une crise cardiaque. J'ai l'impression que les flics pourraient débarquer à tout instant, vu que ça ressemble quand même toujours à un guet-apens. Mais c'est plus fort que moi. J'ai gardé le meilleur pour la fin.

À l'arrière du bus, du côté qui donne sur la rue, je me hisse sur le pare-chocs et j'exécute hyper vite un premier jet de mon lettrage en argenté, que je remplis ensuite comme un dément. Je m'arrange pour que ça reste super compact, comme si c'était un grand miroir en argent sur l'arrière noir du bus qui ressemble à un store vénitien. Ensuite, faut détourer la partie inférieure pour que ça ait l'air solide tout autour.

Sur le dessus de mon éclate argentée, je trace des contours noirs épais pour les lettres, j'écris E-R-N-I-E. Ça pète tellement qu'on doit voir scintiller les lettres noires avec l'intérieur argenté à deux terrains de football d'ici, si on est bien dans l'axe. Je vais même jusqu'à bomber des petites fissures et crevasses sur le dessus des lettres, pour que ça fasse un effet rocher. Sur la barre du bas du dernier E de Ernie, je trace un R.I.P. en noir. Après ça, je refourre tout le matos dans mon sac et j'attrape mon appareil jetable.

Je me mets à prendre des photos sous plein d'angles différents. Devant. Côté. Arrière. De l'autre côté. Bas. De loin. De tout près. Et c'est au moment où je suis tout près que je sens des yeux posés sur moi. Je me retourne.

À une dizaine de mètres derrière moi, un môme me zyeute depuis le parking de la banque.

J'enlève mes écouteurs et je me tourne vers lui.

9

Il a douze ans, peut-être treize. Sourcils sombres, n'empêche, et de grands yeux qui lui donnent un air ahuri. Cheveux lisses ramenés en arrière, fringué un peu façon *gangsta*, mais il respire la bouche ouverte. Un môme qui respire par la bouche.

Je lui balance un regard auquel il répond pas, alors je lui dis : « Tu veux marquer un truc là-dessus ? »

Je parle du bus. Mais il bronche pas. Se contente de me regarder fixement, alors je lui dis de s'approcher, et il s'avance. Le gamin est juste à côté de moi, il mate ma fresque ERNIE et me demande : « C'est quoi ?

– C'est une fresque en hommage à quelqu'un, je réponds.

– À qui ? »

Je contemple mon œuvre, puis j'avise le môme en me demandant s'il est vraiment con à ce point. Mais il plisse les yeux, alors je me dis, et merde, autant enfoncer une porte ouverte :

« Un gars que j'ai connu, qui s'appelait Ernie. Il est mort il y a deux jours. »

Le gamin hoche la tête, mais ajoute rien, alors je demande : « Tu t'intéresses un peu au graffiti ?

– Nan, pas vraiment. J'ai vu le flingue à ta ceinture pendant que tu bossais, par contre. Il m'intéresse. Combien ?

– Je sais pas, je réponds en jaugeant le môme, puis je lui sors un chiffre qui doit être au-dessus de ses moyens : « Cent dollars.

– J'ai cinquante, dit-il, et je le vois sortir un billet de cinquante d'une liasse qui comporte quelques autres billets.

– En fait, ça va aller, je dis, ce qui est une façon de lui signifier *non merci*. Tu fais quoi, tu deales pour quelqu'un ? Et puis d'abord, d'où tu sors cette liasse ? »

Il dit pas oui, il dit pas non. Il tend juste la main, cent dollars cette fois-ci.

« Prends ça avant que je change d'avis », me dit-il.

Je lui adresse un regard, genre : *Non mais tu te fous de ma gueule, petit homme ?*

Et puis je songe, tu sais quoi ? Rien à foutre. Je lui échange le flingue contre la thune que j'empoche. Le gamin regarde le pistolet. Il le retourne dans ses mains avant de le prendre dans la gauche et de le braquer sur moi en armant le chien.

Mon sourire disparaît, non pas parce que j'ai peur, mais parce que j'arrive pas à croire que ce petit voyou essaye de m'arnaquer.

« Refile-moi mes cent dollars et tout ce que t'as sur toi, il me fait. Et que ça saute. »

Je suis arrivé à quatre cent trente-huit dollars. Si ce petit merdeux pense qu'il va revoir ses cent dollars, il est encore plus con qu'il en a l'air, c'est-à-dire vraiment très con.

« Tu sais que le gun est pas chargé, hein ? »

Il me dévisage, comme s'il pensait que c'était une entourloupe.

« Vérifie, je dis. Je vais attendre. »

Je recule d'un pas, qu'il puisse contrôler sans craindre que je lui pique l'arme. Il sort le barillet, qu'il remonte à hauteur de son visage. Je contemple son œil brun parfaitement terne à travers les trous vides. Il cligne de l'œil.

« Pense bien à acheter des calibres vingt-deux, je fais. Y a que ça qui convient. Je te conseillerais bien d'aller au Gun Store, où tu peux acheter une balle pour un *quarter*, mais j'ai entendu dire que l'endroit avait été incendié.

– Ouais, il a cramé, dit-il. Donc calibre vingt-deux ?

– Ouaip, je fais.

– D'accord », dit-il.

J'entends au loin le bourdonnement d'un hélicoptère.

Je demande au gamin : « Tu as déjà un blaze, non ? »

Il lance un regard alentour. « Peut-être », dit-il.

Je suppose que ça veut dire non, et je m'apprête à lui en proposer un, au moment où une femme apparaît au coin du petit centre médical, de l'autre côté de la rue. Elle porte une jupe ultra courte et des talons usés d'avoir trop servi à arpenter le trottoir. Cheveux noirs. Plus âgée que moi, elle doit avoir dans les vingt-cinq ans, et bien abîmée. Même de loin je remarque les traces de coups sur sa bouche et l'œil au beurre noir.

« Hé, fait-elle dans le dos du petit, mais il se retourne même pas, on y va ou pas ? »

J'essaye de pas être malpoli, mais je dis le premier truc qui me vient à l'esprit : « C'est ta maman ?

– Bouffon, tu ferais mieux de fermer ton bec, dit-il dans un grondement. C'est ma *fresa*, *homes*. Cette *bitch* me suce la bite. »

Bon Dieu, j'espère que non, avec toutes les plaies qu'elle a. Mais j'ai rien à perdre, alors je fais : « Mec, putain. T'es tellement petiot, tu peux même pas encore bander. »

Il attrape sa ceinture et répond : « Si tu le dis, *homes*. »

Sa *fresa* intervient : « Oh si, il peut. Et en plus, c'est *bon*. »

Fresa signifie fraise, en argot c'est le terme qui désigne une nana qui couche pour de la dope ; généralement du crack ou de la coke. Mec, ça me débecte tellement que je peux rien faire d'autre qu'adresser un demi-sourire à ce môme, rien que pour le culot qu'il affiche. Ce petit enculé est vraiment dealer, et peut-être même mac. Voilà donc d'où venait son pognon, que j'ai maintenant dans ma poche. Elle l'a gagné à la dure.

« Je vais t'appeler Watcher, je lui dis, parce que tu observes, tu surveilles. Garde ce blaze si tu veux. Lourde-le s'il te plaît pas. »

J'ai l'impression qu'il va dire une connerie, mais il se lèche juste les lèvres, hoche la tête, la fait basculer en arrière et pointe le menton dans ma direction.

« Watcher, répète-t-il, comme s'il testait le blaze pour voir s'il lui allait.

– Ouais, je dis. C'est un bon nom. Porte-toi bien. »

Je pivote sur mes talons et m'éloigne.

J'entends alors sa *fresa* lui demander la permission d'aller s'acheter un milk-shake au beurre de cacahuète à Tom's Burgers. Il commence par répondre : « *Bitch*, ferme ta gueule… » Mais j'entends pas la suite, parce que je suis déjà dans ma bagnole, je démarre sur les chapeaux de roue.

Le morpion m'observe comme s'il essayait de mémoriser mon visage, genre, j'ai eu le dessus sur lui dans cette transaction pour le flingue, et ce que j'ai dit, il l'oubliera jamais. À ce moment-là, je me marre un peu, parce que, mec, j'ai vraiment pas besoin de ces conneries en plus de tout le reste.

L.A. a complètement perdu la boule. Complètement disjoncté.

Une fois de nouveau sur la route, et suffisamment loin pour qu'un flic puisse pas établir de lien entre moi et le bus, je respire un bon coup et réfléchis à ma journée, je me dis que tout s'est pas vraiment passé comme prévu, et que je ferais peut-être bien de prendre l'oseille que j'ai et de me carapater. Ce serait pas idiot.

Je me dis que pour chaque gonze qui évolue dans la rue, même s'il accomplit un paquet de trucs, y a toujours un fossé entre ses intentions et ce qu'il a vraiment *fait*. Et c'est ce que je ressens soudain : j'ai le sentiment d'avoir échoué, alors même que j'ai transformé un bus entier en mon espace graffiti perso. Ce truc va devenir légendaire quand les gens le verront. Et les gens chercheront à se renseigner sur Ernie. Ils se demanderont qui c'était. Et pendant un moment il sera vivant dans leur esprit. Mais moi, je serai plus là.

Les gens parleront de moi pendant un bout de temps, après ça. Je suis sûr que Fat John et Tortuga le verront, mais je décide quand même de faire des tirages et des copies de photos, et de leur envoyer par la poste. Je repense un peu au bus, je me dis que j'ai eu un coup de bol pas croyable.

C'est peut-être une chouette façon de dire au revoir, mais c'est peut-être pas un adieu suffisant. J'aurais pu viser un peu plus haut. Les gens diront probablement que j'ai été petit bras, mais bon. Je me suis jamais engagé dans l'autre truc, le plan gangster, là. J'ai toujours voulu être libre. Je voulais juste être présent dans toute la ville, être présent à Hollywood, *downtown*, Venice, et inscrire un petit © sous mon nom, partout où j'irais, comme OILER et DCLINE, parce que j'ai tout juste dix-sept ans, l'âge d'or.

Je me suis dit que j'avais un an pour y aller à fond les ballons, et que si je me faisais pincer, je risquais quoi, comme peine, pour graffiti ? Je veux dire, peut-être deux cents heures de travaux d'intérêt général ? Quelques semaines de TAM (Travaux alternatifs en tant que mineur) ? Au pire, je ferai un peu de prison pour mineurs, mais j'irai pas en centrale, rien de sérieux, pas de casier. C'était le moment idéal pour mettre la gomme, et maintenant c'en est fini pour moi, comme pour Ernesto.

Y a un truc que les gens pigent pas, à propos du graffiti ; c'est un moyen pour devenir quelqu'un, c'est un moyen de faire chier le monde, de revendiquer un territoire, mais c'est *aussi* un moyen de se souvenir. Et ce dernier truc, je l'ai fait pour Ernesto et la ville qui l'a tué. ERNIE R.I.P., y a marqué à l'arrière du bus. Ce sont juste des lettres peintes, sûr, mais ça va plus loin que ça.

C'est un doigt d'honneur brandi en l'air et une pierre tombale, les deux en un.

10

Une fois que j'ai acheté mon aller simple pour Phoenix, en promo à la gare routière Greyhound de Long Beach, j'appelle Gloria et je lui dis où elle peut venir récupérer sa voiture. Surprise, surprise : elle est *pas du tout* contente. Elle me dit qu'elle va me tuer, ce qui m'inquiète pas plus que ça, parce que c'est pas non plus le massacre qui m'attend si les salopards de mon quartier me revoient dans les parages, une fois que je leur aurai dit que je veux pas intégrer le gang.

Gloria dit : « Tu m'as obligée à appeler ma *mère* pour savoir si elle avait de tes nouvelles, Jermy. Je te jure... »

Je suis forcé de l'interrompre.

« J'avais pas le choix, Gloria, dis-je. Je suis désolé. Vraiment, je suis désolé. Je ne voulais pas planter ton rendez-vous, mais un jour, je te dirai pourquoi, et tu comprendras carrément. »

Elle est furieuse. Je l'entends à sa voix quand elle crache : « Tu ferais mieux de me le dire tout de suite.

– Je t'appellerai quand je serai arrivé à bon port, une fois en sécurité.

– Et où donc ? demande-t-elle.

– Mieux vaut que tu saches pas, parce qu'à un moment donné, quelqu'un te demandera si tu sais où je suis. Je veux pas te mentir, et je veux pas que tu sois obligée de leur mentir. »

Je l'entends souffler dans le combiné à l'autre bout du fil, une sorte de *krrrgh*.

« D'accord », finit-elle par dire.

J'entends qu'on frappe à la porte derrière elle. Gloria dit plus un mot, je l'entends aller jusqu'à l'entrée en pantoufles, puis tout devient encore plus silencieux, elle doit être en train de regarder par le judas. Sa respiration se bloque dans sa gorge. Je sais alors que quelque chose cloche.

« Quoi ? je dis.

– Euh. Faut que j'y aille.

– Il se passe quoi ?

– La question c'est pas quoi, c'est *qui*, dit-elle. La petite sœur d'Ernesto est devant ma porte. »

J'entends de nouveau les coups, plus proches à présent. Je me demande tout d'abord s'ils sont pas à ma recherche, mais ça tient pas debout une seule seconde.

« Attends, Jermy », et j'entends un frottement d'étoffe, elle doit appuyer le téléphone sur ses vêtements, sur son ventre, ou un truc dans le genre.

Les sons sont estompés, mais je discerne le verrou qui glisse, puis la porte qui s'ouvre dans un craquement ténu.

« Hé, dit Lupe, t'as bien dit que t'étais infirmière, hein ? »

Ma cousine hoche sûrement la tête, vu qu'une seconde plus tard Lupe demande : « Tu sais faire les attelles pour les fractures ? »

Ma cousine opine certainement à nouveau, parce que Lupe dit : « Qu'est-ce qu'il te faut comme matériel ? »

Là, je me mets à réfléchir à deux cents à l'heure. Je me demande ce qui s'est passé. Mais la première idée claire qui me vient, c'est que ça doit être un coup des schmidts.

J'ai pas le loisir d'ajouter quoi que ce soit, vu que Gloria m'annonce : « Je raccroche », et juste après j'entends plus que la tonalité.

J'ai beau parler dans le vide, je dis quand même : « Au revoir. »

Je suis un peu triste en replaçant le combiné. Mais il faut que je me casse, un Black derrière moi a besoin de téléphoner. Il a la dégaine de Martin Luther King Junior qui serait devenu vieux et gros.

Ça me déprime qu'il y ait rien à Phoenix. Aucune poilade en perspective, personne, que dalle. Uniquement ma tante et probablement un autre boulot dans un restau, et puis soudain une idée me vient.

En Arizona, ce sera la liberté, plus que tout ce dont j'ai pu rêver.

Je parie que là-bas, personne se fait arrêter par les flics parce qu'il déambule dans la rue, genre, *Hé, ce con a une dégaine de graffeur et je lui vois pas de tatouages, allez, on l'embarque*. J'ai pas à m'inquiéter des gangs, là-bas, ni d'histoires de territoire, j'aurai pas à craindre de pas être à la hauteur, de pas être assez à donf, et je sens que le blaireau dans mon ventre se calme un peu.

Le haut-parleur annonce le départ imminent de mon car, alors je m'avance dans le parking, confie mon sac au conducteur. Il le glisse dans la soute aux portières qui s'ouvrent comme celles d'une DeLorean dans tous les films *Retour vers le futur*. Ça fait le même genre de bruit en s'ouvrant. Genre, *shimp*. Je garde mon sac à dos avec moi. Je monte dans le car et m'assois au milieu. Ça sent le pain rassis là-dedans, et le poil de chien. Je me mets à tourner les pages de mon dernier carnet de croquis noir.

J'y suis jamais allé, mais j'imagine que pour ce qui est des graffitis, Phoenix, ce doit être, genre, cour de récré…

Non, mais attends un peu.

C'est peut-être pas une si mauvaise chose. Ça signifie peut-être qu'il y a du potentiel, là-bas. Que FREER va pas péricliter mais, au contraire, se métamorphoser en quelque chose d'entièrement nouveau et fort.

Si ça se trouve, je pourrai apporter là-bas un nouveau style sophistiqué. Être le *premier*. Voilà qui commence à me plaire. Je veux dire, ça me botte carrément. Je pourrai ouvrir toute une franchise du style L.A., là-bas. Je pourrai être le bidule dont ils nous ont parlé en cours de science, là, comment ça s'appelle ? Un catalyseur. Oui, voilà ce que je pourrais être pour la scène de Phoenix : le mec qui fait monter le niveau de quelques crans. Et puis, en plus, quoi de plus libre que de me casser quand je veux ?

Rien. Y a rien de plus libre que ça !

Dans le car, on dirait que je suis pas le seul à décamper. Y a plein de Mexicains et de *Central Americanos*. Avec leurs mômes. Je leur jette pas la pierre. Merde, si j'avais des enfants, je les ferais monter dans le car, moi aussi. C'est assez logique de pas vouloir rester à L.A. par les temps qui courent, avec le pillage généralisé et les fusillades constantes.

Putain, je sais qu'il va pas me manquer le morpion de douze ans, le petit mac/dealer qui m'a acheté mon gun pour, juste après, essayer de me braquer pour récupérer sa thune.

Big Fate et ses ultimatums vont pas me manquer non plus.

Et les schmidts qui me fourrent leur mitraillette en pleine figure, eux non plus, vont pas me manquer.

L.A. est complètement maboul, mec. Pourtant, la ville va me manquer.

Qui sait, n'empêche ? Peut-être que je me retire au bon moment. Genre, avant que ça pète vraiment, et que tout sombre dans l'océan.

J'appuie sur la touche Marche de mon walkman, mais la cassette fonctionne pas. Ça déconne un peu, parfois. La touche noire, grosse comme l'extrémité de mon pouce, j'appuie dessus et je maintiens la pression jusqu'à ce que les têtes de lecture finissent par se mettre à tourner et que la musique démarre.

Des cordes, pour commencer, tandis que le conducteur sort le car du parking. À travers le pare-brise, je vois le coucher de soleil. C'est magique quand on quitte Long Beach Boulevard pour passer sur Pacific Coast Highway. La voix de Nancy Sinatra chante pour moi dans la lumière orangée du crépuscule, me susurrant que je vivrai que deux fois. Ça me détend vachement. Je regarde les bâtiments qui défilent derrière ma vitre tandis qu'on traverse la ville, qu'on enjambe ce qu'il reste de la L.A. River, et qu'on s'engage sur la 710 vers le nord.

Au bout d'un petit moment, on passe à la hauteur de Lynwood, que je vois glisser, et je ressens aucune culpabilité. J'ai l'impression que c'est une boîte où s'entassent tous mes emmerdements, tout ce qui est pesant, et que tout va rester là, derrière moi. Du coup, je me sens léger comme une plume, libre d'aller flotter ailleurs, dans un endroit que je connais pas.

Libre d'aller n'importe où.

Libre d'être ce que je veux.

JOSESITO SERRATO,
AKA WATCHER

LE 3 MAI 1992

20 H 17

1

J'ai topé ce gun, alors maintenant je suis crédible. Je suis prêt à bosser. Je me sens bien. Tout le monde sait que Momo est mort. Tout le monde a entendu dire qu'il était dans le camion que les flics ont trouvé sur Wright Road. Du moins ce qui restait de lui. Je dis qu'il l'a bien cherché, d'avoir voulu descendre Big Fate. Monter les échelons ou crever. Je veux approcher Big Fate et entrer dans sa clique. Alors je me présente au Mini Vegas, tout le monde en parle tout le temps, je frappe à la porte et j'attends. Ils me font entrer, me fouillent, trouvent le gun et me le piquent. L'infirmière est là. Elle me regarde d'un drôle d'air, elle me reconnaît, elle m'a vu le soir où le frère de Mademoiselle Payasa est mort dans la ruelle. Mademoiselle Payasa est là, elle aussi. À côté de l'infirmière. Mademoiselle Payasa lui dit qu'elle ferait mieux d'y aller et la remercie pour tout. Mademoiselle Payasa glisse des billets dans la main de l'infirmière. Des billets de cent pliés. À vue de nez, y en a pour mille dollars. L'infirmière me regarde, l'air de dire qu'elle voudrait bien m'emmener avec elle. Genre, peut-être qu'elle avait l'intention de me sauver, je sais pas. Mais Mademoiselle Payasa la pousse à l'extérieur, la porte se referme sur l'infirmière au moment où elle dit qu'il faut que tous les gens dont elle s'est occupée aillent vite à l'hôpital. Big Fate, à l'autre bout de la pièce, a le bras dans une espèce d'immense bandoulière. Comme plusieurs autres mecs. Le *homeboy* Sherlock a une bosse sur la tête grosse comme une balle de base-ball, un sac de glaçons posé dessus. À côté de lui, une *bitch* chinetoque super bonne, le poignet enveloppé, style poupée, comme une momie. Un seul coup d'œil suffit pour voir que c'est le genre de meuf, des camés fileraient un paquet de thune pour se la taper. Mais je garde ça pour moi. Surtout parce que je vois qu'Apache, l'enculé qui scalpe les gens, a l'air amoché, lui aussi. Il joue à une machine à sous avec sa main qui marche encore, ça tourne et ça fait des bruits, il est assis dans le coin, il boit un truc doré dans une grande bouteille en verre. Big Fate remarque que je regarde les blessures qu'ils ont tous, les plâtres, tout le bordel. Il me fait venir, hausse les épaules et me confie que le programme je-te-tabasse-je-te-relâche a encore sacrément cours dans la ville de Los Angeles. Il m'appelle *lil homie* et dit qu'ils peuvent bien nous frapper, mais qu'on se laissera pas faire, qu'on se vengera en frappant encore plus fort. Il dit *la neta*. Alors je dis *la neta*. Parce que ouais, c'est vrai, *c'est* la vérité. Rien que la vérité. Ils sont toujours ici. Tous sans exception. Ils se sont pris une raclée et ils baissent pas la garde. Pas comme Momo. Pas comme Trouble. Pas comme tous ces cons. Cette clique, c'est des purs tueurs. Des survivants. Des coriaces. Même les putains de shérifs peuvent pas gagner contre eux. De but en blanc, Big Fate me demande comment je me fais appeler, il veut savoir. Jusqu'à maintenant j'avais un nom que tout le monde utilisait, mais que je déteste : Baby. Sauf que j'en ai un nouveau, maintenant. Je gonfle le torse et je lui dis que mon blaze c'est Watcher. Je fais bien gaffe de pas lui dire de qui je le tiens. Il hoche la tête, comme s'il était fier de moi. Il dit que le blaze lui plaît. Alors, ensuite, je dis le nom de la clique. Je le dis fièrement. Je dis aussi Lynwood *controla**. Vu que bien sûr ils contrôlent Lynwood. Eux et personne d'autre. Il me regarde d'un drôle d'air après ça. Il dit qu'il s'est rencardé sur mon compte depuis que j'ai filé un coup de main. Il a entendu dire que j'étais au service de Momo. Et là, je réponds illico. Je dis ouais. Avant, je *roulais* pour lui. Et ça, ça le fait rigoler. Il demande si éventuellement je serais prêt pour autre chose. Je lui réponds que ouais, que j'ai un max de respect pour lui d'avoir fait ce qu'il avait à faire. *Donc t'es prêt à te mettre* *sur un coup ?* me demande Big Fate. Putain ouais. Je répète ça en hochant plusieurs fois la tête. *¡La clica es mi vida* !* Jusqu'à ce que je clamse. Ça aussi, je le dis. Il me fait un peu poireauter. Dans la pièce, ça devient super silencieux. Je lui rappelle alors que je suis venu direct lui dire ce qui était arrivé au frangin de Mademoiselle Payasa. Il répond que j'ai bien fait. Et juste après, il dit, eh bien qu'on l'intronise, ce petit enfoiré. Putain, ouais. Ça me fait tellement plaisir que je ferme juste les yeux, avant que le premier coup de poing m'arrive dessus. Ou le premier coup de pied. Peu importe. Rien à foutre de savoir ce que c'est comme coup ni d'où il vient. Ça va faire super mal. Mais ça vaudra la peine. Tout ça vaut la peine, du moment que je fais partie de la clique.

SIXIÈME JOUR
LUNDI

« IL Y A EU CINQUANTE-DEUX MORTS.
NOUS TABLIONS SÉRIEUSEMENT SUR SOIXANTE,
ET JE RAPPELLE QU'IL N'Y A PAS EU ÉNORMÉMENT
D'INFORMATIONS.
CE N'EST PAS PARCE QUE QUELQU'UN A PÉRI PENDANT
CE LAPS DE TEMPS QUE SON DÉCÈS PEUT ÊTRE
DIRECTEMENT IMPUTÉ AUX ÉMEUTES...
CE QUI A SOULEVÉ UNE QUESTION INTÉRESSANTE.
TOUTES LES FUSILLADES ENTRE GANGS À CE MOMENT-LÀ
ONT-ELLES UN LIEN AVEC LES ÉMEUTES ?
DES FUSILLADES ENTRE GANGS, ON EN A CHAQUE JOUR
DE L'ANNÉE.
QU'EST-CE QUI LES DISTINGUERAIT DE CELLES LIÉES
AUX ÉMEUTES ?
CE QUI EST INTÉRESSANT C'EST QU'UNE DES AFFAIRES
SUR LESQUELLES J'AI TRAVAILLÉ S'EST PASSÉE
SUR LE SECTEUR DE HOLLINGBACK *[SIC]*. OR HOLLINGBACK,
C'EST EAST L.A.
ILS N'ONT PAS EU LE MOINDRE MORT LIÉ AUX ÉMEUTES,
À EAST LOS ANGELES.
DONC, HUM, UN GARS A ÉTÉ RETROUVÉ, HUM,
JE NE ME SOUVIENS PLUS S'IL A ÉTÉ POIGNARDÉ
OU TUÉ PAR BALLES,
À L'INTÉRIEUR D'UNE CANALISATION D'ÉGOUT,
ET CE QUI A ÉTÉ DIT, C'EST QUE C'ÉTAIT UN DÉCÈS
SANS RAPPORT AVEC LES ÉMEUTES.
J'IGNORE SI CELA ÉTAIT UNE DISPUTE ENTRE AMANTS, OU...
UN DEAL DE DROGUE QUI A DÉGÉNÉRÉ OU AUTRE,
MAIS IL A ÉTÉ CONFIRMÉ QUE CELA N'AVAIT RIEN À VOIR
AVEC LES ÉMEUTES, CE N'ÉTAIT QU'UN HOMICIDE DE PLUS. »

LIEUTENANT DEAN GILMOUR,
CORONER DU COMTÉ DE L.A.

JAMES

LE 4 MAI 1992

9 HEURES

1

Tout a pris feu à Notre-Dame, la Reine des Anges. Y compris des gens. Ce campeur, quelqu'un l'a immolé pendant qu'il dormait, et ça, tu n'y survis pas. Enculé, sûr que ça, tu n'y survis pas. Tu abandonnes ton fantôme, voilà ce que tu fais. C'est le repos céleste.

J'ai vu cette fumée qui s'élevait, hier. Un pont au nord de mon QG, sur la même rive. Sauf que je ne savais pas encore que c'était sa fumée à lui. Ça s'est déclenché après le passage de deux camions noirs qui roulaient dans le lit de la L.A. River, comme si le truc leur appartenait. Sont passés juste devant ma canalisation. De gros véhicules, rapides, bien trop silencieux pour leur taille. Quand j'ai vu ça, j'ai fait mon signe de protection céleste et j'ai tourné deux fois sur moi-même.

Normalement, quand je suis bien peinard dans ma canalisation, je tire le rideau. J'ai une tringle et tout. J'ai une chaise, aussi. Enfin bref, je tire le rideau et le monde ne peut pas me voir, y compris les trains qui passent au loin sur l'autre rive. Ça me fait disparaître. Mais ce jour-là, je ne l'avais pas tiré puisque j'ai vu de la fumée. Au début, je ne savais pas ce que c'était.

Notre-Dame me dit alors : *Tu savais ce que c'était.*

Je lui réponds en hurlant, direct. Je lui dis que je ne savais pas ce que c'était, jusqu'à ce que je m'approche et voie le petit squelette noir sur son tapis de couchage. J'ai senti de la terre imbibée d'essence aussi, et, ce qui m'a fait mal, c'est de voir les campeurs se partager ses affaires. Il s'appelait Terry. J'ai regardé fixement ses os, tandis que les autres campeurs piquaient ses dernières possessions en ce bas monde. Ils n'ont pas un instant rendu un dernier hommage à son esprit. Les salopards. Ils l'ont dépouillé. Le chien dont il s'occupait, pareil : disparu. Son pantalon en bon état qu'était accroché à la barrière : disparu. Les hommes sur terre, jusqu'au dernier, tenteront de vous déposséder, de vous casser la figure et de vous plumer jusqu'au trognon.

J'ai demandé à droite à gauche comment était mort Terry. C'est Puppet qui l'a immolé. J'ai demandé comment on le savait, et on m'a dit qu'on le savait parce qu'on le savait. Les campeurs reconnaissent les visages. Les campeurs causent. On finit par savoir les choses. Et les campeurs savent qu'un type qui se fait appeler Puppet est entré dans le campement avec un jerrycan d'essence, qu'il a vidé sur le vieux Terry endormi. Ensuite il y a mis le feu. Personne ne sait pourquoi.

Quand j'ai entendu ça, j'ai laissé Notre-Dame digérer le truc. Je lui ai dit : *Z'êtes une sacrée ville noire* ! *Z'êtes une ville noire avec un cœur noir et des cendres noires qui soufflent dans vos rues de bitume noir. C'est ce que vous avez toujours été. Ce que vous êtes aujourd'hui. Ce que vous serez toujours. Et votre rivière, c'est la seule bonne chose, chez vous.*

Elle a répondu : *Ça, ce n'est pas vrai.*

Ensuite, je lui ai encore plus crié dessus. Je lui ai dit qu'elle n'allait pas me dicter mes sentiments, alors que je me trouvais à côté des cendres d'un mort que quelqu'un avait fait brûler vif sans raison, pendant que des campeurs lui piquaient ses affaires et fichaient le camp sans un mot de compassion pour lui.

Normalement, les campeurs sont mieux que des clodos. Je n'aime pas le mot *clodo*, ni *SDF*, d'ailleurs. Ces termes ne décrivent pas du tout la vie qu'il y a derrière. Aucun de ces termes ne décrit ce que nous faisons, alors que *campeurs*, si, parce qu'on campe. On aime tellement le ciel qu'on a besoin de le voir chaque soir. On ne s'emmure pas. On est libres. Et ici, c'est le Pays de la Liberté ! Libres. Nous avons besoin de sentir où nous sommes, dans la ville la plus brute qui soit.

C'est vrai, n'empêche. Notre-Dame connaît les feux de forêt. Elle est exposée aux vents de Santa Ana. Elle a l'océan aussi, et sa terre est toujours à deux doigts du tremblement. Avec des conditions comme ça, il faut parfois conjurer le mal. C'est obligé, car sinon le mal s'accumule.

Elle m'interrompt à sa façon bien à elle et me dit : *Ah bon ?*

Alors je lui réponds : *Oui, c'est comme ça. C'est la nature.*

Ensuite, elle se tait, mais ce n'est pas parce qu'elle ne dit plus rien qu'elle n'est pas avec moi. Elle me suit partout où je vais, elle entre tout le temps dans ma tête avec des questions. Maintenant, par exemple, alors que j'ai faim, que je marche dans cette rue dite Imperial, qui n'a pourtant rien de majestueux.

Mais le meilleur moyen de la connaître est de la parcourir à pied. Tu as besoin d'avoir Notre-Dame à hauteur des yeux. Tu as besoin de l'avoir sous tes semelles, de sentir sa chaleur. Tu as besoin d'inspirer son souffle, de humer ses effluves. D'ingérer ses atomes et de te les approprier. Et le meilleur endroit pour ça, c'est la rivière. Tu peux marcher des kilomètres sur le sol en dur de la rivière et trouver tout ce qu'il te faut. Et ça, je le sais.

J'ai passé ma vie à proximité de rivières et de fleuves. Le Mississippi. Le Colorado. Le Mékong. Les cours d'eau me protègent. Près de leurs rives, je suis à l'abri. Je ne me sens bien qu'aux abords des cours d'eau. Je me disperse, je perds mon équilibre, et je succombe à des sales trucs, comme la boisson. Mais pas à proximité de sa rivière, ça non. Sa rivière est tellement ancienne. Elle remonte à l'époque où Notre-Dame était un minuscule *pueblo** sur un tas de terre, les Indiens *messicains* savaient que l'Arroyo Seco était un puits sacré de puissance, avec une réserve d'énergie si forte qu'un jour une satanée grande ville s'élèverait à cet endroit. C'est dire le pouvoir de cette rivière. Elle enfante.

Et cette chose en est actuellement à l'adolescence, vivante, en colère, et elle se disloque. J'ai vu des incendies à peu près partout, et des camions de pompiers avec leurs gyrophares, qui arpentaient ses rues noires. Je n'ai pas seulement vu Terry. J'ai vu un corps qui n'avait presque plus de visage dans la rue, il lui manquait même une oreille. J'ai vu des camions incendiés, des bâtiments et une maison, aussi, un incendie qui aurait pu se propager dans tout le quartier si les voisins n'avaient pas ouvert les tuyaux d'arrosage sur leurs propres toits pour les détremper. Ça en dit long sur ce qu'ils pensaient de cette maison, n'empêche.

Quand je vois ce que je vois, je dis aux gens de la ville, je dis : *J'ai vu cette ville s'envoler au ciel en mille morceaux.*

Parce que c'est ce que fait le feu. Il prend. C'est la division mathématique la plus belle et la plus laide qui soit. Les incendies en ville sont de la pire sorte, parce qu'ils emportent plus qu'ils ne le devraient. L'incendie de ville ne fait pas de quartier. Il punit tout le monde. Il frappe l'innocent, comme Terry. Le feu en ville est avide. Mais le feu ne fait qu'être lui-même.

Il lui faut ramener toute chose au plus près possible de zéro, donc il brûle jusqu'à tout réduire en particules infimes. En bribes que les vents pourront emporter. Ce seront les restes. Mais on peut à peine les voir, sauf s'ils sont agglutinés les uns aux autres, sous forme de colonnes de fumée. C'est ainsi que les parties les plus infimes s'ajoutent les unes aux autres, tu sais ? C'est un fait d'une grande noirceur.

MIGUEL RIVERA JUNIOR,

DIT « MIGUELITO », AKA MIKEY RIVERA

LE 4 MAI 1992

9 HEURES

1

Mon réveil se déclenche, j'ouvre un œil avec, en tête, la rythmique d'une chanson des Specials. Alors je repousse les draps d'un mouvement de pieds, trouve la cassette et l'introduis dans le magnéto. J'enfonce la touche, « A Message to You Rudy ». Mon père frappe à côté de là où se trouverait ma porte s'il y en avait une. On est en train de refaire la maison. En fait, *il* est en train de refaire la maison – une fois de plus.

Là où il y avait des murs, il y a plus maintenant qu'un squelette en bois, constitué des poteaux de l'ossature murale, que j'ai truffé de livres, car ça me faisait penser à des étagères vides isolées, mais aussi parce que ça me procure un peu plus d'intimité, enfin un minimum. N'empêche, je le vois qui me regarde de derrière les tranches de mes romans policiers de Richard Allen.

Mon père est entrepreneur en bâtiment. Il a un diplôme en dessin industriel de Santa Monica City College, mais il n'en fait pas grand-chose. Surtout, il vend du carrelage et se charge de la pose – salles de bains, cuisines, ce genre de trucs. Sa plus grande gloire est d'avoir posé du marbre italien dans les deux salles de bains de la maison d'amis de Raquel Welsh. Une photo encadrée d'elle, avec un autographe, est accrochée au mur de son magasin, Planète Carrelage. C'est sur Western, dans cette petite bande de Palos Verdes qui s'enfonce dans San Pedro. On peut voir tout L.A. de là-haut.

Vue plongeante. Je crois que c'est une des raisons pour lesquelles ça plaît à mon père. Il aime dominer les choses. Les gens, aussi.

« T'as pas besoin de frapper, je dis à mon père, sans pour autant arrêter le magnéto. Le mur est ouvert. »

Il saisit pas le sarcasme. Il avance d'un pas dans ma chambre et dit : « Tu veux petit-déjeuner ou pas ? »

Je le dévisage un moment, tandis que le ska chaloupe entre nous. Mon père déteste cette musique. Ça lui tape sur les nerfs, ce qui, à l'évidence, me pousse à l'aimer encore plus.

« Non ? dit mon père en croisant les bras. J'ai préparé un petit déjeuner. Et tu n'en veux pas ?

– Je réfléchis, je lui réponds.

– Eh ben, me dit-il d'une voix irritée, réfléchis *plus vite.* »

Quand mon père décroise les bras, ça veut dire que je prends trop de temps pour lui répondre. Il y a six ans, cela aurait signifié que quelque chose de moche allait se produire, parce que les choses ne se passaient pas comme il voulait, mais là, il se contente de serrer les poings. La cicatrice sur sa main gauche se comprime et devient violette quand il fait ça. Ce simple spectacle me retourne l'estomac. Pendant très longtemps, ça a signifié que le pire était à venir. Violet, ça voulait dire que j'allais bientôt me faire dérouiller. Il me voit fixer sa cicatrice et relâche ses deux poings, avant de dire : « Je t'ai posé une question simple.

– Très bien, je réponds, histoire qu'il arrête de m'embêter. Je vais en manger un peu. »

Je le regarde s'éloigner à travers les trous entre les poutres, au-dessus des livres. Je vois juste sa chevelure noire ondulée passer devant *Ne tirez pas sur l'oiseau moqueur* de Lee et *Hard Times* de Terkel, de mon cours sur les grands classiques de la littérature américaine. Quand mon père entre dans la cuisine, à l'autre bout de la maison, je le perds de vue, mais j'entends les bruits qu'il fait, il prend des assiettes et des couverts.

Ça fait super longtemps que ça ne se passe pas bien entre nous. Mais depuis quelques jours, il est différent. En fait, il est vraiment attentif. N'empêche, pourquoi me prépare-t-il un petit déjeuner ? Je suppose qu'il va me demander quelque chose en échange.

Mon père a toujours considéré qu'il faisait littéralement partie de la Beat generation. Et quand j'étais plus jeune, j'étais persuadé moi aussi d'en faire partie, parce que *beat*, ça veut aussi dire taper, et je me faisais constamment cogner dessus. On peut présenter les choses de cette manière : quand j'avais de la veine, c'était la ceinture. Quand j'en avais pas, c'était la boucle du ceinturon. J'ai pas mal de cicatrices sur le dos, aujourd'hui. Une ex-petite copine blanche m'a demandé une fois si on m'avait balancé une grenade. Elle était pas entièrement à côté de la plaque. Mon père a toujours été soupe au lait, et je suis fils unique, donc ça a été comme ça jusqu'à mes treize ans, jusqu'au jour où j'ai sorti un couteau au moment où il a voulu me frapper. Du jour au lendemain ça a été terminé. Le truc le plus bizarre, n'empêche, c'est qu'au lieu de me crier dessus, il a souri et m'a dit qu'il était fier de voir que je me rebiffais comme ça. Puis il est sorti, comme si, peut-être, j'avais cessé de le décevoir.

Ça m'a travaillé pendant longtemps, parce que ça m'a fait repenser à toutes les fois où il m'avait frappé. Je me suis demandé dans quelle mesure c'était réfléchi et dans quelle mesure c'était de la colère. C'était encore pire d'y penser en ces termes. Donc là, pour l'instant, j'essaye d'éviter. N'empêche, il n'était pas arrivé au bout de ses déceptions. Depuis cette époque, il a trouvé d'autres trucs chez moi qui le déçoivent. Comme le fait par exemple que le premier soir des émeutes, Kerwin et moi, on a pris de l'acide et on est allés faire un tour sur nos scoots.

Il a pas été content d'apprendre qu'on était partis en virée, à la recherche d'incendies à contempler. Il y avait pas moyen de lui expliquer que ça valait carrément le coup, que j'avais vu des oiseaux et des dragons s'élever des flammes et s'envoler dans les airs, par milliers, virant au noir, pour se diluer dans le ciel nocturne. Il a failli me piquer ma Vespa quand je lui ai dit ça, et je lui en veux pas. Tu peux pas ramener à la maison une nana sans connaissance et ne pas expliquer étape par étape comment elle s'est retrouvée là, en tout cas pas avec mon père.

2

J'ai une Vespa P-125. On les traficote, nos scoots. En cas d'accident, c'est plus facile de bricoler la bécane que d'en acheter une neuve. Sur la mienne, j'ai kitté le moteur, découpé le capot d'embrayage, rallongé la fourche. Je suis passé de soixante-dix à cent quarante à l'heure. Tu l'entends geindre à des bornes à la ronde. C'est quasi une bécane genre *Road Warrior* dans *Mad Max*.

Donc j'étais sur ma Vespa, je rentrais de chez Kerwin, le lendemain matin et, en remontant notre rue, j'ai aperçu ce mec tout nerveux qui balançait un cocktail Molotov par la porte ouverte de chez Momo. Je n'y ai pas cru. Ce morveux, probablement plus jeune que moi, tout de noir vêtu, mais avec une espèce de serviette blanche lui servant de bandage à la naissance des cheveux, collée par du sang séché. Juste à côté de lui, un van, garé sur la pelouse. J'ai coupé le moteur dès que je l'ai aperçu et je me suis approché doucement, en roue libre. Pendant hyper longtemps il est juste resté là, avec la bouteille qui lui brûlait la main.

J'ai cru que le machin allait lui exploser à la figure. On aurait dit qu'il se parlait à lui-même, en chuchotant, sans se rendre compte, pendant tout ce temps, de la gravité de la situation. Il a dû commencer à sentir la brûlure, parce qu'il a hurlé en jetant le cocktail Molotov de toutes ses forces par la porte d'entrée. Juste après, il s'est tourné vers le van et m'a regardé comme s'il avait dans l'idée de s'en prendre à moi, mais au lieu de ça il a mis les bouts.

Alors je me suis approché de la porte, je voulais voir si des trucs à Momo pouvaient être sauvés vite fait. Mais à la seconde où j'ai regardé à l'intérieur, j'ai aperçu une fille à plat ventre sur le sol du séjour, et toutes les pensées que j'avais pu avoir jusqu'alors se sont évaporées.

À côté d'elle, un triangle géant de feu orange ondoyant grimpait le long du mur, comme dans les films, sauf que ça faisait plus de bruit et que ça dégageait une chaleur incroyable. D'être à un mètre, tous les poils de mon bras droit se sont ratatinés, et j'ai pensé qu'à un seul truc, attraper la nana par les chevilles et la tirer hors de la maison. Je lui ai assez salement éraflé le menton et la joue en la traînant sur le béton de la véranda jusqu'à la pelouse, et là je l'ai retournée. Elle saignait, elle était inconsciente, et j'ai paniqué en cherchant son pouls.

Dans ma chambre, j'arrête la cassette des Specials. C'est une bonne chose, je trouve, que les douches soient surestimées, car on a de nouveau l'eau coupée – c'est en rapport avec les travaux de plomberie en cours. Je pose même plus de questions. Je me mets un peu de déodorant, j'attrape une Fred Perry bleue, relève le col et mets des bretelles rouges. Ensuite, un jean avec des taches décolorées, le revers bien remonté, de manière que mes Doc noires montantes soient bien apparentes. Mon père me voit comme ça chaque matin et roule les yeux au ciel. Je lui ai expliqué je sais pas combien de fois, mais il sait toujours pas ce qu'est un *mod*, ni pourquoi son fils mexicano-américain veut absolument en être un.

Il ne pige pas que, pour ma génération, c'est une autre culture, que nous, on peut choisir. C'est plus la même chose que quand il avait mon âge. Maintenant, ce qui domine, c'est les plans *cholo*. Des trucs de gangs. C'est égoïste. Il pige pas que la musique m'a sauvé. Le ska, tout ce qui est Two-Tone, les disques Trojan, ça me permet d'être en dehors de ce monde. Parfois, je me dis que mon vieux préférerait que je sois dans un gang, n'empêche, parce que c'est peut-être plus proche de la façon dont lui a grandi, même s'il en parle jamais – pourtant il a des cicatrices qui datent pas de ses chantiers, contrairement à ce qu'il prétend.

Ma mère apprécie, par contre. Elle est contente que je ne sois pas embringué dans ces histoires de gang. En fait, c'est pour elle que j'habite encore à la maison, même si j'ai terminé le lycée l'année dernière. Là, elle est déjà partie au travail. Elle a reçu un coup de fil hier soir, comme quoi le service comptable où elle travaille allait rouvrir aujourd'hui, après avoir été fermé la semaine dernière à cause des émeutes. Alors elle est partie tôt ce matin, avant que je me réveille, parce qu'elle avait peur de ce qu'elle avait entendu dire aux infos, à propos des tireurs embusqués, et tout. Une fois qu'elle n'est plus là, on a plus de mal, mon père et moi, à s'adresser la parole sans que le ton monte et que notre conversation ressemble à une dispute.

3

Mon père est assis à la table de la cuisine quand j'arrive, il asperge son omelette de ketchup : c'est le seul Mexicain sur terre qui mange son omelette sans *salsa*. Il dit qu'il peut la manger comme ça lui plaît, parce que c'est lui qui paye.

Une fois assis face à lui, je lui demande direct : « Qu'est-ce qu'il te faut, papa ?

– Comment ça, "qu'est-ce qu'il me faut ?" me demande-t-il en pointant sa fourchette dans ma direction. Il faut que je mange.

– Ouais, mais pourquoi t'en as fait aussi pour moi ? Quel est ton mobile ? »

Il prend un ton moqueur et engloutit une pleine fourchette. « "Mobile" ? Tu regardes trop la télé, *mijo*, pour utiliser des mots comme ça. »

Il est sur la défensive uniquement parce qu'il sait que je vois clair dans son jeu. C'est sûr qu'il a besoin que je lui rende un service. J'ai qu'à attendre, et il va annoncer la couleur. Je contemple par la fenêtre de la cuisine la fontaine à moitié carrelée dans le jardin, que mon père a pas encore terminée.

Elle a la forme d'une pièce montée de mariage à trois étages, avec des douves tout autour de la base, et on dirait que c'est un endroit où les arcs-en-ciel brisés viennent agoniser, parce que le carrelage collé dessus est vert, rouge, bleu, jaune, violet et blanc, le tout mélangé. Mon père choisit des matériaux de qualité pour les travaux de commande, mais à la maison, il rogne sur tout, donc il fait le carrelage à partir de chutes récupérées sur ses chantiers. Des orphelins, c'est comme ça que mon père les appelle, et ensuite il dit qu'il faut qu'il leur trouve une maison, que c'est sa pénitence. J'ai eu beau lui poser la question, il m'a jamais expliqué pourquoi.

Mon père m'adresse un regard noir pendant trente bonnes secondes, comme si j'étais un salopard, avant de finir par dire : « Il faut que tu m'accompagnes à Compton, qu'on aille voir l'état de la victorienne. Amène un de tes copains. On peut pas savoir à quel point ce sera dangereux. »

Je me dis que je peux appeler Kerwin, il est sûrement réveillé à l'heure qu'il est, et je me dis aussi que si je fais ça, mon père pourra lui aussi me rendre un petit service.

« D'accord, je dis, mais je voudrais qu'on passe par l'hôpital voir comment va Cecilia. »

Mon père soupire. « Cette nana, c'est les ennuis garantis. Tu ferais bien de garder tes distances.

– Je veux juste m'assurer qu'elle va bien », je réponds.

J'ai jamais eu l'intention de mentir à Momo à propos de Cecilia. Ça s'est présenté comme ça, voilà tout.

J'étais à la maison, je regardais tout ce qui se passait à la télé, et d'un coup Momo était sur ma pelouse, accompagné d'une pleine voiture de *cholos* derrière lui. Je m'attendais pas à ça, alors j'ai paniqué, je suis sorti. L'instant d'après, je me retrouve à terre, il m'interroge au sujet de Cecilia. J'ai menti parce que j'ai eu l'impression qu'il la tuerait si je lui disais où elle était.

La vérité, c'est qu'elle ne s'est pas échappée. Elle avait inhalé de la fumée, mais il y avait autre chose. Elle était sérieusement défoncée. C'était pas beau à voir quand les quintes de toux interrompaient les moments de silence presque mortel. Je l'ai mise à l'arrière de la Honda de ma mère et j'ai foncé jusqu'au centre médical Saint Francis, sur MLK, à hauteur d'Imperial. J'ai rempli le formulaire comme j'ai pu, mais la seule info que j'avais, en fait, c'était son prénom, datant de la fois où j'avais fait sa connaissance – ça remontait à plusieurs mois –, ça et l'adresse de Momo. Quand elle a franchi les portes des admissions, je lui ai dit que je repasserais prendre de ses nouvelles, et j'en avais vraiment l'intention.

Mais maintenant, là, n'empêche, mon père me dévisage comme si j'étais assez con pour essayer de draguer la petite amie d'un dealer. Une fille à draguer sous aucun prétexte, même si j'étais attiré par elle – ce qui n'est pas le cas – vu que j'ai dit à Momo qu'elle allait bien et qu'elle était partie, au lieu de lui avouer qu'elle était encore ici, à Lynwood, en assistance respiratoire. J'ai déjà bien assez d'ennuis comme ça.

« D'accord », finit par dire mon père.

On se ressemble vraiment, lui et moi. Il a prononcé « d'accord » exactement comme quand j'ai dit que j'étais OK pour prendre mon petit déjeuner avec lui, genre, c'est pas de gaieté de cœur, mais il veut bien faire un effort. Il va me conduire à l'hôpital.

Marché conclu.

4

À midi, on part pour l'hosto, mais une fois sur MLK, le pater me demande si je veux déjeuner. Je lui dis que j'ai pas très faim, il m'ignore, entre sur le parking du Tom's Burgers et se gare. C'est assez typique de mon père, je me dis, pas vraiment du genre à vous écouter, toujours à faire ce qu'il veut, sans se soucier des autres. Tom's se trouve juste en face de l'hôpital. Je pense qu'il essaye de prouver qu'il a raison. Il n'avait pas vraiment envie de venir, alors il va jouer la montre.

À l'intérieur, ça se bouscule. On passe devant la petite salle de jeux d'arcade et on s'avance pour commander. Un petit môme black joue à un vieille machine Centipede, encouragé par deux de ses camarades. Les deux autres jeux vidéo sont libres. Tom's est un fast-food local, censé être « typique du quartier » – ce qui veut dire pas cher, copieux et parfois savoureux – et en voyant l'endroit rempli de familles qui mangent, ou de couples qui se partagent des frites, j'ai l'impression que la vie revient à la normale, du moins un tant soit peu. Pas de sourires échangés entre gens qui se connaissent pas, mais j'ai l'impression de ne pas être le seul à ressentir ça. Pas de regards méfiants. Les clients sont pas tétanisés sur leur bouffe. Ils essayent juste de reprendre le cours de leur vie.

On fait la queue, on est en huitième position, l'endroit est super enfumé à cause de tous les gens qui clopent. Pendant tout ce temps à faire le pied de grue dans la file d'attente, je me dis que j'aurais préféré qu'on aille à Tam's, sur Long Beach. C'est là-bas qu'ils ont le meilleur chili con carne-frites. Je sais, Tam's et Tom's, on peut s'emmêler les pinceaux, sauf si on est de Lynwood. Tous ceux que je connais préfèrent Tam's, mais c'est pas dans le secteur de l'hôpital, alors que Tom's est juste en face.

« Décide maintenant de ce que tu veux, dit mon père. Dès que c'est à nous, je passe commande.

– Très bien », je dis. Encore un de ces « très bien » typiques des Rivera.

Mon père sait toujours ce qu'il veut, et quand moi je suis indécis, pour quoi que ce soit, ça le met hors de lui. Parfois, j'en tire un certain bénéfice, mais un jour comme celui-ci, où j'ai pas hyper faim, et où j'ai pas spécialement envie d'être là, je ne me sens pas de le faire tourner en bourrique, alors je scrute le menu affiché au mur, derrière la caisse enregistreuse. Je me dis juste un cheeseburger. Je prends pas de risque. Pas de sauce salade à base de mayonnaise et de ketchup, pas d'oignons. Par contre, des *jalapeños*, ça oui. Je me servirai moi-même de ketchup. Ils en mettent toujours à dispo sur le présentoir à condiments.

Quand arrive mon tour, j'annonce à la fille au comptoir ce que je veux, elle prend note, puis me demande : « Ce sera tout pour vous ?

– Ce sera tout, je réponds.

– C'est pas assez, intervient mon père. Si c'est pour avoir faim tout à l'heure. Mettez-lui des frites en plus. »

C'est une situation gênante. Évidemment, ce serait moins gênant si la fille au comptoir était pas aussi jolie. D'après son badge, elle s'appelle Jeannette, et je m'apprête à lui présenter mes excuses au moment où un type tapote l'épaule de mon père. Il esquive d'un mouvement d'épaule, mais le gars a déjà commencé à lui débiter son histoire :

« Monsieur, jamais je ne ferais exprès de poser problème, mais j'ai faim. Je suis diabétique. Je n'ai pas mangé depuis le début des perturbations, là. » On dirait qu'il est en train de lire une liste. « Un type qui s'appelle Terry, plus en amont de la L.A. River, a été brûlé vif… »

Il continue sur sa lancée. C'est peut-être vrai, ou c'est peut-être le baratin qu'il ressort chaque fois, mais je sais pas pourquoi, j'en doute. J'observe mon père le jauger. Il voit en lui un Black dans une sale passe. Dégaine de clodo. L'air épuisé, cet homme noir à la peau claire. Il doit pas mesurer plus d'un mètre soixante-deux, avec son long tee-shirt noir et un short crade qui recouvre ses guiboles fines comme des baguettes. Il s'appuie sur une canne à laquelle sont collées des plumes. Il a les cheveux ramenés en arrière en une petite queue de cheval nattée qui s'effiloche, toute molle à son extrémité. Il a une grosse cicatrice sur le nez en forme de C, comme si quelqu'un avait essayé de lui découper une narine, sans tout à fait réussir. Il a les joues piquetées de taches de rousseur à peine visibles. Paraît totalement défoncé – les pupilles tellement dilatées qu'on voit juste les cercles fins d'iris bleus de chaque côté.

Mon père lui demande de passer commande auprès de la fille, ce qui est bizarre, car mon père ne fait *jamais* ça. Le gars demande un cheeseburger au bacon et des frites, avec du rab de sel aux épices. Le mec me dit alors que mon père est un type super et me demande mon nom. Mikey, je lui réponds. Il pose la même question à mon père et apprend qu'il s'appelle Miguel. Lui, c'est James, annonce-t-il. Il dit qu'il est content de faire notre connaissance, et évidemment qu'il est content, vu que mon père vient de lui payer son déjeuner. En fait, je vois bien que mon père fait la sourde oreille, tandis que James le remercie à nouveau de sa gentillesse. Je connais mon père, il estime avoir fait sa bonne action et a envie qu'on le laisse tranquille.

Pendant ce temps, je regarde Jeannette, qui prend la commande, et note à la main que le repas de James est « à emporter », ce qui est une bonne chose, parce que James évoque maintenant le Vietnam. Il dit qu'il est ancien combattant, que les gars comme lui sont pas trop bien accueillis dans ce pays, et puis il se met à parler de la rivière.

Les gens nous observent pendant que mon père paye. En attendant qu'on nous rende la monnaie, je fixe le carrelage par terre, une infinité de gravillons agglomérés. Mon père doit savoir comment ça s'appelle.

Il finit par interrompre James : « Écoutez, je vous ai payé votre burger et ils vont vous l'apporter, alors allez vous asseoir dans votre coin. On a nos problèmes. Pas besoin d'entendre les vôtres en plus. »

Ça peut paraître un peu cinglant, mais c'est la vérité. Chacun a ses problèmes. C'est comme ça, voilà tout. Mieux vaut jouer franc-jeu avec les gens, leur annoncer la couleur, ce qu'on peut faire, et ce qu'on ne peut pas faire.

« P'tain, s'exclame James, pas la peine d'être malpoli. »

On entend pas trop dire « p'tain » par ici, mais j'ai l'impression que le gars a un accent du Sud, qu'il n'est pas d'ici. Y a des inflexions mélodieuses dans sa voix, une douceur qui cadre pas avec son état de décrépitude. Je suis en train d'essayer de situer le gus au moment où mon père me prend par le coude, mais je fais un geste d'esquive et le fusille du regard. Il me dévisage, soupire et se dirige vers une table dans un coin. Je m'approche du présentoir à condiments, je prends du ketchup, un flacon de Tapatío et des serviettes. James me rejoint.

« Me dire d'aller m'asseoir dans mon coin, fait-il, c'est brouiller les messages, là. Notre-Dame ne ferait jamais ça. Jamais elle ne dirait une chose pareille.

– Payasa, intervient une voix d'homme provenant d'une table à côté, derrière moi, tu peux t'en occuper ? »

5

Une fille musculeuse, qui me dépasse de plusieurs centimètres, se lève de la table où elle était assise avec trois gars et s'interpose entre James et moi. Une vrai *chola*. Je le vois à sa façon de me lancer un regard de côté. Yeux marron clair, la couleur du verre des bouteilles de bière brune quand la lumière passe à travers.

« Excusez-moi, dit-elle. Ce type vous embête ?

– Non, je réponds. Ça va.

– OK, dit-elle, mais elle se retourne et approche sa figure de celle de James. Tu ferais bien de dégager si tu veux manger ce que ces gens sympas t'ont offert. Ils étaient pas obligés. Moi, je l'aurais pas fait. »

Je me dirige vers la table où mon père est installé et je vois à présent un éclair de folie dans la prunelle de James.

« Le Pays de la Liberté, dit James à la fille. Je suis un ancien combattant, p'tain.

– Ouais, on a entendu, tu l'as déjà dit, dit-elle. Merci. Maintenant, fais plaisir à tout le monde et ferme ta gueule. »

James en reste bouche bée. Vexé, il remonte la manche de sa veste de survêtement et montre deux cicatrices sur toute la longueur de son avant-bras.

« Une machette. » James fait glisser un doigt le long de son avant-bras. « Je suis un ancien combattant, p'tain de fils de pute ! Le Pays de la Liberté ! »

Je ne suis pas un expert, mais j'imagine que ça pourrait effectivement être une blessure de machette. Je jette un coup d'œil à mon père, voir s'il pense pareil, mais il a la tête baissée, il lit un bout de journal qu'il a apporté du petit déjeuner. En gros titre sur la première page : BRADLEY DÉCRÈTE CE SOIR LA FIN DU COUVRE-FEU. Et en dessous : IL NE SE PRONONCE PAS SUR LA DATE DU DÉPART DES TROUPES.

« Merde, dit Payasa. C'est rien, ça. »

Je me glisse dans le box en bois, sans quitter des yeux Payasa, qui remonte elle aussi son tee-shirt pour exhiber une grappe de cicatrices qu'elle a au flanc.

« C'est une petite coupure de rien du tout que t'as au bras, dit-elle à James. *Ça*, c'est des cicatrices. »

On dirait qu'un aveugle a essayé d'inscrire des chiffres romains dans sa chair, des I, un X et un V. Je mets un moment avant de réaliser qu'il doit s'agir de coups de couteau. J'en compte dix et j'ai pas fini au moment où elle laisse retomber son tee-shirt.

« Pays de la Liberté, dit-elle, mais que si tu payes ton dû, bordel. »

Elle est sur le point de lui casser la gueule, je pense.

James fait probablement le même constat, car il recule d'un pas.

« J'ai *déjà* payé », dit-il, mais il pleurniche à présent. Il a perdu la partie, d'une certaine manière, je sais pas trop comment, mais je le vois bien, car il est plus pareil, maintenant, le voilà plus voûté. « J'ai payé de mon sang, voilà comment j'ai payé. Ici c'est une ville noire ! »

Jusqu'à maintenant, cette altercation a mis les gens mal à l'aise, mais la référence à la couleur de peau a pour effet de diviser la pièce en deux. C'est à peu près du cinquante-cinquante, la moitié sont noirs, l'autre moitié hispaniques, avec une famille samoane au milieu de tout ça. Je vois que chacun choisit mentalement son camp, ils s'apprêtent à réagir si quelque chose se déclenche. J'observe mon père qui s'empare du flacon de Tapatío sur la table et le retourne dans son poing, genre, s'il le faut, il s'en servira. Tout est si calme, si silencieux, que j'ai failli ne pas m'en rendre compte. Il fait ça sans détacher les yeux de la première page de la rubrique sports où on peut lire : LES LAKERS REFUSENT D'ÊTRE MIS SUR LE BANC DE TOUCHE.

Payasa éclate de rire. Ce qui n'atténue pas la tension dans la salle. Ça ne fait que l'intensifier.

« Non, dit-elle, c'est pas une ville noire, mais tu devrais peut-être rester un peu dans les parages. Dans dix ans, ici, on trouvera même plus de côtes de porc, y aura plus que des stands à tacos. »

Les yeux de James jaillissent presque de ses orbites. On dirait qu'il est sur le point d'imploser.

« Tu sais pourquoi, n'empêche ? Parce qu'on baise plus que vous, dit-elle. On a plus de bébés que vous, et nous, on reste dans les parages. On a déjà gagné. La question, maintenant, c'est juste de savoir *quand.* »

James ouvre la bouche, mais la fille au comptoir désamorce la tension générale en lui tendant sa commande dans un sac à emporter. Il lance un regard furieux à Jeannette. En silence, elle répond en lui soufflant un *Va-t'en* silencieux, et, manifestement, il décide que c'est pas une si mauvaise idée. Il sort, franchit le seuil en reculant, sans quitter Payasa des yeux.

« Ouais, dit cette *chola* d'un air satisfait, c'est bien ce que je pensais. Vous pouvez tous continuer votre repas. Le danger est écarté. Le spectacle est terminé. »

Au moment où elle se rassoit, mon père repose le flacon de Tapatío sur la table et attire à lui le fin cendrier en fer-blanc avant de sortir de sa poche de poitrine un paquet de clopes aux clous de girofle. D'un coup d'œil, je lui fais comprendre que ça me plaît pas trop de devoir manger à côté de quelqu'un qui fume. Il me lance un regard mauvais.

« Quoi ? Je l'éteindrai quand on mangera », dit-il.

De l'autre côté de la rue se dresse la tour de verre de Saint Francis, accollée à un bâtiment rectangulaire surmonté d'une petite croix. À côté se trouve un centre commercial au revêtement extérieur blanc que mon père doit juger hideux, j'en suis sûr. À l'extrémité du centre commercial, il y a une de ces petites boutiques de prêt sur salaire devant laquelle deux types armés de fusils montent la garde. Deux portes plus loin, une onglerie, mais fermée. Rien de tout ça n'est aussi intéressant que Payasa.

Elle a le visage tourné de l'autre côté, elle fait rouler ses épaules musclées. Ses cheveux sont coiffés en deux nattes serrées, une de chaque côté. On dirait des queues de cheval, mais plus farouches. J'avais encore jamais vu une nana *gangsta*. Bon, d'accord, aperçu, comme ça, de loin, mais jamais de si près, face à moi, une exécutrice.

J'observe un moment sa tablée, et soudain je comprends pourquoi elle a été la seule à se lever. Les trois gars qui l'accompagnent sont éclopés. Pas besoin d'être grand clerc pour deviner qu'ils sortent de l'hosto. L'un d'eux est en chaise roulante, avec une jambe en suspension et un bras en écharpe. Le maigre à côté de lui a un bandeau autour de la tête. Je note qu'il regarde fixement la main de mon père – la cicatrice, j'imagine. Ses yeux sont comme morts, mon père aussi fait ça, des fois, quand il veut pas qu'on sache à quoi il pense. Le gars repousse son assiette et se tourne complètement vers la fenêtre. Je me demande bien pourquoi.

Dernièrement, j'ai essayé d'ouvrir les yeux, d'être à l'affût d'histoires, et je décide qu'il y en a fatalement une bonne pour expliquer comment ces quatre-là se sont retrouvés à cette table. Je décide également que j'aimerais pas rencontrer la bande qui leur a infligé la raclée qu'ils ont dû se prendre, car ceux que j'ai sous les yeux ont pourtant l'air sacrément coriaces. Je suis les cours de l'Institut universitaire El Centro en gestion des petites entreprises, parce que mon père veut que je l'aide, mais moi, en réalité, je voudrais être écrivain, alors j'assiste en douce à des cours d'anglais, dès que je peux.

« Mon burger est trop cuit, dit celui en chaise roulante. On aurait dû aller à Tam's.

– T'en fais pas », dit le plus costaud. Son bras, en partie tatoué, dans un plâtre tout neuf, n'est pas encore orné de signatures. « Si je pouvais cuisiner, tu serais pas obligé de manger ce truc, mais je peux pas, et Tom's c'est tout près, donc on va à Tom's. C'est comme ça. »

On croirait entendre mon père, le côté chef de famille – exploité par tous, et pas qu'un peu.

« Euh, bah je suis désolé », dit l'autre.

Après ça, ils disent plus grand-chose. Je me rends compte qu'ils sont assez épuisés. Mon père et moi, on termine, mais je mets un point d'honneur à pas toucher aux frites qu'il m'a commandées en supplément. Il les mange, sans me quitter des yeux.

Au moment où on s'en va, je sens des yeux rivés sur nous, mais je me retourne pas. On traverse le parking, et là, je remarque un bus garé sur Norton. Tout le flanc est recouvert d'un graffiti que j'arrive pas à décrypter. Peut-être un F et quelque chose. Un P ou un K ? On dirait un K. Je marche vers le bus, j'enjambe un muret et pénètre dans le parking de la banque. De là, je vois l'arrière du bus et j'arrive à lire ce qui est écrit, limpide comme le jour : ERNIE. Et, à la base du jambage du dernier E : R.I.P.

Je lance à mon père : « T'as vu ça ?

– Bah oui », fait-il en tripotant ses clés.

Je lui demande ce qu'il en pense.

« J'en pense qu'il est mort », répond mon père en haussant les épaules.

Il monte alors dans le camion, mais moi je continue à scruter ce tag qui a été peint pour être vu. À côté de moi, le camion démarre. Je redescends à reculons. Je réalise qu'on a le droit à un truc comme ça que si on compte vraiment pour quelqu'un, et que quelque chose de vraiment triste vous est arrivé. C'est un hommage qui demande à être remarqué. Tous ceux qui le verront s'en soucieront pas, mais au moins, quand ils le verront, il sauront que ce gars a existé. Je me demande ce qui lui est arrivé, à ce Ernie, ce qu'il a enduré pour que son nom se retrouve comme ça à l'arrière d'un bus.

Mon père donne un coup de corne à mon intention.

« Ça va, ça va, j'arrive, je dis. T'es pas obligé de klaxonner ! »

Mon père crie de l'intérieur de la cabine, mais sa vitre est remontée. « C'est toi qui as voulu aller à l'hôpital ! »

Il a raison. Évidemment qu'il a raison. Mais si quelque chose a changé en moi depuis le début des émeutes, c'est que maintenant je remarque les choses. Je vois *véritablement*. De nouveau je suis attentif à ma ville. Dernièrement, j'avais cessé de la voir. Me déplacer dans L.A. c'était juste quelque chose qui se passait entre deux trucs importants, manger ou traîner avec les potes. Mais maintenant, au bout de cinq jours, avec la garde nationale qui a déboulé, et les Marines, grâce à qui on est de nouveau en sécurité, se déplacer, c'est *ça* qui est devenu important.

Je contemple une dernière fois ERNIE. J'espère qu'il a eu une bonne vie, la meilleure vie possible, l'un dans l'autre. Et ensuite ça me paraît idiot, parce que je l'ai pas connu, alors je me contente de monter dans le camion, et on y va.

6

Dans l'ascenseur qui sent l'ammoniaque et les beignets, en me rendant aux soins intensifs, au chevet de Cecilia, je suis le témoin d'une discussion privée entre deux infirmières à propos de ce qui s'est passé vendredi soir, dans le couloir, devant la salle des urgences de Saint Francis.

« Deux gangsters ont débarqué, flingues à la main, dit la plus petite des deux. Personne ne sait pourquoi ils ont fait ça, mais en tout cas c'est ce qui s'est passé. Ils se sont tous les deux approchés d'une famille de trois qui étaient là pour des brûlures dans un incendie domestique, superficielles, tu vois, mais quand même, ils attendaient d'être soignés, des serviettes humides sur les bras et le cou. Les gangsters sont arrivés, leur ont braqué leurs armes en pleine face, y compris la fillette. »

La grande émet un son inquiet, puis demande : « Elle avait quel âge, la petite ?

– Pas plus de onze, douze ans, répond la plus petite des deux. Le plus étrange, c'est qu'apparemment les deux gangsters ne *voulaient* rien. Ils n'étaient pas là pour détrousser qui que ce soit. Ils n'ont pas demandé les portefeuilles. En gros, ils étaient là pour terroriser les gens, tu vois ? Pour se pavaner comme des caïds, je ne sais pas.

– Jamais entendu parler de *homeboys* qui se pointeraient quelque part comme ça, sans raison. J'imagine qu'ils cherchaient quelqu'un qu'ils n'ont pas trouvé, dit la grande en reniflant. Combien de temps ça a duré ?

– Une vingtaine de minutes, répond la plus petite. Là-dessus, quatre types de la garde nationale ont débarqué, ils les ont menacés de leurs armes et leur ont ordonné de décamper fissa, sinon il y aurait des conséquences graves. Je te jure, c'est ce qu'ils ont dit : des *conséquences graves.* »

À cet instant, le bipeur de l'une des deux infirmières retentit, trois bips stridents. J'ignore à laquelle des deux il appartient, parce que mon père et moi sommes entrés dans l'ascenseur en dernier, et, par politesse, nous nous tenons face aux portes, mais je les entends toutes les deux consulter leur bipeur.

« Le devoir m'appelle », dit la plus grande, et elle sort au niveau quatre dès que l'ascenseur s'y arrête.

Nous, on va au six, et, à mon grand soulagement, la petite reste dans l'ascenseur.

« Excusez-moi, je fais, j'ai pas pu m'empêcher d'entendre votre conversation. Et qu'est-ce qui s'est passé ensuite, après l'arrivée de la garde nationale ? »

Elle me dévisage un moment, comme si elle essayait de déterminer si je suis digne d'entendre la suite. Elle a des cheveux noirs, des yeux bleus et un petit nez en trompette, comme un tremplin de ski.

« En fait, les membres du gang ont battu en retraite. Ils ont dit quelque chose du genre : "Okay, man, pas de problème, on rigolait, c'est tout."

– Hein ? je m'exclame, pour eux, c'était de la *rigolade*, ça ? »

Elle hausse vaguement les épaules et me dévisage en penchant la tête sur le côté. On dirait qu'elle essaye de savoir si je suis issu d'un milieu protégé, ou juste naïf. Car par ici, les membres de gang font constamment toutes sortes de trucs. Alors pourquoi pas quelque chose d'encore plus fou, si personne les en empêche ? Je suis ni l'un ni l'autre. Je veux dire, ni d'un milieu protégé, ni naïf – mais ça, elle n'a pas à le savoir. C'est juste qu'elle me met mal à l'aise, tellement elle est belle. Je me demande si elle s'en rend compte. Mon père, lui, s'en rend compte. Je le sens esquisser son petit sourire narquois à côté de moi.

À présent, le silence qui s'installe est presque gênant, mais je me demande si son histoire s'arrête là. « Donc c'est tout ? Ils sont juste partis ?

– Ouaip, répond-elle, ils sont partis, et toute la salle a applaudi.

– Cool », je dis. C'est pas la meilleure réaction qui soit, mais au moins j'ai dit quelque chose.

On monte au niveau six et je la remercie de m'avoir raconté comment ça s'était terminé. Elle m'adresse alors un clin d'œil en disant : « Pas de problème », et les portes de l'ascenseur se referment.

7

Les visites commencent à 10 h 30, mais on arrive un peu après 13 heures. Je trouve que tous les couloirs d'hôpitaux se ressemblent et dégagent la même impression : murs blancs, carrelage blanc, éclairage fluo, impersonnel, propre, des sons qui résonnent. À l'accueil, l'infirmière, qui a une drôle de coupe de cheveux en dégradé, façon chou gris, nous annonce que Cecilia termine son déjeuner, et qu'ils préparent sa sortie et…

Elle s'interrompt au milieu de sa phrase.

« Excusez-moi, fait-elle, vous êtes de sa famille ? Je ne peux vous transmettre ces informations que si vous faites partie de la famille. »

Je réponds non avant que mon père le fasse, parce que je sais que c'est ce qu'il allait dire.

« Tant mieux, dit l'infirmière. Vous seriez de sa famille, je vous aurais mis la pression pour obtenir des renseignements administratifs à son sujet, son assurance, tout ça. On a beaucoup travaillé gratuitement, ces derniers temps. »

Elle nous tend l'écritoire sur lequel les visiteurs doivent décliner leur identité. Pendant que j'y inscris mon nom et celui de mon père, l'infirmière nous annonce que le centre médical dans son ensemble croule sous le nombre de patients. Ces temps-ci, ils s'efforcent juste de parer au plus pressé et renvoient au plus vite les gens chez eux. Puis elle nous communique le numéro de chambre de Cecilia. Quand on y arrive, la porte est ouverte.

Elle est dans une chambre pour deux, mais, en plus des deux lits prévus, un autre à roulettes est placé contre le mur, sous la télévision. Ce lit et l'autre sont inoccupés. Par la fenêtre, je vois Lynwood Park et sa verdure, cinq étages plus bas. Il y a un terrain de base-ball et un terrain de jeu, dont le périmètre est délimité par du ruban adhésif jaune.

Je frappe sur le chambranle de la porte. Cecilia est debout, elle essaye d'enfiler son jean. Elle a les cheveux aplatis et mous au sortir de la douche, une masse lourde sur ses épaules, qui détrempe en partie son tee-shirt avec l'inscription MARATHON DE LA VILLE DE LOS ANGELES, VOTRE VIE, 1989. Elle n'était pas habillée comme ça quand je l'ai amenée.

« Des vêtements déjà portés. » Elle a dit ça comme si elle avait lu dans mes pensées. « T'y crois, toi ? Le personnel de l'hosto me dit que mes fringues sentaient trop la fumée pour que je les garde. Que c'était dangereux, je sais pas quoi, et qu'il fallait que je m'en débarrasse. Des bobards, voilà ce que j'en pense. »

Elle bataille avec le bouton de son jean. Elle est plus pâle que la dernière fois que je l'ai vue, si c'est possible, comme si, entre-temps, elle avait perdu dix kilos de sueur. En revanche, les égratignures sur son menton et sa joue ont déjà commencé à cicatriser. L'un dans l'autre, elle a meilleure mine.

Elle dit : « Ils veulent que j'aille en cure, mais pas question que je me plie à leurs conneries, là. »

Elle a une façon bizarre de parler. On dirait qu'elle voit bien qu'on est là, mais en même temps, elle ne nous calcule pas. Les mots qu'elle prononce nous sont pas particulièrement destinés. Elle les adresse au premier venu.

Elle enchaîne : « Ces gens de l'hosto, ils se croient plus malins. Soi-disant que je devrais m'estimer heureuse qu'ils me dénoncent pas aux flics pour usage de stupéfiants. Mais je vois pas trop comment ils pourraient me signaler, vu qu'ils ont même pas mon nom entier ? »

Ça la fait rigoler. Elle se croit maligne. Et je sens le regard de mon père qui me transperce, me brûle le dos au fer-blanc, un truc du genre *je-t'avais-dit-que-cette-gonzesse-était-tarée*, mais je l'ignore.

« Faut que je retourne voir Momo », annonce-t-elle.

Wow. Ça, c'est vraiment pas le truc que j'ai envie d'entendre. Je ne sais même pas quoi répondre. Je me contente de balbutier : « Je crois pas que ce soit une si bonne idée. Ça pourrait plutôt être l'occase, de, comment dire, de prendre un nouveau départ. »

J'ai à peine dit ça que ses yeux s'affolent, comme si j'avais proposé un truc complètement dingue.

« Au contraire, c'est une super bonne idée, dit-elle. Je veux Momo. Ça peut être lui, mon nouveau départ. »

J'ai l'impression de couler. Alors je tente un truc risqué. Pas le choix.

« Vaut mieux pour nous deux que tu oublies comment tu es arrivée à l'hôpital. Momo est persuadé que je t'ai sauvée, que tu allais bien, que tu m'as volé trente et un dollars et que tu as fichu le camp. Tu pourras te rappeler ce chiffre, si jamais il te demande ? Trente et un ? »

Elle semble consternée que je propose un truc pareil. « Pourquoi je lui mentirais ? Je vais pas mentir. Pas à Momo. Je l'*aime*. »

Ça continue comme ça, moi essayant de la convaincre de corroborer ce que j'ai dit à Momo, elle refusant. C'est l'impasse. Je sors de la chambre frustré. J'ai la trouille de ce qui risque de m'arriver quand Momo découvrira que j'ai menti. Quand il va l'apprendre, il voudra savoir pourquoi. Or la dernière chose qu'un mec aux abois a envie d'entendre, c'est que c'était pour son bien à elle que tu voulais la séparer de lui.

Mon père ne prononce pas un mot dans le couloir ni dans l'ascenseur. Non, il attend qu'on soit en bas pour me dire : « Tu crois pas que ta vie aurait été plus facile si tu l'avais juste laissée cramer dans la baraque ? Si tout simplement tu étais pas intervenu ? »

Je ne relève pas. Je marche vers la sortie sans un mot.

« Écoute, ajoute mon père dans mon dos. T'en fais pas. Je vais te dire, si elle revient auprès de ce type, très bien. Ce sera pas la première fois qu'une femme retourne se jeter dans les bras d'un sale bonhomme. Et qui se soucie de ce qu'elle peut bien lui raconter ? »

Mon père, en dépit de tous ses défauts, n'a jamais frappé ma mère.

Je m'arrête. Je me tourne pour lui faire face et je lui demande : « Qu'est-ce que tu entends par là ?

– Que c'est une camée, *hijo*. Réveille-toi ! Personne sait ça mieux que Momo, parce que c'est probablement lui qui a fait d'elle ce qu'elle est aujourd'hui. Il sait déjà qu'il peut pas lui faire confiance : toute sa maison a brûlé alors qu'elle était censée la surveiller. Tout ce qui sortira de la bouche de cette bonne femme sera considéré comme une excuse, une sorte de justification. Donc ce qu'elle lui dira a aucune importance. Même s'il vient te voir pour te poser des questions, il aura davantage confiance en toi. C'est toi qu'il croira et pas elle. »

Mon père fronce les sourcils en me fixant. « Mais comment tu peux savoir ? » je lui demande.

Il soupire à nouveau, scrute le linoléum sous nos pieds. C'est du plastique, conçu pour ressembler à de la pierre. Il donne un coup du bout de sa grosse godasse. Il considère que c'est du matériau de mauvaise qualité, mais il comprend ce choix : facile à nettoyer.

Il relève la tête, me regarde droit dans les yeux. J'ai l'impression qu'il ne sait pas trop quoi me dire. Puis il hausse les épaules et me confie : « Ton paternel en sait plus que tu crois. »

C'est tout lui, ça, de dire qu'il sait les choses sans entrer dans les détails. On n'y peut rien. Mon père est un expert en tout.

« J'ai peur qu'il la tue si elle revient, je dis.

– C'est pas à toi de t'inquiéter pour cette nana, me dit-il. Tu es trop sensible, *mijo*. Je t'ai pas assez élevé à la dure ? Ce qui va lui arriver à partir de maintenant, c'est pas tes oignons. »

Nous y voilà. Tôt ou tard, dans chaque joute entre nous, il arrive toujours à la conclusion que je suis trop sensible.

Je dis : « Tu trouves vraiment que ça vaut pas le coup d'essayer de sauver la vie de quelqu'un ? »

Le front de mon père se plisse. Il a l'air triste, tapote la poche de sa chemise à la recherche son paquet de cigarettes aux clous de girofle. Il sort le paquet et, lentement, prend une cigarette.

Il pointe sa tige brune dans ma direction en disant : « Mais tu lui as déjà sauvé la vie en la sortant de la maison, *hijo*. Tu peux pas sauver les gens malgré eux. Maintenant, c'est à elle de jouer. Et tu peux me faire confiance, les camés déçoivent systématiquement. Ils te feront toujours regretter d'avoir essayé. »

Il dit ça sur un mode tellement lugubre que je songe qu'il a peut-être déjà essayé de sauver un camé, que ça n'a pas dû marcher, ce qui me paraît bizarre. Je ne sais même pas quoi répondre à ça, parce que jusqu'à aujourd'hui, je n'avais encore jamais entendu mon père utiliser ce mot, alors je détourne les yeux et je regarde ma montre. J'avais dit à Kerwin qu'on passerait le prendre et on est en retard, mais pas besoin de l'appeler. Il sera assis devant chez lui, à nous attendre.

Mon père me plante là et s'enfonce dans la fin d'après-midi qui paraît blanche et brûlante au-delà des portes coulissantes. Il s'attend à ce que je le suive, mais m'accorde un moment de réflexion. De l'autre côté de ces portes, les voitures se déplacent lentement, prudemment. On dirait que le monde se remet en branle, mais qu'il veut d'abord regarder des deux côtés avant de traverser.

8

Quand on passe prendre Kerwin, qui attendait à l'extérieur, exactement comme je pensais, il a le choix : s'asseoir à l'arrière du pick-up ou bien venir se tasser à l'avant dans la cabine avec mon père et moi. Il préfère s'installer à l'arrière, ce qui est une bonne chose parce que c'est un colosse black : un mètre quatre-vingt-huit, de larges épaules, une petite bedaine. Mon père et moi, on est tous les deux contents de pas avoir à partager la banquette avec lui. Kerwin s'assoit dos contre la cabine, les jambes allongées devant lui. Il pose un coude sur une boîte en carton que mon père a chargée à l'arrière. J'ouvre la vitre qui nous sépare et on est obligés de crier pour se parler.

C'est Kerwin qui commence : « Tu te souviens des Blacks qui nous ont balancé des pneus, l'autre soir, quand on était en plein trip et qu'on matait les incendies ? »

Je jette un œil à mon père, mais il a l'esprit ailleurs. Alors je réponds : « Ça s'est vraiment passé ? J'ai cru que c'était une hallu.

– Ça a carrément eu lieu, mec », dit Kerwin avant d'éclater de rire.

Kerwin et moi, on est dans un groupe, tous les deux, Forty Ounce Threat. Je joue de la basse et je chante. Kerwin est à la guitare lead. C'est surtout de la musique Oï ! du rock and roll de rue.

Je m'occupe de l'autoradio, mon père conduit en direction du sud et pénètre dans Compton. Je trouve la station KRLA, espérant entendre de la soul, mais je tombe sur un orchestre de doo-wop que je ne reconnais pas. Dans le rétroviseur, Kerwin hoche la tête. On prend à gauche sur North Alamena en arrivant d'Imperial, et j'abaisse ma vitre pour contempler la ville qui défile.

On ne passe pas plus d'une demi-douzaine de rues. Tout ce secteur, c'est surtout une zone industrielle, des usines, et rien de tout ça ne paraît avoir été affecté par les émeutes. On y vend des pare-brise pour autos, du granite, du bois de construction. En arrivant à la hauteur de Del Steel, je constate que leur entrepôt n'a pas été abîmé. Ils font du matériel de décoration. Mon père travaille de temps en temps avec eux. L&M Steel, avec leurs entrepôts au toit incurvé, semble pas non plus avoir été endommagé. Mon père dit que dans les années 1960, ce quartier était en pleine expansion, qu'il débordait d'activité, mais que maintenant tout est à l'agonie. L'acier produit en Chine est moins cher, et il arrive déjà dégrossi à la meule ou traité à chaud. Par-dessus le marché, les travailleurs américains coûtent trop cher. La production s'est exportée ailleurs et c'est pas près de changer. Même avant la récession, la production délocalisait déjà.

Une fois la chanson terminée, un DJ prend la parole à l'antenne et annonce que le maire Bradley a levé le couvre-feu. Donc ça y est. Les émeutes sont terminées.

« Fin de la folie, retour au bon sens. » Il y a du sarcasme dans la façon dont le DJ dit cela.

Mon père pousse un grognement.

Les rues me paraissent normales. Enfin, le genre de normalité qui régnait avant les émeutes. C'est le South Central que j'ai toujours connu : calme dans l'ensemble, les gens vaquent à leurs activités et bossent dur. Et pourtant, partout dans le monde, les gens sont persuadés que Los Angeles est une ville de Blacks en colère, une ville de pyromanes et de gangs. Ces gens-là pensent sûrement que ce qui est arrivé à Rodney King était un événement isolé ; ils ignorent que chacun connaît un Rodney King dans son quartier, quelqu'un que les flics ont tabassé pour de bonnes ou de mauvaises raisons. Pas nécessairement black, d'ailleurs. Il peut très bien avoir eu juste la peau basanée.

Une fois passé Banning, on commence à avoir un premier aperçu des dégâts. On le sent avant même de voir quoi que ce soit. Je ne suis pas sûr d'avoir jamais su quelle entreprise était installée dans cet entrepôt. Il ne reste plus que quelques poutrelles, et les vestiges carbonisés de deux murs qui tiennent encore debout. Avec, en arrière-plan, les murs blancs d'un autre hangar, ils font encore plus penser à des esquisses gris anthracite qu'à quoi que ce soit ayant jamais été solide. Devant, un vieux monsieur coiffé d'une casquette Raiders attaque le toit à grands coups de hache – le toit qui s'est affaissé parvient maintenant au niveau du sol. Je remonte ma vitre et demande à mon père ce que c'était, avant.

« Machines-outils, répond mon père.

– Tu sais à qui ça appartenait ? »

Mon père l'ignore. De North Alameda, on prend sur El Segundo et j'aperçois l'école élémentaire Willard, au coin. Elle n'a pas été incendiée, mais la clôture a été découpée avec des cisailles, ce qui me fait dire que quelqu'un a peut-être essayé de dévaliser l'école. Mais cette pensée se dissipe, car je m'attends à voir surgir notre résidence sur deux niveaux, blanche avec le toit noir, les treize appartements, juste à côté de l'école – sauf qu'il n'y a rien.

À la place de notre bâtiment, un espace vide.

« *¡Hijo de su chingada madre !* s'exclame mon père en se redressant bien droit sur le rebord du siège. J'ai construit tout ça pour rien. »

Mon père cogne sur le volant un paquet de fois. Je tremble, mais en un sens, je suis content : il n'y a pas si longtemps, c'est moi qui aurais pris.

On s'approche de l'espèce de carapace vide, une coquille noire qui absorbe les derniers rayons du soleil couchant. Ici et là, des petits bouts de murs blancs non carbonisés se dressent. Le reste est noir. Mes yeux scrutent au-delà, jusqu'à la bâtisse victorienne – qui semble intacte – puis jusqu'à l'emplacement de l'autre bâtiment, le miroir du premier, les mêmes plans et tout : murs blancs, toit noir, treize appartements. Sauf qu'il n'y a rien non plus. C'est toujours un miroir, sauf qu'il est juste noir. La victorienne se dresse intacte entre deux terrains calcinés. Un incendie a ravagé nos deux immeubles, dont il ne reste plus rien.

J'ai du mal à respirer quand mon père longe la victorienne et s'engage dans la ruelle qui la borde. De là, on voit clairement les vestiges de la seconde résidence : deux montants noircis, solitaires comme deux poteaux de but. On se gare sur le terre-plein, à côté de la bâtisse victorienne, période reine Anne, dont il est propriétaire, qu'il retape depuis que j'ai neuf ans. C'est mon père qui a fabriqué lui-même la clôture à piquets blancs. Construction sur un niveau, symétrique, avec deux tours élancées de part et d'autre de la porte principale. On dirait un visage, avec deux fenêtres rectangulaires pour les yeux, la porte en guise de nez et la véranda horizontale qui fait office de bouche.

Je suis soulagé qu'elle ait survécu, mais sidéré de constater que les deux autres immeubles ont complètement disparu. Soudain, une réflexion me vient, une réflexion qui aurait dû venir il y a déjà plusieurs jours à quelqu'un qui, comme moi, suit des cours de gestion des petites entreprises.

« Papa, dis-je, on est ruinés ? »

9

C'est une question idiote. La réponse s'étale sous mes yeux. Depuis que j'ai commencé la compta, mon père m'a montré les emprunts sur les derniers mois. Il essaye de m'apprendre à mener les affaires pour plus tard, quand il ne sera plus là. Entre ces trois propriétés, il a déboursé plus d'un million de dollars. Il a absolument tout hypothéqué pour réunir une telle somme.

Mon père lésine jamais sur les matériaux quand il retape une construction, mais il a fallu réduire les coûts d'une façon ou d'une autre, si bien qu'il n'a pas pris d'assurance, à part la protection contre les tremblements de terre. Il s'est dit qu'en terminant les travaux assez vite ça irait bien comme ça. La victorienne est l'unique exception à cette règle. Elle a été construite en 1906, à l'époque où le Sunset Trip n'était qu'un vaste champ de poinsettias. Pour *ça*, il a contracté une assurance. C'est son bébé.

Mon père a les yeux fermés quand il inspire, puis il expire dans une quinte de toux. Je ne supporte pas de le voir dans cet état, alors j'attire Kerwin dans la ruelle. Jadis se trouvait là une pompe à essence, à côté d'un vieil avocatier tellement massif qu'il aurait pu figurer dans des films.

Kerwin rompt le silence en chuchotant : « Tous les apparts de ton père ont cramé.

– Tout à part ça », je réponds en indiquant la bâtisse d'un geste du menton. Mon père l'avait achetée aux Kelly, une des dernières familles blanches à avoir quitté Compton. « Avant, y avait une station-service à cet endroit », je lui dis en montrant une surface de terre où l'herbe ne repousse plus.

Kerwin veut savoir pourquoi, alors je lui explique que la maison est plus ancienne que les stations-service. Ça fait à peu près une décennie que mon père achète et vend des propriétés. Ma mère dit qu'il a toujours voulu améliorer South Central, en faire un espace plus beau, alors il a acheté une habitation qu'il a retapée et revendue. Puis deux. Et il a continué dans cette logique. Au bout de quatre ventes, il a acheté le magasin de carrelage sur Western, et maintenant il possède cinq bâtiments : trois à Compton, un à Watts et un à Lynwood. Mais la victorienne, à Compton, avec les plafonds en voûte, les deux chambres à coucher, la bibliothèque et le bureau, a toujours été son projet fétiche, le summum, pour lui.

« C'était le rêve de mon père, je dis. La preuve qu'il pouvait construire quelque chose qui ne soit pas seulement solide, mais magnifique. C'est en tout cas ce que pense ma mère. Pendant longtemps, il n'y a que là que mon père semblait heureux. Je l'accompagnais, le week-end, quand il venait y bricoler. »

Je me souviens que la scie était toujours dans la cuisine. Pendant des années, la maison a senti le bois fraîchement coupé, il y avait de la sciure partout. Je lui apportais ce qu'il me demandait, marteau, clé anglaise... J'avais quatorze ans quand il m'a appris mes premiers rudiments d'électricité. Aujourd'hui, je sais qu'une des rares fois où il a été fier de moi, c'est quand j'ai travaillé là, avec lui. Heureusement, je ne suis jamais tombé, je n'ai jamais marché sur un clou. Je faisais attention. Mais j'ai vite pris le pli. À l'époque, au moindre faux pas, j'avais droit aux coups de ceinture.

« N'empêche, le quartier a changé vite, je dis. Nombre de ces baraques ont été démolies. Des entrepôts ont été construits à la place, mais c'était flagrant quand tu circulais en voiture dans les parages : assez vite, plus personne a voulu habiter dans cette rue. »

Kerwin hausse les épaules. « Qui aurait envie d'habiter à côté d'un hangar ? »

C'est pas le genre de question qui appelle une réponse, mais je réponds quand même : « Personne. »

Le quartier avait beau changer, mon père a continué à restaurer cette maison. On s'en sortait en ayant quatre locataires dans une résidence, et cinq dans l'autre, mais on ne pouvait pas louer la victorienne, et on ne pouvait pas la vendre.

« C'est juste un vestige au mauvais endroit, mais ça, ça ne date pas d'hier. Le pire, c'est que les gens d'ici le savent. Ils savent que personne n'y habite, et à partir du moment où ça se sait, les sales trucs arrivent.

– Quel genre de sales trucs ? » Kerwin est de South Central. Il sait très bien ce qui se passe par ici, mais il ne peut pas s'empêcher de poser la question. C'est irrésistible. Peut-être qu'il y a là un truc tout simplement humain.

« Un cadavre a été balancé sur notre propriété, dans notre ruelle. On l'a appris quand deux shérifs ont fait une descente chez nous, à Lynwood. Ils ont voulu embarquer mon père pour l'interroger. Deux mois plus tard, un viol collectif a eu lieu dans le jardin, sous cet avocatier. »

Je pointe l'arbre du doigt. On n'en est plus très loin, à présent, de cette ancienne scène de crime. Je regarde, car quelque chose cloche. Ce n'est pas ses branches lourdes d'avocats, qu'on n'a pas cueillis cette année, parce qu'on n'a pas eu le cœur de le faire, c'est qu'il y a un truc au pied de l'arbre, de l'autre côté de ce tronc massif. Le crépuscule est déjà bien avancé, il fait assez sombre et, bon sang, je n'arrive pas à savoir ce que c'est que cette forme. Trop grosse pour être un chien. Pourtant, c'est à ça qu'elle ressemble. Un chien allongé, étendu sous un arbre.

« Attends, je murmure. Tu vois ça ? »

Kerwin est juste à côté de moi, accroupi.

« Ouais, chuchote-t-il.

– Est-ce que c'est des...» Je m'interromps, plisse les yeux, je scrute les formes oblongues au sol, étendues à partir du tronc. Non, c'est pas un chien. « C'est des jambes ?

– Ouais, répond Kerwin. Des putains de guiboles. »

10

Des jambes nues, d'après ce que je vois, et poilues. Au bout de la droite, une chaussette blanche enfilée au pied droit. On avance ensemble, Kerwin et moi. En s'approchant sur le côté, je remarque que la semelle des chaussettes est hyper crasseuse, quasi noire. On voit tout le corps auquel elle est rattachée, assis en appui contre le tronc, les jambes étendues devant lui.

J'entends le souffle de Kerwin derrière moi. Il a pris une mini-batte des Dodgers, il a dû rapporter ça de chez lui. Elle est en bois, mesure une trentaine de centimètres, distribuée sans doute à titre promotionnel pour tel ou tel match.

« Il s'est pris une balle ? veut savoir Kerwin. S'est fait poignarder ou quoi ?

– Je ne vois pas de sang », je réponds.

Il est évident que le type est sans pantalon, il a juste un caleçon rouge-brun. En fait, il a trois chemises de flanelle enfilées les unes sur les autres, manches remontées jusqu'aux coudes. Difficile de dire si sa poitrine se soulève, avec toutes ces épaisseurs de vêtements.

« Vas-y, touche-le, toi, je dis à Kerwin. Pousse-le, je sais pas. Voir s'il bouge.

– Nan, vas-y, toi.

– C'est toi qui as une batte ! » je proteste.

Kerwin contemple ses mains, comme pour s'assurer qu'il tient effectivement le machin en bois, puis il hausse les épaules, comme s'il hésitait à s'en servir.

C'est à ce moment-là que je remarque un truc sur le bras du type.

« Hé, je fais en montrant le bras, tu vois ce que je vois ? »

Kerwin regarde attentivement. Moi aussi.

« Ouais, dit Kerwin. Pouah. »

Une aiguille est plantée à la saignée du bras, mais pas une seringue. On dirait presque que quelqu'un voulait la seringue et que l'aiguille est restée plantée, alors il a juste dévissé la partie supérieure, laissant l'aiguille comme ça, comme une moitié d'épingle à nourrice enfoncée. Il y a du sang séché autour, des taches et des points, et le long de l'avant-bras, un tatouage écrit en lettres cursives, style *L.A. Times*.

Je montre le tatouage. « Y a marqué quoi ? »

Kerwin est obligé d'incliner la tête pour lire. Je fais de même, mais c'est dur à décrypter à cause de la crasse et du sang séché. J'ai envie d'essuyer, mais je m'abstiens.

« Sleepy, je dis. Je crois qu'il y a marqué Sleepy.

– Il est mort ou quoi ? »

Kerwin a la main devant la bouche. « Il a l'air mort.

– Je sais pas, je dis, mais je crois bien que oui. » La peau du visage est à moitié recouverte de barbe et de crasse. De la même couleur que les vieux cendriers de mon père. Des fourmis circulent entre les poils de ses jambes. Il y a même quelques boutons, dus à des morsures, tellement évidentes et rouges que je les vois sans avoir besoin de lumière.

« Vas-y, touche-le, je dis à Kerwin, et comme je le vois hésiter, je lui donne un coup d'épaule. Vas-y, je te dis. »

Kerwin enfonce un peu sa mini-batte dans le corps, le bout épais sur la poitrine du type, au niveau du cœur, et il pousse. Il y a un souffle d'air, comme un soupir ou je sais pas quoi, et on sursaute tous les deux. Mais les paupières du gars demeurent immobiles.

Je réfléchis à voix haute. « C'était peut-être, genre, de l'air resté prisonnier à l'intérieur, non ?

– Comment veux-tu que je sache ? À ton tour, maintenant. Mais je vais te dire un truc, fait Kerwin en me tendant la mini-batte, putain, je suis content qu'on soit pas sous acide.

– Moi aussi », dis-je.

Bon, là, je ne vois pas trop ce que je vais pouvoir faire d'autre avec la batte, qu'il ait pas déjà fait, alors je la laisse pendre au bout de mon bras. Je m'avance. J'approche ma main libre du visage.

Ça fiche la trouille à Kerwin. « Mikey, qu'est-ce que tu *fous* ? »

Mon cœur bat la chamade, je sens les battements jusque dans ma gorge. Je ne sais pas trop ce qui me passe par la tête, j'ai besoin de savoir s'il respire, même superficiellement. Si je sens son souffle sur mon doigt, je serai fixé. Mais j'arrive pas à approcher suffisamment ma main, de là où je suis. Alors je m'avance encore. Quand je repose le pied, ma semelle écrase quelque chose. Je baisse la tête pour voir ce que c'est, et je recule vivement. Je me rends compte qu'il s'agit de la main du gars. Dans la pénombre, je l'avais même pas vue. Tout en m'en rendant compte, j'entends la respiration rapide de Kerwin. Mon premier réflexe est de regarder la figure crasseuse du type, et là, je constate qu'il a les yeux *ouverts*.

Je fais un bond en arrière. Je percute Kerwin en plein dans l'épaule. Et je parviens, sans trop savoir comment, à ne pas perdre l'équilibre. Le type lève la tête vers nous en grimaçant. Il fait claquer ses lèvres à plusieurs reprises avant d'ouvrir la bouche.

« Tu fais quoi, ducon ? » Les mots qu'il prononce sortent lentement, comme poussiéreux. C'est même pas qu'il est en colère, juste confus et déshydraté. « Pourquoi tu m'as écrasé la pogne ? »

Je m'attarde pas pour lui répondre, et Kerwin non plus. On bat déjà en retraite. On s'éloigne vite fait, en reculant, sans quitter des yeux ce type qu'on croyait un cadavre, et on n'est pas près non plus d'aller tailler le bout de gras avec lui. Sauf qu'il continue à parler, il dit « Hé », comme pour essayer d'attirer notre attention. Sauf que nous, on fonce en direction de la maison, on court rejoindre mon père.

« La vache, dit Kerwin. Putain, j'ai failli avoir une crise cardiaque. »

Moi pareil. N'empêche, je ne sais pas ce qui me fait le plus flipper, d'avoir cru qu'on avait trouvé un cadavre, ou que le cadavre ait en fait été vivant.

On trouve mon père sur la véranda, en train de regarder à l'intérieur, par la fenêtre, à droite de la porte. Mes chaussures écrasent du verre pilé. Je me rends compte alors que la fenêtre à travers laquelle il regarde n'existe plus. Elle a été brisée, et mon père est devant un trou béant. Je jette un œil par-dessus son épaule, et ce que je vois me donne un haut-le-cœur. Mais ça explique aussi le type au pied de l'arbre.

11

Des camés ont élu domicile ici, et pas seulement le gars vautré sous l'arbre. Toute une bande. Peut-être même qu'ils sont là depuis le début des émeutes. À l'intérieur règne une odeur de cage à singes. Le sol de la bibliothèque, avec ses étagères encastrées, est jonché d'ampoules cassées, d'une pipe en verre brisée et de quelques autres seringues sans aiguilles. Dans le coin où j'avais coutume de construire des cabanes avec deux chevalets pour scier le bois et une toile goudronnée – je pouvais y mettre une lampe suspendue et lire *L'Île au trésor* – il y a maintenant une pile de journaux avec lesquels nos hôtes impromptus se sont torché le cul, et qu'ils ont gardés à portée de main. Je sais pas pourquoi quelqu'un ferait ça, mais ça me donne pas envie d'aller voir les toilettes.

« Il y en a un qui est encore sous l'avocatier », je dis.

Mon père hoche la tête. Je l'observe qui réfléchit à l'info que je viens de lui transmettre, puis il dit : « Une connerie à la Boucle d'or, hein ? Il avait l'air dangereux ?

– Non, je réponds. Il bougeait même pas. »

Mon père jette un coup d'œil derrière lui, en direction de la silhouette de l'avocatier qui se découpe dans la pénombre mauve et noire. Mais de là où il est, il ne peut pas voir le corps. Et manifestement, il s'en fiche.

Il crache en dehors de la véranda et dit : « Dans ce cas-là, on le laisse. »

Mon père prend son paquet de cigarettes aux clous de girofle, en sort une et l'allume. Il tire une bouffée, souffle la fumée puis lâche : « Cette baraque porte la poisse. »

Kerwin me lance un regard inquiet. J'ai déjà vu le visage fou de rage de mon père. Je le connais mieux que quiconque. À voir palpiter la veine de son front, je sais qu'il bouillonne de fureur. Quand il se tourne vers moi, je distingue une étincelle dans sa prunelle.

Il demande : « Comment il a fait, le gamin, pour foutre le feu à la maison de Momo ? »

Je suis encore en train de penser au type sous l'arbre, mais je reviens soudain à mon père et je réponds : « Il a jeté un cocktail Molotov par la porte d'entrée.

– C'est tout ? s'étonne mon père.

– Ouais.

– Bien », fait mon père avant de retourner au camion.

Arrivé au plateau arrière, il attire à lui le carton et l'ouvre ; il en sort une bouteille de whisky aux trois quarts pleine, l'ouvre et y enfonce un chiffon par le goulot.

« Wow, s'exclame Kerwin en reculant d'un pas. Il va… ? »

Je regarde derrière nous, dans la rue, voir si quelqu'un nous épie. Mais il n'y a personne. On est seuls.

« Papa ? » je lance.

Il n'écoute pas. Il passe devant moi, j'entends le clapotis de l'alcool dans la bouteille. Arrivé au perron dont on a nous-mêmes refait les lattes, il prend la clope qu'il avait au bec et la met au contact du chiffon.

« Elle est à moi, dit mon père. Je peux la détruire si je veux. »

12

Ce que j'éprouve dans l'instant, c'est de la confusion. Je veux pas qu'il fasse ça, mais je comprends son raisonnement. Tout le travail qu'il a investi dans cette bâtisse – qu'*on* a investi dans cette bâtisse – le temps qu'on y a passé. Tout ça prend feu au moment où la bouteille atteint le coin du fond de la bibliothèque et enflamme les journaux et le bas d'une bibliothèque encastrée, toujours vide après toutes ces années.

Je cligne des yeux. Mon père est déjà de retour au camion et démarre. La radio se met en marche. Il donne un grand coup d'accélérateur, tout en se penchant en travers du siège droit pour ouvrir la portière passager. En plein milieu d'un refrain, un morceau des Shirelles se déverse dans la nuit : « Dedicated to the One I Love », et mon père s'adresse à moi par-dessus la musique : « *Mijo*, monte ! Allons-y. »

Mais je ne peux pas. Je suis trop occupé à regarder la bâtisse victorienne qui se meurt. « Kerwin, bon sang, dit mon père. Allez, monte. »

Kerwin finit par monter, referme la portière et mon père se remet à me crier dessus.

« M'oblige pas à venir te chercher ! »

Je ne sens pas mes jambes bouger, mais j'ai dû marcher, vu que je me retrouve dans le camion, à l'arrière, sur le plateau, le dos appuyé contre la cabine, exactement dans la position de Kerwin tout à l'heure. « Il est dedans ! » annonce-t-il à mon père.

Le camion démarre à fond en marche arrière. El Segundo Boulevard se précipite vers moi, mon père prend le virage trop sec, les pneus du côté droit dérapent sur le bord du trottoir. J'aurais été directement éjecté du pick-up si Kerwin n'avait pas eu une main sur mon épaule.

Je m'apprête à le remercier, mais c'est lui qui dit : « Heureusement que je te retenais ! »

Je me retourne pour regarder derrière nous, trop occupé à me demander si c'est le dernier incendie des émeutes, ou bien si, ailleurs, pour d'autres raisons, des gens font pareil. Je comprends la logique de mon père. C'est la seule propriété pour laquelle il a une assurance incendie, alors autant y mettre le feu, mais même avec l'assurance, on ne rentrera pas dans nos frais – l'argent qu'ils nous verseront ne nous remettra jamais à zéro, vu ce qu'on a déboursé sur les trois propriétés –, mais c'est le seul moyen de minimiser nos pertes.

Je pige alors que c'est peut-être la fonction de ces émeutes pour tout le monde, par ici. Tu sais que tu vas y perdre, mais tu donnes des coups de pied et tu te débats pour minimiser tes pertes. Il peut s'agir de propriété, de santé, ou d'un être aimé, comme ERNIE, mais c'est quelque chose, et une fois que ça a disparu, c'est pour de bon. Personne ne se sent en paix ce soir, ça fait des jours et des jours qu'on est sur les dents. Le couvre-feu sera peut-être levé, mais ça ne veut pas dire que les choses sont revenues à la normale, que les problèmes sont réglés ou qu'ils le seront de sitôt.

À L.A., ça veut juste dire que les choses ont changé par rapport à la dernière fois qu'on a eu le droit de circuler la nuit, et, à partir de maintenant, quand on évoquera cette période, on parlera de l'impact qu'elle aura eu sur nous, on parlera de ce qu'on a perdu, il y aura eu une rupture dans l'histoire de notre ville. Il y aura désormais un avant et un après, parce que quand tu as vu suffisamment de sales trucs, soit ça te brise une bonne fois pour toutes, soit ça te métamorphose en quelque chose que probablement tu ne peux pas connaître et comprendre immédiatement, mais peut-être seras-tu devenu quelqu'un de nouveau, comme quand une graine est plantée et qu'il faut encore qu'elle pousse.

Kerwin monte le son. Le couplet commence tandis que le boulevard se déroule sous moi avec sa ligne jaune pointillée qui court sur le côté avant de s'enfoncer et de disparaître dans la noirceur de l'asphalte. Le vent me fouette le visage et je pense au gars à l'aiguille plantée dans le bras, assis aux premières loges pour voir le spectacle.

Un entrepôt situé à côté de la résidence la plus proche parmi les deux qui ont brûlé m'empêche de bien voir la victorienne. Je n'aperçois plus que la fenêtre de la bibliothèque où tremblote une lumière orange, tel l'œil clignant d'un feu follet. Mais bientôt, on est trop loin sur la route et même cette lumière disparaît. La seule chose qui reste à voir de cette bâtisse, c'est la colonne qui s'élève vers le ciel, l'épaisse tour de fumée qui se forme au-dessus. J'espère la voir plus nettement au fur et à mesure qu'on va continuer à s'éloigner, afin de mieux comprendre, car peut-être que si je vois le reste du quartier et la façon dont il a brûlé, si je vois les dégâts que les autres ont subis et l'étendue de leur souffrance, alors je pourrai comprendre. Mais pour l'instant, je ne peux me concentrer que sur notre maison. Qu'est-ce que ça fait mal de la voir partir en fumée, et la distance ne me donne pas le moindre recul.

Alors je ferme les yeux.

J'appuie les deux paumes sur les parois verticales du plateau du camion. Je me cramponne au métal à la peinture écaillée, bringuebalé d'avant en arrière par les aspérités de la rue. À travers la vitre, derrière moi, j'entends la chanson qui s'estompe. Je l'entends qui se disperse dans le vent, se mêle à son souffle, et je me représente les choses telles qu'elles étaient auparavant. Je vois la victorienne quand j'avais quatorze ans, légèrement bleutée dans la lumière du petit matin. Je vois les avocats pas encore mûrs dans l'herbe, verts et encore durs, que je ramassais, et avec lesquels on jouait au foot, et, plus loin, l'arbre d'où ils tombaient. Je vois une des résidences qui se dresse, telle une sentinelle, au toit qui virait orangé à l'aube. Je sens un poids sur ma poitrine en imaginant mon quartier, celui où j'ai grandi, intact à nouveau. Je vois le mur de handball en bois de Ham Park encore debout, des mômes y jouent, des adultes aussi, l'écho mat de leurs parties du samedi retentissait dans les rues alentour, jusqu'à chez Momo, on aurait dit la pulsation d'un cœur qui battait – et peut-être bien que c'était le cœur de la ville, qui battait trop vite. Dans ma tête, à présent, la maison de Momo est toujours là, sa voiture est garée devant, il s'en approche, les clés à la main, il me salue d'un hochement de tête tandis que je monte sur ma Vespa, et c'est alors que je prends conscience d'une chose : il n'y a guère que dans mes souvenirs que je reverrai tout ça. Et je me demande si c'est ça que les écrivains sont censés faire, reconstruire des lieux dans leur tête – des lieux qui ont disparu depuis longtemps. Et je me pose la question : si c'est le cas, est-ce aussi vrai des gens qui disparaissent ?

La chanson s'estompe maintenant pour de bon. J'entends les voix féminines se mêler à la ligne de basse. Ce qui reste de l'harmonie se dissipe dans le vent et dans le grognement du moteur du pick-up. Pendant deux bonnes respirations, j'entends juste les sirènes, au loin. J'entends uniquement l'engin qui pèse sur ses essieux. Une nouvelle chanson commence, d'un autre genre, avec une rythmique puissante, je la reconnais pas, et c'est une pensée modeste qui me vient alors à l'esprit, mais je la sens gronder et croître à chaque maison que nous passons. À chaque rue que nous croisons, je me sens de plus en plus en accord avec cette idée. La ville de L.A. possède un moteur, elle aussi, un moteur qui ne s'arrêtera pas. Il ne peut pas s'arrêter. La ville est une survivante. Elle continuera d'aller de l'avant, quoi qu'il arrive, et elle se relèvera de ces flammes, s'en relèvera de l'autre côté, et ce sera quelque chose de cassé, de beau et de neuf.

GLOSSAIRE

Abuela/abuelo : grand-mère, grand-père.

Adónde : littéralement, « où ça ? »

AK : abréviation de AK-47 (Avtomat Kalashnikova modèle 1947), fusil d'assaut conçu par le Soviétique Mikhail Kalashnikov. Littéralement, « arme automatique de Kalashnikov », et l'année de son invention.

AKA : *Also known as*, alias. Introduit un surnom ou un sobriquet.

ATF : Federal Bureau of Alcohol, Tobacco and Firearms. Service dépendant du ministère de la Justice en charge de veiller à l'application des lois sur l'alcool, le tabac et les armes à feu.

Bala : littéralement, « balle » (d'arme à feu).

Banda : forme traditionnelle de musique mexicaine comprenant cuivres, instruments à vent et percussions.

Cabrón : insulte générique signifiant « porc », « salaud », « enfoiré », selon le contexte.

Carnicería : étal de boucher ou boucherie. On peut également y trouver des produits d'épicerie.

Cerote : excrément ; terme d'argot utilisé par les Mexicains ou Chicanos pour dénigrer les Salvadoriens.

Chavala : personne qui agit ou se comporte comme un gangster. La forme diminutive (*chavalita*) signifie « fillette ».

Chichis : poitrine de femme.

Chilaquiles : plat traditionnel mexicain servi au petit déjeuner à base de tortilla de maïs coupée en quatre et légèrement frite, arrosé de *salsa* ou de *molé* ; ce plat se présente aussi avec des œufs ou de la viande.

Chola/Cholo : gangster chicano arborant une tenue vestimentaire typique de la Californie du Sud : chemise de flanelle, débardeur et pantalon kaki.

CHP : California Highway Patrol, police routière de Californie.

Clica (ou clique) : gang ou sous-section locale d'un gang plus important ; dans le monde du graffiti, les termes « clique » et « crew » sont souvent interchangeables, la clique étant généralement un groupe moins nombreux que le « crew ».
Compadre : littéralement, « pote » ou « ami ».
Controla : littéralement, « contrôle », associe généralement une clique et une ville, signifiant que telle clique contrôle ledit secteur.
Crew : sous-groupe d'un gang ou d'une clique. Dans l'univers du graffiti, désigne un groupe de tagueurs.
Cucaracha : littéralement, « cafard » (*cockroach* en anglais).
Culero : littéralement, « trou du cul » ; utilisé par les Mexicains pour désigner un trouillard ou un salopard.
Culo : littéralement, « cul ».
Enchilada : plat latino-américain à base de tortilla de maïs farcie et roulée, recouverte de sauce au piment ; peut être farcie avec toutes sortes d'ingrédients : viande, fromage, haricots, pommes de terre, légumes, fruits de mer.
Ese (ou esé) : argot chicano utilisé entre hommes, l'équivalent de « mec » ou « dude » ; peut avoir une connotation péjorative (en accentuant le deuxième « é »), ou bien simplement familière.
Felicidades : littéralement, « félicitations », terme utilisé pour les grandes occasions, anniversaires, mariages ou Noël.
Gabachos : terme péjoratif pour désigner les locuteurs anglais n'étant pas d'origine latino.
Gangsta : traduction de « G », « gangbanger » ou « O.G » (Original Gangster).
Grito (ou Grito Mexicano) : cri aigu, souvent musical.
Hijo de su chingada madre : littéralement, « fils de ta putain de mère » ; la pire insulte au sein des communautés latinos, en particulier chez les Mexicains, en raison de sa signification historique (« Fils de femme violée ») : le verbe « chingar » est dérivé d'un terme nahualt (aztèque) qui signifie « violer » ; lorsque les Espagnols débarquèrent aux Amériques, le viol des femmes autochtones fut si répandu que « chingar » devint une insulte, comparable au terme *fuck* en américain.

Hina : femme désirable, éventuellement une petite amie.
Homie, homeboy, homes : gars du quartier.
Huevos : œufs, ou, en argot, les testicules, les couilles, les bollocks.
Jefe : littéralement, « le patron ».
Kruškovac : liqueur croate distillée à partir de poires fermentées.
La clica es mi vida : « La clique, c'est ma vie. »
LAPD : service de police de Los Angeles.
LASD : département du shérif du comté de Los Angeles.
Lentejas oaxaqueñas : plat mexicain à base de lentilles, moyennement pimenté, sans viande.
Leva : un traître, un vendu.
Loca/Loco : folle, fou.
Machismo : fierté masculine exacerbée, machisme.
Manflora : lesbienne ou gay en argot espagnol mexicain.
Mayate(s) : littéralement, « scarabée noir mangeur de crotte ». Terme fréquemment utilisé par les Mexicains et les Chicanos pour dénigrer les individus noirs de peau.
Mi corazón : mon cœur.
Mi vida loca : « ma folle vie », souvent utilisé pour décrire la vie au sein d'un gang.
MLK : Martin Luther King Jr boulevard, une des grandes artères de la ville.
Molé : sauce mexicaine traditionnelle à base de piment.
Mosca : mouche. *Pequeña mosca* : petite mouche.
Neo-Geo : console de jeu vidéo 24-bit développée par SNK ; commercialisé en 1990, le système a été retiré en 1997.
Neta (ou la neta) : « la vérité » ; peut être également utilisé dans le sens de « vraiment ? » ou « sérieusement ? ».
Ojos : les yeux.
Pachuco (Croix) : tatouage à la base du pouce et de l'index de la main gauche ; une croix avec des traits irradiant de son sommet, indiquant souvent l'appartenance à un gang.
Paisa : abréviation de *paisano*, homme de la campagne, ou personne d'origine rurale.
Palillo : cure-dent.

Panadería : boulangerie, qui peut également faire épicerie.
Panocha : con, terme d'argot.
Papas : pommes de terre, parfois pommes de terres sautées.
Perezoso : paresseux.
Pinche : juron espagnol mexicain, équivalent de *fucking* ou de « putain », sans la connotation sexuelle.
Plaqueasos : lettrage graffiti, généralement réalisé à l'aérosol, signant le plus souvent l'appartenance à un gang ou au territoire d'un gang.
Por favor : s'il vous plaît, s'il te plaît.
Pozole : ragoût mexicain, le plus souvent à base de maïs et de poulet ou de porc.
Prima/Primo : cousine, cousin.
Prométeme : promets-moi.
Puchica : « merde » ou « zut » en salvadorien, dérivé du dialecte indigène *caliche*.
Pueblo : construction des Indiens d'Amérique en pisé sur un ou deux niveaux.
Puta/puto : salope, salaud, fils de pute, enfoiré(e).
Qué onda vos : quoi de neuf, mec ?
Qué pasa : que se passe-t-il ? Comment ça va ?
Queso : fromage.
Quincé (abréviation de quinceañera) : littéralement, « quinze ». Célébration dans la communauté latino de l'arrivée à maturité d'une jeune fille, à l'âge de quinze ans.
Raza (ou la raza) : littéralement, la race. Ce terme peut également désigner l'unité ou la fierté ethnique chez les Latinos.
Salsa : sauce, le plus souvent à base de tomates, peut être verte (*verde*), noire (*negra*) ou même à base d'oignons.
Señor Suerte : littéralement, « Mister Chance ».
Símon : bien sûr, évidemment (en espagnol du Mexique).
Tamales : plat en croûte dont la pâte est à base de maïs, fourrée avec de la viande ou du fromage, et cuit dans une feuille de maïs.
Tienes pisto : as-tu de l'argent ? « Pisto », terme espagnol d'Amérique centrale (en particulier du Salvador) qui désigne l'argent.

Tia/Tio : tante, oncle.
Varrios (ou barrios) : quartiers.
Vato : mec, vieux.
Veterano : un ancien. Suppose une certaine expérience. Dans le contexte de la culture des gangs latinos, se dit d'une personne ayant participé à des activités criminelles.
Vieja/Viejo : vieille, vieux.

Pour de plus amples précisions sur la culture chicano, se référer à *Chicano Folklore: A Guide to the Folktales, Rituals, and Religious Practices of Mexican-Americans*, de Rafaela G. Castro.

SOURCES

Les paroles de Joe McMahan, citées en exergue de la partie « Deuxième jour », sont retranscrites à partir d'un documentaire télévisé réalisé par 7 *Live Eyewitness News* pendant les émeutes.

On retrouvera les paroles de Daryl Gates, le chef du LAPD, citées dans « Les faits », ainsi que celles de Rodney King qui ouvrent la partie « Troisième jour », dans *Official Negligence: How Rodney King and the Riot Changed Los Angeles and the LAPD*, de Lou Cannon.

Le constat du général de division James D. Delk, qui se trouve en exergue de la partie « Cinquième jour », est extrait de son livre *Fires & Furies: The L.A. Riots*.

La citation du lieutenant Dean Gilmour, placée en exergue de la partie « Sixième jour », provient de *Twilight: Los Angeles, 1992*, d'Anna Deavere Smith. C'est moi qui ai pris la liberté d'ajouter la mention [*sic*] ; il n'existe en effet pas de « Division Hollingback » à Los Angeles. Il existe, en revanche, une division Hollenbeck.

Je dois beaucoup à ces trois livres et à leurs auteurs, qui m'ont permis d'élargir ma compréhension des événements survenus entre le 29 avril et le 4 mai 1992.

Hormis l'hypothèse d'Anthony sur la quantité de balles tirées au bout de deux jours d'émeutes, et la population de 9,15 millions d'habitants du comté de L.A. (*L.A. Almanac*), toutes les statistiques figurant dans le livre sont tirées des ouvrages de Cannon ou de Delk.

Le *Los Angeles Times* fut une mine d'informations précieuses pour mes recherches. Les gros titres cités dans ce livre sont authentiques.

REMERCIEMENTS

Je tiens à remercier tous ceux qui m'ont guidé et éclairé de leurs précieux conseils et ont permis de restituer avec authenticité les événements décrits ici, et en particulier Álvaro – pour ta participation essentielle et ta grande générosité –, Ron Roemer, chef de bataillon des sapeurs pompiers de Los Angeles, aujourd'hui à la retraite, John Cvitanich, pompier à la retraite, Chuck Campbell, capitaine retraité de la California Highway Patrol, le Dr William J. Peace, Stanley Corona et Evan Skrederstu – qui ne s'est jamais lassé de m'écouter.

Un grand merci également à :

Tous les autres du UGLAR (Unified Group of L.A. Residents) : Chris « Horishiki » Brand, Espi et Steve Martinez.

Marisa Roemer, qui m'a écouté lire chaque chapitre sitôt écrit, et qui a toujours su repérer ce qui sonnait juste.

Ma famille au complet – tout particulièrement ma grand-mère Annazell, maman, papa, Brandon, Karishma, Big Sister Char et Alexa – qui m'encourage en m'aimant davantage chaque fois que j'échoue.

Kevin Staniec, Corrie Greathouse et ma famille artistique de Black Hill Press, qui me soutient formidablement et est toujours là pour moi.

Jennifer Eneriz et Zoe Zhang, du cursus édition à la Chapman University Independent Study, qui ont corrigé le texte, vérifié les faits historiques et fourni une aide lexicale décisive durant le processus d'élaboration du glossaire.

Gustavo Arellano et P.S. Serrato, qui sont d'extraordinaires professeurs ès cultures de Californie du Sud, chacun à sa manière formidable.

Bryce Carlson, intarissable conteur de L.A., qui m'a fait découvrir la science du bruitage – *shimp*, c'est bien ça, m'sieu.

Lizzy Kremer, Harriet Moore, Laura West et Nicky Lund de l'agence David Higham, qui ont cru à cette œuvre dès le premier jour et exigent toujours que je donne le meilleur.

Simon Lipskar, de la Writers House, qui a fait une exception pour moi.

Enfin et surtout, un certain nombre de personnes ayant participé aux recherches qui ont conduit à ce livre désirent demeurer anonymes. Vous aurez toujours ma confiance. Sachez que ce roman n'aurait pas été possible sans vos interventions, je ne vous remercierai jamais assez d'avoir bien voulu partager avec moi un peu de votre savoir.

*

Le traducteur remercie Jim Carroll (librairie San Francisco Books, à Paris), Rémi Pépin, Manu Candré, Stéphanie Binet, Chris Patrick, Hervé Biseau (Pompiers de Paris) et Angélique Joyau.

TABLE DES MATIÈRES

Composition et mise en pages
Nord Compo à Villeneuve-d'Ascq

PAPIER À BASE DE FIBRES CERTIFIÉES

Fayard s'engage pour l'environnement en réduisant l'empreinte carbone de ses livres. Celle de cet exemplaire est de :
1,700 kg éq. CO_2
Rendez-vous sur www.fayard-durable.fr

Achevé d'imprimer en Italie par Grafica Veneta
22-0008-5/01 - Dépôt légal: août 2015